イプセン現代劇上演台本集

毛利三彌 訳
MORI Mitsuya

論創社

イプセン現代劇上演台本集

はじめに

一九九九年から二〇一二年にかけて、舞台芸術を制作する名取事務所は、イプセン現代劇全作品の連続上演を制作した。台本、演出は私が担当した。私はそれ以前にすべての作品を翻訳しており、それらを『イプセン戯曲選集――現代劇全作品』（東海大学出版会、一九九七年）として出版していたが、上演に際して、これらの翻訳から、新たに上演用の台本を作成した。

ここに収めたのは、それらの上演台本である。題名は、原題を少し変えたものもある。

台本作成は、次のような基準によっている。

- 原作のせりふを刈り込み、言葉遣いを、簡潔で日常的なものにする。しかし、まとまった場面の削除は、原則として行わない。
- せりふを一息でしゃべることで、好ましいリズムとテンポが作り出されると思われる場合は、やや長くなっても、通常おかれる句点あるいは読点を省略する。
- 原作のト書きは削除し、装置・小道具・動作の指定は、原則として行わない。ただし、分かりにくい設定は指示することがある。
- 基本的に、人物の出入りで場面を区切り、算用数字で表す。ただし、小さな出入りはそのかぎりではない。
- 小さな子どもや作品の意味を大きく左右しない人物や、必ずしも不可欠ではない群衆などは割愛する。
- 冒頭の人物表では、登場人物の名前（名前につけられた肩書も含む）だけをあげ、人物の相互関係等は記さない。
- 最終公演となった『野がも』の台本は、これらの規則に従っていない。原作のト書きは削除したが、演出上の指定を示すト書きをつけた。また、即興部分もある。

今日では、イプセン現代劇の上演は、他の近代古典劇同様に、装置指定や人物の動きなどを指定するト書きはまったく無視し、原作のせりふを短くし、ときには場面を削ったり加えたり入れ替えたりするのが、世界的趨勢になっている。本国のノルウェーもその例に漏れない。

私の台本もこの流れに掉さすものである。しかし、簡潔な言い回しにしてはあるが、劇やせりふの意味は、原則的に変えていない。日本的な言い回しに変えた場合はあるが、新たに言葉を加えることや、順序を入れ替えることは基本的に避けた。もともとのイプセンのせりふは、ノルウェー語による軽快なリズムとテンポをもつ。日本語でそれを出すためには、せりふの途中に「思い入れ」を入れないことが重要で、また長いせりふを一息に話すことも必要である。通常ならおかれる句読点を省くことで、それを示唆した場合は少なくない。もちろん、これは演じる俳優によることであるから、場合によっては、適切に句読点を入れて話すことは許される。

ト書きを削除したために、読んだ場合、通常の写実的な戯曲のようには劇の流れを想像することが難しいかもしれない。だが逆に、従来のイプセン劇に対するイメージから解放された自由な想像がうながされることを期待している。人物の出入りの指定の代わりに場面を区切ったのは、これによって場面進行のもつリズムとテンポをいくらかでも感じとってもらいたいからである。なにより、イプセン劇は重苦しいという一般の先入主を取り除きたい。問題の重要さと劇の軽妙さは矛盾しないのである。

どのような劇でも、劇の意味と関わらない人物が出てくることはあり得ないし、イプセン現代劇は、少人数の登場人物で緊密に構成されているという通説は間違いではない。しかし、作品によっては、写実的設定のために、舞台表現上、比較的重要度の低い人物も登場する。そういう人物を割愛することで、劇の意味は大きく変えることなく、流れを明快にすることができるだろう。

登場人物相互の関係は、言うまでもないことながら、観客に劇開始前に知らされることはない。劇の進行につれて、それは了解されてくる。人物表にそれを記さなかったのも、観客と同じ立場で読んでもらいたいからである。

ともあれ、この台本作成は、あくまで私のイプセン研究が土台になっている。ここから原作品を理解しても、それほど的外れなものとはならないつもりである。どの作品も、原作の翻訳をそのままに演じれば、おそらく二時間半から三時間かかるが、この台本での上演はすべて休憩なしの一時間半から二時間程度におさまった。

原作の翻訳および作品解説については、上記の『イプセン戯曲選集――現代劇全作品』を参照していただければ幸いである。

なお参考までに付記すれば、連続上演での装置プランは、全作品を内山勉氏が担当した。いずれも、何もない空間に、最低限必要な家具と簡素な装飾的作りがあるだけのものにした。俳優の自由な動きを中心にしたかったからである。衣裳は、基本的に現代的としたが、いま現在というわけではなく、時代が特に意識されないことを狙った。小道具も同様である。

このような台本で上演したのは、流行に従うというより、視覚性の象徴表現にすぐれているというイプセン劇評価に対して、せりふを中心としたドラマ性を強調したかったからである。現在のわれわれにとって、イプセン現代劇のドラマ性は、翻訳では冗長になる原作の言葉をそのままに上演するより、今日的な感覚でせりふを簡潔明瞭にし、言葉遣いだけでなく、せりふの流れがもつリズムとテンポを際立たせることで一層明らかになる。これが、韻文で書かれた古典劇と散文の近代古典劇の違いではなかろうか。

もとより、上演後も台本を直したい思いは消えない。だが、これらの台本を公にするのは、イプセン現代劇を上演する場合の今日的な姿勢の一例を示すことで、日本のイプセンを古い伝統から解放する一助になればと願ってのことである。通常の劇場だけでなく小劇場系の現代風イプセン上演にも、台本作成の上で何かの参考になればありがたい。

付として、能形式のイプセン劇『ふたりのノーラ』と『復活の日』の台本を収録した。『ふたりのノーラ』の制作過程については、大阪大学の『演劇学論叢』第十一号（二〇一〇年三月）に載せた私の文章「イプセン能覚書」に記したので、興味のある向きは参照していただきたい。この舞台は、二〇〇六年のイプセン没後百年を記念したオスロの国際イプセン演劇祭に招聘され、北欧、イギリス、オーストリア、ハンガリー等で客演した。『復活の日』は、東京での試演の後、インドネシアで客演し、二〇一〇年の東京イプセン演劇祭で上演した。『ふたりのノーラ』の台本は、上田邦義氏との共同執筆であるが、いずれの台本も、上演に際して、シテをつとめた津村禮次郎氏が能形式に整えた。両氏のご協力および掲載許可に感謝している。

この台本集をまとめ、体裁を整えたのは、連続上演のすべてで私の演出助手をつとめてくれた中川順子さんである。彼女は、毎公演、面倒な問題をてきぱきと処理するともに、台本についても適切な助言をしてくれた。また、東京のノルウェー大使館にも、いつも大変にお世話になった。ともにお礼の申しようもない。
最後になったが（しかし最少の気持ちではなく）、イプセン現代劇連続上演の演出に私を起用してくれ、また、この台本集の出版も快諾してくれた名取事務所の名取敏行氏に、心からの謝意を表したい。

二〇一四年二月

毛利　三彌

目次

はじめに

〔上演順〕

人民の敵　1
ノーラ、または人形の家　59
ロスメルスホルムの白い馬　103
海夫人　155
ヘッダ・ガブラー　209
ゆうれい　265

棟梁ソルネス　309
ヨーン・ガブリエル・ボルクマン　361
小さなエイヨルフ　395
野がも　五幕の（アチャラカ）喜劇　429

〈付〉
ふたりのノーラ　イプセン作『人形の家』による現代能　477
復活の日　イプセン作『私たち死んだものが目覚めたら』による現代能　489
イプセン略年譜　500

人民の敵

『民衆の敵』の題名で知られているが、戦後の上演の多くは、アーサー・ミラーの台本によるもので、主人公は孤高のヒーロー扱いされている。原作は、喜劇的なところもあり、主人公も全面的な肯定を受けているわけではない。この違いを示すため、また逆説的意味を強めるため、題名は、初期翻訳で使われた『人民の敵』としている。主人公の兄で、鉱泉汚染をもみ消そうとするのは、司法官でもあるが、筋の内容上、町長とした。

＊初演一九九九年九月十四日～十九日　シアターX（カイ）

登場人物

トマス・ストックマン博士
ストックマン夫人
ペートラ
町長ペーター・ストックマン
モルテン・ヒール
ホヴスタ
ビリング
ホルステル船長
アスラクセン
町民集会の参加者　　あらゆる階層の人々

（劇は、ノルウェー南部の海岸町で進行する。）

第一幕

（ストックマン家の居間）

（1）

ストックマン夫人　そうよビリングさん、今ごろいらっしゃるからみんな冷めちゃった。ストックマン時間にうるさいの知ってるでしょ。
ビリング　いや、ちっともかまいません素晴らしい味ですよ。それにひとりの方がかえっておいしいくらい――
ストックマン夫人　まあ――！

（2）

町長　今晩はカトリン。
ストックマン夫人　お義兄さん、ようこそ。
町長　ちょっと通りかかったもので――今ごろ客かね。
ストックマン夫人　いいえ、たまたまなんです。贅沢してるなんて思わないでくださいね。
町長　あんたはね分かってる。いないのか？
ストックマン夫人　ええ、ちょっと散歩に。
町長　食後の散歩？　いやはや。

（3）

ストックマン夫人　ホヴスタさん――
ホヴスタ　すみません印刷所にいたもので。――あ、今晩は町長さん。
町長　編集長。仕事かね。
ホヴスタ　ええ、ちょっと新聞に書いてもらうことがありまして。
町長　ふん。『人民新報』の常連だからな弟は。
ホヴスタ　ストックマン先生は、真実を伝えたいとき真っ先にわが『人民新報』に書いてくださいます。
ストックマン夫人　（ホヴスタに）どうぞ向こうに――？
町長　弟のことを悪く言うつもりは全然ない。それにわたしは君の新聞に悪い感情を持つ理由は何もない。
ホヴスタ　ええ。
町長　寛容の精神、この町のモットー、立派な町民精神だ。それは結束してあたらなければならない共通の大事業があるからだ。――町民はだれも、この事業に大いにかかわっている。
ホヴスタ　ええ、わがヘルスセンターですね。
町長　新しくできた素晴らしい大温泉郷！　町の命の泉。
ストックマン夫人　トマスもそう言ってるんです。
町長　このところ町の経済成長には目をみはるものがある！　だれもかれも金回りはよくなった。土地や建物の値段はウナギのぼり。
ホヴスタ　そして失業者をドジョすくい。
町長　そう。福祉税も大いに軽くなった。毎日のように団体客の問い合わせが舞い込んでいる。今年はいい夏が期待できそうだ。
ホヴスタ　いやあ、それじゃストックマン先生の記事はぴったりですね。
町長　また何か書いたのか？
ホヴスタ　この冬に書かれたんです。ここの温泉は体に大変いいという内容なんですがわたしはすぐには掲載しなかったんです。
町長　何かまずいことでも？
ホヴスタ　そうじゃありません。春まで待った方がいいと思ったんです。冬に夏をどう過ごそうかなんて計画を立てるものはおりませんから。
町長　賢いねホヴスタ君、まったく賢い。
ストックマン夫人　トマスは温泉のことになると、ほかのことはほったらかし――。
ホヴスタ　そもそもこれを言い始めたのが先生なんですから。
町長　そうかね？　この事業にはわたしも少なからず寄与したと思っているが――。
ストックマン夫人　トマスもいつもそう言ってます。
ホヴスタ　もちろんですよ町長さん。事業を軌道に乗せたのが町長さんだってことはみんな知ってます。わたしが言ってるのは、そもそものアイデア。それは先生から出たってことです。
町長　アイデアね。弟の頭の中はそれだけ。実現となるとからっきしだめだ。別の人間が必要なんだよホヴスタ君。わたしに言わせれば、トマスってやつはまったく――
ストックマン夫人　お兄さん――
ホヴスタ　町長さん、そんな――
ストックマン夫人　あの、あちらで召し上がったらホヴスタさん。主人もそのうちに戻るでしょうから。
ホヴスタ　ありがとうございます。それじゃちょっとだけ。

（4）

町長　ふん、あの百姓あがりが――
ストックマン博士　おおいカトリン、お客さんだ。どうぞどうぞ船長さん。この人を通りで捕まえたんだ。もう少しで寄らずに行ってしまうところだったよ。またすっかり腹ぺこだ！　こっちにいらして船長さん、ビーフステーキはどうですか――
ストックマン夫人　ねえトマス、気がつかないの――？

ストックマン博士　ペーター、来てたのか！　これは嬉しい。
町長　悪いがすぐに失敬する――
ストックマン博士　ばかな。すぐにお酒が出るから。できてるねカトリン？
ストックマン夫人　ええもちろん、トデイのお湯も沸いている。
町長　トデイまで――！
ストックマン博士　まあ、向こうで愉快にやろう。
町長　遠慮する。――あんなにたくさんの食べ物が――。信じられんね。
ストックマン博士　そう、若いものの食べっぷりほれぼれするね？　激動の未来をしょって立つ連中だからねペーター、力をつけなくちゃ。
町長　激動の未来？　いったい何を《しょって立つ》んだ？
ストックマン博士　それは彼らに聞いてみるんだね。ぼくらはもう生きちゃいない。ま、兄さんみたいなしわくちゃな古だぬきは――
町長　なんだって――！
ストックマン博士　冗談だよペーター。ぼくは浮き浮きしてる。前途洋々、素晴らしい時代だ！　まったく新しい世界が始まりかけている。
町長　ほんとにそう思っているのか？
ストックマン博士　もちろん。兄さんはずっとこの町にいたから分からないんだよ。ぼくは辺鄙な北国にいたからね。今はまるで大都会にいるような気がしてる――
町長　大都会――
ストックマン博士　そりゃ、ほかの町にくらべればここは小さいよ。でもここには生活がある――未来がある。肝心なのはそれだ。カトリン、郵便来てなかったか？
ストックマン夫人　ええ。
ストックマン博士　それに収入もまあまあ！　ぼくみたいに食うや食わずの生活をしてきたものにはありがたいよ――
町長　いやいや――
ストックマン博士　向こうじゃほんとにつらかった。あれに比べれば今はまるで殿様だ！　昼はサンマ、夜もサンマ。いやいやビーフステーキ、少し食べないか？
町長　とんでもない――　こういう贅沢が許されるものなら――
ストックマン博士　もちろん許される。ぼくの収入でほとんどまかなってるって、カトリンはそう言ってる。
町長　ほとんど――！
ストックマン博士　そりゃ科学者だって少しくらい楽をしてもいいだろう。無駄づかいは絶対にしない。ただ客をよぶ楽しみはどうしてもすてられないね。長時間ひとりで部屋に閉じこもっているだろう。若い連中と話をするのが唯一の楽しみなんだ。――もう少しホヴスタのことも分かってくれるといいんだけど――

町長　ふん、やつはおまえの文章を、今になって掲載したいと言ってたよ。

ストックマン博士　ぼくの文章？

町長　冬のあいだに書いたとか。

ストックマン博士　あああれか！　――いや、あれはだめだ。

町長　そう？　今ぴったりだとおれも思うがね。

ストックマン博士　うん、普通の状況ならね――

町長　今の状況に普通でないところがあるのか？

ストックマン博士　そうなんだペーター。まだ言えないけど、普通じゃない状況があるかもしれないし、まったくないかもしれない。

町長　変な言い方をするね。何が不都合なんだ？　おれに隠して何かしようとしてるな。ヘルスセンター経営委員会の責任者としてはっきり言っておくが――

ストックマン博士　そんならぼくもはっきり言っておく――。まあ、お互いなじり合いはやめようよペーター。

町長　なじり合い？　何を言ってるんだ。しかしこれだけは断固として主張する。ヘルスセンターに関するあらゆることがらは、正当な機関を通して決定され実行されることになっている。裏でこそこそすることは決して許すわけにいかない。

ストックマン博士　いったいいつぼくが裏でこそこそやった！

町長　とにかくおまえは自分勝手につっぱしる傾向がある。秩序ある社会では許されないことだ。個人は全体にしたがう。より正確に言えば、全体の利益を考える当局の意向にしたがう。

ストックマン博士　それはそうだろう。しかしいったいぼくのどこが悪いんだ？

町長　それだよトマス、おまえはちっとも分かっていない。はっきり言っとく。今に報いがくるぞ。さようなら。

ストックマン博士　どうかしたんじゃないか？　思い違いもいいとこだ――

町長　おれはまだボケてはいない。失敬――さようならカトリン。

（５）

ストックマン夫人　お帰りになったの？

ストックマン博士　うん、なんだか怒ってた。

ストックマン夫人　あなた何をしたの？

ストックマン博士　何も。ペーターは、ぼくが先に何かを決めるのが我慢できないんだ。
ストックマン夫人　あなた何を決めるの？
ストックマン博士　まあいいからカトリン。――変だな、どうして郵便が来ないんだろう。
ビリング　ああ、食べた食べた、ちくしょう。
ホヴスタ　町長さん、今晩虫のいどころがよくなかったようですね。
ストックマン博士　消化に悪いものでも食べたんだろう。
ホヴスタ　消化不良は、『人民新報』のせいじゃないですか。
ストックマン夫人　あなたたち仲直りしたんじゃないの？
ホヴスタ　ええまあ、一時停戦てとこですかね。
ビリング　そうそう！
ストックマン博士　ペーターは寂しい男なんだよ分かってやらなくちゃ。ゆっくりくつろげる家庭がない。ただ仕事仕事。飲むのは薄くてまずいお茶。まあいい、さあ座ろう！　カトリン、トデイここに持ってこれないかな。
ストックマン夫人　ええ、すぐに――
ストックマン博士　さあどうぞ船長さん。君たちも――。
ストックマン夫人　さあアラック酒ラム酒コニャックなんでもありますよ。お好きなものをご自分でどうぞ。
ストックマン博士　そうしよう。ぼくはこれだ――！　スコール！　ああ、ゆったりして実にいい気持ちだ。
ストックマン夫人　またおでかけですか船長さん？
ホルステル　ええ、来週には。
ストックマン夫人　またアメリカ？
ホルステル　ええ。
ビリング　それじゃ今度の選挙は投票できませんね。
ホルステル　また選挙があるんですか？
ビリング　知らなかった？
ホルステル　ええ、あまり関心がないもので。
ストックマン博士　船乗りというのは渡り鳥みたいなものだからね、北も南もみな故郷。その分、ぼくらが頑張らなくちゃ。あしたの新聞、何か面白いもの載るかね？
ホヴスタ　いえ何も。でもあさっては先生の論文を載せたいと思っています。
ストックマン博士　ああ、あれはだめだ！　あれはちょっと待ってくれ。
ホヴスタ　そうですか？　ちょうど場所が空いたもので。今もってこいのタイミングだと思いますが――
ストックマン博士　うん。でもやっぱり待ってくれ。そのうち説明するから――

（６）

ペートラ　ただいま。

ストックマン博士　おかえり、ペートラ。
ペートラ　みなさんお楽しみみね、わたしはくたくただというのに。
ビリング　飲み物を作りましょう。
ペートラ　ありがとう、自分でやります。あなたが作るといつも濃いから。あそうだ、お父さんに手紙が来てた。
ストックマン博士　手紙！　だれから？
ペートラ　出がけに郵便屋さんが渡してくれたの——
ストックマン博士　それを今まで持ってたのか！
ペートラ　うちに戻る時間がなかったのよ。はい。
ストックマン博士　やっぱりそうだ——！
ストックマン夫人　待ってた手紙トマス？
ストックマン博士　そう。すぐに見なくちゃ——。そうか。ちょっと失礼——

(7)

ペートラ　なんだろうお母さん？
ストックマン夫人　分からない。この二、三日郵便郵便て。
ビリング　きっと田舎の患者さんが——
ペートラ　そう、お父さん仕事が多すぎるのよ。ああおいしい！
ホヴスタ　今日も午後は授業？
ペートラ　二時間も。
ビリング　朝は四時間でしょ——
ペートラ　五時間よ。
ストックマン夫人　それで、夜は宿題をみる。
ペートラ　山ほど。
ホルステル　あなたも仕事が多すぎるんじゃありませんか。
ペートラ　ええ、でもいいの。終わったあとの疲れはとってもいい気持ち。ぐっすり眠れる。
ビリング　そう？
ペートラ　でもね、学校じゃ偽善が多すぎる。みんなうそばかり教えて——。
ホルスタ　うそを？
ペートラ　教師は、自分で信じてもいないことを教えてる。わたしに力があれば、自分で学校をつくるんだけど。そしたら全然違った風にやってく。
ホルステル　いいですねお嬢さん。場所はわたしが提供しましょう。親父が残してくれた家が空家同然なんです——
ペートラ　ええええありがとう。でもどうにもならない。
ホヴスタ　ペートラさんジャーナリスト志望でしょ。そうだ、翻訳するって約束してくださったイギリスの小説、どうなりました？

ペートラ　まだ読んでないの。でもきっと間に合わせますから。

(8)

ストックマン博士　諸君、大ニュースだ！
ビリング　ニュース？
ストックマン夫人　なんなの？
ストックマン博士　大発見だカトリン。
ストックマン夫人　あなたが発見したの？
ストックマン博士　そう、ぼくが発見した。結構。気をつけろ。連中はまた頭がおかしいってケチをつけるだろう。やつらこそ、言っとくけど、はっはっ！
ペートラ　でもなんなのお父さん。
ストックマン博士　ああちょっと待ってくれすぐに話すから。ここにペーターがいたらなあ！　いやまったく人間てやつはモグラみたいなものだ。行き先も分からずぐるぐるぐるぐる――
ホヴスタ　どういうことですか先生？
ストックマン博士　ここのヘルスセンターは健康にいちばんだとみんな思ってる、違うか？
ホヴスタ　そうですよ。
ストックマン博士　病人だけじゃない、健康な人間にも最高に推薦できる温泉だ――
ストックマン夫人　ええ、それでトマス――
ストックマン博士　新聞でもパンフレットでも大いに宣伝してきた――
ホヴスタ　それで？
ストックマン博士　ところがだ。この温泉、町の命の元であるヘルスセンターは――
ビリング　なんですか？
ストックマン博士　知ってるかね。美しい、自慢の、あれほど金をかけたヘルスセンターが、実際にはどうなってるのか、知ってるかね？
ホヴスタ　どうなんです？
ストックマン博士　汚染されてるんだ。
ペートラ　お父さん！
ストックマン夫人　(同時に) 温泉が！
ホヴスタ　(同時に) 先生――
ビリング　ばかな！
ストックマン博士　温泉の水が汚染されている。極めて健康を害するものだ！　上の沼にすてている工場廃棄物の山――あれがメインパイプを流れる鉱泉の水を汚染している。
ホルステル　センターまで通じてる？
ストックマン博士　そう。
ホヴスタ　まさか。どうしてそんなことが分かるんです？

ストックマン博士　水を調べてみた。実はずっと前から疑ってたんだ。去年ここの客に変な病気が出た――チフスと胃腸病の患者が――

ストックマン夫人　ええそうだった。

ストックマン博士　あのときは、客が自分で菌を運んできたんだと思った。しかしいろいろ考えてみて――もしかしたら違うかもしれないと思い出した。それで水を調べてみたんだ、できるだけのところまでね。

ストックマン夫人　忙しくしてたのはそれね！

ストックマン博士　そう、大変だった。この町には検査に必要な道具がない。それで、水のサンプルを大学に送って正確な化学分析をやってもらった。

ホヴスタ　その結果が出たんですね？

ストックマン博士　そう、ここにある！　水の中に腐った有機物が存在することが証明された。――バクテリアがうようよ。水を飲んでも浴びても健康を害する。

ストックマン夫人　まあ、でもそれがシーズン前に分かってよかったわね。

ストックマン博士　そうだよ。

ホヴスタ　先生、これをどうしようと思ってらっしゃるんですか？

ストックマン博士　もちろん問題を解決しなくちゃ。

ホヴスタ　できますか？

ストックマン博士　できるもできないも。そうしないとセンター全体がだめになる。しかし大丈夫。どうすればいいかちゃんと分かってるから。

ストックマン夫人　だけどトマス、それを全部秘密にしてたのね。

ストックマン博士　絶対の確信もないのに町中にぶちまけろというのか？　とんでもないぼくはそんなばかじゃないよ。

ペートラ　でもわたしたちには――

ストックマン博士　だれひとり。しかしあしたになればご自由にだ。アナグマ爺いにだって教えてやるといい――

ストックマン夫人　トマスったら――！

ストックマン博士　いやいや、君のお父さんだ。これにはびっくりするだろう。町じゅう大騒になるとんでもない騒ぎに！　給水管を全部とり替えなくちゃならないんだから。

ホヴスタ　給水管を全部――？

ストックマン博士　当然だろ。管の受け入れ口を低くしすぎたんだ。もっと上に移さなくちゃならない。

ペートラ　じゃやっぱりお父さんが正しかったのね？

ストックマン博士　そうだよペートラ覚えてるだろう？　あれを埋めるときお父さんはなんて言った？　だれも耳を貸さなかった。しかし今は貸さざるを得ない。そう、センターの経営委員会に出す報告書はもうできてる。この通知を待っていただけなんだ。ほうら。これをすぐに町長まで届けさせてくれ（カトリンに渡す）。

ペートラ　伯父さんなんて言うと思う？

ストックマン博士　重大な事実の判明だ喜ぶに決まってるよ。

ホヴスタ　『人民新報』にこの発見のことを載せてもよろしいですか。

ストックマン博士　ああ、そうしてくれるとありがたい。

ホヴスタ　町民に知らせるのは早ければ早いほどいいですから。

ストックマン博士　そうだ。

ビリング　うわあこんちくしょう、先生は町いちばんの功労者ですよ！

ストックマン博士　そんな。義務をはたしただけだ。ま、運よく宝探しに当たったというか、まあそれだけだ。それにしてもね――

ビリング　ねえホヴスタ、みんなでストックマン先生の感謝会を開いたらどうだろう。

ホヴスタ　それはいい。

ビリング　アスラクセンさんに話してみよう。

ストックマン博士　いやいや君たち、ばかなことはしないでくれ。そういうのはごめんだ。もし経営委員会がぼくの月給を上げるなんて言い出しても、ぼくは断る。いいかカトリン、ぼくは断るよ。

ストックマン夫人　当然よトマス。

ペートラ　お父さんに乾杯！

ホヴスタとビリング　スコール、スコール、先生。

ホルステル　幸運をお祈りします。

ストックマン博士　ありがとうありがとう！　いやあほんとに嬉しい――。自分が生まれ故郷の役に立っていると思えるのは、なんて幸せなことだ。乾杯だカトリン！

（両腕で夫人を抱き、ぐるぐるまわる。夫人は悲鳴をあげる。笑いと拍手と歓声。）

第二幕

（ストックマン家の居間）

（1）

ストックマン夫人　トマス？

ストックマン博士　今、行く。（出てきて）なんだ？

ストックマン夫人　お兄さんから手紙。

ストックマン博士　どら。「原稿を、返却する――」。ふん――

ストックマン夫人　なんて書いてある？

ストックマン博士　お昼ごろここに来るって、それだけだ。
ストックマン夫人　じゃ家にいなくちゃね。
ストックマン博士　ああ。
ストックマン夫人　お兄さんどう思ってらっしゃるかしら。
ストックマン博士　ま、よくは思ってないだろうな。発見したのが自分じゃなくてぼくだからね。
ストックマン夫人　心配ね。
ストックマン博士　でもほんとは喜んでるよ。ただ、町に役立つことは全部自分がやらないと気がおさまらないんだ。
ストックマン夫人　ねえトマス、――お兄さんにも花をもたせてあげなくちゃ。ここで働けるようになったのはお兄さんのおかげなんですから――
ストックマン博士　分かってる。ぼくは問題が解決すりゃそれでいい――

（2）

モルテン・ヒール　ほんとかねあれは？
ストックマン夫人　お父さん、――どうしたの！
ストックマン博士　おはようございます！
ストックマン夫人　お入りになったら。
モルテン・ヒール　ああ、ありゃほんとかね。違うなら、すぐに行く。
ストックマン博士　ほんとって何がですか？
モルテン・ヒール　給水場のばか話。ありゃほんとかね？
ストックマン博士　もちろん本当ですよ。でもどうして知ってるんです？
モルテン・ヒール　ペートラが寄ってくれて――
ストックマン博士　あの子が？
モルテン・ヒール　わしをかついでるのかと思った。だがそんなことあの子らしくないしな。
ストックマン博士　あたりまえでしょう！
モルテン・ヒール　いやいや、知らないと簡単に騙される。だけど、やっぱりほんとなのか？
ストックマン博士　ええ、そうです。まあどうぞ。町には実に幸運だったそう思いませんか――？
モルテン・ヒール　幸運？
ストックマン博士　ええ、タイミングよく発見できて――
モルテン・ヒール　まったくまったく！　――おまえさんが兄貴をひっかけるとは思いもしなかった。
ストックマン博士　ひっかける？
ストックマン夫人　何を言うのお父さん――
モルテン・ヒール　なんだって？　水道管に何か虫が入り込んだって？

ストックマン博士　ええ、バクテリアが。
モルテン・ヒール　そうそう、そういう虫がいっぱい入ってるとか、ペートラが言ってた。
ストックマン博士　何万何十万。
モルテン・ヒール　しかし目には見えない――そうだな？
ストックマン博士　ええ、見えません。
モルテン・ヒール　こんこんちきのおまえさんにしては上出来だ。
ストックマン博士　どういうことですか？
モルテン・ヒール　だけど、これを町長に信じ込ませようってのは無理というものだな。
ストックマン博士　まあ、どうですかね。
モルテン・ヒール　やつがそんなばかだと思ってるのか？
ストックマン博士　町中がばかであってほしいですね。
モルテン・ヒール　町中！　いやいや、やつらにはぴったりだ。自分らは賢いつもりでいる。わしを委員会から追い出しやがった、犬みたいに。思い知らせてやる。上手くひっかけてやれよストックマン。
ストックマン博士　でもお父さん――
モルテン・ヒール　いいからひっかけてやれ。おまえさんが町長一派をひきずりまわすことができたら、貧乏人に百万円くれてやる。
ストックマン博士　それはご親切に。
モルテン・ヒール　いや金があまってるわけじゃない。しかしもしおまえさんにそれができたら、クリスマスには貧乏人に五十万やる。

（３）

ホヴスタ　おはようございます！　ああ、失礼しました――
ストックマン博士　いやいいよいいよ。
モルテン・ヒール　こいつも仲間かね？
ホヴスタ　どういう意味です？
ストックマン博士　もちろんいっしょですよ。
モルテン・ヒール　それに気がつかなかったとはな！　新聞に載せる。おまえさんもなかなかのもんだストックマン。
ストックマン夫人　さ、行きましょ、お父さん。
モルテン・ヒール　いや、ごゆっくりごゆっくり。上手くやれよ無駄にはならんから。

（４）

ストックマン博士　じいさん、この汚染をこれっぽっちも信じようとしない。
ホヴスタ　そのことだったんですか――？
ストックマン博士　君もそれで？

ホヴスタ　ええ。ちょっとお時間をいただけますか先生？
ストックマン博士　いいよ。
ホヴスタ　町長さん、何か言ってきました？
ストックマン博士　まだ何も。昼ごろここに来るがね。
ホヴスタ　ゆうべ少しこの問題を考えてみたんです。医者であり科学者である先生には、単純明快なことでしょう。ですからこれがほかのいろんなことにも関係しているなんて思いもよらないかもしれません。
ストックマン博士　どういう関係――？　ま、座ろうじゃないか。それで？
ホヴスタ　先生はきのう、水の汚染は廃棄物のせいだとおっしゃいましたね。
ストックマン博士　そう、上の沼地のね。間違いない。
ホヴスタ　失礼ですが先生、それは、まったく別の沼地からきているものだとわたしは考えます。
ストックマン博士　どこの沼地？
ホヴスタ　町全体を毒している沼地です。
ストックマン博士　どういうことだそれは？
ホヴスタ　この町は何もかも、ひと握りの役人に支配されています――まあ、役人とその一派と言いましょうか。みんな資産家で古い家柄の連中――。
ストックマン博士　でも実際、彼らは頭もいいし能力もある。
ホヴスタ　給水管を埋めたとき、彼らは頭がよかったんでしょうか？
ストックマン博士　いや、あれはもちろん間違ってた。だから今それを直そうとしている。
ホヴスタ　それが簡単にいくとお思いですか？
ストックマン博士　簡単だろうとなかろうと――とにかくやらなくちゃ。
ホヴスタ　ええ、もし新聞が介入すれば――
ストックマン博士　そんな必要はないよ君。兄貴は絶対に――
ホヴスタ　失礼ですが先生、わたしはこの問題をとりあげるつもりです。
ストックマン博士　新聞で？
ホヴスタ　ええ。『人民新報』の編集長になったとき、わたしは考えました。権力を握っている老人どもの支配を断ち切ることがわたしの義務だと。
ストックマン博士　おかげで君の新聞は危うくつぶれるところだったじゃないか。
ホヴスタ　ええ、あのときは諦めざるを得ませんでした。連中が倒れたらヘルスセンターの建設自体がだめになる恐れがありましたから。でも今はもう出来上っています。トップの連中を追放しても大丈夫です。
ストックマン博士　追放――。しかし彼らの恩恵はそれなりにこうむっている。

ホヴスタ　それは認めます。でも人民の味方であるジャーナリストとして、この機会を逃すことはできません。支配階級の無謬性は神話に過ぎない。それを白日にさらすんです。そんな迷信は根こそぎ引っこぬくんです。

ストックマン博士　それは賛成だ。迷信は追放──

ホヴスタ　町長さんのことはあまり言いたくないんですが先生のお兄さんですから。でも先生だって、真実が何ごとにも優先することには同意なさるでしょう?

ストックマン博士　言うまでもない。しかしね──!

ホヴスタ　わたしのことを悪く思わないでください。普通以上には利己的でも権力志向でもないつもりです。

ストックマン博士　だれがそんなこと思うかね?

ホヴスタ　ご存じでしょうが、わたしは貧乏人の生まれで、下層階級に必要なものは何かよく知っています。それは自らの問題を自らで決定する権利です。それによって人民の能力も知識も向上するんです──

ストックマン博士　それはよく分かる──

ホヴスタ　それに、ジャーナリストとして、抑圧された人民を解放する絶好の機会を逃がしたら、責任は重大だと思うんです。分かってます──連中はわたしを過激派と呼ぶでしょう。言いたいものには言わせておきます。わたしの良心に疚しいところはありません──

ストックマン博士　まったくだ!　しかし──

（5）

アスラクセン　ごめんください、失礼とは存じましたが──

ストックマン博士　印刷屋のアスラクセンさん!

アスラクセン　はい、そのとおりで先生。

ホヴスタ　ぼくに用ですか?

アスラクセン　いやそうじゃない。ここにいるとは思ってなかった。いえ、先生にちょっと──

ストックマン博士　何か?

アスラクセン　あの、本当なんでしょうか、ビリング君から聞いたんですが、先生はもっとしっかりした給水管に変えるべきだとお考えだとか?

ストックマン博士　ええ、温泉のためにね。

アスラクセン　はい、分かっております。それで私は、そのことでできるだけのお力ぞえをしたいと申し上げに参ったのです。

ホヴスタ　（博士に）どうです!

ストックマン博士　それはどうも、心から礼をいいます、しかし──

アスラクセン　と申しますのも、私ども町民の絶対多数を味方にしていれば、これはもう安心ですから先生。

ストックマン博士　それはそうでしょうが、これは単純明快なことですから――

アスラクセン　いや、分かりませんですよ。地方の小役人のことなら私はよく知っております。権力を握っておりますと、下からの要求にはなかなか応じようとしないものです。ですから、ちょっと圧力をかけるのも無駄じゃありません。

ホヴスタ　そのとおり。

ストックマン博士　圧力？　どういう圧力ですか？

アスラクセン　もちろん、穏やかにということが肝要です。私はいつも、穏やかに事を進めることを心がけております。それが、町民の、第一の美徳ですから。それで、この給水処理のことですが、これは私ども町民には、いたって重要な問題です。ヘルスセンターは町にとって、ちょっとした打手の小槌になろうとしておりますから。みんなの生活のもとです、特に私ども、民宿で収入を得ているものには。ですから、センターのことはできるだけ、その――バックアップしたいのです。現在私は、民宿組合の組合長をしておりますが――

ストックマン博士　そう――？

アスラクセン　ですから私が、常に絶対多数と行動をともにするのもお分かりでしょう。私は、穏健なる法律遵守の町民として知られております。ですから私も、この町では、ちょっとした影響力を持っておる――その、ささやかな権力の座にいる――と、まあ、そう申してもよろしいかと。

ストックマン博士　それはそれは。

アスラクセン　ええ――ですから、必要とあらば、演説会の一つや二つ、その、チンするのは、造作もないことで。

ストックマン博士　チン？

アスラクセン　ア、レンジする、つまり、町民の感謝会を、ですね。先生が町の重大問題を明るみに出してくださったことに感謝して。言うまでもないことですが、礼節と穏やかさを守って、当局や権力の座にある人たちを傷つけないことが肝要です。それさえ気をつけていれば、私どもに後ろ指をさすものは、だれもいないでしょう。

ホヴスタ　連中なんかどうでもいい――

アスラクセン　いやいやいや、当局にたてをついてはいけないホヴスタ君。わたしは若いころいやというほど経験した。逆らっても結局いいことはない。しかし、礼節にかなった率直な発言は、だれも妨げることはできません。

ストックマン博士　アスラクセンさんありがとう、感謝します。この町にこんな方がいるなんて、嬉しい――とても嬉しい！　ねえ、シェリー酒一杯どうですか、ええ？

アスラクセン　いいえ結構です。その種のアルコールはいただきませんので。

ストックマン博士　じゃビールは？

アスラクセン　いいえ、朝から、とんでもありません。もう出かけませんと。仲間に話して、意見をまとめておきたいと思います。

ストックマン博士　いやああなたは親切な方だ。でも、みんなの助けが必要になるとはどうしても思えませんがね。これは単純なことですから。

アスラクセン　当局のやることは、わけが分かりませんですよ先生。いえいえ、私は何も非難してるんじゃありません――

ホヴスタ　あしたの新聞で書き立ててやりますよアスラクセンさん。

アスラクセン　しかし、穏やかにねホヴスタ君。でないと、何ひとつ得はしない。人生経験から学んだことだ。――それじゃ先生、失礼いたします。私ども町民が、とにかく、先生の背後に、壁のように立っておりますことを、お忘れなく。絶対多数は、先生の味方です。

ストックマン博士　ありがとうアスラクセンさん。さようならさようなら！

（６）

ホヴスタ　どうですか先生？　あのたるんだ妥協精神をゆさぶって、空気を一新するいい潮時だとは思われませんか？

ストックマン博士　アスラクセンさんのこと？

ホヴスタ　ええ、あれも沼地に足を突っ込んでいる連中のひとりです――ほかのことでは結構な男なんですが、この町じゃ大部分がそういう人間なんです。右にも左にも尻尾をふってお愛想を言う。几帳面だが臆病、決して前に進むことができない。

ストックマン博士　でも彼は心から心配してくれてるんだと思う。

ホヴスタ　あんなことよりもっと大事なことがあります。独立独歩の精神です。

ストックマン博士　それはそうだ。

ホヴスタ　だからこそ、わたしはこの機会にああいう物分かりのいい連中を奮い立たせることができるかどうか、やってみたいんです。権力亡者は追放すべきです。給水施設に関する弁解の余地ない大きな誤りは、有権者である町民すべての前に明るみに出すべきだと思います。

ストックマン博士　いいだろう。それが町にとっていちばんいいならそうするのもいい。しかしすべては兄貴と話をしてからにしよう。

ホヴスタ　ええ、とにかくわたしは社説記事を用意しておきます。もし町長がことを進めようとしなかったら――

ストックマン博士　いやそんなこと考えられないよ。

ホヴスタ　大いに考えられます。もしそうなったら――？

ストックマン博士　そのときはかまわない――いいから報告書をのせてくれ。ここにある。目を通してくれたまえ。

ホヴスタ　素晴らしい。さっそく読ませていただきます。じゃ、これで失礼します先生。

ストックマン博士　さようなら。まあ見ててごらん、何もかも簡単にいくから――！

ホヴスタ　ええ――見ていましょう。

(7)

ストックマン博士　カトリン――！　なんだ、帰ってたのかペートラ？

ペートラ　ええ、今さっき。

ストックマン夫人　お兄さんまだ？

ストックマン博士　うん。ホヴスタといろいろ話をした。彼はぼくの発見に夢中でね。これには、はじめ考えていたよりずっと大きな意味があるらしい。必要なら新聞を自由に使ってくれていいと言ってる。

ストックマン夫人　そんな必要があるの？

ストックマン博士　全然ない。でも、自主独立の新聞が味方だと思うと悪い気はしない。それに――民宿組合の組合長までやってきた。

ストックマン夫人　なんのために？

ストックマン博士　こちらもぼくを後押しするって。いざとなったら、全面的に支持するって言うんだ。カトリン――ぼくの後ろには何が控えているか知ってるか？

ストックマン夫人　なんなの？

ストックマン博士　絶対多数。

ストックマン夫人　それはいいことなの、トマス？

ストックマン博士　そりゃあそうだよ！　いや実に嬉しい、一般の町民とかたい絆で結ばれているというのは！

ペートラ　みんなの役に立つ仕事をしてる、ね、お父さん！

ストックマン博士　そうだ、故郷の町のためだ！

(8)

町長　おはよう。

ストックマン博士　やあペーター！

ストックマン夫人　おはようございますお兄さん。お元気ですか？

町長　まあまあ。きのう、事務所がおわった後に、ヘルスセンターの水質に関するおまえのレポートを受け取った。

ストックマン博士　読んでくれた？

町長　読んだ。

ストックマン博士　で、どう思う？

町長　ふん――

ストックマン夫人　ペートラ、いらっしゃい。

町長　この検査は全部おれに隠れてやらなければならなかったのかね？

ストックマン博士　うん、完全に証明されるまでは――

町長　それで、証明されたのか？

ストックマン博士　そう。あれを読んで分かっただろう。

町長　あのレポートは、経営委員会にいわば公式の報告書として出すつもりか？

ストックマン博士　うん。何とかしなくちゃならないから。早急に。

町長　おまえはあの中で、相変わらずどぎつい言葉を使っている。われわれが温泉客に病原菌を提供していると か。

ストックマン博士　そうなんだよペーター、そう言うほかないだろう？　――汚染されてる水を飲んだり浴びたりしてるんだ！　われわれを信じて、病気を直すためにやってきた病人たちだよ。健康回復を願って高い金を払ってやってきた！

町長　それでおまえは、最後のところで、上の沼地から出ていると思われる汚物を処理するために汚水溝を建設し、給水管の埋め直しをしなければならないと結論している。

ストックマン博士　ほかに方法があるかね？　ぼくには分からない。

町長　今朝おれは、町の施設課に行ってきた。将来、もしかしてという仮定で、冗談めかしてこのことを持ち出してみた。

ストックマン博士　それで。

町長　技師はとんでもない話を聞いてにやりとした――当然だ。おまえは自分の提案がどれくらい費用のかかることか、考えてみたか？　技師は、普通に見積もっても数億円はかかるといっている。

ストックマン博士　そんなに？

町長　それにもっと悪いことに、工事には最低二年かかる。

ストックマン博士　二年？　まるまる？

町長　その間センターはどうする？　むろん閉鎖するしかない。ここの温泉は健康を害するなんて噂がたったら、わざわざやって来るものはだれもいないからね？

ストックマン博士　しかしペーター、実際害しているんだよ。

町長　それも、まさに今、ここの事業が軌道にのろうとしている矢先にだ。近くの町はどこも保養地になることを狙っている。この町に来る客を自分の方に引っぱろうと宣伝するに違いない。それでどうなる。莫大な金をかけたセンターは全部廃棄するほかなくなるだろう。そうやっておまえは、故郷を破滅させるわけだ。
ストックマン博士　破滅させる――！
町長　この町が生き残るかどうかはひとえにこの温泉にかかっている。それはおまえも分かっているはずだ。
ストックマン博士　じゃどうすればいいというんだ？
町長　おれはおまえのレポートを読んでも、温泉の状態がそれほど危険なものだという確信は得られなかった。
ストックマン博士　本当はもっと悪いんだ！　夏になって暑くなるともっと悪くなる。
町長　おまえのレポートはかなり誇張されている。ちゃんとした医者なら状況に対応できるものだ、――病気が発生しないように予防処置をとる、もし発生したらすみやかに対策をこうじる。
ストックマン博士　それで――？　それでどうする――？
町長　センターの施設はすでに出来上がっているこれが事実だ。この事実を受け入れなければならない。むろんそのうちに、町の財政状態に照らし合わせて、ある種の改善が可能かどうか検討することはおおいにあり得るだろう。
ストックマン博士　ごまかしだ。
町長　ごまかし？
ストックマン博士　そうだよ――詐欺だよ。町に対する犯罪行為だ！
町長　今言ったように、危険な状態にあるという確信をおれは得られなかった。
ストックマン博士　そんなはずはない！　ぼくのレポートを読めば分かるはずだ！　あれは君だったね、給水管を今ある場所に埋めることを決めたのは。――君はこのとんでもない間違いを認めたくない。――そんなことも見通せないと思ってるのか？
町長　もしそうだったらどうなんだ？　町全体の問題を正しい方向に持っていくには、道徳的な権威が必要だ。だから、おまえのレポートを経営委員会に出すことは、絶対にしてはならない。町の利益のために、とり下げるべきだ。とにかく、致命的になりかねないこの問題を、一言も公にしてはならない。
ストックマン博士　もう止められないねペーター。
町長　止めなくちゃならないし、止めてみせる。
ストックマン博士　だめだねもう知っているものがたくさんいる。
町長　知ってる！　だれが？　まさか、『人民新報』じゃないだろうな――?

ストックマン博士　そうだよ。あの自主独立の新聞は、君たちに義務をはたすことを要求するはずだ。

町長　おまえはなんという軽率な男だトマス。これがどういう結果をもたらすか考えてみなかったのか?

ストックマン博士　結果?　どんな?

町長　おまえとおまえの家族にもたらす結果だ。

ストックマン博士　どういうこと?

町長　おれはこれまでずっと、兄として親身におまえの面倒をみてきた。

ストックマン博士　それは感謝してる。

町長　ある意味では、そうする必要があった。公職についているものにとって、近い親族がしょっちゅう名前をけがすようなことをしでかすのは、具合のいいことではないからな。

ストックマン博士　ぼくが名前をけがす?

町長　そう、いい年をしてまったく分かってない。すぐにかっとなる。喧嘩好き。攻撃的だ。そのうえ悪いことに、あることないこと文章にして公にする癖がある。何か考えが浮かぶとすぐに新聞に書く、パンフレットにして配布する。

ストックマン博士　新しい考えが浮かんだら町民に知らせるのがわれわれの義務じゃないのか!

町長　ああ、町民は新しい考えなんか全然必要としていない。昔からの考えがいちばん気に入ってるんだ。

ストックマン博士　今度だけははっきり言う。今まで避けてきた、おまえがかっとなるから。しかし今は本当のことを言うよトマス。おまえは無鉄砲さのおかげでどれだけ損をしているか。当局に文句を言う。政府までくそみそに言う――自分が無視されている、不当に扱われていると言いはる。しかしおまえみたいな難しい男をどう扱えというんだ。

ストックマン博士　難しい男?

町長　そう。いっしょに仕事をするのにこんな難しい男はいない。おれはいやというほど経験させられた。おまえがセンター専属の医者になれたのは、おれのおかげだということを忘れるな――

ストックマン博士　ぼくが最適だったんだ!　ほかにはだれもいなかった!　温泉町として栄える可能性があると言い出したのもぼくだ。あの頃そう言ったのはぼくだけだった。たったひとりで何年間も主張しつづけた――

町長　そのとおり。しかしあのときはまだ機が熟していなかった。ま、ずっと北に住んでいたおまえに判断できなかったのも無理はない。だから時期がきたとき、おれはほかの連中といっしょに――この計画をとりあげた

——

ストックマン博士　そう、そうして君らは、ぼくが一所懸命に考えたプランを見事にねじまげてしまった。なんてずるがしこい連中だ！

町長　おれに言わせれば、おまえはただ文句をつけたいだけだ。上に立っているものを引きおろしたい——それが昔からのおまえの癖だ。自分より上にあるものはだれだろうと敵とみなす。武器はなんだってかまわない、すぐに手に取って攻撃する。しかし今や町全体にとって——ま、結果としておれにとっても、ということになるが——利害の中心ははっきりした。だから言っておくトマス、おれはこのことに関して、一歩もあとに引かないからな。

ストックマン博士　どのこと？

町長　この問題は当局の処理にまかせるべきだった。それにもかかわらず、おまえは軽率にも無関係な人間にしゃべってしまった。もはやもみ消すことはできないだろう。すべては噂となって広まり、悪意のあるものは、あることないこと付け加えるに違いない。だから、この噂をおまえが公に否定することがどうしても必要だ。

ストックマン博士　ぼくが！　どうやって？

町長　その後の検査から、当初考えていたほど危険でも重大でもないという結論に達した。そういうことにしてもらいたい。

ストックマン博士　なるほど——そういうことか！

町長　さらに、おまえは経営委員会に対する信頼の気持ちを公に表明する。つまり、委員会は今後生じるかもしれない不祥事に対して、迅速かつ適切に対応する十分な能力と誠実さを持っている、そういう信頼だ。

ストックマン博士　しかし君たちは絶対にそうしないじゃないか。うそとごまかしで処理するだけだ。はっきり言うよペーター、ぼくは自分の信念にしたがって——！

町長　公職にあるものとして勝手な信念を持つことは許されない。

ストックマン博士　許されない——？

町長　個人としては、もちろん別だ。しかしおまえはセンター専属の医師として、当局と矛盾する意見を公にすることは許されない。

ストックマン博士　ひどいことを言う！　医師として、科学者としてぼくに自由がないというのか——！

町長　この問題は単に科学的なことだけではない。複合的な問題だ。科学と経済、両方の問題だ。

ストックマン博士　ああ何的だろうとかまいはしない！　大事なのはなんでも言いたいことが言える自由だ！

町長　どうぞご自由に。ただ、温泉に関してはだめだ——それはわれわれが禁ずる。

ストックマン博士　禁ずる――？　君たちが――？　ばかな！
町長　おまえのいちばんの上司であるおれが禁ずる。おれが禁ずると言えば、おまえはしたがうだけだ。
ストックマン博士　ペーター――君はぼくの兄じゃないのか――

（9）

ペートラ　お父さん、そんなことに負けちゃだめよ！
ストックマン夫人　ペートラペートラ！
町長　立ち聞き――！
ストックマン夫人　あんな大きな声じゃ聞こえないわけには――
ペートラ　そうよ、立ち聞きしたのよ。
町長　まあ、かまわないがね――
ストックマン博士　それで、ぼくに自分の考えと矛盾することを公にしろというのか？
町長　さっき話したような声明をおまえは公にする。それが絶対に必要だ。
ストックマン博士　もしぼくが――いやだと言ったら？
町長　われわれが声明を出す。
ストックマン博士　結構。しかしぼくは言ってやるよ。ぼくの言うことが正しくて、君たちが間違っていることを証明してやる。そしたらどうする？
町長　そうしたら、おまえの免職をおれも止めることはできないだろうね。
ストックマン博士　なんだって――！
ペートラ　お父さんの免職！
ストックマン夫人　免職！
町長　おまえを温泉に関するいかなる問題からも遠ざけるために、専属医師の解雇通知を即座に出す。
ストックマン博士　そんなばかな――
町長　ばかなことをしているのはおまえの方だ。
ペートラ　こんなこと、お父さんに対する侮辱よ！
ストックマン夫人　黙ってなさいペートラ！
町長　おやおや。カトリン、この家じゃあんただけだ、ものが分かっているのは。こいつに言ってやってください。これが家族にとってどういう結果になるか、こいつに分からせてやってほしい――
ストックマン博士　家族のことはほっといてくれ！
町長　――家族にとって。町にとっても。
ストックマン博士　町のことを思っているのはぼくの方だ！　いずれ分かることをみんなに知らせようというんだ。ぼくが故郷をどんなに愛しているか――
町長　まったく思い込みの激しい男だ。町最大の経済基盤をめちゃくちゃにしようとしているんだぞおまえは。

ストックマン博士　その基盤が汚染されているんだよ君！　どうかしてるんじゃないか！　われわれは汚物と腐敗を売り物にしているんだ！　うそと引きかえに町の繁栄を手に入れようとしているんだ！

町長　妄想だ――。生まれ故郷にそんな非難を浴びせるものは社会の敵だ。

ストックマン博士　よくもそんなことを――！（つかみかかる）

ストックマン夫人　トマス！

ペートラ　落ち着いてお父さん！

町長　暴力には反対する。もう警告はした。自分と家族のことをよく考えてみるんだな。さようなら。

⑽

ストックマン博士　こんなやり方ってあるか！　おれの家の中で。え？　カトリン！

ストックマン夫人　ほんとにひどいばかにしている――

ペートラ　伯父さんをやっつけてやりたい――！

ストックマン博士　ぼくが悪い。もっと早くに戦うべきだった！　――社会の敵、俺が！　絶対にただではおかない。

ストックマン夫人　でもねえトマス、お兄さんには力があるのよ――

ストックマン博士　しかしぼくには正義がある！

ストックマン夫人　正義正義。正義があったって力がなければ何にもならない。

ペートラ　お母さんたら――よくそんなこと言えるわね？

ストックマン博士　自由社会で正義はなんの力にもならないというのか？　どうかしているよカトリン。ぼくには自主独立の新聞が控えている、――その後ろには絶対多数もいる。これは力じゃないのか！

ストックマン夫人　トマス、まさかあなた――？

ストックマン博士　なんだ？

ストックマン夫人　お兄さんにたてつくつもりじゃないでしょう。

ストックマン博士　たてつかないでどうする。真実を主張するなと言うのか？

ペートラ　ええ、わたしもそれを聞きたい。

ストックマン夫人　そんなことしてなんの役に立つの。あの人たち、やると言ったらやる。

ストックマン博士　まあカトリン、見ててごらん。ぼくはとことん戦ってやるから。

ストックマン夫人　とことん戦って免職になるのが落ちよ。

ストックマン博士　それでも、社会に対する義務ははたすことになる――

ストックマン夫人　じゃ家族に対しては？　わたしたちに対する義務ははたすことになるの？
ペートラ　お母さん、いつも自分が第一。
ストックマン博士　どうしたんだカトリン！　臆病風に吹かれてペーターの言いなりになったら、ぼくは一生幸せにはなれない。
ストックマン夫人　どうだか分からない。でもあなたが言いはっていれば、わたしたちみんなが幸せになれないのは間違いない。またしても、職もない収入もない。あんな生活もうたくさんよ。忘れたのトマス。
ストックマン博士　ああ、生活生活。それでおれたちをしめつける！
ストックマン夫人　ひどい仕打ち。そうよ。でもね、世の中にはどうすることもできない不正はたくさんあるのよ。
ストックマン博士　たとえ、この世の終わりがこようとも、おれは絶対に屈しない。
ストックマン夫人　どうするというのトマス！
ストックマン博士　いつか、本当に自由な人間が目の前に現れたとき、顔をそむけなくてすむようにしたい。（入る）
ストックマン夫人　ああ、神さま！（あとを追う）
ペートラ　お父さんは立派よ！　決して負けない。

第三幕

（『人民新報』の編集室）

(1)

ビリング　いやあ、まったく――！
ホヴスタ　さすがに博士の筆鋒は鋭いね。
ビリング　鋭いなんてもんじゃない。ひとことひとこと――なんというか――ハンマーでぶっ叩かれているみたいにズシンとくる。
ホヴスタ　しかし大衆ては一発でいくものじゃないからね。
ビリング　そう。だから叩きつづけるわけでしょ――支配者どもの権威がぶっつぶれるまで。これを読んでいて目のあたり革命がやってくる気がした。
ホヴスタ　しっ、アスラクセンに聞かれたら――。
ビリング　弱虫、毛虫、つかんでアスラクセン。やつにはガッツがない。でも今度は思い通りにするんでしょう？　どうなの？　これは載せるんでしょう？
ホヴスタ　うん、町長が白旗をあげれば別だがね――
ビリング　そんなことになったら白けるね。
ホヴスタ　まあ、どっちに転んでもおれたちの立場は有利になる。町長が提案を受け入れなければ、一般町民を敵にまわす——。もし要求を受け入れれば、温泉の株主連中、最大の支持者から見放される。

ビリング　そうそう、彼らは莫大な投資をしているから——

ホヴスタ　いったんやつらとの繋がりが切れたら、新聞で連日町民に訴えてやる、町長は無能だ、町の行政は、進歩的町民の手にわたせ——。

ビリング　ちくしょう、完璧だ！　ぼくには見える、見える、革命の始まりが。

ホヴスタ　しっ！　どうぞ！

（2）

ストックマン博士　掲載だホヴスタ君！

ホヴスタ　じゃ、そういうこと？

ビリング　やったあ！

ストックマン博士　そういうことだ。やつらの思い通りにしてやる。町は戦争だビリング君！

ビリング　皆殺しといきましょう！　息の根を止めてやります先生！

ストックマン博士　あれはほんの手始めだ。ほかに四つ五つ構想もある。アスラクセンさんはいるかね？

ビリング　アスラクセンさん、ちょっと来てください！

ホヴスタ　ほかに四つか五つ？　同じ問題で？

ストックマン博士　いや——全然別だ。しかし、どれもこれも給水場と給水管の問題から出ている。一か所やれば次々につづく。古い建物を壊すのと同じだ。

ビリング　そのとおり。とことんやっちまえってことです。がらくたは全部引き倒せ。

アスラクセン　（入ってきて）引き倒す？　まさか、施設を壊すなんて言うんじゃないでしょうね？

ホヴスタ　違う違う。心配いらない。

ストックマン博士　ところで、あの報告書、どう思うねホヴスタ君？

ホヴスタ　実に傑作です——

ストックマン博士　そうだろう。——それを聞いて嬉しいよ。

ホヴスタ　単純にして明快。専門家でなくても簡単に分かる。ひとりのこらず先生の味方になりますよ、断言します。

アスラクセン　それなら印刷してもいいでしょう。

ストックマン博士　うん。

ホヴスタ　あしたの朝刊に載せます。

ストックマン博士　そう、一日も無駄にはできない。ねえアスラクセンさん、お願いなんですが、あなたが校正してくれませんか。

アスラクセン　いいですよ。
ストックマン博士　気をつけて、誤植のないように。どの言葉も重要なんですから。あとでまた来ます。――いや、待ち遠しいな――町民はどう判断するか。ああ今日ぼくがどんな目にあわされたか分かるかね。やつらはぼくを脅して、基本的人権まで奪おうとした――
ビリング　なんです！　基本的人権を！
ストックマン博士　――ぼくに、正義より利害を優先しろと言った――
ビリング　ちくしょう、それはひどい。
ホヴスタ　いや、やつらならやりかねません。
ストックマン博士　しかしそんなことさせるもんか。これからは『人民新報』に張り付いて、やつらに爆弾論文をつぎつぎに撃ち込んでやる――
アスラクセン　でもいいですか先生――
ビリング　戦争だ戦争だ！
ストックマン博士　――やつらを叩きのめして首をへし折ってやる――。
アスラクセン　でも穏やかに先生。攻撃にも、穏健さをお忘れなく――
ビリング　とんでもない！　ダイナマイトをぶっ放せ！
ストックマン博士　今や給水管だけの問題じゃない。社会全体だきれいに消毒しなくちゃならないのは――
ビリング　それです、ぴったりの言葉です！
ストックマン博士　今日、ぼくの目は大きく開かれた。まだ完全に見えているわけじゃないが、やがて見えてくるだろう。元気いっぱいに旗をふる若もの、ぼくも彼らにしたがっていこう。
ビリング　よし！
ストックマン博士　われわれは団結しなければならない。そうすれば簡単至極！　革命は、ドックを出る船のように、するすると進んで行く。そう思わないか？
ホヴスタ　町の支配層も変わるでしょう。
アスラクセン　穏やかに進むかぎり、危険なことにはなりませんしね。
ストックマン博士　そんなことだれが気にするね！　ぼくは真実と良心にかけて実行する。
ホヴスタ　先生を応援せよだ。
アスラクセン　そう、先生は町の友、社会の友です。
ビリング　ストックマン先生は――ちくしょう――人民の友ですよアスラクセンさん！
アスラクセン　そのセリフ、民宿組合でいただきましょう。
ストックマン博士　ありがとうありがとう諸君――兄貴はまったく違う言い方をした。ようし、おまけをつけて返してやる！　しかし今は、患者の往診があるんでね

――。あとでまた来ますが、原稿にはくれぐれも気をつけてくださいアスラクセンさん――感嘆符一つも抜かさないように、つけ加えるのはいいが！　それじゃ、さようならさようなら！

（3）

ホヴスタ　すごく役に立つ男だね。

アスラクセン　そう、温泉問題だけならね。それ以上は、あとについて行くのは考えものだ。

ホヴスタ　すべては、ことと次第による――

ビリング　恐がることありませんよアスラクセンさん。

アスラクセン　怖がる？　いや恐いんだよビリング君、地元の権力者とやりあうっていうのはね。わたしには苦い経験がある。政府に反対というのならこれっぽっちも心配しない。国にたてついてもどうってことはない。国の権力者は気にもとめないからね――権力は微動だにしない。ところが、地方政治の場合はひっくり返ることもあるんだ。そうなると、経験も何もない連中が舵取りをすることになる。それで住民は大変な損害を蒙りかねない。

ホヴスタ　でも住民自ら政治に参加することで教育される――そうは思いませんか？

アスラクセン　人間てのはねホヴスタ君、自分の所有物がどうこうなると、ほかのことまで頭がまわらなくなる。

ホヴスタ　ほんとにそうなら、ぼくは自分の所有物なんてくそくらえだ！

ビリング　よし！

アスラクセン　このデスクに座っていた君の前の編集長。

ビリング　ふん、今じゃ国の行政官だ。

ホヴスタ　へっ！　あの日和見。

ビリング　ぼくは日和見じゃない――これからも決してそうはならない。

アスラクセン　政治をやろうというものは、どんな予言もしない方がいい。それにビリング君、君ももう少し調子をおとした方がいいんじゃないかね、郡役人のポストに志願しているんならね。

ビリング　ぼくは――！

ホヴスタ　そんなことをビリング！

ビリング　ただ、お偉方をからかってやろうと思ってね。

アスラクセン　わたしには関係ない。しかし、わたしを臆病呼ばわりするのなら、これだけははっきり言っておくよ。印刷屋のアスラクセンは、過去の政治行動をだれに隠しだてすることもない。わたしは首尾一貫している、まあ、ちょっと真ん中寄りになったかもしれないが。心は今も人民の側にある。しかし頭は、どちらかというと支配者側だ。むろん、地元の支配者。

(4)

ビリング　やっとは縁を切った方がいいんじゃない？

ホヴスタ　新聞の印刷費をツケにしてくれるものがほかにいればね？

ビリング　情けないなあ金がないのは。

ホヴスタ　そう。金さえあれば――

ビリング　ストックマン博士にあたってみたらどうだろう？

ホヴスタ　それで？　あの人は文なしだよ。

ビリング　でも、後ろにいい男がついている。モルテン・ヒール――通称《アナグマ》。

ホヴスタ　あのじいさん、金持ってるってのは本当か？

ビリング　ほんともほんと！　ちっとはストックマンにもいくはずだよ遺産として。

ホヴスタ　それを当てにしているのか？

ビリング　おれが？　何も当てになんかしていない。

ホヴスタ　そんならいい。それに、郡役人のポストも当てにしない方がいいよ。保証する――君はだめだ。

ビリング　そんなこと分かってますよ。だめで結構。ますます闘争心がわく――こんなごみすて場みたいな町、刺激が必要なんだよ。（部屋に入る）

ホヴスタ　ふん、――そういうこと――どうぞ！

(5)

ホヴスタ　あなたですか？　何かご用？

ペートラ　ええ、ごめんなさい――すぐに行きますから。

ホヴスタ　お父さまから何か――？

ペートラ　いいえ自分のことで。――英語の小説です。（本を出す）

ホヴスタ　どうして？

ペートラ　翻訳したくないんです。

ホヴスタ　でも、するって約束してくださったんじゃ――

ペートラ　ええ、あのときはまだ読んでいなかったものですから。

ホヴスタ　あなたも読んでいなかったんじゃありません？　わたしは英語は苦手で――でも――

ペートラ　だから、これは『人民新報』向きじゃないと思うの。

ホヴスタ　どうしてですか？

ペートラ　だってここに書いてあることはあなたのお考えとは正反対ですから。

ホヴスタ　まあ、そんなことなら――

ペートラ　この小説じゃ、超自然の力によって善人はすべてめでたし、悪人はすべて罰を受ける――

ホヴスタ　結構じゃありませんか読者はそういうのを求めているんです。

ペートラ　あなたこういうのを読ませようっていうの？

ご自分でちっとも信じていないのに。こんなこと現実にはあり得ないってことよくご存じでしょう。

ホヴスタ　まったくおっしゃるとおり。でも新聞というのは、信条どおりにはいかないものなんです。たいして重要じゃないことは読者の意向にしたがった方がいい。いちばんの問題は政治なんですから。政治について自由や進歩といった考えに引き付けようと思ったら、読者をあまり怖がらせない方がいい。でないと離れていってしまう。ですから下の方の欄でこういった道徳小説を与えておく。すると安心して上の方に書かれていることも受け入れるんです。

ペートラ　まさか、そんな狡いやりかたで読者をつろうっていうんじゃないでしょう。クモが巣を張るみたいに。あなたそんな方じゃないでしょう。

ホヴスタ　わたしのことをそんなふうに考えてくださって、お礼をいいます。いえ、実をいうと、これはビリングの考えなんですわたしじゃない。

ペートラ　あの人の！

ホヴスタ　ええ、いつだったかそんなことを言ってました。その小説を載せたいと言ったのもビリングなんです。

ペートラ　でも、ビリングさんは過激派でしょ、どうして――？

ホヴスタ　人にはいろんな面がありますからね。今も郡役人のポストを狙ってるらしいですから。

ペートラ　まさか、信じられない。どうしてそんな気に？

ホヴスタ　本人に聞いてみてください。

ペートラ　そんなことって思いもしなかった。

ホヴスタ　そう？　新聞記者なんて、大した人間じゃないんですよ。

ペートラ　本気なの？

ホヴスタ　そう思うことがありますね。

ペートラ　そりゃ毎日同じことのくり返しではね。でも今は大問題を手がけようとしているんですから――

ホヴスタ　お父さんの問題？

ペートラ　ええ。素晴らしい天職って感じでしょ。真実のため、新しい思想のために道をひらく――何ものも恐れず、虐げられたものの味方として声をはりあげる――。

ホヴスタ　特に、その、虐げられた人というのが――ふん、――どう言えばいいか――

ペートラ　尊敬できる誠実な学者の場合、ってことでしょ？

ホヴスタ　特に、あなたのお父さんである場合、ですよ。

ペートラ　えっ？

ホヴスタ　そうペートラ――ペートラさん。

ペートラ　あなた、それが第一に考えていること？　真実じゃなくて、お父さんの高邁な人格のことじゃなくて？

ホヴスタ　もちろん――それはもちろんですよ、言うまでもない。

ペートラ　結構。口がすべったのね。あなたのことはもう何も信じない。

ホヴスタ　みんなあなたのためだというのがどうして悪いんですか――？

ペートラ　お父さんに対して誠実じゃないからよ。あなた、町民と真実が第一だって言ってた。ただの見せかけだったの？　お父さんとわたしの両方をばかにしていたのね。わたし決して許さない――決して！

ホヴスタ　そんなきつい言い方、しないほうがいいと思いますよペートラさん、ことに今は――。

ペートラ　どうして？

ホヴスタ　わたしの助けがなくては、お父さんはどうにもならないからですよ。

ペートラ　あなたってそういう人？

ホヴスタ　いやいやそんなつもりで言ったんじゃありません。どうかそんな風に思わないでください。

ペートラ　どう思ったらいいかくらい分かってます。

(6)

アスラクセン　ホヴスタ君とんだことになった――あ、いけない――

ペートラ　本はほかの人に頼んでください。

ホヴスタ　でもペートラさん――

ペートラ　さようなら。（去る）

アスラクセン　ちょっと！

ホヴスタ　あああ何だよ？

アスラクセン　町長さんが印刷室に来ているんだよ。

ホヴスタ　町長が？

アスラクセン　君と話したいと言ってる。裏口から来たんだ――

ホヴスタ　どういうことだ？　あ待って、ぼくが自分で――（町長を招じ入れ）気をつけてアスラクセンさん、だれも――

アスラクセン　分かってる――（去る）

(7)

町長　思いがけない？

ホヴスタ　ええ、思ってもいませんでした。

町長　なかなかきれいな部屋だ。

ホヴスタ　ええ――。よろしければ――（帽子とステッキを受け取る）どうぞ、おかけになりませんか？

町長　ありがとう。わたしは今日――実に難しい問題に直面した。

ホヴスタ　まあ、町長さんともなれば――
町長　センター専属の医者が経営委員会に出した一種のレポートなんだが、温泉の欠陥の可能性を云々している。
ホヴスタ　そうですか？
町長　まだ聞いていない？
ホヴスタ　あ、そうそう。何かちらっとそんなことを――

（8）

アスラクセン　（再び入ってきて）あの原稿はどこ――
ホヴスタ　机の上。
アスラクセン　あった。
町長　ちょっと、それはもしか――
アスラクセン　ストックマン先生の文章です。
ホヴスタ　ああ、それのことですか今のお話は？
町長　そう。どう思うね？
ホヴスタ　わたしは専門家じゃありませんし、ただ走り読みしただけですから。
町長　しかし掲載するつもり？
ホヴスタ　まあ、拒否することはできませんし――
アスラクセン　新聞については、わたしには、発言権はありませんのです町長さん――ただ、渡されるものを、印刷するだけで――ですから失礼して――
町長　いやちょっと待ってくださいアスラクセンさん。いいかねホヴスタ君――
ホヴスタ　どうぞ――
町長　あなたはものの分かった賢い方だから――。
アスラクセン　町長さんに、そう言っていただいて、光栄です。
町長　それに、多くの人に影響力を持っている。
アスラクセン　まあ、町民の間では――
町長　だから町民大衆の考えることは、あなたがいちばんよくご存じだ。
アスラクセン　まあ、自慢じゃ、ありませんが、分かっている、つもりです。
町長　そう――大衆の間に犠牲の精神がみなぎっているというのなら――
アスラクセン　どういうことですか？
ホヴスタ　犠牲の精神？
町長　それは素晴らしい町民精神だ。ほんとに素晴らしい。もちろんあなたはわたしなんかより、ずっとよくご存じだから――。
アスラクセン　でも、町長さん――
町長　町の負担はそう小さいものではないから――。
ホヴスタ　町の？
アスラクセン　どうもよく分かりませんが――。ヘルスセンターのことですか――？

町長　センター専属の医師が勧告する改造工事は、当面の概算でも、数億円はかかることになる。
アスラクセン　大変な金額ですね――
町長　だから町民税の引き上げは避けられない。
ホヴスタ　まさかそんなことを――？
アスラクセン　町の税金で！　貧しい町民のふところから！
町長　そう、ほかにどこからそんな金が調達できますか？
アスラクセン　温泉株を所有している連中が調達すべきでしょう。
町長　株主たちは、これ以上の出費はしないでしょうね。
アスラクセン　たしかですか町長さん？
町長　たしかです。もしこの大掛かりな改造工事をやろうとするなら、町全体で負担するほかない。
アスラクセン　そんなばかな――失礼！　――しかし、こうなると、話はまったく違ってくるよ、ホヴスタ君！
ホヴスタ　そう。
町長　もっと悪いことに、温泉は二年間ほど閉鎖しなくてはならない。
ホヴスタ　閉鎖？
アスラクセン　二年間も！
町長　改造工事の間――最低にみてもね。
アスラクセン　とんでもない。その間、民宿経営は、どうなります？　どうやって、食べていきます？　でもほかに仕方がないでしょう。水が汚染されていて、病原菌うようよなんてばかな噂が広まったりしたら、客なんかひとりも来ない。
アスラクセン　ばかな噂？
町長　わたしは確信を持って言います。ただの噂です。
アスラクセン　それじゃ、博士は、とんでもない無責任な人だ――失礼、町長さん、でも――
町長　いや、あなたの言うとおり。弟は、そう言っちゃなんだが、思い込みの激しい男でね。
アスラクセン　こうなっても、あの人の、後押しをするつもりかね、ホヴスタ君！
ホヴスタ　いや、こんなこと思いもしなかった――
町長　そこでわたしは、この問題をもっと冷静に説明した短い文章を書いてみた。その中でわたしは、万が一不都合な事態が生じた場合でも、町の財政をそれほど圧迫しないやり方で対処できる方策を述べておいた。
ホヴスタ　その文章を今お持ちですか？
町長　持っている、もし君が――
アスラクセン　大変だ、あの人が来た！
町長　だれが？　弟？
ホヴスタ　どこ――どこに！

アスラクセン　印刷室を通ってくる。
町長　まずいな。顔を合わせたくないが、君たちとはもう少し話したいことがある。
ホヴスタ　しばらくあっちに。
町長　しかし――？
ホヴスタ　ビリングがいるだけです。
アスラクセン　急いで急いで町長さん、来てしまいますよ。
町長　分かった。すぐに追い返して――
ホヴスタ　何か、仕事仕事アスラクセンさん。

（9）

ストックマン博士　そうらまた現れた。
ホヴスタ　ああ先生。――アスラクセンさん、あれを急いで。今日は時間がないんだ。
ストックマン博士　校正はまだだってね。
アスラクセン　ええ、まだ無理ですよ。
ストックマン博士　うん。でも我慢できなくてね。印刷したのを見るまではどうも安心できない。
ホヴスタ　まだ相当かかりそうです。そうだねアスラクセンさん？
アスラクセン　ええ、そう思います。
ストックマン博士　いいよいいよまた来るから。二度でも三度でも。町全体の幸福がかかってる問題だ――のんびりしてはいられない。そうだ――もう一つ言っておきたいことがあった――
ホヴスタ　失礼ですが別のときにしていただけませんか――？
ストックマン博士　ほんのひと言ですむ。つまり――あしたの朝刊であれを読んだ読者が――
ホヴスタ　先生――
ストックマン博士　分かってる分かってる。町民たちはぼくをひどく好いていてくれる――
アスラクセン　ええ、今日までは――。
ストックマン博士　それで心配なんだよ――つまりね――
ホヴスタ　先生、はっきり申しあげた方が――
ストックマン博士　ははん、そういう動きがあることは感づいてたよ！　しかしはっきりとお断りする。何かそんなことを用意されても――
ホヴスタ　どんなことですか？
ストックマン博士　いや――パーティとか贈り物とか――ま、そういうことはやめにしてほしい。あなたもねアスラクセンさん、いいですか！
ホヴスタ　先生、どうせ分かることですから本当のことをお話しした方が――

(10)

ストックマン夫人　やっぱりここだった！

ホヴスタ　奥さんまで。

ストックマン博士　なんの用だカトリン？

ストックマン夫人　なんの用か分かるでしょ。――ストックマンをつれに来たからって悪く思わないでください。わたしには娘もいるんですから。

ストックマン博士　ばかな。

ストックマン夫人　あなた、こんな大騒ぎをしてわたしたちを不幸にしようというんですか。

ストックマン博士　どうかしているよカトリン！　妻子ある男には真実を言う権利はないのか――自分の町に貢献する権利はないのか！

ストックマン夫人　何ごとも穏やかにやるならねトマス！

アスラクセン　わたしも、それを言っているんです。何ごとも、穏やかに。

ストックマン夫人　あなたもいけないのよホヴスタさん、主人をこんな騙しごとにひき込むなんて。

ホヴスタ　わたしはだれも騙してはいません――

ストックマン博士　騙す！　ぼくを騙す！

ストックマン夫人　ええ。あなたは町いちばんの賢い人、分かってる。でもとってても騙されやすいのよトマス。（ホヴスタに）この人が書いたものを新聞に載せたら、センター専属医師の職を失うことになるんです――

アスラクセン　なんですって！

ホヴスタ　いや先生――

ストックマン博士　はっはっ、やれるものならやってみるがいい――！　いや君――やつらにはできない。ぼくの後ろには絶対多数が控えているんだからね！

ストックマン夫人　それが不幸のもとなのよ。

ストックマン博士　何を言うんだカトリン、――君は家の面倒をみてくれ、真実の面倒はぼくがみる。戦いに勝利するのは真実と人民だ。ぼくには自由な人民の軍隊が勝利にむかって行進しているのが見える――！　なんだこれは？

アスラクセン　ああ！

ホヴスタ　はん――

ストックマン博士　これは権威の象徴だ。

ストックマン夫人　町長さんの帽子！

ストックマン博士　それにステッキ。いったい――？

ホヴスタ　いや、そのう――

ストックマン博士　分かった！　君らに話をしに来たんだ。はっはっ、なるほど！　で、ぼくが印刷室から来るのが見えたので――逃げた？

アスラクセン　えええ。

ストックマン博士　逃げた、ステッキを忘れて、それから

――いやとんでもない。ペーターは何かを忘れて逃げるような男じゃないよ。どこにいる？　もちろん、そこだ。見ててごらんカトリン！
ストックマン夫人　トマス――お願いですから――！
アスラクセン　気をつけてください、先生！
ストックマン博士　（帽子をかぶり、ステッキを持ち、敬礼する）

（11）

町長　（出てくる）なんの騒ぎだ。
ストックマン博士　ペーター、この帽子が目に入らぬか！
ストックマン夫人　やめてよトマス！
町長　それを返せ！
ストックマン博士　余は町長――町の支配者なるぞ！
町長　返せというんだ。
ストックマン博士　ふん、眠れる人民が目覚めるとき帽子なんか怖がると思うかね？　あした町には革命が起こる。ぼくを追放すると脅かしたが、今はぼくが君をすべての公職から追放する――。できないと思っているのか？　できるんだよペーター。ぼくには町民がついている。ホヴスタ君とビリング君は『人民新報』で狼煙をあげる。アスラクセンさんは民宿組合の先頭に立って出撃する――
アスラクセン　そんなこと、わたしはしませんよ先生。
ストックマン博士　いやするね――
町長　ホヴスタ君、やっぱり扇動の片棒をかつぐつもりかね？
ホヴスタ　いいえ町長さん。
アスラクセン　いいえ、ホヴスタ君は、噂に惑わされて、何もかも、台なしするような、そんな馬鹿ものでは、ありません。
ストックマン博士　どういうことだ？
ホヴスタ　先生の言われたことは間違ってました。ですから支持できません。
ビリング　町長さんが丁寧に話してくださったので――
ストックマン博士　間違ってた！　いや、そういう問題はぼくにまかせてくれ。君たちはただあのレポートを掲載すればいい。責任はすべてぼくがとる。
ホヴスタ　掲載しません。わたしには掲載できませんし、したくもありません。その力もありません。
ストックマン博士　力もない？　君は編集長だろう。新聞掲載の決定権は編集長にあるんじゃないのか。
アスラクセン　いいえ、それは読者にあるんですよ先生。
町長　ブラヴォ！
アスラクセン　読者が求めないものは、掲載できないんです。

ストックマン博士　そうかね――

町長　帽子とステッキをよこせ！　おまえの任期はあっという間に終わった。

ストックマン博士　まだ終わってはいない。あのレポートは、『人民新報』には決して載せない？

ホヴスタ　ええ。先生のご家族のためにも。

ストックマン夫人　家族のことはほっといてくださいホヴスタさん。

町長　読者のためには、これを載せれば十分。さあ。

ホヴスタ　結構です。すぐにとりはからいます。

ストックマン博士　しかしぼくのは載せない。そう簡単に真実を無視できると思ってるのか！　アスラクセンさん、その原稿をすぐに印刷してパンフレットにしてください――費用はぼくが出します――四百部刷ってくださ い、いや、五百――六百にしてもらおうか。

アスラクセン　いくらお金を積まれても、わたしのところでは、こういうものは、印刷できません。町民を惑わすものは、だめです。町には、どこも、これを印刷するところは、ないでしょう。

ストックマン博士　じゃ、返してもらおう。

ホヴスタ　どうぞ。

ストックマン博士　しかしこの問題は公にする。集会を開いてでも。すべての町民が真実の声を耳にする！

町長　町じゃどこの会場も貸してはくれないだろうね。

アスラクセン　それは、たしかです。

ビリング　ちくしょう、絶対にだ！

ストックマン夫人　なんて恥知らずな！　どうしてみんなあなたに反対するの？

ストックマン博士　教えてやる。それはこの町のだれも彼もがおまえみたいなばか女だからだ。身内のことしか考えない、真実なんて見向きもしない。

ストックマン夫人　じゃあ見せてあげる、ばか女にも人間になれるものがひとりはいるってことをね。わたし今ははっきりとあなたの味方になるトマス！

ストックマン　よく言ったカトリン。どんなことがあってもこれは公にする！　会場が借りられなければ、太鼓叩きを雇って町中を行進する。それで町の角々で原稿を読みあげてやる。

町長　おまえもそれほどのばかじゃないだろう！

ストックマン博士　ああばかだよ――！

アスラクセン　町中だれひとり、先生について行くものはおりませんね。

ストックマン夫人　大丈夫よトマス、きっとだれかいる。

ストックマン博士　ペートラがいる！　おまえもなカトリン！

ストックマン夫人　いえいえ、わたしはだめ。でも窓から眺めている。

ストックマン博士　ありがとう！　さあ、戦闘開始だ諸君！　見てみようじゃないか、卑劣漢どもに、社会を清めるこの正義漢を黙らせることができるかどうか！（去る）

町長　とうとう女房まで狂わせてしまった。

第四幕

（ホルステル船長の家の古い大きなホール。大勢の町民）

（1）

ホルステル　ご家族はここに。何かあっても簡単に抜けられますから。

ストックマン夫人　感謝していますホールを貸してくださって。

ホルステル　とんでもない。だれも貸そうと言わないんですから——

ペートラ　でも勇気がいる。

ホルステル　こんなこと、勇気なんかいりません。

（2）

ストックマン博士　大丈夫かカトリン？

ストックマン夫人　ええ大丈夫。かっとならないでトマス。

ストックマン博士　分かってる。

ホルステル　時間も十五分すぎましたから——始めさせていただきたいと思います——

アスラクセン　まず議長選出を。

ストックマン博士　いや、その必要はない。

町長　わたしはあると考える。

ストックマン博士　しかしわたしの講演会だよペーター！

町長　センター専属医の講演となれば、いろんな意見が出てくる可能性もある。

多くの声　議長だ！

ホヴスタ　大多数が議長を要求しているようです。

ストックマン博士　分かった。みんなの意見を尊重しよう。

アスラクセン　それでは、町長さんに、お願いするということでは、いかがでしょうか。

三人　ブラヴォ！　ブラヴォ！

町長　いくつかの明白な理由があって、わたしは辞退させていただきます。しかし幸いにして、ここに全員が同意できる適任の方がおられます。民宿組合の組合長アスラクセンさんです。

多数の声　賛成！　異議なし！　アスラクセンいいぞ！

アスラクセン　みなさんが、たってと言われるなら、やむを得ません――（拍手）ええ、この場にあたりまして、一言、ご挨拶させていただきます。私は、生来、静かさと平和を愛するものであります。分別ある穏健さ――穏健なる分別を信条としております。それはお付き合いいただいている、どなたも、ご承知のところと思います。

大勢の声　知ってるぞ！

アスラクセン　――それは、分別と穏健さこそ、人間にとって、最も必要なものであるということを、学んできたからであります。したがいまして私は、この集会を催した尊敬すべき同志にたいしまして、くれぐれも、穏健さの境界をこえることなきよう、お願いしたいと思う次第であります。

男　穏健協会に乾杯！

大勢　しっしっ！

アスラクセン　ほかに、発言したい方は、おられませんか？

町長　議長！

アスラクセン　町長さん、どうぞ。

町長　みなさんご存じのとおり、わたしと現在のセンター専属医との間には、近しい血族関係があります。それを考慮いたしまして、わたしは今晩発言を控えるべきであると考えておりました。がしかし、ヘルスセンター経営委員会の一員といたしまして、また町の最重要利害関係に照らしてみましても、わたしは一つの提案をいたさなければならないと感ずるものであります。わたしは、ここにお集まりの方々のだれひとりとして、温泉と町の衛生状態に関して無責任かつ誇張された噂が広く世にいきわたることを望んではいないと、あえて推測するものであります。

大勢の声　いない、いない、いない！

一人　ばあ！

町長　したがってわたしは、この集会の名において、センター専属医に、この問題についての発言あるいは講演を許可しないということを提案したく思う次第であります。

ストックマン博士　許可しない――！　どういうことだ！

ストックマン夫人　あはん――あはん！

ストックマン博士　いや、許可しない理由だ。

町長　わたしは、『人民新報』に掲載した文章の中で、本当の事実をみなさんにお知らせいたしました。したがって、判断力のあるすべての町民のみなさんは、容易に判断がつくわけであります。センター専属医の提案は、町の納税者に、少なくとも数億円の税金を要求することになるでしょう。

（大混乱。）

アスラクセン　静粛に、静粛に願います！　私は、町長の提案を、支持したいと、思います。博士の意図が誠実なものであることは、もちろん、だれも疑いません。しかし、どんなに素晴らしいことも、高すぎては手が届きません。

ホヴスタ　わたしも、自分の立場を弁明する必要を感じております。はじめはわたしも、できるかぎり偏見なく、ストックマン博士を支持いたしました。しかしその後、間違った証明に惑わされている気配を感じ始めたのでありますーー

ストックマン博士　間違ったーー！

ホヴスタ　信頼性に欠けると申しましょうか。町長の説明がそれを明らかにいたしました。ここにお集まりのみなさんの中には、わたしの信念がリベラリズムにあることを疑う方はおられないと存じます。『人民新報』が政治的にどういう立場をとっているか、よく知られているところであります。しかしわたしが、経験豊かにして分別ある方々から学んだことは、純粋に地元の問題を扱うときは用心深くなければならないということであります。これまでしばしば客として招いてくださった方に反対することは大変つらい戦いでありました。ーー今日までは、みなさんも大いに支持してきた方であります。ただ、この方の唯一の、あるいは根本的と言ってもいい欠点は、頭より心に動かされて行動することにあります。

あちこちからの声　そのとおり！　ストックマン博士ばんざい！

ホヴスタ　しかし、町に対する義務が、わたしにこの方との決別を余儀なくさせました。そして、この方が決心されている、町にとって致命的な行動を阻止したいと考えております。

（拍手、ちゃかす声。）

アスラクセン　それでは、町長さんの提案について、賛否を問いたいと思います。

ストックマン博士　その必要はない！　わたしは今晩、温泉の汚染問題について話をするつもりはない。いや、諸君にはまったく別のことを話したいと思う。

町長　今度は何を言い出すんだ？

酔った男　おれは税金払ってんだ！　発言権があるはずだ！

男　そうだそうだ。

声　そこの男、静かにしろ！

他の声　つまみ出せ！

（酔った男は出ていく。）

ストックマン博士　発言していいかね？

アスラクセン　ストックマン博士に、発言を、許可します！

(拍手。)

ストックマン博士　ほんの二、三日前までは、今夜のように口を封じられたりしたらどうなったか！　神聖なる基本的人権を守るために全力をあげて戦いを挑んだことでしょう！　しかし今はそんなことはどうでもいい。今はもっと大きな問題について話をしたいと思うからです。この二、三日、わたしは実に多くのことを学んできました。そしてすべての関係が明白に見えてきました。わたしは諸君に大いなる発見のことを話したいと思っているのです！　給水場の汚染とか、温泉が病原菌にあふれているとか、そういった小さなことではなく、まったく別の、大いなる発見について話をしたいと思うのです。

大勢の声　なんだ！　なんの話だ。

ストックマン博士　わたしがこの二、三日のうちに発見したこととは――われわれすべての生活の源が汚染されており、われわれの社会全体が虚偽の病原菌にあふれているという発見です。

戸惑った声々　なんのことを言ってるんだ？　なんだって？

アスラクセン　発言者は、言葉に気をつけてください。

ストックマン博士　わたしはこの生まれ故郷の町をこよなく愛しています。わたしはここを出たときまだ若かった。そしてはるか北の、恐ろしく辺鄙なところに何年もの間住んでいました。しかし、わたしが北国にいて、故郷の町のことを忘れてしまったと言う人はだれもいないと思います。わたしはトリが卵を抱くように、一つの考えを温めていたのです――それが、この町の温泉開設の計画でした。

(拍手と野次。)

それから、運命の女神がやっと微笑みかけてきました、とうとう故郷に戻ることができたのです――そうです諸君、そのときわたしには、この世でもはやこれ以上のことを望む気持ちはありませんでした。いや、望みがあるとすれば、故郷の町のために全身全霊をもって尽くすことだけでした。

町長　不思議なやり方をする――ふん。

ストックマン博士　そしてわたしはここで、ただただ幸福感に浸っていました。ところが、きのうの朝――いや、正確にはその前の晩――わたしの目が大きく開かれたのです。そして最初に目に入ってきたのが、支配者連中の言いようのない愚かさでした――

町長　議長！

アスラクセン　議長職権によって――！

ストックマン博士　言葉尻をとらえてなんになる！　ぼくはただ、ここの温泉に関して、上に立つ者たちのとてつもないうそに気がついた、そのことを言いたいだけだ。連中には死んでも我慢できない――そういう連中は開拓地を荒らす野生の山羊だ。自由な人間を見るとがむしゃらに行く手を遮る疫病神だ。一掃できたらどんなにいいことか――
（ホールに騒ぎ。）
町長　議長、こんな言い方が許されるのかね！
アスラクセン　先生、どうか、穏やかに願います。
ストックマン博士　これ以上、支配者連中のことは口にしないでおきましょう。わたしは自信を持って言えます。過去の遺物のような老人どもが、社会にとって最大の危険なのではありません。われわれの精神生活の大もとを毒し、われわれの大地に疫病をまき散らしているのは彼らではありません。社会の真実と自由にとって、もっとも危険な敵は彼らではありません。
叫び声　じゃ、だれだ？　それはだれだ？　教えてくれ！
ストックマン博士　教えましょう！　これこそが、きのうわたしがみつけた大発見なのです。最も危険な敵とは、自由自由とわめきたてる絶対多数の大衆です！　これでお分かりでしょう。
（ホール中が大変な騒ぎ。）
アスラクセン　議長として、発言者に、不穏当な表現を取り消すよう、要求します。
ストックマン博士　取り消すもんか。ぼくの自由を奪い、真実を述べることを妨げているのは、大多数の大衆というものなんだ。
ホヴスタ　多数は常に正しい。
ビリング　真実もまた多数の側にあるんだ、ちくしょう！
ストックマン博士　多数が正しいなんてことは決してない。決してだ！　それは世にはびこっている偏見だ。ちょっと考えればそんなことはだれだって分かる。国民の大多数はどういう人間だ？　賢い人間か愚かな人間か？　世界中どこでだって、圧倒的多数を占めているのは愚かな人間だ。それはだれも否定できないだろう。しかし愚かな人間が賢い人間を支配するほどばかげたことがあるだろうか！
（騒ぎと叫び。）
いくらでも叫べ。しかしぼくの言うことに反対はできないだろう。多数は力を持っている、しかし正しいのではない。正しいのは、ぼくのような少数の人間だ。正しいのは常に少数なんだ。
（再び大騒ぎ。）
ホヴスタ　はっはっ、ストックマン先生はおととい から貴族になった！
ストックマン博士　ぜいぜい息をしながら後からついてくる小心ものの男に、わきたつような人生の喜びを期待することは無理だ。ぼくが期待するのは、新たな未来をめざして真実に身を捧げる少数の人間だ。

ホヴスタ　つまり、博士は革命闘士になったってわけだ！
ストックマン博士　そうなんだよホヴスタ君！　ぼくは大衆の側に真実があるという偽りに対して革命を起こすつもりだ。大衆が後生大事にしてる真実とはどんなものだ？　よぼよぼの老いぼれた真実か。真実もそんなに年をとれば虚偽と変わることがないんじゃないかね。
（笑いと嘲笑。）
そう、君たちが信じようが信じまいが、真実とは諸君が思いたがっているような、頑丈な大理石じゃ全然ない。真実の寿命はせいぜい十五、六年、長くて二十年がいいところだ。しかしそれくらい年をとると、真実も恐ろしくやせ細ってくる。そうなって初めて大衆はそれを受け入れ、健康食としてありがたがる。だがそんなものに栄養なんかありはしない。医者として保証する。大衆の真実とやらは古い燻製肉みたいなもの。腐っていやな臭いのするハムってとこ。
アスラクセン　発言者は、当面の問題から、逸脱しないでください。
ストックマン博士　いやいや、わたしはできるだけ問題に即しているつもりです。わたしが話したかったのは、どんな社会でも、古びた、気の抜けた真実を土台にしては、健康な生活を営むことはできないということです。これこそがたしかな真実というもの。
ホヴスタ　ナンセンス！　古びた気の抜けた真実とは、いったいどんなものですか。
ストックマン博士　そういうがらくたなら束にして読み上げてやるよ。まず第一に『人民新報』が世に広めようとしている真っ赤なうそ――
ホヴスタ　それは――？
ストックマン博士　それは群衆とか大衆とかいうものが人民の核だという――それこそが人民そのものだという教えだ。――これら無知蒙昧な大衆が、選ばれた高貴な精神の持ち主と同じだという教え、彼らに正しい判断力や認識能力があって、それを行使する権利を持っているという教えだ。
ビリング　ちくしょう――
ホヴスタ　あの言い草をきいたか！
怒った声　人民が支配するんじゃないのか？　支配するのは選ばれた連中か？
労働者　あんなことを言うやつはつまみ出せ！
他のもの　追い出せ！　出ていけ！　ばか野郎！
（大きな角笛の音、ホール中に笛と増大する騒ぎ。）
ストックマン博士　何もみんなに同意しろと言っているんじゃない。しかしホヴスタ君は過激派を自称していたんだから――
驚きの声　なんだって？　編集長のホヴスタが過激派？

ホヴスタ　証拠がありますか！　ぼくがいつそんなことを言いました？

ストックマン博士　いやいや、君にそんな勇気はない。過激派はわたしだ、そうしておこう。わたしが言いたいのは、『人民新報』が町民大衆こそ人民の核だと書き立てているのはまさに詐欺行為だということです。それは新聞の書くいつものうそ。大衆は人民の素材に過ぎない。生き物の世界ではどこも同じ。純血動物と雑種動物には、どんな違いがあるか知っていますか？　犬はどうですか。犬は人間によく似ている。汚いどこにでもいる雑種犬、通りを駆け回り壁とみればしょんべんするそういう犬と、何代も血統をさかのぼることができる高貴なプードル犬を比べてごらんなさい。豊かな環境で、優しい話声や音楽の中で育てられたプードルの頭は、雑種犬とは違った発達をしている。あたりまえでしょう！　訓練次第で考えられないような芸をするようになる。そこいらの雑種犬は逆立ちしたって無理というものだ。

（騒ぎと笑い。）

一人の町民　おれたちを犬にしようってのか？

ストックマン博士　いやわれわれも動物なんですよ！　それぞれ分相応の動物なんです。しかし本当に高貴な種族は、われわれの中にもそうたくさんはいない。プードル人間と雑種人間の間には大変な溝がある。

ホヴスタ　ぼくにはそういう高貴さを求めるつもりはありませんね。貧しい百姓の出で、自分の家系が、今軽蔑的に言われた大衆に深く根ざしていることを、ぼくはむしろ誇りに思っています。

大勢の労働者　いいぞホヴスタ！

ストックマン博士　大衆は社会の底辺に沈んでいるだけじゃない、われわれのまわりにうようよしている、社会の上層部にもね。そこの町長を見てごらんなさい！　わが輝かしい兄のペーターは、実に恐ろしいほどに高貴さを欠いている――したがって自由な精神はこれっぽっちもありません。

町長　議長――！　個人攻撃には、断固抗議する。

ホヴスタ　それじゃ貴族だけが自由精神の持ち主ってわけですか？　これは新説だ。

ストックマン博士　そう、これもまたわたしの新しい発見の一つです。『人民新報』が、日夜誤った教えの宣伝に努めているのは、上の沼地にすてられている工場廃棄物と同じ、無責任この上ない。諸悪の根源はわれわれの生活の中にひそむ愚かさ貧困にあるのです！　毎日空気を入れ換えて掃除をしていない家では――うちのカトリンは、床磨きも必要だと言っていますが――そういう家に二、三年も住んでごらんなさい。間違いなく思考力や道徳心を失ってくる。酸素が欠乏すれば良心も鈍る。この町では実に多くの家が酸欠です。だから君たちは、虚偽の沼地の上に発展の土台を築こうとする。

アスラクセン　町民に向かって、こんなひどい中傷を、許すことはできない。

一人の紳士　発言をやめさせろ。

熱心な声々　そうだそうだ！　発言をやめさせろ！

ストックマン博士　それならぼくは町中の角かどで叫んでやる！　よその町の新聞に書いてやる！　ここで何が起こっているか国中に知らせてやる！

ホヴスタ　この町を破滅させるつもりだ。

ストックマン博士　そうだ。ぼくはこの町を愛しているからだ。虚偽の上に花開くのを見るくらいなら破滅させた方がいい。

アスラクセン　激しいことを言う。

（騒ぎと笛の音。）

ホヴスタ　町全体を破壊しようとしている！　町民の敵だ！

ストックマン博士　虚偽の町を破壊するのになんの遠慮がいるものか！　ただ壊せばいい！　うそでかためた生活は一掃しろ！　君たちはやがて国中に疫病をまきちらすことになる。そうなれば、ぼくは全身込めて叫んでやる、この国を破壊しろ、国民みんなを一掃しろ！

一人の男　これは完全な人民の敵だ！

群衆全体　そうだ、そうだ、そうだ！　人民の敵だ！　祖国を憎んでいる！　人民を憎んでいる！

アスラクセン　私は、国民としても、ひとりの人間としても、こんなことを耳にしてショックをうけています。残念ながら、今、諸君が表明された意見に、私も、同意せざるをえません。次の決議文を、提案します、《この集会は、ヘルスセンター専属医トマス・ストックマンを、人民の敵とみなすことを宣言する》。

（大勢の賛成の声と歓声。）

ストックマン博士　愚かものども――言っておくが――

アスラクセン　（鈴を鳴らす）博士の発言を禁止します。正式に採決をとりたいと思います。個人的感情を考慮して、無記名投票にいたします。紙を持ってますか、ホヴスタ君？

ホヴスタ　青と白の両方ありますが――

アスラクセン　それはいい。青い紙は反対、白い紙は賛成。みなさんに配ってください。

一人の紳士　ねえ、あの人の家にはよく行ったんでしょう。あの人は飲むんですか？

ビリング　なんと言えば。いつもトデイ酒はありましたが

――

紳士　ときどき頭が変になるんじゃ？

ビリング　そうかもしれません。
紳士　それとも何か仕返しをしたいんでしょうか。
ビリング　そういえば、最近給料をあげてくれとか。でも、だめだったんです。
紳士　なるほど、それで説明がつく。
モルテン・ヒール　（博士に近づいて）おい、ストックマン、ありゃなんだ、上の沼地の皮なめし工場のことは？
ストックマン博士　言ったでしょう、汚染のもとはみんな工場からきているんです。
モルテン・ヒール　おれの工場も？
ストックマン博士　お父さんのところがいちばんひどい。
モルテン・ヒール　それをぶちまけるつもりか？
ストックマン博士　何ひとつ隠し立てしません。
モルテン・ヒール　それは高くつくよ、ストックマン。
別の紳士　ねえ、船長、あなたは人民の敵に、お宅の家を貸されたわけですね？
ホルステル　自分の持ち物ですから、好きなようにしていいと思いますが。
紳士　じゃ、わたしも自分の持ち物を好きなようにしても、異存ありませんね。
ホルステル　どういう意味ですか？
紳士　あした、お知らせしましょう。
アスラクセン　（投票用紙を手に）みなさん、投票の結果を発表します。青が一票。
酔っ払い　それはおれのだ。
アスラクセン　酔っ払いの一票をのぞいて、全会一致で、この集会はヘルスセンター専属医ストックマン博士を人民の敵と宣言いたしました。
（叫びと賛成の合図。）
わが伝統と名誉ある町に万歳を！
町民　フラー！　フラー！　フラー！
アスラクセン　閉会します。
ストックマン博士　帽子と外套をとってくれペートラ！　船長さん、アメリカ行きの船の切符はありますか？
ホルステル　ご用意します先生。
ストックマン博士　結構。行こうカトリン！
ストックマン夫人　トマス、裏口から行きましょう。
ストックマン博士　裏じゃないカトリン。――ぼくはどこいらの男のような優しい人間じゃない。汝らは自分のしていることが分かっていないのだから、汝らを許す、などとぼくは言ったりはしない。
アスラクセン　神への冒涜ですよ先生！
ビリング　群衆を前にして恐ろしいことを言う。

しゃがれた声　あれは脅迫だ！

怒った声　やつの家を叩き壊せ！　やつをフィヨルドにほうり込め！

（角笛の音、笛、荒々しい叫び。）

全群衆　（去っていく彼らのあとに）人民の敵！

ビリング　こんちくしょう！　今晩は、あの家にトデイ酒を飲みになんか行くもんか！

（通りから叫び声、「人民の敵！」）

第五幕

（ストックマン博士の仕事部屋）

（1）

ストックマン博士　カトリン、また一つ見つけた。

ストックマン夫人　まだまだある。

ストックマン博士　この石は記念にとっておこう。ガラス屋は呼んだのか？

ストックマン夫人　ええ、でも、今日来られるかどうか分からないって。

ストックマン博士　来る勇気はないね、見ててごらん。

ストックマン夫人　ええ。手紙よトマス。

ストックマン博士　どれ。なるほど。

ストックマン夫人　だれから？

ストックマン博士　家主からだ。借家契約の取り消しだって。

ストックマン夫人　あの人が？

ストックマン博士　こんなこと、したくないんだが、勇気がないんだって――町民宣言を考えると――近所の手前

――

ストックマン夫人　ほうらねトマス。

ストックマン博士　しかしぼくらにはどうでもいいことだよカトリン。アメリカに発つんだから――船長に頼んである。

ストックマン夫人　でもねトマス、よく考えたことなの？

ストックマン博士　人民の敵と言われてこんな町に住めると思うのか！　窓はこなごな、床は石だらけ！　それに見てごらんカトリン、やつらぼくのズボンに穴を開けてしまった。

ストックマン夫人　あらいやだ、いちばんいいズボンよ。

ストックマン博士　自由と真実のために戦うときは、決していちばんいいのを着て行かないことだな。いやズボンなんかどうでもいい、つくろえばいいんだから。しかしあの大衆という愚かものが、ぼくと同じ人間だって顔をして口を出す――これだけはどうしても我慢できない！

ストックマン夫人　ええ、町の人たちのやり方はほんとに

ひどい。でもねトマス、だからって国をすてる必要があるの？

ストックマン博士　よその町はここよりひどくないというのか？　とんでもない。どこだって同じだ。くそったれの雑種が勝手に吠えるくらいはまだいい。そんなのはいくらも我慢できる。どうにも我慢できないのは、国中のだれもかもが付和雷同することしか知らないってことだ。もちろん――アメリカでも変わりはないかもしれない。あそこでも、絶対多数とか大衆とか、ばかげた言い草は同じだろう。しかしスケールが大きい。殺しはしても、じわじわ締め付けるなんてことはしない。自由な精神を、この国みたいにキリでもむようなことはしない。まさかのときは外に避難することもできる。あの国で、どこか安く手にはいる森か、小さな南の島でもあればなあ――

ストックマン夫人　でもわたしたちはどうなるのトマス？

ストックマン博士　変だぞカトリン！　君はこんな町がいいと思っているのか？　きのうの晩、町の半分の人間は気が狂っていた。あとの半分が正気を無くさなかったのは、無くすような正気もない馬鹿ものだからに過ぎない。

ストックマン夫人　言葉に気をつけてちょうだいトマス。

ストックマン博士　おや、そうじゃないというのか？　やつらは何もかも、正しいことも正しくないことも一緒くたにしてかきまわしている。ぼくには真実だと分かっていることを、やつらは虚偽と呼んでいる。だが何より狂っているのは、いい歳をした自称リベラリストがわんさいて、自由精神の持主だと自分にも他人にも信じ込ませていることだ！

ストックマン夫人　ええたしかに狂ってる、でも――

(2)

ストックマン夫人　もう戻ったの？

ペートラ　ええ、クビになった。

ストックマン夫人　クビ！

ストックマン博士　おまえもか！

ペートラ　校長からやめてほしいって言われたの。それでその場で出てきた。

ストックマン夫人　校長がそんなひどいことを――

ペートラ　先生は悪い人じゃないけど、つらいのよ。勇気がないって。わたしをクビにするしかないって。

ストックマン博士　勇気がない！　これはいい！

ストックマン夫人　ゆうべあんなことがあったんだから――

ペートラ　それだけじゃないのよ。実はね、今朝三通も投書が来たんですって。見せてくれた――

ストックマン博士　署名なしだろ？
ペートラ　ええ。
ストックマン博士　名前を書く勇気なんかない。
ペートラ　そのうちの二通には、わたしが過激思想の持ち主だって書いてあった。うちに出入りする殿方が、ゆうべクラブでそう話していたんですって――。校長先生だって、二人きりのときはかなり過激なことを口にするのよ。でもわたしは、それを公にされた以上学校に残ることはできないって。
ストックマン博士　この町にこれ以上は生きてはゆけない。さっさと荷作りをして出て行こうカトリン。

（３）

ホルステル船長　こんにちは。どんなご様子かと思いまして。
ストックマン博士　ありがとう。本当にご親切に。
ストックマン夫人　いろいろありがとうございました、ホルステルさん。
ペートラ　ゆうべ、無事にお帰りになれました？
ホルステル　ええ大丈夫。腕には自信があります。それに連中は口が達者なだけです。
ストックマン博士　そう、豚みたいに臆病だ。ほら、この石を見てごらんなさい。連中が投げてきたんですが、どこを探しても、投げるにふさわしい大きな石は、まあ、二つくらい。あとはただの小石です。それでも連中は、ぼくをたたきのめすと叫んでいました。この町じゃ何ごともたいしたことはできないんです！
ホルステル　でも、今度はそれで助かりましたでしょう。
ストックマン博士　それはそう。でもやっぱりいらいらする。ぼくが人民の敵だというなら、人民の敵になろうじゃないか。
ペートラ　そんなこと笑い飛ばせばいいのよお父さん。
ホルステル　人の考えなんてすぐに変わるものですよ先生。
ストックマン夫人　そうよトマス、本当よ。
ストックマン博士　ああ、遅すぎる頃にね。出発はいつですか船長？
ホルステル　ええ――実はそのことで、お話があるんです――
ストックマン博士　何か不都合なことでも？
ホルステル　いいえ、でもわたしはごいっしょできそうもないんです。
ペートラ　まさか解雇されたんじゃないでしょ？
ホルステル　ええ、実はそうなんです。
ペートラ　あなたも。
ストックマン夫人　どうトマス？

ストックマン博士　それも真実のせい？　ああ、そういうことが分かっていたら――

ホルステル　心配はいりません。わたしはよその町で簡単に仕事を見つけられますから。

ペートラ　わたしたちを家まで送ってくださらなければ、こんなことにならなかったでしょうに。

ホルステル　後悔はしていません。

ペートラ　ありがとう！

ホルステル　ですから、すぐにご出発されたいのなら、別の方法を考えます――

ストックマン博士　ありがとう、すぐに発つことさえできれば――

ストックマン夫人　しっ、ノックの音よ。

（4）

町長　お客さん？　それじゃ、あとで――

ストックマン博士　いいよいいよ、かまわない。

ストックマン夫人　わたしたち奥に行ってます。

（5）

町長　（黙って、窓のほうを眺めている。）

ストックマン博士　風通しがいいだろう？　帽子を脱いだら。

町長　きのう風邪をひいたようだ。寒かった――

ストックマン博士　そう？　ぼくは暑すぎたがね。

町長　ゆうべは騒ぎをやめさせられなくて、悪かったと思っている。

ストックマン博士　ほかに何か用？

町長　これを経営委員会から持ってきた。

ストックマン博士　解雇通知？

町長　われわれも残念だが――町中があぁいう具合だからどうする勇気もない。

ストックマン博士　勇気がない？　それを聞くのは今日何度目だ？

町長　おまえは今後この町で、いかなる治療にもたずさわってはならない。

ストックマン博士　治療なんてくそくらえだ！　でもどうしてたしかめる？

町長　署名リストを一軒一軒まわした。おまえの診療を受けないという。署名を拒否したものはひとりもいなかった。単純至極、そんな勇気はないわけだ。

ストックマン博士　それで？

町長　おれの忠告は、しばらくここを離れてるということだ――

ストックマン博士　ぼくもそれを考えている――

町長　結構。半年くらい冷却期間をおいてから、よく考えた結果自分の誤りに気づいたという短い謝罪文でも書けば――

ストックマン博士　またもとのポストに戻れる？

町長　おそらく。不可能なことではない。

ストックマン博士　しかし町民宣言はどうなる？　あれがあってはだめだろう。

町長　宣言なんてすぐに忘れられる。それに正直言うと、おまえに現状を承認してもらうことが重要なんだ。

ストックマン博士　そうやって舌なめずりしている！　忘れたわけじゃないだろう、そういう汚い騙し方にぼくがなんて言ったか！

町長　あのときはおまえも町全体が後ろに控えていると思っていた――

ストックマン博士　ところが今は、町全体が後ろから襲いかかってくる。――絶対に承知したりしない。「百万人といえども我ゆかん」だ。

町長　家族のことを考えればそんなこと言っていられないよ。おまえにもそんな勇気はないねトマス。

ストックマン博士　勇気がない！　自由な人間に勇気がないのは一つだけ。なんだか知ってるか！

町長　いや。

ストックマン博士　教えてやろう。自由な人間は、自分を泥の中につきおとす勇気はない、自分で自分の顔に唾をひっかける勇気はない！

町長　立派な言い草だ、もしその頑固さを説明する別の理由がないのならね――

ストックマン博士　どういう意味だ？

町長　分かってるくせに。しかし兄として忠告しておく。あまり希望的観測はしない方がいい。

ストックマン博士　いったいなんのことを言ってるんだ？

町長　皮なめし工場のヒールじいさん、その遺言状を知らないとは言わせないよ。

ストックマン博士　大した財産じゃないが、なめし職人の老人ホームに寄付されることになっている。それがぼくとなんの関係がある？

町長　第一に、財産は決して小さくはない。ヒールじいさんはかなりの資産家だ。

ストックマン博士　まさか、聞いたこともない――！

町長　じゃ、その財産の少なからぬ部分がカトリンに相続されることになっていることも、じいさんはおまえに話してないのか？

ストックマン博士　話すも話さないも！　じいさんは税金のことばかり文句をいっている。しかし今の話はたしかなのかペーター？

町長　確実な筋から聞いている。

ストックマン博士　いやこれはまた。カトリンの生活が保証されている――カトリン、カトリン！
町長　しっ、まだ話さない方がいい！
ストックマン夫人　どうしたの？
ストックマン博士　なんでもない。いいからそっちに行ってくれ。
ストックマン博士　生活が保証されている！　なんということだ――素晴らしい、ほっとする――
町長　そう、しかしまさしくそれが問題でね。ヒールじいさんは、いつでも遺言状を書き換えることができる。
ストックマン博士　大丈夫だペーター。アナグマじいさんは、ぼくが君の一派に一泡ふかせたんで大喜びしている。
町長　なるほど、それでだいぶ話が分かってきた。
ストックマン博士　何が分かってきたって？
町長　話のつじつまが合ってきた。おまえが町の支配層に向けた批判はモルテン・ヒールの遺言状と引き換えにやったことなんだな。
ストックマン博士　ペーター――君みたいな卑劣漢はみたことがない。
町長　おれたちの仲はこれでお終いだ。おまえの解雇は変えられない――今はわれわれが、おまえに武器を向けるときだ。

(6)

ストックマン博士　くそくそくそ！（呼ぶ）カトリン！　やつの歩いた床を洗え！　バケツを持ってこい――
（モルテン・ヒールが入ってくる。）
ストックマン博士　なんの用です？
モルテン・ヒール　今日、この家の様子は素晴らしいなストックマン。まったく素晴らしい。空気も新鮮だ。きのうおまえが話していた酸素がいっぱいある。おまえの良心はすっかりきれいになってるだろう。
ストックマン博士　ええそのとおり。
モルテン・ヒール　しかし、わしがここに何を持っているか、分かるかね？
ストックマン博士　それもきれいな良心だといいですね。
モルテン・ヒール　ふん！　もっといいものだ。
ストックマン博士　温泉の株？
モルテン・ヒール　今日は手に入れるのが簡単だった。
ストックマン博士　買ったんですか――？
モルテン・ヒール　ありったけの金をはたいてな。
ストックマン博士　でもお父さん、――今温泉の状態は疑わしいんですよ――！
モルテン・ヒール　おまえさんが物分かりいい振る舞い方をすれば、また立て直すことができる。
ストックマン博士　もちろんできるだけのことはします。

でも――町の人間はみんな頭がおかしいんです！

モルテン・ヒール　おまえはきのう、最大の汚染は、おれの皮なめし工場から出ていると言ったな。それがほんとなら、おれの祖父さんも親父もおれ自身も、何年もの間この町を毒していたことになる。三人の悪魔ってわけだ。そんな汚名を着せられて、黙っていられると思うのか？

ストックマン博士　残念ですがやむを得ませんね。

モルテン・ヒール　いや結構。自分の名誉は自分で守る。おれは名誉ある人間として生涯をまっとうしてみせる。

ストックマン博士　でもどうやって？

モルテン・ヒール　おまえさんが助けてくれるんだよストックマン。

ストックマン博士　ぼくが！

モルテン・ヒール　これを買った金がどういう金か、知ってるか？　これは、カトリンとペートラが相続するはずの金だ。

ストックマン博士　カトリンのお金！　そんなことに使ったんですか！

モルテン・ヒール　そう、全部温泉に投資した。それで、おまえがまだおれの工場が汚染のもとだと言いはるつもりなら、それはカトリンの生爪をはぐようなことになる。ペートラもだ。ちゃんとした父親なら、そんなことはしない――気でも狂わないかぎりな。

ストックマン博士　ああ、ぼくは狂ってるんです、狂ってるんですよ！

モルテン・ヒール　女房子どもにかかわることだ。骨のずいまで狂ったりはできないだろう。

ストックマン博士　そんな紙くず同然のものを買う前に、どうして相談してしてくれなかったんです！

モルテン・ヒール　覆水盆にかえらず。

ストックマン博士　これほど自信があるんじゃなければ！　しかしぼくの確信は揺るがない。

モルテン・ヒール　おまえがばかな考えをすてなきゃ、これはただの紙くずだ。

ストックマン博士　そうだ科学の力で対策が立てられるはずだ。なんとか防止できるはずだ――

モルテン・ヒール　そのバイ菌とやらを、殺すってことかね？

ストックマン博士　ええ、それとも無害なものにするとか。

モルテン・ヒール　猫いらずはどうかな？

ストックマン博士　ばかな！　――でも、町中の人間がただの噂だと言っている。それなら、そういうことにしておこうじゃないか！　やつらの好きなようにさせてやる！　あの雑種どもは、ぼくを人民の敵だと言った――

着ている服まで引き裂いた——！

モルテン・ヒール　窓という窓は粉々に！

ストックマン博士　そう、ぼくには家族に対する義務がある！　カトリンと話してみよう。こういうことはあれの方がよく分かっているから。

モルテン・ヒール　それがいい。女房の言うことはいつも間違いない。

ストックマン博士　でもお父さん、こんなばかなことをして！　カトリンの金を！　——お父さんが鬼に見えてくる——！

モルテン・ヒール　それじゃ退散した方がいいな。返事は今日の二時まで待つ。イエスかノーか。ノーなら、この株は老人ホームに直行だ——

ストックマン博士　カトリンの取り分は？

モルテン・ヒール　一銭もない。

（7）

モルテン・ヒール　おや、客人がおふたり。

ストックマン博士　なんだ！　よくも抜け抜けとこの家に！

ホヴスタ　ええ、お邪魔にきました。

アスラクセン　ちょっとお話ししたいことがありまして。

モルテン・ヒール　イエスかノーか——二時までだ。

アスラクセン　ははあ！

（8）

ストックマン博士　なんの用だ？　さっさと言いたまえ。

ホヴスタ　わたしたちのゆうべのやり方にお腹立ちなのはよく分かっています——

ストックマン博士　やり方？　まったく見事にやってのけたよ！　恥を知れ！

ホヴスタ　なんとでもお好きなように。わたしたちはああするより仕方がなかったんです。

アスラクセン　でも、どうして前もってひとこと、教えてはくださらなかったんですか？　ホヴスタかわたしに、ちょっとしたヒントだけでも。

ストックマン博士　ヒント？　なんのヒントだ？

アスラクセン　裏に、隠してられたこと。

ストックマン博士　裏？　なんのことか分からない。

アスラクセン　いや、ま、結構ですよ先生。

ホヴスタ　もうお隠しになることはありませんよ。

ストックマン博士　隠すも隠さないも——！

アスラクセン　じゃ、お聞きしますが——義理のお父さまは、町中駆けまわって、温泉株を買いしめておられますね？

ストックマン博士　そう、今日ね、しかし——？

アスラクセン　そういうことは、むしろ、あかの他人にさせた方がよかったでしょうに、――すぐの身内ではなくて。

ホヴスタ　それに、何もご自分でおっしゃることもなかったんです。ヘルスセンターの問題は先生から出たなんて、知られない方がよかったでしょうに。

ストックマン博士　そんなことが考えられるか？　そんなことをするなんてことが――！

アスラクセン　できるようですね。でも、なるべく上手くやりませんと。

ホヴスタ　それに、ほかにもかかわっているものがいた方がいいと思いますよ。仲間がいれば、責任は軽くなりますから。

ストックマン博士　はっきり言いたまえ、君たち――どうしたいんだね？

アスラクセン　それは、ホヴスタ君が――

ホヴスタ　いや、それはアスラクセンさん。

アスラクセン　それじゃ。つまり、今日、何もかも訳が分かりましたので、『人民新報』は、先生のご意向に、沿いたいと考えております。

ストックマン博士　町民宣言はどうする？　嵐がやって来るぞ。恐くないのか？

ホヴスタ　嵐は何とでものり越えられます。

アスラクセン　ですが先生、方向転換の方を、よろしくお願いします。先生のご批判が、それなりの効果をあらわしましたら、すぐに――

ストックマン博士　おれとあのおやじとが、株を安値で手に入れたらすぐにということかね？

ホヴスタ　先生が温泉の決定権を握りたいと思ってらっしゃるのは、もちろん研究のためでしょうから。

ストックマン博士　言うまでもない。アナグマ爺いにああいうことをさせたのは、それで給水管を少し修理して、海岸を少し掘り下げる。町の金はびた一文使わずにすむ。どうだね？

ホヴスタ　上手くいくと思います――『人民新報』を味方につけていれば。

アスラクセン　自由社会では、新聞は、力を持っておりますから先生。

ストックマン博士　そう。それに町民の意向もね。民宿組合の方はまかせていいですか、アスラクセンさん？

アスラクセン　おまかせください。

ストックマン博士　それで――たずねるのも恥ずかしいが、君たちは――代わりに何がほしいんだ――？

ホヴスタ　基本的には、欲得抜きで先生をお助けしたいんですお分かりでしょう。しかし『人民新報』は、財政基盤が弱いために上手くいってないんです。新聞が止まったりしたら非常に残念なことだと思います、政治問題をいっぱいかかえてますから。
ストックマン博士　もちろん、そんなことになったら君のような人民の味方には大いにつらいことだろう。しかしおれは人民の敵なんだ！　ステッキはどこだ？　ちくしょう、どこにある？
ホヴスタ　どういうことですか？
アスラクセン　まさか――？
ストックマン博士　もしおれが、一銭も君たちにはやらないと言ったらどうする？　金持ちというのはケチなんだ。
ホヴスタ　この問題には、二通りの結果があるということをお忘れなく。
ストックマン博士　おれが『人民新報』を助けなければ、これをスキャンダルに仕立てあげるってわけか。猟犬がうさぎを捕らえるように、後ろからおれに襲いかかる――！
ホヴスタ　それが自然法則、弱肉強食です。
アスラクセン　獲物を見つけたら、すぐにその場で、捕らえなくては。
ストックマン博士　じゃ下水の中にでも見つけるんだな、くそったれ、この三人の中で、だれがいちばん強いか見せてやる。さあ、いいか――！
ホヴスタ　まさか、暴力をふるうおつもりじゃないでしょう！
アスラクセン　気をつけてください！
ストックマン博士　窓から飛び出せ、ホヴスタ！
ホヴスタ　気でも違ったんですか！
ストックマン博士　窓からだ、アスラクセン！　飛べ！　ぐずぐずするな。
アスラクセン　穏やかに、先生、わたしは、体が弱いんです。耐えられません――助けて、助けて！

⑨

（夫人、ペートラ、ホルステル船長が入ってくる。）
ストックマン夫人　どうしたのトマス！
ストックマン博士　飛べ！　下水へ飛び降りろ！
ホヴスタ　こちらは無防備なんです！　（船長に）証人になってください。（逃げ去る）
アスラクセン　地元の事情から言いまして――（逃げ去る）

⑩

ストックマン夫人　落ち着いてトマス！
ストックマン博士　これでみんな追っ払った！
ストックマン夫人　あの人たちなんの用だったの？
ストックマン博士　あとで話す。今はすることがある。さあカトリン。なんと書いてある？
ストックマン夫人　大きく、ノーが三つ。なんなの？
ストックマン博士　それもあとで話す。ペートラ、アナグマ爺いのところへ、これをすぐに持たせてやってくれ。急いで！（ペートラ去る）

⑾

ストックマン博士　今日は、猫も杓子もやって来る。しかしやつらにペンをつきつけて、キリのようにもんでやる。頭蓋骨にインク壷をたたき込んでやる！
ストックマン夫人　でもわたしたち、出発するんでしょトマス。
ストックマン博士　（入ってきたペートラに）どうだ？
ペートラ　配達人に頼んできた。
ストックマン博士　よし。――出発？　出発なんてくそくらえ。ここにとどまるよカトリン！
ペートラ　ここに！
ストックマン夫人　この町に？
ストックマン博士　そう、この町に。ここで戦う、とことん戦う。ズボンの穴をつくろったらすぐに住むところを探そう。冬を越すのに屋根は必要だからな。
ホルステル　それなら、わたしのところはいかがですか？　部屋はたくさんあります。それにわたしはほとんど家におりませんし。
ストックマン夫人　まあ、なんてご親切な。
ペートラ　感謝します！
ストックマン博士　ありがとうありがとう！
ホルステル　ではこれで。（去る）
ストックマン博士　これで心配はなくなった。さあこれから重大問題に取り組むぞ。明るみに出さなくちゃならないことが山ほどある！　でもありがたいことに、時間はたっぷりだ。そう、ぼくはセンター専属の医者を免職になった。
ストックマン夫人　そうなると思ってた。
ストックマン博士　――それに、診察許可もとりあげられた。勝手にしろだ！　貧乏人は今までどおり診てやる――どうせ金の払えない連中、ぼくをいちばん必要としている。ここに来てごらんカトリン――夕日がきれいだ。新鮮な春の空気を胸いっぱいに吸い込もう。
ストックマン夫人　ええ、夕日とか春の空気とかで食べて行けるのならねトマス。
ストックマン博士　まあ、少し倹約は必要だろう――なんとかやってゆけるよ。そんなことはなんでもない。いちばんつらいのは、ぼくの仕事を継いでくれる自由で高貴な人間がまわりにいないってことだ。
ペートラ　そんなことないわよお父さん、今に現れる。時間はあるのよ。

ストックマン博士　そうだな。君も助けてくれるねペートラ。

ペートラ　もちろんよ。

ストックマン博士　そう、あのホールで学校を開こう、ぼくが人民の敵と呼ばれたあのホールで。手始めに、一ダースも生徒がいればいい。

ストックマン夫人　この町じゃ無理よ。

ストックマン博士　どうかな。おまえ、学校にも行けない街の鼻たれどもを知らないか――？

ペートラ　知ってるお父さん、たくさん知ってる！

ストックマン博士　よし、何人かつれてきてくれ。今度だけ、雑種犬で実験してみよう。中にはときに頭のいいやつがいる。そして狼どもをみんな西の国に追っ払う！

ストックマン夫人　まあ、あなたの方が追っ払われなければいいけどトマス。

ストックマン博士　ぼくを追っ払う！　カトリン、どうかしたんじゃないか。今ぼくは、この町でいちばん強い男なんだよ！

ストックマン夫人　いちばん強い――？

ストックマン博士　そう、あえて言うがね、今ぼくは世界中でいちばん強い男だ。

ペートラ　そんな――

ストックマン博士　しっ、まだみんなに言っちゃいけないが、ぼくは大きな発見をした。

ストックマン夫人　また？

ストックマン博士　そう。いいか、こういうことだ。この世でいちばん強い人間、それは、まったくの独りで立っている人間だ。

ストックマン夫人　まあ、トマスったら――！

ペートラ　お父さん！

ノーラ、または人形の家

言うまでもなく、イプセン現代劇のもっとも有名な作品。日本で主人公は、松井須磨子による初演以来、ノラと呼ばれていたが、舞台で原作通りのノーラとなったのは、私の訳による一九六八年の俳優座公演から。「ノーラノーラ」と連呼されるから、ノラでは劇の軽快なリズムが崩れる。近年は、男女にかかわらない人間一般の問題を扱った劇とされるが、あくまで近代における女性の男社会への異議申し立てとみることから、上演では題名に〈ノーラ〉を出した。子供その他は割愛した。

＊初演二〇〇〇年十月十一日～十五日　シアターX

登場人物

ヘルメル
ノーラ
ランク
リンデ夫人
クログスタ

（劇はヘルメル家の居間で進行する。）

第一幕

(1)

ヘルメル　ノーラ！　これ全部？　この金くい鳥、相変わらずの無駄遣い屋。

ノーラ　いいでしょトルヴァル、少しぐらい、ね？　けちけちしなくていいクリスマスなんて初めてよ。銀行の支配人になったんだから。これからはたくさんお金がはいるでしょ。

ヘルメル　新年からはな。だけど給料が入るまでにまだ三か月はある。

ノーラ　だったら借りればいい。

ヘルメル　ノーラ勝手なことを！　もしおれが今日千クローネ借りてきておまえがクリスマスに全部使っちゃってそれで大晦日の晩におれの頭に屋根瓦が落ちて死んじゃったら。

ノーラ　やめて縁起でもない。

ヘルメル　でも万一そうなったらどうする？

ノーラ　そんな恐ろしいことになったら借金なんかあってもなくてもおんなじよ。

ヘルメル　で貸した方は？

ノーラ　貸した方？　そんな人どうでもいい。どうせ知らない人でしょ。

ヘルメル　ノーラノーラ女だよおまえは！　いやまじめな話、おれの考えは分かってるだろ。借金はしない金は借りない！　借金している家はじめじめしてくる汚くなる。さ、今日まで頑張ってきたんだもう少しの辛抱だよ。

ノーラ　えええええどうぞトルヴァル。

ヘルメル　さあさあ、可愛いヒバリがしょげるんじゃない、ん？　このリスはふくれっ面をしているぞ——ノーラ、これはなんだと思う？

ノーラ　お金！

ヘルメル　おれだってクリスマスに金がいることぐらい知ってるよ。

ノーラ　十——二十——三十——四十。ありがとうありがとうトルヴァル、これで当分やってける。

ヘルメル　本当かな。

ノーラ　えええええ大丈夫。それより買ってきたもの見せてあげる。とても安いの！　ほら、これはイヴァールの欲しがってた剣。エンミーにはお人形と椅子。可愛いでしょ。それから、これはボッブの馬とラッパ——だめよトルヴァル、それは今晩までだめ！

ヘルメル　だけど無駄遣い屋さん、おまえ自分には何を買ったんだ？

ノーラ　わたし？　なんにも。
ヘルメル　それはいけない。さあ、何か欲しいものを言ってごらん、あまり高くないもので。
ノーラ　分からない、わたし――ああそうだトルヴァル――
ヘルメル　うん？
ノーラ　もし何かくださるんなら、それじゃ――それじゃね――
ヘルメル　なんだ。
ノーラ　お金をちょうだい、ね。いいと思うだけでいい。わたし自分で何か買う。
ヘルメル　しかしノーラ――
ノーラ　ね、そうしてトルヴァル――お願い。そしたらそのお金、きれいな金紙に包んでクリスマスツリーにさげる。面白いと思わない？
ヘルメル　無駄遣いばかりしている鳥はなんて言うんだっけな？
ノーラ　ええええ金くい鳥、分かってる。でも言う通りにして。そしたら何を買ったらいいかあとでゆっくり考えられるし。理屈に合うでしょ？　どう？
ヘルメル　そりゃあね。その金でほんとに自分のものを買うならな。ところが結局ろくでもない家のことに使ってしまう。そしておれはまた金をせびられる。
ノーラ　そんなトルヴァル――
ヘルメル　違うと言えるか？　こいつは可愛らしいがまったくの金くい鳥だ。たかが小鳥一羽にこんなにかかるなんてとても信じられんよ。
ノーラ　まあひどい。これでもできるだけ倹約してるのよ。
ヘルメル　そう、できるだけ。いや分かってる分かってる。おれは今のままのおまえがいちばんいい。さあ、贈り物をしまっとけよ。クリスマスツリーに飾りをつけてから出してくるんだろう。
ノーラ　ランク先生お招きするの忘れなかった？
ヘルメル　忘れた。でも大丈夫、――言わなくたってちゃんと来るよ。いいワインを注文しといたんだ。ああ今晩は楽しみだなあノーラ。
ノーラ　ええ子どもたちも大喜び！
ヘルメル　いい気分だしっかりした職についたというのは。なんとも言えない。――それに給料が悪くない、どうだ――嬉しくないか。
ノーラ　素晴らしい、奇跡ね！　それじゃこれからどんな風な暮らしをしたらいいかわたしの考えを言うわね、クリスマスがすんだらすぐに――。（ベル）あ、だれか来た、いやあねえ。
ヘルメル　客なら、おれは留守だからな。

（2）

リンデ夫人　こんにちはノーラ。
ノーラ　こんにちは――
リンデ夫人　わたしが分からないのね。
ノーラ　ええどなたか――ええっ、クリスティーネあなたなの？
リンデ夫人　わたしよ。
ノーラ　クリスティーネ！　わたしどうしちゃったの、あなたが分からないなんて！　ずいぶん変わったわねクリスティーネ！
リンデ夫人　ええ。九年ぶり――十年――？
ノーラ　そんなに？　そう、結婚して八年だから。――いつ着いたの？
リンデ夫人　今朝。
ノーラ　クリスマスのためねもちろん。嬉しい！　うんと楽しみましょう。さあ、オーバーを脱いで。寒くないでしょ？　ここに座って。わたしはこっち。ああ、やっと昔どおり。さいしょ見たときは――でも前より少しやせたかな。
リンデ夫人　それにとても老けたでしょ。
ノーラ　ええちょっと――とてもなんてことない。まあわたしったら、ひとのことも考えないで！　ごめんなさい。
リンデ夫人　どうしたのノーラ？
ノーラ　かわいそうにあなた、ご主人を亡くしたんでしょ。
リンデ夫人　ええ、三年前。
ノーラ　知ってたの、新聞に載ってたから。お手紙書こうと思ったのよほんとよ。でもいつもなんだか都合が悪くなっちゃって。
リンデ夫人　いいのよノーラ。
ノーラ　いいえよくない。わたしって冷たい。あなた、いろんなことがあったんでしょ？　――ご主人なんの遺産も残さなかったの？
リンデ夫人　ええ。
ノーラ　お子さんは？
リンデ夫人　いない。
ノーラ　まったく何もなし？
リンデ夫人　ええ――悲しみや心配の種もね。
ノーラ　そんなことってある？
リンデ夫人　あるのよノーラ。
ノーラ　まったくのひとりぼっち。寂しいでしょうねえ。わたしは子どもが三人。今ばあやと遊びに行ってていないけど。でもあなたのこと全部話してちょうだい――
リンデ夫人　いえ、あなたの方こそ話して。
ノーラ　だめだめ。今日はわたし自分のことは考えない。

あなたのことだけ考える。――そうだ、でも一つだけ言っとかなくちゃ。実はね、最近わたしたちとってもいいことがあったの。知ってる？

リンデ夫人　いいえ。なあに？

ノーラ　あのね、主人が銀行の支配人の職についたの！

リンデ夫人　ご主人が？　ま、運がいい――

ノーラ　ええ、すごく！　新年からなんだけど、たいへんな給料なの。歩合ももらえる。これからは好きな暮らしができる。――わたしもう浮き浮きしてるの。だってお金がたくさんあって、なんの心配もいらないっていうのはほんとにいいことだもの。そうじゃない？

リンデ夫人　ノーラノーラ、あなたいつまでも赤ちゃんね。学校時代むだ遣いで有名だった。

ノーラ　ええ、トルヴァルは今でもそうだって言う。でも「ノーラノーラ」はそんなばかじゃないのよ。むだ遣いなんてどうしてできる？　わたしたち働かなくちゃならなかったのよふたりとも。

リンデ夫人　あなたも？

ノーラ　そう、大したことじゃないけど。裁縫とか編物とか刺繍とか、ほかにも――。結婚したときトルヴァルが役所をやめたの知ってるでしょう？　あそこじゃ上がつかえてて昇給の見込みが全然なかったの。だけどやめてからはそりゃあ働いた。ありったけの内職、朝早くから夜おそくまで。それが無理だったのね、死ぬか生きるかの病気になって、どうしても南の国で療養しないと助からないってお医者さまに言われたの。

リンデ夫人　そう？　それで一年もイタリアへ行ってたのね？

ノーラ　ええ。でも簡単じゃなかった。ちょうどイヴァールが生まれたばかりだったから。でも行かないわけにはいかなった。――そりゃあ素晴らしくすてきな旅行だったのよ。ただね、ものすごくお金がかかった。

リンデ夫人　そうでしょうね。

ノーラ　四千八百クローネ。大変なお金よあなた。

リンデ夫人　でもいざというときにそれだけのお金があったっていうのは、幸運よ。

ノーラ　実をいうと、そのお金パパからもらったの。

リンデ夫人　そう言えばちょうどあの頃だったわね、お父さまが亡くなられたのは。

ノーラ　ええ、つらかった。お産の上にトルヴァルの世話でしょ。看病もできなかった。パパとはそれっきり、あんなに泣いたことない。

リンデ夫人　あなたはお父さまっ子だったものね。でも、それでとにかくイタリアに発ったってわけね？

ノーラ　ええ、お金はできたし、お医者さまにはやかましく言われるし。ひと月後に発ったの。

リンデ夫人　で、ご主人は今はお元気なの？

ノーラ　お魚みたいにピチピチしてる。それから一度も病気なんかしない。子どもたちも。ああなんて幸せなんでしょクリスティーネ！　ああ――あらいやな女ねわたしって――自分のことばかりしゃべってる。怒らないで！　――ね、ほんとなの、あなたご主人のこと好きじゃなかったって？　じゃあどうして結婚したの？

リンデ夫人　母が寝たっきり。それに弟がふたり。申し出を断るわけにはいかなかったのよ。

ノーラ　そうねえ。ご主人はお金持ちだったのね？

リンデ夫人　ま。でも確実な仕事じゃなかったから、亡くなるとみんなだめになってね、あとにはなんにも残らなかった。

ノーラ　それで――？

リンデ夫人　それでお店をやったり、小さな教室を開いたり。なんでもやった。この三年間、休みの日なんて一日もなかったような気がする。――でももう終わったの。母はあの世に行ってしまったし、弟たちも独立した――

ノーラ　やっと楽になったのね――

リンデ夫人　いいえノーラ、なんだかぽっかり穴があいたみたい、生きがいがない。だからこの町に来れば何か新しい仕事が見つけられると思ったの。事務関係で何か――

ノーラ　でもね――あなたとても疲れてるみたい。どこか保養地に行って静養した方がいいんじゃない？

リンデ夫人　わたしにはそんなお金をくれるパパはいない。

ノーラ　まあごめんなさい。

リンデ夫人　いいえわたしこそ。ごめんなさいねノーラ。ひとりぼっちだと意地悪になっちゃうのよ。働いてあげる相手もいない。そのくせ生きるためにしょっちゅうあくせくしてなくちゃならない。だから自分中心になっちゃうの。わたしね、ご主人のことを聞いたとき――あなたのためより自分のために喜んだのよ。

ノーラ　どうして？　あそうか。あなたに仕事を探してあげられるかもしれないってことね。そうよ任せといて。上手くやるから――何か嬉しがることを言ってその気にさせる。ああ、わたしあなたのお役に立てたらほんとに嬉しい。

リンデ夫人　親切ねノーラ。苦労知らずなのにこんなに親身になってくれるなんて。

ノーラ　苦労知らず？　ふん、あなたもみんなとおんなじね。わたしのことを役立たずと思ってる。

リンデ夫人　まあまあ――

ノーラ　このつらい世の中で、何ひとつやったことがないと思ってる。

リンデ夫人　ノーラ、あなたたった今、いろいろつらかったことを話してくれた。
ノーラ　小さなことだけね！　まだ肝心なことを話してない。
リンデ夫人　肝心なこと？　なあに？
ノーラ　ずいぶんわたしを見くびってるわね。でもやめて。あなたはお母さんのために長い間苦労したことを自慢に思ってる。
リンデ夫人　わたしはだれも見くびってなんかいない。でもこれは本当。わたしは母の最期をいくらかでも楽にしてやれたと思うと誇らしい気持ちになる。
ノーラ　それから弟さんのことも自慢に思っている。
リンデ夫人　そう思う資格ない？
ノーラ　あるわよ。でもね、わたしだって自慢に思うことがある。
リンデ夫人　そりゃそうでしょ。でもどんなこと？
ノーラ　だれにも言っちゃだめよ――実を言うとね、トルヴァルの命を救ったのはわたしなの。
リンデ夫人　どういうこと？
ノーラ　イタリアに行ったって言ったでしょ。そうしないと、トルヴァルは助からなかった――
リンデ夫人　お金はお父さまが――
ノーラ　ええ、そう思ってるトルヴァルは。みんなも。でも――
リンデ夫人　でも――？
ノーラ　パパからは一クローネももらわなかった。わたしがお金を作ったの。
リンデ夫人　あなたが？　そんな大金を？
ノーラ　ええ。どう？
リンデ夫人　どうやって？　借りるなんて、もちろんできないし。
ノーラ　どうして？
リンデ夫人　だって、妻は夫の同意がなくちゃ借金なんてできないでしょ。
ノーラ　ま、妻だってちょっと知恵があれば――ちょっと上手い手を知ってれば――
リンデ夫人　どういうことノーラ、さっぱり分からない――
ノーラ　わたし、借りたなんて言ってないわよ。ほかにも方法はあるでしょ。だれかわたしを崇拝する人がいて、いいえ熱愛する人がいて、その人からもらうなんてことも、わたしくらい魅力があれば――
リンデ夫人　ノーラ、冗談ごとじゃないわよ――
ノーラ　ふふん、好奇心がわいてきたでしょ。
リンデ夫人　ねえノーラ、――あなたまさか、ばかなことをしたんじゃないでしょうね？

ノーラ　夫の命を救うのがばかなことなの？

リンデ夫人　でもご主人の知らないところで――

ノーラ　だって知られちゃいけなかったのよ！　分からないの？　自分の命が危ないなんて絶対に分かっちゃいけなかったのよ。

リンデ夫人　でもお父さまは？　何もおっしゃらなかったの？

ノーラ　ええ。ちょうどその頃亡くなったから。

リンデ夫人　今もまだご主人には話してないの？

ノーラ　あたりまえでしょ。あの人こういうことにうるさいのよ！　男の自尊心ってものもある――わたしに借りがあると知ったら侮辱されたように感じると思う。そのせいでわたしたち夫婦の仲がだめになるかもしれない。もう今のようじゃなくなるかもしれない。

リンデ夫人　ずっと話さないつもり？

ノーラ　ま、いつか。わたしが歳をとって、今ほど奇麗じゃなくなったら。笑わないで！　わたしが言うのはね、トルヴァルが今ほどわたしをかまわなくなって、わたしが踊ったり歌ったりしてももう喜ばなくなったら、そのときは、何か切り札を見せるのもいいかもしれない――ばかなばかなばかな！　そんなことには絶対にならない。――でもどう思うクリスティーネ、わたしの重大な秘密？　これでもわたしなんの役にも立ってない？　――大抵の苦労じゃないのよ。期限通りきちんきちんとお金を返していくのはそりゃあ大変。できることはなんでもしてる。あれこれ倹約して。でもトルヴァルや子どもたちにぼろを着せるわけにはいかないでしょ。

リンデ夫人　それで結局自分のものを切り詰めたのね。

ノーラ　ええ、トルヴァルが新しいドレスなんかを買えってお金をくれたときは、いつだって半分以上使ったことない。いちばん安いのを買うの。幸いわたしはなんでもよく似合うからトルヴァルは全然気がつかないけど。でもつらいときもある。奇麗な格好をするのはやっぱり楽しいものね。

リンデ夫人　そりゃそうよ。

ノーラ　ほかにも収入の道はあるの。去年の冬は、原稿を整理する仕事をたくさんもらってね、部屋にこもって夜遅くまで書いてた。ふらふらになった。でも、働いてお金を儲けるのってとっても面白い。まるで男になったみたい。

リンデ夫人　それで、もうどのくらい返したの？

ノーラ　はっきりしたことは分からない。こういうことには分かりにくいことがたくさんあるのよ。分かってるのは、できるだけのことはしてるってこと、ない知恵をしぼって。よく空想した。あるお年寄りのお金持ちがわたしに恋をして――

リンデ夫人　どういう人？

ノーラ　その人が突然亡くなった。遺言状を開いてみると、そこには大きな文字でこう書かれてある、「私の財産は、すべて愛するノーラ・ヘルメルに、直ちに現金にて相続される、べし」

リンデ夫人　ノーラ――どういう人、その金持ちって？

ノーラ　ばかな。そんな人もちろんいない。ただの空想。でももう遺言状なんていらない。もうなんの心配もないの。思っただけでも素晴らしいクリスティーネ！　心配しなくていい、何も。――もうすぐ春、真っ青な空。そしたらわたしたちまた旅行に行ける。海を見に行く。ああ、ほんとにほんとになんて素晴らしい、奇跡ね！（ベル）いいのよ――ここには来ないから――トルヴァルに用でしょ――

（3）

クログスタ　奥さん。

ノーラ　あなた？　なんですか？

クログスタ　銀行のことで――。

ノーラ　主人にご用？

クログスタ　わたしは、今度ご主人が支配人になられた銀行に勤めているものですから。いいえ、ただのつまらない用事で――ほかには何も。

ノーラ　じゃどうぞ。

（4）

リンデ夫人　だあれ今の人？

ノーラ　クログスタっていうんだけど。

リンデ夫人　やっぱり。

ノーラ　知ってるの？

リンデ夫人　ええ――昔ね。ずいぶん変った。今は独りなんでしょ？

ノーラ　子どもはたくさんいるみたい。

リンデ夫人　いろんな商売に手を出してるそうね。

ノーラ　そう？　そうかもしれない。――何も知らないけど。そんな話よしましょ――面白くもない。

（5）

ランク　ああ、これは失礼――ここでもお邪魔ですね。

ノーラ　いいえ、とんでもありません。ランク先生、お医者さま。リンデさん。

ランク　お名前はよくうかがってますよ。たしか階段の途中で？

リンデ夫人　はい、――ゆっくりのぼるものですから。

ランク　どこかお悪いところでも？

リンデ夫人　いいえ、ただの疲れなんです。

ランク　じゃあ、クリスマスを楽しもうってわけですね、お友だちとごいっしょに。
リンデ夫人　わたくし、仕事を探しに来ましたの。
ランク　それが疲れに効く処方ですかね？
リンデ夫人　人は生きて行かなくちゃなりません先生。
ランク　ああ、みんなそう言いますね。
ノーラ　まあそんなことおっしゃって——先生だって生きていたいでしょ。
ランク　もちろん。どんなにつらくても死ぬよりはいい。わたしの患者もみんなそう言います。それは道徳の病いでも同じでね。ちょうど今ヘルメルのところに、そういう道徳病の患者がひとりいますが——
リンデ夫人　ああ！
ノーラ　だれのこと？
ランク　クログスタっていうんですが性根の腐ったやつでね。だけどそんなやつでさえ、どうでも生きてかなくちゃならないって言いはってましたよ。
ノーラ　トルヴァルになんの用かしら——
ランク　なんでも銀行のこととか。どうですか、あなたがおられた町にも道徳的にきずのあるものを見つけると、そいつに気を配って何かいい仕事につけようとする、そんな世話好きな連中がいましたか。おかげで健全なものはみなおいてきぼりを食う。
リンデ夫人　病気なら看護が必要でしょう。
ランク　それそれ。そういう考えが社会を病院にしちまうんです。
ノーラ　（突然低く笑い出す）
ランク　どうしたんです。何がおかしいんですか。あなたに社会というものが分かってるんですか。
ノーラ　社会なんてどうだっていい。ああ面白い。——ねえ先生——銀行で働いている人はこれからみんなトルヴァルの部下になるのね。
ランク　それがそんなに面白いんですか。
ノーラ　いいのいいの！　ああ嬉しい。わたしたちが——トルヴァルが大勢の人に命令できるなんて。ああとっても幸せ。でも今一つだけやりたいことがある。
ランク　何をやりたいんです？
ノーラ　あのね、トルヴァルに面と向かって言ってやりたいことがある。
ランク　どうして言わないんです？
ノーラ　だめよ。汚い言葉だもの。
リンデ夫人　汚い？
ランク　なんですそれは？
ノーラ　それはね——「死ね、こんちくしょう」。
ランク　奥さん！
リンデ夫人　ノーラ——！

ランク　来ましたよ。さあもう一度！
ノーラ　しっ――！

(6)

ノーラ　まあトルヴァル、お客さまはお帰り？
ヘルメル　帰った。
ノーラ　紹介する――、こちらクリスティーネ。リンデ夫人よ、トルヴァル。
ヘルメル　昔のお友だちか何か？
リンデ夫人　はい。
ノーラ　この人ね、あなたに会うためにわざわざやって来たのよ。
ヘルメル　どういうこと？
リンデ夫人　いえ別に――
ノーラ　あのね、クリスティーネには大変な事務の才能があるの。それでしっかりした人のもとでもっと腕を磨きたいと思ってるの。
ヘルメル　結構ですね奥さん。
ノーラ　それでね、この人、あなたが銀行の支配人になったと聞いて――新聞に出てたんですって――とるものもとりあえずこの町にやって来たってわけ、そして――ねえトルヴァル、あなたわたしのためにも、クリスティーネのお役に立てるわよね。どう？
ヘルメル　まあ、できない相談じゃないね。奥さんは今お独り？
リンデ夫人　はい。
ヘルメル　事務のご経験は？
リンデ夫人　かなり。
ヘルメル　それなら、なんとかなるかもしれませんね――
ノーラ　ほうらね、――
ヘルメル　ちょうどいいときにいらっしゃいましたよ奥さん――
リンデ夫人　まあ、なんとお礼申しあげてよいか――。
ヘルメル　とんでもない。しかし失礼、今日はちょっと――
ランク　待ってくれ、ぼくもいっしょに出る。
ノーラ　クリスティーネあなたも行くの？
リンデ夫人　ええ、部屋を探さなくちゃ。
ヘルメル　じゃ、下までお伴しましょう。
ノーラ　ごめんなさいね家が狭くて、――でもどうしても――
リンデ夫人　何言ってるのよノーラ。いろいろありがとう。
ノーラ　じゃ、今晩また来てね。あなたもよランク先生。
ランク　元気だったら。
ノーラ　元気に決まってるでしょ。でも暖かくするのよ

――

（7）

クログスタ　ごめんください、奥さん――

ノーラ　あっ！　なんですか？

クログスタ　いや――下の戸が開いてたものですから――

ノーラ　主人はおりませんけど。

クログスタ　知っています。

ノーラ　じゃ――なんのご用？

クログスタ　ちょっとお話を。

ノーラ　でも今日はまだ月初めじゃ――

クログスタ　ええ、今日はクリスマスイブ。クリスマスが楽しくなるかどうかは、奥さん次第です。

ノーラ　どういうこと。わたし今日はとても――

クログスタ　ま、その話はやめておきましょう。実は別のことが。少しお時間をいただけますか。

ノーラ　ええ、でも――

クログスタ　結構です。――率直におたずねしますが、さきほど出て行かれたのはリンデ夫人じゃありませんか？

ノーラ　そう。

クログスタ　親しいお友だち？

ノーラ　ええ。でもなんだってそんなこと――

クログスタ　わたしも昔、知り合いでした。

ノーラ　そうですってね。

クログスタ　ご存じですか。そうでしょうね。それならはっきりお聞きします。――あの人は、銀行で仕事をすることになりますか。

ノーラ　まあ、わたくしにお聞きになるの主人の部下のくせに。でも折角ですからお教えします。ええ、リンデさんは銀行で働きます。それをお膳立てしたのはお分かり？　このわたくしです。

クログスタ　奥さんお願いです、奥さんの力をわたしのためにも使ってください。

ノーラ　え？

クログスタ　わたしが銀行の仕事をつづけられるように力を貸していただきたいんです。

ノーラ　どうして？　だれかあなたの仕事を取ろうとしているんですか。

クログスタ　そんな、知らない振りをすることはありません。あなたのお友だちがわたしといっしょに仕事をするなんてことがないのは分かっています。――それに今は、わたしが追い出されるのをだれに感謝すればいいかも分かりました。

ノーラ　でも本当に――

クログスタ　ええええはっきり申しましょう。まだ余裕はあります。奥さんの力でわたしの解雇を取りやめるようはからってください。ご忠告します。

ノーラ　でも、わたし力なんて全然——

クログスタ　そうですか？　ヘルメル君は学生のときからよく知っていますが、ほかの男より頭が固いとは思いませんね。

ノーラ　主人を軽蔑するなら出て行っていただきます。

クログスタ　奥さんはお気が強い。

ノーラ　あなたなんかもう恐くない。新年になったらすぐにきれいさっぱり片づけます。

クログスタ　いいですか奥さん、いざとなったら、わたしはあんな小っぽけなポストでも命がけで守るつもりですよ。

ノーラ　ええ。

クログスタ　収入のためだけじゃないんです——収入なんかどうだっていい。ま、言っちゃいましょう。わたしは数年前に一度、ちょっとした軽はずみから法にふれることをしてしまいました。ご存じでしょう。——裁判沙汰にはなりませんでした。でも途端にあらゆる道が塞がれてしまったんです。そこで、ご存じのような商売を始めました、何かしなくちゃなりませんからね。まあわたしより悪いやつはいくらもいます。でも子どもたちも大きくなりました。子どものために、また世の中を大手を振って歩ける人間になりたいんです。銀行の仕事はわたしにはいわば梯子の最初の一段でした。それなのにご主人は、わたしをその梯子から蹴り落とそうとする。そしてわたしはまた下のどぶに落ちこむんです。

ノーラ　そんなこと言ったってわたしにはお助けする力なんかありません。

クログスタ　助ける気がないからです。しかしわたしは奥さん、あなたを動かす手を知っていますよ。

ノーラ　まさか、あなたにお金を借りていることを主人に知らせようっていうんじゃないんでしょうね？

クログスタ　もしそうだとしたら？

ノーラ　恥知らず。わたしの大事な大事な秘密、それがこんな汚い、卑怯なやり方で知られるなんて——あなたから知られるなんて。たまらない、不愉快よ——

クログスタ　不愉快、ただの？

ノーラ　でもやってごらんなさい、——損をするのはあなたよ。だってあなたがどんな人か主人にも分かって、銀行の仕事は絶対につづけられなくなります。

クログスタ　奥さんが心配してらっしゃるのは、ただ家の中が不愉快になることだけですか。

ノーラ　主人が知ったらもちろん残りのお金を全部払って、あなたとはなんの関係もなくなります。

クログスタ　ねえ奥さん、——この問題をもう少し詳しくお話ししましょう。

ノーラ　どういうこと？

クログスタ　ご主人が病気のとき、奥さんはわたしのところへ四千八百クローネ借りに来られた。

ノーラ　ほかにはだれも知らなかったんです。

クログスタ　わたしは金をお貸しする約束をした、借用証書と引き換えに。

ノーラ　ええ、それでわたし、借用書に署名しました。

クログスタ　そう。しかしわたしは、お父さまにも保証人になっていただくよう、下に二、三行書き加えておきました。そこにお父さまは署名をなさるはずでした。

ノーラ　はずでした――？　パパはもちろん署名しました。

クログスタ　五、六日して、奥さんはお父さまの署名入りの証書を持ってこられた。それでわたしはご入用の金額をお貸ししたんです。

ノーラ　きちんきちんと返しておりませんか。

クログスタ　おられます。しかしあの頃は、奥さんにはとてもつらい時期でしたね？　お父さまは間もなくお亡くなりになった――

ノーラ　ええ。

クログスタ　ねえ奥さん、もしかお父さまの亡くなられた日を覚えておいでですか？　つまり、何月何日か。

ノーラ　パパが亡くなったのは、九月二十九日です。

クログスタ　そう、わたしも調べてみました。すると不思議なことが一つあるんです。どうにも説明できないことが。

ノーラ　不思議ってなんでしょう――？

クログスタ　つまりですね、お父さまはこの証書に、亡くなられてから三日後に署名されてるんです。

ノーラ　どうして？　よく分かりませんが――

クログスタ　お父さまは九月二十九日に亡くなられた。でもごらんなさい。署名された日は十月二日になっています。不思議じゃありませんか？

ノーラ　（沈黙）

クログスタ　これを説明していただけますか？

ノーラ　（なおも沈黙）

クログスタ　ま、日付のことは、お父さまがお忘れになり、あとでだれかがいい加減に書き入れたということかもしれません。それはまあ大したことじゃない。問題は署名の方なんです。これはむろん本物でしょうね奥さん？　お父さまは間違いなくご自分で署名されたんですね？

ノーラ　いいえ違います。パパの名前を書いたのはわたくしです。

クログスタ　奥さん、――ご存じなんですか、これはただごとじゃありませんよ。

ノーラ　どうして？　お借りしたお金はもうすぐ全部お返ししします。
クログスタ　お聞きしますが、――どうしてあのとき借用証書をお父さまに送らなかったんですか？
ノーラ　できませんでした。重病のパパに話すなんて不可能でした。
クログスタ　じゃあ旅行をやめる以外なかったんです。
ノーラ　旅行に行かなきゃ主人の命は助からなかったのよ。どうしてやめることなんかできました？
クログスタ　しかしこれはわたしに対する詐欺ですよ。そうお考えにならなかったんですか。
ノーラ　ちっとも。あなたのことなんかわたし――
クログスタ　奥さん、奥さんはご自分のしたことがどういうことかよく分かっていらっしゃらないんです。いいですか、わたしが昔やったこと、そのために自分の評判を台なしにしてしまったことも、実はこれと同じことだったんです。
ノーラ　じゃ、あなたも奥さまの命を救うために、何か特別なことをしたとおっしゃるんですか？
クログスタ　法律は動機をたずねません。
ノーラ　それはくだらない法律よ。
クログスタ　くだらなくても何でも――わたしがこの証書を裁判所に出したら、奥さんは法律にしたがって罰せられます。
ノーラ　わたしはそう思わない。娘には父親に心配をかけずにすませる権利がないんですか。妻には夫の命を救う権利がないんですか。わたし法律のことはよく知らないけど、そういうことは許されるってどこかに書いてあるはずだと思う。そんなこともあなた知らないの。
クログスタ　結構です。お好きなようになさってください。――しかし申し上げておきますが、もしわたしが再び職を追われることになったら、そのときは、奥さんも道づれにします。（去る）
ノーラ　なんでもない。脅かしよ。わたしはそんな単純じゃない――

⑧

ノーラ　あら――もうお帰り？
ヘルメル　うん。だれか来てたのか？
ノーラ　ここに？　いいえ。
ヘルメル　おかしいな。クログスタが出て行くのを見かけたが。
ノーラ　ああそうそう、クログスタがちょっと来てた。
ヘルメル　ノーラ、顔に書いてあるよ。やつは頼みに来たんだろう、やつのために口をきいてくれって。
ノーラ　ええ。

ヘルメル　しかもおまえが自分から言い出すことにして、あいつが来たことは内緒にしてくれって言われたんだろ？

ノーラ　ええトルヴァル、でも――

ヘルメル　ノーラノーラ、おまえそれでうんと言ったのか？　あんな男に約束するなんて！　しかもおれを騙してまで！

ノーラ　騙す――？

ヘルメル　だれも来なかったと言わなかったか？　可愛いヒバリは二度とそんなことをしちゃいけない。ヒバリはきれいな声でさえずるだけでいいんだ、うん？　まあいい。さあこの話はもうやめだ。ああ、暖かくていい気持ちだ。（仕事を始める）

ノーラ　トルヴァル！　お忙しいの？

ヘルメル　ああ――

ノーラ　なんのお仕事？

ヘルメル　銀行の。

ノーラ　もう？

ヘルメル　今度やめる支配人から人事異動と業務計画の全権を渡してもらった。休暇中にきちんとしておきたいんだよ。

ノーラ　それでなのクログスタが――。ねえ、もしちょっとお時間があるんだったら、わたしとっても大きなお願いがあるんだけどトルヴァル。

ヘルメル　なんだ、言ってごらん？

ノーラ　あさってステンボルグさんのお宅で仮装舞踏会があるでしょ。わたしみんなをあっと言わせたいの。でもどんな格好がいいか、いいのが思いつかない、さっぱり分からないの。ねえ、あなたは趣味がいいから、どんな衣装がいいか教えてくれない？

ヘルメル　ははあ、この頑固奥さんはおれに助け舟を求めてるのか？

ノーラ　そうなのトルヴァル、あなたの助けなしじゃなんにもできない。

ヘルメル　いいよ、考えてやるよ――いい知恵も浮かぶだろう。

ノーラ　あなたってほんとに優しいのね。――でもねえ、あのクログスタがやったことって、そんなに悪いことだったの？

ヘルメル　にせの署名だ。ま、分かるかな？

ノーラ　せっぱつまってやったんじゃない？

ヘルメル　そりゃそうだろう。しかしおれは、そんなささいなことで人の首を切るほど無慈悲な男じゃないつもりだ。

ノーラ　そうよねトルヴァル！

ヘルメル　どんな人間でも立ち直ることはできる、もし自分の罪をちゃんと認めて、甘んじて罰を受けさえすれば。

ノーラ　罰？

ヘルメル　ところがクログスタはそうしなかった。ごまかして切り抜けてしまった。そこなんだあいつの性根が腐っているというのは。

ノーラ　あなたそれが——？

ヘルメル　いいか、自分の罪を隠そうとすれば、みんなにうそをつき偽善の仮面をかぶってなくちゃならん。妻や子どもにまで。子どもにまでだよノーラ、——恐ろしいことじゃないか。

ノーラ　どうして？

ヘルメル　どうして？　そういううそは、悪臭を放つ。家のすみずみまで広がっていく。子どもが家の中で一息吸うごとに体を毒されていく。

ノーラ　まさか——

ヘルメル　だからおれの可愛いノーラは、あんな男のことなんか口に出しちゃいけない。さあ約束だ、手を出して。どうした、うん？　よし、これでいい。やつと一つ職場で仕事をするなんておれにはできない。吐き気を催す。

ノーラ　ああ暑い。することがたくさんある。

ヘルメル　うん、おれもだ。おまえの衣裳のこともあるし。それから、金紙に包んでクリスマスツリーにさげるものもね——（去る）

ノーラ　子どもたちを毒する——家を——！　まさか！

第二幕

(1)

リンデ夫人　わたしを呼んだって？

ノーラ　ええ、手伝ってもらいたいことがあるの。あのね、あしたの晩、上の領事さんのお宅で仮装舞踏会があるの。それでトルヴァルはね、わたしにナポリの娘になってタランテラを踊れって言うのカプリで習ったものだから。

リンデ夫人　まあ、余興までやるの？

ノーラ　ええ、トルヴァルが是非やれって。衣裳はあるのよ。——向こうで作らせたの。でもボロボロになっちゃって、わたしどうしたらいいか——

リンデ夫人　ヘリがちょっとほころびてるだけじゃない——すぐ直せる。針と糸は？

ノーラ　ここ。まあよかった。

リンデ夫人　じゃ、あしたちょっとここに寄って、あなたの着たところを見せてもらわなくちゃ。そうだ、ゆうべのお礼を言ってない。とても楽しかった。

ノーラ　きのうはいつもほど楽しくはなかった。
リンデ夫人　そう？　でも、ランク先生はいつもあんな風にふさぎ込んでいらっしゃるの？
ノーラ　ゆうべはずいぶん変だった。先生はね、危ない病気にかかってるの。脊椎結核、おかわいそうに。実を言うと、お父さまって方が遊び人でね、先生は生まれたときから病気だったのよ、分かるでしょう。
リンデ夫人　そんなことまで知ってるの。で、毎日ここにいらっしゃる？
ノーラ　一日も欠かさない。トルヴァルの幼なじみ。わたしにもいいお友だち。家族の一員みたい。
リンデ夫人　聞くけど、あの方、口がお上手なんじゃない？
ノーラ　全然。でもどうして？
リンデ夫人　ねえノーラ！　あなたはまだまだ赤ちゃんよ。わたしはあなたより年も少し上だし経験もある。言っとくけど、あなたランク先生とのことはやめにしなくちゃ。
ノーラ　やめるって、何を？
リンデ夫人　あなたきのう、お金持ちの崇拝者のことを話してたわね、お金を作ってくれる。
ノーラ　ええ、だれもいないけど――。それがどうしたの。
リンデ夫人　ランク先生お金持ち？
ノーラ　ええそうね。
リンデ夫人　ご家族はいない。
ノーラ　ええ。でも――？
リンデ夫人　それで毎日ここにいらっしゃるんでしょ？
ノーラ　ええそう。
リンデ夫人　どうしてそんな厚かましいことができるの？
ノーラ　あなたの言っていることさっぱり分からない。
リンデ夫人　隠さなくてもいいのノーラ。あなたがだれかからイタリア旅行のお金を借りたか、わたしに分からないと思う？
ノーラ　あなた、どうかしたんじゃないそんなこと考えるなんて！　お友だちよ、毎日ここにいらっしゃるのよ！　そんなことしたら、我慢できると思う？
リンデ夫人　じゃ先生じゃないの？
ノーラ　あたりまえよ思いもしない――。あの頃先生はまだそんなお金持ちじゃなかったし。そのあとで遺産を相続されたんだから。
リンデ夫人　それは幸運だった。
ノーラ　ほんとに考えもしなかった――。でも、自信がある、もしお頼みしたら――
リンデ夫人　もちろんしないでしょ？
ノーラ　もちろんしない。そんな必要もない。でももしお話ししたら間違いなく——
リンデ夫人　ご主人に黙って——？
ノーラ　借りたお金を全部返したら、借用証書はとり戻せるわね？
リンデ夫人　当然。
ノーラ　そしたらずたずたに引き裂いて燃やしてやる、——ゾッとする紙！
リンデ夫人　ノーラ、あなた何か隠してるでしょう。
ノーラ　分かる？
リンデ夫人　きのうから何かあったのね。なんなの？
ノーラ　クリスティーネ！　——あっ、トルヴァルが帰ってきた。悪いけど、しばらく向こうでやってくれない？　トルヴァルは縫い物が嫌いなの。
リンデ夫人　えええええ、でもはっきりさせるまでは帰らないわよ。

（２）

ノーラ　ああ待ってたのよトルヴァル。
ヘルメル　縫いもの——？
ノーラ　ううん、クリスティーネが手伝ってくれてるの。わたしきっと評判になる。
ヘルメル　うん、いい考えだっただろう？
ノーラ　申し分ない！　でも、あなたにしたがうわたしも、ずいぶん素直な奥さんでしょ？
ヘルメル　素直だって——夫にしたがうから？　分かってる分かってる、素直になろうとしているのはたしかだ。
ノーラ　お仕事？
ヘルメル　うん。
ノーラ　トルヴァル。——あなたの可愛い小リスちゃんが、心からのお願いをしたら？
ヘルメル　そしたら？
ノーラ　もし言うことをきいてくださったらヒバリは部屋という部屋でさえずる、高い声も低い声も——。あなたのために妖精になる、月の光を浴びて踊り狂うトルヴァル。
ヘルメル　ノーラ、——今朝持ち出したことじゃないだろうね？
ノーラ　そうなのトルヴァルどうかお願い！
ヘルメル　またあれを蒸し返すつもりか？
ノーラ　えええええお願い。クログスタに銀行の仕事をつづけさせて。
ヘルメル　いいかノーラ、あいつの仕事はリンデさんにまわしたんだよ。
ノーラ　それは感謝してる。でもだれかほかの人をやめさせたっていいでしょ。
ヘルメル　よくもまあそんなことを！　おまえがばかな約

束をしたからって、どうしておれが――
ノーラ　それだけじゃないトルヴァル。あなたのためよ。あの人、あなたのこと、あることないこと言い触らすに決まってる。わたし恐いの――
ヘルメル　ああ分かった。昔のことを思い出したんだ。
ノーラ　なんのこと？
ヘルメル　おまえのお父さんのこと。
ノーラ　ええええ、そう。意地の悪い人たちがパパのことを新聞に書いて、どんなにひどい目にあったか。
ヘルメル　ノーラ、お父さんとおれはまるで違うよ。お父さんは官吏として必ずしも清廉潔白とは言えなかった。しかしおれはそうだ。そうありたいと思っている。
ノーラ　だれにも分からない、意地の悪い人たちはどんなことをするか。――あなたとわたしと子どもたち。ね、ほんとにお願いだから――
ヘルメル　おまえが頼めば頼むほどますますおいとくわけにはいかなくなる。あいつをやめさせることはもう銀行中が知ってる。それを新しい支配人は女房の言葉で取り消したなんて言われたら――
ノーラ　どうなの――？
ヘルメル　いや、なんでもない。――可愛い頑固奥さんが意地を通したってだけだ――　おれはみんなの笑い者になる、――人の言いなりになる男だと言われるだろう。そうすりゃどうなるか！　ほかにもまだ、絶対にクログスタをおいておけない理由がある。
ノーラ　何？
ヘルメル　昔のことは、まあどうでもというなら見逃すこともできる――
ノーラ　そうでしょうトルヴァル？
ヘルメル　それにあいつはかなり有能だとも聞いている。ところがね、あいつは大学時代の友だちなんだよ。馴れ馴れしい口をきくのが当然だと思ってる。人前でも平気で君々、ヘルメル、と、こうだ。まったくやり切れない。あの男といっしょじゃ、銀行で働くのがいやになってくるよ。
ノーラ　トルヴァル、まさか本気じゃないでしょう？
ヘルメル　そう？　どうしてだ？
ノーラ　だって、そんなばかばかしいこと。
ヘルメル　なんだって？　おまえ、おれがばかばかしいと言うのか？
ノーラ　違う、逆よトルヴァル、――だから――
ヘルメル　同じことだ。おまえはおれの考えをばかばかしいと言う。つまりおれがそうだというわけだ。ばかばかしい！　そうか！　これで決まった。
ノーラ　どうするの？
ヘルメル　通告だ。ヘレーネ！　この手紙を届けさせてくれ。住所は表に書いてある。急いでな。

ノーラ　トルヴァル、――あれは何？

ヘルメル　解雇通知、クログスタの。

ノーラ　呼び戻してトルヴァル！　呼び戻して！　あなた、わたしたちがどうなるか知らないのよ！　あなたのため、子どもたちのため――

ヘルメル　遅すぎる。

ノーラ　ええ、遅すぎる。

ヘルメル　ノーラ、おまえが心配するのは許してやるよ、おれに対する侮辱だけどな、そうだよ侮辱だよ！　おれがあんなやつの復讐を恐れるなんて。しかしおまえを許す。それはおまえの愛情のしるしだからな。なるようになるよノーラ。なんだって来るがいい。いざとなればおれには勇気もある、力もある。すべてをこの身に引き受ける男だということを見せてやる。

ノーラ　どういうこと？

ヘルメル　この身一つに――

ノーラ　そんなこと絶対にさせない。

ヘルメル　いいよ。じゃふたりで分けよう――夫と妻。それが本当だ。――さあ、そんなおびえた顔つきをしないで。みんなただの空想だよ。それより、タランテラの稽古をしなくちゃいけないだろう。ドアを閉めておくから好きなだけ騒いでいい。ランクが来たら、おれの部屋に通してくれ。（去る）

ノーラ　トルヴァルはやる。なんにかえてでもやる。――でも絶対にそんなこと！　それだけは！　なんとかしなくちゃ――！　何か――。（ベル）

（3）

ノーラ　こんにちはランク先生。呼び鈴ですぐ分かった。トルヴァルは仕事中だと思うから――。

ランク　あなたは？

ノーラ　あら、あなたのためならいつだって暇よ。

ランク　それはありがとう。じゃできる間は利用させていただこう。

ノーラ　できる間？　何か起こるの？

ランク　前から覚悟していること。

ノーラ　なんなの、何があるの？　ランク先生言ってちょうだい！

ランク　ぼくの体はもうだめなんです。どうしようもない。

ノーラ　ああ、あなたのこと。

ランク　ほかにだれがいます。このあいだようく調べてみました。まあ、ひと月もたたないうちに、ぼくの体は墓の中で腐ってるでしょう。

ノーラ　まあ、そんないやな言い方――

ランク　まったくいやなことです。あと一つ検査をすれば、この体がいつ腐り始めるか分かります。そしたらあなたにだけ教えます。ヘルメルはあういう性格だから汚いものは見たくないでしょう。彼には見舞いに来てもらいたくない――

ノーラ　でもね――

ランク　来てもらいたくない。閉め出します。最悪の状態になったら黒い十字を書いた名刺を送ります。それが最後のお別れのしるしです。

ノーラ　ランク先生、そんなこと考えられない。あなたがわたしたちをおいていなくなるなんて――。

ランク　そんな穴はすぐに埋められますよ。去るものは日々にうとしでね。

ノーラ　そう思う？

ランク　すぐに新しい相手を見つけて――

ノーラ　だれが見つけるの？

ランク　あなたとヘルメル。もう準備中でしょう。ゆうべのリンデ夫人はなんのためです？

ノーラ　まああなた、まさかクリスティーネに焼餅を焼いているんじゃないでしょう？

ランク　焼いてますよ。あの人はここでぼくの後がまになるんでしょう。ぼくの体が腐ってしまうとすぐにあの女が――

ノーラ　しっ――そんな大きな声で。奥にいるのよ。

ランク　今日も？　ほうらね。

ノーラ　わたしの衣裳を直してくれてるだけよ。なんてことをあなた、ほんとに普通じゃない。さ、駄々をこねないでランク先生――ここにお座りなさい。いいものを見せてあげます。

ランク　なんです？

ノーラ　ほら、これ！

ランク　絹の靴下。

ノーラ　肌色。きれいじゃない？　あしたになれば――だめだめだめ、見るのは先だけ。ま、いいか、あなただから。上まで見せてあげる。

ランク　ふん――

ノーラ　どうして変な顔するの？　わたしに似合わないと思ってるの？

ランク　なんとも言えませんね、実物を拝見してないんですから。

ノーラ　まあいやあねえ。

ランク　ほかにはどんないいものを見せてくださるんです？

ノーラ　もう何も見せてあげない。お行儀が悪いんだから。

ランク　こうやって親しくあなたと――いや、もしあなたたちを知らなかったらどうなっていただろう。想像もつかない。
ノーラ　えええほんとに——
ランク　それなのに何もかもすてて行かなくちゃならないなんて——何ひとつ、感謝のしるしさえ残していけない。いなくなったという感じさえも。空席はすぐにとってかわられる。
ノーラ　じゃもし、今わたしが、一つお願いをしたら——？　いいえ——
ランク　なんです？
ノーラ　お友だちとして、とても大きなお願い——
ランク　ええ——ぼくがお役に立てる、そんな幸せを一度だけでも味わせてくださるんですか。
ノーラ　何も知らないからそんなことを——
ランク　いいんです——言ってください。
ノーラ　いいえ、だめ、とても大変なことだもの、忠告だけでなくて、助けを——
ランク　なんだっていい。どういうことか分からないけど遠慮なく言ってください。わたしたちの仲じゃありませんか？
ノーラ　ええ、先生はだれよりもいちばんの親友——だから——あのねランク先生、実は、先生にやめさせていただきたいことがあるの。トルヴァルはどんなにわたしを愛しているか知ってるでしょ。わたしのためなら、ためらわず命を投げ出す。
ランク　ノーラ——ヘルメルだけだと思ってるんですか？
ノーラ　え——？
ランク　あなたのために喜んで命を投げ出すのは。
ノーラ　あ、そう。
ランク　死ぬ前に打ち明けようと心に決めてたんです。——そうなんですノーラ、これで分かったでしょ？　ぼくには心を許してくれていいんです。
ノーラ　離してちょうだい。
ランク　ノーラ——
ノーラ　ランク先生、あなたほんとにいやな人ね。
ランク　だれよりもあなたを愛しているから？　それがいやなこと？
ノーラ　いいえ。でもそんなこと口にするなんて。そんな必要少しもなかったのに——
ランク　ええ？　知ってた——？　ノーラ——奥さん、知ってらしたかどうかお聞きしてるんです。
ノーラ　何を？　何を知ってて何を知ってなかったか、そんなことあなたに言えるはずないでしょ。——こんなばかなことを口に出すなんて！　何もかもあんなに上手くいってたのに。
ランク　とにかく、あなたのためなら身も心も捧げることは分かったでしょう。だからさっきのことを話してください。

ノーラ　こんなことの後で？

ランク　お願いですから。

ノーラ　もうだめ。

ランク　そんな罰を与えないで。ぼくにできることならなんでも――。

ノーラ　もう何もいらないの。ただの空想だったの、そう、そうなの。あたりまえでしょ。先生ってほんとに可愛いのね。あんなことおっしゃったんで恥ずかしいんでしょう？

ランク　いやそんな！　しかしぼくはおいとました方が――このままもうここには？

ノーラ　いいえ。もちろん今まで通りいらしてちょうだい。トルヴァルはあなたなしではいられないんだから。

ランク　でもあなたは？

ノーラ　あら、わたしはいつだってあなたがいらっしゃると楽しくなる。

ランク　それなんだ。あなたは謎だ。あなたはヘルメルといるのと同じくらい、ぼくといっしょにいるのが好きなんだって、いつもそう思えたんです。

ノーラ　ええ。でも好きな人といっしょにいたい人とは違うことがあるのよ。

ランク　ああ。

ノーラ　さあ――トルヴァルのところへ行ってて。あたし衣裳をつけてみるから。呼ぶまで入ってこないでね。絶対よ。

（4）

ノーラ　小さな声で。

クログスタ　ええ、どうぞ。

ノーラ　なんのご用？

クログスタ　一つお聞きしたくて。

ノーラ　じゃ急いで。なんですか？

クログスタ　わたしが解雇通告を受け取ったのはご存じですね。

ノーラ　止められなかったんです。一所懸命やったんですけどどうしようもなかったんです。

クログスタ　ご主人の愛情はそんなちっぽけなものなんですか？　わたしがあなたをどこへ差し出せるか知りながら、それでもやっぱり――

ノーラ　主人が知ってるってどうして分かります？

クログスタ　ああ。いやいやそんなことだろうと思ってました。あの善良なトルヴァル・ヘルメルにそんな男らしい勇気は似つかわしくありませんものね――

ノーラ　クログスタさん、主人には敬意を払っていただきます。

クログスタ　まあまあ払うべき敬意は払います。しかし奥さん、そうやって隠そうとなさってるところを見ますと、ご自分のされたことがきのうよりはよくお分かりになっているようと考えてよろしいでしょうね。

ノーラ　わたしになんの用なんですか?

クログスタ　いや、どうしていらっしゃるかと思いましてね奥さん。一日中あなたのことを考えていました。――まあ、わたしのようなものにも、親切心というやつがちょっぴりはありますから。

ノーラ　じゃそれを見せてください。小さな子どもたちのことも考えてください。

クログスタ　あなたはわたしの子どもたちのことを考えてくれましたか?　でももうどうだっていいことです。そう重大にお考えになることはありません。裁判沙汰にするつもりはありませんから。

ノーラ　ええ、そうでしょう――分かってました。

クログスタ　すべて円満に解決できます。公の場に出す必要は少しもありません。われわれ三人の間の問題ですから――。

ノーラ　主人に話すわけにはいきません。

クログスタ　でもどうやって隠しておけるんです?　あなたは残りの金額を払えますか?

ノーラ　いいえ、今すぐには。

クログスタ　じゃ今日あしたにでも?

ノーラ　何も当ては――

クログスタ　同じことです。もうどんなにたくさんのお金を積んでも、わたしからあの借用証書を取り上げることはできません。

ノーラ　何かに使うつもり?

クログスタ　いえ、ただ持っていたいだけ、自分の手に。人に嗅ぎつかれたりはしません。もし奥さんがやけになって何かとんでもない決心をしているなら――

ノーラ　ええ。

クログスタ　家も家族もすてるとか――

ノーラ　ええ!

クログスタ　――それとも何かもっと悪いことを――

ノーラ　どうして分かるんです?

クログスタ　――ま、そんなことはおやめになるんですね。

ノーラ　どうしてわたしの考えが分かるんですか?

クログスタ　だれでもそれを考えるものですからね。わたしもそうでした。でも勇気が出なかったんです――

ノーラ　わたしもだめ。

クログスタ　え、そうでしょう。そんなことばかげてます。せいぜい家の中が少し荒れるだけで――。わたしはここにご主人宛ての手紙を持っています——

ノーラ　全部書いてあるんですか？

クログスタ　できるだけ穏やかに。

ノーラ　渡さないで。破いてください。お金はなんとかして作りますから。

クログスタ　奥さん、たった今申し上げましたが——

ノーラ　お借りしているお金のことじゃありません。主人に要求している金額を言ってください。なんとか——

クログスタ　わたしはご主人に金を要求してはおりません。

ノーラ　じゃ何を？

クログスタ　申しましょう。わたしは足場を築きたいんです、出世したいんです。わたしはずっとつらい思いをしながら一所懸命働いてきました。一歩一歩道が開けてくることに満足して。しかし今わたしは職を追われました。元に戻るだけじゃ満足できません。出世したいんです。銀行に戻って——前より上の地位につきたいんです。ご主人にポストを見つけていただきます。

ノーラ　主人は絶対にそんなことしません！

クログスタ　しますね。——断る勇気などヘルメルにはありませんよ。いったん上の地位についたら、まあ見ててごらんなさい！　一年とたたないうちに、わたしは支配人の右腕になります。銀行を動かしているのはトルヴァル・ヘルメルではなくてニルス・クログスタだと言われるようになります。

ノーラ　そんなことには絶対になりません！

クログスタ　まさか奥さん——？

ノーラ　今こそ勇気を出します。

クログスタ　氷の下になるっていうんですか？　冷たい真っ黒い水に沈んで？　春になってやっと浮かんできて、醜く、だれだかも分からず、髪の毛は抜け落ちてのっぺりと——

ノーラ　脅かそうたってだめよ。

クログスタ　奥さんこそ脅かそうたってだめです。そんなこと人はしないもんです。それになんの役に立つんですか？　わたしはやっぱりご主人を言いなりにできますからね。

ノーラ　そのあとでも？　わたしがもう——？

クログスタ　お忘れですか、わたしは奥さんの死んだあとの評判を自由にできるんですよ。——これでお分かりでしょう。ばかなことはしないように。この手紙を郵便受けに入れてご返事を待ちます。いいですか、わたしにこんなやり方を無理矢理とらせるのはヘルメルの方なんですから。それをわたしは決して許しません。失礼します奥さん。

（5）

ノーラ　――トルヴァルトルヴァル、――もう救いようがない！

リンデ夫人　もうこれ以上救いようがないわね。つけてみる？

ノーラ　クリスティーネ、ここに来て。

リンデ夫人　どうしたのそんな顔して？

ノーラ　ここに来て。あの手紙、見える？　あそこ、ほら、――郵便受けの中。

リンデ夫人　ええ、見える。

ノーラ　あれ、クログスタからなの――

リンデ夫人　ノーラ、クログスタねあなたがお金を借りたのは。

ノーラ　ええ。もうトルヴァルにみんな分かっちゃう。

リンデ夫人　その方がいいノーラ。あなたたちふたりにとって。

ノーラ　あなた知らないのよ。わたしね、偽の署名をしたの――

リンデ夫人　え？　どうしてそんなことを――？

ノーラ　ね、これだけはお願い、わたしの証人になって。

リンデ夫人　証人？　なんの――？

ノーラ　もしわたしの気が狂うとか、――ああそうなりかねない――

リンデ夫人　ノーラ――！

ノーラ　それとも、何かほかのこと――わたしがいなくなって――

リンデ夫人　ノーラノーラ、あなたほんとに正気じゃない！

ノーラ　もしそのとき、だれかがすべてを自分で引き受けようとしたら、いい？

リンデ夫人　ええええ、――でもどうしてそんなこと――？

ノーラ　そのときは証人になって、本当のことを言ってちょうだい。このことはほかのだれも知らない、わたしひとりでしたこと。これを覚えておいて。

リンデ夫人　いいわよ。でもなんのことかさっぱり分からない。

ノーラ　ああ、どうして分かる？　今から起ころうとしているのは素晴らしい奇蹟なのよ。

リンデ夫人　奇蹟？

ノーラ　ええ、奇蹟、素晴らしい、でも恐ろしい。起こっちゃいけない、どんなことがあっても起こっちゃいけない。

リンデ夫人　わたしクログスタのところに行って話してくる。

ノーラ　だめよ。あなたにひどいことをするかもしれない。
リンデ夫人　あの人、わたしのためならなんでも喜んでしたときがあるのよ。
ノーラ　あの人が！　――でもどうしようもない、手紙は郵便受けの中。
ヘルメル　（外から）ノーラ入っていいか？
ノーラ　ちょっと待って。
リンデ夫人　鍵はご主人が？
ノーラ　ええ。
リンデ夫人　じゃ、読まれないうちにクログスタに取り戻させなくちゃ、何か口実を見つけて――できるだけ早く戻ってくる。

（6）

ヘルメル　来いよ、ランク。
ノーラ　トルヴァル！
ヘルメル　なんだい？
ノーラ　どうしたの？
ヘルメル　ランクは、すごい仮装だってさかんに言ってたんだけど――
ランク　違ったのか。
ノーラ　仮装はあしたまでだれにも見せない。
ヘルメル　おまえ疲れてるみたいだけど、稽古のしすぎか？
ノーラ　いいえ、まだ全然してない。
ヘルメル　しなくていいのか？
ノーラ　しなくちゃいけない。でもあなたが助けてくれないとどうにもならない――すっかり忘れちゃった。
ヘルメル　まあ、すぐ思い出すよ。
ノーラ　ねえ、助けてちょうだい。約束して。わたし心配。大勢の人でしょ――。あなた今晩は何もしないで、わたしのことだけ。ねえ、いいトルヴァル？
ヘルメル　いいよ――あ、そうだその前に。
ノーラ　なんなの。
ヘルメル　手紙が来てないかどうか――
ノーラ　いえいえ見ないでトルヴァル。
ヘルメル　まあまあ。
ノーラ　トルヴァルトルヴァルすぐに稽古しましょ、――夕飯までにまだ時間があるから。さあ――教えてちょうだい。
ヘルメル　いいよ。
ノーラ　（タンバリンをとり、ショールを肩にかけて、踊る）
ヘルメル　もっとゆっくり、――ゆっくり。
ノーラ　この方がいいの。
ヘルメル　もっと穏やかに――

ノーラ　できない――

ヘルメル　やめだやめだ――やめろ！　――めちゃくちゃだ。

ノーラ　ね、分かったでしょう。最後までちゃんと教えてくれなくちゃ。約束するトルヴァル？　お仕事しちゃだめ、手紙を見るのもだめ、あしたの舞踏会が終わるまではわたしたちのあいだにいやなことは何も起こさないで。

ヘルメル　赤ちゃんのお好きなように。しかしあしたの晩おまえの踊りが終わったら――

ノーラ　そしたらあなたは自由。

ヘルメル　分かった。じゃあ食事のあとにちゃんと稽古しなくちゃ。

(7)

ノーラ　で？

リンデ夫人　留守だったあの人。あしたの晩戻るって。だから置き手紙してきた。

ノーラ　しなくてもよかったのに。もう何ひとつやめさせるわけにはいかない。それに本当言って、素晴らしい奇蹟を待っていると思うと嬉しくて体が震えてくる。

リンデ夫人　何を待ってるって？

ノーラ　さあ食堂に行って――食事の用意ができてるから。わたしもすぐに行く。

リンデ夫人　（去る）

ノーラ　五時。真夜中まで七時間。次の真夜中まで二十四時間。そのときタランテラは終わる。二十四たす七。三十一時間の命。

ヘルメル　（外から）ヒバリはどこだ？

ノーラ　ヒバリはここよ！

第三幕

(1)

クログスタ　置き手紙を見ました。どういうことですか？

リンデ夫人　どうしてもふたりで話したいことがあるの。

クログスタ　この家で？

リンデ夫人　わたしのところは入口が専用じゃないから。

（上から音楽が聞こえる。）

クログスタ　今晩おふたりはダンスを。ああ、なるほど。

リンデ夫人　クログスタ、ふたりだけで話をしたい。

クログスタ　お互いにまだ何か話すことがありますか？

リンデ夫人　たくさんある。

クログスタ　ぼくはそう思わない。

リンデ夫人　それはわたしのことがよく分かってないからよ。

クログスタ　実に単純なこと。ひとりの冷たい女が男をすてて、もっと割りのいいほうに身を売った。

リンデ夫人　わたしが冷たい女？　なんの痛みもなかったって、あなた本当にそう思ってるの？

クログスタ　だったらあのとき、なんであんな手紙をよこしたんだ？

リンデ夫人　別れる以上、あなたの気持ちを吹き消しておくべきだと思ったの。

クログスタ　そういうこと。それをみんな金のために！

リンデ夫人　忘れないで。わたしには寝たきりの母とふたりの弟がいたの。あなたを頼りにすることはできなかったあの頃のあなたの様子では。

クログスタ　そうかもしれない。でもほかの男のためにぼくをすてる権利は君にはなかった。

リンデ夫人　どうかしら。なかったかどうか何度も自分にたずねてみた。

クログスタ　君がいなくなったとき、足元の地面が崩れていくようだった。見てごらん、ぼくは君のおかげで座礁した難破船てざまだ。

リンデ夫人　知らなかったのクログスタ。わたしがもらった仕事があなたのものだったなんて今日初めて聞いたの。

クログスタ　君がそう言うなら信じるよ。でも今は分かったんだから、どうして身を引かない？

リンデ夫人　そんなことしたってあなたのためにはならない。

クログスタ　ためになるためになる――ぼくならそうするね。

リンデ夫人　わたしは理性にしたがって振る舞おうと思う。つらい人生がそれを教えてくれた。

クログスタ　ぼくは人生から、口先だけの言葉を信じるなと教わった。

リンデ夫人　でも、行動はあなたも信じるでしょう？

クログスタ　どういう意味？

リンデ夫人　あなた、さっき自分のことを座礁した難破船だと言ったわね。わたしもそうなの。もしいま難破したふたりが互いに寄りそえたら。

クログスタ　クリスティーネ。

リンデ夫人　わたしがこの町へ来たのはなぜだと思う？

クログスタ　まさか、ぼくのことを考えたなんて――

リンデ夫人　わたし働いてあげるものがいないと生きて行けない。これまでずっとそうしてきた。唯一の楽しみ。自分のために働いたってちっとも楽しくない。今はどうしようもない空っぽな感じなの。クログスタ、わたし働いてあげる相手がほしいの。

クログスタ　そんなこと、女のヒステリーで言っているだけだ。
リンデ夫人　わたしがヒステリー？
クログスタ　ぼくにどんな過去があるか知ってる？
リンデ夫人　ええ。
クログスタ　このあたりでなんと思われているかも？
リンデ夫人　あなたさっき、わたしといっしょだったら今とは違った人間になってたって、そう言いたかったんじゃない？
クログスタ　そう。
リンデ夫人　今からじゃだめ？
クログスタ　クリスティーネ――君は分かって言ってるのか！
リンデ夫人　わたしは母親になってあげるものが必要なの。あなたのお子さんたちは母親が必要。わたしたちお互いが必要なのよ。あなたとならやって行けるクログスタ――　あなたといっしょならどんなことでも。
クログスタ　ありがとうありがとうクリスティーネ。――だめだ、忘れていた――
リンデ夫人　タランテラ！　もう行って！
クログスタ　どうして？　何？
リンデ夫人　上のダンス、あれが終わったらみんな降りてくる。
クログスタ　そうなんだ。ヘルメルに手紙を出してしまった。もう手遅れだ。君は知らないことだけど――
リンデ夫人　いいえ、わたし知ってる。
クログスタ　ああ、あれを出さなかったことにできたら――
リンデ夫人　できるわよ。手紙はまだ郵便受けの中。
クログスタ　本当に？
リンデ夫人　ええ、でも――
クログスタ　そういうわけか？　どんなことをしてでも友だちを救おうってわけか。さあ、白状しろ。そうなんだろ？
リンデ夫人　一度人のために身を売った人間は二度とそんなことはしない。
クログスタ　手紙をとり戻す。
リンデ夫人　いえいえ――
クログスタ　ヘルメルが降りてきたら、手紙を返してくれと頼む――ぼくの解雇についてだから、読む必要はないと――
リンデ夫人　いいえクログスタ、取り戻さない方がいい。
クログスタ　でも、ぼくを呼び出したそもその理由はそれだったんだろう。
リンデ夫人　ええ、きのうはあわててしまって。でも一日たって、ヘルメルには何もかも知らせるべきだと分かったの。あのふたりはお互い理解し合わなくちゃいけない。こんなうそやごまかしをいつまでもつづけていてはいけないの。

クログスタ　分かった。君がそう言うんなら──。でもぼくにもできることが一つある。

リンデ夫人　行って行って！　ダンスが終わった──下で君を待ってる。

クログスタ　下で君を待ってる。

リンデ夫人　ええそうして──家まで送ってちょうだい。

（2）

ノーラ　いやいやいや入らない、上に行く、やめたくない。

ヘルメル　しかしねえノーラ──入らないと風邪を引くよ

──

リンデ夫人　今晩は。

ノーラ　クリスティーネ！

ヘルメル　なんですリンデさん、こんなに遅く？

リンデ夫人　ごめんなさい、わたし、どうしてもノーラの衣裳をつけたところを見たくて。

ヘルメル　そうら、とっくと見てください。見るだけの価値はありますよ。可愛いでしょうリンデさん？

リンデ夫人　ええ、本当に──

ヘルメル　ふるいつきたいくらい。舞踏会でもみんなそう言った。ところがこいつはびっくりするくらい意地っ張りなんです。考えられますか、力ずくで引っぱってきたんです。

ノーラ　ああ、トルヴァル──

ヘルメル　こいつはね、タランテラを踊って嵐のような喝采を浴びたんです、──それだけのことはあったんですよ──ま、ちょっと地を出しすぎたかもしれない、芸術的というにはちょっとそれが過ぎたきらいはあった。しかしそんなことはどうでもいい！　肝心なのは──喝采をはくしたということ。それなのにまだぐずぐずしている？　とんでもない、──わたしはこのちっちゃなカプリ娘を腕にかかえ込み、すばやくホールを突っ切ると、四方八方にお辞儀をして──麗しき幻は消え失せたり。終わりは効果的でなくちゃ、ね、リンデさん。ところがノーラは納得しないんですよ。──ふっ、暑いな。失礼──（去る）

リンデ夫人　あの人と話した。ご主人には全部話さなくちゃいけない。

ノーラ　分かってた。

リンデ夫人　クログスタのことは心配しなくていい。でも話はしなくちゃいけない。

ノーラ　わたししない。

リンデ夫人　じゃ手紙がするでしょう。

ノーラ　ありがとう。今はどうすればいいか分かってる。

ヘルメル　（出てくる）どうですリンデさん、しっかりご覧になりました？

リンデ夫人　ええ。ではわたし、これでおいとまします。

ヘルメル　なんです、もう？

リンデ夫人　おやすみノーラ。それ以上、意地を張らないで。

ヘルメル　いいことを言ってくれましたリンデさん！

リンデ夫人　おやすみなさい支配人。

ヘルメル　おやすみおやすみ。おひとりで帰れますか？ほんとは喜んで――、まあ、そんなに遠くもないから。おやすみなさいおやすみなさい。――やっと追っ払った。まったく面白みのない女だ。

（3）

ノーラ　疲れてるんじゃないトルヴァル？

ヘルメル　ちっとも。溌剌してる。でもおまえはなんだか――

ノーラ　疲れた。もうすぐ眠る。

ヘルメル　そうれみろ！　長居するなと言ったのは正しかっただろう。

ノーラ　あなたはいつだって正しい。

ヘルメル　ヒバリもやっと人間らしい口をきくようになった。――今晩のランクばかにはしゃいでたな。

ノーラ　そう？

ヘルメル　あんなに陽気なランクは久しぶりだ。ふん――やっぱり我が家はいい、おまえと二人きり。――ああ、魅惑的なる美しき乙女！

ノーラ　そんなふうに眺めないで！

ヘルメル　おれのいちばん大事な所有物、それを眺めちゃいけないのか？　何よりも大切な、おれの、おれだけの、心も体も――。

ノーラ　そんな言い方しないで――

ヘルメル　おまえの血の中にはまだタランテラが残ってる。それなんだおまえを魅惑的にしているのは。ぞっとする！　客が帰り始めた。ノーラ――すぐに静かになる。

ノーラ　ええ、そうなってほしい。

ヘルメル　ねえ、――舞踏会でなぜおれはおまえとあまり話をしなかったか。遠くからおまえを盗むように眺めるだけで――どうしてそんなことをしていたか、分かるか？　おれはね、空想してたんだ、おまえはひそかな恋人、若い、ひそかな婚約者、ふたりの仲をだれも感づいていない。ああ、身が震える、美しい娘！　一晩中おれはおまえを求めていた。おまえが激しく体をゆすってタランテラを踊っているとき、おれの血は燃え立った。我慢できなくなった。――だからなんだおまえをこんなに早く引っぱってきたのは――

ノーラ　やめてトルヴァル！　放して、わたしいや。

ヘルメル　何を言うんだノーラ。いやだ？　おれはおまえの夫じゃないのか――？

（4）

ヘルメル　だれだ？

ランク　（外から）ぼくだよ。ちょっといいかな？

ヘルメル　いったいなんの用だ。――ちょっと待ってくれ。――やあ、よく寄ってくれたね。

ランク　君の声が聞えたように思ったから。ちょっとのぞきたくなって。ああなつかしい部屋、ここで君たちは満ち足りている、君たちふたり。

ヘルメル　君だって、上ではずいぶん満ち足りてたじゃないか。

ランク　どうしていけない？　どうしてこの世のすべてを手に入れちゃいけない？　できるだけ長く、できるだけたくさん。ブドウ酒は最高――

ヘルメル　シャンペンも最高。

ランク　そう最高。有意義なる一日を送りしのちに一晩を楽しく過ごしてはならないものでしょうか。

ヘルメル　有意義？　そいつは残念ながらおれには言えないね。

ランク　でもぼくには言えるんだよ！

ノーラ　ランク先生、今日、精密検査をなさったのね？

ランク　そのとおり。

ノーラ　で結果は？

ランク　医者と患者が望み得る最良の結果――最終決定です。

ノーラ　最終決定？

ランク　完璧な最終決定。そんなことのあとで一晩はしゃぎまわったって当然でしょう。

ノーラ　おっしゃる通りよ。

ヘルメル　おれもそう思う。ただ、あした頭が痛いなんて言わないようにね。

ランク　いや、生きてるかぎり何ごともただでは手に入らない。

ノーラ　先生、――仮装舞踏会はお気に召した？

ランク　ええ。面白い扮装がたくさん。

ノーラ　ねえ、先生とわたし、次の仮装舞踏会には何になったらいいと思う？

ヘルメル　ひどいやつだな――もう来年のことを考えてる！

ランク　ぼくらふたり？　ううん――そう、あなたは幸福の天使――

ヘルメル　で、どんな衣裳？

ランク　奥さんのあるがままでいい——

ヘルメル　これは上手い。それで、君は何？

ランク　ぼくは、次の仮装舞踏会に、見えない人間になる。

ヘルメル　変なアイデアだな。

ランク　大きな黒い帽子——隠れ帽子ってのを知らないか？　そいつをかぶると姿が見えなくなる。

ヘルメル　ああいやいや。

ランク　そうだ、なんでここに寄ったかすっかり忘れてた。ヘルメル、シガーを一本くれないか、黒いハバナを。

ヘルメル　いいよ。

ランク　ありがとう。

ノーラ　火をどうぞ。

ランク　どうもありがとう。じゃ、さようなら！

ヘルメル　さようならさようなら。

ノーラ　ランク先生おやすみなさい。

ランク　ありがとう。

ノーラ　わたしにも言ってちょうだい。

ランク　あなたに？　ええええ——おやすみなさい。それから火をどうもありがとう。

（5）

ヘルメル　かなり酔ってたな。

ノーラ　ええ。——何するの？

ヘルメル　郵便受けを空にしなくちゃ。あしたの新聞も入らない。——なんだ、鍵穴に何か詰まってる。ヘアピンだ、折れたのが。——ほうらこんなにたまって。——なんだこれは？

ノーラ　手紙！　ああやめてやめてトルヴァル！

ヘルメル　名刺——医学博士ランク。いちばん上にあった——帰りがけに入れたんだ。

ノーラ　何か書いてある？

ヘルメル　名前の上に黒い十字が書いてある。まったく悪いいたずらだ。まるで自分の死亡通知じゃないか。

ノーラ　そうなのよ。

ヘルメル　ええ？　何か知ってるのか？

ノーラ　ええ。黒い十字の名刺をおいてったら、それがお別れのしるし。ひとりで閉じこもって死にたいんですって。

ヘルメル　ああかわいそうに。そう長くはないと思ってたが、こんなにすぐとは——いやいや、あいつにとってはこれがいちばんいいのかもしれない。そしておれたちにとっても。さあ、おれたちはふたりで寄り添う。——ああ、いくら強く抱きしめても抱きたりない気がする。ねえノーラ――おれはいつも思ってた、おまえにすごい危険が降りかかってくるといい！　そうしたら、おれは全身全力をあげておまえを救ってやれるのに――。
ノーラ　さあ、手紙を読んでちょうだいトルヴァル。
ヘルメル　いや、今夜はやめよう。おまえといっしょだよノーラ。
ノーラ　でもお友だちが死ぬのよ――
ヘルメル　ああそうか。気持ちが乱れたな。少し落ち着かなくちゃ。じゃ――しばしの別れだ。
ノーラ　トルヴァルおやすみ――おやすみ！
ヘルメル　おやすみ、おれのちっちゃなヒバリ。――手紙に目を通すか。

(6)
ノーラ　もう会うこともない。氷のような冷たい真っ黒な水。底なしの――あ、今読んでる。待って、まだよ。さよならトルヴァル、子どもたち――

(7)
ヘルメル　ノーラ！
ノーラ　ああ――！
ヘルメル　これはなんだ？　ここに書いてあることを知ってるのか？
ノーラ　ええ。トルヴァルさようなら！
ヘルメル　どこへ行く？
ノーラ　わたしを救っちゃいけない！
ヘルメル　救う？　ここに書いてあることはほんとなのか！　ばかな。
ノーラ　ほんとよ。わたしは何よりもあなたを愛していた。
ヘルメル　ばかげたいい訳はよせ。
ノーラ　トルヴァル――！
ヘルメル　おまえはいったい何をしようとしたんだ！
ノーラ　行かせて。身代わりになっちゃいけない。
ヘルメル　芝居はやめろ。おまえはこれをおれの責任にしようというのか。分かってるのか自分のしたことが？　ええ、分かってるのか？
ノーラ　（凝視）
ヘルメル　ああなんてことだ。八年間ずっと、おれの喜び、誇り、その女が――猫をかぶってた――偽善者、いやもっと悪い、犯罪者だ！――ああ、ちくしょう、ちくしょうめ！
ノーラ　（凝視）
ヘルメル　こんなこと前もって分かってるべきだった。だいたいおまえの親父がいい加減な男だった――黙れ！　全部遺伝してるんだ。――おまえはおれの幸運をめちゃくちゃにした。おれの未来を台なしにした。思っただけでも恐ろしい。良心もないあの男の意のままになる。あいつはおれをなんとでもできる、好きなように命令できる――おれはぐうの音も出ない。そうしておれは、おまえのために破滅する！

ノーラ　わたしがこの世からいなくなれば、あなたは自由。

ヘルメル　何を言う。そういう口先だけのごまかしがおまえの親父はお手のものだった。おまえがいなくなってなんの役に立つ？　あいつはやっぱりぶちまけるだろう。――そうなればおれは知ってたんだと思われる。後ろで糸を引いてたって！　それもこれもみんなおまえのせいだ、おまえのせい。分かるか？

ノーラ　ええ。

ヘルメル　信じられない、わけが分からない。しかし何とかしなくちゃ。ショールを取れ。取れと言うんだ！　何とかしてあいつをなだめよう。どうあっても抑えとかなくちゃ――　おれたちは今までどおりで行く。むろん世間体だけだ。子どもの教育はもう任せられない。おまえは信用できないからな――ああ、あんなに愛していたのにこんなことを言わなくちゃならないとは。今でもおれは――！　お終いだ。どうしてここから抜け出すか。めちゃくちゃな、ただの抜け殻――

（ベル）

ヘルメル　なんだ？　こんなに遅く。まさかあいつが――？　隠れろノーラ！　病気だと言おう。（出て、入る）あいつからの手紙、おまえあてだ。おれが読む。

ノーラ　どうぞ。

ヘルメル　体が震える。もしかしたら、おれたちはお終いかもしれない。おまえもおれも。いや、読まなくちゃ。――ノーラ！　――いやいやもう一度。そう、たしかだ。おれは助かった！　ノーラ、おれは助かったよ！

ノーラ　わたしは？

ヘルメル　おまえもだもちろん。見ろ、あいつは借用証書を返してきた。悪かったと後悔してる――何かいいことがあって、生活が一変したって――。いや、そんなことはどうでもいい。おれたちは助かったんだノーラ！　おまえを脅かすものはだれもいない。ノーラノーラ――いや、おまえは恐ろしい思いをしたんだな。

ノーラ　この三日間、それはそれはつらい戦いだった。

ヘルメル　ひとりで苦しんで――いややめよう――忘れてしまおう。もう終わったんだよ。なんだい、堅い顔して？　かわいそうに。分かるよ。信じられないんだろうおれが許すなんて。許してるんだよノーラ。みんなおれを愛してるからしたことだものな。

ノーラ　そのとおり。

ヘルメル　分かってるんだ。ただちょっと考えが足りなかった。だからやり方を誤った。それだけだ。だからっておれの愛が薄らぐと思うのか。とんでもない。おれに寄りかかれ。無力な女は魅力が二倍になる。それを感じないなら男じゃない。さっき言ったことは気にするな。あのときは何もかもおれが背負うのかと思って驚いただけだ。おれはおまえを許すノーラ。誓うよ、おまえを許す。

ノーラ　お許しくださってありがとう。

ヘルメル　おい、待て――。何をしようっていうんだ？

ノーラ　仮装を脱ぐの。

(8)

ヘルメル　うん、それがいい。ゆったりして気を落ち着けるといい。あしたになれば、何もかも前と同じになる。――男にとって、妻を許すというのはなんとも言えない満足をあたえてくれるものだ。妻は二倍に所有物となる。妻であり子どもでもあるんだ。――何も心配はない。ただ、なんでもおれに打ち明けろ。おれがおまえを導いてやる――

(9)

ヘルメル　なんだ？　寝るんじゃないのか？

ノーラ　ええ、着替えをした。

ヘルメル　どうして、こんなに遅く――？

ノーラ　まだそんなに遅くない。座ってトルヴァル、お互い話すことがたくさんある。

ヘルメル　どういうこと？　そんな顔つきで――

ノーラ　座って――長くなるから。

ヘルメル　脅かすなよノーラ。さっぱり分からない。

ノーラ　ええ、それよ。あなたはわたしが分からない。わたしもあなたのことが全然分からなかった――今晩まで。いいえ口を出さないで。わたしの言うことを聞いて。――これは最後のおさめよトルヴァル。

ヘルメル　どういう意味だ？

ノーラ　変だと思わない？　ここにこうして座っていて？

ヘルメル　何が？

ノーラ　わたしたち八年間夫婦だった。気がつかない？　これがあなたとわたし、夫と妻がまじめに話をする最初よ。

ヘルメル　ああ、まじめになって――何を言いたいんだ？

ノーラ　八年間――いえもっと――知り合ってからずっと、わたしたちまじめなことについてまじめに言葉を交わしたことが一度もない。

ヘルメル　おまえにどうしようもないことをいつも相談しろというのか。

ノーラ　そんなこと言ってるんじゃない。お互いまじめになって、心の底まで話し合おうとしたことが一度もなかったと言ってるのよ。
ヘルメル　しかしノーラ、それが大事なことなのか。
ノーラ　それよ問題は。あなたは一度だってわたしを理解しなかった。──わたしは誤ってしつけられてきたの。最初はパパに、それからあなたに。
ヘルメル　何を言うんだ！　──だれよりもおまえを愛したふたりが？
ノーラ　あなたはわたしを愛したことなんかない。好きだ好きだと言って楽しんでただけ。
ヘルメル　なんだってノーラ！
ノーラ　そうよトルヴァル。パパはなんでも自分の考えを押しつけた。だからわたしも同じ考えになった。違う考えのときはそれを隠した──パパが嫌ったから。パパはわたしをお人形さんと呼んだ。わたしといっしょになって遊んでいたの、わたしが自分のお人形と遊んでいたように。それからわたしはあなたの家に移った──
ヘルメル　なんて言い方をするんだ、おれたちの結婚に。
ノーラ　わたしはパパの手からあなたの手に移った。あなたはなんにでも自分の好みを主張する。だからわたしも同じ好みになった──それとも、そんなふりをした──よく分からない両方かしら──あるときはほんとうにそうなって、あるときはそんなふりをした。思い返してみるとわたしは貧しい物もらい──手から口へ運ぶだけ。あなたの前で見せものをやって代わりに食べさせてもらってた。そうなのトルヴァル。でもあなたがそうさせたの。あなたとパパには大きな責任がある。わたしが成長しなかったのはあなたたちのせいよ。
ヘルメル　恩知らずにもほどがある！　めちゃくちゃだ。おまえはこれまで幸せじゃなかったというのか？
ノーラ　ええ。幸せだと信じていた、でもそうじゃなかったの。
ヘルメル　違う──幸せじゃない！
ノーラ　ええ、陽気なだけ。あなたはいつも優しかった。でもわたしたちの家は遊び部屋。ここでわたしはあなたの奥さん人形になった。結婚前パパの子ども人形だったように。そしてわたしの人形には子どもたちがなった。わたしが遊んでやると子どもたちは喜んだ。あなたが遊んでくれるとわたしはとても楽しかった。それがわたしたちの結婚生活トルヴァル。
ヘルメル　ま、おまえの言うのもまったく間違いとは言えない──ひどくおおげさだが。これからは変えることにしよう。遊びの時間は終わりだ。これからは教育の時間にする。
ノーラ　だれの教育？　わたしの、それとも子どもたちの？

ヘルメル　両方だよノーラ。

ノーラ　トルヴァル、あなたにはわたしを教育する力はない。それにわたしに――どうして子どもたちを教育する資格があるの？

ヘルメル　ノーラ！

ノーラ　あなたさっき自分でそう言ったでしょ。――子どもの教育はわたしに任せられないって。

ヘルメル　ついかっとなったんだ！　そんなこと気にするな。

ノーラ　いいえ、あなたの言うとおり。わたしにはできない。それより先にしなくちゃならないことがある。自分の教育。あなたには助けられない。わたしひとりでしなくちゃならないこと。だから今、わたしはあなたと別れます。

ヘルメル　何を言うんだおまえ？

ノーラ　自分のこと世界のことを学ぶの。それにはひとりっきりになる必要がある。だからこれ以上あなたのところにはいられない。

ヘルメル　ノーラノーラ！

ノーラ　今すぐ出て行きます。今晩はクリスティーネに泊めてもらう――

ヘルメル　正気じゃない！　いけない、おれが禁ずる！

ノーラ　何を？　これからは何も禁じることなんかできない。自分のものだけ持って行きます。あなたからは何ひとつもらわない、今も、これからも。

ヘルメル　どうかしてるんだ！

ノーラ　あした家に戻る――昔の家に。あそこの方が何をするにも便利だから。

ヘルメル　ああ、何も知らない経験もないおまえが！

ノーラ　経験をつむトルヴァル。

ヘルメル　家をすてる？　夫も子どもも！　人がなんと言うか。

ノーラ　人の言うことは気にしない。こうすることがどうしても必要だと分かっているだけ。

ヘルメル　おまえは当然の義務を放り出すというのか。

ノーラ　当然の義務、なんなの？

ヘルメル　そんなことまで言ってきかせるのか！　夫と子どもへの義務だ。違うか？

ノーラ　わたしにはほかに、もっと守らなくちゃならない義務がある。

ヘルメル　そんなものはない。なんだ？

ノーラ　わたし自身への義務。

ヘルメル　おまえは何よりまず妻であり母親なんだ。

ノーラ　そんなこともう信じない。わたしは何よりもまず人間。あなたもわたしも――　少なくともそうなろうと努める。分かってる、みんなはあなたの方が正しいと言うでしょう。本にもそう書いてある。でもわたしはもう、人が言ったり本に書いてあることをそのままには信じない。自分で考えて、物ごとの本当の意味を知りたいと思う。

ヘルメル　家庭はどうでもいいというのか。家の中はどうなる！

ノーラ　トルヴァル、わたしほんとに分からない。何もかもごちゃごちゃになってしまった。分かるのは、わたしとあなたの考えがまるで違うということ。法律もわたしの思っていたようなものじゃなかった。でもそんな法律が正しいなんてどうしても納得できない。女には、死にかかっている父親に心配をかけないでおく権利はないの？　女には夫の命を救う権利はないの！　そんなこと信じられない。

ヘルメル　おまえは子どもじみてる。社会というものが全然分かっていない。

ノーラ　ええ、そう、これから学ぶ、社会とわたしのどちらが正しいか。

ヘルメル　病気だノーラ。熱があるんだ。正常とは思えない。

ノーラ　今晩のような澄み切った気持ちは、これまで一度もなかった。

ヘルメル　じゃ、その澄み切った気持ちで、おまえは夫と子どもをすてるのか？

ノーラ　そう。

ヘルメル　それじゃ、それを説明する理由は一つしかない。

ノーラ　どんな？

ヘルメル　おまえはもうおれを愛していないんだ。

ノーラ　ええ、そうなの。

ヘルメル　ノーラ——そこまで言うのか！

ノーラ　ああつらい。あなたはいつも優しくしてくれた。でもどうしようもない。わたしはもうあなたを愛していない。

ヘルメル　それも澄み切った心で言ってるのか？

ノーラ　そう、だからわたしはここにいられない。

ヘルメル　どうしておれはおまえの愛を失くしたんだ？　説明してくれ。

ノーラ　今晩、奇蹟は起こらなかった。あなたはわたしの思っていたような人じゃなかった。クログスタの手紙があそこに投げ込まれたとき——あなたがあの男の言いなりになるなんて夢にも思わなかった。あなたはあの男に向かって叫ぶだろうと思った世界中に公表しろって。わたしはそう信じていた。それから——

ヘルメル　それから？　おれが妻を、恥とスキャンダルに落とし込んで、それから、それから――！

ノーラ　それから、あなたは進み出てすべての罪は自分にあると告白する。

ヘルメル　ノーラ――！

ノーラ　わたしが恐ろしさに震えながら待っていたのはこの奇蹟、素晴らしい。それをやめさせるために、わたしは命をすてるつもりでいた。

ヘルメル　おまえのためなら喜んで昼も夜も働く。おまえのために悲しみにも苦しみにも耐えていく。しかしたとえ愛するもののためだろうと、自分の名誉をすてるものはいない。

ノーラ　何万何十万という女がそうしてきた。

ヘルメル　ああ、おまえの言葉はまるで子どもだ。

ノーラ　そうかもしれない。でも、あなたの言葉は？　あなたは恐ろしさに震えあがったのに、それがなんでもなくなったら――わたしのことじゃなくて自分の危険におびえたのに、それがすんでしまったら、もうなんの危険もないと分かったら――あなたはまるでなんにも起こらなかったみたいに元に戻ってしまった。わたしは前と同じあなたのお人形。壊れやすいと分かったからもっと大切に扱おうというだけ。トルヴァル、――そのとき気がついたの。この八年間わたしはあかの他人と暮らしてきた。そして三人の子どもを産んだ――ああたまらない！　この体を切れ切れに引き裂いてしまいたい。

ヘルメル　分かった、分かったよ。おれたちの間には溝がある、たしかに。しかしノーラ、その溝は埋められないものだろうか？

ノーラ　今のままではわたしはあなたの妻とは言えない。

ヘルメル　おれは別人になってみせる。

ノーラ　多分――あなたから人形が取り上げられたらね。

ヘルメル　別れる――おまえと別れる！　いやだいやだノーラ。そんなことは考えられない。

ノーラ　じゃなおのこと別れなくちゃ。（別の部屋へ入る）

⑽

ヘルメル　（旅行姿で出てきたノーラに）ノーラ、すぐはやめてくれ！　あしたまで待ってくれ。

ノーラ　他人の部屋で夜をすごすことはできない。

ヘルメル　じゃあ兄と妹、そうやってここにいるわけにはいかないか――？

ノーラ　そんなこと長続きしないの分かってるでしょ。さようならトルヴァル。子どもたちには会わずにおきます。今のわたしはあの子たちになんの役にも立たない。

ヘルメル　しかしいつかノーラ、――いつか？

ノーラ　どうして分かる？　わたしには自分がどうなるか全然分からないの。

ヘルメル　おまえはおれの妻だ。今もこれからも。
ノーラ　妻が夫をすてたときは、夫は妻への一切の義務から解放される。わたしたちは互いに完全に自由。さあ、あなたの指輪。わたしのをちょうだい。
ヘルメル　これも？
ノーラ　これも。
ヘルメル　さあ。
ノーラ　これで終わり。鍵はここに置きます。家のことは女中たちがわきまえている、子どもたちのことも——あしたクリスティーネがわたしのものをまとめにくるから、あとで送ってちょうだい。
ヘルメル　ノーラ、もうおれのことは心になくなるのか？
ノーラ　きっと何度も考えるでしょう。それから子どもたち、この家。
ヘルメル　手紙を出していいか？
ノーラ　いいえだめ——
ヘルメル　何か送る——
ノーラ　何もいらない、何も。
ヘルメル　困ったときの助けは？
ノーラ　いえいえ、他人から何ももらうわけにはいかない。
ヘルメル　おれはおまえにとって、他人以上になれないのか？
ノーラ　そのためには、もっとも素晴らしい奇蹟が起こらなくちゃ——
ヘルメル　なんだそれは、言ってくれ！
ノーラ　あなたもわたしも人間が変わって——トルヴァル、わたしはもう奇蹟は信じない。
ヘルメル　おれは信じる。言ってくれ！　おれたちの人間が変わって——？
ノーラ　わたしたちふたりの生活が本当のつながりになる。さようなら！（去る）
ヘルメル　空っぽ。奇跡？　ノーラ！
（玄関のドアの閉まる音が響く。）

ロスメルスホルムの白い馬

作品の発表当時（一八八〇年代）、ノルウェーでは左右陣営の闘いが激しかった。しかしイプセンはこの作品で、社会から人間の深層の心理へと目を注ぎだす。その象徴と言える「白い馬」を強調するため、上演では、原題『ロスメルスホルム』に「白い馬」を加えた。第三幕でレベッカは、養父と思っていたヴェスト博士が実の父だったと言われて異様な驚きを見せる。この異様さの理由に読者、観客はまず気づかないだろうが、下書稿には、ヴェスト博士との肉体関係を示唆するレベッカの言葉がある。

＊初演二〇〇二年十月三十日〜十一月三日　シアターX

登場人物

ヨハネス・ロスメル
レベッカ・ヴェスト
クロル校長
ウルリック・ブレンデル
ペーデル・モルテンスゴール
マダム・ヘルセット

（劇はロスメルスホルムの屋敷で進行する。）

第一幕

（ロスメルスホルムの居間）

(1)

（レベッカ・ヴェストは白い毛糸のショールを編んでいる。）

ヘルセット　夕飯の用意をしてよろしいですか。

レベッカ　ええ、どうぞ。

ヘルセット　――あれは牧師さま？

レベッカ　そう――

ヘルセット　――また滝のつり橋の方へ。

レベッカ　でも、どうかしら――だめ、今日もまわり道。ぐるっと遠まわり。

ヘルセット　本当に。やっぱりあの橋をお渡りになるのはつろうございますよ。あそこであんなことが――

レベッカ　このロスメルスホルムではいつまでも死んだ人が忘れられない。

ヘルセット　死んだものの方が、ロスメルスホルムを忘れられないんだと思います。

レベッカ　どうしてそう思うの？

ヘルセット　だって、そうでなけりゃあんな白い馬が現われたりはしませんでしょう。

レベッカ　それそれ、その白い馬というのはほんとはなんなの？

ヘルセット　まあ、ばかげたこと。信じたりはなさいませんでしょう。

レベッカ　あなたは信じてる？

ヘルセット　ま、笑われたくはありません。――まあ、牧師さまはまたつり橋のほうへ――

レベッカ　あれは校長先生！

ヘルセット　本当に。

レベッカ　嬉しい！　きっとここにいらっしゃる。

ヘルセット　まっすぐにつり橋へ。実のお妹さまですのに。夕飯の用意をいたします。

(2)

レベッカ　やっと！　――よくいらしてくださいました先生！

クロル校長　ありがとう。お邪魔じゃないでしょうね！

レベッカ　あなたが？　ひどい方――！

クロル　相変わらず優しい。ロスメルは上？

レベッカ　いえ、散歩に。でも、もうお帰りになるでしょう。どうぞ――。

クロル　どうもありがとう。いやあ、きれいに飾ってある

――いたるところに花。
レベッカ　いい香りでしょう？　前にはこの楽しみがありませんでした。
クロル　ベアーテは、かわいそうに、花の香りに我慢できなかった。
レベッカ　色にも。もう狂ったよう――
クロル　うん。――ところで、その後、様子はどう？
レベッカ　静かで落ち着いた毎日――どうして学校がおやすみのときも一度もいらしてくださらなかったの？
クロル　ま、あまり邪魔をしてはいけないかなと思って。
レベッカ　まあ――
クロル　――それに、あちこち旅行もあったし――
レベッカ　ええ、政治集会にご出席ですって？
クロル　まったく、こんな歳になって政治弁士とはね、どう？
レベッカ　先生はいつだって少々弁士じみてました。
クロル　まあ、趣味ならね。しかしこれからは本気にならなくちゃ。――過激派連中の新聞を読んでる？
レベッカ　まあ、時勢に遅れないように少しは――
クロル　まったく、今の様子は内乱もいいとこだ。――知ってるかね？　やつらどんなひどい言葉でわたしを攻撃しているか。
レベッカ　でも、先生の方も思い切りやってらっしゃるでしょ。
クロル　当然だ。わたしは敵に背中を見せるような男じゃない。思い知らせてやる。いや、こんな話はやめよう。
レベッカ　ええ、やめましょうクロル先生。
クロル　それより、どう、上手くやってる？　妹のあと？
レベッカ　おかげさまで。そりゃ、ぽっかり穴はあきましたけど、何かにつけて、寂しくて、悲しくて――でもなんとか――
クロル　これからもここにずっと？
レベッカ　まだ何も考えていません。今は自分の家のような気がしてますし、何かお役に立つことがあるのなら、牧師さまがそうお考えなら、――それでしたらもちろん――
クロル　感心だね！　青春のすべてを人のために捧げる――。はじめは義理のお父さん、中風やみの厄介な看護を――
レベッカ　父は、北にいたときはちっとも厄介じゃなかったんです。だめになったのはひどい船旅のせい。でもここに来てからは――ええ、最後の二、三年はたしかにつらい思いをしました。
クロル　そのあとの方が、もっとつらかったんじゃない？
レベッカ　いいえそんなこと！　わたしベアーテはとても好きでした。――あの方優しく世話してあげるものが必要だったんです。

クロル　ありがとうありがとう、そんな風に思ってくれて——。ねえヴェストさん——あれが死ぬ前の数年間、あなたはずっとこの家の管理をまかされていた——全部あなたに。

レベッカ　奥さまの代理として。

クロル　それだって。——正直言ってわたしには反対する気はちっともない、もしあなたが——いや、これは言うべきじゃないか。

レベッカ　なんです？

クロル　もしあなたが、その——空いた席につくということになっても——

レベッカ　わたしは望みどおりの席についています。

クロル　仕事の上では。しかし——

レベッカ　冗談はよしてください先生。

クロル　そりゃ、ヨハネス・ロスメルはもう結婚なんかこりごりだと思ってるだろうが、でも——

レベッカ　ばかなことおっしゃらないで。

クロル　ヴェストさん、失礼でなければ、あなた今おいくつ？

レベッカ　恥かしいんですけど、もう二十九。今年三十になります。

クロル　なるほど。で、ロスメルは——？　ううん、わたしより五つ年下だから、ちょうど四十三。似合いだ。

レベッカ　えええええほんとによく似合う。——お食事なさってらっしゃるでしょう。

クロル　ありがとう。ロスメルに話があるんで——いや、ヴェストさん——

（3）

レベッカ　ロスメル先生、——だれがいらしてると思う？

ロスメル　ヘルセットから聞いた。——よく来てくれたクロル。久しぶりだ！　どうしてぼくらから遠ざかってたんだ？

クロル　昔を思い出させたくなかった——あれのこと——つり橋の滝で死んだ。

ロスメル　思いやりの深い男だ君は。でもそんな心配は全然いらない。ベアーテのことを憶い出すのはちっとも苦痛じゃない。ふたりで毎日ベアーテのことを話してる。今もまだ家にいるような気がして——

クロル　ほんとに？

レベッカ　ええ、本当に。

ロスメル　いやクロル——ぼくたちの仲がまずくなるなんて絶対にないと思ってた。君はかけがえのない友人だ、学生時代からずっと。

クロル　うん、何か——？

ロスメル　話したいことが山ほどある。洗いざらい話したいことが。
レベッカ　そう、いいわね——お友だちとして——
クロル　むしろおれの方だ君に話をしたいのは。おれは今、政治に足をつっこんでいてね。
ロスメル　そうだってね。
クロル　どうしようもない。もう手をこまねいて見てるときじゃない。過激派連中がこう力を持ってくるとひっこんでるわけにはいかない。——それで仲間を結集させた！
レベッカ　でも正直申して、少し手遅れじゃありません？
クロル　そりゃあもっと早くに流れを止められていたらそれに越したことはなかった。だけどこんな風になるなんてだれに予想できた？　おれにはできなかった。しかし今ははっきりと目が開いた。反乱分子が学校にまで入り込んできたんだからね。
ロスメル　学校って、君の学校じゃないだろう？
クロル　おれの学校だよ！　上級の男子生徒が——半年も前から秘密組織を作ってた。モルテンスゴールの新聞をとってたんだ！
レベッカ　あの『ともしび』。
クロル　そう。将来社会を背負って立とうという生徒にぴったりの教科書。しかも何より情けないことに、連中はトップクラスの生徒だ、組織に加ってないのはできの悪いのばかり。——しかしそれはまだなんとか我慢もできる。もっとひどいことが——だれも立ち聞きしてないだろうね？
レベッカ　大丈夫。
クロル　実は、この反乱騒ぎがおれの家の中にまで入ってきている。家庭の平和がひっくり返された。
ロスメル　君の家に——？
レベッカ　でも先生、どうしたんです？
クロル　いいか、自分の子ども、——その——ラウリッツなんだ学校の陰謀の親玉は。——それにヒルダは『ともしび』を隠す赤い鞄を作ってた。
ロスメル　まさか——
レベッカ　奥さまはなんて？
クロル　いや、それがまったくわけが分からない。あいつは結婚以来ずっと何ごとにつけおれの言うとおりにしたがってきた。それが、あいつまで子どもの肩を持とうとする。こうなった責任はおれにあると言う。厳格すぎたって。まるで規律なんかどうでもいいといった調子だ。——まあ、そういうわけで、いま家は少し波風が立ってる。なるべく口にしないようにしてるがね——
レベッカ　（ひそかに）話してしまいなさい！　そっとしておくにかぎるから。まったくまったく。

ロスメル　今晩はやめよう。
レベッカ　いいえ今晩。
クロル　ロスメル、このばかげた風潮に対してあらゆる武器をとって闘うべきだと思わないか？　おれはやるよ、ペンと口の両方を使って闘う。
ロスメル　それで、何かを正すことができると思う？
クロル　とにかく、それが市民の義務だ。国を憂えるものすべての義務だ。ねえ君――実は今晩ここへ来たのもそのためなんだ。
ロスメル　どういうこと――？
クロル　親友を助けてくれ。いっしょにできるだけのことをしてくれ。
レベッカ　先生、ロスメル先生はそういうこと好きじゃないのご存じでしょ。
クロル　好き嫌いの問題じゃない。――君は時勢にかまうことなく骨董品に埋れている。いやいや――家柄を軽く見ているわけじゃない。しかしもうそんな時代じゃないんだ――残念ながら。あらゆる考えが転倒している。この混乱を正すのは並大抵じゃない。
ロスメル　ぼくもそう思う。だけどぼくには全然向いていない。
レベッカ　それに、世の中を見る眼が前より開けてきたこともありますし――
クロル　開けてきた？
レベッカ　ええ、もっと自由で偏見にとらわれないというか――
クロル　どういうこと――！　君、まさか、連中がちょっと力を持ってきたからって、考えを変えたってわけじゃないだろう！
ロスメル　政治のことはよく分からない。でも、この頃の人はかなり主体的に考えるようになってきたと思う。
クロル　それがいいことだと言うのか！　とんでもない。ちょっと見てみろ。『ともしび』が言いふらしているありがたい教え、それとちっとも違わない。
レベッカ　モルテンスゴールは、このあたりじゃ大した勢力。
クロル　あんな汚い過去の持ち主がだよ。あんなことで教職を追われた人間が！　そんなやつが大衆の指導者でございって顔をしてる！　しかも大変な成功だ！　たしかな筋から聞いたんだが、やつは今、協力者を探してるらしい。
レベッカ　先生のお仲間はなんの対策も講じないんですか？
クロル　いや講じようとしている。今日『郷土新聞』を買い取った。金銭上の問題はない。しかし――それで本題に入ると、編集者なんだよ――ジャーナリスティックな面での指導者なんだ心配なのは。——ねえロスメル、——君は社会のために、この仕事を引き受けようという気にはならないか？

ロスメル　ぼくが！

レベッカ　そんなこと！

クロル　君が集会恐怖症だってことは知っている。しかし編集長という幕の後ろの仕事なら——

ロスメル　いやいや君、そんなことぼくに押しつけないでくれ。

クロル　おれが自分でやりたいのは山々なんだ。でもだめなんだよ。もう今でも手に負えないほどの仕事を抱えてる。——ところが君は勤めがない。——われわれもできるかぎり協力する。

ロスメル　ぼくにはできない。向いていない。

クロル　向いていない？　お父さんから牧師になれと言われたときもそう言った。

ロスメル　ぼくは正しかった。だから牧師をやめた。

クロル　まあ、編集長も、牧師をやったくらいにつとめてくれればそれで十分だ。

ロスメル　クロル——断言する。ぼくにはできない。

クロル　じゃとにかく、名前だけでも貸してくれ。

ロスメル　名前？

クロル　うん。ヨハネス・ロスメルという名前だけでも新聞の格が上がる。おれたちはみんな政治屋に見られてる。ところが君は、穏健で公正、頭は切れるし人となりは信頼されている。牧師として尊敬されてきた。その上、押しも押されぬ家柄が物をいう！

ロスメル　家柄——

クロル　この土地随一の名家、二百年近い。君は自分の一族に対して、社会が善しとしてきたものを守る責任を負ってる。どう思いますヴェストさん？

レベッカ　まあ、わたしにはなんとも滑稽なことに。

クロル　滑稽——？

レベッカ　だって、実を言いますと——

ロスメル　いやいや、——今はまずい！

クロル　いったい君たち——！

（4）

ヘルセット　お勝手のほうに男の方が。ご主人さまにお目にかかりたいと。

ロスメル　ああ。お通しして。

ヘルセット　ここにでございますか？

ロスメル　うん。

ヘルセット　でも、お通しするような様子の方じゃございませんが。

レベッカ　どんな様子？

ヘルセット　あまりいいとは。
ロスメル　名前は？
ヘルセット　ヘックマンとかなんとか。
ロスメル　知らないね。
ヘルセット　それから、ウルリックとも。
ロスメル　ウルリック・ヘットマン！　そうか？
ヘルセット　そうそう、ヘットマンでございます。
クロル　その名前は聞いたことがある――
レベッカ　あの人のペンネームでしょう、あの変った――
ロスメル　ウルリック・ブレンデルだ君。
クロル　ああ、放蕩息子のウルリック・ブレンデル――。
レベッカ　まだ生きていた。
ロスメル　ヘルセットさん、ここに。
ヘルセット　はいはい。（去る）
クロル　あの男を通すつもり？
ロスメル　昔ぼくの家庭教師だった。
クロル　うん。それで君の頭に革命思想を吹き込んで、お父さんに鞭で追っ払われた。お父さんに感謝しろよロスメル。

（5）
ブレンデル　（クロルの方へ行き）今晩はヨハネス！
クロル　失礼――
ブレンデル　また会うとは思ってもいなかっただろう？　このいやな家で？
クロル　失礼――向こうが――
ブレンデル　もちろんこっちだ、ヨハネス、――可愛い生徒――
ロスメル　先生。
ブレンデル　いろんなことはあったが、やっぱり、ちょっとでも顔を見ずに、ロスメルスホルムを通りすぎることはできなかった。
ロスメル　よくいらしてくださいました。歓迎します。
ブレンデル　おや、この魅力的なご婦人は？　――牧師夫人もちろん。
ロスメル　いえ、ヴェストさん。
ブレンデル　ご親戚？　それからこちらは存じ上げないが――？
ロスメル　クロル校長先生。
ブレンデル　クロル？　クロル。待てよ、君を知ってる。
クロル　失礼――
ブレンデル　たしか――
クロル　失礼――
ブレンデル　おれを大学から追い出した、道徳推進派のひとりじゃなかったかね？
レベッカ　町にいらっしゃるおつもりですかブレンデル先

生？

ブレンデル　図星。好きこのんでじゃないんだが、しかし——必要に迫られれば——

ロスメル　先生、何かできることがありましたらなんでも——

ブレンデル　はっ、なんたる申し出！　わしらの仲をふやけたものにしたいのか？　とんでもないヨハネス——とんでもない！

ロスメル　でも、町でどうなさるおつもり？——

ブレンデル　心配御無用。これは大遠征の途上だ。これまでの全部合わせたよりも大がかりな遠征だ。教授先生におうかがいしますが——町のどこかに、広くてきれいな集会場はございませんか？

クロル　いちばん大きいのは、労働者組合のホールですよ。

レベッカ　ペーデル・モルテンスゴールにお頼みになればば。

ブレンデル　パルドン、マダム。——そいつはどこのどういう馬鹿もんですか？

ロスメル　馬鹿もん？

ブレンデル　名前を聞いただけで、無知な平民ってことはすぐに分かる。

クロル　これはこれは——。

ブレンデル　しかし贅沢は言ってられない——人生の転機に立っているときは——。決めた。その男と——じか談判する——

ロスメル　転期に立ってるって？

ブレンデル　——そうだ、おれは今、新しい人間に生まれ変わろうとしている。今日までの隠遁生活から抜け出る。

ロスメル　どうやって——？

ブレンデル　吹き荒ぶ大動乱の時代だおれたちが生きているのは。——今こそ、自由解放の祭壇に己のすべてを捧げる。

クロル　あなたも——？

ブレンデル　諸君、わしの書いたもの少しはご存じかな？

クロル　いやはっきり言って——

レベッカ　わたしはかなり読んでます。養父が持ってましたから。

ブレンデル　お美しい奥さま——とんだ暇つぶし。あんなものは、屑、ええ、屑です。

レベッカ　そう？

ブレンデル　わしのいちばん深ぁい著作は、まだだれも知らない——わし以外は。

レベッカ　どうして？

ブレンデル　どうしてって、まだ書かれてはいないから。

ロスメル　ブレンデル先生――

ブレンデル　いいかヨハネス。だいたいおれはエピキュリアン、グルメなんだ。しかもひとりで食べるのが大好き。ひとりだと十倍も楽しめる。いいか――金色の夢がおれの心を包み――目もくらむような深遠な思想が生まれ出る――なんという快楽！　創造の神秘的な瞬間を――震えながら、喜びにあふれ、体いっぱいに受けとってきた。このひそかな行為の中で、心は歓喜におののく。――ああ、くらくらするほどに偉大な――

クロル　ふん――

ロスメル　で、全然お書きになっていない？

ブレンデル　一行も。猥雑な文筆業というものにはいつも吐き気を催してる。なぜ自分の理想をけがさなくちゃならん？　純粋におれひとりで楽しむことができるというのに。だがそれも今は、貢ぎ物として捧げよう。自由解放の祭壇に捧げる――連続講演の形で――国中で――！　聴衆の感動。胸の高鳴り。おれは行動へと邁進する。――これ以上ここにはおられん。町で手頃な宿を探さなくちゃ。

レベッカ　何か暖かいものでもお飲みになってらっしゃいません？

ブレンデル　暖かいもの、どんな？

レベッカ　お茶か、それとも――

ブレンデル　女ご主人に感謝いたします。しかし個人的なもてなしに甘えたくはない。元気で諸君！　そうだ、――ロスメル先生――昔のよしみに免じて、ちっとばかり助けてくれないか？

ロスメル　喜んで。

ブレンデル　結構。一日か二日でいい――アイロンのかかったワイシャツを一つ貸してくれないか。

ロスメル　それだけ！

ブレンデル　ごらんのとおり、荷物はあとから来る。

ロスメル　えええ。ほかには何か？

ブレンデル　うん、そうだ――着古した夏服でもあったら――。

ロスメル　お安いご用です。

ブレンデル　それから、まあまあのブーツがあれば――

ロスメル　承知しました。ご住所が決まり次第お送りしましょう。

ブレンデル　とんでもない、自分で持っていく。

ロスメル　いいでしょう。二階へいらしてください。

レベッカ　わたしが――ヘルセットと見つくろいます。

ブレンデル　ご婦人にそんなことは絶対！――

レベッカ　ばかな！　いらしてください先生。

ロスメル　先生――ほかに要るものはありませんか？

ブレンデル　ないと思うが――そうだ、間抜けめ！　――

ヨハネス──もしや、八クローネばかり、持ち合わせはないか。
ロスメル 見てみましょう。十クローネ札が二枚あります。
ブレンデル うんそれで結構。両替ぐらいいつでもできる。いやありがとう。憶えておいてくれ、十クローネ札二枚。

（6）

クロル いやいや──あれがウルリック・ブレンデル。昔は大した男になると思われていた。
ロスメル 彼は信念を貫く勇気がある。簡単なことじゃない。
クロル おいおい大丈夫か？ また頭をかきまわされるんじゃないか。
ロスメル 大丈夫、今のぼくは自分というものが分かっている。
クロル そう願いたい。君は簡単に人に左右されるから。
ロスメル 座ろう。話したいことがある。
クロル うん。
ロスメル ねえクロル、ぼくらは本当に長い間、親しくつき合ってきた。ふたりの仲にひびがはいるなんてことは考えられない。
クロル うん。でもなんだってそんなことを言う？
ロスメル 君は、考え方の違いというものを許さないみたいだから。
クロル しかしおれたちに違いはないだろう。まあ基本的なところでは。
ロスメル いや、今はある。
クロル なんだって！
ロスメル 座っててくれ。お願いだクロル。
クロル どういうこと。はっきり言ってくれ！
ロスメル ぼくの心に、新しい春が訪れてきた。新しい青春の思想が。だからぼくが今立っているところは──
クロル ──どこだ？
ロスメル 君の子どもたちが立っているところ。
クロル 君が？ どこにだって？
ロスメル ラウリッツやヒルダと同じところ。
クロル 裏切り者、裏切り者ヨハネス・ロスメル。
ロスメル ぼくは──喜んでいいはずだ。だけどつらい、君が悲しむと思うと──。
クロル ロスメルロスメル！ 君までが、この国を腐敗させる運動に手を貸そうというのか。
ロスメル 自由解放の運動だ。
クロル 連中はそう呼んでる。しかし、この社会の隅々までを毒している運動から、どんな解放が期待できる。

ロスメル　ぼくは何も運動に加わろうというんじゃない。どちらの側にも加担しない。ぼくが心から尽くしたいと思っているのはただ一つ――この国に真の民主主義を築くこと。

クロル　じゃあ君は、今の民主主義では不十分だと言うんだな！　おれに言わせれば、われわれは十把ひとからげに泥の中へひきずり込まれようとしている。そこで生きていけるのは愚かな平民だけ。

ロスメル　だからこそ、民主主義の真の目的を求めるんだ。

クロル　どんな目的だ？

ロスメル　すべての人を、高貴な人間にすること。

クロル　すべて――

ロスメル　ま、できるだけ多くの、とにかく。

クロル　どうやって？

ロスメル　精神を解放し、心を浄化する。

クロル　夢だよロスメル。君が解放する、浄化する？

ロスメル　いや――ぼくはただ、目を覚ましてやるだけ。するのは彼ら自身だ。

クロル　彼らにできると思うのか？

ロスメル　うん。

クロル　自分の力で？

ロスメル　そう、自分の力で。だれに頼ることもできない。

クロル　それが牧師の言うことか？

ロスメル　ぼくはもう牧師じゃない。

クロル　しかし信仰は――？

ロスメル　それも、もうない。

クロル　ないって！

ロスメル　棄てた！　棄てざるを得なかった。

クロル　そうか――なるほどなるほど、当然そうくるわけだ。――だから教会から手を引いた？

ロスメル　そう。自分がはっきり分かった――一時の迷いではなく、もう決して変わらない、はっきり自覚した――だから手を引いた。

クロル　じゃ前から迷っていたのか。ちっとも知らなかった。――そんなことをよく隠しておけたものだ！

ロスメル　ぼく個人の問題だから。いらぬ心配はかけたくなかった。ぼくは、眼の前に開けたこの自由と真実の世界で、充実した生活を送りたいと思っていた。

クロル　裏切り者。それならなぜ、この裏切りを告白したんだ、今、なぜだ？

ロスメル　君のせいだクロル。

クロル　おれのせい

ロスメル　君がやっているひどいやり方――反対するものは容赦なく誹謗する。憎悪、毒舌――君がそんな人間になるとは！　こんな争いの中で人の心は曲っていく。今ほど和解が必要なときはない、だから告白した。ぼくは自分の力を試そうと思う。君も——君の立場から——これに手を貸してくれ。
クロル　おれは社会を破壊するやつらとは絶対に手を組んだりはしない。
ロスメル　お互いどうしても闘わざるを得ないのなら——少なくとも正当な武器を持って闘おう。
クロル　おれは考えの違うやつを認めない。容赦はしない。
ロスメル　ぼくにでも？
クロル　仲を断ったのは君の方だロスメル。
ロスメル　こんなことで仲を断つ！
クロル　こんなこと！　これまで君を支えてきた仲間とすべてのつながりを断つことになる。覚悟はできているだろうね。

（7）

レベッカ　あの方、大いなる犠牲の宴に向かって進んで行かれた。わたしたちも、ささやかな宴にまいりましょう。どうぞクロル先生。
クロル　おやすみヴェストさん。ここにいても仕方がない。
レベッカ　どうしたの？　話したの？——
ロスメル　話した。
クロル　このまま君を手放したりはしない。必ずまたとり戻す。
ロスメル　決して戻らない。
クロル　見ていよう。君はひとりでいられる人間じゃない。
ロスメル　ぼくはまったくのひとりってわけじゃない。——ふたりいる。
クロル　ああ！　それもベアーテの言ったとおり！——
ロスメル　ベアーテ？
クロル　いやいや——悪かった——
ロスメル　何が？
クロル　なんでもない。ばかなこと！　許してくれ。さようなら！
ロスメル　クロル！　これでお終いってわけにはいかない。あした君の家に行く。
クロル　君にうちの敷居はまたがせない！

（8）

ロスメル　大丈夫だレベッカ。ぼくたちはやり抜く。堅い友情に結ばれて、君とぼくと。
レベッカ　先生、ばかなことっておっしゃったのはどういう意味でしょう？

ロスメル　気にしなくていい。自分でも分かっちゃいないよ。あした会ってくる。おやすみ！

レベッカ　もう上に？　今晩も、こんなことのあとで？

ロスメル　いつもと変わらない。すんでしまってほっとしている。ほら――落ち着いたもんだレベッカ。心配しないで。おやすみ！

レベッカ　おやすみなさいあなた。よくおやすみになって。

レベッカ　（奥へ）お食事片づけてちょうだい。

(9)

レベッカ　牧師さまは召し上がらないし――校長先生はお帰りになった。

ヘルセット　お帰りになった？　どうかされたんでございますか？

レベッカ　嵐になるかもしれないからって。

ヘルセット　変ですね、雲一つないお天気ですよ。

レベッカ　先生、白い馬に出くわさなゃいいけど。今にそんな幽霊話を耳にするかもしれない。

ヘルセット　とんでもない。もうじきだれか亡くなるとお思いなんですか？

レベッカ　いいえ。でも世の中にはいろんな白い馬がいるでしょう。――おやすみなさい。わたしも部屋にさがる。

ヘルセット　おやすみなさいませ。――ヴェストさんときたら、ときどきとんでもないことを言う。

第二幕

（ヨハネス・ロスメルの書斎）

(1)

レベッカ　（朝着のまま）おはよう。

ロスメル　おはよう。何？

レベッカ　よく眠れた？

ロスメル　よく寝た。夢一つ見ない。――君は？

レベッカ　ええ、明け方になってから――

ロスメル　久しぶりに晴々している。話してしまって本当によかった。

レベッカ　遅すぎたくらい。

ロスメル　臆病だった。自分でも不思議な気がする。

レベッカ　いいえ臆病じゃ――

ロスメル　そうだよ――考えてみれば臆病だったんだ。

レベッカ　それじゃなおさらえらい、はっきり片をつけて――。実はお話ししなくちゃならないことが――怒らないでね。

ロスメル　怒る？　どうして？
レベッカ　ちょっと差し出がましいことだったかもしれない――
ロスメル　ま、言ってごらん。
レベッカ　ゆうべブレンデル先生に、モルテンスゴール宛ての手紙を一筆書いてあげたの。
ロスメル　なんて書いたんだ？
レベッカ　この人の面倒を見てもらえたら、あなたがありがたく思うって。
ロスメル　そんなこと、いらぬお世話だったよ君。先生を傷つけるだけだ。それにぼくはモルテンスゴールとはなるべくかかわりたくない。昔やり合ったことがある。知っているだろ。
レベッカ　でも、仲直りした方がいいと思わない？
ロスメル　モルテンスゴールと？　どうして？
レベッカ　だって、あなた今はもう、それほど安全とは言えないから――お友だちとあんな風になってしまって。
ロスメル　クロルたちが仕返しをしてくると本気で思ってるのか？
レベッカ　かっとなったら分からない。――校長先生の口ぶりからして――
ロスメル　なんだよ、彼のことはよく分かってるだろう。クロルは立派な男だ。午後にでも町へ行って話してくる。大丈夫、上手くいく――
レベッカ　（現れたマダム・ヘルセットに）なあに？
ヘルセット　クロル先生がいらっしゃいました。
ロスメル　クロルが！
レベッカ　先生が！　まさか――！
ヘルセット　上で牧師さまとお話ししたいと。
ロスメル　ほうら！　――もちろんいい。（下に向かって）上ってきてくれ！　よく来てくれた！

（2）

ロスメル　あれきりじゃないと分かってた――
クロル　おれは今日、すべてのことをきのうと全然違った目で見ている。
ロスメル　そうだろう？　落ち着いて考えてみれば――
クロル　誤解しないでくれ。ふたりだけで話したい。
ロスメル　ヴェストさんは――
レベッカ　いいえ、わたくし失礼します。
クロル　これは失礼。朝早くからお邪魔して。まだお召しかえもされないうちに。
レベッカ　えっ――家の中でこれじゃいけません？
クロル　これはこれは！　それがロスメルスホルムのしきたりとは知らなかったもので。
ロスメル　クロル――まるで人が変わったみたいだ！

レベッカ　失礼いたします先生。

（3）

クロル　失敬する――

ロスメル　うん、座ってゆっくり話そう。

クロル　ゆうべは一睡もしなかった。床の中で朝まで考えていた。

ロスメル　それで？

クロル　長くなるがロスメル、最初にちょっと、ウルリック・ブレンデルについて話しておきたい。

ロスメル　君のところに来たのか？

クロル　場末の飲み屋だやつが行ったのは。下品極まりない連中のたまり場。そこで金のありったけ飲んだ。それから、連中を下司呼ばわりしたものだから、そりゃそのとおりには違いないが、袋だたきにあってどぶに放り込まれた。

ロスメル　相変わらず悪い癖だ。

クロル　上衣も質に入れた。ところがそれをうけ出してやったものがいる。だれだと思う？

ロスメル　君か？

クロル　まさか。ご立派なモルテンスゴール氏だ。

ロスメル　なるほど。

クロル　聞くところでは、ブレンデル氏が最初に訪ねたのも、あの無知な平民だったらしい。

ロスメル　運がよかった――

クロル　まったく。しかしここに一つ問題がある。友だちのよしみで――友だちだったよしみで打ち明けるが――

ロスメル　なんだいったい？

クロル　いいか、この家じゃ君の知らないところでいろんなことが行われている。

ロスメル　なんでまたそんなこと？　レベッカ――ヴェストさんのことを言ってるのか？

クロル　そうだ。ま、彼女の身になれば分からないこともない。長いことこの家を切り盛りしてきたんだから。しかしだからといって――

ロスメル　誤解だよ。ぼくらは何ごとも隠しごとはしないことにしている。

クロル　じゃあ、『ともしび』の編集長に手紙を書いたことも？

ロスメル　ああ、ブレンデルに持たせた短い手紙だろ。

クロル　知ってるのか。それで彼女がやつと関係を持つことを認めてるのか。やつは毎日のようにおれを笑いものにしている。おれの学校や演説のことを。

ロスメル　そこまでは考えなかったんだろうきっと。それに、彼女にも当然、行動の自由はある、ぼくと同じだ。

クロル　そう？　それが新しい思想ってわけ。じゃあ、君とヴェストさんは同じなんだな?
ロスメル　そうだ。ぼくらはいっしょに歩いてきた友人として。
クロル　ああ、盲目の欺かれた男!
ロスメル　ぼくが?　なぜ?
クロル　最悪の事態は考えたくない。いやいや話してしまおう。――君はおれの友情を大事に思っているだろロスメル?　違うか?
ロスメル　答えるまでもない。
クロル　うん。しかしこれには答えてもらいたい。明確な返答が聞きたい。――一種の尋問をしていいか――?
ロスメル　尋問?
クロル　思い出すのはつらいかもしれないが、聞かなくちゃならない。いいか――君の裏切り――ま、君に言わせれば解放か――それはいろんなことに関係してくる。それを君自身のために釈明してもらいたい。
ロスメル　なんでも聞いてくれ。隠すことは何もない。
クロル　じゃあ聞くが――正直なところ、ベアーテがあそこで命を絶ったいちばんの理由はなんだと思う?
ロスメル　疑問の余地があるかね?　正確に言えば、気が違った病人だ、理由なんか分かるかね?
クロル　君はベアーテが本当に気が違っていたと思うのか?　医者ははっきりしたことは分からないと言っていた。
ロスメル　医者もぼくみたいに毎日毎晩いっしょにいれば疑ったりはできないだろう。
クロル　おれも疑ってはいなかった。
ロスメル　そうだろ、疑う余地はなかった。ぼくの体を激しく求めてくる毎晩のように――それに応えろと要求する。たまらなかった!　それで最後の二、三年は、理由もなく自分を責めていた。
クロル　一生子どもが持てないと分かったから。
ロスメル　どうしようもないことをあんなに責め立てて!――あれで正気だったと言えるか?
クロル　とにかくこれだけははっきり言える。かわいそうに、ベアーテは苦しんだあげくに命を絶った、君が幸せになるように――自由に――望みどおりの暮らしができるようにと願って。
ロスメル　どういう意味だそれは?
クロル　落ち着いて聞いてくれ。今だから言えるが、妹は、死ぬ前に二度ばかりおれのところに来た。それで悩みを打ち明けていった。
ロスメル　どんなこと?
クロル　最初に来たときは、君が先祖代々の信仰を棄てかけていると言った。
ロスメル　そんなばかな!　絶対あり得ない!　思い違い

だ。
クロル　どうして？
ロスメル　だってベアーテが生きている間は、ぼくはまだ迷っていた、心の中で闘ってたんだ。だれにも言わず。レベッカにだって――
クロル　レベッカ？
ロスメル　ああ――ヴェストさん。簡単だからレベッカと言ってる。
クロル　分かってた。
ロスメル　だから、ベアーテがどうしてそんなことを考えたかまったく分からない。なぜ彼女はぼくに話さなかった。一言も言わなかった。
クロル　かわいそうに――妹はおれから話してくれと、くれぐれも頼んでいった。
ロスメル　じゃなぜ話さなかった？
クロル　あの頃は一も二もなく、あれは気が狂ってると思ってた。君のような男に向かってそんなことを！――二度目に来たのは――一か月後だったたか、少し落ち着いて見えた。ところが、去り際に妹はこう言ったんだ。やがてロスメルスホルムに白い馬が現れるって。
ロスメル　ああ、白い馬――しょっちゅう口にしていた。
クロル　で、おれはそんな不吉な考えをすてさせようとした。するとあれはこう言った。あたしの命はもう長くありません、だって、ヨハネスはすぐにレベッカと結婚しなくちゃなりませんから。
ロスメル　何を言う――ぼくが結婚――！
クロル　それが木曜日の午後。――土曜日の晩、妹はつり橋から滝へ身を投げた。
ロスメル　それなのに、君はひとことも言ってくれなかった――！
クロル　死ぬ死ぬっていうのは、あれの口癖だったから。
ロスメル　それにしてもやっぱり――ひとこと言ってくれるべきだった！
クロル　おれもそう考えた。しかしそのときはもう遅かった。
ロスメル　そのあとだって――？　どうして黙ってたんだ？
クロル　君が苦しむようなことをわざわざ言ってなんになる？　あんなこと、ばかな妄想だと思ってたから――ゆうべまでは。
ロスメル　今は？
クロル　君が信仰を棄てかけていると妹が言ったのは、真実を見抜いていたわけじゃないか？
ロスメル　分からない。まったく理解できない。
クロル　分かろうが分かるまいが――これは事実だ。それで君にたずねるが、――妹のもう一つの非難はどれくらい当っている？

ロスメル　非難？　非難だったのか？

クロル　妹はどういう言葉を使った？　この世を去ると言った――どうしてだ？

ロスメル　ぼくがレベッカと結婚できるように――

クロル　正確な言葉はそうじゃない。ベアーテはこういう言い方をした。あたしの命はもう長くありません、だって、ヨハネスはすぐにレベッカと結婚しなくちゃなりませんから。

ロスメル　クロル、君はそういう男なのか。

クロル　それで、答えは？

ロスメル　そういう下劣な問いに、答えはたった一つ、ドアをさすだけだ。

クロル　結構。

ロスメル　クロル、もう一年あまり――ベアーテがいなくなってからずっと――レベッカ・ヴェストとぼくはこのロスメルスホルムにふたりで住んできた。その間、君はベアーテがぼくらを非難していたことを知っていた。だけどぼくとレベッカがいっしょにいることで、君の気持を害していたわけじゃないだろう。ぼくはそんな風に感じたことは一度もなかった。

クロル　おれもゆうべまでは、これが信仰を棄てた男と――解放された女との同棲だとは知らなかったから。

ロスメル　ああ――！　信仰を棄てて自由になった人間には道徳意識なんかないと思ってるのか？　道徳心は、だれにも自然の本能として備わっている！

クロル　教会の教えにしたがわない道徳を、おれはそう高くは買っていない。大した違いはない、自由思想と――

ロスメル　なんだ？

クロル　――自由恋愛――聞くから言った。

ロスメル　恥かしくもなくよく言えたものだ！　若い頃からの仲だというのに。

クロル　それだからだよ。君はまわりの人間に簡単に影響される。それにレベッカ――いや、ヴェストさん――彼女にはいろいろ分からないところがある。いいかロスメル――おれは君を諦めない。手遅れにならないうちに自分を救うんだ。

ロスメル　自分を救う？　どうやって――？

（４）

ロスメル　（顔をのぞかせたヘルセットに）なんだ？

ヘルセット　ヴェストさんに、ちょっと下へ。

ロスメル　ここにはいない。

ヘルセット　いらっしゃらない。変でございますね。（去る）

（5）

クロル　いいか。ベアーテが生きているときに、ここでどんなことが行われていたか——そのあとも、どんなことがつづいたか——おれは詮索しない。たしかに君の結婚生活は不幸だった。ある意味では無理もない——

ロスメル　君は全然ぼくのことを理解していない——

クロル　終いまで聞いてくれ。おれが言いたいのはこうだ——もしどうしてもヴェストさんといっしょの生活をつづけたいのなら、君は、その転向——信仰を棄てたこと、それを絶対に公にしてはいけない。いいから、終いまで言わせてくれ！　そうしたければ、自分の考えや信仰は好きなようにすればいい、なんだってかまわない。しかし、考えは自分だけにしまっておけ。あくまで個人の問題だ。何も国中に向かって叫ぶ必要はない。

ロスメル　ぼくには必要なんだこの間違った生活から脱け出すことが。

クロル　ロスメル、君には家の伝統を守る義務がある！ロスメルスホルムはこれまでずっと道徳と秩序の砦だった。長い間社会が受け継いできたものすべてに対して、尊敬の念を守りつづけてきた。みんながロスメルスホルムを模範と仰いできたんだ。今、ロスメル家の伝統を君が放りなげたという噂が広まったりしたら、致命的な混乱が生じる。

ロスメル　ぼくはそう思わない。ロスメル家が長いあいだ作り出してきた闇と抑圧にかわって、小さな光と喜びを生み出すのがぼくの本当の義務だと思っている。

クロル　なるほど、自分の代で家系が絶えるという男には、うってつけの仕事だ。だめだロスメル。そんなことは君には向いていない。君は静かに学問の世界で生きていく人間だ。

ロスメル　しかし今は、世間の闘いの中に入っていきたいと思う。

クロル　それがどういうことか分かってるのか？　これまでの友人すべてを相手にした死ぬか生きるかの闘いだぞ。

ロスメル　みんながみんな君のような狂信者とはかぎらない。

クロル　ナイーヴだよ君は。世間を知らなさすぎる。どんなすごい嵐に襲われるか分かっていない。

（6）

ヘルセット　ヴェストさんがお聞きしてこいと——

ロスメル　なんだ？

ヘルセット　牧師さまにちょっとお目にかかりたいという方が下に——

ロスメル　ゆうべの人？

ヘルセット　いいえ、あの、モルテンスゴールでございます。
ロスメル　モルテンスゴール！
クロル　ああ！　もうそこまでいってる！
ロスメル　なんの用？　どうして追い返さない？
ヘルセット　ヴェストさんが、お二階へ通してもよいかうかがってこいと――
ロスメル　客があると言ってくれ――
クロル　お通ししていい。
（マダム・ヘルセットは去る。）
クロル　おれはひとまず退散する。しかし決戦はこれからだ。
ロスメル　信じてくれクロル――ぼくはモルテンスゴールとはなんのかかわりもない。
クロル　もう君を信じない。今後は一切、いかなる点でも君を信じない。いよいよ真剣勝負だ。手加減はしないよ。
ロスメル　クロル――なんという情けない男になってしまった――！
クロル　おれが？　そんなことを言う資格が君にあるのか！　ベアーテを忘れるな！
ロスメル　またそれを！
クロル　滝に秘められた謎を自分の良心に照らして解いてみるがいい――良心てものがまだあるのなら。

（7）

クロル　そうら『ともしび』だ――ロスメルスホルムに火をともしてもらおうか。そうすればわたしも道を迷わずにすむ。
モルテンスゴール　『ともしび』は校長先生の家路を照らすよう、たえず火をともしておきましょう。
クロル　ご好意のほど恐れ入ります。「汝、隣人に対して偽りの証言をなすなかれ」――
モルテンスゴール　校長先生から十戒のご講義を受ける必要はありません。
クロル　「汝、姦淫するなかれ」も？
ロスメル　クロル――！
モルテンスゴール　それが必要なときは、牧師さんが最適でしょう。
クロル　そう、その点については、間違いなくロスメル牧師が最適だ。首尾よいご相談を！

（8）

ロスメル　――仕方がない。なんですかご用は？
モルテンスゴール　実は、ヴェストさんをお訪ねしたんです。きのういただいたお手紙のお礼に。

ロスメル　手紙のことは知っています。お会いになったんですか？

モルテンスゴール　ええ、ちょっとばかり。それで、このロスメルスホルムでは考え方が一つ二つ変ってきたとかお聞きしましたが。

ロスメル　わたしの考えは多くの点で変わりました。――いや、ほとんどすべてと言ってもいい。

モルテンスゴール　ヴェストさんもそんなことを。それで、そのことについて少しお話ししてみたらと言われまして。

ロスメル　何についてですか？

モルテンスゴール　お考えが変わられたこと、それを『ともしび』で発表してもよろしいですか――あなたが、進歩的な自由思想の陣営を支持されるということ？

ロスメル　かまいません。こちらからお願いしたいくらいです。

モルテンスゴール　では、あしたの朝刊に載せます。これは重大ニュースです、ロスメルスホルムのロスメル牧師が、自由の光を求めて闘うおつもりだというのは。

ロスメル　おっしゃる意味は――。

モルテンスゴール　信仰厚いキリスト教徒を同志に獲得するたびに、わが党の道徳的基盤は強固になります。

ロスメル　じゃご存じないんですか？　ヴェストさんからお聞きにならなかった？

モルテンスゴール　何を？　あの方お急ぎの用がおありとかで、あとは先生ご自身からうかがうようにと――

ロスメル　じゃあ言いましょう。わたしは徹頭徹尾、自由な人間になりました。教会の教えとはもう関係がありません。今後ああいうものとは無縁です。

モルテンスゴール　これは――！　牧師さんご自身のお口から――

ロスメル　そうです。わたしは今、あなたが長年立っておられた立場と同じところにいます。それもあしたの『ともしび』に載せてくださって結構です。

モルテンスゴール　いやいや、――失礼ですが――それには触れない方がいいかと思います。

ロスメル　触れない？

モルテンスゴール　今のところは。

ロスメル　よく分かりませんが――

モルテンスゴール　ええ――まだいろんな事情がお分かりになっていない。でも今――自由思想の陣営に加わろうとなさるからには、この運動にできるだけ力を貸したいとお考えでしょう。

ロスメル　そう願っています。

モルテンスゴール　だったらはっきり申しあげます。あなたが教会をすてたことを公にされますと、最初からもうご自分の手足を縛ってしまうことになります。

ロスメル　そうですか？

モルテンスゴール　ええ、このあたりでのあなたの力はほとんど失くなってしまいます。それに自由思想家はもう十分なんです。多すぎると言ってもいい。わが党が必要としているのはキリスト教的要素――つまり、だれもが尊敬せざるを得ないもの、必要なのはそれなんです。ですから、一般大衆に関係のないことは、黙っておられる方が賢明だと思います。

ロスメル　そうですか。それじゃ、わたしが転向を公にするなら、かかわりを持ちたくないと言われるんですね？

モルテンスゴール　躊躇せざるを得ませんね。最近わたしは、教会の教えに反するものは一切支持しないことにしてるんです。

ロスメル　教会に復帰されたんですか？

モルテンスゴール　それは、今の問題と関係ないでしょう。

ロスメル　なるほど、あなたはそういう人。

モルテンスゴール　牧師さん――忘れないでください。わたしはほかのものと違って――完全な行動の自由を持っていないんです。

ロスメル　なぜです？

モルテンスゴール　不道徳者の烙印を押されているからですよ。

ロスメル　ああ――。

モルテンスゴール　烙印です牧師さん、忘れてもらっては困ります。わたしに烙印を押したのは、第一にあなただったんですから。

ロスメル　今のわたしならもっと穏やかに扱っていたでしょう。

モルテンスゴール　きっとそうでしょう。でも遅すぎます。あなたにつけられた汚名は決して消えません。死ぬまでついてまわります。これがどういうものか――、この刺すような痛みを、おそらくあなたも、今度は肌で感じることになるでしょう。

ロスメル　わたしが？

モルテンスゴール　クロル校長の『郷土新聞』はかなり残酷にやるという噂です。あなたも烙印を押されかねません。

ロスメル　わたしは個人的なことで非難を受けることは何もありません。自分の行状に恥ずべき点は何もありません。

モルテンスゴール　大した言い方ですね牧師さん。

ロスメル　そうかもしれません。しかしそう言い切る自信があります。

モルテンスゴール　かつてわたしの行状を詮索されたとき

のように、こと細かにご自分の行状を調べられても?
ロスメル　変な言い方ですね。何かはっきりしたことでもあるんですか?
モルテンスゴール　ええ、一つだけ、たった一つですが。それだって、悪意に満ちたやつらに嗅ぎつけられれば命とりになりかねません。
ロスメル　なんです、教えてください。
モルテンスゴール　お心当たりがありませんか?
ロスメル　全然。
モルテンスゴール　そうですか、じゃあ申しましょう。わたしは、このロスメルスホルムで書かれた一通のおかしな手紙を持っています。
ロスメル　ヴェストさんの手紙――そんなにおかしなものですか?
モルテンスゴール　いいえ、あれはちっとも。しかしわたしは、前にも一度別の手紙を受けとってるんです。
ロスメル　それもヴェストさんから?
モルテンスゴール　いいえ。
ロスメル　じゃだれから?
モルテンスゴール　亡くなられた奥さまから。
ロスメル　家内から!　家内があなたに?
モルテンスゴール　ええ、わたしにです。
ロスメル　いつのこと?
モルテンスゴール　お亡くなりになる少し前。もう一年半ほどになりますか。その手紙なんですおかしいと言ったのは。
ロスメル　家内はあの頃、少し変になっていたのはご存じでしょう。
モルテンスゴール　ええ、そう思われていたことは知っています。でも、その手紙からは、そんな形跡はうかがえませんでした。手紙がおかしいというのは別のことです。
ロスメル　いったいなんて書いていたんですか?
モルテンスゴール　手紙はうちにありますが――奥さまははじめに、自分はいま大変な恐怖の中で暮らしていると書いておられました。それというのも、このあたりには悪い人がたくさんいて、あなたを傷つけることばかり考えていると。
ロスメル　わたしを傷つける!
モルテンスゴール　そうです。でもそれからなんですおかしいのは。全部お話ししましょうか。
ロスメル　もちろん!
モルテンスゴール　奥さまはわたしに、寛大であってほしいと。わたしを教職から追い出したのはロスメルだということは知っている、しかし決して復讐はしないでくれ、そうお頼みになってるんです。

ロスメル　あなたが復讐する。どうしてそんなこと考えたんだろ？

モルテンスゴール　お手紙にはこう書かれてありました。ロスメルスホルムで何かよくないことがあるという噂を耳にしても、決して信じないでほしい。それはロスメルを陥れるために、よくない人たちが流している噂に過ぎないんだからと。

ロスメル　そんなことを手紙に！

モルテンスゴール　いつかよろしいときにお読みになってみてください。

ロスメル　それにしても分からない！　噂って、どんなことを考えていたんだろう？

モルテンスゴール　一つは、牧師さんが長年の信仰を棄てられたという噂。しかし奥さまは、それをはっきり否定なさってました――それから――

ロスメル　それから？

モルテンスゴール　それから――ちょっと文章が乱れてはいましたが――ロスメルスホルムで何か罪深いことが行われているいう噂が立っても、自分は知らない。自分は不当な仕打ちを受けたこともない。もしそんな噂が流れても、どうか『ともしび』に載せたりはしないでほしいと。

ロスメル　だれかの名前は？

モルテンスゴール　ありません。

ロスメル　手紙を届けたのはだれです？

モルテンスゴール　それは言わないことになっています。ある晩、遅くなってから届けられました。

ロスメル　よくお調べになれば、家内が正気じゃないことはすぐにお分かりになったでしょう。

モルテンスゴール　調べてみました。しかしわたしはそういう印象を受けませんでした。

ロスメル　そうですか？　――それならどうして今になってその手紙のことを打ち明けるんです？

モルテンスゴール　できるだけ慎重になさっていただきたいからです。

ロスメル　私の生活で？

モルテンスゴール　そうです。今後あなたはもう、無条件で非難をまぬがれるというわけにはいかないんですから。

ロスメル　この家に何か隠しごとがあると思い込んでらっしゃるんですね。

モルテンスゴール　自己を解放した人間が意のままに生きて悪いことはないと思います。ただ、もう一度申しあげますが、今後は慎重になさってください。もし世間の道徳に反しているという噂が立つと、自由解放運動全体が傷つくことになりますから。――失礼します牧師さん。

ロスメル　さようなら。
モルテンスゴール　これからまっすぐ印刷所に行って、『ともしび』に重大ニュースを組み入れます。
ロスメル　残らず入れてください。
モルテンスゴール　善良な民衆が知るべきことは残らず。

（9）

ロスメル　レベッカ！　ヘルセットさん──ヴェストさんは下ですか？
レベッカ　ヨハネス！
ロスメル　レベッカ！　寝室にいたのか！　何をしていた？
レベッカ　聞いていたの。
ロスメル　どうして！
レベッカ　あんないやな言い方をされたから──この朝着のことで──
ロスメル　じゃ、クロルのときから──？
レベッカ　ええ。先生の思ってることを知りたくて。
ロスメス　ぼくから聞けるじゃないか。
レベッカ　全部ってわけにはいかない。言葉どおりじゃないし。
ロスメル　全部聞いていた？
レベッカ　だいたい。モルテンスゴールが来たとき、ちょっと下に降りたけど。
ロスメル　それでまた──
レベッカ　怒らないであなた。
ロスメル　何をしたっていい。君は当然自由だ。──それで、どう思うレベッカ？　今は君だけが頼りだ。
レベッカ　わたしたち、いつかはこうなると覚悟してたじゃない。
ロスメル　いやいや──こんなことまでは。
レベッカ　こんなこと？
ロスメル　遅かれ早かれぼくらが誤解されるとは思ってた。しかしクロルがあんなことを言うとは思いもしなかった。隠しておこうと言ったのは正しかっただろう。危険な秘密だ。
レベッカ　人の言うことなんか気にしなくていい。後ろめたいことは何もないんだから。
ロスメル　そう思ってた──今日までは。でも今は──
レベッカ　今は？
ロスメル　ベアーテの非難をどう考えたらいい？
レベッカ　ベアーテのことは考えないで！　死んだ人のことあなた忘れかけていたのに。
ロスメル　あんなことを聞いたらいやでも息を吹き返してくる。
レベッカ　だめよヨハネス！　だめ！

ロスメル　これはとことんつきつめてみなくちゃならない。どうしてベアーテはあんな誤解をしたのか。

レベッカ　気が違ってたのよ。それまで疑い出したんじゃないでしょう。

ロスメル　いや、もうそれほど確信が持てなくなった。それに――気が違ってたとしたら――

レベッカ　どうなの？

ロスメル　原因はなんだったんだ？

レベッカ　そんなこと考えてどうなるの？

ロスメル　どうしようもない。この疑い、すてようとしてもすてられない。きっとぼくの顔に出てたんだ。君が来てから楽しそうになったぼくの様子に気づいてたんだ。

レベッカ　だから――？

ロスメル　分かってたんだよ、ぼくらふたりが同じ本を読んで、同じことをあれこれ話し合っていたのを。でもどうして！　ぼくは気づかれないように細心の注意を払っていた。違うかレベッカ？

レベッカ　そのとおり。

ロスメル　君だって。それなのに――なんてこと！　彼女は狂った心でぼくを愛して――何も言わず――じっとみつめていただけ。何もかも気づいて――何もかも誤解してた。

レベッカ　ああ、ロスメルスホルムに来なければよかった。

ロスメル　黙って苦しんでた！　ありもしない妄想にとりつかれて。――君にも何も言わなかった？

レベッカ　わたしに！　何か言われたらここにいられると思う？

ロスメル　そうだろう。――彼女は苦しんで、絶望して、ひとりぼっちで、――そしてとうとう、あの恐ろしい――つり橋の滝。

レベッカ　ねえヨハネス。もしベアーテを呼び戻すことができたら――ロスメルスホルムに――そうしたらあなた、呼び戻したい？

ロスメル　分からない、自分でも何をしたいのか何をしたくないのか――

レベッカ　新しい人生を生きていくはずだったでしょ。もう始めていたじゃない。自由で――喜びにあふれて、心もはずんでた――

ロスメル　そう――それなのに、心にのしかかってくるこの重み――

レベッカ　楽しかったわたしたち、夕暮れに下の居間でいっしょに座って新しい生活の夢を語り合った。あなたは現実の世界にとび込もうと言った――自由解放のために、家から家をめぐり歩いて人の心を高める、高貴な人間を作り出す――そしてその輪がどんどん広がっていって——

ロスメル　喜びに満ちた、高貴な人間。

レベッカ　そう——喜びに満ちた。それがあなたの務め。

ロスメル　だめだ——どうしても疑いがつきまとう。永遠に消えてしまった——人生をあんなに美しくすると思っていたものが。

レベッカ　それは何？　なんなのヨハネス？

ロスメル　なんのけがれもない喜びに満ちた清らかさ。

レベッカ　けがれのない清らかさ。

ロスメル　ベアーテは筋道を立てて考えていった。まずぼくの信仰に疑いを持つ。それからそれが確信に変わる。そうなればもうどんなことだって信じられる。この妄想！　頭から離れない。どうしようもない。こうやってとり憑いてくる死んだものの思いが。

レベッカ　ロスメルスホルムの白い馬のように。

ロスメル　そう。闇の中を疾風のように駆け抜ける白い馬。

レベッカ　そんなばかげた迷いのためにこれからの新しい人生をすてるというの？

ロスメル　つらいよレベッカ。でもどうしようもない。どうやってこれを乗り越えればいい！

レベッカ　外の世界と新しいつながりをもつ。生きるのよ、働くの、行動するの。そんな解けもしない謎をこねまわしてなんかいないで。

ロスメル　新しいつながり？　レベッカ、君が考えているのは——

レベッカ　なあに——言って。

ロスメル　ぼくらふたりは、はじめから心がつながっていた、それは——男と女のあいだにも、清らかな共同生活は可能だと信じていたから——

レベッカ　ええ、——それで？

ロスメル　でもそういう関係は——静かで落ち着いた生活の中で初めて育っていく。

レベッカ　ええ！

ロスメル　ところが今、ぼくには、戦いや混乱が広がろうとしている、だから強い心が必要だ。レベッカ、ぼくは自分の力で生きていきたい！　人から生き方を強いられたくはない、生きているものからだろうと——死んだものからだろうと。

レベッカ　そうよ！　完全に自由な人間になるのよヨハネス！

ロスメル　どうやったら、このいやな思いから解放されるか——みじめな過去のすべてから？

レベッカ　ええええ——！

ロスメル　それに対抗する新しい生活を築くことだ。

レベッカ　——どんな？

ロスメル　レベッカ――もし今、ぼくが結婚を申し込んだら――ぼくの二度目の妻になってくれる？
レベッカ　あなたの妻！　あなたの――！　わたしが！
ロスメル　よし、やってみよう。ぼくらふたりは一つになる。もうここには死んだものの空席はなくなる。
レベッカ　わたしが――ベアーテの席に――
ロスメル　彼女は消える。あとかたもなく、永久に。
レベッカ　そう思うヨハネス？
ロスメル　うん！　死人を背負って生きていくのはごめんだ。助けてくれレベッカ。自由と喜びと情熱の中で。君はぼくのただひとりの妻になる。
レベッカ　二度と言わないで。わたしは決してあなたの妻にはなりません。
ロスメル　なんだって！　どうして！　ぼくを愛していないの？　ぼくらが友情と呼んでいたものにはすでに愛情の芽生えがあったんじゃないのか！
レベッカ　言わないでヨハネス！　だめなの！
ロスメル　なぜだ！　ぼくらの心はみるみるふくらんで行く、そう感じるだろレベッカ？
レベッカ　いい？　はっきり言います。もしくり返しおっしゃったら、わたしはロスメルスホルムを出て行きます。
ロスメル　出て行く！　君が！　そんなことあり得ない。
レベッカ　あなたの妻になることの方がもっとあり得ない。この世にあるかぎり、わたしはあなたの妻になることはできません。
ロスメル　なぜ？　妙ないい方をする――どうしてできない？
レベッカ　お願いですから――ふたりのためにわけは聞かないで。
ロスメル　どうしてだ？
レベッカ　そうしたら、お終いだから。
ロスメル　ぼくらの仲が？
レベッカ　ええ。
ロスメル　ぼくらの仲は絶対に終わらない。君は絶対にロスメルスホルムから出て行かない。
レベッカ　出て行かない。でもあなたがまたたずねたら――やはりお終いになります。
ロスメル　やはり？　なぜ？
レベッカ　そうしたら、わたしはベアーテと同じ道をたどることになりますから。分かったでしょうヨハネス。
ロスメル　レベッカ――
レベッカ　分かったでしょう。（去る）
ロスメル　これは――どういうこと？

第三幕

（ロスメルスホルムの居間）

(1)

レベッカ （編みかけのショールを持って）変ね、牧師さままだ？

ヘルセット もうじき降りていらっしゃいますよ。コーヒーをお持ちしましたとき、着替えをなさってました。

レベッカ きのうは少し気分が悪かったみたいだから――

ヘルセット ええ。お義兄さまと、何かあったんじゃございませんか。

レベッカ どんなこと？

ヘルセット よく分かりませんが、モルテンスゴールが、おふたりの仲を裂いたとか。

レベッカ そうね。――あなた、モルテンスゴールを知ってるの？

ヘルセット とんでもありませんあんな男！

レベッカ どうしてそんな風に言うの？

ヘルセット ご存じでしょう、あの男は亭主に逃げられた女と子どもをつくったんですよ。

レベッカ ええ、わたしが来るずっと前のこと。

ヘルセット ほんとに、まだ若くて、女の方がわきまえるべきだったんです。結婚するつもりでしたけどね男の方は。許されませんでした。ひどい目に会って。でも出世したもんです。今はあの男にしたがうものが大勢おります。

レベッカ 貧しい人たちは、何かあるとあの人のところに行くようね。

ヘルセット 貧しいものだけじゃありません――

レベッカ そう？

ヘルセット まさかと思うような人までが。

レベッカ どうして分かるの？

ヘルセット 実を言いますと――一度モルテンスゴールに手紙を届けたことがあるんです。

レベッカ あなたが！

ヘルセット はい。それも、このロスメルスホルムで書かれたもので――。

レベッカ 本当ヘルセットさん？

ヘルセット うそじゃありません。きれいな紙に書かれて、赤い蝋の封印が――

レベッカ それであなたが届けた？　だれに頼まれたかだいたいの見当はつく。

ヘルセット そうですか？

レベッカ きっと病気の奥さまが――

ヘルセット　ヴェストさんですよ口にされたのは。わたくしじゃありません。
レベッカ　でも、なんて書いてあったの？　あ、――あなたには分からないか。
ヘルセット　ところが、そうでもありません。
レベッカ　奥さまが話したの？
ヘルセット　奥さまは何も。でもモルテンスゴールが、手紙を読んでから根掘り葉掘りきくものですから、だいたいの様子は。
レベッカ　どんなこと？　ねえヘルセットさん教えてくださらない？
ヘルセット　いいえ、これだけはどんなことがあっても。
レベッカ　いいじゃない。お友だちでしょう。
ヘルセット　神さまに誓ってだめです。ただ、これだけは申しても――。みんなで、お気の毒な奥さまに、何かよくないことを吹き込んでたらしいってこと。
レベッカ　みんなって？
ヘルセット　悪い人たち――意地の悪い人たち。
レベッカ　そのとき、奥さま正気だったと思う？
ヘルセット　人の心なんておかしなものですから。奥さまが狂ってらしたとは、わたくしは思いません。
レベッカ　でも、子どもができないと分かったときの取り乱しようったらなかったでしょう。あのときよ頭がおかしくなったのは。
ヘルセット　ええ、大変なショックで、お気の毒に。
レベッカ　でも、考えてみると、牧師さまにはよかったんじゃない？
ヘルセット　何がですか？
レベッカ　子どもがいなかったこと。
ヘルセット　さあ、どう申せばよろしいか。
レベッカ　そう、よかったのよ。牧師さまは赤ん坊の泣き声に我慢できる方じゃない。
ヘルセット　ロスメルスホルムでは赤ん坊が泣くことはありません。
レベッカ　泣かない？
ヘルセット　はい。このお屋敷で赤ん坊が泣いたことは、これまで一度もないんです。
レベッカ　変ね。
ヘルセット　変でしょう？　血筋なんです。それにもう一つ変なことが。赤ん坊は大きくなっても決して笑いません、死ぬまでずっと。
レベッカ　不思議なことがあるものね――
ヘルセット　牧師さまが笑われたのを一度でもごらんになったことがございますか？
レベッカ　そう言えばそう。でもこのあたりでは、だいたい笑うってことがあまりないんじゃない？

ヘルセット　ええ。それはロスメルスホルムから始まったといいます。一種の伝染病のようなもの――。
レベッカ　賢いこと言うのね。
ヘルセット　からかわないでください。――降りていらっしゃいます。牧師さまは掃除を見るのがお嫌いですから。（去る）

（2）

ロスメル　おはようレベッカ。
レベッカ　おはようあなた。おでかけ？
ロスメル　うん。
レベッカ　いいお天気。
ロスメル　今朝は上に来なかった。
レベッカ　ええ――。
ロスメル　これから、もう来ないつもり？
レベッカ　さあ、どうでしょう。
ロスメル　何か来てる？
レベッカ　『郷土新聞』が来てます。テーブルの上。
ロスメル　それなのに、持ってきてくれなかった――
レベッカ　どうせすぐ読めるでしょう。
ロスメル　まあね。――なんだ！　――「節操なき変節漢」――ぼくのことを変節漢だって。
レベッカ　名前はないでしょ。
ロスメル　同じことだ。「時よく利ありと見れば、厚顔無恥にも、たちまち背信を公にする」――「名誉ある祖先への誹謗」――「一時の権力を占めたものからの報酬を目当てとして」。これがぼくのこと？　あの連中は自分でも信じてないことを――一言だって本当じゃないと分かっているくせに――これは卑劣な人間のすることだ。
レベッカ　ええ、この人たち、もうモルテンスゴールのやり方に文句は言えないでしょう。
ロスメル　これはなんとかしなくちゃ。このまま放っておいては――！　ああ、この醜い世の中に光をともすことができたら――そうしたらどんなに嬉しいだろう！
レベッカ　そう、それこそ命をかけてもいい素晴らしい仕事！
ロスメル　人の目を覚ます。自分を悟らせる。
レベッカ　あなたならできる。
ロスメル　そうなったらどんなに素晴らしいか。憎しみあいの闘いはなくなる。みんなの心が前へ前へ――上へ上へ――自分にふさわしい道を進んでいく。幸せはみんなのために、みんなによって――。ああ！　ぼくはだめだ。
レベッカ　だめ――？
ロスメル　ぼく自身がそうなれない。
レベッカ　またその迷い――

ロスメル　――幸せとは、何よりもまず清らかな心から生まれてくる、静かで喜びにみちた――
レベッカ　ああ、清らかさ――
ロスメル　――つり橋の滝。
レベッカ　ヨハネス！
ヘルセット　（顔を出して）ヴェストさん！
レベッカ　あとであとで。
ヘルセット　ちょっとだけ。（レベッカと話し、去る）
ロスメル　何かぼくに？
レベッカ　いいえ、お勝手のこと。――さああなた、散歩におでかけでしょう。ゆっくり、遠くまでね。
ロスメル　いっしょに行こう。
レベッカ　わたしはだめ。ひとりでいらして。でも、その鬱ぎの虫は追っ払ってちょうだい。
ロスメル　残念ながら――そう簡単じゃない。一晩中考えてた。ベアーテはやはり間違っていなかったのかもしれない。
レベッカ　何が？
ロスメル　ぼくが君を愛してると思ったこと。
レベッカ　間違ってなかった！
ロスメル　そう思う。まだベアーテが生きていたときから、ぼくは君のことしか頭になかった。君といっしょのときだけ幸せを感じていた。ぼくらの生活は子どもの愛のように始まったんだ。なんの要求もしない、夢も描かない。そんな風に感じてなかった君も、ええ？
レベッカ　――なんて言えばいいか。
ロスメル　そんな生活をぼくらは友情だと思ってた。ね君――ぼくらの関係は、はじめから心と心の結婚だったんだ。そんな権利はないのにベアーテがいる以上。だからぼくは罪を犯していた。
レベッカ　人は幸せに生きる権利はないの？
ロスメル　彼女は愛情からぼくらの関係をいろいろと考えて――。ぼくへの愛情――彼女なりの――そしてつり橋へと歩いて行った。この事実は消えないよレベッカ。忘れることはできない。
レベッカ　疑い、恐れ。血筋よみんな。このあたりじゃ、死んだものは白い馬になって戻ってくるという。これがそうなのね。
ロスメル　そうかもしれない。でもそれから逃れられないとしたらどうすればいい？　勝利を手にするのは――喜びに満ちた人間だけだ。
レベッカ　喜び？
ロスメル　そう――ぼくは何より喜びがほしい。
レベッカ　一度も笑ったことがないのに？
ロスメル　それでも――。
レベッカ　さ、散歩に行って。ゆっくりね――

ロスメル　ありがとう。君も行かない？
レベッカ　いいえ今はだめ。
ロスメル　そうか。いずれにしても、もう君とぼくはいっしょだ。

（3）

レベッカ　ヘルセットさん。お通ししてちょうだい。
クロル　（入ってくる）出かけた？
レベッカ　ええ。
クロル　遠くまで？
レベッカ　今日は分かりません。お会いしたくないのなら――時間を無駄にしないで。お掛けください先生。
クロル　ヴェストさん――ロスメルのことでわたしはどんなに心が痛んでいるか、――。
レベッカ　わたしたち覚悟してましたこうなるって――はじめのうちはとにかく。
クロル　はじめのうち？
レベッカ　ロスメル先生は、そのうちあなたが理解してくださると信じてましたから。
クロル　ねえ！　彼の判断はまるきり子どもなんだ現実のことになると。
レベッカ　それに――今はあの方、あらゆる点で自分を解放することが義務だと思ってらっしゃる――
クロル　――それなんだよわたしが信じないのは。
レベッカ　信じない？
クロル　後ろであなたがすべてを操っている、それは信じる。
レベッカ　先生の奥さまねそうおっしゃったのは。
クロル　だれが言おうとかまわない。疑いが湧いてくるのは事実――大変強い疑いが――あなたがここに来てからのことを考え合わせてみると――。
レベッカ　前には先生、わたしを信頼してくださってると思ってました。とても暖かくと言ってもいいくらいに。
クロル　あなたがその気になれば、だれだって虜にされてしまう――。
レベッカ　その気になれば――？
クロル　そう。わたしへの振る舞いの中に何か特別な感情があったなんて、そう思うほどわたしはもうばかじゃない。あなたはロスメルスホルムに足場を築きたかっただけ。それをわたしが助けるはずだった。今はよく分かる。
レベッカ　お忘れですか、わたしはベアーテに来てくれと頼まれたんですよ。
クロル　そう、彼女を虜にしたから。いや、あなたは偶像だった、妹は崇拝してた。――絶望的な恋とでも言うか。
レベッカ　あの頃のベアーテの状態がどんなだったか思い

出してください。わたしはどのような点でも、度を越したと言われる振る舞いはしていません。

クロル　そう、だから危険なんだ征服された相手には。計算どおり狙ったものは必ず手に入れる。――あなたは冷たい心の持ち主。

レベッカ　冷たい？

クロル　そうでなきゃ、長いあいだ一つの目的に向かって迷うことなく進むなんてことができるわけはない。ロスメルもほかのものも何もかも手に入れた。そのためには彼を不幸にすることもあえて辞さなかった。

レベッカ　違います。わたしじゃありませんあの人を不幸にしたのは。それはあなたです。

クロル　わたしが！

レベッカ　ベアーテの最後はあの人に責任があるなんておっしゃって。

クロル　それが心に響いた？

レベッカ　当然でしょうあんな繊細な心には――

クロル　自己を解放をした人間は、そんな迷いはやすやすとのり越えるものだと思ってた。――ところが大違い！　いやそうだろう。この一族の伝統がそう簡単にすてられるはずはない。あなたはそれを考えるべきだった。まあ、あなたに考えろというのは無理かもしれない。環境に天と地の開きがあるから。

レベッカ　環境って？

クロル　生れたときの。

レベッカ　あたりまえでしょう――わたしは貧しい家の生まれですから――でもだからといって――

クロル　わたしが言ってるのは、貧乏か金持かなんてことじゃない。道徳的な環境――。

レベッカ　なんの環境？

クロル　つまり、生まれに関すること。それがあなたの行動を説明する。

レベッカ　どういうこと？　はっきり言ってください！

クロル　分かってるのだとばかり思ってた。そうでなきゃヴェスト博士の養女になったというのは変でしょう――

レベッカ　ああそう！　分かりました。

クロル　――あなたはヴェストの名前を継いだ。お母さんの名前はガンヴィクだったが。

レベッカ　父の名がガンヴィクでした先生。

クロル　あなたのお母さんは職業柄、地区医者のヴェスト博士とつき合いがあった。

レベッカ　ええ。

クロル　それで博士は――お母さんが亡くなられるとすぐにあなたを引きとった。あなたにはずいぶんつらくあたっていた。それでもあなたは博士から離れなかった。一銭の遺産もないと分かっていて――まあ、本は一箱もらったかもしれないが。あなたはずっと辛抱して、最後まで博士の面倒をみていた。

レベッカ　わたしがそうしたのは——生まれについて何か特別なことがあったからって、そうおっしゃりたいのね！

クロル　あれは、娘としての自然な本能だったんでしょう。何もかもあなたの生まれに由来する。

レベッカ　そんなのうそ、でまかせよ！　ヴェスト博士はわたしが生まれたときまだ北の国に来ていなかった。

クロル　失礼ですが、——博士はその前の年に来ています。調べてみました。

レベッカ　そんなはずない絶対にない！

クロル　あなたはきのう、二十九歳だと言われた。今年三十になると。

レベッカ　そう？

クロル　ええそう言われた。で逆算すると——

レベッカ　待って！　合うはずない。白状しますけど、実はあたし歳を一つごまかしてるんです。

クロル　それは初耳だ。どうしてまた？

レベッカ　二十五になったときわたし——未婚の女にしては歳をとりすぎていると思って——一年ごまかすことにしたんです。

クロル　あなたが？　結婚適齢期なんてそんな偏見を持ってる？　でも計算はやはり合います。ヴェスト博士は赴任する前の年にも、ちょっとだけ、北の方に立ち寄ってる。

レベッカ　でたらめ言わないで！

クロル　でたらめ？

レベッカ　そんなこと、母は一度も言ってなかった。

クロル　そうですか？

レベッカ　それにヴェスト博士だって一言も。

クロル　きっとおふたりにも、歳をごまかさなくちゃならないわけがあったんでしょう。これも血筋かな。

レベッカ　うそよ！　うそうそそうそ。うそ！　あるはずがない！　絶対に！

クロル　しかしまた——どうしてそう興奮するんです？　驚いてしまう——

レベッカ　なんでもありませんなんでも。

クロル　じゃ、どうしてそんなに興奮するのは？　ただ可能性を言ってるだけなのに。

レベッカ　当然でしょ。わたし私生児呼ばわりなんかされたくありません。

クロル　そう。まあ、そういうことにしておこう——。しかしその点でも、あなたはやはり一種の偏見を持ってるわけだ——

レベッカ　ええ。

クロル　つまり、解放とかいうものも大体そんなところ。あなたは新しい思想や考えを山ほど学んでいる。いろんなことにも通じている――。しかしみんな単なる知識。血肉にはなっていない。
レベッカ　おっしゃるとおりかもしれません。
クロル　あなたでさえそうなんだから、ロスメルは推して知るべしだ。身の破滅だよ、信仰を棄てたなんて公然と告白するのは！　――あの気の弱い男が、仲間から攻撃され追放される、そんなことに耐えられると思うかね。
レベッカ　耐えなければなりません。今さら引き返そうたって遅すぎます。
クロル　大丈夫。遅すぎはしない。今ならまだもみ消せる、――少なくとも一時の迷いだったと言いわけすることもできる。しかし――それには一つだけ、どうしてもきちんとしておかなければならないことがある。
レベッカ　なんですか？
クロル　関係を合法的なものにしなければ。
レベッカ　わたしとの関係？
クロル　そう。
レベッカ　わたしたちの関係を――どうしてもそのようにお考えなんですね。
クロル　その問題に深入りするつもりはない。しかし、一般に道徳がいちばん簡単に破られるのは、その――。
レベッカ　男女の仲？
クロル　そう――。
レベッカ　ほんとに――おっしゃるとおりだったらと思います。
クロル　どういう意味？
レベッカ　なんでもありません！　やめましょう。――あ――お帰りになった。
クロル　じゃ、失礼する。
レベッカ　いいえ――いらしてください。お聞かせしたいことがあります。
クロル　またにしよう。顔を合わせるのはまずい。
レベッカ　お願い――どうかいらして。あとで後悔なさらないように。最後のお願い。
クロル　まあ――そんなに言うのなら。

（4）

ロスメル　なんだ！　――君が来てる！
レベッカ　先生はね、あなたにお会いしたくないっておっしゃったのヨハネス。
クロル　ヨハネス！
レベッカ　ええ先生、わたしたち名前で呼び合ってます。自然にそうなったんです。
クロル　聞かせたいというのはそのこと？

レベッカ　――ほかにもまだ。
ロスメル　今日のお訪ねはなんのためだ？
クロル　もう一度、君を引き戻す努力をしようと思って。
ロスメル　あんなことを書いたあとで？
クロル　おれが書いたんじゃない。
ロスメル　君はあれを止めようとしたか？
クロル　それは、おれたちの運動のためになることじゃない。それに、そんな力はおれにはない。
レベッカ　（新聞を破り）ほうら、これでもう眼に入らない。だから気にすることもないでしょう。さ、いらして。わたし何もかもお話しします。
ロスメル　どうしたんだレベッカ！　変に落ち着いて――。
レベッカ　決心したから。
ロスメル　決心て、何を？
レベッカ　あなたが生きるために必要なものをもう一度返してあげる。喜びに満ちた清らかさを。
ロスメル　どういうこと！
レベッカ　わたしの話を聞くだけでいいんです。
ロスメル　それで！
レベッカ　わたしは北の国からここに来たとき――ヴェスト博士といっしょに――自分には大きな新しい世界が開けていると感じていました。博士からはいろんなことを教わった。その頃わたしが人生について知っていたことはみんな博士に教わったことなんです。それで――
クロル　それで？
ロスメル　しかしレベッカ――そんなことはぼくはとっくに知ってるよ。
レベッカ　ええええそうね。ご存じね。
クロル　わたしはいない方が――
レベッカ　いいえいらしてください先生。ねえ、こうなの。――わたしは、今始まろうとしている新しい時代の中で、すべての新しい思想を身につけたいと思った。――いつか、ウルリック・ブレンデルが若い頃のあなたに影響を与えたというのをクロル先生から聞いて、同じようなことができないかと思ったの。
ロスメル　君にそんな意図があったのか――！
レベッカ　わたしたちは自由の中を、いっしょに手をとり合って進んで行く。前へ前へ、そう願ってたんです。――でも、あなたが自由になることを妨げるどうしようもない壁があった――
ロスメル　壁？
レベッカ　あなたは明るい太陽のもとで自由に伸びていくかわりに、あの暗い夫婦生活の中で、ただだめになっていくばかりだった。
ロスメル　レベッカ――君はぼくの結婚生活をそんな風に

言ったことは一度もなかった。

レベッカ　言えなかった。あなたにはショックでしょうから。

クロル　どうだ？

レベッカ　でもわたしにはあなたを救う道が分かってた。ただ一つ。それを実行したんです。

ロスメル　実行ってどういうこと？

クロル　つまり、それは！

レベッカ　そうなのヨハネス——。あれはあなたじゃない、あなたに罪はない。わたしなんです誘ったのは——ベアーテをあの迷いの道へ誘い出したのは——

ロスメル　レベッカ！

クロル　——迷いの道！

レベッカ　それは——つり橋の滝に通じていました。

ロスメル　この人は何を言ってる？　ぼくにはちっとも分からない——！

クロル　なるほど、分かりかけてきた。

ロスメル　しかし君は何をしたって言うんだ？　彼女に何をした？　何もない、全然ないじゃないか！

レベッカ　あなたが古い偏見から抜け出ようと努めていることをあの方は知ったんです。

ロスメル　しかしあの頃はまだ——

レベッカ　やがてそうなるとわたしには分かっていました。

クロル　どう！

ロスメル　それで？　ほかには？

レベッカ　それから少したって、わたしはロスメルスホルムから発たせてほしいとお願いしたんです。

ロスメル　どうして発つなんて——

レベッカ　発ちたかったんじゃありません。ここにいたかった本心は。でも、出て行くのがみんなのためにいちばんいいと言ったんです——手遅れにならないうちに。——わたしがこれ以上ここにいると、——もしかすると——もしかすると、どうなるか分からない。

ロスメル　そんなことを。

レベッカ　ええ。

ロスメル　それが君のいう、ただ一つの道だったのか。

レベッカ　そう。

ロスメル　それで告白は全部、レベッカ？

レベッカ　ええ。

クロル　全部じゃない。

レベッカ　ほかに何がありますか？

クロル　あなたは最後に、ベアーテにこう言っただろう。あなたができるだけ早くここを出て行くことは——いちばんいいだけじゃなく、必要なことだと——あなたとロスメルのためにどうしても必要なんだと。

レベッカ　そんなことも言ったかもしれません。
ロスメル　そんなうそを、かわいそうに、あれは信じこんだ！　すっかり信じこんだ！　だのに、ぼくに話そうともしなかった。一言も！　レベッカ――君が言うなといったんだろ！
レベッカ　あの人は、子どもの産めない体だから、あなたの妻になっている権利はないと思い込んだんです。妻の座を空けるのが義務だと。
ロスメル　君は――その妄想を黙って見ていた。
レベッカ　ええ。
クロル　むしろ煽り立てた、違うか！
レベッカ　そうとられたかもしれません。
ロスメル　そう――彼女はなんでも君の言うがままだった。いったい――いったいどうしてそんな恐ろしいことを！
レベッカ　わたしは、二つの命のどちらかを選ばなければならなかったのヨハネス。
クロル　そんなことを選ぶ権利はあなたにはない！
レベッカ　でもわたしが冷静に事を運んだと思ってらっしゃるの！　あの頃のわたしは今のわたしとは違ってた。人間には二つの心がある、そう！　わたしはベアーテを取り除きたかった、なんとしてでも。そのくせそんなことになるとは少しも思っていなかった。誘惑にかられて一歩踏み出すたびに、心の中では恐怖の叫びをあげていた。やめるんだ！　これ以上踏み出しちゃいけない！――でもやめられなかった。もうちょっとだけ、ただの一歩だけ。そういう誘惑に負けて――いつも、もう一歩だけ、一歩だけ――そして、こうなってしまった。――こんなことはそういう具合にして起きるものなんです。
ロスメル　これからどうするつもり？
レベッカ　なるようになるでしょう。大したことじゃありません。
クロル　後悔の言葉一つない。
レベッカ　失礼ですが先生、――これはだれにも関係ありません。自分で解決します。
クロル　君はこういう女と一つ屋根の下に住んでいたんだ――ああ、ご先祖が見たらなんて言うか！
ロスメル　帰るのか？
クロル　うん、さっさと失敬する。
ロスメル　ぼくもいっしょに行く。
クロル　そうか！　いや、きっとそうなると思ってた。
ロスメル　行こうクロル！　行こう！

（5）

レベッカ　今日もつり橋は渡らない。ぐるっと遠まわり。

滝の方へは決して行こうとしない！
ヘルセット　ご用ですか？
レベッカ　すみませんが、屋根裏からわたしの旅行鞄を持ってきてくださらない？
ヘルセット　旅行鞄？
レベッカ　ええ、アザラシ皮の茶色い鞄、知ってるでしょ。
ヘルセット　はい。でも、旅行におでかけなんですか？
レベッカ　そう。
ヘルセット　すぐに！
レベッカ　用意ができたらすぐに。
ヘルセット　まあ！　でも、すぐお戻りなんでしょうね。
レベッカ　もう二度と戻ってこないつもり。
ヘルセット　二度と！　それじゃヴェストさんがいらっしゃらなくてロスメルスホルムはどうなるんですか？　牧師さまもやっと落ち着かれましたのに。
レベッカ　わたしね、今日恐くなったの。
ヘルセット　恐いって！　どうしてです？
レベッカ　白い馬をちらっと見かけたような気がするの。
ヘルセット　白い馬！　真っ昼間に！
レベッカ　昼でも夜でも現れる——ロスメルスホルムの白い馬は。そう——旅行鞄お願いね。
ヘルセット　はいはい。

第四幕

（ロスメルスホルムの居間）

(1)

ヘルセット　馬車は何時にまわせばよろしゅうございますか。
レベッカ　（編み上がった白いショールを持って）十一時頃。船は十二時だから。
ヘルセット　牧師さまが、それまでにお帰りになりませんでしたら？
レベッカ　やはり発ちます。会えなかったら、あとで手紙を書くと伝えてちょうだい。
ヘルセット　それでもよろしいでしょうけれど——でも——もう一度お話ししてみる方がいいんじゃありませんか。
レベッカ　そうかもしれないそうじゃないかもしれない。
ヘルセット　牧師さまはもっと誠実な方だと思ってました。
レベッカ　それどういう意味？
ヘルセット　こんな風に知らぬ顔をなさるなんてひどいことです。

レベッカ　ねえあなた、わたしが発つのはなぜだと思っているの？
ヘルセット　そりゃあ、ほかに道がないからでございましょう。でもやっぱり、牧師さまはよくありません。モルテンスゴールの場合は仕方がありませんでした。女の亭主が生きてたんですから。でも牧師さまは——！
レベッカ　わたしと牧師さまのこと、そんな風に思ってた。
ヘルセット　とんでもありません。そのう——今日までは。
レベッカ　でも今日は？——
ヘルセット　まあ——モルテンスゴールの宗教に鞍替えするような人はなんだってやりかねません。わたくしはそう思っています。
レベッカ　そうね。じゃわたしはどう？
ヘルセット　あなたのことをとやかく言うつもりはありません。独り身の女が身を守るのはそりゃ容易じゃありませんから。——わたくしたちはみんな弱い人間です。
レベッカ　本当ね。みんな弱い人間。
ヘルセット　ああ——間に合われたようです。
レベッカ　じゃやっぱり——これでいい。

（２）

ロスメル　これはどういうこと？
レベッカ　わたし、ここを出ます。
ロスメル　今すぐ？
レベッカ　ええ。じゃ十一時に。
ヘルセット　承知しました。（去る）
ロスメル　どこへ行くレベッカ？
レベッカ　北の方へ。
ロスメル　北？　北で何をする！
レベッカ　あそこはわたしの生まれた故郷。
ロスメル　しかしあんなところで、何もすることはないだろう。
レベッカ　ここだって何もないでしょ。ロスメルスホルムにおしつぶされてしまった。縁もゆかりもない掟に縛られて——もう何もする勇気もない。
ロスメル　掟って、なんの掟？
レベッカ　その話はよしましょう。クロル先生とはどうなったの？
ロスメル　和解した。
レベッカ　やっぱり。
ロスメル　昔の仲間をみんな集めてくれた。ぼくははっきり分かったよ、人間の心を浄める仕事なんて、ぼくには全然向いていない。——そんなことはできっこない——。

レベッカ　ええ――それがいちばんいいのかもしれない。
ロスメル　今になってそう言うのか？
レベッカ　今はそう考えるようになってきた。
ロスメル　うそだレベッカ。
レベッカ　うそ！
ロスメル　うそだ。君は前からぼくを信じてなかった。ぼくにそんな仕事ができるなんてちっとも思ってなかった。
レベッカ　ふたりいっしょならやれると思ってた。
ロスメル　違う。君はぼくを利用できると思ってたんだ。君の目的に役立つと。君が信じたのはそれだ。
レベッカ　いいえヨハネス――
ロスメル　ほっといてくれ！　やっと底の底まで見えてきた。
レベッカ　聞いてヨハネス。これが最後。残らず手紙に書いて送ろうと思ったんだけど――北に戻ってから。でも今話した方がいいでしょ。
ロスメル　まだ告白することがある？
レベッカ　大事なことが残ってる。
ロスメル　どんな？
レベッカ　あなたには考えられないようなこと。それを聞いたらすべてがはっきりするでしょう。
ロスメル　なんのことだ。
レベッカ　わたしは、ロスメルスホルムに入り込むためいろいろ手を尽くした。ここで自分の幸せをつかみたいと思っていたから。なんとしてでも――。
ロスメル　それで望みどおりになった。
レベッカ　あの頃はなんだって手にいれることができると思ってた――。なんのためらいもなかったなんのこだわりも。――でも、それからだんだんと、あの、わたしをおしつぶしてしまう力が――わたしの心を――。
ロスメル　何が起こった？　はっきり言ってくれ。
レベッカ　わたしを襲ってきた――あの激しい抑えることのできない欲望――ああヨハネス――
ロスメル　欲望？　――どんな？
レベッカ　あなたを求める欲望。
ロスメル　なんだって！　君はぼくを――そんな風に――！
レベッカ　愛だと思ってたそれは――でも違ってた。あれは、激しい、抑えることのできない欲望だった。
ロスメル　レベッカ――それが君を――あんな風に？
レベッカ　海の嵐のように襲ってきた。北国の冬の嵐のように。いったん襲われたらもうお終い、どこまでも押し流されてしまう、ずっとずっと遠くまで。決して逆らうことはできない。
ロスメル　それがベアーテをつり橋の滝まで押し流した。

レベッカ　あのとき、ベアーテとわたしは最後の救命具を奪い合っていたんです。
ロスメル　ロスメルスホルムでは君に太刀打ちできるものはいない。
レベッカ　わたしはあなたのことがよく分かっていた、――あなたは、心も体も自由にならなければどんな道もひらかれてこないということが。
ロスメル　しかし分からない。今ぼくは自由だよ――心も体も。君は手をのばせば目的に届く。それなのに！
レベッカ　今ほど目的から遠いことはない。
ロスメル　――きのう妻になってくれとたのんだとき――君はまるで何か恐ろしいことのように、絶対にだめだと叫んだ。
レベッカ　絶望の叫びだった。
ロスメル　なぜだ？
レベッカ　なぜって、ロスメルスホルムはわたしの力を奪ってしまった。わたしはここで勇気をつみとられ心をおしつぶされてしまった！　あんなに勇気にみちていたのに。何をする力も失くしてしまった。
ロスメル　どうしてそうなった？
レベッカ　あなたといっしょにいたから。
ロスメル　どうして？
レベッカ　あなたとふたりになって――あなたが本当のあなたになったとき――。落ち着いた――孤独の中で――あなたは思っていること感じていることをなんでもそのまま美しい言葉で話してくれた。そうなったとき、わたしに大きな変化が起こってきたの。はじめは少しずつ――ほとんど気づかないくらいに――でもお終いにははっきりとわたしの心を底まで変えてしまった。
ロスメル　どういうことレベッカ？
レベッカ　あの――体の欲望がだんだん遠ざかっていった。荒々しい嵐のあとにわたしの心に休息が訪れてきた。ちょうど北の故郷で、真夜中の太陽を浴びた岩山に立ったときのような、そんな安らぎに包まれてきた。
ロスメル　うん――
レベッカ　そのときなの、わたしの中に愛情がわいてきたのは。広い献身的な愛情。このあるがままのふたりの生活に満足する心――。
ロスメス　レベッカ――
レベッカ　きのうあなたが妻になってくれとおっしゃったとき――わたしは嬉しさで息がつまった――
ロスメル　そうだろうレベッカ！　ぼくもそうだと思った――
レベッカ　一瞬われを忘れて。昔の潑剌とした心がとび出してきた。――でもそれは長続きしなかった。
ロスメル　どうしてそうなったんだ？

レベッカ　ロスメル家の人生観、――それともあなたの人生観――それが伝染したの。
ロスメル　伝染？
レベッカ　そしてそれまで知らなかった掟に支配されるようになった。あなたといっしょに生活することで――わたしの心は浄められた――
ロスメル　浄められた――！
レベッカ　うそじゃない。ロスメルスホルムの人生観には浄化する力がある。でも――でも――でも――
ロスメル　何？
レベッカ　――それは幸せを殺す。
ロスメル　レベッカ――
レベッカ　そう思う。
ロスメル　そうなのか？　ぼくがもう一度たずねたらどう――？　どうしてもと言ったら？
レベッカ　あなた――それは言わないで。できないの――！　ええ、話してしまいますヨハネス。わたしには、ある――過去がある。
ロスメル　まだ話してないこと？
レベッカ　ええ。全然別のこと。
ロスメル　不思議だレベッカ？　何かそんなことがときどきぼくの頭をかすめていた。
レベッカ　そう！　それでも――？
ロスメル　そんなこと信じなかった。ただそんな考えをこねまわしていただけ。
レベッカ　話せとおっしゃれば話してもいい。
ロスメル　いやいや！　聞きたくない。どんなことも。
レベッカ　たまらない、いま幸せな生活が目の前に広げているというのに、――自分の過去にさえぎられるなんて。
ロスメル　君の過去は死んでいる。そんなものとり憑いてはいない。――今の君とはなんの関係もない。
レベッカ　いいえ、そんなの口先だけ。けがれのない清らかさは？　それをどうして取り戻せばいい？
ロスメル　ああ、――清らかさ。
レベッカ　そう、幸せも喜びもそこにある。喜びにあふれた高貴な人間、あなたはそれを求めていたんでしょう。
ロスメル　はかない夢。もう信じてはいない。――人間の心は外から浄められはしない。
レベッカ　静かな愛情によっても？　わたしの言ったことは信じないのヨハネス？
ロスメル　どうして信じられる？　あんなにたくさん企みごとをしていたというのに！――今またこんなことを言い出して。何か望みがあるのならはっきり言ってくれ。できるだけのことはする。
レベッカ　その疑い！　ああ――ヨハネスヨハネス――！
ロスメル　どうしようもない。疑いは消えない。君がぼくに愛情――？

レベッカ　でも、心の奥では納得していない？　わたしに変化が起こった、それはあなたのせいだって――！

ロスメル　ぼくに人を変える力があるなんてもう信じられない。どんなことも信じられなくなった。自分も、君も。

レベッカ　じゃあなた、どうやって生きていくつもり？

ロスメル　分からない。生きていけるかどうか――この世に命をかけるに足るものがあるのかどうか――

レベッカ　命――それは新しい命を生み出す。それにすがっていきましょうあなた。――いずれはこの世を後にするんだから。

ロスメル　じゃあ、ぼくに信じる力を返してくれレベッカ！　君を信じる力！　君の愛情が信じられるように――証拠を見せてくれ！

レベッカ　証拠？　どうやって――！

ロスメル　ぼくはこの荒れはてた空洞に我慢できない――この恐ろしい――

レベッカ　あっ、――なんでしょう？

（3）

ロスメル　あなたでしたかブレンデル先生！

ブレンデル　ヨハネス――お別れに来た――さようなら！

ロスメル　こんなに遅く、どこへいらっしゃるんです？

ブレンデル　家に戻る。また、あの大いなる虚無が恋しくなった。

ロスメル　何があったんです先生！

ブレンデル　ごらんのとおり、玉座から追われ、焼けた廃墟にたたずむ王さまってところだ。

ロスメル　何かわたしにできることがあれば――

ブレンデル　おまえはまだ子どものような心を持っている。ちょっとお借りしたいものがあるが。

ロスメル　喜んで。

ブレンデル　理想を貸してくれんか一つでも二つでも。

ロスメル　なんですって？

ブレンデル　使い古しの理想ってやつ。貸してくれると助かるんだが。わしは、空っぽ、素寒貧。

レベッカ　講演はだめだったんですか？

ブレンデル　はいお美しい奥さま。なんということでしょう！　わたしはありあまるほどのものを口から吐き出そうとした、まさにそのとき、なんとも苦痛極まりない発見をした。つまり、わたしは破産してたんです。いざ金庫を開けて宝をとり出そうとしたら――空っぽ。時間の牙にかみくだかれて、完全なるニヒツ〔無〕。なんにもない。

ロスメル　本当ですか？

ブレンデル　本当だ。大統領閣下が保証してくれた。
ロスメル　大統領閣下？　だれのことですか。
ブレンデル　ペーデル・モルテンスゴールだもちろん。
ロスメル　ええ！
ブレンデル　しっ——！　ペーデル・モルテンスゴールは未来の支配者、あんな偉ぶつは見たことがない。全能だやつは。己の欲するところすべてをなしとげる。
ロスメル　まさか。
ブレンデル　そうだよおまえ。ペーデル・モルテンスゴールはできないことは欲しないからな。やつは理想なしで生きて行ける。それが勝利の秘密、世界中の知恵の源——
ロスメル　先生は、いらしたときより貧しくなって出て行かれるんですね。
ブレンデル　ビヤン！　わしの二の舞にはなるなよヨハネス。わしがおまえの頭につめ込んだことは全部忘れろ。砂の上に楼閣を築くんじゃない——まわりをよく見て吟味するんだ、——甘く色どられた魅力的なご夫人とともに新しい生活を築く前に。
レベッカ　それはわたしのこと？
ブレンデル　はいお美しい人魚姫。
レベッカ　どうしてわたしではいけませんか？
ブレンデル　わたしの生徒は今、人生の一大事業をやろうとしていると聞いたんで。
レベッカ　それで？——
ブレンデル　勝利は約束されている。しかし——いいですか——絶対不可欠の条件が一つある。
レベッカ　どんな？
ブレンデル　彼を愛する女性が、進んで、喜んで、台所に行き、きれいなバラ色の指を——ちょうどこの真ん中の関節から包丁で切り落とす。それから、やはりその愛する女性が——喜んで——この上なく美しい左の耳を切り落とす。——さようなら、勝利を祈るヨハネス。
ロスメル　もういらっしゃるんですかこんなに暗いのに？
ブレンデル　暗い夜がいちばんいい。ごきげんよう。

（4）

ロスメル　どうも、——君は発つ以外ないようだ。
レベッカ　ええ、ほかに道は。
ロスメル　最後の時間を無駄にしないでおこう。座らない？
レベッカ　何かわたしに？
ロスメル　まず言っておく。君はこれからの生活を心配する必要はない。
レベッカ　ええ、これからの生活。
ロスメル　前から考えてあった。どうなっても君のことは保証されている。

レベッカ　そんなこと、もうずいぶん前の話。

ロスメル　そう――ぼくらの仲は決して変わらないと言ってたからね。

レベッカ　そう信じていた。

ロスメル　ぼくも。でもぼくがいなくなっても――

レベッカ　ヨハネス――あなたは長生きする。

ロスメル　こんなみじめな命ぐらい、ぼくにだってなんとでもできる。

レベッカ　何を言うの！　まさか――

ロスメル　おかしい？　――戦いが始まりもしないうちからこんな惨めな敗北を味わって！

レベッカ　もう一度戦うのヨハネス！　やってみるのよ――きっとやれる。人の心を浄める！

ロスメル　レベッカ――ぼくにはもう信じられない。

レベッカ　でもとにかく、ひとりの人間はあなたによって浄められた。わたしがその証拠。

ロスメル　ああ――君が信じられたら。それができたら――

レベッカ　ヨハネス――その方法がある？　――どうしたら信じられるの？

ロスメル　やめてくれレベッカ！　それは聞かないで！

レベッカ　いいえ聞きます。あなたには方法が分かってる？　わたしは全然。

ロスメル　その方が君のためだ――ぼくらふたりのためだ。

レベッカ　いえいえ――このままでは耐えられない。わたしの真実を示す方法があるのなら言ってちょうだい。わたしにはそれをたずねる権利がある。

ロスメル　じゃいいか。君は大きな愛情を抱いていると言う。君の心はぼくによって浄化されたと言う。本当にそうか？　君の言うことは間違っていないか、ためしてみる？　どう？

レベッカ　ええ。

ロスメル　いつがいい？

レベッカ　いつでも。早ければ早い方がいい。

ロスメル　じゃ見せてくれレベッカ――君が――ぼくのために――今晩――いやいやいや！

レベッカ　さあヨハネス！　言って！　見せてあげるから――

ロスメル　君に勇気があるか――自分から進んで――喜んで、ブレンデルが言ったように――ぼくのために今晩――同じ道を行く――ベアーテと同じ道？

レベッカ　ヨハネス――！

ロスメル　そう――君がいなくなってからも――この思いにさいなまれる。ぼくには君の姿がまざまざと思い浮かぶ。つり橋の上に立つ君、ちょうど真ん中。欄干から身をのり出す！　すさまじい滝にすい込まれるように。だが君はくらくらする！　だめだ。君はやめる。君にはできない——ベアーテにはできたことが。

レベッカ　わたしにその勇気があったら？　喜んでそうする気が。そうしたらどうなの？

ロスメル　そうしたら、君を信じる。またぼくの仕事を信じる。ぼくに人の心を浄める力がある、人は浄められる力があるとそう信じる。

レベッカ　あなたに信じる心を取り戻してあげます。

ロスメル　レベッカ？

レベッカ　あしたになれば分かるでしょう——それとも——水から引き上げられたとき——。

ロスメル　この恐ろしい誘惑——

レベッカ　あそこに長くは寝ていたくありませんから、わたしを探させてくださいね。

ロスメル　こんなこと、みんな狂ってる。発ってもいい、ここにいてもいい。どっちでも好きなように！

レベッカ　もう逃げ口上はやめましょう！　どうして今さら——

ロスメル　ぼくは君がくじけるのを見たくない！

レベッカ　くじけはしません。

ロスメル　するよ。君にベアーテと同じ道を行く勇気はない。

レベッカ　信じられないの？

ロスメル　だめだ。君はベアーテとは違う。ゆがんだ思いにとりつかれてはいない。

レベッカ　でもわたしはロスメルスホルムの人生観にとりつかれている——犯した罪はあがなわなければならない——

ロスメル　そう思っている？

レベッカ　ええ。

ロスメル　よし。レベッカ、ぼくらを裁くものはだれもいない。ぼくらは自分で自分に審判をくだそう。

レベッカ　そう、——わたしがあの道を行けば、あなたの中のもっともすぐれたものが救われる。

ロスメル　ぼくには救うものはもう何もない。

レベッカ　いいえあります。でもわたしは——これからは海にすむトロル。あなたが漕いでいく舟にとりついて邪魔をするだけ。それともこの世の曲った人生にしがみついているだけ。過去の幸せに未練をのこして。そんなのわたしはいや。

ロスメル　君が行くのなら、ぼくも行く。

レベッカ　ええ、そして証人になって——

ロスメル　君といっしょに行くと言ってる。

レベッカ　吊り橋まで。あそこには一度も足を向けようとしなかった。

ロスメル　気づいてた？
レベッカ　ええ——わたしの愛情が絶望的だったのはそのため。
ロスメル　レベッカ——今ぼくはこの手を君の頭上におく。そして君をぼくの本当の妻と認める。
レベッカ　ありがとうヨハネス。さあ行きます、喜んで。
ロスメル　夫と妻はいっしょに。
レベッカ　吊り橋まで。
ロスメル　橋の上までも。君の行くところはどこまでもついて行く。今はぼくにもそれができる。
レベッカ　たしかなの——これがあなたにとって最上の道？
ロスメル　これがただ一つの道。
レベッカ　自分で自分を騙しているんだったら？　幻想に過ぎないんだったら？　ロスメルスホルムの白い馬の一つなのだとしたら？
ロスメル　そうかもしれない。でも逃れることはできないロスメルスホルムに住むものは。
レベッカ　じゃ残ってヨハネス！
ロスメル　夫は妻にしたがい、妻は夫にしたがう。
レベッカ　でも言って。あなたがわたしにしたがうの？　それともわたしがあなたに？
ロスメル　ぼくらふたりが互いにしたがう。ぼくは君に、君はぼくに。
レベッカ　きっとそうね。
ロスメル　今ぼくらふたりは、一つになった。
レベッカ　ええ、わたしたちは一つ。いらっしゃい！　喜んで行きましょう。

(5)

ヘルセット　馬車がまいりました——いらっしゃらない？こんな時間に外へ？　まあまあ。あっ、白いもの！——おふたりだ、つり橋の上に。抱き合って！　あっ——飛び込んだ——滝の中に！　助けて、助けて！　いえ、助かりっこない。——亡くなった奥さまが、おふたりを引き込んだ。

海夫人

通常は『海の夫人』と題される。原題の意味は「海生まれの夫人」で、人魚のことだから、上演では『海夫人』とした。登場人物も多く、イプセンに珍しく各幕で舞台設定が変わるが、夏の終わりの晴れやかさと寂しさの混じった雰囲気を背景に、深層心理の問題が正面に出てくる。最後に夫婦の和解がくるので、『人形の家』への解答ととられたりするが、結末の主人公の選択を、作者は肯定しているか批判しているか、批評家の見解は二分されている。

＊初演二〇〇三年九月二十四日〜二十八日　シアターX

登場人物

医師ヴァンゲル
エリーダ・ヴァンゲル夫人
ボレッテ
ヒルデ
教師アーンホルム
リングストラン
見知らぬ男

（北部ノルウェーの小さなフィヨルド町の夏の出来事。）

第一幕

（医師ヴァンゲルの家）

（1）

ボレッテ　ヒルデ――そこのお花持って来てちょうだい――

リングストラン　おはようございますヴァンゲルさん！

ボレッテ　まあリングストランさん、おはよう。ごめんなさい――ちょっと――（家に入る）

ヒルデ　（家から出てきて）あなたか。今日は庭まで侵入してきたってボレッテが言ってたけど。

リングストラン　ええ、ちょっと失礼して――

ヒルデ　朝の散歩？

リングストラン　いいえ――今日は散歩は――

ヒルデ　じゃ海水浴？

リングストラン　ええ、ちょっとだけ。浜でお母さまをお見かけしました。

ヒルデ　だれ？

リングストラン　あなたのお母さま。

ヒルデ　ああそう。

ボレッテ　（出てくる）お父さんのボート、戻ってきたかな、見ませんでした？

リングストラン　フェリーは、一艘見かけたように思います。

ボレッテ　きっとお父さんよ。島に往診に行ったの。

リングストラン　これはまた、豪華な花ですね――！

ボレッテ　ええ、素晴らしいでしょう？

リングストラン　見事だ。何か、ご家族の記念日？

ヒルデ　そう。

リングストラン　やっぱり。お父さまのお誕生日きっと。

ボレッテ　ふん――ふん！

ヒルデ　いいえお母さまの。

リングストラン　そうか――お母さまですか。

ボレッテ　ヒルデったら――！

ヒルデ　いいわよ！　ホテル住まいは快適？

リングストラン　もうホテルにはいません。お金がかかりすぎます。

ヒルデ　じゃどこにいるの？

リングストラン　マダム・イェンセンのところ。

ヒルデ　どのマダム・イェンセン？

リングストラン　やり手ばあさんの。

ヒルデ　ごめんなさい――今日は忙しいの――

リングストラン　ああ失礼、こんなこと口にして――

ヒルデ　どんなこと？

リングストラン　今言ったこと。

ボレッテ　お父さんだ。
ヒルデ　へっ——かまやしない！
ボレッテ　ヒルデ！　人に聞こえるわよ！
ヒルデ　またねムッシュウ！　やり手婆あによろしく。
リングストラン　ありがとうございます。喜んで。
ボレッテ　さようなら、リングストランさん。ごめんなさいね。そのうちお暇があったら、——一度ゆっくり、よろしければ——
リングストラン　いえ、じゃ失礼します。
ヒルデ　なんのことか全然わかんない。

(2)

ヴァンゲル　そうら、お父上のご帰館ご帰館——
ボレッテ　お帰りなさい。よかった。
ヒルデ　今日はもうずっと暇、お父さん？
ヴァンゲル　いやいや。まだうちでする仕事がある。アーンホルムは、もう来てる？
ボレッテ　ええ、ゆうべいらしたって。ホテルに聞いたの。
ヴァンゲル　まだ会ってない？
ボレッテ　ええ。でも、朝のうちにいらっしゃるでしょ。
ヴァンゲル　うん。
ヒルデ　お父さん、あそこ見て。
ヴァンゲル　ああ見てるよ。——豪勢だ。
ボレッテ　とてもきれいでしょ？
ヴァンゲル　うんまったく。——あの——家には、だれもいない？
ヒルデ　ええ、あの人は外——
ボレッテ　お母さん海に行った。
ヴァンゲル　おまえたち、今日一日こうやっておくつもり？　旗も、一日中？
ヒルデ　もちろんでしょ。
ヴァンゲル　ふん——まあね。しかし——
ボレッテ　これはみんなアーンホルム先生のため、ね。昔のお友だちが久しぶりにいらっしゃるんですから——
ヒルデ　ほんと——あの人、ボレッテの先生だったんでしょお父さん！
ヴァンゲル　まったくずる賢い二人組だ——。しかし——ヒルデ、それは診察室に——いや、お父さんは好きじゃないなこういうやり方。毎年こんな具合に——なんて言うか——そりゃほかにしようはないが——
ヒルデ　あれ、向こうにくる人、きっと先生よ。
ボレッテ　ま、何言ってんの！　あんな中年じみた人、先生のはずないでしょ！
ヴァンゲル　いやそうだよ。彼だよ！
ボレッテ　ほんとだ。まさか——！

（3）

ヴァンゲル　ようこそアーンホルム！　やっと古巣に戻って来た。

アーンホルム　ヴァンゲル先生、ごきげんよう！　これは、お子さんたち？　全然分からない。

ヴァンゲル　そうだろう。

アーンホルム　ああ、もしかして、ボレッテ――そうボレッテだ。

ヴァンゲル　もう九年たつからね。何もかも変った。

アーンホルム　そうは見えないけど。まあ、木立はかなり大きくなった――あずまやもできてる――それだけですよ。

ヴァンゲル　外側はね――

アーンホルム　それに、もちろんお嫁入り前のお嬢さんがふたり。

ヴァンゲル　嫁入り前はひとりだけ。

ヒルデ　お父さんったら！

ヴァンゲル　ヴェランダに座ろう。ここの方が涼しい。さあ、どうぞ。

アーンホルム　いやどうも、それじゃ。

ヴァンゲル　まだ旅の疲れ？　なんだか緊張してるみたい――

アーンホルム　なんでもありません。この町にしばらくいれば――

ボレッテ　ソーダ水でも用意しましょうか？　今に暑くなってくる。

ヴァンゲル　ああそれがいい。それからコニャックも。

ボレッテ　コニャックも？

ヴァンゲル　少しだけ。お望みかもしれないから。

ボレッテ　ええ！　ヒルデ来てちょうだい。

アーンホルム　ほんとにきれいなお嬢さんになったふたりとも。

ヴァンゲル　うん、そう思う？

アーンホルム　ええ、特にボレッテには驚いた。ヒルデもだけど。――ずっとここに住むおつもり？

ヴァンゲル　まあ、わたしはここの生まれだから。――昔はよかった妻といっしょに。君がいたころはまだ元気だった。

アーンホルム　ええ。

ヴァンゲル　今も、新しい妻と幸せにやってる。まあ、一般的に言えば、わたしは幸運な男のほうだろうね。

アーンホルム　今の奥さんとは、お子さんは？

ヴァンゲル　息子がいた、もう二年、いや三年になるか、四か月で亡くなった。

アーンホルム　奥さん、いらっしゃらないんですか？

ヴァンゲル　いるよ。もうすぐ帰ってくるだろう。下に泳ぎにいってる。毎日欠かさない、降っても晴れても――

アーンホルム　どうかされたんですか？

ヴァンゲル　いや別に。ただ、この二、三年、どうも神経が――ときどきなんだが。本当に、どこが悪いのかわたしにもよく分からない。泳ぎに行くのが生きがいみたいなんだ。

アーンホルム　昔からそうだった。覚えてます。

ヴァンゲル　そう、君も知ってたエリーダを――あの頃の。あのショルヴィーケンで先生をしてたから。

アーンホルム　ええ、よく牧師館に遊びに来てました。父親と灯台に住んでた。

ヴァンゲル　あの頃のことが心に染み込んでるんだ。町の連中にはそれが分からない。だから、妻を《海夫人》なんて呼んでる。

アーンホルム　海夫人？

ヴァンゲル　うん。だから――昔の話をしてやってくれないか。彼女にはそれがいちばんいいんじゃないかと思う。

アーンホルム　何か理由でも？

ヴァンゲル　ああ。

（4）

エリーダの声　ヴァンゲル！

ヴァンゲル　ああ、人魚姫のお帰りだ！

エリーダ　あなたがいてよかった！　いつ戻ったの？

ヴァンゲル　ついさっき、ほんの二、三分前。ほら、昔のお友だち、挨拶しないの。

エリーダ　あなた。ようこそ！　家にいなくてごめんなさいね――

アーンホルム　いやいやそんなこと――

ヴァンゲル　今日海はどうだった。気持ちよかった？

エリーダ　気持ちいい！　ここはだめ、生暖かくてぞくっとする！　フィヨルドじゃ海は病気よ。

アーンホルム　病気？

エリーダ　そう、病気。人も病気になる。

ヴァンゲル　ところが観光局ご推奨の海水浴場ってわけだ――

アーンホルム　どうも、海のことになると奥さんは特別ですね――

エリーダ　そうかもね。あらごらんなさい。子どもたちがあなたのためにこんなに飾って、大歓迎。

ヴァンゲル　ふん――

アーンホルム　ぼくのためですか――？

エリーダ　もちろん。こんなこと、毎日はしない。ふっ――むしむしする！　こっちにいらっしゃい！　ここの方が風が通る――

ヴァンゲル　エリーダ、しばらくおもてなしをしててくれないか。
エリーダ　お仕事？
ヴァンゲル　そう。それからちょっと着替えしてくる。長くはならない――
アーンホルム　どうぞごゆっくり。奥さんとふたりでよろしくやってます。
ヴァンゲル　うん、――よろしく。

(5)

エリーダ　このあずまや、わたしのなの。ヴァンゲルがわたしのために作ってくれたの。
アーンホルム　よくここにいらっしゃるんですか？
エリーダ　ええ、昼は大方ここに座ってる。
アーンホルム　お子さんたちも？
エリーダ　いいえ――あの子たちはヴェランダの方。
アーンホルム　ヴァンゲル先生は？
エリーダ　ヴァンゲルは行ったり来たり。わたしのところにいるかと思うと、子どもたちの方へ。
アーンホルム　それが――あなたのお好み？
エリーダ　それがいちばんいいとみんな思ったみたい。お互い話もできるし――しようと思えば。
アーンホルム　あの田舎――ショルヴィーケン――もうずいぶん前ですね――
エリーダ　あなたがいらしたのは、もう十年前。
アーンホルム　そう、それくらいたつ。灯台に住んでた頃のあなたは――！　牧師は、あなたを異教徒と言ってた、お父さんのつけた洗礼名が、船の名前だったから
――
エリーダ　ええ。
アーンホルム　それが、今ここで、ヴァンゲル夫人としてお目にかかるとは――夢にも思わなかった。
エリーダ　そう、あの頃ヴァンゲルはまだあそこに来ていなかった。あの子たちの本当の母親も元気だったし。
アーンホルム　そう。でももし――彼が独りものだったとしても――こうなるとは思いもしなかった。
エリーダ　わたしだって全然――あの頃は。
アーンホルム　ヴァンゲル先生はいい人。尊敬に値する。だれにでも親切で優しい――
エリーダ　ええ！
アーンホルム　でも、あなたとは、別種の人間だ。
エリーダ　そう、おっしゃるとおり。
アーンホルム　じゃどうして？　どうして――
エリーダ　まあ、そんなこと聞かないで。なんて言っていいか分からない。分かったとしても、あなたにはきっと理解できない。

アーンホルム　ぼくのこと——話してる？　その、もちろんだめだったってこと結婚申し込みは——ぼくは——どうにも気持ちを抑えられなくて申し込んだけど——
エリーダ　そんなこと、もちろん話してない——
アーンホルム　よかった。もしかしてと思って少し心配だった——
エリーダ　そんな心配はご無用。あの人には本当のことを言っただけ。わたし、あなたのことが好きだったし、あそこでいちばんいいお友だちだった。
アーンホルム　ありがとう。でもそれじゃ——どうして一度も手紙をくれなかったの？
エリーダ　いやな思いをさせたくなかった——断られた女から手紙なんか来たら古傷にさわるでしょ。
アーンホルム　ええ、多分おっしゃるとおり。
エリーダ　でも、あなたはどうして手紙をくださらなかったの？
アーンホルム　ぼくの方からはじめに？　あんなにはっきりと断られたのに？
エリーダ　そうね、分かる。——その後ずっとお独り？
アーンホルム　思い出を忠実に守ってきました。
エリーダ　ばかな！　昔の思い出なんかすてなさい。それより、幸せな結婚のことを考えた方がいい。
アーンホルム　それじゃ急がないと。ぼくはもう三十七。
エリーダ　まあ、ほんとに急がなくちゃ。——でも教えてあげるアーンホルム——あのとき死んでも口にできなかったこと——
アーンホルム　何？
エリーダ　あのとき、あなたが結婚を申し込んできたとき——わたし、ほかに答えようがなかったの。
アーンホルム　分かってる。ぼくには友情しか持ってなかった。
エリーダ　でも、わたしの心も体も別の方を向いていたことは知らなかったでしょう。
アーンホルム　あの頃？
エリーダ　ええ。
アーンホルム　まさか。思い違いでしょう！　あの頃まだヴァンゲル先生とは会ってなかったはずですよ。
エリーダ　ヴァンゲルのことじゃない。
アーンホルム　先生じゃない？　でも、あの頃——ショルヴィーケンにそんな男はひとりもいなかった。
エリーダ　えええ、そう、何もかもほんとに変だった。
アーンホルム　もっと詳しく話して！
エリーダ　まあ、あの頃わたしはもう約束ずみだったってこと、それだけ知ってくだされればいいの。
アーンホルム　で、約束ずみでなかったら、ぼくへの返事も変わってた？

エリーダ　そんなこと分からない。
アーンホルム　じゃ、こんな話、ぼくになんになるっていうんです？
エリーダ　心を打ち明けられる人がほしいの。いえ、座ってて。
アーンホルム　先生は何も知らない？
エリーダ　わたしの心が昔、別の人のところにあったことは話した。でも、それ以上聞こうとはしないの。だからそのあとは話したことがない。それに、ほんとにばかげたことだったし――ある点では。
アーンホルム　どういう点で？
エリーダ　アーンホルム、ほんとにわけが分からない。どう言っていいか。わたし病気だったの。それとも気が違ってたか。
アーンホルム　奥さん――本当に全部、話して。
エリーダ　ええ！　でもこんなこと、どう説明したらいいか――だれか来る。

(6)

エリーダ　子どもたちを探していらっしゃるの、リングストランさん！
リングストラン　奥さん。いいえ、お嬢さん方じゃなくて、奥さんなんです、お祝いごととかいうことで――
エリーダ　あら、ご存じだったの？
リングストラン　ええ。それで、失礼もかえりみず、これを差し上げたいと思いまして――
エリーダ　リングストランさん、それ、アーンホルム先生にでしょ。先生なんですから、その――
リングストラン　すみません――ぼく、こちらを存じ上げてないもので。その、お誕生日とうかがったものですから――
エリーダ　誕生日？　何かの間違いよリングストランさん。今日、うちには誕生日の人はだれもいない――
リングストラン　ああ分かってます。秘密だったんですね。
エリーダ　何が？
リングストラン　奥さんの――お誕生日だってこと。
エリーダ　わたしの？
アーンホルム　今日が？　そんなことないでしょ。
エリーダ　どうしてそう思ったの？
リングストラン　ヒルデさんから聞きました。今朝、お花を飾ったり旗をあげたりしているのはどうしてなのか。
エリーダ　ええ？
リングストラン　ヒルデさんが言われたんです。今日はお母さまの誕生日だって。
エリーダ　お母さまの――！　なるほど。

アーンホルム　ああ！　もう知られてしまったんですから奥さん――
エリーダ　そうね、それならまあ――
リングストラン　お祝い申し上げてよろしいでしょうか――
エリーダ　どうもありがとう――どう、ちょっとお座りになったら――ご機嫌はいかが？　前よりよくなったように見えるけど。
リングストラン　ええ、ぼくもそう思います。それで来年は多分、南に行きます――
エリーダ　そんなことをうちの子どもたちも言ってた。
リングストラン　ベルゲンに親切なパトロンがいて、来年は援助してやるって約束してくれたんです。
エリーダ　どうやってその方とお知り合いになったの？
リングストラン　運がよかったんです。以前、その人の船に乗ってたことがあったので――
エリーダ　そう？　海はお好き？
リングストラン　いいえ全然。でも、母が亡くなってから、ぼくは家でごろごろしてたんです。で、父はそれを嫌ってぼくを海に出した。ところがその航海の帰り途、船はイギリス海峡で難破してしまった、それが幸運でした。
アーンホルム　どうして？
リングストラン　だって、難破したおかげでこの病気になったんですから。この胸の。救助されるまで長いあいだ冷たい海につかってましたから氷のような。それで、それ以来海はだめということになったんです――大変な幸運でした。
アーンホルム　そう？
リングストラン　だって、病気といったって全然たいしたことないんですから。今は、前からなりたかった彫刻家になれる。そう――粘土で形を作っていく、指の間で、自由自在に！
エリーダ　どんなもの作るの？　人魚とか？　ヴァイキングとか？
リングストラン　いいえ、そんなんじゃありません。できたら大きな作品――
エリーダ　どんな？
リングストラン　ぼく自身が経験したこと。
アーンホルム　ああ――それがいちばんいい。
エリーダ　どんなこと？
リングストラン　こういうんです――若い船乗りの奥さんが眠ってる、不安にかられて夢を見てる――それは、見る人だれにも分かるものしたいと思ってます。
アーンホルム　ほかにはだれもいないの？
リングストラン　いますもうひとり。いや、幻影というか。彼女の夫なんですが、彼の留守中に奥さんは不実を働いたんです。夫は海で溺れ死んだ。

アーンホルム　どうして――！

エリーダ　溺れ死んだ？

リングストラン　ええ。航海中に溺れたんです。でも不思議なことに、彼はやっぱり家に戻ってくる。夜ベッドのそばに立って、彼女をみつめています。彼は海から引き上げられたみたいにびしょ濡れで。

エリーダ　不思議な話。目に見えるみたい。

アーンホルム　しかし君は、何か自分の経験だって言ったでしょう。

リングストラン　そうです。――これは経験なんです。文字どおりの経験じゃありませんが、でもやっぱり――

エリーダ　話してちょうだい！　知りたい。

アーンホルム　海の匂いがする、奥さんにもってこいの話だ。

エリーダ　どうしてそうなったの？

リングストラン　ええ。ぼくは、ハリファクスという町から航海に出たんです。ところが水夫長が病気で倒れたもので、かわりにアメリカ人がひとり雇われたんです。この新しい水夫長は――

エリーダ　アメリカ人？

リングストラン　――ええ。彼はある日、船長から古新聞の束を借りてきました。ノルウェー語の勉強をしたいといって。

エリーダ　それで！

リングストラン　その晩は大しけでした。みんな甲板に出ていましたが、水夫長とぼくだけが船室に残ってたんです。彼は足をくじいて歩けなかった。ぼくは気分が悪くてベッドに横になってました。彼はキャビンに座って、古新聞の一つを読み始めたんです――

エリーダ　ええええ！

リングストラン　静かに読んでたんですが、そのうち、何かうめき声のようなものが聞こえました。見てみると、彼は真っ青な顔をして、新聞をくしゃくしゃにすると切れ切れに引き裂きました。それをまったく静かにやったんです。

エリーダ　何も言わずに？

リングストラン　すぐには。でも、少したってから、ひとり言のように言ったんです、結婚した。ほかの男と。おれの留守のあいだに。

エリーダ　そう言った？

リングストラン　ええ。それを完全なノルウェー語で言いました。語学の才能があったんですね、あの男。

エリーダ　それで？　それからどうなったの？

リングストラン　それから、あれは決して忘れられない。

彼はこう言いました——それも、まったく静かな調子で。しかし彼女はおれのものだ、彼女はおれについてくる、おれが黒い海から彼女をつれに戻って行けば。

エリーダ　ああ——むしむしする——

リングストラン　はっきりと、断固とした調子でそう言ったので、たしかにそうするに違いないと思いました。

エリーダ　その人、それでどうなったか——知ってる？

リングストラン　あの男はもう生きてはいません。

エリーダ　どうして！

リングストラン　だって、そのあとに船は沈んだんです。

エリーダ　その後、何も聞いてないの？

リングストラン　何ひとつ。でも、それだからどうしてもこれをモチーフにした作品を作りたいんです。不実な船乗りの妻のところに、溺れ死んだ復讐者が海から戻ってくる。まざまざと目に浮かびます。

エリーダ　わたしも。ここはむしむしする——中に入りましょう。

リングストラン　ぼくは失礼します、ちょっとお誕生日のお祝いに寄っただけですから。

エリーダ　じゃさようなら。お花をどうもありがとう。

（7）

アーンホルム　ずいぶんひびいたようですね。

エリーダ　ええ、でも——

アーンホルム　でも予想はしてた。

エリーダ　予想！

アーンホルム　ええ。

エリーダ　戻ってくるって——あんな風に戻ってくるって！

アーンホルム　何を言ってるんです——！　あのおかしな彫刻家の話——？　ぼくはてっきり——

エリーダ　なんだと思ったの？

アーンホルム　あなた、ごまかしたけど、秘密のお祝いで傷ついたんだとばかり。ご主人とお子さんたちが昔を思い出してあなたをのけものにしてる——。

エリーダ　そんなのあたりまえ。わたしは夫をひとり占めしようなんて思ってないし、そんな権利もない。

アーンホルム　そうですか。

エリーダ　ええ、そういうこと。わたしの方も人をしめ出しているところがある。

アーンホルム　あなたが！　それはつまり——ご主人を本当には愛していないってこと！

エリーダ　いえいえ——心から愛するようになった！　それだからたまらない——とても口には言えない。

アーンホルム　心配ごとは全部話してください！　いいですか奥さん？

エリーダ　今はだめ、とにかく。多分あとで。
ボレッテ　お父さんが来ます。みんないっしょに座りませんか?

(8)

ヴァンゲル　さあ! わたしは自由だ! 冷たい飲み物で、すかっとしよう。
エリーダ　ちょっと待って。
ヒルデ　まあきれいなお花! どこでもらったの?
エリーダ　彫刻家のリングストランから。
ヒルデ　リングストラン?
ボレッテ　リングストランが来たの――また?
エリーダ　ええ、これを持ってきた。お誕生日のお祝いに。
ボレッテ　ああ――!
ヒルデ　ばかなやつ!
ヴァンゲル　ふん――。いや、あの――それは、その、エリーダ――
エリーダ　さあいらっしゃい! このお花も、いっしょに生けましょう。
ボレッテ　ね、本当は優しいのよ。
ヒルデ　猫っかぶり! お父さんに取り入ってるだけ。
ヴァンゲル　ありがとうありがとうエリーダ!
エリーダ　ばかな――わたしもいっしょにお祝いしちゃいけないの――お母さまのお誕生日?
アーンホルム　ふん――。

第二幕

(町はずれにある展望台)

(1)

ボレッテ　どうしてリングストランをおいてきたの?
ヒルデ　登り坂をあんなにゆっくり、我慢できない。ほら、這い這いしてる。
ボレッテ　あの人悪いの、知ってるでしょ。
ヒルデ　そんなに悪いの?
ボレッテ　そう思う。
ヒルデ　今日、お父さんが診たんでしょ。なんて診断したのかな。
ボレッテ　胸がだいぶんだめになってるって。そう長くは生きられないだろうってお父さん言ってた。
ヒルデ　そう! 思ってたとおり。
ボレッテ　でも、そんなことおくびにも出しちゃだめよ。
ヒルデ　大丈夫。ほら――やっとハンスが登ってきた。見るからに、ハンスってとこじゃない?
ボレッテ　いい? 分かった?

（２）

リングストラン　いっしょについてけなくて、ごめんなさい。

ヒルデ　パラソル持ってきたの？

リングストラン　これ、お母さまのなんです。杖代わりに使いなさいって。ぼく、何も持ってないもんだから。

ボレッテ　まだ下、あの人たち？　お父さんとほかの――？

リングストラン　ええ。お父さまは、ちょっと一杯やりに行かれて。ほかの人たちは音楽を聴いてます。でも、そのうちに登っていくって、お母さまが言ってらした。

ヒルデ　ずいぶん疲れたみたいね。

リングストラン　ええ、なんだか力が出なくて。少し休んだ方がいい。

ヒルデ　そのうち、下の会場でダンスが始まる。知ってる？

リングストラン　ええ。

ヒルデ　ダンスって面白いと思わない？

リングストラン　ええ、ダンス、したいですね――踊れれば、なんですが。

ヒルデ　習ったことないの？

ボレッテ　ヒルデ――リングストランさんに、少し息をつかせてあげなさいよ。

リングストラン　ええ。でも、そういうことじゃないんです。胸のせいで踊れない。

ヒルデ　胸の陰りってこと？

リングストラン　そう。

ヒルデ　陰りがあるの悲しい？

リングストラン　いいえ、そんなことありません。これのおかげでみんなぼくに親切にしてくれるし、いろいろ面倒をみてくれる。

ヒルデ　それに、たいした病気じゃないんだし。

リングストラン　そう全然。お父さまに診ていただいて分かりました。

ヒルデ　旅に出ればすぐに直る。

リングストラン　そうなんです。すぐ直ってしまいます。

ボレッテ　リングストランさん――これをボタンの穴にさしておいたら、どう？

リングストラン　ありがとう！　なんて優しい。

ヒルデ　あの人たちやって来る。

ボレッテ　どこで曲がるのか分かるかしら。ああ、違う方に行ってしまう。

リングストラン　ぼく、ひとっ走りして、呼んできましょう。

ボレッテ　やめた方がいい。また、疲れるだけよ。

リングストラン　下りは楽ですよ。

（3）

ヒルデ　ええ、下りは楽。飛んでく！　もう一度登らなくちゃならないのを忘れて。

ボレッテ　かわいそうに——

ヒルデ　リングストランが結婚を申し込んできたら、うんて言う？

ボレッテ　頭どうかしたんじゃない？

ヒルデ　もちろん、胸の陰りがなければだけど。もうすぐ死ぬんじゃないんだったら承知する？

ボレッテ　あなたが結婚すれば。

ヒルデ　まさか。一文無しよ。自分ひとりだって養えない。

ボレッテ　それじゃ、どうしていつもあの人のことかまってるの？

ヒルデ　それはあの陰りのせい。

ボレッテ　同情してるの。ちっとも知らなかった。

ヒルデ　同情、冗談でしょ。でもすごい誘惑にかられる。

ボレッテ　どんな？

ヒルデ　大した病気じゃないって言うのを黙って聞いてること。外国に行って芸術家になるんだっていう。信じ切ってる、自己満足。ところがそうはならない決して。もう長くは生きられない。そう思うとぞっくぞくしてくる。

ボレッテ　ぞくぞく！

ヒルデ　ええ、面白くって、ぞっくぞくしてくる。

ボレッテ　なんてこと、ひどい人！

ヒルデ　結構。ああ、やっと来た！　アーンホルムは山登りが好きじゃないみたい。そうそう——食事のときアーンホルムの何を見つけたと思う？

ボレッテ　何？

ヒルデ　あのね——あの人、髪の毛薄くなりかけてる——てっぺんが。

ボレッテ　ばかな！　うそよ。

ヒルデ　ほんとよ。それに目尻に皺ができてる。まったく、あんな人にあなた、夢中だったなんて！

ボレッテ　ほんと、考えられる？　一度なんか、ボレッテっていやな名前だと言われておいおい泣いたの覚えてる。

ヒルデ　ほんとにね！　まあ、見て！　《海夫人》がやってくる、あの人と一緒に。お父さんとじゃなくて。——あのふたり、気があるんじゃない。

ボレッテ　恥ずかしくないのヒルデ。お母さんのことよくそんな風に言えるわね？　わたしたち今とても上手くいってるのに——

ヒルデ　おばかさん！　上手くいくなんてとんでもない。あの人とは全然合わない。お父さん、どうして家につれて来たのかほんとに不思議！――ある晴れた日に、あの人の気が狂ってもわたし驚かない。
ボレッテ　気が狂う！
ヒルデ　あの人のお母さんおかしかったのよ。狂い死に。わたし知ってる。
ボレッテ　なんにでも鼻をつっこむ知りたがりやさん。でもそんなこと言っちゃだめよ。お父さんのために。分かったヒルデ？

（4）

エリーダ　あの、ずっと向こうに――！
アーンホルム　ええ。
エリーダ　――海がある。
ボレッテ　ここ、いいところでしょう？
アーンホルム　素晴らしい眺めだ。
ヴァンゲル　そう、ここは初めてだった？
ボレッテ　向こうからだともっと素晴らしい。
ヴァンゲル　あそこまで行こうかエリーダ？
エリーダ　いいえ結構。あなたたち行ってくれれば。わたしはここで待ってます。
ヴァンゲル　それじゃ、わたしもここにいよう。
ボレッテ　いっしょにいらっしゃる先生？
アーンホルム　うん喜んで。道はあるの？
ボレッテ　もちろん。ちゃんとした広い道。
ヒルデ　広くて、ふたりで腕を組んでも十分歩ける。
アーンホルム　ほんとかな？　試してみようか？
ボレッテ　ええ、試してみましょう。
ヒルデ　あたしたちも行く？
リングストラン　腕を組んで――？
ヒルデ　あたしはかまわない。
リングストラン　これは、滑稽だけど面白い。
ヒルデ　滑稽――？
リングストラン　だって、これじゃ、婚約してるみたいでしょ。
ヒルデ　あなた、女の人と腕を組んで歩いたことないの？
リングストラン　ふん。

（5）

ヴァンゲル　やっと二人きりだエリーダ――
エリーダ　座らない？
ヴァンゲル　静かだ。少し話をしよう。
エリーダ　なんの話？
ヴァンゲル　君の話、いや、お互いのこと。エリーダこんな風につづけていくことはもうできないよ。
エリーダ　じゃどうしたらいいの？
ヴァンゲル　以前のように、信頼しあって――！

エリーダ　そうできたら！　でもだめ。
ヴァンゲル　君のことは分かってるつもりだ。
エリーダ　あなたに分かりっこない！
ヴァンゲル　いや分かるよ。君は二度目の妻になるような女じゃない。
エリーダ　どうして今ごろになって？
ヴァンゲル　前からなんとなく感じてた。それが今日はっきり分かった。子どもたちの思い出――。わたしも共犯者だと言うんだろう――。そう――思い出は消すことができない。
エリーダ　分かってる。
ヴァンゲル　君は、子どもたちの母親がまだ生きてる、わたしの心が、君と彼女で二分されている、そう思ってるだろ。それでいらだってる。わたしに何か不純なものを見てる。だからだろうもう夫婦の生活ができないのは――したくないのは。
エリーダ　分かるって、そういうことヴァンゲル？
ヴァンゲル　うん、今日はっきり分かった。
エリーダ　でも、違う。
ヴァンゲル　ほかにもある、それも分かってる。
エリーダ　ほかにもって！
ヴァンゲル　そう。君はここが耐えられない。山に押しつぶされてる。日がささない。空がない、空気がよどんで、強い風も吹かない。
エリーダ　それはそう。昼も夜も、夏も冬も――どうしようもなく海にホームシックを感じる。
ヴァンゲル　分かるよエリーダ。かわいそうに病める子は、故郷に戻るのがいちばんいい。
エリーダ　どういうこと？
ヴァンゲル　言ったとおり――住まいを移す。
エリーダ　移す！
ヴァンゲル　そう。広い海の近く――君の故郷に。
エリーダ　そんなこと無理よ。あなたほかの土地では暮らしてはいけない。
ヴァンゲル　やってみるしかない。
エリーダ　あなたの生きがいはみなここにあるんでしょ。
ヴァンゲル　やってみるしかない。もう決めたことだ。
エリーダ　でも、それでどうなるの？
ヴァンゲル　君はまた、落ち着いた心と健康を取り戻す。
エリーダ　でもあなたは？　自分のことも考えてちょうだい。あなたはどうなるの？
ヴァンゲル　わたしは、また君を自分のものにする。
エリーダ　ああ、だめ、だめなのヴァンゲル！　それなの、恐い――考えただけでも恐い。
ヴァンゲル　やってみるしかない――ここを出るしか道はない。早ければ早いほどいい。

エリーダ　だめよ！　それじゃ、もう洗いざらいお話しする。どうしてこうなったか――
ヴァンゲル　うん――話してくれ――
エリーダ　できるだけ上手く――分かってることはみんな。――ここに座って。
ヴァンゲル　それで――？
エリーダ　あの日、あなたがいっしょになりたいと言ったとき――あなた、最初の結婚のことを何もかも話してくれた。とても幸せな結婚だったって。
ヴァンゲル　実際そうだった。
エリーダ　えええええ、そうだと思う。それでわたしも正直に言った。わたしは一度、別の人を好きになったことがあるって。一種の――婚約まで行ったって。
ヴァンゲル　一種の――？
エリーダ　ええ、でも彼は旅に出て、わたしはそれを解消した。
ヴァンゲル　しかし、どうして今またそれを持ち出すんだ？　わたしには全然関係ない。その男がだれなのかたずねさえしなかった。
エリーダ　そうね、あなたはいつも気を使ってくれる。
ヴァンゲル　まあ、だいたいだれだか見当はつくしね。
エリーダ　だれか！
ヴァンゲル　あそこで考えられそうな男はそうたくさんいなかった。もっと正確に言うと、たったひとりしかいなかった――
エリーダ　あなた――アーンホルムのことを言ってるのね。
ヴァンゲル　そうじゃない――？
エリーダ　違う。
ヴァンゲル　違う？　それじゃ分からない。
エリーダ　覚えてない？　あの年、秋も深まってから、大きなアメリカの船が修理のために港に入ってきたことがあった。
ヴァンゲル　うん、覚えてる。あの船の船長が殺された。検死をしたのはわたし。
エリーダ　そうだった。
ヴァンゲル　殺したのは二等航海士。
エリーダ　でも証拠は何ひとつなかった。
ヴァンゲル　じゃ、どうして彼は海に飛びこんで死んだんだ？
エリーダ　死んではいない。あの人、別の船に乗って逃げた。
ヴァンゲル　どうして分かる？
エリーダ　ええヴァンゲル――その二等航海士なの、わたしが――婚約したのは。
ヴァンゲル　まさか、そんなこと！

エリーダ　そう、あの人だったの。
ヴァンゲル　しかしエリーダ、いったいどうしてそんな！　あんな男と婚約！　見ず知らずの男と！――なんて名前だ？
エリーダ　あのときは、フリーマンと言ってた。あとで手紙をよこしたときは、アルフレッド・ヨーンストンと書いてた。
ヴァンゲル　どこの男だ？
エリーダ　フィンマルク――生まれはフィンマルクだって。子どものとき、父親といっしょにあちこち移り住んだらしい。
ヴァンゲル　流れ者か。
エリーダ　ええ、そう呼ばれる。
ヴァンゲル　ほかに知ってることは？
エリーダ　早くから船乗りになったって。いろんなところに行ったらしい。
ヴァンゲル　それだけ？
エリーダ　ええ。普通の話は全然しなかったから。
ヴァンゲル　じゃ、なんの話をしたんだ？
エリーダ　海の話。
ヴァンゲル　ああ――
エリーダ　嵐の海、静かな海。真っ暗な夜の海、きらめく太陽に照らされた海。それから、よく話したのは鯨の話やイルカの話、それに、真昼の太陽の下で岩に身を横たえるアザラシの話。カモメとかワシとか海鳥のことなんかも。――そんな話をきいてると、なんだか海の獣も鳥もあの人の仲間のように思えた。そう、わたしもそういう動物の仲間になった気がした。
ヴァンゲル　それで婚約したってわけ？
エリーダ　ええ。あの人がそうすべきだと言った。
ヴァンゲル　すべき？　自分の意志じゃなかった？
エリーダ　あの人がそばにいると自分の意志がなくなる。あとになると理解できないんだけど。
ヴァンゲル　よくいっしょだった？
エリーダ　いいえ、しょっちゅうというわけでは。ある日うちに灯台を見に来た。それで知り合ったの。そのあと、ときどき会って、それから、あの船長の殺人事件がおきた。それであの人、旅に出なくちゃならなくなって。
ヴァンゲル　それで？
エリーダ　朝早く、空が白みかけたころ――伝言があったの。岬にいるから来てくれって。灯台と港の間にある岬、知ってるでしょ。
ヴァンゲル　もちろん――
エリーダ　あそこにすぐに来てくれって。話したいことがあるからと言って。

ヴァンゲル　それで行ったのか？

エリーダ　ええ。そしたらあの人、夜に船長を刺したって言った。

ヴァンゲル　自分でそう言った！

エリーダ　ええ。でも、正しいことをしたんだって——

ヴァンゲル　正しいこと？　刺した理由は？

エリーダ　それは言わなかった。わたしに聞かせることじゃないって。

ヴァンゲル　彼の言ったことをそのとおり信じたのか？

エリーダ　ええ、外には考えられなかった。でも旅に出なくちゃならないって。わたしに別れを言いたくて——。ああ、そのあとなの、あの人が言い出したこと——

ヴァンゲル　なんだ？

エリーダ　あの人、ポケットからキーホルダーを出して、いつも指にはめてた指輪を抜いた。わたしのはめてた小さな指輪も抜いて、二つをいっしょにキーホルダーにつけるとこう言った。わたしたちふたり、今、海に誓って結婚式をあげるんだって。

ヴァンゲル　結婚——？

エリーダ　そう。そうして、指輪をつけたキーホルダーを、海に向かって力のかぎり遠くに投げ込んだ。

ヴァンゲル　君は黙ってそれにしたがった？

エリーデ　ええ。どうしてだか——あのとき、そうするのが当然だと思えた。——でもありがたいことに——あの人は旅立った！

ヴァンゲル　それで——？

エリーダ　もちろんわたしはすぐ正気に戻った。あんなことみんなばかげたことだったって気がついた。

ヴァンゲル　しかしそのあと、手紙が来たんだね？

エリーダ　ええ、最初はアルハンゲリスクからの短い手紙。アメリカに行くつもりだと書いてあった。返事の宛て先も。

ヴァンゲル　で、返事を出した？

エリーダ　すぐに。もちろん、ふたりのことは全部終わったって書いた。もうあなたのことは考えないからわたしのことも忘れてほしいって。

ヴァンゲル　それでも、また書いてきた？

エリーダ　ええ、また書いてきた。

ヴァンゲル　なんて？

エリーダ　まるでふたりの仲は全然変わってないみたいに、自分を待っててくれって、落ち着いた調子で書いてあった。いっしょになれるときがきたら知らせる。そのときは、すぐに来るようにって。

ヴァンゲル　君を離そうとしなかった。

エリーダ　それでわたし、もう一度書いた。最初とほとんど一字一句同じ言葉で。いいえ、もっと強い調子で。

ヴァンゲル　それで諦めた？
エリーダ　全然。前と同じ、落ち着いた様子で書いてきた。わたしが書いたことには一言もふれないで。それで、いくら書いてもむだだと思って、そのあとはもう手紙を出さなかった。
ヴァンゲル　彼からも来なかった？
エリーダ　いいえ、その後三度来た。一度はカリフォルニアから。次は中国から。最後は、オーストラリアからだった。金鉱に行くつもりだって。そのあとは一度も来ない。
ヴァンゲル　その男の力は、普通じゃないねエリーダ。
エリーダ　えええええ。ぞっとする！
ヴァンゲル　もうそれは考えないで。いいかエリーダ！これからは別の生活になる――このフィヨルドよりも新鮮な、塩気たっぷりの海の空気！
エリーダ　やめてちょうだい！　なんの役にも立たない。ここを出ても、これを消すことはできない。
ヴァンゲル　これって――何のこと？
エリーダ　ぞっとする、わたしの心をつかんでる、この、わけの分からない力――
ヴァンゲル　そんなものなくなってるとうの昔に。ずっと前に終わってる。
エリーダ　違うの！
ヴァンゲル　違う！
エリーダ　ええヴァンゲル――終わってない！　終わることは決してない。生きてるかぎり決して！
ヴァンゲル　君は、心の奥でその男を決して忘れられないと言うのか？
エリーダ　忘れた忘れたの。だのに、また戻ってきたのよ。
ヴァンゲル　いつ？
エリーダ　三年前。もう少し前。子どものお産のとき。
ヴァンゲル　ああそう――それで、何もかも分かってきた。
エリーダ　いいえあなた！　絶対に分からない。
ヴァンゲル　なんてこと――君は、この三年間、別の男を愛してたのか。わたしじゃなく――別の男を！
エリーダ　違う誤解よ。あなたのほかにだれも愛したりはしない。
ヴァンゲル　それじゃどうして、あのときからずっと妻であることを拒んできた？
エリーダ　それは、あの恐れのせい。
ヴァンゲル　恐れ――？
エリーダ　ええ、恐れ。ぞっとする、海の恐れ。今はそのことも話してあげるヴァンゲル――

（6）

ボレッテ　あら、まだここにいたの？
エリーダ　ええ、丘の上は涼しくていい気持。
アーンホルム　ぼくら下にダンスをしに行こうと思って――
ヴァンゲル　いいね。わたしたちもすぐに降りて行くよ。
ヒルデ　それじゃ、さいなら。
エリーダ　リングストランさん――ちょっと。あなたもダンス？
リングストラン　いいえ、ぼくは無理です。
エリーダ　ええ、気をつけた方がいい。まだ完全には直ってないんだから。
リングストラン　そうです。
エリーダ　あの、今朝話してくださった船旅のこと、どれくらい前でしたっけ――？
リングストラン　あれは、そう、ちょうど三年前。
エリーダ　三年前。
リングストラン　もう少し前かな。二月にアメリカを発って、三月に難破。春いちばんの嵐だったんです。
エリーダ　あのときも――
ヴァンゲル　しかしエリーダ――？
エリーダ　まあ、引きとめてごめんなさい。もういいの。でもダンスはだめよ。
リングストラン　ええ、見てるだけです。

（7）

ヴァンゲル　なんだい彼の船旅って？
エリーダ　その船にヨーンストンが乗ってた。
ヴァンゲル　どうしてそんな？
エリーダ　あの人、船の中でわたしが結婚したのを知ったの。あの人のいない間に。それで――そのとき、これがわたしにとりついた！
ヴァンゲル　恐れが？
エリーダ　ええ。突然あの人が立ってた、目の前に。ちょっと横に。あの人、決してわたしを見ようとしなかった。ただそこにいるだけ。
ヴァンゲル　どんな格好で？
エリーダ　最後に会ったときと同じ格好。
ヴァンゲル　十年前の？
エリーダ　ええ。岬で会ったときと同じ。胸につけてたブローチ、青みがかった白い大きな真珠、それがはっきりみえた。あの真珠、死んだ魚の目みたい。それがわたしをじっとみつめてた。
ヴァンゲル　エリーダ――！　君の病気は思ってたより重いらしい。
エリーダ　えええええ――助けてちょうだい！　わたしします

ます縛られていく気がする。

ヴァンゲル　そんな気持ちでこの三年間をすごしてきた。ひとりで苦しんで。打ち明けもしないで。

エリーダ　できなかったの！　あなたのために。でも、全部話した方がいいわね。これも――とても口にはできないような――。

ヴァンゲル　口にできない――？

エリーダ　だめだめだめ！　聞かないで！　でも一つだけヴァンゲル――どう説明したらいい、あれ――あの子の目の謎――？

ヴァンゲル　エリーダ、いいか、あれは君の想像だ。あの子の目はほかの子とちっとも違っていなかった。

エリーダ　いいえ違ってた！　あなた分からなかった？　あの子の目は海と同じ、一緒に色を変えた。フィヨルドが太陽に輝いたときはあの子の目も輝いた。嵐のときは嵐の色。――わたしには分かった、あなたには分からなくても。

ヴァンゲル　まあ――でも、そうだとしても、それで、どうなんだ？

エリーダ　同じ目を、前にも見たことがある。

ヴァンゲル　いつ？　どこで――？

エリーダ　岬で。十年前。

ヴァンゲル　エリーダ――！

エリーダ　あの子の目は、あの人の目だった。

ヴァンゲル　なんてこと――！

エリーダ　これで分かったでしょう、どうしてもうわたしに――夫婦の生活ができなくなったか！（去る）

ヴァンゲル　エリーダ――！　かわいそうに――

第三幕

（ヴァンゲル家の庭の一隅）

（1）

ヒルデ　しっ！　あそこに大きいのがいる。

リングストラン　どこ？

ヒルデ　あの下、あそこ！　まあ、こっちにも！　ああ――あの人。

ボレッテ　だれ？

ヒルデ　あなたの先生！

ボレッテ　わたしの――？

ヒルデ　ええ、あたしのじゃない。

アーンホルム　この池に魚がいる？

ヒルデ　すごい歳とった鯉が、何匹も。

アーンホルム　あの鯉まだ生きてる？

ヒルデ　ええ、頑丈なやつ、つかまえてやろうと思うの。

アーンホルム　釣りだったら、フィヨルドの方がいいんじゃない。
リングストラン　いいえ、池の方が――神秘的な感じがします。
ヒルデ　こっちの方がぞっくぞくする。――海に行ってたんですか?
アーンホルム　そう。
ヒルデ　背泳ぎできます?
アーンホルム　いや。
ヒルデ　あたしはできる。向こうに行こう。

(2)

アーンホルム　ひとり、ボレッテ?
ボレッテ　ええ、まあ。
アーンホルム　お母さんは?
ボレッテ　きっと父と出かけたんでしょう。
アーンホルム　なんの本?
ボレッテ　一冊は植物学、もう一冊は地質学。
アーンホルム　地質学?　そんな本読んでるの?
ボレッテ　ええ暇なとき――。でも家の仕事がいっぱいで。
アーンホルム　お母さんは手伝ってくれない?
ボレッテ　家事はわたしの仕事なんです。父が独りだった間ずっとやってましたから。今もつづいてる。
アーンホルム　それでも、読書欲も旺盛。
ボレッテ　ええ、世界のことも少しは知りたいし。ここじゃ世の中から取り残されてしまいます。
アーンホルム　そんなことはない。
ボレッテ　いいえ、わたしたちの生活は池の鯉とあまり変わらない。近くには海があって大きな魚がゆうゆうと泳ぎまわっているのに、ここじゃ飼い慣らされてそんなこと夢にも考えない。そんな生活は絶対に送れない。
アーンホルム　ここの生活、取り残されているとは言えないよ。少なくとも夏の間は世界中が集ってくる、人間のるつぼ――一時的にせよね。
ボレッテ　まあ、先生もその一時的な滞在者でしょ。わたしたちをだしにして、なんとでも言えます。
アーンホルム　だしにして――?　ひどいこと言うね?
ボレッテ　だって世界中が集まってくるとか、るつぼだとか、そんなの、何ひとつ本当じゃありません。白夜見物のために、世界がここを通りすぎて行くからって、わたしたちついて行くこともできない。白夜なんて見たこともない。ただ、昔からの池の生活で満足しているだけ。
アーンホルム　ねえボレッテ――君は何か――どうしてもやりたいと思ってることはないの?
ボレッテ　もちろんあります。

アーンホルム　どんなこと？

ボレッテ　いちばんの望みは、ここを出ること。それから、もっと勉強したい。いろんなことをもっと知りたい。

アーンホルム　ぼくが家庭教師してたとき、お父さん、大学まで行かせると言ってなかった？

ボレッテ　ええ、父はなんでもすぐに約束してしまうんです。でもいざとなると――決断がつかない。

アーンホルム　でも、そのことお父さんと話し合ったことはないの？

ボレッテ　実は、それもないんです。

アーンホルム　どうして？

ボレッテ　わたしにも決断がつかない本当言うと。それに、父は、わたしの将来を考える暇なんかないんです。エリーダのことにかかりっきりで――

アーンホルム　だれだって――？

ボレッテ　あの人――父と母は自分たちのことしか頭にない、お分かりでしょう。

アーンホルム　それじゃなおのこと、君が出ていくのはいいことだ。

ボレッテ　ええ、でもわたし父をおいてくのは、なんだか心配で。

アーンホルム　心配――？　お母さんがいるでしょう？

ボレッテ　でもあの人上手くできないんです。気のつかないことが多すぎて。それとも、つきたくないのかも――あるいは気にしないのか。わたしには分かりません。

アーンホルム　君の言うのは分かる。

ボレッテ　――父は意志が弱くて、つい負けてしまうんです。多分お気づきでしょう。医者の仕事はそう忙しいというわけじゃないんですけど、いつもまわりに笑顔を見てないと気がすまない。いつも晴々した顔を。だから、あの人にしょっちゅう薬を飲ませる。長い目で見ると決していいはずないんですけど。

アーンホルム　そう思う？

ボレッテ　だってあの人、ときどきとても変なんです。――こんな風にわたしずっとうちにいなくちゃならないなんて、不公平でしょう！　これ父のためになるのかしら。わたしだって自分というものがあります！

アーンホルム　ねえボレッテ――そのこともっとよく話し合おう。

ボレッテ　わたしはこの古池で生きていくように作られてるんです。

アーンホルム　そんなことない。それは君次第だ。

ボレッテ　ほんとにそうだったら――！　わたしのこと父に話してくださらない？

アーンホルム　うん。しかしその前に君と率直な話をしたい。あっ！　またあとで。

（３）

エリーダ　ここがいい！　いい気持ち！
アーンホルム　散歩ですか？
エリーダ　ええ、ヴァンゲルとずっと遠くまで行ってきた。これから、ボートを出すの。
ボレッテ　座ります？
エリーダ　いいえありがとう。座らない座らない。
アーンホルム　陽気ですね。
エリーダ　いい気分！　幸せ！　あそこに大きな船？
ボレッテ　イギリス船きっと。
アーンホルム　外ブイのところに停まってる。
ボレッテ　半時間だけ。それからフィヨルドめぐりに行くんです。
エリーダ　そしてあしたは外海へ――外の広い大きな海。いいわね――一緒に行けたら！　ああ、そうできたら！
アーンホルム　外海に出たことは奥さん？
エリーダ　一度もない。フィヨルドの中だけ。
ボレッテ　ええ、わたしたちは陸で満足してなくちゃならない。
アーンホルム　まあ、われわれは陸の動物だから。
エリーダ　そうかしら。わたし全然そう思わない。
アーンホルム　思わない？
エリーダ　ええ。もし人間が最初から海の上で暮らしてたら――海の中でもいい――今とは全然違ってたでしょうね。もっと立派で幸せな生活。
アーンホルム　そう思う？
エリーダ　ええほんとに。
アーンホルム　まあね。でも、起こったことは起こったこと。われわれはある時、誤った道に入ってしまい、海動物とならずに陸動物になってしまった。今さら道を引き返すには遅すぎる。
エリーダ　それが悲しいかな真実。でも人間は何かそんなことを感じてるのだと思う。だからひそかな怒りとか悲しみを背負って生きてる。そうなの――わたしたちの憂鬱のいちばんの理由はそこにある。
アーンホルム　でもね奥さん――人間はそんなに憂鬱でしょうかね。むしろ逆じゃありませんか。大方の人間は生活を楽しんでる――
エリーダ　そうじゃない。その楽しみは――明るい夏の日の楽しみのようにみえて、やがて来る暗い日々のことが心の底にあるの。その思いが影をさしてる――雲の流れがフィヨルドに影を落とすように。明るく真っ青に輝いているかと思うと突然――
ボレッテ　そんなこと考えるのやめましょうお母さん、今日はとても陽気で幸せなんだから——
エリーダ　ええええ、ほんとにわたしってばかね。ヴァンゲルどうしたのかな。あんなにはっきり約束したのに来ない。きっと忘れたんだ。ねアーンホルムさん、ちょっと行って呼んできてくださらない？
アーンホルム　いいですよ。
エリーダ　すぐに来るようにって。もうあの人の顔が分からない
アーンホルム　顔が分からない？
エリーダ　いっしょにいないと、どんな顔だったか思い出せないの。——苦しくてたまらない。早く行ってきて！
ボレッテ　ごいっしょします。道が分からないでしょうから——
アーンホルム　いや、ぼくは——
ボレッテ　心配なの。遊覧船じゃないかって。
アーンホルム　遊覧船？
ボレッテ　船にはバーがあるでしょう——
アーンホルム　ああ！　じゃ行こう。

（4）

見知らぬ男　今晩はエリーダ！
エリーダ　ああ、あなた——やっと！
見知らぬ男　そう、やっと。
エリーダ　あなただれ？　だれか探してらっしゃるの？
見知らぬ男　そうだおまえ。
エリーダ　何！　どうしてそんな言い方！　だれをたずねてるって？
見知らぬ男　もちろんおまえだ。
エリーダ　ああ！　その目——目——！
見知らぬ男　やっと分かった？　おれはおまえがすぐに分かったよエリーダ。
エリーダ　その目！　そんな風にみつめないで！　叫ぶわよ！
見知らぬ男　心配するな。何もしない。
エリーダ　わたしをみつめないで！　言ったでしょ。
見知らぬ男　あのイギリス船で来た。
エリーダ　わたしになんの用？
見知らぬ男　できるだけ早く戻ると約束した——
エリーダ　出てって！　来ないで——！　ふたりのことはみんな終わったの、手紙に書いたでしょ！　みんな！　分かってるでしょ！
見知らぬ男　もっと早く来たかったんだができなかった。やっと来れた。このとおりエリーダ。
エリーダ　どうしたいの？　なんのために来たの？
見知らぬ男　おまえをつれに来た。
エリーダ　でもわたしは結婚してる！

見知らぬ男　知ってる。
エリーダ　それなのに来たの、わたしを――つれに！
見知らぬ男　そうだ。
エリーダ　ああ、この――恐れ恐れ――！
見知らぬ男　おまえその気がないのか？
エリーダ　そんな風にわたしをみつめないで！
見知らぬ男　その気がないのか。聞いてるんだ。
エリーダ　ないない！　そんな気はない、言ってるでしょ！　そんなことできない、勇気もない。
見知らぬ男　そうかエリーダ――じゃ行く前に一つだけ言わせてくれ。
エリーダ　来ないで！　近づかないで！　わたしに触らないで！
見知らぬ男　そんなに恐がることはない。
エリーダ　わたしをみつめないで！
見知らぬ男　心配しなくてもいい、心配しなくても。

（5）
ヴァンゲル　待ちくたびれたかな、うんざりかな。
エリーダ　ヴァンゲル助けて！　助けてちょうだい――お願い！
ヴァンゲル　エリーダ――いったいぜんたい――！
エリーダ　助けてヴァンゲル！　あの人よ、分からない？　あそこに立ってる！
ヴァンゲル　あの男？　失礼だが――どなた？　どうして人の庭に入り込んでるんです？
見知らぬ男　彼女と話をしたい。
ヴァンゲル　ああ、あなたか――？　見かけない男が君のことをたずねてると聞いた。
見知らぬ男　おれだ。
ヴァンゲル　妻になんの用ですか？　この人知っているのかエリーダ？
エリーダ　ええええ！
ヴァンゲル　知ってる！
エリーダ　あの人、ヴァンゲル！　あの人なの！　分かるでしょう、あの人よ――！
ヴァンゲル　なんだって！　何を言ってる！　あなた、ヨーンストン、昔そういった――？
見知らぬ男　ヨーンストンでもかまわない。本当は違うが。
ヴァンゲル　それで、妻になんの用？　あの灯台守の娘は、ずっと前に結婚した、知ってるだろう。だれと結婚したかも。
見知らぬ男　三年前に知った。
エリーダ　どうして分かったの？
見知らぬ男　戻る途中だった。一枚の古新聞を読んだ。このあたりで出している新聞、それに結婚通知欄があった。
エリーダ　結婚通知欄――
見知らぬ男　不思議な気がした。指輪――あれも結婚だった。
エリーダ　ああ――！
見知らぬ男　あれを忘れたのか？
エリーダ　そんなふうにわたしをみつめないで！
ヴァンゲル　話は、妻でなくわたしにしてくれ。それで――今は事情が分かったはずだ――ここになんの用がある？
見知らぬ男　エリーダにはできるだけ早く戻ってくると約束した。
ヴァンゲル　エリーダ――！
見知らぬ男　エリーダはおれを待つと約束した。
ヴァンゲル　妻を名前で呼んでるが、そういうなれなれしさはこのあたりでは許されない。
見知らぬ男　分かってる。しかし彼女は第一におれのもの――
エリーダ　ああ――わたしを決して離してくれない！
ヴァンゲル　君のもの！
見知らぬ男　指輪のことは聞いてないか？　おれとエリーダの指輪のこと？
ヴァンゲル　聞いてる。それがどうした？　彼女はそんなこととうの昔に忘れてる。手紙受け取っただろう。君も分かってるはずだ。
見知らぬ男　あの指輪は結婚と同じ力を持っている。エリーダもおれもそれに同意した。
エリーダ　わたしは違う。あなたとは関係ない！　そんなふうにみつめないで！
ヴァンゲル　あんな子どもじみたことに何か権利があると思ってるのか。
見知らぬ男　権利――そんなものはあるはずがない。
ヴァンゲル　じゃ何しに来た？　腕づくでつれてこうってわけじゃないだろう！　彼女の意志に逆らってまで！
見知らぬ男　もちろん。そんなことしてなんになる？　エリーダがいっしょに来るなら、自分の意志でなくちゃならない。
エリーダ　自分の意志――！
ヴァンゲル　頭がおかしい。出てってくれ！　これ以上、話すことはない。
エリーダ　自分の意志――！
見知らぬ男　船に戻る時間だ。エリーダ――おれは責任をはたした。自分の言葉は守った。あしたの晩までに考えておいてくれ――
ヴァンゲル　何も考えることはない。出て行けばいいんだ。
見知らぬ男　船はフィヨルドをめぐってあしたの晩また戻ってくる。そのときまた会いに来よう。この庭で待っててくれ。おまえと二人きりでこの問題を片づけたいいいか。
エリーダ　ああ、あんなことをヴァンゲル！
ヴァンゲル　大丈夫。来させはしない。
見知らぬ男　それまで、さようならエリーダ。あしたの晩。
エリーダ　いえいえ——来ないで！　もう戻ってこないで！
見知らぬ男　それまでに、おれといっしょに海に出る決心がついたら——
エリーダ　そんなふうにわたしをみつめないで！
見知らぬ男　旅の支度をしておくように。それだけだ。
ヴァンゲル　家に入ってなさいエリーダ。
エリーダ　助けてちょうだい！　助けてヴァンゲル！
見知らぬ男　よく考えてくれ。あしたおれといっしょに出かけなければ、すべてはお終いだ。
エリーダ　すべてはお終い？　永久に？
見知らぬ男　二度とここには来ない。二度とおれを見ることはない。永久に。
エリーダ　ああ——
見知らぬ男　だからよく考えるんだ。さようならエリーダ——あしたの晩、旅の支度を。おまえをつれに来る。

（6）

エリーダ　自分の意志と言った！　わたしが、自分の意志でと言った！
ヴァンゲル　心配いらない。もう二度と会うことはない。
エリーダ　どうして？　あしたの晩またやって来る。
ヴァンゲル　来たっていい。君には会わせない。
エリーダ　ヴァンゲル、あの人を止めることはできない。
ヴァンゲル　できるよ——わたしにまかせなさい。
エリーダ　あの人——あしたの晩——？　海に出て行く——？
ヴァンゲル　うん？
エリーダ　二度と——二度と戻ってこない？
ヴァンゲル　そうだエリーダ、なんの用がある？　もう関係ないと君の口からはっきり言ったんだ。この話は終わった。
エリーダ　あした。お終い。
ヴァンゲル　それでもまだやって来るなら——
エリーダ　何——？
ヴァンゲル　思い知らせてやる。
エリーダ　そんなこと。

ヴァンゲル　方法がある！　どうしてもというなら、船長殺しの報いを受けさせてやる。
エリーダ　いえいえいえ！　絶対に！　船長殺しのことは何も知らない、何も！
ヴァンゲル　知らない！　君に打ち明けたんだろ！
エリーダ　いいえ！　わたしは否定する。あの人を閉じ込めはしない！　あの人は広い海で生きてく人。広い外の世界で。
ヴァンゲル　エリーダエリーダエリーダ！
エリーダ　ねえあなた――わたしを助けてちょうだい！
ヴァンゲル　行こう！

(7)

リングストラン　奥さん、不思議なことをお教えしましょう！
ヴァンゲル　何？
リングストラン　あのアメリカ人に会ったんです！
ヴァンゲル　アメリカ人？
ヒルデ　ええ、あたしも見た。
リングストラン　庭の向こうを歩いてた。イギリス船に乗って行きました。
ヴァンゲル　彼を知ってる？
リングストラン　一度、同じ船に乗ってたことがあるんです。もうてっきり溺れ死んだと思ってました。生きていたんですね。きっと不実な妻に復讐に来たんですよ。
ヴァンゲル　なんのこと？
ヒルデ　リングストランはあの男を、彫刻のモデルにしようと思ってるの。
ヴァンゲル　なんのことかさっぱり――
エリーダ　あとで話す。
ボレッテ　みんな、ほら！　イギリス船が出て行く。
リングストラン　今晩きっと現れます、彼女のところに。
ヒルデ　不実な船乗りの妻のところに――ええ。
リングストラン　真夜中に。
ヒルデ　ぞっくぞくする。
エリーダ　あした――
ヴァンゲル　もう決して。
エリーダ　ヴァンゲル――わたしを、わたしを助けて！
ヴァンゲル　エリーダ！　何かあるんだね。
エリーダ　何か、引きつける力が。
ヴァンゲル　引きつける力――？
エリーダ　あの人、海なの。

第四幕

（ヴァンゲル家の部屋）

（1）

リングストラン　そういう縁取り、難しいんでしょうね　ヴァンゲルさん。
ボレッテ　いいえちっとも。数え間違いさえしなければ――
リングストラン　数える？
ボレッテ　ええ、縫い目を。ほら。
リングストラン　ほんとだ！　ほとんど芸術ですね。下絵も描くんですか？
ボレッテ　ええまあ、モデルがあれば。
リングストラン　ないときは？
ボレッテ　だめ。
リングストラン　それじゃ、やっぱり芸術じゃない。
ボレッテ　ええ、手芸だから。
リングストラン　でもあなたは、多分、芸術家になれると思う。
ボレッテ　才能がなくても？
リングストラン　ええ。本当の芸術家といつもいっしょにいれば――
ボレッテ　その人から学ぶってこと？
リングストラン　普通じゃだめでしょうけど。でも、少しづつ身についてくる。一種の奇跡ですヴァンゲルさん。
ボレッテ　不思議ね。

リングストラン　こんなこと考えたことあります？　――その――まじめに考えたことが、つまり結婚について？
ボレッテ　結婚――？　いいえ。
リングストラン　ぼくはあります。
ボレッテ　そう？　ある？
リングストラン　ええ――しょっちゅう考える。結婚のこと。いろんな本も読みました。結婚も一種の奇跡だと思う。女の人は結婚すると変わってきて、夫と同じようになる。
ボレッテ　何が？
リングストラン　趣味とか才能とか。
ボレッテ　それが妻にも移ってくる？
リングストラン　ええ少しづつ。でもそれには、愛情が深く本当に幸せな夫婦でなくちゃいけない。
ボレッテ　夫の方は？　妻と同じになることはないの？
リングストラン　夫が？　いいえ、そんなこと考えたことありません。
ボレッテ　でもどうして？　男は違う？
リングストラン　ええ、男には使命があります。人生の使命、それが強く働きかけるんです。
ボレッテ　だれでも？
リングストラン　いいえ。まずは芸術家。
ボレッテ　じゃ芸術家が結婚するのは正しい？

リングストラン　そう思います。心から愛する人に出会ったら――
ボレッテ　でも、芸術家は芸術にだけ生きるべきじゃない？
リングストラン　それはそう。でも結婚したってできますよ。
ボレッテ　じゃ女の方は？
リングストラン　女？　どういうこと――？
ボレッテ　結婚した相手。妻はなんのために生きればいいの？
リングストラン　夫の芸術のため。女なら、それで幸せのはずです。
ボレッテ　ふん――どうでしょう。
リングストラン　そうですよボレッテさん、間違いありません。夫のおかげで手に入れるのは名誉だけじゃない――夫の芸術を助ける――夫の世話をして、仕事を楽なものにする。これこそ女には本当に素晴らしいことだろうと思います。
ボレッテ　まあ、ひどく利己的！
リングストラン　利己的、ぼくが？　なんてこと――！　もう少しぼくのことを分かってくださったら。ヴァンゲルさん――ぼくがいなくなったら――もうすぐなんですけど――
ボレッテ　そんな悲しいこと言わないで。
リングストラン　そんなに悲しいことじゃない。
ボレッテ　どうして？
リングストラン　一か月もしたら、ここを発って南の国に行く。
ボレッテ　ああ、そういうこと。ええ。
リングストラン　そしたら、ときにはぼくのことを考えてくださる？
ボレッテ　ええ喜んで。
リングストラン　約束してくださる？
ボレッテ　ええ、約束する。
リングストラン　きっとですよボレッテさん。
ボレッテ　きっと。でも、そんなこと何になるの！　なんの足しにもならないでしょう。
リングストラン　どうして！　あなたがここでぼくのことを考えていてくださると思うと、ぼくは幸せな気持ちになる。
ボレッテ　でもそれでどうなる？
リングストラン　どうなるかはよく分からないけど――
ボレッテ　わたしも分からない。いろんな困難があるでしょう山ほど。
リングストラン　まあ、何か奇跡が起こることもあります。幸運なめぐり合わせとか。ぼくには運がついているから。
ボレッテ　そうね！　そう思ってましょう！
リングストラン　ええ、堅く信じてます。数年たったら――ぼくは有名な彫刻家として故郷に錦を飾ります。健康な体になって――
ボレッテ　そうね。期待してる。
リングストラン　大丈夫。ただ、ぼくが南の方にいる間、ぼくのことを誠実に、暖かい気持ちで思っていてください。それだけでいい。約束してくださいましたよね。
ボレッテ　ええ、したわよ。でもそんなこと、やっぱりなんの足しにもならない。
リングストラン　なりますよ。少なくともそのおかげでぼくは作品を楽に仕上げることができるでしょう。
ボレッテ　そう？
リングストラン　ええ。それにあなただって――この田舎で――ぼくの芸術を助けているんだと思うとわくわくしてくるに違いない。
ボレッテ　それであなたは――？　しっ！　何か別のことを。アーンホルム先生がいらっしゃる。
リングストラン　あの先生お好きですか？
ボレッテ　ええ。
リングストラン　いいえ、よく思ってらっしゃるのかどうかと？

ボレッテ　ええ、いいお友だちだし、いろんな話をしてくださる。
リングストラン　でも、結婚しないの変じゃありませんか。裕福な人だっていうのに。
ボレッテ　相手が簡単に見つからないんでしょう。
リングストラン　どうして？
ボレッテ　いつも相手は生徒ばかり。自分でそうおっしゃってた。
リングストラン　それがどうしたんです？
ボレッテ　だって、先生だった人と結婚するものはいないでしょ！
リングストラン　いや――そうですか！
ボレッテ　ま、ま、ま！

（2）
アーンホルム　おはようボレッテ。
ボレッテ　おはよう先生。
アーンホルム　お母さんは、海？
ボレッテ　いいえ、お部屋に。閉じこもった切りで。
リングストラン　きのうのアメリカ人のことで気持ちが乱れてらっしゃるんだと思います。
アーンホルム　どうして？
リングストラン　ぼくが、庭の向こうを歩いているのを見かけたんでそのことをお話ししたんです。
アーンホルム　ああそれで。
ボレッテ　父とゆうべ遅くまで話してらしたんでしょう。
アーンホルム　うん、少し大事な話があって。
ボレッテ　わたしのことも話してくださった？
アーンホルム　いや、お父さんはほかのことで頭がいっぱいで。
ボレッテ　そんなのいつものこと。
アーンホルム　今日、あとでもう少し話し合おう。──お父さん外出？
ボレッテ　いいえ診察室。呼んできましょうか。
アーンホルム　いやいや。ぼくが行く。
ボレッテ　待って。父が降りてくる。母のところにいたのね。

(3)

ヴァンゲル　もう来てた？　ありがとう、話したいことがある。
ボレッテ　ちょっとヒルデを見てきましょう──
リングストラン　えええ。(二人去る)
アーンホルム　あの男、よく知ってるんですか？
ヴァンゲル　いや、全然。
アーンホルム　お嬢さんたちと、少し親しすぎるんじゃありませんか？
ヴァンゲル　そう？　気がつかなかった。
アーンホルム　そういうことは、もう少し気をつけたほうがいいと思います。
ヴァンゲル　うん、しかし子どもたちはもう自分のことは自分でやる。あのこと、その後何か考えた？　どうしたらいいと思う？
アーンホルム　先生の方が、医者としてよく分かってるでしょう。
ヴァンゲル　愛してるものが患者の場合、診断は難しい！　表向きはまったく落ち着いてるように見える。しかし、裏には何か──理解できない何かがひそんでる。気まぐれで──つかみどころがなくて──くるくる変わる。
アーンホルム　それは──心の病い。
ヴァンゲル　それだけじゃない。何か奥の深いところで、生まれつきそのようにできてる。エリーダは海の人間。それが問題なんだ。
アーンホルム　今になってそう思う？
ヴァンゲル　うん。しかし本当を言うとわたしには分かってた。言葉に出すことを避けてた。彼女を愛してたから！　自分のことを先に考えた。どうしようもなく利己的だった。
アーンホルム　いいえ先生が悪いわけじゃない。

ヴァンゲル　いやそうだよ！　彼女はわたしよりずっと若い。だから父親になってやるべきだった――できるだけ助けてやる。それなのに、そうしなかった。それで彼女はますます悪くなって、わたしはどうしていいか分からず途方にくれてる。だからだよ君に来てくれと手紙を出したのも。

アーンホルム　ええ？　それが理由？

ヴァンゲル　うん。でも気にしないでくれ。

アーンホルム　しかしいったい――ぼくに何ができると思ったんです？

ヴァンゲル　当然だ、誤解してた。エリーダの気持ちは、昔、君の方を向いてたと思ってた。まだひそかにつながっていると。君と昔のことを話したらきっといい効果があらわれるんじゃないかと思った。

アーンホルム　じゃあ、ここでぼくを待ってる――憧れてるものがいるというのは奥さんのことだったんですか！

ヴァンゲル　ほかにだれがいる？

アーンホルム　いやいや、そう――これは分からなかった。

ヴァンゲル　当然だ、まったくの誤解だった。

アーンホルム　それでも、ご自分を利己的だと！

ヴァンゲル　ああ、大きな責めを負ってる。彼女の心を少しでも軽くできるんだったらどんなことでもする。

アーンホルム　それで、あの男が奥さんの心を縛ってるあの力のこと、どう説明します？

ヴァンゲル　いや、君ね――これはどうにも説明がつかない。

アーンホルム　科学的にまったく不合理――？

ヴァンゲル　とにかく、今は上手く説明できない。

アーンホルム　一つお聞きしますが、奥さんが言われるお子さんの目のこと、あの不思議な考えは――？

ヴァンゲル　目のことは全然違う！　彼女のまったくの幻想。それだけのことだ。

アーンホルム　きのうあの男に会ったとき、目を見ました？

ヴァンゲル　ああ、見た。

アーンホルム　それで、そんな風なところはなかった？

ヴァンゲル　ふん――なんというか？　もう暗くなりかけてたし。それに、エリーダの話をあれこれ聞いてたから、まったく先入観なしで見られる状態じゃなかった。

アーンホルム　いや、そうでしょうね。で、もう一つの点は？　あの男が三年前に国に戻ろうと思ったまさにそのときに、奥さんは不安に襲われたという点？

ヴァンゲル　ああ、それもおとといあの話を聞いてから勝手に思い込んでることだ。なにも突然襲ってきたわけじゃない。

アーンホルム　じゃそうじゃないんですか？

ヴァンゲル　全然違う。そのずっと前から兆候はあった。──たしかに──偶然というか──三年前の三月、かなり強い発作に見舞われたことは事実だ──

アーンホルム　やっぱり──！

ヴァンゲル　しかし、それは当時の体のせい、簡単に説明できる。

アーンホルム　つまり、病も気からということ。

ヴァンゲル　ああ、どうしていいか分からない！　方法が見つけられない──！

アーンホルム　住まいを変えてみたら？　ほかの土地に移ったら？

ヴァンゲル　それも言ってみた。ショルヴィーケンに移る話をした。でもいやだと言う。

アーンホルム　だめ？

ヴァンゲル　うん。なんの役にも立たないと言う。多分そうだろう。それに──本当にそんなことができるかどうかも分からない。子どもたちは、あんな辺鄙なところじゃ将来の希望も持てないだろう。

アーンホルム　ボレッテのことは、多分ご心配にはおよびません──

ヴァンゲル　わたしはどんな犠牲でも払う──三人全部のために──。ただ、どうすればいいか分かりさえすれば。

(4)

エリーダ　今朝は出かけないで！

ヴァンゲル　もちろんもちろんうちにいる。挨拶は？

エリーダ　ああ、おはよう。

アーンホルム　おはよう奥さん。今日は海水浴は？

エリーダ　その話はやめて。ちょっと座らない？

アーンホルム　いいえ──あの子たちにあとで行くと約束したものですから。

エリーダ　そう、会えればいいけど。どこに行ってるのかわたしに分かったためしがない。

ヴァンゲル　きっと池のところだ。

アーンホルム　まあ、足あとを辿れば──。

(5)

エリーダ　ああ、これみんな終わってくれたら！

ヴァンゲル　エリーダ──一つ聞きたいことがある。

エリーダ　何？

ヴァンゲル　おとといの午後──君は上の《展望台》で──この三年間、何度もあの男の姿をはっきり見たと言った。

エリーダ　ええ、見たの。信じてちょうだい。

ヴァンゲル　そのとき、どんな格好をしていた？
エリーダ　格好？
ヴァンゲル　その――どんな様子だった？
エリーダ　ヴァンゲル――あなたもあの人を見たでしょう。
ヴァンゲル　幻想の中でも同じ格好だった？
エリーダ　ええ。
ヴァンゲル　きのう目の前に見たときとそっくり同じ？
エリーダ　ええ、そっくり同じ。
ヴァンゲル　それじゃ彼がすぐには分からなかったのはどうしてなんだ？
エリーダ　わたし分からなかった？
ヴァンゲル　そう言ってた。最初は、だれなのか全然分からなかったって。
エリーダ　ええ、そのとおり！　おかしいわね、そう思わないヴァンゲル？　すぐにあの人が分からなかったなんて！
ヴァンゲル　ただ、目を見て分かったと君は言った――
エリーダ　そう――目よ！　目！
ヴァンゲル　《展望台》で君は、いつも別れたときと同じ姿で現れると言った。
エリーダ　そう言った？
ヴァンゲル　うん。
エリーダ　それじゃあの人、昔も、今と同じ格好だったのよ。
ヴァンゲル　違うよ。君はおととい家に戻る途中、まったく違った格好の話をしてた。十年前には髭はなかった。着ているものも違う。それに、胸の真珠のブローチ――きのうの男はそんなものつけてなかった。
エリーダ　そう、つけていなかった。
ヴァンゲル　ちょっと考えてごらんエリーダ。もしか――岬で彼がどんな格好だったか、君はもう覚えてないんじゃないか？
エリーダ　はっきりとは。今日はだめ。おかしいわね？
ヴァンゲル　そんなにおかしいことじゃない。いま、新しい現実が目の前に現れた。それが前の姿を覆い隠している――それでもう分からない。
エリーダ　そうなのヴァンゲル？
ヴァンゲル　うん。そして君の病的な幻想も覆い隠してる。だから、これが現実になってかえってよかった。
エリーダ　よかった！　あなた、これがいいことだというの？
ヴァンゲル　そう。現実に直面することが救いになる。
エリーダ　ヴァンゲル――ここに座って。わたし残らず話してみる。
ヴァンゲル　うん、それがいい。

エリーダ　正直言って、とても不幸だったわたしたち――いっしょになったのは。

ヴァンゲル　何を言う！

エリーダ　そうなの。いっしょになるときのやり方がいけなかった。

ヴァンゲル　あのどこがいけない――！

エリーダ　ねえヴァンゲル――これ以上、お互い自分にうそをついてても何にもならない。

ヴァンゲル　うそをついてる！

エリーダ　そう。それとも――真実を隠してる。真実は――あからさまに言えばこういうこと――あなたはあそこにやって来て――わたしを買った。

ヴァンゲル　買った――！　君を買った！

エリーダ　わたしだってちっとも立派なわけじゃない。手を打った。わたしはあなたに自分を売ったの。

ヴァンゲル　エリーダ――君の心の中には、何かそういう言い方をさせるものがあるのか？

エリーダ　ほかにどんな言い方がある！　あなたは、家が空っぽなのに耐えられなかった。新しい奥さんを探してた――子どもたちの新しい母親も――ついでに。でも――わたしがいいかどうか、あなたまったく考えなかった。わたしに会って――二、三度話をして、それでわたしをほしいと思った――

ヴァンゲル　ああ、なんという言い方――。

エリーダ　そしてわたしの方は――あそこにいて、みじめで、ひとりぼっち。だから手を打った、あなたが面倒をみようと言ってくれたとき。

ヴァンゲル　そんなことじゃ全然なかった。わたしは誠実にたずねた。持っているものはわずかだが、それをいっしょに分け持ってくれないかと。

エリーダ　そう。でもやっぱり、わたしはどんな報酬をもらっても自分を売ってはいけなかった！　いやしい仕事でも――貧しい生活でも――自分の意志で――自分で選んだ道を進むべきだった！

ヴァンゲル　この六年間の結婚生活、君はこれを全然意味のないものだったと言うのか？

エリーダ　そんなふうに思わないでヴァンゲル！　わたし、あなたといっしょにいてほんとに幸せだった。でも、自分の意志じゃなかった。それが問題なの。

ヴァンゲル　自分の意志じゃなかった！　――その言葉はきのう聞いた。

エリーダ　すべてはこの言葉にある。これがわたしの目を開いた。今はよく分かる。わたしたちの生活は――本当の夫婦生活ではなかった。

ヴァンゲル　それは本当だ。今の生活は夫婦生活といえるものではない。

エリーダ　昔も同じ。一度だって。はじまりから。あれは――本当の結婚生活になったかもしれなかったのに。
ヴァンゲル　あれ？　どれだ？
エリーダ　あの人との。
ヴァンゲル　何を言ってる！　全然分からない！
エリーダ　ヴァンゲル――もうそをつくのはやめましょう、自分にうそをつくのは。無視することはできない――自分の意志で交わした約束は、結婚と同じ効力を持つ。
ヴァンゲル　いったい君は――！
エリーダ　あなたと別れたい、許してヴァンゲル！
ヴァンゲル　エリーダエリーダ！
エリーダ　許してちょうだい！　それ以外に道はないの。わたしたちのやり方ではだめだった。
ヴァンゲル　これまで一緒に暮らしてきながら、君の心はずっと別のところにあったのか。わたしのところにはなかったのか。
エリーダ　ああヴァンゲル――あなたを愛せたら！　あなたにはその資格がある！　でも分かるの――どうしてもだめだって。
ヴァンゲル　じゃ、離婚したいのか？　正式な離婚――それが望みなのか？
エリーダ　あなたちっとも分かってない。正式なんてそんな形じゃないの。お互いが自由になる、自由意志で同意する、それがわたしの望み。
ヴァンゲル　売買契約を解消する。
エリーダ　そう！　売買契約を解消する！
ヴァンゲル　それでどうなるエリーダ？　そのあと？　わたしたちふたりはどうなる、え？　ふたりの人生は？
エリーダ　そんなこと関係ない。あとはなるようになるでしょう。いちばん大事なこと、わたしに自由をちょうだい！　完全な自由を！
ヴァンゲル　エリーダ――そんなこと簡単じゃない。少し余裕をくれ。話し合おう。君も考える余裕を持ってくれ。
エリーダ　でもそんな暇はない！
ヴァンゲル　どうして？
エリーダ　だって――今晩あの人が来る。
ヴァンゲル　あの男になんの関係がある？
エリーダ　わたし、まったく自由になってあの人と対面したい。
ヴァンゲル　それで――それでどうしようという？
エリーダ　人妻の条件なしで。そうでなければ本当の選択はできない。
ヴァンゲル　選択！　エリーダ、選択の余地がある？
エリーダ　ええ、選択しなくちゃ。どちらかを選ぶ。あの人はひとりで発つか——それとも——わたしもついて行くか。

ヴァンゲル　何を言ってる？　あの男についてく！　あんな男に自分をまかせる！

エリーダ　わたしは、自分のすべてをあなたにまかせた！

ヴァンゲル　しかしあの男は！　まったくの見ず知らず、ほとんど知らない男だ！

エリーダ　あなたのことはもっと知らなかった。それでもついて来た。

ヴァンゲル　あのとき君は少なくとも、どんな生活を送るようになるか、ある程度の推測はできた。でも考えてごらん！　あの男のことは何が分かってる？　なんにも分かってない。名前さえ。

エリーダ　そのとおり。それは恐れ。

ヴァンゲル　ほんとに恐ろしいことだ——

エリーダ　だから——その恐れに向き合わなくちゃならない。

ヴァンゲル　恐れだから、それが？

エリーダ　そう。

ヴァンゲル　エリーダ——本当はなんなんだその恐れというのは？

エリーダ　恐れ——それはぞっとさせる、でも引きつける。

ヴァンゲル　引きつける、そう？

エリーダ　引きつける、そう。

ヴァンゲル　君は海の生きものだ。

エリーダ　それも恐れ。

ヴァンゲル　そして君はぞっとさせ引きつける。

エリーダ　そう思うヴァンゲル？

ヴァンゲル　君を本当には分かっていなかった。今やっと分かり始めた底の底まで。

エリーダ　わたしを自由にしてくれる？　わたしを縛っているものすべてから自由に！　わたしはあなたが思っていたような人間じゃない。それが分かったでしょ。今は、わたしたち別れられる——自分の意志で。

ヴァンゲル　お互い、それがいちばんいいことかもしれない。別れる。でもできない！　君は恐れだエリーダ、引きつける、いちばん強く。

エリーダ　そう？

ヴァンゲル　今日一日、なんとか乗り越えよう。今日は、君を手離すことはできない。君のためだ。わたしには君を守る権利と義務がある。

エリーダ　守る？　何から？　暴力じゃないのよ。恐れはもっと深いところに沈んでいる！　心の奥深く。その力をあなた、どうすることができる？

ヴァンゲル　君がそれと闘うのを助ける、支える。

エリーダ　でも、わたしが闘いたくないんだったら？
ヴァンゲル　闘いたくない？
エリーダ　ああ、自分でも分からない！
ヴァンゲル　すべては今晩、決まる――
エリーダ　そう！　決断！　人生の決断！
ヴァンゲル　――そしてあしたは――
エリーダ　多分、わたしの未来は消える！
ヴァンゲル　未来――？
エリーダ　自由な人生が消える――わたしにとって！
――あの人にとっても。
ヴァンゲル　エリーダ――君は、あの男を愛してるのか？
エリーダ　分からない！　分かるのはただ、あの人がわたしには恐れだということ、そして――
ヴァンゲル　――そして？
エリーダ　そしてわたしは、あの人と同じ生きものだということ。
ヴァンゲル　君が分かりかけてきた。
エリーダ　だからあなたには何もできない。
ヴァンゲル　あした――あの男は発つ。そうすれば、君の頭からも不幸な過去は消える。そしたら君を自由にしよう。売買契約を解消しよう。
エリーダ　ヴァンゲル、あしたでは遅すぎる！
ヴァンゲル　子どもたちが来る！　子どもたちは巻き込まないでおこう――しばらくは。

（6）

アーンホルム　ぼくたち計画を立てました――
ヒルデ　今晩フィヨルドに出るの――
ボレッテ　しっ、言っちゃだめ！
ヴァンゲル　わたしたちも計画を立てた。
アーンホルム　ああ――？
ヴァンゲル　あした、エリーダはショルヴィーケンに帰る――当分の間。
ボレッテ　帰るって――？
アーンホルム　それがいい奥さん。
ヴァンゲル　エリーダは故郷に帰る。海の故郷。
ヒルデ　あたしたちをおいて！
エリーダ　ヒルデ！　どうしたのあなた？
ヒルデ　なんでもない。勝手に帰ればいい！
ボレッテ　お父さんも行くの――ショルヴィーケンに！
ヴァンゲル　いやいや！　ときどきは訪ねるだろうが――
ボレッテ　わたしたちはここに残るの――？
ヴァンゲル　そうだ――こうするほか、道がない。
アーンホルム　あとで話そうボレッテ。
エリーダ　ヒルデどうかしたの？　とても変。
ボレッテ　知らなかった？　ヒルデがずっと待ってるこ

と?

エリーダ　待ってる?

ボレッテ　お母さんがこの家に来てからずっと?

エリーダ　いいえ——何なの?

ボレッテ　お母さんから、一言、優しい言葉をかけてもらうこと。

エリーダ　ああ——!

第五幕

(ヴァンゲル家の庭の一隅)

(1)

ヴァンゲル　エリーダ——大丈夫——まだ時間は十分ある。

エリーダ　いいえ、もうない!　いつ戻ってくるかしれない。イギリス船、もう着いてる?

ヴァンゲル　いやまだだ。今夜が最後の航海。もう二度とやって来ない。夏も終わる。

エリーダ　この緊張、つらい!　決断を迫られてる——

ヴァンゲル　本当に自分であの男と話をしたいのか?

エリーダ　自分で話さなくちゃ。自分の意志で選択しなくちゃ。

ヴァンゲル　君に選択は許されない。わたしが許さない。

エリーダ　選択を止めることはできない、あなただろうと、だれだろうと。わたしがあの人について行くのを禁じることはできるかもしれない。力づくで引き留めておくことはできるかもしれない。でもわたしの選択——心の奥底の選択——それを止めることはできない。

ヴァンゲル　それは君の言うとおり。わたしにも止められない。

エリーダ　それに、ここにはわたしを縛るものは何もない!　何ひとつ。この家では完全な根無し草。

ヴァンゲル　わたしは君の最善を考えていた。

エリーダ　そうね、それはよく分かる!　でもその報いがきた。ここには何ひとつつなぎとめる力がない——支えも——助けもない——心の奥深くでわたしたちを結びつけるものが何もない。

ヴァンゲル　分かったエリーダ。あしたになれば君は自由。自由に自分の人生を送ればいい。

エリーダ　わたしの人生!　本当の人生は、あなたといっしょになって軌道をはずれてしまった。今晩——あと半時間もすれば——わたしが裏切った人が来る——本当はかたくつながっていた人!　あの人がやって来て、わたしにたずねる——最後のチャンス——もう一度人生を生きるかどうか——

ヴァンゲル　君には夫が必要だ――医者も必要だ――

エリーダ　ヴァンゲル、よく分かる。わたしも、あなたにしがみついて――この恐ろしい力から逃れたい。でもだめなの。できないの。

ヴァンゲル　少し、その辺を散歩しよう。

エリーダ　だめ。あの人ここで待つように言った。

ヴァンゲル　大丈夫。まだ時間はある。

エリーダ　本当？

ヴァンゲル　十分ある。

エリーダ　じゃ、少しだけね。

(2)

ボレッテ　ほら、あそこ――！

アーンホルム　お母さん、ちょっと旅行するのも、いいんじゃないかな。

ボレッテ　そう思われる？

アーンホルム　うん、ときに家を離れるのは、みんなにもいいことじゃないかと思う。

ボレッテ　あしたショルヴィーケンに行ったら、二度とここには戻ってこないでしょう。

アーンホルム　どうして？

ボレッテ　間違いない。もう戻ってこない。わたしとヒルデがここにいるかぎり。

アーンホルム　ヒルデ？

ボレッテ　まあ、ヒルデは上手くいくかもしれない。あの子まだ子どもでしょう。それに、心の中ではエリーダを崇拝してるから。でもわたしは違う。そんなに年も違わない継母って――

アーンホルム　ボレッテ――君が家を出るのもそう遠い将来のことじゃないと思う。

ボレッテ　父と話してくださったの？

アーンホルム　話した。

ボレッテ　それで？

アーンホルム　お父さんはこのところ、ほかのことで頭がいっぱいだから――

ボレッテ　ええええ言ったでしょ。

アーンホルム　でもこれだけははっきり言われた、君はお父さんの援助を当てにはできない――。

ボレッテ　できない――！

アーンホルム　今の状況じゃ援助なんてとても不可能だって。

ボレッテ　それでよく、先生はそうやってわたしのことを笑ってられるのね。

アーンホルム　笑ってなんかいないよボレッテ。君が家を出るか出ないかは、君自身の気持ち次第だ。

ボレッテ　何が、わたし次第ですって？

アーンホルム　世の中に出ていくこと。望みどおりに、なんでも好きなことを学ぶことができるかどうか。どう思うボレッテ？
ボレッテ　素晴らしい——！　でも、とても無理。父にはその力も気持ちもないとすると、わたしを助けてくれる人はだれもいない。
アーンホルム　その、だめかな、昔の——以前の先生が差し出す手を、受けるというのは？
ボレッテ　先生の！　先生にそのおつもりが——？
アーンホルム　うん、心から喜んで差し出す。精神的にも物質的にも。どう？　——受けてくれる？　その気がある？
ボレッテ　その気がある！　家を出て——世の中で——勉強する！　あり得ないと思ってた憧れ。
アーンホルム　そう、それが全部現実になる君が望みさえすれば。
ボレッテ　そんな大きな幸せを！　でも、こんなこと人から受けていいものかしら？
アーンホルム　ぼくからだからかまわない。ぼくからなら、なんだってかまわないボレッテ。
ボレッテ　わたしもそんな気がする！　どうしてだか分からないけど、でも——ああ、わたし、涙と笑いが一緒になっちゃう、こんな幸せ！　本当の人生。わたし、人生というものが失くなってくんじゃないかって心配し始めてたんです。
アーンホルム　もうそんな心配はいらない。だから、正直に言ってほしい——君をここに縛っているものは何もない？
ボレッテ　縛ってる？　いいえ何も。
アーンホルム　何ひとつ？
ボレッテ　ええ。そりゃ——父はある点でわたしを縛ってますけど。ヒルデも、でも——
アーンホルム　まあ——お父さんからは遅かれ早かれ離れなくちゃならないし、ヒルデもいつかは独り立ちする。でもほかには何もない？　何かの関係とか？
ボレッテ　いいえ、ありません。そういうことなら、わたし、どこにだって出て行くことができます。
アーンホルム　うん、それならボレッテ——ぼくといっしょにここを発とう。
ボレッテ　ああ神さま、なんという幸せ！
アーンホルム　ぼくのこと、信頼してくれてるね？
ボレッテ　ええ、心から！
アーンホルム　それじゃ、君自身と君の将来を、ぼくの手に安心してゆだねるねボレッテ？
ボレッテ　もちろん！　当然でしょう！　昔の先生だったんですから。

アーンホルム　いやそういうことじゃなくて。まあ――自由で、何にも縛られていないのなら、君にたずねたい――ぼくといっしょになってくれるつもりはない――生活をともにするつもりは？
ボレッテ　何をおっしゃってるの！
アーンホルム　ボレッテ、ぼくの妻になってくれないか？
ボレッテ　いえいいえいいえ！　そんなの不可能！　あり得ない。
アーンホルム　あり得ない――？
ボレッテ　そんなこと本気でおっしゃってるんじゃないでしょう先生！　それとも――そういう意味だった、さっきのこと？
アーンホルム　まあ、ちょっとぼくの言うことを聞いて。たしかにびっくりさせたかもしれない。
ボレッテ　こんなことを先生から――当然でしょう驚くのは！
アーンホルム　そう。君は知らない――知るはずもない、ぼくがここに来たのは君のためだったなんて。
ボレッテ　わたしのため！
アーンホルム　そうボレッテ。実はこの春、お父さんから手紙をもらったとき、そんなふうなことが書いてあった、それで勝手に思い込んだ――君が、昔の先生に――単なる友情以上の思いを持ってるって。
ボレッテ　どうして父がそんなこと書いたんでしょう！
アーンホルム　全然別の意味だった。ぼくの方が勝手に誤解してしまった、若い女性が再会を待ち望んでる。――いや、黙ってボレッテ！　それで――男ってものはね、ぼくみたいにもう若いと言えない歳になると、そういうことから、その、幻想というか――普通以上に強い印象をうける。それで、君に対する憧れが、ぼくの中でみるみる大きくなっていった。どうしても君に会いたくなった。勝手な思い込みだったけど、ぼくも君と同じだと伝えたくなった。
ボレッテ　でも、今は思い違いと分かったんですから――！
アーンホルム　気持ちは変わらない。君は思い描いていたとおりだ――思い違いだろうとなんだろうと、ぼくの気持ちは同じ。君には分からないだろうね。
ボレッテ　こんなこと夢にも思わなかった。
アーンホルム　でも、そうと分かったらどうボレッテ？　改めて――ぼくの妻になってくれる気はない？
ボレッテ　そんなの不可能、先生だった人と別の関係になるなんて考えられない。
アーンホルム　まあ――どうしてもだめ。じゃこのままでもいいよボレッテ。
ボレッテ　どういうこと？

アーンホルム　もちろん援助の申し出はそのままだ。君の面倒はみる。望みどおりの勉強ができるよう保証する。ぼくは君の忠実な信頼できる友人だ。安心していい！

ボレッテ　アーンホルム先生――そんなこともうできません。

アーンホルム　できない？

ボレッテ　そんなこと！　申し込みのあとで――しかも、あんな風にお答えしたあとで――先生からはもう何もお受けすることはできません！　こうなっては何ひとつ！

アーンホルム　それじゃ、ずっとこの家で、自分の人生がだんだん消えて行くのを見てるというの？

ボレッテ　ああ、それは考えただけでもたまらない。

アーンホルム　外の世界でいろんな経験をつむ、たくさんのことを学ぶ、それを諦める？　考えてごらんボレッテ。

ボレッテ　えええええ。

アーンホルム　それに――いつかお父さんもいなくなって――だれの助けもなく、この世にひとりぼっち。だれか別の男に身をまかせるしかない――多分――全然好きでもない男に。

ボレッテ　ええ――おっしゃることはよく分かる。でも――それとも、もしか――？

アーンホルム　どう！

ボレッテ　もしか、そんなに不可能なことじゃないかもしれない――

アーンホルム　その気がある――？　じゃとにかく友人としての援助は受けてくれる？

ボレッテ　いえいえ！　それは絶対！　それはだめ――むしろ先生――わたしを――。

アーンホルム　ボレッテ！

ボレッテ　ええ、――わたし――

アーンホルム　妻になってくれる！

ボレッテ　ええ。まだ――そのおつもりが、おありなら。

アーンホルム　もちろん。ああ、ありがとうありがとうボレッテ！　さっきのためらいなんかなんとも思わない。今はまだ、完全に君の心をつかんでいないけど、やがてそうなる、分かってる。ああボレッテボレッテ――

ボレッテ　それで、わたしはいろんな経験をつむ。人生を生きる。約束してくださる？

アーンホルム　大丈夫。

ボレッテ　なんでも好きなことを勉強させてくださる？

アーンホルム　先生になって教えてあげる。前と同じだ。最後の年、覚えてる――

ボレッテ　（思いに沈んで）自由――外の広い世界。くよくよしなくていい、帳尻合わせも、倹約も――

アーンホルム　そう、そんなことはもうしなくていい。どう、素晴らしいだろう？　ええボレッテ？

ボレッテ　本当に、素晴らしい。

アーンホルム　ぼくたちは幸せな生活を送る。お互いなんの心配もない、心から信頼し合ってる！

ボレッテ　ええ、ほんとに――そんな気がしてきました。ああ！　まだ何も言わないでくださいね！

アーンホルム　どうしたの？

ボレッテ　かわいそうに――あそこ。

アーンホルム　お父さん――？

ボレッテ　いいえ、ヒルデと歩いてる。

アーンホルム　ああ、リングストラン。彼の何がまずいの？

ボレッテ　あの人とても悪いの。もう長くは生きられない。でも、恐らくその方があの人にはいいんだと思う。

アーンホルム　どうして？

ボレッテ　だって――あの人、芸術家として、結局ものにはならないんですから。行きましょう。

アーンホルム　ああ。

ヒルデ　へいへい！　おふたりさん待ってよ。

アーンホルム　ぼくら、ちょっと向こうに――

（３）

リングストラン　みんなペアで歩いてる。みんなふたりづれ。

ヒルデ　賭けてもいい、あの人ボレッテに結婚を申し込んだ。

リングストラン　そう？　何か気がついた？

ヒルデ　難しいことじゃない――ちゃんと目があれば。

リングストラン　でもボレッテさん、うんと言いませんよ。たしかです。

ヒルデ　歳がとりすぎてるもの。もうすぐ髪の毛もなくなる。

リングストラン　まあ、それだけじゃなくて。やはりうんと言いません。

ヒルデ　どうして？

リングストラン　彼女、心に思ってると約束した人がいるから。

ヒルデ　思ってる？

リングストラン　相手がいない間。

ヒルデ　それ、あなたのことでしょうきっと！

リングストラン　まあ、そうかもしれません。

ヒルデ　約束したの？

リングストラン　ええ――約束したんです！　でも、あなたが知ってるってこと、あの人に言わないでください。

ヒルデ　大丈夫、あたしはガマグチみたいに口は堅い。

リングストラン　あの人、こんな約束をしてくれたなんて親切でしょう。

ヒルデ　で、あなたここに戻ってきたら——彼女と結婚するつもり？

リングストラン　いいえそうはならないと思います。当分はぼく、そんなこと考えられないし。考えられるようになったら、あの人ぼくにはもう歳をとりすぎてるでしょう。

ヒルデ　それでも、あなたのことを思っててほしいの？

リングストラン　ええ、それはとても助けになる、芸術家として。あの人は何か生きがいがあるわけじゃないし、思うくらい簡単でしょう。——それでも、やっぱり優しいと思います。

ヒルデ　ボレッテがここであなたのことを思ってると思うと作品が早く仕上がる？

リングストラン　ええ、つまりこの世のどこかで若い美しい物静かな女性が、黙ってぼくのことを夢見ている、そう思うと——それは、とてもとても——なんて言っていいか分からない。

ヒルデ　ぞっくぞくすると言いたいんじゃない？

リングストラン　ぞくぞくする？　ええ、ぞくぞく、何かそんなこと。あなたって賢いなあほんとに賢い。ぼくがここに戻ってくるころはあなたが今のお姉さんの年頃ですね。多分お姉さんそっくりになってるでしょう。性格も。

ヒルデ　そうあってほしい？

リングストラン　分からないな。そう思うかな。でも今は——この夏の間は——あなた自身であってほしい。そのままのあなた。

ヒルデ　こういうわたしがいちばんいい？

リングストラン　ええ、そういうあなたがいい。

ヒルデ　ふん、——ねえあなた、芸術家としてどう思う——わたし薄色の夏服似合う？

リングストラン　ええ、薄色はとてもよく似合う、ぼくの好みです。

ヒルデ　でもねえ——芸術家として——わたしが黒い服で歩きまわるのどう思う？

リングストラン　黒で？

ヒルデ　全身黒。似合うと思う？

リングストラン　黒は夏の色じゃありませんけど、あなたは黒もすごくぴったりでしょう。

ヒルデ　上から下まで黒づくめ。——黒のフリル——黒い手袋——長い黒いヴェールを垂らして。

リングストラン　そんな風だったらヒルデさん、ぼく、画家だったらと思うだろうな——若い美しい、悲しみに沈んだ未亡人の絵を描く。

ヒルデ　それとも、若い悲しみに沈んだ花嫁。

リングストラン　その方がぴったりだ。でもあなた、そんな格好をしたいなんて思わないでしょう？
ヒルデ　分からない。でも、ぞっくぞくする――考えただけで。まあ、あそこ！
リングストラン　イギリス船！　桟橋に着いた！

（４）

ヴァンゲル　いや、エリーダ――違うよ！
エリーダ　いいえ着いてる！　あの人ここにいる！　それを感じる。
ヴァンゲル　中に入った方がいい。あの男とはわたしが話す。
エリーダ　そんなことできない！　ああ――あの人、ヴァンゲル！
見知らぬ男　今晩はエリーダ。
エリーダ　えええええ――時間なのね。
見知らぬ男　発つ用意はできてる？　それともいない？
ヴァンゲル　いないのは、見れば分かるだろ。
見知らぬ男　格好じゃない。何もいらない。必要なものはみんな船の中にある。船室も用意した。だから、いっしょに来るつもりかどうかだけをきいてる――自分の意志で、ついて来るかどうか？
エリーダ　ああ！　そんな風に誘いかけないで！
見知らぬ男　さあ、来るのか来ないのか言ってくれ。
エリーダ　命をかけた選択！
見知らぬ男　今。あとでは遅すぎる。
エリーダ　そんなに自信を持って。どうして？
見知らぬ男　おまえはふたりが結びついてると感じてないのか？
エリーダ　あの約束をしたから？
見知らぬ男　約束はだれも縛らない。おまえを離さないのはおれの意志だ。
エリーダ　どうしてもっと前に来てくれなかったの！
ヴァンゲル　エリーダ！
エリーダ　ああこの誘惑！　これが海の力――！　何、どうしたいの？
見知らぬ男　おれには分かる、おまえから聞こえてくるエリーダ――おまえはおれを選ぶ。
ヴァンゲル　妻は選ばない。わたしが妻のために選んでやる、守ってやる！　ここから出て行くんだ――この国から。二度と戻るな――さもないと君の身は保証されない。
エリーダ　いえいえヴァンゲル！　それはだめ！
見知らぬ男　おれをどうしようという？
ヴァンゲル　訴える――殺人罪で！　今すぐ！　ショルヴィーケンの殺人のことは全部分かってる。

エリーダ　ヴァンゲル――どうしてそんなこと――！
見知らぬ男　そういうこともあるかと思って――これを用意してきた。（ピストルを出す）
エリーダ　いいえ撃たないで！　殺すならわたしを！
見知らぬ男　安心しろ。これは自分のためだ。おれは生きるのも死ぬのも、自由な男。
エリーダ　ヴァンゲル！　これだけは言わせて！　――この人にも聞いてもらいたい！　あなたはわたしをここに引き留めることはできるかもしれない！　あなたにはその力も方法もある！　あなたはそうしようと思ってる！　でも、わたしの心――思い――憧れ――欲望――これを縛ることはできない！　わたしの心はまだ知らないものに憧れる――わたしはそのために生まれた――それをあなたが閉じ込めてしまったけれど！
ヴァンゲル　エリーダ！　君は一歩一歩わたしからすべり落ちていく。広い果てしないものに憧れて――到達できないものに。その憧れが君の心を真っ黒い夜の暗闇の中に引きずり込む。
エリーダ　わたしもそれを感じる――真っ黒い音もたてない大きな鳥の羽がわたしを覆う！
ヴァンゲル　分かった、ほかに方法はない、わたしには分からない。だから――だから、分かった、わたしは、ここで、契約を解消する。――君は選べ、自分の道を選べ――完全に――完全に、自由に自分の意志で。
エリーダ　本当？　それ本心から言ってるの！
ヴァンゲル　本心だ――この苦しい心が言っている。
エリーダ　そんなことが言える！
ヴァンゲル　言える。言える――君を深く愛しているから。
エリーダ　わたし、あなたにとってそんな――！　なんにも見えていなかった。
ヴァンゲル　君は自由だ、わたしから自由。子どもたちからも自由。今、君の人生を正しい軌道に戻せ。選択だ、自分の意志で。自分の責任でエリーダ。
エリーダ　責任も？
見知らぬ男　エリーダ！　行こう！
エリーダ　いいえ、あなたとはいっしょに行かない。
見知らぬ男　行かない！
エリーダ　（ヴァンゲルに）こうなったらあなたから離れない！
ヴァンゲル　エリーダエリーダ！
見知らぬ男　じゃお終いか？
エリーダ　ええお終い、永久に！
見知らぬ男　分かった。何か、おれの意志よりも強いものがあるようだ。
エリーダ　あなたの意志に、もう力はない。死んだも同然

――あなたは海から来て海に戻る。もう恐れない。引きつけられない。

見知らぬ男　さようなら！　これからは、人生の過去のエピソード。

（5）

ヴァンゲル　エリーダ――君は海だ。満ちたり干いたりする。どこからそんな変化が生じる？

エリーダ　分からない？　変ったのは当然――自由な選択を手にしたから。

ヴァンゲル　あれは――もう君を引きつけない？

エリーダ　引きつけない、恐れもない。わたしは中をのぞきこむことができた――入っていくことも――そうしたければ。それを選ぶことができた、だから拒むこともできた。

ヴァンゲル　少しづつ君が分かりかけてきた。君はイメージで考える――海への憧れも――あの男の誘惑も――みんな自由を求める心のあらわれだった。

エリーダ　どう言えばいいか。でも、あなたは素晴らしいお医者。正しい処方をみつけて――正しく使ってくれた――あれがわたしを助けるただ一つの方法。

ヴァンゲル　そう――ぎりぎりまできたら、われわれ医者はなんでもする。今君はまたわたしのものになった？

エリーダ　ええ、あなたのもの。今はそうなれる。だって、今はあなたのところに、自分の意志で――責任を持って、やって来た。

ヴァンゲル　エリーダエリーダ！　ああずっといっしょに――

エリーダ　子どもたちのためにもヴァンゲル。

ヴァンゲル　子どもたち！

（6）

ヒルデ　まあ見てよ――あの人とお父さん婚約中みたい！

リングストラン　夏ですからね。

アーンホルム　あのイギリス船が出て行く。

ボレッテ　よく見える。

リングストラン　今年最後の航海。寂しいですね。あした、あなたもショルヴィーケンに移られるって。

ヴァンゲル　いや、それはとりやめだ。今晩わたしたち決心を変えた。

アーンホルム　本当に？

ボレッテ　お父さん――それ本当？

ヒルデ　あたしたちといっしょ――！

エリーダ　ええヒルデ――あなたさえかまわなければ。

ヒルデ　そんな――あたしがだって――！

アーンホルム　これはまた驚きですね――！

エリーダ　覚えてるきのう話したこと？　いったん陸の動物になれば——もう戻りの道はない——海の生活には、もう戻らない。

リングストラン　海夫人でも。

エリーダ　そう。自由があれば。

ヴァンゲル　そして、責任を持ってエリーダ。

エリーダ　そのとおり。

ヘッダ・ガブラー

イプセンはヘッダを二十九歳とする。劇中で言及も示唆もされないから、観客には分からない。彼女の目の色も指定される。これも観客にはまず見えないだろう。リアリズムの極致とともに、象徴的な事がらが多く併存する。冒頭にヘッダを登場させ、無言のまま、妊娠を示唆するしぐさとピストルへの愛着を示す演出を、スウェーデンのベルイマンが見せてから、世界中で踏襲されている。この上演台本もそれにならった。

＊初演二〇〇四年十月二十七日〜三十一日　シアターX

登場人物

イェルゲン・テスマン
ヘッダ・テスマン
ユリアーネ・テスマン嬢
エルヴステード夫人
判事ブラック
エイレルト・レーヴボルグ
ベルテ

（劇は町の西方にあるテスマンの館で進行する。）

第一幕

（0）

ヘッダ登場。ピアノの上のピストルをとり出しこめかみに当ててみる。突然吐き気。奥にかかる肖像画を見上げる。横部屋に退き、以下の場面を見ている。

（1）

テスマン嬢　まだ起きてないのかね。

ベルテ　はい、ゆうべの遅い船、しかも、そのあとが大変！　荷物を全部開けるまでおやすみにならないっておっしゃるんです若奥さまは。

テスマン嬢　まあまあ。起きてきたら新鮮な朝の空気が吸えるように。――ああベルテ、おまえを手離すのはほんとにつらい。

ベルテ　わたくしだって。あんなに長いあいだお仕えしてきましたのに。

テスマン嬢　でも、ほかにどうしようもない。イェルゲンはおまえがいなくちゃ何もできない。小さいときからずっとおまえが世話してきたんだから。

ベルテ　わたくし、寝たっきりのリーナさまのことが心配で。今度の女中にリーナさまのお世話なんかできっこありません。

テスマン嬢　ま、仕込んでやるよ。大抵のことはわたしがやるしね。妹のことなら心配ない。

ベルテ　はい。でももう一つ気がかりなことが。わたくし若奥さまの気に入るようにできないんじゃないかと――

テスマン嬢　何言うんだ。そりゃあはじめのうちはまあ――

ベルテ　若奥さま、なんにでもひどく気難しい方で――

テスマン嬢　そりゃそうだよ。ガブラー将軍のお嬢さま。将軍がおいでのときはそういう暮らしをしてた。覚えてるかい？　将軍と通りを乗りまわしていた姿。長い真黒の乗馬服を着て、羽のついた帽子をかぶってさ。

ベルテ　覚えてますよ。あの方がうちのお坊っちゃまといっしょになるなんて、思いもしませんでした。

テスマン嬢　わたしだって――ああ、死んだ兄さんが墓場の陰からのぞいて、あのちっちゃな息子がこんなになったのを見たら、なんて言うかねえ！　あ、イェルゲンだ！

（2）

テスマン嬢　おはようイェルゲン！

テスマン　ユッレ叔母さん！　もう来てたこんなに早く！　うん？

テスマン嬢　あんたたちどうしてるかちょっとのぞいてみ

たくて。
テスマン　ゆうべはよく休めなかったんじゃない？　桟橋から無事帰れた、うん？
テスマン嬢　判事さんが送ってくださったから。
テスマン　ぼくたちの馬車に乗せられなくて悪かった。でもおばさんも見たでしょうヘッダったら荷物が山ほどあったから。
テスマン嬢　ほんとに、山ほど。
テスマン　ベルテ、そのトランク屋根裏にしまっといてくれ。
ベルテ　かしこまりました。
テスマン　この中にはね研究資料がいっぱい。行く先々の図書館で写してきた。だあれも知らない古ぼけたものばかり。
テスマン嬢　ええ、あんたは新婚旅行も無駄には過ごさなかった。
テスマン　もちろん。さあ帽子をとって叔母さん。ほどいてあげる。
テスマン嬢　まあ、家にいたときとおんなじだね。
テスマン　いい帽子だ。
テスマン嬢　ヘッダのために買ったの。いっしょに歩いてもわたしのことが恥ずかしくないように。
テスマン　叔母さん！　そんなに気をつかって！　——じゃあ、ヘッダが来るまで少しおしゃべりでもしよう。
テスマン嬢　ああイェルゲン。あんたが結婚したとはね！　しかも相手はヘッダ・ガブラー！　あの人のまわりには、取巻きがたくさんいた！
テスマン　ぼくをやっかんでる連中もかなりいる、うん？
テスマン嬢　それに、あんなに長い新婚旅行！　五か月、いや六か月——
テスマン　うん——ぼくには一種の研究旅行。
テスマン嬢　そうだね。ところでイェルゲン——あんた——何か——わたしに話すことはない？
テスマン　旅行のこと？
テスマン嬢　ええ。
テスマン　いや、みんな手紙に書いたでしょ。博士号を取ったことはゆうべ話したよね？
テスマン嬢　それはもう。いいえ、わたしが聞きたいのは——あんた、そのう——やがてそのうちに——？
テスマン　そのうちに？
テスマン嬢　いいじゃないかイェルゲン。わたしはあんたの叔母さんだよ！
テスマン　うん、そのうちにぼくは教授になると思う。
テスマン嬢　ああ、教授、そうね。
テスマン　それはもう確実。叔母さんも知ってるでしょう。

テスマン嬢　ええもちろん。――ところで、家ん中はもう見てまわった？
テスマン　うん、明るくなるとすぐに起きてぐるっとまわってみた。
テスマン嬢　どう思う？
テスマン　素晴らしい！　文句なく素晴らしい！　なんてったってヘッダのために嬉しい。婚約する前ヘッダ、この大臣未亡人のファルクさんの館以外、住みたい家はないって言ってたんだから。
テスマン嬢　ほんとに、うまい具合に売りに出されて、あんたたちの旅行中に。
テスマン　すごく運がよかった、うん？
テスマン嬢　でも高いんじゃないのかいイェルゲン、とても高いんじゃないこんな家？
テスマン　まあ、ブラック判事さんがかなり値切ってくれたっていうけど。ヘッダに来た手紙にそう書いてあった。でも、最終的にはどのくらいになるか――
テスマン嬢　まあ心配ないよ。家具とか置物には全部、わたしとリーナが抵当を入れたし。
テスマン　抵当？　叔母さんたちに抵当になるものがある？
テスマン嬢　年金の受給権利。
テスマン　なんだって！　気でも違ったの叔母さん！　年金だなんて、叔母さんたちの唯一の収入じゃない。
テスマン嬢　まあまあ、そんなに大騒ぎしなくてもいいんだよ、ただの形式なんだから。判事さんがそう言ってた。ご親切にあの方が手続きをみんなやってくだすった、ただ紙の上の形式だって言って。
テスマン　ああ、叔母さんはいつまでもいつまでもぼくのために犠牲になろうっていう。
テスマン嬢　それが嬉しいんだよ。――あんたにはお父さんもお母さんもいなかった。でもわたしたち、やっとここまで来た。あんたこんなに立派に成長して――
テスマン　ほんとに何もかも上手くいった。
テスマン嬢　そう――あんたの邪魔をしてた連中、みんなだめ、転落――。あの男、いちばん手ごわかったあの男も、どん底。自業自得だよかわいそうに。
テスマン　エイレルトのこと？　何か耳にしてるぼくの旅行中に？
テスマン嬢　本を出したって、それだけ。
テスマン　えっ！　エイレルト・レーヴボルグが新しい本を、うん？
テスマン嬢　そういう話。でも大したことないよ。いえ、あんたの本が出ればそりゃちょっとしたもんだろうけど。あんたのはどんな本？
テスマン　中世ブラバント地方の家内工業について。

テスマン嬢　まあ、そんなことを——
テスマン　だけど出来上がるのはまだまだ先。第一、集めてきた大変な資料を整理しなくちゃ。
テスマン嬢　そう、収集と整理、それはあんたのお手のもんだ。
テスマン　すごく楽しみだ。今は気持ちよく仕事ができる家と家庭がある。
テスマン嬢　そう、今は憧れの君がそばにいるイェルゲン。
テスマン　ああ叔母さん！　ヘッダは何よりも何よりも大切な美しい——起きてきた。

（3）

テスマン嬢　おはようヘッダ！
ヘッダ　テスマンさま！　おはようございます。こんなに早く、ご親切に。
テスマン嬢　若奥さんは、よく休めた？
ヘッダ　ええありがとう、まあまあ——
テスマン　まあまあ！　よく言うよ！　石っころみたいに眠ってたくせに。
ヘッダ　ああ、あの女中、ガラス戸を開けっ放しにして。光の洪水——。
テスマン嬢　それじゃ閉めましょう。
ヘッダ　いえいえ。テスマン、カーテンを引いて。それで光が柔らかくなる。
テスマン　いいよ。そうら、これで陰もできた、新鮮な空気も入る。
ヘッダ　本当にここには新鮮な空気が必要。どうぞテスマンさま——
テスマン嬢　いいえありがとう。ここがちゃんとしてると分かったから嬉しい！　じゃあ帰るよ。リーナが待ってるからね。
テスマン　よろしくね。あとで見舞に行く——。
テスマン嬢　うん、伝えとく。
ヘッダ　テスマン、あの女中、もうどうしようもない。
テスマン嬢　ベルテが？
テスマン　君、どうしてそんなこと？
ヘッダ　これ！　椅子の上に自分の古ぼけた帽子おきっ放しにしてる。お客さまがあるときにそんなことをしたら——
テスマン　違うよヘッダ、これは叔母さんのだよ！
ヘッダ　そう？
テスマン嬢　ええ、これはわたしの。そんなに古ぼけてもいない。これをかぶるのは、今日が初めて。
テスマン　すてきだ。エレガントだ！
テスマン嬢　そんなでもないよイェルゲン。パラソルは

――ああ、ここ。これもわたしの、ベルテのじゃない。
テスマン　新しい帽子に新しいパラソル！　どう、ヘッダ！
ヘッダ　申し分ありません。
テスマン　うん。でも叔母さん、行く前にようくヘッダを見てってください！　あの申し分のないヘッダを！
テスマン嬢　そんなこと今さら言わなくたって。
テスマン　でもね、ふっくらしてきた、気がついた？　旅行中に体重が増えた。
ヘッダ　ああほっといて！
テスマン嬢　体重？
テスマン　うん、このガウンじゃよく分からないけど、ぼくは見てる――
ヘッダ　何を見てるっていうの！
テスマン　チロルの山の空気がよかったんだ――
ヘッダ　わたし、旅行前とちっとも変わってない。
テスマン　そう言いはる。ところがどうだ。そう思わない？
テスマン嬢　美しい美しい美しい。ヘッダ・テスマンに神さまの祝福とご加護を。イェルゲンのために。
ヘッダ　離して。
テスマン嬢　さようなら――さようなら！

（４）

テスマン　何を見てる？
ヘッダ　木の葉。すっかり黄色くなった。
テスマン　もう九月だもん。
ヘッダ　本当、もう、九月。
テスマン　ユッレ叔母さん、少し変わった。なんだか他人行儀みたいで――
ヘッダ　帽子のこと、気を悪くした？
テスマン　いや。まあちょっとは、ほんの少し。
ヘッダ　でも、椅子に帽子をほっとくなんてひどいマナー！
テスマン　まあ、叔母さんも気をつけるよ。ところでヘッダ、叔母さんを――叔母さんと呼んでくれないかな？　ぼくのために、うん？
ヘッダ　いいえテスマン、それは言わないで。前にも言ったでしょう。
テスマン　うん。でも、もう君も――
ヘッダ　この花、ゆうべはここになかった。
テスマン　きっと叔母さんが持ってきたんだ。
ヘッダ　カード。「またのちほどおうかがいします。」だれか分かる？
テスマン　ううん。だれ？
ヘッダ　「エルヴステード村長夫人」

テスマン　ほんと？　エルヴステード夫人、昔リーシング
といった？
ヘッダ　そう。いやな感じの髪の毛でみんなの気を引いて
た。あなたのいい人、そうでしょう。
テスマン　まあ、長続きはしなかった。君を知るずっと前
の話だヘッダ。彼女が町に来てる――
ヘッダ　変ね、うちを訪ねて来るなんて。わたしは学校が
同じだっただけ。
テスマン　うん。ぼくも最後に会ってから何年になるか
な。彼女あんな田舎に引っ込んで――
ヘッダ　ねえテスマン――あのあたりじゃなかった？　あ
の人が住んでるところ――あの――エイレルト・レーヴ
ボルグ。
テスマン　そう、たしかあのあたりだ。
ベルテ　奥さま、先ほどのご婦人がまたいらっしゃいまし
た、その花を置いていかれた――。
ヘッダ　ああ、いらした？　お通しして。

（５）

ヘッダ　こんにちはエルヴステードさん、またお会いでき
て嬉しい。
エルヴステード夫人　ごぶさたしておりました。
テスマン　ぼくたちも。うん？
ヘッダ　きれいなお花をどうもありがとう――。
エルヴステード夫人　いいえ。わたくし、きのうのうちに
おうかがいしたかったんですけど、ご旅行中とお聞きし
て――
テスマン　町にはいつ？
エルヴステード夫人　きのうのお昼ごろ。いらっしゃらな
いとお聞きしたときには、もうどうしていいか、途方に
くれてしまいました。
ヘッダ　途方にくれたって、どうして？
テスマン　いったい、ねえリーシングさん、いやエルヴス
テードさん――
ヘッダ　何か困ったことが起こったの？
エルヴステード夫人　ええ、わたくしこの町には、おすが
りできる方はほかにだれもいないものですから。
ヘッダ　そう、ここに座りましょう――
エルヴステード夫人　ああ、わたくし、とてもじっとなん
かしてられません！
ヘッダ　大丈夫。さあここに来て。――あなたのお家で、
何か起こったのね？
エルヴステード夫人　ええ、そうとも、そうじゃないと
も。ああ、どうぞ誤解しないでください。
ヘッダ　でも、ちゃんと話してくれなくちゃ。
テスマン　そのためでしょうここに来たのも、うん？

エルヴステード夫人　じゃあ申します、もしまだご存じゃないんでしたら。――エイレルト・レーヴボルクがこの町に来ています。
テスマン　レーヴボルグが、ここに？　聞いたかヘッダ？
ヘッダ　聞きました。
エルヴステード夫人　ここに来てもう一週間。ほんとに、まるまる一週間も、こんなよくない町にひとりで！　ここは悪い仲間ばかり。
ヘッダ　でもねえエルヴステードさん――あなたあの人とどういうご関係？
エルヴステード夫人　あの、うちの子どもたちの家庭教師なんです。
ヘッダ　あなたのお子さん？
エルヴステード夫人　夫の子ども。わたくしには子どもはいません。
ヘッダ　義理のお子さんたち。
エルヴステード夫人　ええ。
テスマン　じゃ彼は、まったく――そのう、どう言ったらいいか――ちゃんとした男になった、生活が。そんな仕事のできる、うん？
エルヴステード夫人　この二、三年、きちんとした生活を送っています。
テスマン　ほんと？　聞いたかヘッダ！
ヘッダ　聞きました。
エルヴステード夫人　保証します！　でもやっぱり――ここに来たと知って――こんな大きな町に、たくさんお金をもって。わたし死ぬほど心配――。
テスマン　しかし、どうして出てきたんだろう？
エルヴステート夫人　本が出るとあの人、もうじっとしてられなかったんです。
テスマン　そう、ユッレ叔母さんも彼が本を出したと言ってた。
エルヴステード夫人　大きな本なんです。文化発展の歴史とか。出て二週間になります。とてもよく売れて、反響も大きく――
テスマン　へえ、じゃしっかりしてた頃に書いたものを引っぱり出してきたんだ。
エルヴステード夫人　昔の？
テスマン　うん。
エルヴステード夫人　いいえ、あの人、それを全部わたしたちのところで書いたんですこの一年の間に。
テスマン　そりゃあ大したもんだ！
エルヴステード夫人　ほんとに、それがつづいてさえくれれば！
ヘッダ　あなた、ここで彼に会ったの？
エルヴステード夫人　いいえまだなんです。あの人の居場所を聞き出すのがむずかしくて。今朝やっと分かりました。

ヘッダ　実際のところ、ちょっと変じゃないあなたのご主人が——

エルヴステード夫人　主人が！

ヘッダ　こんなことであなたを町へ寄こされたなんて、ご自分でいらっしゃるかわりに。

エルヴステード夫人　いえいえ——主人には暇がありません。それに——わたし少し買い物もありましたし。

ヘッダ　ああそう、それなら話は別。

エルヴステード夫人　お願いですテスマンさん、——エイレルト・レーヴボルグが訪ねてきたら親切に迎えてやってください！　きっと来ます。おふたりは昔からの親友。同じ大学で、同じ研究分野——。

テスマン　まあ、昔はね。

エルヴステード夫人　ですからお願いします。どうかあの人のこと気にかけてやってください。テスマンさん——

テスマン　喜んでリーシングさん——

ヘッダ　エルヴステード。

テスマン　エイレルトのためならできることはなんでもします。安心してらっしゃい。

エルヴステード夫人　なんてご親切な！　ありがとうありがとうありがとう。あの、主人はあの人をとても好いているものですから！

ヘッダ　手紙を書くといいテスマン。あの人自分からは来ないと思うから。

テスマン　なるほど、それがいちばんよさそうだ。

ヘッダ　早ければ早いほどいい。今すぐ。

エルヴステード夫人　ええ、どうかお差し支えなければ！

テスマン　分かった。住所は？

エルヴステード夫人　はい。これです。

テスマン　結構。じゃあ、ちょっと失礼——

ヘッダ　優しい心暖まる手紙を。長いの。

テスマン　分かってる。

エルヴステード夫人　でも、わたくしがお頼みしたとはお書きにならないで！

テスマン　もちろん。

（6）

ヘッダ　一石二鳥。

エルヴステード夫人　どういうこと？

ヘッダ　あの人を追っ払いたかった、分からない？

エルヴステード夫人　手紙を書くために——

ヘッダ　それから、あなたと二人きりで話をするために。

エルヴステード夫人　でも、ほかには何もありません何も！

ヘッダ　あるある、もっとほかに。わたしの目はごまかせない。こっちへいらっしゃい――仲よくしましょう。

エルヴステード夫人　でも奥さま――もうおいとましなければ。

ヘッダ　まあまあそんなにあわてなくても。さあ、少し話してちょうだいお宅の様子――。

エルヴステード夫人　ああ、それは――

ヘッダ　あなた――わたしたち学校友だちじゃない。

エルヴステード夫人　ええ、でもあなたは一級上。わたし、とてもあなたが恐くて！

ヘッダ　恐い？

エルヴステード夫人　ええ。だって、階段で出会ったりすると、いつも髪を引っぱって――。

ヘッダ　あら、そんなことした？

エルヴステード夫人　一度なんか、髪の毛焼いてやるって。

ヘッダ　まあ冗談よあなた。

エルヴステード夫人　でもあの頃わたしばかでしたから。――そのあとは、お互いお会いすることもありませんでした。まわりが全然違ってましたから。

ヘッダ　それじゃまた親しくなりましょう。いい？　学校じゃわたしたち親友だった。

エルヴステード夫人　いいえ、そんなことありません。

ヘッダ　そうよ！　わたしはっきり覚えてる。だからまた、昔みたいに仲よくしましょ。ほうら！　これからはわたしのことヘッダと呼んで。

エルヴステード夫人　ああ、なんてお優しい！　わたしこんな風に優しくされることがまるでない――。

ヘッダ　まあまあまあ！　で、わたしはあなたのことを昔どおり、可愛いトーラって呼ぶ。

エルヴステード夫人　わたしテーアといいます。

ヘッダ　もちろんテーア。じゃああなた、優しくされるってことがあまりないのねテーア？　お宅でも？

エルヴステード夫人　ああ、家では全然――

ヘッダ　全然？

エルヴステード夫人　えええええ――

ヘッダ　たしかあなた、最初は村長さんのお宅で、家事の手伝いというんじゃなかった？

エルヴステード夫人　本当は家庭教師だったんです。でも奥さんは体が弱くて、ほとんど寝たっきり。それでわたしが、家の切り盛りもしなくちゃなりませんでした。

ヘッダ　そして最後に、家の女主人《あるじ》になった。

エルヴステード夫人　ええ。

ヘッダ　何年くらい前？

エルヴステード夫人　わたしの結婚ですか？

ヘッダ　ええ。

エルヴステード夫人　もう五年になります。
ヘッダ　そう？
エルヴステード夫人　ああこの五年間！　あなたには想像もテスマンさん——
ヘッダ　テスマン？　ううんテーア！
エルヴステード夫人　ごめんなさい。あの、あなたに分かってもらえたらヘッダ——
ヘッダ　エイレルト・レーヴボルグがあの田舎に行ってからもう三年、たしか。
エルヴステード夫人　エイレルト・レーヴボルグ？　ええ——そう。
ヘッダ　町にいたときから知ってた？
エルヴステード夫人　いいえ全然。もちろん、お名前は聞いてましたけど。
ヘッダ　で、あそこにいて、彼はあなたの家へ来るようになった？
エルヴステード夫人　子どもたちの勉強をみてもらったんです。わたしにはもうみられませんでしたので。
ヘッダ　そう。——それでご主人は？　お家にいらっしゃらないことが多いんじゃない？
エルヴステード夫人　ええテスマン——ヘッダ。主人は村をまわらなくちゃならないから。
ヘッダ　テーア——かわいそうなテーア——みんなお話しなさい、ありのまま。——あなたのご主人ってどんな方？　優しくしてくださるの？　たしか二十以上、上でしょう？
エルヴステード夫人　主人とわたしとは、何ひとつ共通点がないんです！　意見が合うってことがない、どんなことにも。
ヘッダ　それでもあなたを愛してらっしゃるんじゃ——？
エルヴステード夫人　どうだか。わたしは役に立つ、お金はかからないし。安上がり。
ヘッダ　そんな、ばかねあなた。
エルヴステード夫人　どうしようもありません、主人は自分のこと以外何も気にかけない。まあ子どもたちにはいくらか。
ヘッダ　それからエイレルト・レーヴボルグも。
エルヴステード夫人　レーヴボルグ！　どうして？
ヘッダ　だって　彼のためにあなたを町に寄こされるくらいだもの。さっきそう言ったでしょ？
エルヴステード夫人　ええ。いいえ——もうはっきり言います！　どうせ分かることですから。
ヘッダ　テーア——？
エルヴステード夫人　主人は、わたしが家を出たことを知りません。
ヘッダ　ご存じない？

エルヴステード夫人　今出張中なんです。ああわたし、もうこれ以上我慢できなかったのヘッダ！　もうどうしようもない！　あそこじゃわたし、まったくのひとりぼっち。

ヘッダ　そう？

エルヴステード夫人　それで、身のまわりのものを鞄につめて、必要なものだけを、だれにも知られないように家から出てきたんです。

ヘッダ　黙って？

エルヴステード夫人　ええ、汽車に乗ってまっすぐこの町へ。

ヘッダ　どうしてそんなことをテーア！

エルヴステード夫人　ほかにどうすればよかったと言うの！

ヘッダ　でも、お家に戻ったとき、ご主人なんて言われるか。

エルヴステード夫人　わたしもう決して戻らない。

ヘッダ　あなた、じゃあ、真剣なの――何もかもすてて来たの？

エルヴステード夫人　ええ。ほかにどうしようもなかった。

ヘッダ　それで――堂々と、人目もはばからず。

エルヴステード夫人　こんなこと、どうせ隠しきれるものじゃありません。

ヘッダ　だけど、人がなんて言うか？

エルヴステード夫人　言いたい人には言わせておきます。わたし、しなければならないことをしただけ。

ヘッダ　これからどうするつもり？　何かあてはあるの？

エルヴステード夫人　分かりません。分かってるのはただ、エイレルト・レーヴボルグがいるところにわたしもいなければということだけ。

ヘッダ　ねえテーア――その、どんな風にして、あなたとレーヴボルクの間に、その――友情が生まれてきたの？

エルヴステード夫人　少しずつ少しずつ。わたし、あの人に一種の影響を与えるようになったんです。

ヘッダ　ええ？

エルヴステード夫人　あの人、昔の悪い習慣をやめました。頼んだんじゃないんです。そんな事とても。でもあの人、わたしがいやがってるのを見て、ふっつり改めてしまったんです。

ヘッダ　それじゃあなた、彼の人間復活をやったってわけ可愛いテーア。

エルヴステード夫人　ええ、あの人自分でもそう言ってます。あの人の方も、わたしを本当の人間にしてくれました。考えること理解することを教えてくれました。

ヘッダ　あなたの勉強もみてくれたの？

エルヴステード夫人　勉強だなんてそんな。あの人、いろんな話をしてくれました。たくさんのこと。そうしてあの素晴らしい――あの人といっしょに仕事をするというう。あの人わたしに、仕事を手伝うことを許してくれたんです。

ヘッダ　手伝う？

エルヴステード夫人　そうなの！　あの人が書きものをするとき、ふたりいっしょにやるの。

ヘッダ　親しい同志。

エルヴステード夫人　同志！　まあヘッダ――あの人もそう言った！　ああ、わたし本当はすごく幸せのはず。だのにだめ。それがいつまでつづくか分からない。

ヘッダ　あなたそれくらいしか彼のこと信頼してないの？

エルヴステード夫人　わたしたちの仲を、ある女の影が邪魔をしているんです。

ヘッダ　女？　だれそれは？

エルヴステード夫人　分かりません。だれか過去に関係してた女。その女をあの人、どうしても忘れられない――。

ヘッダ　彼はなんて言ったのそのこと？

エルヴステード夫人　一度だけ――ちょっと口走っただけ。

ヘッダ　なんて？

エルヴステード夫人　別れるとき、女はあの人をピストルで撃とうとしたって。それだけ。

ヘッダ　まあひどいこと！　人は普通そんなことしない。

エルヴステード夫人　ええ。だからその女って、きっとあの赤毛の歌うたいに違いない――あの人が昔――

ヘッダ　ああそうよ。

エルヴステード夫人　あの女、いつもピストルを持ち歩いてたって噂ですから。

ヘッダ　じゃあ、その女に間違いない。

エルヴステード夫人　ところがヘッダ――その歌うたいが今またこの町に来ているっていうんです！　わたし、もう気が気じゃなくて――

ヘッダ　しっ、テスマンが来る。テーア――これは全部、あなたとわたしだけのこと、いい？

エルヴステード夫人　ええもちろん――

(7)

テスマン　そうら――ラヴレターを書いてきた。

ヘッダ　いいわね。エルヴステードさんはもうお帰り。ちょっと門までお送りしてきます。

テスマン　じゃ、これをベルテに――

ヘッダ　わたしが言います。

ベルテ　ブラック判事さまがお見えになってます、ご挨拶されたいと。
ヘッダ　そう、入ってもらって。ああ、それから――この手紙出してきてちょうだい。
ベルテ　かしこまりました奥さま。

（8）

ブラック　朝早くからおうかがいして、ご迷惑じゃなかったでしょうか。
ヘッダ　いいえちっとも。
テスマン　いつだって大歓迎。ブラック判事――リーシングさん。
ヘッダ　あ、あ――！
ブラック　光栄です。
ヘッダ　判事さん、明るいときのあなたって、本当に面白い！
ブラック　夜とはそんなに違ってますか？
ヘッダ　ええ、少しお若いよう。
ブラック　嬉しいことを――。
テスマン　でもヘッダの方はどうです、うん？　ふっくらとしてきたでしょう？
ヘッダ　お願いだからわたしのことはかまわないで。それより判事さんにいろいろお世話になったお礼を申し上げなくちゃ。
ブラック　いやいや、わたしの喜びとするところ――。
ヘッダ　お優しい方。でもお友だちが帰れなくていらいらしてます。ちょっと失礼、すぐ戻ります。

（9）

ブラック　奥方はご満足――？
テスマン　なんてお礼言っていいか。そりゃまあ――あちこちちょっと模様替えしなくちゃとは言ってますけど。
ブラック　そう？
テスマン　でももうお手をわずらわせることはないと思います。――座りませんか？
ブラック　ありがとう、ちょっとだけ。君と話したいことがあってねテスマン。
テスマン　ああ分かってます！　パーティの裏のやり繰りってやつ、うん？
ブラック　いや、金のことは何も急ぐわけじゃない。そりゃ、もうちょっとつつましくできればよかったと思うもちろん。
テスマン　でもそれは無理ですよ！　ヘッダのことを考えてください！　借家住まいなんて、とても――
ブラック　いやいや――
テスマン　それに、ぼくの教授就任はもうすぐだし。
ブラック　ああ――それね――そういうことはえてして時

間がかかる。
テスマン　何か新しい情報でも？
ブラック　別にはっきりしたことは何も――。しかし一つニュースがある。
テスマン　ええ？
ブラック　昔の君の友だち、エイレルト・レーヴボルグが、また町に来ている。
テスマン　知ってます。
ブラック　そう？　どこで聞いた？
テスマン　あの人から。今ヘッダが送ってった。
ブラック　そう？　なんていったあのご婦人？
テスマン　エルヴステード夫人。
ブラック　ああ、村長夫人。そう――レーヴボルグもあそこにいた。
テスマン　嬉しいじゃありませんか、彼は完全にまともな人間に戻ったんですって！
ブラック　うん、そういう噂だ。
テスマン　しかも新しい本を出したって？
ブラック　そう。
テスマン　大変好評！
ブラック　異常なくらい。
テスマン　嬉しい話だ。彼は素晴らしい才能の持ち主です。完全に身を持ち崩したと思ってましたが。
ブラック　みんなそう思ってた。
テスマン　でも、これからどうするつもりだろう！　どうやって生活していくか？

(10)

ヘッダ　テスマンはいつもいつも、人の生活のことばかり心配してる。
テスマン　何を言ってる――エイレルトのことだよ君。
ヘッダ　あそう？　あの人がどうかしたの？
テスマン　遺産はとうに使ってしまっただろうし、毎年新しい本を書くなんてこともできない。だから彼はどうなるんだろうって――
ブラック　昔は一族の星と期待されてた――
テスマン　昔は！　でも自分でそれを台無しにしてしまった。
ヘッダ　どうして分かる？　エルヴステードさんのところじゃ、あの人、人間復活をしたっていう。
テスマン　まあ、親戚でなんとか面倒をみてくれるといいんだが。ぼくもさっき手紙を書いたんです。今晩来るようにって書いたからねヘッダ。
ブラック　君、今晩はおれのところで独身パーティがあるじゃないか。ゆうべ桟橋で約束しただろ。
テスマン　本当だ。すっかり忘れてた。

ブラック　安心していい。彼はきっと来ない。
テスマン　どうして？
ブラック　テスマン――それからあなたも奥さん、どうせ隠しておくわけにはいかないから――
テスマン　エイレルトのこと？
ブラック　彼と君の両方だ。
テスマン　なんです判事さん、言ってください。
ブラック　君の教授指名は、思っているほど早くは行かない、そう覚悟しておく必要がある。
テスマン　何か不都合でも、うん？
ブラック　教授指名は、公開討論で決められるらしい。
テスマン　公開討論！　聞いたヘッダ？
ヘッダ　ふん――ふん。
テスマン　しかしだれと――まさか――
ブラック　そう、まさにエイレルト・レーヴボルグ。
テスマン　いやいや――そんなこと考えられない！　絶対にありえない！
ブラック　しかし、やはりそういうことになる。
テスマン　でも判事さん――それはぼくに対する最大の裏切りだ。ぼくは結婚したんですよ、教授就任を見込んで結婚したんです。借金もしてる。ユッレ叔母さんから金も借りてる。なんてこと――ぼくは教授の地位を約束されてたんですから。
ブラック　まあまあ――教授になるのは間違いない。ただ、その前に競争相手を負かすだけだ。
ヘッダ　一種のスポーツねテスマン。
テスマン　ヘッダ、どうしてそんな無関心でいられる！
ヘッダ　そんなことない。わたし結果がどう出るかわくわくしてる。
ブラック　いずれにせよ奥さん、事情を知ってらした方がいいと思いまして。つまり――あなたがどうしてもと言ってらっしゃるとかいう、その模様替えの前に。
ヘッダ　だからといって、予定変更はありません。
ブラック　そう？　それなら話は別。おいとまします！午後の散歩のあと呼びにくる。
テスマン　ああ！　何がなんだか分からなくなってしまった。
ヘッダ　さようなら判事さん、それじゃまた。
ブラック　さようならさようなら。
テスマン　さようなら判事さん！　ここで失礼します。

（11）

テスマン　ああヘッダ、見込みだけで結婚して家をかまえるなんて、おとぎ話みたいなことをしたもんだ。
ヘッダ　そう。
テスマン　まあ、それでも――この素晴らしい家だけはぼくらのものだ！　ふたりして夢見ていた屋敷。

ヘッダ　いろんなお客を招くサロンにする約束だった。

テスマン　ほんとに――それを楽しみにしてたのに――選ばれた客、君が女主人！　いやいやいや――しばらくは、ふたりだけで寂しく暮らすことになる。ときどきユッレ叔母さんが来るくらい――ああ、もっと違った暮らしをするはずだったんだが――！

ヘッダ　執事ももちろん、当分だめ。

テスマン　そんなもの――

ヘッダ　それから、馬も――

テスマン　馬！

ヘッダ　今は考えないことにする。

テスマン　言うまでもない！

ヘッダ　でもとにかく、慰めになるものをわたし、一つだけは持っている。

テスマン　それはいい！　なんだヘッダ、うん？

ヘッダ　わたしのピストル、イェルゲン。

テスマン　ピストル！

ヘッダ　ガブラー将軍のピストル。

テスマン　お願いだヘッダ――あんな危ないもので遊ばないでくれ――

第二幕

（１）

ヘッダ　こんにちは、判事さん！

ブラック　こんにちは、奥さん！

ヘッダ　撃つわよ、ブラック判事！

ブラック　やめてやめて！　こっちに向けないで！

ヘッダ　裏口から来るものは撃つ！　（撃つ）

ブラック　気でも違ったんですか――

ヘッダ　あなたに当たったのかしら？

ブラック　冗談もほどほどにしてください！

ヘッダ　じゃ、お入りになって判事さん。

ブラック　しょうのない――まだその遊びをやめない？　何を撃つんです？

ヘッダ　青空をこうやって――

ブラック　失礼奥さん。このピストルはよく知ってる。ケースは？　――これで遊びはお終い。

ヘッダ　じゃわたし、どうやって暇をつぶせばいい？

ブラック　お友だちは来ないんですか？

ヘッダ　だれも。みんなまだ避暑から戻ってない。

ブラック　テスマンも留守？

ヘッダ　ええ。お昼もそこそこに叔母さんちに走っててた。あなたがこんなに早く見えるとは思ってなかったんでしょう。

ブラック　ふん——それは気がつかなかった。わたしもばかだな。

ヘッダ　どうしてばか？

ブラック　そうでしょう。そういうことならもうちっと——早く来ればよかった。

ヘッダ　ええ、そうすればあなたは待ちぼうけ。わたしはお昼のあと部屋で着替えをしたから。

ブラック　でもドアには、ちっちゃな穴ぐらいあるでしょうお互い話のできる？

ヘッダ　そういう穴を作っておくの、あなた忘れてた。

ブラック　その点もまたばかだったってわけだ。

ヘッダ　それじゃ、座って待ちましょう。テスマンはすぐには戻りませんから。

ブラック　結構、わたしは我慢強い。

ヘッダ　で？

ブラック　で？

ヘッダ　わたしが先。

ブラック　ねえヘッダさん、もう少し気楽に話しましょう。

ヘッダ　わたしたち最後に話をしたのは永遠の昔だった。ゆうべと今朝は、もちろん数えない。

ブラック　わたしたち？

ヘッダ　ええ。

ブラック　わたしは毎日のようにこのあたりをうろついて、あなたが戻ってくることだけを願ってた。

ヘッダ　わたしも、同じことを願ってた。

ブラック　ほんとですかヘッダさん？　旅行を楽しんでるとばかり思ってた！

ヘッダ　ええ、まったく！

ブラック　テスマンの手紙にはいつもそう書いてあった。

ヘッダ　テスマン！　あの人は図書館にもぐり込んでるのがいちばん楽しい。ぼろぼろの資料を写しているのが。

ブラック　まあ、それがこの世における彼の天職。

ヘッダ　おっしゃるとおり。でもわたしは！　反吐が出るくらい退屈だった。

ブラック　本当に？

ヘッダ　まるまる半年の間、サロン仲間にはひとりも会わないいっしょに話のできるような人には。

ブラック　それはわたしもたまらないだろうな。

ヘッダ　その上どうにも我慢できないのは——いっしょにいるのが永遠に——ひとりの人、いつも同じ——

ブラック　朝から晩まで、年がら年中。

ヘッダ　永遠に、と言ったの。

ブラック　しかしわが善良なるテスマンは——

ヘッダ　あああん──そんなでれでれした言葉つかわないで──

ブラック　たとえその学者が──愛する人でも？

ヘッダ　学者というのは、いっしょに旅をして面白い人種じゃ決してない。長旅ならなおのこと。

ブラック　もちろん。

ヘッダ　テスマンは学者よあなた。

あなたそう思う？

ブラック　滑稽？　いいえ思いません。

ヘッダ　しかも、資料収集にかけては少なくとも一流！そのうちなんとか物になることもあるでしょう。

ブラック　あの頃、彼は非常に出世する男だとあなたは言ってた。

ヘッダ　ええ。だからあの人が、心からわたしの面倒を見たいと申し出たとき、それを受けちゃいけなかったなんてどうして言える？

ブラック　いやいや、そういうことなら当然──

ヘッダ　それは機嫌とりの男友だちよりはずっと優しい心づかいでした判事さん。

ブラック　いや、ほかの連中のことまではもちろん責任は持てません。しかしわたしに関するかぎり、常に夫婦の絆にはそれなりの尊敬の念を持っています。ま、一般的にですがねヘッダさん。

ヘッダ　わたしは一度だって、あなたのことで何か望みを持ったことはありません。

ブラック　わたしの望みはただ、愉快で気のおけないお付き合い。何くれとお役に立ち、自由な出入りを許してもらえる──安心できる友人──

ヘッダ　この家の主人《あるじ》の友人として──

ブラック　率直に申せば、女主人《あるじ》の友人、というのがい

ブラック　なんですヘッダさん！

ヘッダ　ええ、朝から晩まで文化史の話──！　それから、中世家内工業！　あれくらい退屈な話はない。

ブラック　しかし教えてくれませんか、本当のところどう考えればいいのか──？

ヘッダ　イェルゲンといっしょになったってこと？

ブラック　まあ、そういう言い方でもいい。

ヘッダ　そんなに不思議？

ブラック　不思議でもあり、不思議でもない。

ヘッダ　わたし踊り疲れてた、盛りはすぎた──いいえ──そんなこと、考えもしない！

ブラック　とんでもない、安心してらっしゃい。

ヘッダ　それに、イェルゲン・テスマンがあらゆる点で誠実であることはだれもが認めるでしょう。

ブラック　誠実堅固。間違いない。

ヘッダ　それに、どんな点でも滑稽な男だとは思わない。

い。もちろん、主人《あるじ》の友人でもある。そういう――なんというか、いわば三角関係――それはだれにとっても大変好都合なもの。

ヘッダ　ええ、わたし、旅行中はしょっちゅう三人目がいたらって思った。ああ――汽車のコンパートメントにたったふたりで座ってるなんて

ブラック　しかし幸いにして旅はもう終わり――

ヘッダ　つづく、まだまだ長く。ただ途中の駅についたというだけ。

ブラック　じゃあヘッダさん、ちょっと外に出て手足を伸ばすことぐらいできるでしょう。

ヘッダ　わたしは絶対に外には出ない。

ブラック　本当に？

ヘッダ　ええ、だって決まってそこにはだれかがいて――

ブラック　足元から見上げてる？

ヘッダ　そう。

ブラック　しかしいったい――

ヘッダ　嫌いなの。――そんなくらいなら座ってた方がましいったん座ってしまった席に。たった二人きりでも。

ブラック　まあ、それなら第三の男が乗ってきて席に加わります。

ヘッダ　ああそう――それなら話は別！

ブラック　安心のできる、物分かりのいい友人――

ヘッダ　世間話に精通していて、楽しく――

ブラック　学者くささはみじんもない！

ヘッダ　ああ、それはきっと心が晴れる。

ブラック　（テスマンを見て）三角関係の出来上がり。

ヘッダ　そして汽車は旅をつづける。

(2)

テスマン　ふぁあ暑い暑い――大汗かいた。これは、もう来てたんですか判事さん？　ベルテは何も言ってなかった。

ブラック　庭を通って来たんでね。

ヘッダ　なんの本を買ってきたの？

テスマン　新しい専門書、読まなくちゃならんものばかり。

ヘッダ　専門書？

ブラック　専門書ですよ奥さん。

ヘッダ　そんなに必要なの？

テスマン　こればかりは読みすぎるってことがない。出るものは次々と読まなくちゃ。それから、エイレルトの本も買ってきた。見るかいヘッダ？

ヘッダ　いいえ――あとで。

ブラック　どう思う――学者として？

テスマン　素晴らしい！　実に深い思想だ。これだけのも

のを書いたのは初めてじゃないかな。みんな奥へ運んどく。読むのが楽しみだ——！　それから着替えもしなくちゃ。何もすぐ出かけることはないでしょう？

ブラック　もちろんもちろん、急ぐことはちっともない。

テスマン　じゃあゆっくりします。そうだヘッダ。ユッレ叔母さん今晩来ないよ。

ヘッダ　そう？　やっぱり帽子のことにこだわってる？

テスマン　とんでもない。リーナ叔母さんの具合がよくないんだ。だけど叔母さんひどく喜んでた。君が旅行でとっても元気になったたって言ったら——

ヘッダ　いつもいつも叔母さん！

テスマン　うん？

ヘッダ　なんでもない。

テスマン　ああ、じゃあ。

(3)

ブラック　帽子ってなんのこと？

ヘッダ　今朝叔母さんが来たとき、自分の帽子を椅子におきっ放しにしてたので、わたし、わざと女中のものだと思ったふりをしたの。

ブラック　ヘッダさん、どうして人のいいお年寄りに！

ヘッダ　ええ——そういうことが突然心をつかんでしまう。そうするともう我慢できない。自分でも説明がつかない。

ブラック　あなた、どうも幸せじゃない。——それが理由です。

ヘッダ　分からない、どうしてわたしが幸せでなくちゃならないのか。あなた説明できます？

ブラック　ええ。ほかのことはさておいても、あなた今望んでたとおりの家を手に入れた。だから——

ヘッダ　そんな話、あなたも信じてる？

ブラック　じゃそうじゃなかった？

ヘッダ　それはもちろん——

ブラック　で？

ヘッダ　去年の夏、わたしパーティの帰りはテスマンにエスコートさせていたでしょう——

ブラック　残念ながらわたしの家は反対方向だった。

ヘッダ　そう。去年の夏はあなたまったく反対方向をむいていた。

ブラック　ヘッダさん！　しかし——その、あなたとテスマンのこと——？

ヘッダ　ええ、それである晩わたしたちここを通りかかったの。あわれなテスマンはもじもじのしつづけ。何ひとつ話の種がなくて。わたしあの学者先生がかわいそうになって——

ブラック　あなたが？

ヘッダ　ええ、お生憎くさま。それで――あの人を救うために――何気なく――こんな館に住みたいものだって言ったの。
ブラック　それだけ？
ヘッダ　その晩は。
ブラック　じゃそのあと？
ヘッダ　ええ。わたしの軽はずみはそのままじゃすまなかった。この大臣未亡人の屋敷を熱望することにおいてイェルゲン・テスマンとわたしの相互理解が成立した！　その結果、婚約結婚新婚旅行、そして何もかも。えええええ判事さん――寝床を敷きゃあ寝にゃならん、でしょう。
ブラック　これはいい！　実際はあなた、この家にちっとも興味は持っていなかった。
ヘッダ　持ってるもんですか。
ブラック　しかし今はどう？　あなたにいささかでも気に入られるようにいろいろ取りそろえておいたんですが
――
ヘッダ　どの部屋もどの部屋もラヴェンダーとすっぱいバラの匂い。でもそれはユッレ叔母さんのものかもしれない。
ブラック　いや、それは大臣未亡人の残り香でしょう。
ヘッダ　ええ、どこか死んだものの匂い。パーティの次の日のしおれ花。ああ判事さん――わたし今にここで恐ろしく退屈してくるんでしょうね。
ブラック　あなたの人生にも、何かなすべき仕事はあるんじゃありませんかヘッダさん？
ヘッダ　仕事――熱中できる？
ブラック　できれば。
ヘッダ　いったいどんな仕事。考えてみたけど――だめ。
ブラック　何？　言ってごらんなさい。
ヘッダ　テスマンを政界に送り込む。
ブラック　テスマンを！　政治なんてのは全然むいてない。
ヘッダ　わたしもそう思う。でもやっぱり、あの人を政治家にできたら？
ブラック　どうしてそんなことをさせたいんです？
ヘッダ　退屈だから。言ったでしょう！　あなたそれじゃ、テスマンが総理大臣になることは絶対に不可能だと思う？
ブラック　いいですかヘッダさん。そうなるためには彼はまず相当に金持ちでなくちゃならない。
ヘッダ　そうら出てきた！　わたしが落ち込んだのはこの貧乏ったらしい境遇！　それが人生をみじめにする！　滑稽この上ないものに！　――そう、そうよ。
ブラック　理由は別にあるとわたしは思いますね。

ヘッダ　どこに？
ブラック　あなたはまだ一度も、のっぴきならない目に会ったことがないんです。しかし今にそれを経験することになるでしょうね。
ヘッダ　あの教授指名の大騒ぎ！　それはテスマンの問題。わたしにはなんの関係もない。
ブラック　いやいやそれはそれでいい。しかし今に、いさ さか大げさにいうなら、大きな責任を伴うことが生じてくる——新しい責任、可愛いヘッダさん。
ヘッダ　お黙りなさい！　そんなこと絶対に——！
ブラック　まあ、せいぜい一年もたてば分かるどんなに長くても。
ヘッダ　わたしにはそういう能力はありませんません判事さん。
ブラック　あなたにも、ほかの女と同じそういう能力は——？
ヘッダ　お黙んなさいと言ったでしょう！　——わたしよく思うの、自分にはこの世でたった一つの能力しかない——。
ブラック　なんですかおたずねしてよろしければ？
ヘッダ　死ぬほど退屈すること。これでお分かり？　——そうら、教授どののお出ましだ。
ブラック　まあまあヘッダさん！

（4）

テスマン　ヘッダ、エイレルトから断ってきた？
ヘッダ　いいえ。
テスマン　じゃ、今にきっと来るよ。
ブラック　本当に来ると思う君は？
テスマン　ええ、確信してます。だって今朝あなたが言われたことはただの噂でしょう。
ブラック　そう？
テスマン　ええ、ユッレ叔母さんは、彼がぼくの邪魔をするなんてことは絶対にないって言ってました。
ブラック　ああ、それならすべてめでたしだ。
テスマン　だからすみません、できるだけ彼の来るのを待っていたいんですが。
ブラック　時間はたっぷりある。パーティが始まるのは七時すぎ——。
テスマン　それじゃ、それまでヘッダの相手をして。で、どうなるか見てみましょう。
ヘッダ　最悪の場合でも、レーヴボルグさんはここでわたしがお相手します。
ブラック　最悪の場合って？
ヘッダ　あなたがたとごいっしょできないと言われても。
テスマン　しかしヘッダ——ふたりっきりで大丈夫？　叔母さんは来ないんだよ。

ヘッダ　ええ、でもエルヴステードさんがいらっしゃる。だから三人でお茶でも飲んで。
テスマン　ああ、それならいい！
ブラック　彼のためには、それがいちばんでしょうね。
ヘッダ　どうして？
ブラック　いやいや奥さん、あなたいつも、わたしの小さなパーティのことを悪く言ってたじゃありませんか。あれは本当に性根のしっかりした男にしかすすめられないって。
ヘッダ　でも今はレーヴボルグさん、性根がしっかりしてます。悔い改めた罪人――
ベルテ　奥さま、男の方がいらしてます、お目にかかりたいと――
ヘッダ　お通しして。
テスマン　きっと彼だよ！

(5)

テスマン　いやあエイレルト――やっとまた会えた！
レーヴボルグ　手紙をありがとう。お手をいただいてもよろしいでしょうかテスマン夫人？
ヘッダ　ようこそレーヴボルグさん。おふたり、お知り合い？
レーヴボルグ　ブラック判事ですね。
ブラック　ずいぶん前に――
テスマン　ささ、自分の家だと思ってくつろいでくれエイレルト！　ねえヘッダ？　――またこの町に住むつもりだって聞いたけど？
レーヴボルグ　そう。
テスマン　うんうん。そうだ、君の新しい本買ったよ。まだちゃんとは読んでないんだが。
レーヴボルグ　そんなむだはやめた方がいい。
テスマン　どうして？
レーヴボルグ　大したことは書いてないから。
テスマン　えっ――自分でそんなこと言う！
ブラック　しかし、非常に好評だと聞いてますが。
レーヴボルグ　それが狙いで。だれにでも気に入る本を書いたんです。
ブラック　なるほどなるほど。
テスマン　しかしねえエイレルト――！
レーヴボルグ　おれは今、新しく自分の地位を築きたいと思ってる。
テスマン　ああ、そりゃそうだろう？
レーヴボルグ　だから、（原稿をとり出し）これが出たらイェルゲン、君も読んでくれ。これは本ものだ。全身全霊を打ちこんだ。
テスマン　そう？　どういうもの？

レーヴボルグ　続編だ。
テスマン　続編って、なんの？
レーヴボルグ　あの本の。
テスマン　今度出た本？
レーヴボルグ　もちろん。
テスマン　しかしね――あれは現代まで書いてある。
レーヴボルグ　そう、だからこれは未来を論じている。
テスマン　未来を！　だけど、ぼくら未来のことなんて何も知らないだろ。
レーヴボルグ　そう。それでも論じることはある。見てくれ――
テスマン　これ、君の筆跡？
レーヴボルグ　口述したんだ。二部に分かれてる。第一部が未来の文化の力について。第二部は――未来の文化の方向について。
テスマン　驚いたな！　こんなものを書くなんて、ぼくにはとても思いつかない。
ヘッダ　ふん――とてもとても。
レーヴボルグ　君に少し読んで聞かせようと思って持ってきた。
テスマン　それはどうも。でも今晩は――どう都合をつければいいか――
レーヴボルグ　それじゃ、またのとき。急ぐわけじゃない。
ブラック　実はレーヴボルグさん――今晩わたしのところでちょっとした集まりがあるんです。主賓はテスマン――
レーヴボルグ　ああ、それじゃ長居は――
ブラック　いやねえ、あなたもおいでくださるという光栄を賜わるわけにはいきませんか？
レーヴボルグ　いいえだめです。ご好意は感謝しますが――
ブラック　まあそう言わずに来てください。気のおけない連中ばかり、きっと〈陽気〉になりますよ、ヘッダ――いや奥さんが言われるように。
レーヴボルグ　そうでしょう。しかし、わたしは――
ブラック　そうすれば、その原稿をお持ちになって、わたしのところでテスマンに読んで聞かせることもできる。部屋はいくらもあるから。
テスマン　そうだよエイレルト、ほんとにそうだ。
ヘッダ　でもあなた、レーヴボルグさんにはその気がおありにならない！　ここでくつろいで、わたしといっしょに夕食をいただくほうがずっといいの。
レーヴボルグ　あなたとごいっしょに！
ヘッダ　それからエルヴステードさんも。
レーヴボルグ　ああ――あの人には、お昼にちょっと会った。

ヘッダ　お会いになった？　あの人ここにいらっしゃる。だからどうでもいてくださらなくちゃ。そうじゃないと、あの人を宿まで送ってく人がいなくなる。

レーヴボルグ　そう。――ありがとう。それじゃ残ってます。

ヘッダ　じゃちょっと女中に――

テスマン　ねえエイレルト――その新しい本――未来について。君が講演をするのもそれのこと？

レーヴボルグ　そう。

テスマン　本屋で、君がこの秋に連続講演をやるって聞いたもんで。

レーヴボルグ　そのつもりだ。悪く思わないでくれテスマン。

テスマン　とんでもない！　だけど――？

レーヴボルグ　君には面白くないだろう。よく分かってる。

テスマン　いや、ぼくは何も君にどうこう――

レーヴボルグ　しかし、君が教授の指名を受けるまでは待つつもりだ。

テスマン　待つ！　そう、そうなのか――じゃあ、ぼくと資格審査の討論をやる気はない？　うん？

レーヴボルグ　ない。おれが君より上に立ちたいのは世間の評価だけだ。

テスマン　これはまた――やっぱり叔母さんの言ったとおりだった！　そう、ぼくにも分かってた！　ヘッダ！　どう――エイレルトはね、ぼくらの邪魔をする気なんか全然ないって！

ヘッダ　ぼくら？　わたしははずしていただく。

テスマン　でも判事さん、あなたどう思います？

ブラック　そうだね、世間の評価――これはもちろん立派なことで――

テスマン　そりゃそうでしょう。でも――

ヘッダ　あなたったら、まるで雷にでも打たれたみたい。

テスマン　そうだよ、まったく――

ブラック　われわれを襲ったのはたしかに雷雨でした奥さん。

ヘッダ　どう？　殿方は奥で冷たいパンチをいかが？

ブラック　もうおいとましようと思ってたんですが、ま、悪くありませんね。

テスマン　申し分ないヘッダ！　まったく申し分ない！　気分が浮き浮きしてきたときは――

ヘッダ　どうぞあなたも、レーヴボルグさん。

レーヴボルグ　いやありがとう。わたしは結構。

ブラック　しかしね、冷たいパンチは何も毒ってわけじゃない。受け合いますよ。

レーヴボルグ　だれにでもとは言えないでしょう。
ヘッダ　レーヴボルグさんはしばらくわたしがお相手してます。
テスマン　そうだねヘッダ、じゃそうしてくれ。

⑥

ヘッダ　よろしかったら、写真をお見せしましょう。テスマンとわたし――帰国の途中にチロルを旅してきましたの。この山脈、ね、レーヴボルグさん？　オルトレル連山。テスマンが下に書き込んでるでしょう。メランのオルトレル連山。
レーヴボルグ　ヘッダ――ガブラー！
ヘッダ　しっ！
レーヴボルク　ヘッダ・ガブラー！
ヘッダ　以前はそう言った。――つき合ってた頃は。
レーヴボルグ　これからはもう、ヘッダ・ガブラーと呼ぶことはできないのか。
ヘッダ　そう。さっさと馴れた方がいい。早ければ早いほど。
レーヴボルグ　ヘッダ・ガブラーが結婚？　相手は、イェルゲン・テスマン！
ヘッダ　そういうわけ。
レーヴボルグ　ヘッダヘッダ――君はどうして自分を投げすてたんだ！
ヘッダ　違う！
レーヴボルグ　何が？
ヘッダ　（テスマンが近づく）それから、これねレーヴボルグさん、アムペッゾ峡谷から撮ったの。ほら、この頂を見てごらんなさい。ねえあなた、この変な山なんて名前だった？
テスマン　どれ。ああ、ドロミテ山脈。
ヘッダ　そうそう！　――ドロマミレ山脈レーヴボルグさん。
テスマン　ねえヘッダ――やっぱりパンチを持ってこようか？　君だけでもどう？
ヘッダ　ええお願い。ついでにビスケットも少し。
テスマン　よし。（退く）
レーヴボルグ　教えてくれヘッダ――君にどうしてこんな結婚ができた？
ヘッダ　君呼ばわりをつづけるなら、もう口をきかない。
レーヴボルグ　二人きりでも君と言ってはいけないのか？
ヘッダ　心の中なら。でも口に出してはいけない。
レーヴボルグ　なるほど、愛情に傷がつく――イェルゲン・テスマンへの。
ヘッダ　愛情？　ま、いいこと言う！
レーヴボルグ　愛情じゃない！

ヘッダ　だからといって不貞の心もない。そういうものは無関係。
レーヴボルグ　ヘッダ――言ってくれ一つだけ――
ヘッダ　しっ！
テスマン　（また近づいて）そうら！　うまいよこれは。
ヘッダ　どうしてご自分で給仕するの？
テスマン　君に給仕をするのはとっても楽しいからヘッダ。
ヘッダ　でもあなた、グラス二つも。レーヴボルグさん召し上がらないのよ――
テスマン　今にエルヴステードさんが見えるだろ。
ヘッダ　ああそうね――エルヴステードさん――
テスマン　忘れてた？　うん？
ヘッダ　あんまりこれに熱中してたものだから。あなた、この小さな村覚えてる？
テスマン　ああ、ブレンネル峠の下の村！　そこでぼくら一晩すごした――
ヘッダ　――避暑に来てた面白い人たち。
テスマン　そうそう。ねえ――君も来ればよかったのにエイレルト！　じゃあ。（退く）
レーヴボルグ　言ってくれ、これだけヘッダ――
ヘッダ　ええ？
レーヴボルグ　おれとの間に愛情はなかったのか？　ひとかけらも――その影さえも？
ヘッダ　実際、そんなものあったかしら？　わたしたちは親しい同志！　心からの誠実な同志。あなたはなんでも打ち明けた。
レーヴボルグ　話してくれと言われたから。
ヘッダ　思い返してみると、何か美しい、感動的な、勇ましいところさえあったような気がする、あの――ひそかな、誠実な、夢のような同志の絆。
レーヴボルグ　そう！　――お昼のあとに将軍を訪ねると――窓際で新聞を読んでらした――こっちに背をむけて――
ヘッダ　わたしたちは、隅のソファに座る――
レーヴボルグ　ふたりの前にはいつもグラビア雑誌――
ヘッダ　アルバムじゃなくて。
レーヴボルグ　そしておれは告白した！　ほかのだれも知らないおれ自身のこと。昼も夜もほっつき歩き、狂ったようにばか騒ぎをしていた、それを打ち明けた。くる日もくる日もばか騒ぎ。ああヘッダ――どんな力だったんだあれは？　おれにあんなことを告白させたとは？
ヘッダ　力？
レーヴボルグ　あの――あいまいな問いかけ――
ヘッダ　察しがよかったあなたは――
レーヴボルグ　あんなことを！　大胆にも！

ヘッダ　あいまいに。忘れないで。

レーヴボルグ　しかし大胆だった。　あんなことを――おれに聞くとは！

ヘッダ　それであなた答えたとはねレーヴボルグ。

レーヴボルグ　そう、それが不思議。しかし教えてくれヘッダ――ふたりの間には本当に愛情はなかったのか？　君にはおれを洗い浄めようという気持はなかったのか――おれが逃げ場を求めてすべてを告白したとき？　そうじゃなかったのか？

ヘッダ　ええ、完全にはね。

レーヴボルグ　じゃなんであんなことを？

ヘッダ　それがそんなに不思議？　若い女が――人に隠れて――世の中のことをちょっと知りたいと思う――

レーヴボルグ　世の中のどんな――？

ヘッダ　若い女には隠されていること。

レーヴボルグ　それが理由？

ヘッダ　それも――だったと思う。

レーヴボルグ　じゃどうして長続きしなかった、あの同志の絆は？

ヘッダ　あなたのせい。

レーヴボルグ　絆を断ったのは君だ。

ヘッダ　それはわたしたちの仲が危うく現実的なものになりかけたから。あなたわたしを力づくでしたがわせようとした！

レーヴボルグ　どうして本気でやってしまわなかった！どうしておれを撃たなかった、撃つと脅しておいて！

ヘッダ　怖いのわたし、スキャンダルがとても。

レーヴボルグ　そうだヘッダ、君は本当は臆病なんだ。

ヘッダ　この上なく臆病。でもあなたには幸いだった。今エルヴステードさんのところで優しく慰めてもらってるんだから。

レーヴボルグ　テーアが話した。知ってる。

ヘッダ　そしてわたしたちのことも彼女に話してあげた？

レーヴボルグ　ひと言も。そういうことには彼女は鈍すぎる。

ヘッダ　鈍い？

レーヴボルグ　そういうことには鈍い。

ヘッダ　そしてわたしは臆病。――でも、一つだけ話してあげる。

レーヴボルグ　ええ？

ヘッダ　あれが、あなたを撃たなかったことが――わたしのいちばんの臆病じゃなかった――あの晩の。

レーヴボルグ　ヘッダ！　ヘッダ・ガブラー！　そうなのか！　君とおれとは――やはり――

ヘッダ　違う！　そんなこと何ひとつ――！

（7）

ヘッダ　ああやっと！　可愛いテーア――お入りなさい！　とても待ったのよテーア！

エルヴステード夫人　ご主人にご挨拶を――？

ヘッダ　いいのあのふたりはほっといて。もうすぐ出かけるんだから。

エルヴステード夫人　おでかけ？

ヘッダ　ええ。お酒盛りに行くの。

エルヴステード夫人　あなたは行かないでしょ？

レーヴボルグ　うん。

ヘッダ　レーヴボルグさんはわたしたちといっしょにお残りになる。

エルヴステード夫人　ああ、ここはいい気持！

ヘッダ　お生憎ちっちゃなテーア！　そこじゃなくて、ここ。

エルヴステード夫人　ええ、どうぞお好きに。

レーヴボルグ　この人、こうして眺めてるととてもきれいでしょう？

ヘッダ　ただ眺めてるだけ？

レーヴボルグ　ええ。――この人とおれとは――本当の同志ですから。心から信頼しあってる。だから大胆に話し合える――

ヘッダ　あいまいなところは少しもない、ね、レーヴボルグさん？

レーヴボルグ　まあ――

エルヴステード夫人　ああ、わたしとってても幸せ！　だって――この人ね、わたしがインスピレーションを与えたって言うの。

ヘッダ　まあ、そんなことをあなた？

レーヴボルグ　それに、この人には行動する勇気がある！

エルヴステード夫人　まあ、わたしに勇気だなんて！

レーヴボルグ　同志にかかわることなら。

ヘッダ　勇気――そう！　それさえあれば。

レーヴボルグ　ええ？

ヘッダ　そうしたら、この世を生きることもできるでしょう。さあ、可愛いテーア、どうぞ冷たいパンチを召し上がれ。

エルヴステード夫人　いいえ結構――わたしいただきません。

ヘッダ　そう、それじゃあなたはレーヴボルグさん。

レーヴボルグ　ありがとう、わたしも飲みません。

エルヴステード夫人　ええ、この人も飲みません！

ヘッダ　わたしがおすすめしても？

レーヴボルグ　変わりません。

ヘッダ　わたしにはあなたを動かす力はこれっぽっちもない？　あわれなわたし。

レーヴボルグ　このことは、そう。

ヘッダ　まじめな話、あなたやはりお飲みになる方がいいと思うご自分のために。

エルヴステード夫人　とんでもないヘッダ――！

レーヴボルグ　どうして？

ヘッダ　それとも、ほかの人のために正確に言えば。

レーヴボルグ　そう？

ヘッダ　だって、さもないと人はすぐに――あなたが本当にはまだ自由に振る舞えない――ご自分を本当には信用してないんだと思うでしょう。

エルヴステード夫人　そんなことヘッダ――！

レーヴボルグ　好きなように思えばいい――なんとでも。

エルヴステード夫人　ええそう！

ヘッダ　さっき、判事さんの顔にはっきり見えてた。

レーヴボルグ　何が？

ヘッダ　あなたには向こうのテーブルに座る勇気がないのを見て、あざけりの笑いを浮かべてた。

レーヴボルグ　勇気がない！　おれはここで話していたかっただけだ。

ヘッダ　でも判事さんはそう思わなかったみたい。それからあの人、薄笑いしてテスマンに目で合図してた、あのパーティの招待を受ける勇気があなたになかったとき。

レーヴボルグ　勇気！　勇気がないというんですか？

ヘッダ　わたしじゃない。判事さんがそういう顔をしてたっていうの。

レーヴボルグ　勝手にさせときましょう。

ヘッダ　じゃああなた、やはりごいっしょされない？

レーヴボルグ　あなたとテーアとここにいます。

エルヴステード夫人　そうよヘッダ――言うまでもない！

ヘッダ　ゆるぎない人格、強固な意志。これこそ模範的な男性！　ね、わたしの言ったとおりでしょ、今朝あなたが絶望してやって来たとき――

レーヴボルグ　絶望？

エルヴステード夫人　ヘッダ、そんな――！

ヘッダ　死ぬほど心配することなんかちっともなかった。さあ！　これでわたしたち三人陽気にやれる！

レーヴボルグ　どういうことですか奥さん！

エルヴステード夫人　なんてことを言うのヘッダ！　なんてことを！

レーヴボルグ　死ぬほどの心配。おれのために。

エルヴステード夫人　ああヘッダ――ひどい！

レーヴボルク　それが同志の絆か。

エルヴステード夫人　ねえあなた――聞いてちょうだい――

レーヴボルグ　君に乾杯だテーア！

エルヴステード夫人　ヘッダヘッダ――あなたわざとこん

なことを！

ヘッダ　わざと！　気でも違ったの？

レーヴボルグ　それからあなたにも乾杯奥さん。本当のことをありがとう。

ヘッダ　さあ――今はこれまで。パーティに行くのを忘れないで。

エルヴステード夫人　いえいえいえ！

ヘッダ　しっ、あそこで見てる。

レーヴボルグ　テーア、正直に言いたまえ――

エルヴステード夫人　ええ！

レーヴボルグ　君がここに来たことは、村長も承知なんだろう？

エルヴステード夫人　ああ――この人の言うことったら！

レーヴボルグ　町に来ておれの面倒をみるというのは村長と相談して決めたのか？　またおれを事務所で使いたかった、それともカード遊びのお相手か？

エルヴステード夫人　ああレーヴボルグレーヴボルグ！

レーヴボルグ　老いぼれ村長どのにも乾杯！

ヘッダ　もうだめ。あなた出かけて行ってテスマンのために朗読するの。忘れないで。

レーヴボルグ　おれはなんてばかなんだテーア。こんな風に思うなんて。許してくれ、君は大切な大切な同志。見せてやる――君にもほかのものにも――かつて身を持ち崩したおれは、今はっきり立ち直っている君のおかげでテーア。

エルヴステード夫人　ああ神さま感謝します――

（８）

ブラック　さあ、奥さん、時間です。

ヘッダ　そうね。

レーヴボルグ　わたしも判事さん。

エルヴステード夫人　ああレーヴボルグ――やめてちょうだい！（ヘッダ、つねる）痛い！

レーヴボルグ　あなた、ご親切にわたしを誘ってくださった。

ブラック　じゃ、やっぱりいらっしゃる？

レーヴボルグ　ええお言葉に甘えて。

ブラック　それはそれは、嬉しいかぎり。

レーヴボルグ　これを本屋に渡すまえに君にちょっと見せたいんだ。

テスマン　いやほんとに――それはいい！　――しかしエルヴステードさんをお送りするのはどうするヘッダ、うん？

ヘッダ　そんなことなんとでもなります。

レーヴボルグ　もちろん、わたしが戻ってきてお送りします。十時ころ奥さん？　よろしいですか？

ヘッダ　えええええ。たいへん結構。

テスマン　それで万事解決だ。しかしぼくはそんなに早く帰ると思わないでくれよヘッダ。

ヘッダ　ええいつまでも――お好きなだけ。

エルヴステード夫人　レーヴボルグさん――それじゃわたし、ここでお待ちします。

レーヴボルグ　分かりました奥さん。

ブラック　さあさあみなさまがた、浮かれ行列のくり出しくり出し！　陽気にやりたいものですね、さる美わしきご婦人の申されるとおりに。

ヘッダ　その美わしき婦人も隠れミノを着てその場に居合わせたいもの――！

ブラック　どうして隠れミノ？

ヘッダ　あなたの裸の陽気さをちょっとのぞくために判事さん。

ブラック　それは、美わしきご婦人にはおすすめできませんね。

テスマン　いやあ上手いこと言う！

ブラック　ではさようならご婦人がた！

レーヴボルグ　それじゃ十時ころに。

（9）

エルヴステード夫人　ヘッダ――いったいどうなるんでしょう！

ヘッダ　十時――そのときあの人は戻ってくる。その姿、目に浮かぶ。葡萄の葉で頭を飾り、熱烈に、大胆に。

エルヴステード夫人　ええ、そうだといいんですけど。

ヘッダ　そのときこそ、ねえあなた――そのときこそ、あの人は自分に打ち克つ力を持ったことになる。そのときこそ、あの人は生涯にわたる自由な男になる。

エルヴステード夫人　あなたのおっしゃるとおり戻って来さえすれば――

ヘッダ　疑いたいなら好きなだけ疑いなさい。わたしは信じてる。見ていましょう――

エルヴステード夫人　あなた、何か下心があるのねヘッダ！

ヘッダ　そう。わたし一生に一度だけでも、人の運命を左右してみたいの。

エルヴステード夫人　左右したじゃない？

ヘッダ　ない――一度も。

エルヴステード夫人　でも、ご主人は？

ヘッダ　そんなこと。ああわたしがどんなに貧しいかあなたに分かったら。あなたはそんなに豊か！　わたしやっぱりあなたの髪の毛を焼いてやる。

エルヴステード夫人　やめてやめて！　あなたが恐い。

ベルテ　食堂にお茶の用意ができました奥さま。

ヘッダ　ありがとう、すぐに行く。

エルヴステード夫人　いえいえいえ！　わたしひとりでも宿へ帰る！　今すぐに！

ヘッダ　何を言ってる！　まずお茶をいただくの可愛いおばかさん。それから――十時になると――エイレルト・レーヴボルグが戻ってくる、葡萄の葉で頭を飾って。

第三幕

(1)

エルヴステード夫人　まだだ！　――どうしよう、まだ戻ってこない！　――だれか？

ベルテ　はい、この手紙が――。

エルヴステード夫人　手紙！　見せてください！

ベルテ　いえ、テスマンお嬢さまの女中が持ってきたんです。ここにおいときましょう。――ちょっとストーヴをつけましょうか？

エルヴステード夫人　ありがとう、わたしは結構。

ベルテ　はい、それじゃ。

(2)

ヘッダ　ああ、まだここにいた――！　何時テーア？

エルヴステード夫人　七時すぎ。

ヘッダ　わたしたち四時まで起きてた――あんなばかなことしなくてもよかったのに。

エルヴステード夫人　少しは眠れました？

ヘッダ　ええかなり。あなたは？

エルヴステード夫人　全然。眠るなんてとてもそんなこと！

ヘッダ　さあさあ！　心配することなんか何もない。テスマンは真夜中に戻ってガタガタしたくなかったのよ。多分、見られたものじゃない格好だったんでしょう。

エルヴステード夫人　それじゃどこへ？

ヘッダ　もちろん叔母さんの家。あそこにはまだ昔の部屋がそのままになってる。

エルヴステード夫人　そんなはずありません。さきほど、あそこからご主人に手紙が来ました。

ヘッダ　そう？　(手紙を見て) たしかに叔母さんから。それじゃあの人まだ判事さんのところ。エイレルト・レーヴボルグは、葡萄の葉で頭を飾って原稿を朗読している。

エルヴステード夫人　ヘッダ、あなた出まかせを言ってる。

ヘッダ　あなたってほんとにおばかさんねテーア。それに死ぬほど疲れてるみたい。

エルヴステード夫人　ええ。

ヘッダ　だからわたしの言うとおりにするの。わたしの部屋で少し横におなりなさい。
エルヴステード夫人　いえいえ――眠るなんてとても。
ヘッダ　大丈夫。
エルヴステード夫人　でもご主人がお帰りになったらすぐにお聞きしなくちゃ――
ヘッダ　帰って来たら教えてあげる。
エルヴステード夫人　約束してくださる？
ヘッダ　ええ、心配しないで。
エルヴステード夫人　ありがとう。それじゃ、ちょっとだけ。

（3）

ヘッダ　おはよう。
テスマン　ヘッダ！　こんなに早く！　うん？
ヘッダ　ええ。
テスマン　てっきりまだベッドん中だと思ってた！
ヘッダ　しっ！　エルヴステードさんがわたしの部屋で休んでる。
テスマン　エルヴステードさん。まだここに？
ヘッダ　だって、だれがお送りするの？
テスマン　ああそうだった。
ヘッダ　判事さんのところどうでした？
テスマン　ぼくのこと心配だった、うん？
ヘッダ　ちっとも。面白かったかどうか聞いてるだけ。
テスマン　そりゃあ、ああいうのもたまにはね。――そう、エイレルトが読んで聞かせてくれた。ブラックが準備をしている間、原稿を。
ヘッダ　そう？　それで――？
テスマン　いやあ信じられない！　あんな素晴らしいものを書くなんて！　正直言ってねヘッダ、彼が読んでいる間――ぼくの心に実にいやらしい気持がわいてきた。
ヘッダ　いやらしい？
テスマン　ぼくはエイレルトに妬みを感じた。
ヘッダ　なるほど！
テスマン　だから、あんな才能の持ち主が――やっぱり全然だめな男だと分かってほんとに残念だ。彼には自分を抑える力がまったくない。
ヘッダ　どうなったの――そのあと？
テスマン　あれはバッカス顔負けの乱痴気騒ぎ。
ヘッダ　あの人、葡萄の葉で頭を飾ってた？
テスマン　葡萄の葉？　いや、そんなものは見なかった。でも、彼はある女の話を長々ととりとめもなくやってね。彼にインスピレーションを与えたとかなんとか。
ヘッダ　その人の名前も言った？
テスマン　いや。だけどエルヴステードさんだってことはすぐに分かった。

ヘッダ　あの人とどこで別れたの？

テスマン　ブラックの家を出たあと。ぼくたち最後に残った連中はいっしょにくり出したんだ。ブラックも夜風にあたりたいと言ってついてきた。そこでぼくたち、エイレルルトを宿まで送ることに衆議一決した。あいつしこたま飲んでたんでね！

ヘッダ　そう。

テスマン　しかしそれから大変なことが起こった。それとも悲しいことと言うべきか。ああ、エイレルルトのためにも恥ずかしいよこの話は。

ヘッダ　なんなの？

テスマン　道の途中、いいか、ぼくはたまたまほかのものより少し遅れてしまった、ほんの少し。で、追いつこうとあとを急いだら、道端に何を見つけたと思う？　うん？

ヘッダ　分かるわけないでしょう！

テスマン　だれにも言うなよヘッダ、いいか！　エイレルトのためだ、約束してくれ？　どう――これだよ。

ヘッダ　あの人がゆうべ持ってたもの？

テスマン　そう、大事な大事な、二度と書けない原稿！これを落としてしまった。そして気もつかない。悲しいことだよ――

ヘッダ　どうしてすぐに返してあげなかったの？

テスマン　返すなんてとんでもない――あんな状態で――

ヘッダ　あなたが見つけたこと、だれかに話した？

テスマン　そんなことエイレルトのためにも話したりはしない。

ヘッダ　じゃあなたが持っていることは、だれも知らないの？

テスマン　だれも。知られちゃいけない。

ヘッダ　そのあと、あの人とは――？

テスマン　会ってない。通りに出ると消えてしまってた。

ヘッダ　そう？　だれかが宿に送って行ったんじゃないの。

テスマン　うん、そうかもしれない。ブラックもいなくなってたから。ちょっと休んでからこれを持ってってやらなくちゃ。

ヘッダ　いえ、返さないで！　あの、すぐには。わたしも読みたいから。

テスマン　いやいやヘッダ、それはだめだ。

ヘッダ　だめ？

テスマン　だって考えてもごらん、目を覚ましたとき、原稿がないのに気がついたらどんな気持ちがするか。絶望するよ。写しもとってないんだ！　自分でそう言ってた。

ヘッダ　それじゃ、これをもう一度書くことはできない？　もう一度新しく。
テスマン　不可能だろう。インスピレーションなんだから　こういうのは！
ヘッダ　ええええ！　そうそう——あなたに手紙が来てた。そこにある。
テスマン　なんだろう——！
ヘッダ　今朝早くに来たの。
テスマン　ユッレ叔母さんからだ。何ごとだ？　ヘッダ——リーナ叔母さんが危篤だって！　もう一度会いたかったら、急いで来るようにって。飛んでかなくっちゃ。
ヘッダ　飛んでく？
テスマン　ねえヘッダ、——君もいっしょに来る気はないかな。どう？
ヘッダ　いえいえ、それは言わないで。わたし、病人とか死人を見るのは嫌い。醜いものはどんなものもいや。
テスマン　ああ仕方がない——間に合えばいいが——
ヘッダ　さあ、飛んでかなくちゃ——
ベルテ　判事のブラックさまがお見えです。
テスマン　こんなときに！　とても会ってられない。
ヘッダ　わたしはかまわない。お通しして。（原稿を指して）これは、テスマン！
テスマン　ああ、ぼくが持ってる。
ヘッダ　いえいえ、いない間しまっといたげる——

（4）

ヘッダ　まあ、あなたってほんとに早起き鳥。
ブラック　ええ。出かけるところ？
テスマン　実は、リーナ叔母さんが危篤なんです。
ブラック　そう？　じゃ、おかまいなく。
テスマン　ええ、走ってかなくちゃ——さようなら、さようなら！（去る）
ヘッダ　ゆうべ、あなたのところは陽気どころじゃなかったようね判事さん。
ブラック　テスマンはなんて言ってました？
ヘッダ　これといって面白そうなことは何も。
ブラック　レーヴボルグのことも？
ヘッダ　あの人、だれか宿まで送ってってたとか。
ブラック　テスマンが？
ヘッダ　いいえ、ほかのものって言ってました。
ブラック　イェルゲン・テスマンは、実際、無邪気な男ですよヘッダさん。
ヘッダ　それはまぎれもない事実。でも何かあったの？
ブラック　ないとは言えません。
ヘッダ　そう！　座りましょう判事さん。もっとゆっくりお話しができる。――それで？
ブラック　わたしは、わけがあって客たちのあとをつけて行った、ゆうべ。――いや、もっと正確には、客の何人かのあとを。
ヘッダ　その中にエイレルト・レーヴボルグもいた。
ブラック　実を言えば――そう。
ヘッダ　たまらなく気をそそる
ブラック　彼とほかの連中が一晩をどこで過ごしたか、お分かりヘッダさん？
ヘッダ　話すつもりならさっさと話して。
ブラック　話しますよ。連中はね、さる宴に顔を出した。
ヘッダ　陽気なもの？
ブラック　最高に陽気なもの。
ヘッダ　もう少しそのことを判事さん――
ブラック　レーヴボルグは前もって招待されていたんです。わたしはそれを知ってました。ところが、彼はその招待を断った。なぜって彼は、今やまったく新しい人間になったんですからご存じのように。
ヘッダ　エルヴステードさんのところで。だけどあの人、やはりそこへ行った？
ブラック　そう――彼はゆうべ、わたしのところで不幸なインスピレーションにとりつかれた。
ヘッダ　興奮気味だったって――
ブラック　かなり激しい興奮。まあ、そこで思うに彼の考えが変わったんでしょうね。われわれ男というものは、残念ながら常にしっかりした性根を持っているとはかぎりませんから。
ヘッダ　あなたは別でしょう判事さん。で、レーヴボルグはそのあと――？
ブラック　簡単に言えば――彼はミス・ダイアナのサロンに現れた。
ヘッダ　ミス・ダイアナ？
ブラック　宴の女主人はミス・ダイアナ。ごく内輪の崇拝者の集まり。
ヘッダ　赤毛の女の人？
ブラック　そう。
ヘッダ　一種の――歌うたい？
ブラック　ええ。その上、ダイアナは名うての狩人――男狩りの、ヘッダさん。耳にされたことがあるでしょう。レーヴボルグはあの女のいちばんの親密なパトロンだった、かつて華やかなりし頃。
ヘッダ　でどうなった？
ブラック　あまり穏やかじゃなかったようです。ミス・ダイアナ、心からの歓迎転じてとっくみ合い――
ヘッダ　レーヴボルグと？
ブラック　そう。彼はあの女かほかのものに、何かを盗まれたと言い出した。手帳とかなんとか。つまり一騒動起こしたってわけ。

ヘッダ　それで？

ブラック　おきまりのコース、男女入り乱れてまるでニワトリの喧嘩。幸い、警察が駆けつけて——

ヘッダ　警察まで？

ブラック　ええ。これはレーヴボルグにとってかなり高くついた遊びでしょうね。ばかな男だ。

ヘッダ　そう！

ブラック　彼はめちゃくちゃに抵抗した。警官の頭を撲り、上着を引き裂いて。それで警察へ連行された。

ヘッダ　あなた、それをどこでお知りになったの？

ブラック　警察で。

ヘッダ　そういうこと。じゃあの人、葡萄の葉で頭を飾ってなかった。

ブラック　葡萄の葉ってヘッダさん？

ヘッダ　でも教えてくださらない判事さん——あなたどうしてエイレルト・レーヴボルグのことをそんなに気にされるの？

ブラック　第一に、尋問のとき、彼が出て行ったのはわたしの家からだということになればわたしもまったく無関係ではいられなくなる。

ヘッダ　じゃ、警察で尋問が？

ブラック　当然。しかしまあ、どういう成り行きでこうなったかということぐらいでしょう。ただわたしはこの家の友人として、あなたとテスマンに彼のゆうべの行状をお知らせするのが義務だと思いまして。

ヘッダ　でもなぜ判事さん？

ブラック　なぜって彼があなたの家を——その、利用するんじゃないかと疑ってるんです。

ヘッダ　どうしてそんなこと！

ブラック　いやいや——だれにだって目はあります。いいですか！　あのエルヴステードさん、すぐにはこの町を発たないでしょう。

ヘッダ　ふたりの間に何かあるとしても、会う場所くらいいくらもあるでしょう。

ブラック　しかし、ちゃんとした家はどこもレーヴボルグを閉め出します。

ヘッダ　だからわたしも閉め出すべきだとおっしゃりたいの？

ブラック　そう。申し上げますが、あの御仁がしょっちゅうここに出入りすることになれば、わたしは苦痛以上のものを感じます。あの軽薄でだらしのない男がここに現れるなら——

ヘッダ　三角関係の一角に？

ブラック　そのとおり。

ヘッダ　じゃあ、あなたの目的は鶏《とり》小屋の中のただ一羽の雄鶏ってこと。

ブラック　そう、それがわたしの目的。そのためならあらゆる手段を尽くして闘います。

ヘッダ　あなたってほんとに危険な人、いざとなると。

ブラック　そうお思い？

ヘッダ　そう思い始めてます。だからとても嬉しい、今のところあなたはまだ、どの点でもわたしの首根っこをおさえてないんですから。

ブラック　いやいやヘッダさん――おっしゃるとおり。首根っこを押さえたとなれば、わたしはどんなことをしでかすか分かりませんから。

ヘッダ　判事さん、あなたそう言ってわたしを脅迫してるの？

ブラック　とんでもない！　三角関係、お分かりでしょう――それはお互いの自由意志を尊重して初めて維持される。

ヘッダ　同意します。

ブラック　さあ、申し上げたいことはすみました。おいとましします。さようならヘッダさん！

ヘッダ　庭からお帰り？

ブラック　その方が近道ですから。

ヘッダ　裏口だし。

ブラック　そう。わたしは裏口が嫌いじゃない。ときにはかなり刺戟的なこともある。

ヘッダ　射撃の的になったり？

ブラック　ああ、人は我が家の雄鶏を撃ったりはしない。

ヘッダ　鶏小屋にたった一羽しかいないときはなおのこと――

(5)

レーヴボルグ　どうしてもお目にかかると言ってるんだ！

ヘッダ　まあレーヴボルグさん、テーアのお迎えにしては、ずいぶんと遅いお越し。

レーヴボルグ　それとも、あなたに会うにしてはずいぶんと早すぎる。許してください。

ヘッダ　テーアがまだここだってどうして分かったの？

レーヴボルグ　宿で聞いてきた。――テスマンはまだ起きてないんでしょう？

ヘッダ　ええ。

レーヴボルグ　いつ帰ってきました？

ヘッダ　とても遅く。

レーヴボルグ　何か話してましたか？

ヘッダ　ええ、判事さんのところ、なかなか愉快だったって。

レーヴボルグ　ほかには？

ヘッダ　何も。わたし、とても眠かったから――

（6）

エルヴステード夫人　まあ、レーヴボルグ！　やっと――！

レーヴボルグ　ああ、やっと。だが遅すぎる。

エルヴステード夫人　何が遅すぎるの？

レーヴボルグ　すべてが遅すぎる。おれはもうお終いだ。

エルヴステード夫人　いいえ――そんなこと言わないで！

レーヴボルグ　わけを聞けば、君だって同じことを言う――

ヘッダ　二人きりで話したいんなら、失礼します。

レーヴボルグ　いや、ここにいてくださいあなたも。

エルヴステード夫人　でもわたし何も聞きたくない何も！

レーヴボルグ　話したいのはゆうべのばか騒ぎのことじゃない。

エルヴステード夫人　じゃなんなの？

レーヴボルグ　君とおれとは、別の道を行かなくちゃならんということ。

エルヴステード夫人　別の！

ヘッダ　分かってた！

レーヴボルグ　おれにはもう、君は何の役にも立たない。

エルヴステード夫人　そんなこと平気で言えるの！　わたしが役に立たない！　わたしはあなたの手伝いをするんじゃないの？　ふたり共同して仕事をするんじゃないの？

レーヴボルグ　仕事をする気がもうないおれには。

エルヴステード夫人　じゃあわたし、なんのために生きていけばいい？

レーヴボルグ　おれを全然知らなかったと思って生きていってくれ。

エルヴステード夫人　そんなことできない！

レーヴボルグ　やってみるんだテーア。家に戻って――

エルヴステード夫人　いや！　絶対にいや！　あなたのあとについて行く！　追い返されたりしない！　ここにいる！　あの本が出るとき、あなたの側にいっしょにいる！

ヘッダ　ああ本――！

レーヴボルグ　そうおれとテーアの本。

エルヴステード夫人　そう。だから、あれが世に出るとき、わたしもあなたの側にいていいはずでしょ！　あなたがもう一度、尊敬と名誉につつまれるのをこの目で見る。その喜びをいっしょに味わいたい。

レーヴボルグ　テーア――おれたちの本はもう決して出ない。

ヘッダ　ああ！

エルヴステード夫人　出ない！
レーヴボルグ　決して！
エルヴステード夫人　レーヴボルグ――あなた原稿をどうしたの？　どこにあるのあなた！
レーヴボルグ　テーア、お願いだ、聞かないでくれ。
エルヴステード夫人　いえいえ、教えて！　わたしには、聞く権利がある。
レーヴボルグ　原稿――あの原稿は――めちゃめちゃに引き裂いてしまった。
エルヴステード夫人　ああ――！
ヘッダ　でもそんなはずは――！
レーヴボルグ　ないと言うんですか？
ヘッダ　まあ、もちろん、ご自分でそうおっしゃるなら。でもとても変――
レーヴボルグ　それでも事実は事実。
エルヴステード夫人　ああ、なんてことなんてこと――自分で書いたものを引き裂いてしまうなんて！
レーヴボルグ　おれは自分自身の命を引き裂いた。だから命をかけた本を引き裂いたからって――
エルヴステード夫人　ゆうべやったの！
レーヴボルグ　そう。切れ切れに引き裂いて、入江にばらまいた。遠く遠く、澄み切った水の上を漂う。波と風に運ばれ、沈んで行く、深く深く、おれと同じようにテーア。
エルヴステード夫人　分かってるのレーヴボルグ、これがどういうことか――？　あなた赤ん坊を殺した、わたし一生そう思い続ける。
レーヴボルグ　そうだ。これは赤ん坊殺しだ。
エルヴステード夫人　どうしてそんなことが――！　あれはわたしの子どもでもあった。
ヘッダ　子ども――
エルヴステード夫人　お終い。わたしもう行く。
ヘッダ　ご主人の所へ戻るんじゃないでしょう？
エルヴステード夫人　なんにも分からないなんにも。目の前が真暗。

(7)

ヘッダ　あなた、送ってかないの？
レーヴボルグ　これみよがしに、一緒に大通りを歩いてく？
ヘッダ　ゆうべ何があったか知らないけど、本当にとり返しはつかないの？
レーヴボルグ　ゆうべだけの問題じゃない。あの生活に戻る気がもうない。彼女といっしょにいて、おれの生きる勇気と反逆の精神がなくなってしまった。
ヘッダ　あのかわいいちっちゃなおばかさんが人の運命を

左右した。——でもあれはあんまり残酷すぎる。彼女の心をずっとささえてきたものを、あんなに簡単にこわしてしまった！

レーヴボルグ　ヘッダ、あなたになら本当のことが言える。

ヘッダ　本当のこと？

レーヴボルグ　約束して——。今から話すことを決してテーアに言わないと。

ヘッダ　ええ。

レーヴボルグ　実は、さっきの話は——うそなんだ。

ヘッダ　原稿のこと？

レーヴボルグ　うん。引き裂いたんじゃない。入江にすてたんでもない。

ヘッダ　それじゃどこにあるの？

レーヴボルグ　しかしめちゃめちゃにしてしまったことに変わりはない。

ヘッダ　なんのことか——

レーヴボルグ　テーアはおれのやったことを、赤ん坊殺しだと言った。

ヘッダ　ええ。

レーヴボルグ　しかし我が子を殺すことが父親の最悪の行為ではない。それをテーアには聞かせたくなかった。

ヘッダ　何、その最悪っていうのは？

レーヴボルグ　ひとりの男が、乱痴気騒ぎの夜を過ごして明け方家に戻り、子どもの母親にこう言う。おい、おれはこれこれの所へ行った、これこれの場所へ。子どもも連れて行った。ところが子どもはいなくなってしまった。影も形も見えない。どうなったのかさっぱり分からない。だれに連れ去られたのか、全然分からない。

ヘッダ　でも、結局それは、ただの本に過ぎない。

レーヴボルグ　テーアの全身全霊があの中に込められている。

ヘッダ　ええ——。

レーヴボルグ　だから彼女とおれの間にもう未来はない。

ヘッダ　これからどうするつもり？

レーヴボルグ　何も。ただ、すべてが終わるのを見届けるだけ。早ければ早いほどいい。

ヘッダ　エイレルト・レーヴボルグ——いい？　それをあなた、美しくやりとげてちょうだい。

レーヴボルグ　美しく？　葡萄の葉で頭を飾って、昔よく言ってた——

ヘッダ　葡萄の葉なんかもうどうでもいい。でもやはり美しく！　一度だけでいい！　——さようなら！　もう行きなさい。ここへは二度と来ないで。

レーヴボルグ　さようなら。イェルゲン・テスマンによろしく。

ヘッダ　待って！　あなたに記念になるものをあげたい。
（ピストルをとり、差し出す）
レーヴボルグ　これ？
ヘッダ　見覚えある？　これはかつてあなたにふり向けられたことがあった。
レーヴボルグ　あのとき使っておけばよかったんだ。
ヘッダ　今、あなたがお使いなさい！
レーヴボルグ　ありがとう！
ヘッダ　美しくねエイレルト・レーヴボルグ、美しく！
レーヴボルグ　さようなら、ヘッダ・ガブラー。

(8)

ヘッダ　（原稿を出してきて）さあ、焼いてやるテーアあなたの子どもを！　あなたとエイレルトの子ども。ちぢれッ毛さん。焼いてやる——焼いてやる子どもを！

第四幕

(1)

テスマン嬢　ああ、ヘッダ——かわいそうに妹はとうとうあの世へ行ってしまった。
ヘッダ　テスマンが知らせてくれました。
テスマン嬢　ええ、だけどわたしからも知らせなきゃと思ったの。だってこの家には新しい命が。
ヘッダ　ご親切に。
テスマン嬢　今はヘッダにお葬式は似つかわしくないのにね。
ヘッダ　安らかにお亡くなりでした？
テスマン嬢　ええ、とてもおだやかだった。それにイェルゲンは一目会えた。さよならも言えたよ。——あの子まだ戻ってない？
ヘッダ　ええ。どうぞお座りになって。
テスマン嬢　ありがとう。あんまり時間がないんだよ。妹をできるだけきれいに飾ってやらなくちゃ。きれいにしてお墓へ入れてやらなくちゃ。
ヘッダ　何かお手伝いできることは——？
テスマン嬢　いいえとんでもない。そんなこと考えても——さあ、リーナのためにリンネルを縫ってやらなくちゃ。ありがたいことにここでももうすぐ縫い物が始まると思うけど！
ヘッダ　ああ、やっと帰って来た。

(2)

テスマン　来てたの叔母さん？　ヘッダとふたり？
テスマン嬢　もう帰るところ。——頼んだこと全部やってくれた？

テスマン　本当を言うと半分くらい忘れているんじゃないかと思う。あしたまた訪ねる。今日はぼく頭が混乱してしまって――。

テスマン嬢　イェルゲン、そんなに気を落とすんじゃないよ。

テスマン　気を落とすって、どうして？

テスマン嬢　悲しみの中にも喜びを。何ごとも感謝の気持ち。

テスマン　ああ、そう、リーナ叔母さんのこと。

ヘッダ　寂しくなりますね。

テスマン嬢　はじめのうちはまあ。でもそう長くはつづかないよ。そう願いたい。リーナの部屋だっていつまでも空っぽじゃないだろうし！

テスマン　だれかに住まわせるの、うん？

テスマン嬢　看病してもらいたい病人はいつだってたくさんいるよ、気の毒な人たちが――。

ヘッダ　見ず知らずの人――

テスマン嬢　病人はすぐ気を許してくれる。それにわたしも、だれか世話をする相手がいなくちゃとても生きていけない。ありがたいことにこの家でも、すぐ歳とった叔母さんの手が必要になると思うけど。

ヘッダ　わたしたちのことはかまわないでください。

テスマン　どう、いいだろうな、ここで三人一緒に住むことができたら、もし――

ヘッダ　もし――？

テスマン　いやなんでもない。上手くいく。そう願いたい。うん？

テスマン嬢　ええええ、あんたたち話があるんだね。ヘッダもきっと――イェルゲン。さようなら――さあリーナのところへ戻ってやろう。

（３）

ヘッダ　あなた、叔母さん以上に弱ってるようね。

テスマン　それだけじゃない。エイレルトのことだ、落ち着かないのは。

ヘッダ　あの人のことで何か新しいニュース？

テスマン　昼間、彼の宿へ行ってみた、原稿はちゃんと保管してあると言ってやろうと思って――

ヘッダ　会えたの？

テスマン　いや。いなかった。でもそのあとで、エルヴステードさんに会った。そしたら、彼は今朝早くここへ来たっていうじゃないか。

ヘッダ　そう、あなたが出てったあとすぐに。

テスマン　それで、原稿は引き裂いたと言ったって？

ヘッダ　ええ、そう言ってた。

テスマン　なんてことを。まったく狂ってる！　だから君は返さなかったんだねヘッダ？
ヘッダ　そう。
テスマン　でも、ここにあるってことは教えたんだろう？
ヘッダ　いいえ。あなたエルヴステードさんに話したの？
テスマン　いや話さないよ。でも彼には言っとくべきだった。絶望のあまり何をしでかすか分かったもんじゃない！　すぐ持っててやろう。原稿はどこヘッダ？
ヘッダ　もうない。
テスマン　ない？　どういうこと？
ヘッダ　焼いてしまった——全部。
テスマン　焼いた！　エイレルトの原稿を焼いた！
ヘッダ　静かに。女中に聞える。
テスマン　焼いた！　そんなばかな——
ヘッダ　でも本当。
テスマン　しかし君、自分のしたことが分かってるのか？　拾ったものだからって法律違反だよそれは。判事さんに聞いてごらん。
ヘッダ　これはだれにも話さない方がいい、判事さんにもだれにも。
テスマン　だけどどうしてそんなことをしたんだ、うん？　答えてくれ。
ヘッダ　あなたのためにしたのイェルゲン。
テスマン　ぼくのため！

ヘッダ　あなた今朝戻ってきて、あの人が朗読したと言ったとき——
テスマン　ああ？
ヘッダ　あの人があんな本を書いたことに妬みを感じたと言ったでしょう。
テスマン　それは君、なにも文字通りの意味じゃない。
ヘッダ　そうは言っても。わたし、だれかほかのものがあなたの影を薄くしてしまうなんて、考えただけでも我慢出来ない。
テスマン　ヘッダ——本当？　——いや、君がこんな風に愛情を見せるなんて初めて。どうだ！
ヘッダ　まあ、これも今、話した方がいい。わたし、今——いえいえ、叔母さんに聞いて。教えてくれるから。
テスマン　ああ、だいたい見当はつく！　ヘッダ！　こんなことって——本当か！　うん？
ヘッダ　大声出さないで。女中に聞える。
テスマン　女中！　何言ってる！　ベルテじゃないか！　ぼくが自分から話してやる。
ヘッダ　ああ、わたし死んでしまう死んでしまう、こんなこと何もかも！
テスマン　どうしてヘッダ？
ヘッダ　何もかも滑稽だからイェルゲン。
テスマン　滑稽？　ぼくが喜んでることが？　でもユッレ

叔母さんには知らせなくちゃ。それに君がぼくのことをイェルゲンと呼んでくれた！　叔母さん喜ぶよ、とっても喜ぶ！

ヘッダ　わたしがレーヴボルグの原稿を焼いたと言ったら——あなたのために。

テスマン　そう！　原稿、それはもちろんだれにも言うわけにはいかない。でも、君がぼくに焼き焦がれてるってのは叔母さんにも教えてあげなくちゃ！　若い妻ってこういうのが普通なのかな？

ヘッダ　それも叔母さんに聞いてごらんなさい。

テスマン　うん。いつか聞いてみよう。そうだ、原稿だ！　どうしたらいい？

（4）

エルヴステード夫人　ヘッダ、またお邪魔してごめんなさい。

ヘッダ　どうかしたのテーア？

テスマン　エイレルトのことで何か？　うん？

エルヴステード夫人　そうなんです。——わたしすごく心配になって、あの人に何か事故があったんじゃないかと。

ヘッダ　あなたそう思う！

テスマン　だけどどうしてそんな！

エルヴステード夫人　だって、宿へ戻ったらみんながあの人の話をしてるんです。町じゃ今日とても信じられないような噂が広まってます。

テスマン　それはぼくも聞いた！　しかし彼はまっすぐ宿に戻ったと断言できる。

ヘッダ　宿の人たち、なんて言ってたの？

エルヴステード夫人　はっきりしたことは——。みんなよくは知らないのか、それともわたしを見て黙ったのか。わたしもたずねる勇気はとても出せませんでした。

テスマン　もしか人違いじゃ。

エルヴステード夫人　いいえ、あの人のことを話してたのはたしか。それに病院とかなんとか——

テスマン　病院！

ヘッダ　いいえ——そんなはずない！

エルヴステード夫人　わたし死ぬほど心配になったものですから、あの人の宿へ行って、いるかどうか聞いてみたんです。

ヘッダ　そんなこと、よくできたわね！

エルヴステード夫人　ほかにどうすればよかったの？　それ以上あいまいなままで過ごすことはとてもできなかった——。

テスマン　しかし会えなかったでしょう？　うん？

エルヴステード夫人　ええ。あそこでも何も知らない。きのうの午後からずっと戻ってないって言うんです。
テスマン　きのうから！　そんなこと！
エルヴステード夫人　あの人に何か間違いがあったとしか考えられない！

（５）

テスマン　ああ、あなたですか判事さん？
ブラック　どうでも今晩会っておきたくてね。
テスマン　ユッレ叔母さんから聞いたんでしょう。
ブラック　それは、たしかに。
テスマン　悲しいことです。
ブラック　まあ、見方によるがね。
テスマン　いらしたのは別のこと？
ブラック　そう。
ヘッダ　悲しいこと判事さん？
ブラック　それもまた見方によりますね奥さん。
エルヴステード夫人　ああレーヴボルグのこと！
ブラック　どうして？　もうご存じ――？
エルヴステード夫人　いえいいえ、何も存じてません、ただ――
テスマン　さっさと話してください！
ブラック　うん。気の毒なことに、エイレルト・レーヴボルグは病院に運び込まれた。死にかけている。
エルヴステード夫人　ああ神さま神さま――
テスマン　死にかけてる！
ヘッダ　こんなに早く――
エルヴステード夫人　わたしたち仲直りもしないで別れてしまう！
ヘッダ　テーアテーア！
エルヴステード夫人　あの人のところへ行かなくちゃ！　生きてるうちに会わなくちゃ！
ブラック　だめでしょうね奥さん。だれも面会は許されない。
エルヴステード夫人　でも教えてくださいいったい何が起こったのか！　何があったんです？
テスマン　まさか自分で自分を――！　うん？
ヘッダ　そう。きっとそう。
テスマン　ヘッダ――どうして君――！
ブラック　残念ながら、真実を言い当てられました奥さん。
エルヴステード夫人　なんて恐ろしい！
テスマン　自殺！
ヘッダ　撃ち抜いた。
ブラック　また言い当てられた。
エルヴステード夫人　いつのことですか判事さん？
ブラック　今日の午後、三時と四時の間。

テスマン　しかしいったい——どこでやったんです？
ブラック　どこ？　そう——自分の部屋じゃないかな。
エルヴステード夫人　いいえ、そんなはずありません。わたし六時と七時の間にあそこへ行ってみました。
ブラック　じゃあ別の場所でしょう。詳しいことは知りません。聞いたのはただ、彼が発見されたってこと——自分で自分を撃ち抜いていたのを——胸を。
エルヴステード夫人　恐ろしい、そんなことを！
ヘッダ　撃ったのは胸？
ブラック　そう。
ヘッダ　こめかみじゃなかった？
ブラック　胸です奥さん。
ヘッダ　えええええ胸だっていい。
ブラック　どうして？
ヘッダ　なんでもない。
テスマン　それで、致命傷なんですか？
ブラック　完全な致命傷。恐らく今ごろはもうお終いだろう。
エルヴステード夫人　わたしもそんな気がする！　お終いお終い！　ああヘッダ——
ヘッダ　とうとうやり遂げた！
テスマン　何を言うんだヘッダ！
ヘッダ　これは美しい行為。
ブラック　ふん——
テスマン　美しい！
エルヴステード夫人　ヘッダ、こんなことを美しいなんて？
ヘッダ　エイレルト・レーヴボルグは自分自身に決着をつけた。あの人には勇気があったすべきことをする勇気が。
エルヴステード夫人　いいえ、あの人頭がどうかしていたんです。
テスマン　絶望のあまりやったんだ！
ヘッダ　そうじゃない。わたしには分かってる。
エルヴステード夫人　そうよ頭がどうかしてたのよ！　原稿を引き裂いたときと同じ。
ブラック　原稿？　本の原稿？　引き裂いたって？
エルヴステード夫人　ええ、ゆうべ。
テスマン　ヘッダ、ぼくたち決して逃れられない。
ブラック　変ですね。
テスマン　エイレルトがこんな風に世を去るとは！　名前を後世に残すはずの本も出さずじまいで——
エルヴステード夫人　あれをまたもとどおりにすることができましたらねえ！
テスマン　ああ、ほんとにそうできたら！　ぼくはどんなことでもする。

エルヴステード夫人　もしかしたら、できるかもしれません。
テスマン　どういう意味？
エルヴステード夫人　これ、あの人が口述したときのメモ。
ヘッダ　ああ！
テスマン　それをとっておいたエルヴステードさん！
エルヴステード夫人　ええ。家を出るとき持って来たんです。ポケットに入れたまま――
テスマン　ああ、見せてください！
エルヴステード夫人　でもひどく乱雑で。あちこちとんでるし。
テスマン　それでも、これを整理できるかもしれない――もしふたりで協力したら――
エルヴステード夫人　そうですね、とにかくやるだけやってみましょう――
テスマン　きっとできます！　やってみせますよ。これにぼくは全生涯をかける！
ヘッダ　全生涯イェルゲン？
テスマン　うん、正確に言えばできるだけの時間。ぼくの資料は当分おあずけだ。分かるだろうヘッダ。これはぼくの借りなんだ。
ヘッダ　ええ。
テスマン　じゃエルヴステードさん、気をとり直して。起こったことはもうくよくよしたって仕方がない。できるだけ心を落ち着けて――
エルヴステード夫人　ええええできるだけやってみましょう。
テスマン　こっちへいらっしゃい。すぐ目をとおしてみましょう。奥の部屋がいい。失礼します判事さん！　いらっしゃいエルヴステードさん。
エルヴステード夫人　ああ神さま――これができましたら！

（6）

ヘッダ　判事さん――エイレルト・レーヴボルグのことはなんという解放感！
ブラック　解放感？――そう、彼にはたしかに解放でしょうね――
ヘッダ　いいえわたしにとって。――自分から進んで行為する勇気がこの世にまだある。美しい、解放、それを感じさせる行為。
ブラック　ふん――ヘッダさんねえ――
ヘッダ　あなたの言いたいことは分かってる。あなたもやはり、学者みたいなもの。
ブラック　エイレルト・レーヴボルグはあなたにとって、

ご自分で思っている以上に大切な男だった。違いますか？

ヘッダ　答えません。わたしに分かっているのは、エイレルト・レーヴボルグが、自分の思いどおりに人生を生きる勇気を持っていたということ。――偉大な美しい勇気！　あの人にはこの世界を拒否する力と意思があった――

ブラック　大変心苦しいんですがヘッダさん――あなたの美しい幻想は破らざるを得ない。

ヘッダ　幻想？

ブラック　どうせそのうち壊される。

ヘッダ　どういうこと？

ブラック　彼がピストルを撃ったのは――自分からじゃないんです。

ヘッダ　自分からじゃない！

ブラック　そう。事件は必ずしもさっき話したとおりではない。

ヘッダ　何か隠してる。なんですか。

ブラック　かわいそうなエルヴステード夫人のために、二、三ちょっとしたうそを。

ヘッダ　どんな？

ブラック　第一に、彼はもう死んでいます。

ヘッダ　病院で？

ブラック　ええ。意識不明のまま。

ヘッダ　ほかには？

ブラック　事件は彼の部屋で起こったのではない。

ヘッダ　場所はどうでもいい。

ブラック　とも言い切れない。実を言うと――エイレルト・レーヴボルグが倒れていたのは――ミス・ダイアナの化粧部屋だった。

ヘッダ　そんなはずない！　今日またあそこへ行くなんて、そんなはずはない！

ブラック　午後にあそこへ行ったんです。何かを返せと言いはって。あそこで何かを盗られたとか。わけの分からない迷子の子どものことなんか口にして――。わたしはてっきり原稿のことかと思ってましたがそれは自分で破いてしまったというんでしょう。だからきっと手帳かなんか――

ヘッダ　それで、あそこであの人発見された――

ブラック　そう、あそこで。胸のポケットのピストルが発砲されてた。その玉が致命傷。

ヘッダ　胸に当たって――

ブラック　いいえ――当たったのは、下腹部。

ヘッダ　ああ、それも！　わたしが手を触れるものは何もかも滑稽で低俗なものになってしまう。そういう呪いにかかっている。

ブラック　まだありますヘッダさん。これもまた愉快なことじゃないんですが。
ヘッダ　何？
ブラック　彼が持っていたピストルは――
ヘッダ　ああ！
ブラック　盗んだものに違いない。
ヘッダ　違う！　盗みやしない！
ブラック　そうとしか考えられない。盗んだに違いないんです――しっ！

(7)

テスマン　ねえヘッダ――奥じゃ暗くて字が読み憎い。ここをちょっと貸してもらえないか、うん？
ヘッダ　ええどうぞ。片づけます。
テスマン　ああ、いいよいいよ、場所は十分ある。
ヘッダ　可愛いテーア――エイレルト・レーヴボルグの記念事業上手くいってる？
エルヴステード夫人　これを整理するのはすごく難しい。
テスマン　でもやらなくちゃ。ほかに道はない。人の書いたものを整理するのはぼく得意なんだ。

(8)

ヘッダ　あなた、ピストルのこと、なんでしたっけ？
ブラック　盗んだのに違いないってこと。
ヘッダ　どうして盗んだなんて？
ブラック　ほかに説明のしようがないからヘッダさん。
ヘッダ　そう？
ブラック　レーヴボルグは今朝ここに来た、そうでしょう？
ヘッダ　ええ。
ブラック　あなたと二人きりだった？
ヘッダ　ちょっとの間。
ブラック　その間、あなた部屋を出たことは？
ヘッダ　ありません。
ブラック　よく考えて。ほんのしばらくでも？
ヘッダ　それは――ちょっとくらいは、多分、玄関にでも。
ブラック　そのとき、ピストルケースはどこ？
ヘッダ　それはあの――
ブラック　ええヘッダさん？
ヘッダ　ケースはあそこにありました。
ブラック　その後、ピストルが二丁ともあるか見てみました？
ヘッダ　いいえ。
ブラック　その必要はない。わたしはレーヴボルクが持っていたピストルを見ました。すぐに分かった、きのう拝見したもの。以前にも見てましたし。

ヘッダ　あなた、持ってらっしゃるのそのピストル？
ブラック　いいえ、警察にあります。
ヘッダ　警察ではどうするつもり？
ブラック　持ち主を探すでしょう。
ヘッダ　探せると思います？
ブラック　いや、ヘッダ・ガブラー——だめだろうね、わたしが黙っているかぎりは。
ヘッダ　もし黙っていなければ——どうなります？
ブラック　いつだって盗まれたと言い逃れすることはできる。
ヘッダ　死ぬほうがまし！
ブラック　みんなそう言う。しかし死にはしない。
ヘッダ　で、ピストルの持ち主が分かり、盗まれたのでもないと分かる。と、どうなります？
ブラック　ヘッダ——そのときは、スキャンダル——
ヘッダ　スキャンダル！
ブラック　スキャンダル。——あなたは法廷に立つ。あなたとミス・ダイアナふたりとも。彼女は説明させられる、どうしてこうなったのか。偶発なのか故意なのか。彼は彼女を脅かそうとしてピストルをとり出し引き金を引いてしまったのか？　それとも彼女がピストルを奪って彼を撃ち、またポケットへ戻しておいたのか？　あの女のやりそうなことだから。なかなか不敵な女です、あのミス・ダイアナは。
ヘッダ　そんないやらしいこと、わたしとはなんの関係もない。
ブラック　ええ。しかしあなたもこの質問には答えなくちゃならない——どうしてエイレルト・レーヴボルグにピストルを渡したのか？　あなたが渡したという事実から、さてどんな結論が引き出されるでしょう？
ヘッダ　それは考えもしなかった。
ブラック　まあ幸いにしてなんの心配もない、わたしが黙っているかぎり。
ヘッダ　じゃわたしは判事さん、今後あなたに首根っこを押さえられてるってわけ？
ブラック　愛するヘッダ、信じて——わたしは自分の地位を悪用する男じゃない。
ヘッダ　手のうちに握られてる、それに変わりはない。言いなり、縛られて！　そんなこと考えただけでも我慢できない！
ブラック　どうすることもできないことには、人はしたがうもの。
ヘッダ　ええ、おそらく。——どう？　上手くいきそうイェルゲン、うん？
テスマン　いやあどうだか。とにかく何か月もかかる仕事だこれは。

ヘッダ　まあ、どう！　不思議じゃないテーア？　あなた今テスマンといっしょに座ってる——前はレーヴボルグと座ってたおんなじように。
エルヴステード夫人　ほんとに、わたしご主人にもインスピレーションを与えられたらいいのに！
ヘッダ　そうなるわよ——今に。
テスマン　そう、実を言うとねヘッダ——ぼくは何かそんな感じがし始めている。でも君は判事さんのところへ行っててくれ。
ヘッダ　何かお手伝いする事はない？
テスマン　ない、何もない。判事さん、すみませんがヘッダの相手をしてやってくれませんか。
ブラック　喜んで喜んで。
ヘッダ　ありがとう。でも今晩わたし疲れてる。少し横になります。
テスマン　ああ、それがいい。

⑨

（内から突然、ピアノのダンス音楽）
エルヴステード夫人　ああ——何！
テスマン　ねえヘッダ——ダンス音楽はやめてくれ！　リーナ叔母さんのことを考えて！　それにエイレルトのことも！
ヘッダ　（カーテンから顔だけ出し）それにユッレ叔母さんのこと。何もかも。今からわたしは静かになります。
テスマン　彼女、ぼくたちがこれに没頭してるんで気持を損ねてる。だからね、あなた叔母さんのところへ移りなさい。そしたら毎晩ぼくが訪ねて行く。あそこで仕事をしましょう、うん？
エルヴステード夫人　ええ、きっとその方がいいわね——
ヘッダ　あなたたちの話よく聞える。でもそうしたらテスマン——わたしここで毎晩、何をしてればいい？
テスマン　判事さんがお相手してくださるよきっと。
ブラック　もちろんもちろん！　毎晩かかさず奥さん、わたしたちもずいぶんと楽しくやりましょう！
ヘッダ　ええ、お望みがかないますね判事さん？　あなたは小屋の中のただ一羽の雄鶏——　（ピストル音）
テスマン　ああ、またピストルで遊んでる。ヘッダ——。
（カーテンを開ける。ヘッダの手にピストル）撃ち抜いた！　こめかみを——撃ち抜いた！
ブラック　こんなこと、人はしないものだ！

ゆうれい

『人形の家』の次に書かれ、梅毒問題や宗教批判、近親相姦肯定などで、出版後、前作に劣らぬ物議をかもした。多くの都市で上演禁止にもなった。だが、一般に思われているほど重苦しい劇ではない。滑稽なところもある。劇の印象を変えるために、私の翻訳では、従来の漢字の題名をかな書きにしている。連続上演のシリーズでは、これあたりから、レギーネがカセットデッキを持ち込んだりして、演出に現代風の要素を織り交ぜ出した。

＊初演二〇〇六年十一月二十二日～二十六日　シアターX

登場人物

ヘレーネ・アルヴィング夫人
オスヴァル・アルヴィング
牧師マンデルス
大工エングストラン
レギーネ・エングストラン

（物語は、西部ノルウェーの大きなフィヨルドに面したアルヴィング夫人の館で進行する。）

第一幕

（1）

レギーネ　なんの用？　びしょびしょじゃない！
エングストラン　おまえ、これは天からの恵みの雨だよ。
レギーネ　くそったれ雨だ。
エングストラン　おいレギーネなんて口を――。実はな、おまえに話があって――
レギーネ　ドンドンさせんじゃないよ！　お坊っちゃまがおやすみなんだ。
エングストラン　真っ昼間から？　おれなんか五時半から仕事だよこんちくしょう。
レギーネ　ああ、分かった分かった、さっさと行けよ。こんなとこであんたとランデブーなんかしたくないんだよ。
エングストラン　何したくないって？
レギーネ　あんたと話してるの見られたくないの。さあ、行って。
エングストラン　いや、今日の昼すぎにゃ孤児院の仕事がおしめえんなる。あしたは落成式だ。そうすりゃ町のお歴々がいっぱいおいでんなる。牧師のマンデルスさまもだ。
レギーネ　牧師さまは今日だよ。
エングストラン　そうれみろ。牧師さまにとやかく言われることだけは絶対にしたくないからな――。
レギーネ　ふん、そういうこと。牧師さまを騙して何をする気？
エングストラン　おいおい牧師さまを騙す？　とんでもない。マンデルスさまはよくしてくださる。いやそれでな、話というのは、その、おれは今夜の船で帰るんでな――レギーネおまえも連れてきたい。
レギーネ　なんだって？
エングストラン　おまえをいっしょに家に連れてきたい。
レギーネ　わたしを？　アルヴィング奥さまのお屋敷からあんなボロ家に？　ばか言うんじゃないよ！
エングストラン　なんだいそりゃあ！　てて親に歯向かう気かこのあまあ。
レギーネ　おまえとはかかわりないってしょっちゅうどなりつけてたくせに――いやらしいこと言っては――！
エングストラン　そりゃまあちょいと一杯引っかけたときだけだ――あいつが言うことを聞かないときだよ。あいつはすましこんで、「離して離してエングストランの！　ほっといて！　あたしはローゼンヴォルの男爵さまのお屋敷で、三年間ご奉公したのよ！」（笑う）自分が奉公してるときに大尉どのが男爵になったんで、それが大自慢。
レギーネ　かわいそうにおっかさん――あんたがいびり殺したんじゃないか。
エングストラン　あああみんなあたしが悪いのよ。
レギーネ　その足。ピエ・ドゥ・ムトン。
エングストラン　英語か？　勉強までさせてもらってるそれは好都合だ――。
レギーネ　わたしを町でどうしようっていうの？
エングストラン　親ひとり子ひとり、おれは寂しい男やもめじゃないか。
レギーネ　そんな見えすいたたわごとやめなよ。どうして連れてきたいの？
エングストラン　よし、話してやる。おれはな、今ひとつ新しい仕事を始めようと思ってる。
レギーネ　ああまた？　何度目？
エングストラン　ああ、しかし今度という今度は、見てろよレギーネ――けつの穴ほじくって――いやいや悪かった。実はな、ここの孤児院の仕事でちっとばかり小銭がたまったんでな。それで、この金をなんか儲かるものにつぎ込もうって寸法なんだよ、その、船乗り相手のバーかなんか――
レギーネ　いやらしい。
エングストラン　いやいやとんでもねえ――船長とか航海士とか、その、ちゃんとした船乗りだおまえ。
レギーネ　それでわたしは――？
エングストラン　うん、ほんの顔見せ、何もすることたあない。好きなことしてればいいのよ。
レギーネ　なるほど。
エングストラン　そりゃあおまえ、女だってちっとはいなくちゃあたりまえだ。晩になれば歌ったり踊ったり、楽しくな。何せ世界の荒海を股にかける船乗りだ分かるだろ。自分をむだにするんじゃないよレギーネ。こんなところでどうなるええ？　勉強がなんになる？　孤児院の子守番――そんなものがおまえに似合う仕事か。汚いガキどものために――。
レギーネ　あんたの知ったことじゃないだろ――。ためた金どのくらい？
エングストラン　まあ、七、八百クローネってとこかな。
レギーネ　悪くないね。
エングストラン　手初めには十分だ。今な、小湊通りにこぎれいな家を一軒手に入れようと思ってる、そこを船乗りの家に、いいだろ。
レギーネ　いっしょに行く気はないね。あんたとはかかわりたくない。さあ、もう行ってよ！
エングストラン　大丈夫、そう長くいっしょにいることにはならないよ。おまえの振る舞い次第。ほんとにこのところめっぽうきれいになりやがって――

レギーネ　それで――？

エングストラン　すぐに船長さんがほっとかないよ――

レギーネ　わたしは船乗りなんかといっしょになる気はないね。

エングストラン　いっしょになんかならなくったっていい。楽しみはおんなじだ。あのイギリス人――三百ドルだよ。おっかさん、おまえよりきれいってことはなかったほんとだ。

レギーネ　出てけ！

エングストラン　おいおい乱暴するな。

レギーネ　おっかさんをそんな風に言って、ひっぱたいてやる！　出てけ！　音立てるんじゃないよお坊っちゃまが――

エングストラン　おやすみだ、分かってる。いやにお坊ちゃまのことを――おお、まさかおまえお坊っちゃまと――

レギーネ　さっさと行けよ！　あ、牧師さまだ。台所から――

エングストラン　分かった分かった――親の恩てえのは海よりも深い――牧師さまが教えてくださる。だっておれはおまえの父親だからな、教会の洗礼帳にちゃあんと書いてある。

（2）

マンデルス　こんにちはエングストランさん。

レギーネ　まあようこそ牧師さま！　フェリーもう着いたんですの？

マンデルス　たった今。鬱陶しい雨がつづいてるね。

レギーネ　お百姓さんには恵みの雨です牧師さま。

マンデルス　そうだ。町のものはついそういうことに気がつかない。

レギーネ　まあびしょぬれ。（コートを脱がせて）玄関にかけておきましょう。お傘も――広げておきます。すぐに乾きますから。

マンデスルス　うん、ここはやっぱりいい。変わりはないかね？

レギーネ　はい。

マンデルス　しかし、あしたの準備で大忙しだろう？

レギーネ　それは何かと。

マンデルス　奥さまはご在宅？

レギーネ　お二階のお坊っちゃまのところに――お呼びしましょうか？

マンデルス　そうそう――下で聞いた。オスヴァルが戻ってるって？

レギーネ　はい、おととい。今日だとばかり思ってましたのに。

マンデルス　それで、元気かね？
レギーネ　はい。でもお疲れの様子で。パリから乗り継ぎ乗り継ぎだったそうですから。少しおやすみだと思います。ですから、もうちっと小さな声で。
マンデルス　そう、しっ――
レギーネ　どうぞお座りになって牧師さま、お楽になさって――。
マンデルス　ありがとう。いやエングストランさん、あんたこの間会ったときからみるとずいぶん大きくなった。
レギーネ　あらいやだ。奥さまもわたしが太ったたっておっしゃいます。
マンデルス　太った？　いやまあ、うん――ところで、あんたのお父さんは元気にやってるかね？
レギーネ　はいおかげさまで、とても元気にやっております。
マンデルス　このあいだ町に来たとき、わたしのところに寄ってくれた。
レギーネ　そうですか。父は牧師さまのお話をうかがうのが大好きのようで。
マンデルス　もちろんしょっちゅう会ってるんだろう？
レギーネ　ええ、それは――
マンデルス　お父さんはな、決して性格の強い人じゃない。だれかちゃんとした人がついててあげないと。身内のものがそばにいて世話してあげる必要がある。自分でもそれを認めてた。
レギーネ　ええ、わたしにもそんなふうなことを言ってました。でもアルヴィング奥さまが許してくださるかしら。――新しい孤児院の世話もありますし。それにわたし、奥さまのおそばを離れたくはありません、とってもお優しくしてくださる。
マンデルス　しかし、娘としての義務があるだろう――もちろん奥さまの同意は必要だが。
レギーネ　でも、どうですかしら。わたしの歳で、独身の男の世話をするというのは。
マンデルス　独身！　何を言ってる。実の父親だよ！
レギーネ　ええそう、でもやっぱり――。これが立派なちゃんとした男の方でしたら――
マンデルス　しかしレギーネ――
レギーネ　わたしがお慕いして、尊敬して、尽くすことのできるお方なら――
マンデルス　しかしね君――
レギーネ　それでしたら喜んでまいります。ここはそれは寂しいところですから――牧師さまもひとりぼっちがどんなものかご存じでしょう。わたし自分で言うのもなんですけど、やる気はありますし、できもします――。お優しい牧師さま――どうかわたしのことお気にかけてくださいまし――
マンデルス　も、もちろん、エングストランさん。
レギーネ　だって、わたし――
マンデルス　すまないが、奥さまをお呼びしてくれないか。
レギーネ　ただいま牧師さま。

（3）

アルヴィング夫人　いらっしゃい牧師さん。
マンデルス　こんにちは奥さん。約束どおり――
アルヴィング夫人　相変わらずの時間厳守。
マンデルス　ありがたい委員会とか会議とか、抜け出すのは簡単じゃなかった。
アルヴィング夫人　おかげで食事前に仕事をすませられる。お荷物は？
マンデルス　下のホテルに預けてきました。今晩あそこに泊まるので。
アルヴィング夫人　あら、今度もここにはお泊まりいただけないの？
マンデルス　いやいや奥さん。ご親切に。でもいつものとおり下で泊まります。その方が都合がいいから。
アルヴィング夫人　まあお好きなように。でもわたしたちもうこんな歳なんだし、何も――
マンデルス　冗談はやめてください。いや、あなたが浮き浮きしてるのは分かります。明日はお祝いの日、それにオスヴァルが帰ってる。
アルヴィング夫人　そうなの。とっても幸せ！　あの子二年ぶりでしょ。この冬はずっとここにいるって約束してくれた。
マンデルス　そう、それは感心だ。ローマやパリには、ここにはない魅力があるでしょうからね。
アルヴィング夫人　でもここには母親がいます。あの子は母親思いなの。
マンデルス　まあ、芸術なんぞというものにたずさわっていても、人間そういう自然の感情がなくなってはいけない。
アルヴィング夫人　ほんとに。あなたあの子が分かるかしら。楽しみね。すぐに降りてきます。――あら、どうぞおかけになって牧師さん。
マンデルス　どうも。それでは、と。
アルヴィング夫人　登記書？
マンデルス　全部そろっています。完璧。これを間に合わせるのはそう簡単じゃなかった。役人てやつは、まったくばかばかしいくらい細かいことに口を出す。しかし、とにかくみんなそろいました。これがローゼンヴォル地区内にある敷地の登記書。新しい建物、学校と寄宿舎とチャペルもある。それから、これは学校の寄贈と規則に関する承認書。――アルヴィング大尉記念孤児院の規則。
アルヴィング夫人　これで出来上がり。
マンデルス　称号は男爵より大尉の方が仰々しくないでしょ。
アルヴィング夫人　えええええ。
マンデルス　それからこれが銀行の通帳。利息で孤児院の経費はまかなえる。
アルヴィング夫人　ご親切に。でもこれはあなたが持っててください。その方がいいでしょう。
マンデルス　喜んで。さしあたっては銀行預金がいいと思う。利息は高くないが、半年四パーセント。そのうちいい投機筋を見つけて――もちろん、第一抵当権の確実なもの――そのときはまたご相談します。
アルヴィング夫人　ええ。あなたはそういうことはなんでもよく知ってる。
マンデルス　気をつけておきます――ところで、前から一つお聞きしておきたかったことがあるんですが――。
アルヴィング夫人　なんですか。
マンデルス　孤児院の建物に、保険はかけますか。
アルヴィング夫人　もちろんかけなくちゃ。
マンデルス　ちょっと待って奥さん。ちょっと考えてから。
アルヴィング夫人　わたしはなんでも保険はかけてる。建物も家財も、収穫物や貯蔵物にも。
マンデルス　そう。ご自分のものには。わたしだってそう。しかしいいですか、これは別でしょう。孤児院は、つまり崇高な目的のためにある。
アルヴィング夫人　ええ、でも――
マンデルス　わたし個人としてはもちろん異存はない。しかしほかの連中はどうとりますかね？　あなたの方がよくご存じだ。
アルヴィング夫人　ほかの連中――？
マンデルス　こういうことになると決まってとやかく言いだす連中、町では、そういう連中がしばしば口をだす。あなたやわたしが神の導きなんぞ全然信じてはいないと言い出します。
アルヴィング夫人　でも牧師さんそんなこと――
マンデルス　もちろんもちろん――わたしの心はしっかりしてる。しかしね、だからといって、他人の誤解や中傷まで止めることはできない。それは孤児院の運営に悪影響を及ぼして、わたしは苦しい立場に追い込まれる。孤児院は大きな話題になってるんです。この仕事の管理をしているわたしは、嫉妬深い連中からいちばんに非難をあびる。
アルヴィング夫人　そんな――

マンデルス　新聞雑誌が書きたてるのは言うまでもない――

アルヴィング夫人　分かりました、それじゃやめましょう。

マンデルス　じゃ保険はかけない、それでいいんですね。

アルヴィング夫人　ええ。

マンデルス　しかしもし火事が起こったらどうします？　そうしたら建て直すことができますか？

アルヴィング夫人　いいえ、はっきり言っておきます、そのつもりはありません。

マンデルス　いやこれは奥さん――重大な責任ですよ。

アルヴィング夫人　でもほかに道はある？

マンデルス　いや、そこなんだ。ほかに道はない。われわれは人から疑いの目で見られるわけにはいかない。

アルヴィング夫人　あなたはね、牧師だから。

マンデルス　われわれはかたく信じる――こういう建物は特別な神のご加護のもとにあるんだと。

アルヴィング夫人　そう願っときましょう。

マンデルス　じゃ保険なしですね。

アルヴィング夫人　ええ。

マンデルス　結構。ご希望どおり――保険はかけず、と。

アルヴィング夫人　でも不思議ね、今日この話を持ち出したのは――だってきのう、あやうくあそこで火事が起こるところだった。

マンデルス　なんだって！

アルヴィング夫人　まあ、なんでもなくすんだんだけど。仕事場でカンナ屑に火がついた。

マンデルス　エングストランの仕事場？

アルヴィング夫人　ええ。あの人、よく無造作にマッチをすてるとか。

マンデルス　あの男は頭の中にいろんなことがつまってる――いろんな誘惑が。でも感心なことに一所懸命努力はしている。

アルヴィング夫人　そう？　だれが言ったの？

マンデルス　自分で言ってました。腕のいい大工なんだが。

アルヴィング夫人　ええ飲んでさえいなければ――

マンデルス　そう、悲しいことにそれが弱み。だからだれかそばにいて世話してやるものが必要なんです、自分でもそう言ってる。そこがあのヤーコブ・エングストランの可愛いところで。自分ではどうしようもなくて、わたしのところにやって来ては己を責め弱みを正直にさらけ出す。この間話をしたときは――。ねえ奥さん、もしあの男の魂にとって、レギーネを連れ戻すことがどうしても必要だとしたら――

アルヴィング夫人　レギーネを！

マンデルス　あなたも反対しないでしょうね。

アルヴィング夫人　いいえ絶対に反対です。レギーネには孤児院の仕事がある。

マンデルス　しかし、あの男は父親なんだし――

アルヴィング夫人　あの男がどんな父親か、わたしよく知ってます。あの娘をあの男のところへやるなんて決して承知しない。

マンデルス　まあまあ奥さんそうきつくとらないで。あなたエングストランをひどく誤解してる。そんなに驚いて――

アルヴィング夫人　わたしはレギーネを引き取った。あの娘はここにいます。しっ、マンデルスさん、もうこの話はやめ。ほら！　オスヴァルが降りてくる。考えるのはもうあの子のことだけ。

（4）

オスヴァル　ああ失礼――応接間だと思ったものだから。こんにちは牧師さん。

マンデルス　いやあ！　これはこれは――

アルヴィング夫人　どうマンデルスさん？

マンデルス　なんて言うかなんて言うか――、いやあほんとにこれが――

オスヴァル　ほんとにこれが、放蕩息子。

マンデルス　しかしまあ――

アルヴィング夫人　オスヴァルが画家になりたいと言ったとき、あなた反対した。それで言ってるのよ。

マンデルス　いや、人間の目には危険に見える一歩があとになるとしばしば――ようこそようこそ！　まったくねオスヴァル――オスヴァルと呼んでいいだろうね。

オスヴァル　ほかになんて呼びます？

マンデルス　うん。ではオスヴァル、わたしは、その、画家というものを全否定しているわけではない。画家の中にも人間として清らかな魂の持ち主はたくさんいると思う。

アルヴィング夫人　ええ、そういう画家がここにひとりいる。どうこの子はマンデルスさん？

オスヴァル　お母さん、やめてよ。

マンデルス　もちろん。君はもうかなり有名だ。新聞にもよく載って、非常に好意的に書いてある。まあ――このところちょっと見かけないが。

オスヴァル　ええ。――お母さんお昼まだ？

アルヴィング夫人　もう少し。ありがたいことにこの子食欲旺盛なの。

マンデルス　それから煙草も。

オスヴァル　部屋でお父さんのパイプを見つけた。

マンデルス　なるほど、それでか。

アルヴィング夫人　何が？
マンデルス　いやね、オスヴァルがパイプをくわえて入ってきたとき、まるでアルヴィングがまた現れたような気がした。
オスヴァル　ほんとに？
アルヴィング夫人　ばかなこと！　オスヴァルはわたしに似てるのよ。
マンデルス　いや、その口もと、唇、アルヴィングそっくりだ――パイプを吸ってると特にね。
アルヴィング夫人　いいえ。この子はどちらかというと牧師ふうでしょ。
マンデルス　まあ、わたしの仲間には似たような口をしたのがいないことはないが。
アルヴィング夫人　パイプはやめなさいオスヴァル。この部屋ではだめ。
オスヴァル　うん、ちょっと試してみただけだ。子どものとき一回これを吸ったことがあるものだから。
アルヴィング夫人　おまえが？
オスヴァル　うん、小さかったとき。よく覚えてる。あの晩お父さんはぼくを部屋に入れてくれた。お父さんとても陽気で。
アルヴィング夫人　そんな昔のこと覚えてるはずない。
オスヴァル　いやはっきり覚えてる。お父さんぼくを膝にのせてこのパイプをくわえさせた。吸ってみろ坊主――ぐっと吸い込んでみろ。それでぼくできるだけ深く吸った。そしたら気持ちが悪くなってどっと汗が出てきた。それでお父さん愉快そうに大声で笑った――
マンデルス　不思議なこと。
アルヴィング夫人　いいえ、それはオスヴァルが見た夢よ。
オスヴァル　違うよお母さん、夢じゃない。覚えてない？――あのときお母さん飛んできてぼくを子ども部屋へかかえてったじゃない。それからぼく病気になって、お母さん泣いてた。――お父さんてよくあんな悪ふざけをしたの？
マンデルス　若いころのお父さんはね、そりゃあ生きることを楽しんでた――
オスヴァル　それでも世の中のために立派なことをたくさんやった。
マンデルス　そう、実際、君は立派な父親の名前を継いでるオスヴァル・アルヴィング。お父さんを手本にして――
オスヴァル　ええ。
マンデルス　しかし君も感心だ。お父さんの記念の日にちゃんと帰ってきた。
オスヴァル　せめてもの恩返し。

アルヴィング夫人　それにしばらくここにいてくれる——
　その方がもっと感心。
マンデルス　そうそう、冬はここで過ごすって？
オスヴァル　いつまでと決めたわけじゃ——家は、なんと
　言ってもいいものだから！
アルヴィング夫人　そうでしょう？
マンデルス　君は早くから家を出たしねオスヴァル。
オスヴァル　ええ。ときには早すぎたんじゃないかと思う
　こともあった。
アルヴィング夫人　ちっとも。男の子にはいいことよ。ひ
　とり息子には。親にちやほやされていては駄目になって
　しまう。
マンデルス　それはどうですかね、難しい問題だ。子ども
　にはなんと言っても親といっしょの家庭がいちばん。
オスヴァル　その点はぼくも賛成。
マンデルス　息子さんどうですか。いやなにも隠すことは
　ない。二十六、七にもなって、まだ一度もちゃんとした
　家庭を味わったことがない。
オスヴァル　失礼ですが牧師さん——それは間違ってる。
マンデルス　そう？　君の仲間はほとんどが画家だろう。
オスヴァル　そう。
マンデルス　みんな若い。
オスヴァル　ええ。
マンデルス　結婚もしてないんじゃないか。
オスヴァル　そう、そんな余裕はありません。でも家を持
　つことはできる。ちゃんとした気持ちのいい家を。
マンデルス　いや、わたしが言っているのは、家庭だよ。
　夫と妻と子どものいる。
オスヴァル　それとも、男と女とその子ども。
マンデルス　これはまた——
オスヴァル　なんですか？
マンデルス　一緒に住む——子どもの母親と！
オスヴァル　女と子どもをすてろというんですか。
マンデルス　それは法律で許された関係じゃない！　いわ
　ゆる同棲ってやつだ！
オスヴァル　いっしょに住むのに許すも許さないもないで
　しょう。そんな話は恋する若ものには通じません。
アルヴィング夫人　ええ通じない。
マンデルス　ねえ、息子さんのことを心配したのももっと
　もだったでしょう。そういう不道徳があたりまえになっ
　ている連中と付き合って——
オスヴァル　牧師さん、申しますがね、ぼくはそういう家
　で、淫らなことを耳にしたことも目にしたことも一度
　だってない。そういうことに出会うのはどこだか知って
　ますか。
マンデルス　知るわけがない！

オスヴァル　じゃ教えましょう。それはね、この国の手本になるはずの男たちがパリにやってくると、もう勝手な振る舞いをする——そしてぼくらの集まる小さい飲み屋なんかにきて、そういう話を聞かせてくれる。ぼくらが夢にも知らない場所のことを。なかには、その道の通もいる。ああ、あの素晴らしい自由な生活があんなふうに汚される——。

アルヴィング夫人　興奮しないでオスヴァル。体によくないよ。

オスヴァル　うん、疲れのせいだ。ちょっと散歩してくる。失礼しました牧師さん。

（5）

アルヴィング夫人　かわいそうにあの子——

マンデルス　そう、かわいそうにあんなふうになって。自分を放蕩息子と言ってた。情けない情けない！　あなたはいったいなんと思っているんです。

アルヴィング夫人　わたしはオスヴァルの言うことがすべて正しいと思ってる。わたしも同じように考えてた。でも口に出せなかった。いま息子がわたしのために口を開いてくれる。

マンデルス　かわいそうな人だ。ねえ奥さん、今わたしはあなたにひとつまじめな話をします。事業の忠告者でもない協力者でもない。ご主人の古い友人としてでもない。あなたの人生でいちばん大事なこのときに、目の前にいるのはひとりの牧師だと思ってください。

アルヴィング夫人　ええ、その牧師さまが何を話してくださるの。

マンデルス　あしたはご主人の十年目の命日、記念の建物が落成される。明日わたしは集まった聴衆をまえに演説をする——しかし今日は、あなたひとりだけを前にして話をします。

アルヴィング夫人　結構。話してください。

マンデルス　覚えてるでしょう、あなたは結婚して一年たつかたたずに、人生ギリギリのところまできてしまった。あなたは家も家庭もすてた——ご主人から逃げた。——そう奥さん、逃げた逃げたんです。そして戻るのを拒んだご主人が手をついて頼んでも。覚えてるでしょう。

アルヴィング夫人　あの最初の一年、わたしがどんなにみじめな思いをしていたかあなた忘れたの。

マンデルス　それそれ、そういう幸せの要求、それが反抗心のあらわれ。いったいどんな権利があってわれわれは幸福を要求できるのか。いいえ、われわれのなすべきことは義務をはたすことそれだけ。あなたの義務とはいったん選び神聖な絆で結ばれた夫にしたがうことそれだけ。

アルヴィング夫人　あの頃のアルヴィングの生活がどんなものだったか、放蕩ざんまいの生活、あなたもよく知ってるじゃない。

マンデルス　そんな噂があったことは知っている。それが本当なら、いくら若いからといって彼の行状を認めはしない。ですがね奥さん。妻は夫に審判をくだす立場にはないんです。あなたの義務は、神が下されたその十字架をつつましく耐えることだった。ところがそうする代わりに、あなたはその十字架を投げすててしまった。罪びとを支える代わりに置き去りにして、立派な名前と名誉を台なしにしようとした。それだけじゃない――あやうくほかの人々の名誉まで傷つけるところだった。

アルヴィング夫人　ほかの人々？　ほかのひとりの人ってこと。

マンデルス　あなたわたしのところに逃げてきた。浅はかなとんでもない行為だった。

アルヴィング夫人　牧師のところへ逃げることが？　親しい友人のところへ――？

マンデルス　それだからです。――わたしが意志堅固な男だったことを神に感謝なさい――わたしがあなたのヒステリックな行為をやめさせたこと、あなた自らの務めに引き戻し、法で定められた夫のもとに帰らせる力がわたしにあったことを神に感謝しなさい。

アルヴィング夫人　たしかにあれはあなたのおかげ。

マンデルス　わたしは神の貧しい手先だったにすぎない。それでその後のあなたの生活はどうだったか、大いなる祝福だったでしょう？　すべてわたしの言ったとおり。アルヴィングは放蕩をぷっつりやめ、立派な夫になった。あれ以来死ぬまで、あなたたちは非の打ち所のない結婚生活を送った。そうでしょう？　町のために尽くし、あなたも彼の事業の協力者になった。非常に有能な協力者に――いや分かってます奥さん、その点はほめてあげる。――だがここで、あなたが人生で犯した第二の罪のことを話さなければならない。

アルヴィング夫人　どういうこと？

マンデルス　あなたはその昔妻の義務を拒んだ。今度は母親の義務を拒んだんです。

アルヴィング夫人　ああ！

マンデルス　あなたはいつだって恐ろしく頑固だった。何もかも自分勝手ででたらめ。邪魔になるものはなんでもよく考えもせずに簡単に放り投げてきた。妻であることが面白くなくなるとご主人から逃げた。母であることが面倒になると子どもを他人にまかせてしまった。

アルヴィング夫人　ええ。

マンデルス　しかしそのために、あなたご自身が息子さんの他人になってしまった。

アルヴィング夫人　そんなばかなこと！

マンデルス　そうですよ、そうに違いない。息子さんは戻ってきた。で、どうなってる。いいですか奥さん。ご主人に対して罪を犯したことをあなたが認めているのはこの記念事業で分かります。今は息子さんに対する罪も認めるべきです。息子さんを正しい道に引き戻すのにまだ遅すぎはしない。まわれ右。救えるものは救う。だってはっきり言いますがね奥さん、あなたは罪ある母親なんだから！　――これを言うのは、わたしの義務だと思ったんです。

アルヴィング夫人　あなたよく話してくださった。明日はみんなの前で夫を記念して演説をされる。わたしは明日は話さない。でも今は、あなた同様、あなたに向かって少し話をしようと思う。

マンデルス　なるほど言い訳をしたい――

アルヴィング夫人　いいえ。ただ話しておきたいだけ。

マンデルス　そう――？

アルヴィング夫人　あなたが今おっしゃったこと、わたしや夫やわたしたちの結婚生活について、わたしがあなたのいう義務の道に引き返してからどうなったか、それはみんなあなたご自身の目でたしかめたことではないわね。それまで毎日のように家に来てたのに――あれ以来ぱったり足を運ばなくなった。

マンデルス　あなたがたはあのあと町から越して行った。

アルヴィング夫人　ええ。あなたは夫が生きてる間は一度もここへ見えなかった。孤児院のことがあって、それでやむをえず訪ねて来るようになった。

マンデルス　ヘレーネ――わたしを非難してるのか。考えてもごらん――

アルヴィング夫人　あなたが牧師だってことを？　そう。わたしは逃げ出した妻。こんな無鉄砲な女にはいくら注意してもしすぎることはない。

マンデルス　君――それは言い過ぎだ――

アルヴィング夫人　ええええ、それはもういいの。わたしが言いたいのは、あなたがわたしの結婚生活についてあれこれ言うとき、それは世間一般の噂を簡単に信じてるにすぎないってこと。

マンデルス　なるほどそれで？

アルヴィング夫人　でもねマンデルス、本当のことを教えてあげる。あなたにはいつか真実を知らせようと心に決めていたあなたにだけは。

マンデルス　真実？　どんな？

アルヴィング夫人　わたしの夫は生きてる間じゅう、そして死んだときも、体が腐ってた。

マンデルス　なんだって？

アルヴィング夫人　十九年の結婚生活の間、夫は、あなたがわたしたちを結びつける前と同じ、腐ってた。

マンデルス　あの若いときの遊び――まあ、身持ちが悪かったと言ってもいい――それを腐ってたというんですか――！

アルヴィング夫人　それはお医者さまの使われた言葉。文字通り体が腐ってた。

マンデルス　まさか、そんなこと――まったくどういうこと、そんな病気を。なんだかくらくらする。あなたの結婚生活に――そんな地獄が！

アルヴィング夫人　そう。これでお分かりでしょう。

マンデルス　いや分からない、合点がいかない！　いったいどうして、どうして隠しておけたんですそんなことを！

アルヴィング夫人　毎日毎日終わりのない戦い。オスヴァルが生まれたときアルヴィングの身持ちも少しはよくなったようにみえた。でも長続きしなかった。わたしには二重の戦い。息子の父親がどんな人間か人に知られてはならない。知ってるでしょう、アルヴィングは人好きのする人だったからだれからもよく思われた。どんな生活をしても評判を落とすことはないって男だった。それでマンデルス――これも知ってもらう――もっとひどい、何よりもいちばんひどいことが起きた。

マンデルス　もっとひどいこと！

アルヴィング夫人　わたしは、あの人が家の外で何をしても黙って我慢していた。でも、とうとう家の中でまで淫らなことをするようになったとき――

マンデルス　この家の中で！

アルヴィング夫人　ええ、この家で。あそこ、あの食堂にいたとき最初にそれを見つけた。ドアは半開き。女中が花に水をやるために庭から入ってくるのが聞こえた。少ししてアルヴィングが入ってきた。あの人、女中と何か小声で話してた。それからわたし聞いたの。――ああ、あの声がまだ耳に残ってる。いらいらさせる、そのくせとても滑稽――わたし自分の女中がこう言うのを聞いた、「やめてください男爵さま！　やめてちょうだい！」

マンデルス　なんですかそのいたずらは！　いや奥さん、ほんとにちょっとしたいたずらだったんですよ。

アルヴィング夫人　わたしには分かった。男爵どのは女中をものにした――そして当然の結果が生じた。そうなの牧師さん。

マンデルス　そんなことがこの家の中で！

アルヴィング夫人　この家ではいろんなことを我慢してきた。毎晩あの人を家に引き留めておくために――部屋で酒盛りにも付き合った。さし向かいで乾杯して、淫らなわけの分からない話を聞いてやった。それからあの人をベッドに押し込むのがひと苦労――

マンデルス　そんなことまで――

アルヴィング夫人　息子のためわたしは我慢した。でもあの侮辱――自分の女中が――そのときわたし誓ったの、これが最後！　そして家の実権を握った――夫もほかのことも。今は夫の首根っこをおさえたから夫は何ひとつ文句は言えなかった。それでオスヴァルを外へやったの。あの子は七つになるところで、子どもなりにことの善し悪しが分かりかけていた。なにかと聞きたがる年ごろだった。マンデルス、それだけはわたし我慢できなかった。あの子がこの堕落した家の中で息をしてる。それだけで体が毒されるに違いない。それで外国にやったの。父親が生きているかぎりこの家に戻さなかった。これで分かったでしょう。わたしにはどんなにつらかったかだれも知るものはいない。

マンデルス　本当に大変な苦しみだったんですね。

アルヴィング夫人　仕事がなかったらとても耐えられなかった。でも仕事があった。畑の拡充、改良。アルヴィングの功績だと思われていたいろんな工夫――一日中ソファに寝そべって古雑誌を読んでるしか能のなかったあの人！　とんでもない。すべてわたしだった、あの人が放蕩しているか泣き言をならべているしか能のないときに、家の一切を切り盛りしていたのは。

マンデルス　それなのに彼のために記念碑を建てた。

アルヴィング夫人　これはたくらみなの。

マンデルス　たくらみ――？　どういうこと？

アルヴィング夫人　真実はいつか世間に知られる。それを恐れてた。それで、孤児院を建てておけば悪いうわさは消えて変な疑いをかけられることもないだろうというわけ。

マンデルス　なるほど。

アルヴィング夫人　それからもう一つ理由がある。息子のオスヴァルには父親から何ひとつ遺産を受け継いでもらいたくない。

マンデルス　それじゃあれはアルヴィングの遺産で――？

アルヴィング夫人　ええ。毎年、孤児院のために積み立てておいた金額は、ちょうどあのときアルヴィングからもらった結納額に相当する。

マンデルス　ああ――

アルヴィング夫人　あれが売買の代金――。あの金は一銭もオスヴァルに渡したくない。わたしの息子はすべてをわたしから受け継ぐ。

(6)

アルヴィング夫人　もう戻ったの大事な大事な坊や！

オスヴァル　こんなに降ってばかり、外で何ができる？

（レギーネ来る）やっとお昼らしいな、ありがたい。
レギーネ　奥さまに小包みが。
アルヴィング夫人　あしたの記念の歌よ。
マンデルス　ふん――
レギーネ　それから、お昼の用意ができました。
アルヴィング夫人　ありがとう、すぐに行く。
レギーネ　お坊っちゃま、ワインは白ですか、それとも赤？
オスヴァル　どっちもエングストランさん。
レギーネ　ビアン――（去る）
オスヴァル　栓抜くの手伝ってやろう――（去る）
アルヴィング夫人　言ったとおり。落成記念の歌。
マンデルス　あした、わたしはどんな演説をすればいい、図々しく！
アルヴィング夫人　まあ、なんとかやれますあなたなら。
マンデルス　そう、なにも恥を世間にさらすことはない。
アルヴィング夫人　ええ。これで長かった醜い喜劇もお終い。あさってから、死んだあの人はこの家に一度も生きていなかったことになる。ここにはもう、わたしの息子と母親のほかはだれもいないことになる。
レギーネ　（内から声）オスヴァルったら！　やめてよ！　やめてちょうだい！
アルヴィング夫人　ああ――！
マンデルス　なんだあれは！　ええ奥さん？
アルヴィング夫人　ゆうれい！　あのときのふたり――また現れた。
マンデルス　ええ！　じゃレギーネ――？　あの娘がその――？
アルヴィング夫人　何も言わないで――行きましょう。

第二幕

(1)

アルヴィング夫人　おそまつさまでした。オスヴァル、おまえもこっち来ない？
オスヴァル　ちょっと散歩してくる。
アルヴィング夫人　そう、雨もちょうど止んだようだし。レギーネ、下で花輪作ってるの手伝ってきてちょうだい。
レギーネ　かしこまりました奥さま。

(2)

マンデルス　向こうには聞こえない？
アルヴィング夫人　ドアを閉めておけば大丈夫。オスヴァルは散歩だし。
マンデルス　まだくらくらしてる。食事も喉をとおらなかった。

アルヴィング夫人　わたしも。でもどうしたらいい？

マンデルス　そう、どうしたらいい。さっぱり分からない。こういうことには経験がないんで。

アルヴィング夫人　まだ大ごとにまでは行ってないと思うけど。

マンデルス　そんなとんでもないことを！　しかし、これはよくないたしかによくない。

アルヴィング夫人　ほんの気まぐれ、そうに決まってる。

マンデルス　いや、わたしはこういうことはよく分からない。でもね、一つだけはっきり言えることは――

アルヴィング夫人　あの娘《こ》はここにおいとけないってこと。すぐに暇を出して――

マンデルス　そう、言うまでもない。

アルヴィング夫人　でもどこへやる？　きちんとした家は――

マンデルス　どこってもちろん父親のところ――。

アルヴィング夫人　だれのところ？

マンデルス　あの娘《こ》の――。いやエングストランは違うんだ――。しかし奥さん、いったいどうしてそんなことが？　あなたの思い違いですよ。

アルヴィング夫人　残念だけど思い違いじゃない。ヨハンネはわたしに打ち明けた。だって仕方ないでしょう――アルヴィングも認めざるをえなかった。それでヨハンネには暇を出した――。

マンデルス　ああ、そう。

アルヴィング夫人　あとでごたごたを起こさないようにそれ相当の金をやって。あとのことは自分で決めたんでしょう。昔なじみのエングストランとよりを戻した。いくら持ってるかほのめかしたのね。どこかの外国人が夏にヨットでやって来てとかなんとか。だから急いで式を挙げた。あなたでしょうあのふたりを結婚させたのは。

マンデルス　しかしどうも納得がいかない――わたしはよく覚えてる。エングストランはすっかりしょげ返って、許婚と犯した過ちを心から後悔していた。

アルヴィング夫人　あの男自分で罪を着なくちゃならなかった。

マンデルス　しかしうそをつくにもほどがあるこのわたしに対して！　いや、ヤーコプ・エングストランがそんな男だとは正直夢にも思わなかった。ようし、ぎゅうの目にあわせてやる見てるがいい。――そんな不潔な結婚を金のために――！　娘にやった金ってどれくらいだったんです？

アルヴィング夫人　三十万。

マンデルス　いやいや――三十万のはした金で堕落女と結婚する！

アルヴィング夫人　それじゃ堕落男と結婚したわたしはどう？

マンデルス　堕落男？

アルヴィング夫人　あなた、アルヴィングが式を挙げたときエングストランと結婚したヨハンネより清い体だったと思ってるの。

マンデルス　しかしそれは天と地の差がある――

アルヴィング夫人　そうかしら。たしかに買値にはたいへんな違いがあった――三十万のはした金と全財産。

マンデルス　そんなこと比較にならない。そんなことをいっしょくたにして。あなたはもちろんご自分でもよく考え、家族の同意も得ていた。

アルヴィング夫人　あの頃わたしの心がどこを向いていたかあなたご存じだと思ってた。

マンデルス　それが分かってたら、あなたたちのところに毎日のように現れることはしなかった。

アルヴィング夫人　ええ、でもとにかくわたしは自分から同意したんじゃなかった。それだけはたしか。

マンデルス　それはまあ、身内の方々のすすめにしたがった。それが義務です、母上とふたりの伯母上がすすめた以上――。

アルヴィング夫人　あの三人が詳しく計算してくれた。こんな申し込みを断るばかはいないって、見事に証明してくれた。その結婚のなれのはてがこうだと知ったら母はなんて言うかしら。

マンデルス　しかしこれだけははっきり言える。あなたの結婚は完全に法と秩序にのっとっていた。

アルヴィング夫人　そう、法と秩序。わたしよく思うの、それこそがこの世の不幸の大もとじゃないかって。

マンデルス　奥さんまた間違ったことを。

アルヴィング夫人　でもそんな束縛にわたしもう我慢できない、我慢できないのよ！　自由になりたい、自由になりたい。

マンデルス　どういうこと。

アルヴィング夫人　アルヴィングの生活を隠しておくべきじゃなかった。でも勇気がなかったの――なんて臆病だったんだわたしは。

マンデルス　臆病？

アルヴィング夫人　人が知ったらこう言うと思った、「かわいそうな男、少しぐらい遊ぶのも無理はない、一度逃げ出した女房といっしょなんだから」

マンデルス　その点はまったく否定できないんじゃないですか。

アルヴィング夫人　もしわたしに勇気があったらオスヴァルにこう言うべきだった。いいかい、おまえのお父さんは堕落してた――。そしてあなたに話したことを全部あの子にも教えてやるべきだった——何もかも。
マンデルス　いったい——。あなたって人はほんとにびっくりしてしまう。
アルヴィング夫人　分かってる分かってる！　自分でも驚いてしまう。わたしはなんて臆病なんだ。
マンデルス　当然の義務をはたすことが臆病ですか？　忘れてるんじゃありませんか、子どもは親を尊敬し愛すべきだということを。
アルヴィング夫人　一般論はやめましょう。問題は、オスヴァルがアルヴィング男爵を尊敬し愛すべきかどうかということ。
マンデルス　あなたには、母親として、息子の理想とするものを壊してはいけないという声が聞こえてこないんですか。
アルヴィング夫人　それじゃ真実はどうなる？
マンデルス　しかし理想はどうなる？
アルヴィング夫人　理想理想！　わたしがこんなに臆病でさえなかったら！
マンデルス　理想を非難するのはやめなさい奥さん——きっと仕返しがやってくる。オスヴァルの場合は特に。彼にはそうたくさんの理想があるわけじゃない。しかし父親は一つの理想になっている、それはわたしにも分かる。
アルヴィング夫人　おっしゃるとおり。
マンデルス　しかもその理想は、あなたが手紙で植え付けたもの。
アルヴィング夫人　ええ、義務と柔順さが第一だとわたし思い込んでたから。だからずっとあの子にうそをつきつづけた。なんてなんて臆病な！
マンデルス　おかげで息子さんは幸せな幻想に包まれてきた。——そんなに卑下すべきことじゃない。
アルヴィング夫人　ふん。今になってみればそれがいいことだったかどうか。——でもとにかくレギーネのことは、これ以上面倒なことにならないようにしなければ。
マンデルス　そんなことになったらそれこそ大ごとだ！
アルヴィング夫人　もしオスヴァルの気持ちが真剣で、あの子の幸せになると分かっているなら——
マンデルス　どうなんです？　もしそうだったら、どうするんです？
アルヴィング夫人　わたしがこんなにも骨の髄まで臆病な人間でなかったらオスヴァルにこう言ってやる。あの娘と結婚しなさい、ふたりでいいようにやりなさい。でもうそをつくことだけはしないでって。
マンデルス　奥さん！　正式に結婚させる！　そんなばかな——前代未聞だ——！
アルヴィング夫人　そうかしら。そういう結婚は全然ないと思ってるの?
マンデルルス　何を言ってる、さっぱり分からない。
アルヴィング夫人　いいえ、あなた分かってる。
マンデスルス　それは、家庭生活というものは、いつもいつも清らかだとはかぎらない。しかし、あなたが言ってるようなことは聞いたこともない——。それをあなたは、母親の身で、自分の息子にそんなことを!
アルヴィング夫人　でもできないのわたしには。
マンデルルス　臆病だから。もし臆病でなければ——!　神さま——なんというショッキングな——!
アルヴィング夫人　でももとをただせば、わたしたちみんなそういう交わりから出たんじゃない?　そういうことを生じさせたのは神さまでしょ牧師さん。
マンデルルス　そんなことを今議論する気はありません。あなたは正常な感覚を失くしている。そんなことを臆病だなんて——
アルヴィング夫人　わたしが言ってるのはこういうこと。わたしがこんなにびくびくしてるのは、この胸の中に住んでいるゆうれいみたいなものを、どうしても追い払えないからだってこと。
マンデルルス　なんですそれは?
アルヴィング夫人　ゆうれいみたいなもの。あそこでレギーネとオスヴァルの声を聞いたとき、まるでゆうれいに出会った気がした。でも考えてみれば、わたしたちはみんなゆうれい。わたしたちの心のなかに現れてくるのは、父や母から受け継いだものだけじゃなくて、古い死んだ考えや信仰。この胸のなかにひそんでいて、どうしても追い出すことができない。新聞を読んでも、行と行の間にゆうれいがひそんでる。国じゅうにひしめきあってる。浜の砂ほどに夥しい数。そしてわたしたちはみんな骨の髄まで光を恐れている。
マンデルルス　はっ!　ご立派な考えだ。
アルヴィング夫人　ええ。こういう考えを持ったのは、あなたのおかげ。その点では感謝してる。
マンデルルス　わたしのおかげ?
アルヴィング夫人　ええ。あなたわたしに義務と柔順さを教え込んだ。わたしは反発してあなたの教えを自分の目で見直し始めたの。そして一つの結び目をほどいたら、全部がばらばらになってしまった。おかげでわたし、それが機械縫いだってことを知った。
マンデルルス　あれはわたしの人生のうちで、いちばん苦しい戦いだった。その戦いに勝利を得た結果がこういうことだとは!
アルヴィング夫人　むしろ最大の敗北というべきじゃない。
マンデルルス　いや最大の勝利だった。己自らに打ち勝った勝利だったんだへレーネ。

アルヴィング夫人　あれはわたしたちふたりに対する罪だった。

マンデルス　君は狂乱状態でわたしのところにきて叫んだ、「わたしはあなたのもの、さあ、わたしを抱いて！」わたしはこう答えた、「女よ、汝の正しき夫のもとへ戻れ。」それが罪なのかね。

アルヴィング夫人　ええ、わたしはそう思う。

マンデルス　われわれはもうお互いを理解できない。

アルヴィング夫人　今はそうなったのね。

マンデルス　断じて――断じて、心のすみずみまで捜しまわっても、わたしはあなたを他の男の妻として以外の目で見たことはなかった。

アルヴィング夫人　あら――そうだった？

マンデルス　ヘレーネ――

アルヴィング夫人　昔のことは簡単に忘れる。

マンデルス　わたしは違う。今も昔も変わってはいない。

アルヴィング夫人　ええええええ――昔の話はやめましょう。今あなたは委員会の仕事に精を出し、わたしはここでゆうれいと戦ってる。

マンデルス　そう、そっちの方なら、わたしもなんとか手立てがあるかもしれない。

アルヴィング夫人　あの娘《こ》にだれかいい相手を世話してやる――

マンデルス　そう、それがいちばんいい。レギーネはもう間違いなく適齢期だし――

アルヴィング夫人　早熟な娘。

マンデルス　そう、ずいぶんいい体をしてる。ま、とにかく、さしあたっては家に戻して父親の下で――いや、そうだ、エングストランは違うんだ――。あの男――よくもこんなことを隠しておけた、このわたしに！

アルヴィング夫人　だれだろう？　おはいり。

(3)

エングストラン　どうかごめんくださいまし。あのう――

マンデルス　ははあ――

アルヴィング夫人　エングストラン。

エングストラン　どなたもおりませんでしたものですから、失礼とは存じましたが、戸をたたかせていただきました。

アルヴィング夫人　何か用？

エングストラン　はいありがとうございます。あのう、牧師さまにちょっとお話しが――

マンデルス　ふん、わたしにかね？

エングストラン　はい、できますれば――

マンデルス　いったいなんだ？

エングストラン　はい、そのう、つまり、牧師さま、今——下でお給金をいただきました、ありがとうございます奥さま——何もかも終わりました。それで、ちょっと考えましたんですが、いっしょに働いてまいりました仲間たちと、そのう、何をしたらいいんじゃないかと——その、今晩ちょっとしたお祈りの会をやって打ち上げにしたらどうかと思いまして。

マンデルス　お祈りの会？　孤児院で？

エングストラン　はい、でも、牧師さまがよくないとお考えでしたらそれはもう——

マンデルス　いや、いいと思うよ。しかしね——

エングストラン　わたしは自分でも毎晩あそこでちっちゃなお祈りの会をやっておりましたが——もちろん、なにも知らない馬鹿ものでして、ほんとに——それで、せっかく牧師のマンデルスさまがおいでなんですから——

マンデルス　その前に、一つ聞きたいことがある。君はそういう祈りの集まりにふさわしい正しい心の持ちかたをしているかね？　君の良心には少しも疚しいところはないかね？

エングストラン　とんでもありません牧師さま。良心なんて、そんなものとはかかわってはおりませんですよ。

マンデルス　いや、その良心が問題だ。さあなんと答える。

エングストラン　はい良心でございますか——それは、痛むこともありますですねときどきは。

マンデルス　そう。それじゃ正直に言うんだ——レギーネとは本当はどういう関係だ？

アルヴィング夫人　牧師さん！

マンデルス　いやどうか——

エングストラン　レギーネ！　レギーネがまさか間違いを？

マンデルス　してないと願いたい。しかし聞いているのは、君とレギーネの関係だ。君はあの娘《こ》の父親ということになっている。うん？

エングストラン　はい——そのう——牧師さまご存じじゃございませんか、あの、わたしとかわいそうなヨハンネとのことは。

マンデルス　言い逃れはやめたまえ。君の死んだ奥さんはここをやめる前に、すべて奥さまに話しているんだ。

エングストラン　そんな——！　あれはお話ししましたんですか、やっぱり。

マンデルス　だからみんな分かってる。あれ以来ずっと君は本当のことを隠してきた。わたしにだ、何ごとにつけ面倒をみてやったこのわたしにだよ。

エングストラン　いや申しわけございません。そのとおりでございます。

マンデルス　わたしはそんな扱いを受ける値打ちしかないのかねエングストラン？　どうだね。
エングストラン　牧師さまに助けていただかなかったらわたしはとうの昔にだめになっておりました。
マンデルス　だのに君はこういう報い方をする。教会の牧師帳にうその記入をさせ、そのあともずっと騙してきた。君に弁解の余地はまったくない。だから今日かぎり、君との仲はお終いにする。
エングストラン　どうもいたしかたございませんようで。
マンデルス　そうだ。どうやっても君の行為は正当化できるとは思われない。
エングストラン　はい、ですが、牧師さまに打ち明けておりましたら、あの女はいっそう辱めを受けることになりましたでしょう。牧師さま、われわれ男は、あわれな女をそんなに厳しく裁いていいものでしょうか。
マンデルス　わたしは何もあの女を裁いてはいない。わたしがうそつきだと言っているのは君のことだ。
エングストラン　牧師さまにちょっとおたずねしてもよろしゅうございますか。
マンデルス　なんだ、言いたまえ。
エングストラン　男が、堕落した女を救うのは正しい行いじゃございませんか？
マンデルス　当然。
エングストラン　それに、いったん約束したことはどこまでも守るのが男じゃございませんか？
マンデルス　もちろん、しかし――
エングストラン　あのときヨハンネが、あのイギリス人のおかげで――それともアメリカ人だったかロシア人だったか、まあ、そんなところでしょうが――不幸な身になりましたとき――あの女は町にやってまいりました。わたしは前に、一、二度あれに肘鉄を食らわされたことがありましてね。あれは生っ白い男にしか目がありませんでしたから。わたしはこんな曲がった足をしてますでしょ。ほら、覚えておられますか、わたしがなけなしの勇気をふるって、船乗りたちの、それ、酔っ払い宿になってるダンス・ホールに出かけて、やつらに「新しい人生に向かって歩み出せ」と説教しようとしましたとき
アルヴィング夫人　ふん――
マンデルス　知っているよエングストラン。あのならずものが君を外にほうり出した。その曲がった足は名誉のしるしだ。
エングストラン　なにも自慢してるんじゃありません。ですが申し上げたいのは、あの女がやってきて、涙をぽろぽろこぼして――ほんとに牧師さま、あれの話にはもらい泣きいたしました。

マンデルス　うん、それで？
エングストラン　はい、それでわたしは申しました。そのアメリカ人は世界の海をのりまわしてる。あんたはまあヨハンネ、とわたしは申しました、転落した堕落女だ。しかしな、ヤーコブ・エングストランは、とわたしは申しました、二本の足でしっかりと大地に立っている――
マンデルス　つづけたまえ。
エングストラン　その、たとえで申しましたんで――
エングストラン　はい、それでわたしは、あの女を救うために結婚いたしました。そうやってあれが外国人とふしだらをやったことを人に知られないようにしたんでございます。
マンデルス　それは感心なことだ。ただ、腑に落ちないのは、君が金を受け取ったということ――
エングストラン　金？　わたしが？　全然これっぽっちも――。
マンデルス　しかし――？
エングストラン　ああ、はいはい――ちょっと待ってくださいまし。ああ思い出しました。ヨハンネはちっとは金を持っておりました、たしかに。ですが、そんなものは知りたくもない、とんでもない、とわたしは申しました、それは悪魔の金だ、罪の金だ、そんな汚ない金貨は――それともお札でしたか――そんなものアメリカ人に投げ返してやれ、とわたしは申しました。ですが、そのときやつはもうとっくに荒海の向こうってわけで牧師さま。
マンデルス　そうだったのか君。
エングストラン　はい、それでわたしとヨハンネは、その金を子どもの養育費に使うことで同意いたしました。それでそのとおりになりました。それはきちんと計算してお目にかけられます。
マンデルス　こうなると話もずいぶん違ってくる。
エングストラン　これが一部始終で。これでもわたしはレギーネの本当の父親としてやってまいりました――そりゃあわたしの力なんか、たかが知れておりますが――弱い人間でございますからわたしは、情けないことに。
マンデルス　いやいやエングストラン――手を出してくれ、さあ。
エングストラン　とんでもございません牧師さま――
マンデルス　さ。そうら。
エングストラン　牧師さまには手をついておわび申します――
マンデルス　いや逆だよ。わびなくちゃならないのは、わたしの方だ――
エングストラン　とんでもありません――
マンデルス　いやそうだよ。心からわびをする。誤解していた。許してくれたまえ。何かわびのしるしに、わたしにできることがあればなんでも――

エングストラン　ほんとでございますか。

マンデルス　喜んで――

エングストラン　それならひとつちょうどいい具合に。わたしはここで働いていただきましたお給金で、町に一つ、船乗り宿のようなものを始めようと思っておるんでございます。

アルヴィング夫人　あんたが？

エングストラン　はい。まあいわば船乗りの孤児院みたいなものでして。世界を股にかける船乗りにはしばしば誘惑が多ございますから。うちの宿では、つまり親鳥の羽根のしたにいる、とまあ、そういったものに、はい。

マンデルス　どう思います奥さん！

エングストラン　実のところ、手初めにちと手持ちが足りないんでございますが、その、ちいとばかりお助けがあれば――

マンデルス　いいだろう、考えておこう。しかし今はもう下に行って準備をしておいてくれたまえ。火もともして。そうすれば少しは厳かになるだろう。それではお互い、しばしのありがたい一時を持つことにするかエングストラン。今は君もそれにふさわしい心を持っていると分かったから。

エングストラン　そう思います。それじゃごめんくださいまし奥さま。いろいろありがとうございました。どうかレギーネのことをよろしくお願い申します。かわいそうなヨハンネの娘――だからってあの子はわたしの心に深く結びついております。いやそうですとも。

（4）

マンデルス　どうですか奥さんあの男のことは！　聞いてみると話は全然違ってましたね。

アルヴィング夫人　そうね。

マンデルス　人を判断するのはどんなに注意してもしすぎることはない。しかし間違いに気づくというのも、またなんという喜びでしょう。

アルヴィング夫人　ええ、あなたってほんとに大きな赤ちゃん。

マンデルス　わたしが？

アルヴィング夫人　あなたの首にこの腕をまきつけて抱きしめたいくらい。

マンデルス　いやいや、頼みますよ――

アルヴィング夫人　まあ、そんなに怖がらなくても。

マンデルス　あなたはときどきとんでもないやり方で、自分の感情を表に出す。さ、この書類をカバンにつめて。あとでオスヴァルが戻ったらよく見張っておくように。あとでまたまいります。

（5）

アルヴィング夫人　オスヴァル、まだいたの！　散歩に出たんだとばかり思ってた。

オスヴァル　（内で）こんな天気に？　今出てったのは牧師さん？

アルヴィング夫人　そう。下の孤児院に行かれた。

オスヴァル　ふん。

アルヴィング夫人　ねえオスヴァル、そのリキュール強いのよ。気をつけなさい。

オスヴァル　こいつはじめじめするときにいいんだ。

アルヴィング夫人　それよりこっち来て座らない？

オスヴァル　うん。じゃちょいともうひと口――（出てくる）牧師さんは？

アルヴィング夫人　下の孤児院だって今言ったじゃない。

オスヴァル　ああそうか。

アルヴィング夫人　ずっと食堂にいたのオスヴァル。

オスヴァル　だって気持ちがいいんだ。久しぶりに家に戻って、おいしいご飯を食べる。

アルヴィング夫人　おまえ！

オスヴァル　だってほかには何もない。何もできない――

アルヴィング夫人　何も？

オスヴァル　一日じゅう日もささない。雨ばかり。ああ仕事ができない、それなんだ。

アルヴィング夫人　おまえ、戻ってくるのがいいかどうかよく考えた方がよかったんじゃない。

オスヴァル　いや、どうしても戻らなくちゃならなかった。

アルヴィング夫人　だけどオスヴァル、お母さんはこうやっておまえといっしょにいる幸せを百回でもあきらめるよ、もしおまえが――

オスヴァル　お母さん――ぼくが家にいるのそんなに幸せ？

アルヴィング夫人　幸せでなくって！

オスヴァル　ぼくなんかいてもいなくても変わりないんだと思ってた。

アルヴィング夫人　お母さんにそんなことを言うのオスヴァル？

オスヴァル　だって、ぼくがいなくても結構やってきただろ。

アルヴィング夫人　そう、それは本当。

オスヴァル　いっしょに座っていい？

アルヴィング夫人　ええお座り。

オスヴァル　お母さんに話がある。

アルヴィング夫人　何！

オスヴァル　ぼくはもう我慢ができない！
アルヴィング夫人　何が？　なんのこと？
オスヴァル　手紙には書けなかった。でも今は帰ってきたんだから――
アルヴィング夫人　オスヴァル、いったいなんなの？
オスヴァル　きのうもきょうもこの考えを追い払おうとしたんだけど――一所懸命に。でもだめなんだ。
アルヴィング夫人　ちゃんと話してちょうだいオスヴァル！
オスヴァル　座って。話してみる。――ぼく旅の疲れだって言ったけど――
アルヴィング夫人　ええ。
オスヴァル　体が弱ってるのはそのためだけじゃない。普通の疲れじゃない――
アルヴィング夫人　オスヴァル、まさか病気じゃないでしょ！
オスヴァル　座っててお母さん。落ち着いて。これは病気じゃない、普通に病気と呼んでるものじゃね。お母さん、ぼくは精神的にもうだめなんだ。――破滅なんだ――二度と仕事ができない！
アルヴィング夫人　オスヴァル！　こっちを見て！　そんなことうそよ！
オスヴァル　二度と仕事ができない！　絶対に絶対に！生ける屍ってやつ！　お母さんこんな恐ろしいこと考えられる？
アルヴィング夫人　どういうことなのオスヴァル？
オスヴァル　どうしてだか分からない。ぼくは悪い遊びをしたことなんか一度もないほんとだよ。だのにやっぱりこんなになってしまった。みじめな。恐ろしい。
アルヴィング夫人　直るよそんなもの。過労よ。そうに決まってる。
オスヴァル　ぼくもはじめはそう思った。でも違うんだ。
アルヴィング夫人　全部話してちょうだい。
オスヴァル　うん。
アルヴィング夫人　はじめに気づいたのはいつ？
オスヴァル　このまえ帰国したあと、パリに戻ってからすぐ、ものすごい頭痛がし始めた――特に後頭部が。首から上に鋭い鉄棒が突き刺さったみたいだった。
アルヴィング夫人　それで？
オスヴァル　はじめは、若いころよくあった普通の頭痛だと思った。
アルヴィング夫人　ええええ――
オスヴァル　でも違う。すぐに気がついた。仕事ができない。新しい大きな絵を始めようと思ったんだけど、まるで力が出ない。まひしてしまったみたい。描こうとしても集中できない。ふらふらして――目がまわる。たまらない感じなんだ！　それでとうとう医者に診てもらった――そしたら医者が言うには――

アルヴィング夫人　なんて？

オスヴァル　パリの一流の医者だ。ぼくが症状を話すと、全然関係ないことを次々ときいてきた。何を考えているのか、さっぱり分からなかった――

アルヴィング夫人　それで！

オスヴァル　それで最後に医者はこう言った。ぼくは生まれたとき、すでに虫食い状態だったって――「ヴェルムゥリュ」フランス語でそう言う。

アルヴィング夫人　どういうことなの？

オスヴァル　ぼくも分からなかったから、分かるように話してくれと言った。そしたらあの皮肉屋、こう言う。あぁ――！

アルヴィング夫人　なんておっしゃったの？

オスヴァル　父親の罪が子に報いた。

アルヴィング夫人　父親の罪――！

オスヴァル　もう少しでやつをぶん殴るところだった――

アルヴィング夫人　父親の罪――

オスヴァル　ばかげてる。もちろんそんなこと絶対にあり得ないと言ってやった。でも医者はあくまで言い張る。それでお母さんの手紙を見せて、お父さんのことが書いてある部分を訳して聞かせたらやっと――

アルヴィング夫人　やっと何――？

オスヴァル　間違いを認めた。それでぼくは真相を知った。信じられない。若いころ仲間といっしょに過ごした生活、楽しかった幸せな生活、あれがいけなかった。ぼくには強烈すぎた、つまり自業自得ってわけだ！

アルヴィング夫人　いいえオスヴァル！　そんなことない！

オスヴァル　ほかには説明のしようがない。医者がそう言った。たまらない、自分で自分の一生をめちゃめちゃにしてしまった。あさはかだった。ああ、もう一度やり直せるんだったら――何もかも一から出直すことができるんだったら！　これがまだ、遺伝だとか――何か自分ではどうしようもなかったことなら。でもこんなことって！　馬鹿ものだ。自分の幸せを簡単にすててしまった。――自分の人生を！

アルヴィング夫人　いいえいいえそんなことない！　自分に絶望してはいけない。

オスヴァル　お母さんは知らないんだよ。――とてもつらい思いをする！　ぼくのこと、たいして思ってなければいいと何度願ったかしれない。

アルヴィング夫人　たったひとりの息子よ！　心にかけているものはほかに何もないのよ！

オスヴァル　うん分かってる。だからつらい――もうやめよう。こんなこと長くは考えてられない。何か飲み物をくれないかなお母さん！

アルヴィング夫人　飲み物？　何がほしいの？

オスヴァル　なんだっていい。冷たいパンチでも。

アルヴィング夫人　でもオスヴァル――

オスヴァル　優しくしてお母さん。何か飲んでないとやりきれない。こんなに暗くて！

アルヴィング夫人　（呼び鈴をならす）

オスヴァル　いつまでも雨はやまない、くる日もくる日も、何週間も何か月も日のさすことがない。家に帰るといつだってそうだ。日がさすのを見たことがない。

アルヴィング夫人　オスヴァル――また発とうと思ってるね！

オスヴァル　ふん――何も考えない。考えることができない！　考えることをやめてるんだ。

レギーネ　お呼びですか奥さま。

アルヴィング夫人　ええ、シャンペンの小びんを持ってきてくれない？

レギーネ　かしこまりました。（去る）

オスヴァル　そうこなくちゃ。お母さんが息子の喉の渇きを放っておくなんて、そんなことはしない分かってた。

アルヴィング夫人　かわいそうに。おまえがほしいというものをだめだなんて言うと思うお母さんが？

オスヴァル　本当お母さん？　それ、本心から言ってるの？

アルヴィング夫人　何が？

オスヴァル　ぼくのほしいものをだめだとは言わないってこと。

アルヴィング夫人　でもオスヴァル――

オスヴァル　（レギーネ来る）しっ！

レギーネ　栓を抜きましょうか――

オスヴァル　いやありがとう、ぼくがやる。（レギーネ去る）

アルヴィング夫人　おまえ何を言いたかったの――お母さんがだめだと言わないものって？

オスヴァル　まず一杯、それとも二杯。

アルヴィング夫人　ありがとう――お母さんはいい。

オスヴァル　そう、じゃぼくにだ！

アルヴィング夫人　それで？

オスヴァル　お母さんと牧師さん、お昼を食べてる間、妙に静かだった気がするけど――

アルヴィング夫人　そう？

オスヴァル　うん。――ねえ、レギーネのことどう思う？

アルヴィング夫人　お母さんが？

オスヴァル　彼女ってきれいじゃない？

アルヴィング夫人　オスヴァル、おまえはあの娘《こ》のことをよく分かってないのよ——

オスヴァル　だから？

アルヴィング夫人　残念だけどレギーネは自分の家に長くい過ぎた。もっと早くここに連れてくるべきだった。

オスヴァル　でも彼女って見てきれいじゃないお母さん？

アルヴィング夫人　あの子には欠点がたくさんある——

オスヴァル　そんなものなんだって言うんだ。

アルヴィング夫人　それでもお母さんはあの娘《こ》が好き。あの娘《こ》には責任もある。どんなことがあっても不幸な目に合わせることはできない。それだけは黙って見ていられない。

オスヴァル　お母さん、レギーネはぼくの唯一の救いなんだ。

アルヴィング夫人　どういうことそれは？

オスヴァル　こんなところで、ひとりで苦しんでるのはぼくには耐えられない。

アルヴィング夫人　お母さんがいるじゃない。

オスヴァル　分かってる。だから帰ってきた。でもだめなんだ、だめなんだよ。とても我慢できない！

アルヴィング夫人　オスヴァル！

オスヴァル　ぼくは別の生活が必要だ。お母さんとは別れなくちゃならない。お母さんに見ててほしくない。

アルヴィング夫人　かわいそうに！　でもおまえが病気のときは——

オスヴァル　病気だけならお母さんといっしょにいるよ。なんといってもいちばん近いんだから。でも、このきりきりする苦しさ——死ぬほどの不安——たまらない！

アルヴィング夫人　不安て、なんの不安？

オスヴァル　もうきかないで。ぼくにも分からない、話せない。（夫人は呼び鈴をならす）どうするの？

アルヴィング夫人　楽しくなってもらいたい。くよくよしてちゃだめ。（現れたレギーネに）もっとシャンペンを、大きい壜。（レギーネ去る）

オスヴァル　お母さん！

アルヴィング夫人　田舎だからって楽しみ方くらい知ってるんだよ。

オスヴァル　彼女、見てきれいじゃない？　あの体つき！　健康そのもの、ピチピチしている。

アルヴィング夫人　お座りなさいオスヴァル。落ち着いて話をしよう。

オスヴァル　お母さん知らないだろうけど、ぼく彼女に悪いことをしちゃった。償いをしなくちゃならない。

アルヴィング夫人　おまえ！

オスヴァル　それとも、まあちょっと考えが足りなかったというか——いずれにせよ悪気はなかったんだ。ぼくこのまえに帰ってきたときにね――
アルヴィング夫人　ええ。
オスヴァル　彼女パリのことをいろいろ聞くものだから、いろんなことを話してやった。それである日、おまえもパリに行きたいかって聞いたんだ、思い返してみると。
アルヴィング夫人　それで？
オスヴァル　彼女顔を赤くして、もちろん行きたいって言った。そうか、とぼくは言った。じゃなんとかやってみようか、とかなんとか。
アルヴィング夫人　それから？
オスヴァル　ぼくはそんなことみんな忘れてた。ところが、おととい家に帰ってきたとき、これからずっとここにいることにしたけど、嬉しいかいって聞いたら――
アルヴィング夫人　ええ。
オスヴァル　彼女けげんな顔して、でもわたしのパリ行きはどうなりますって――
アルヴィング夫人　パリ行き！
オスヴァル　ぼくが言ったことを本気にしてた。ずっとぼくのことを思ってた、フランス語まで勉強して――
アルヴィング夫人　それで――
オスヴァル　お母さん――ぼくはあの素晴らしく健康な娘を目の前にして――前は全然気がつかなかったのに――今彼女が両腕を広げてぼくを受け入れてくれるのを見て――
アルヴィング夫人　オスヴァル――
オスヴァル　ぼくにはひらめいた。彼女こそ救いの天使だ。彼女には生きる喜びがあるそれに気がついた。
アルヴィング夫人　生きる喜び――？　それが救いなの？
レギーネ　（入ってくる）遅くなって申しわけありません。貯蔵室までとりに行ったものですから――
オスヴァル　グラスをもう一つ持ってきて。
レギーネ　奥さまのはそこにありますけど。
オスヴァル　うん、おまえのグラスだ。どうしたレギーネ？
レギーネ　それは奥さまのご意向ですか――？
アルヴィング夫人　持っておいでレギーネ。（レギーネ去る）
オスヴァル　あの歩き方――堂々としてる臆するところがない。
アルヴィング夫人　こんなことといけないよオスヴァル！
オスヴァル　もう決めた。反対したってだめ――
レギーネ　（入ってくる）
オスヴァル　座れよレギーネ。
アルヴィング夫人　かけなさい。オスヴァル――おまえ生きる喜びのことを言ったけど、あれはどういうこと？
オスヴァル　生きる喜び、それなんだよお母さん――ここには生きる喜びが少なすぎる。ここでそれを感じたことがない。
アルヴィング夫人　お母さんがいるのに？
オスヴァル　お母さんには分からない。
アルヴィング夫人　いいえ分かる今はね。
オスヴァル　生きる喜び——それから働く喜び。そうなんだ同じことなんだ。でもこの国の人には分からない。ここじゃ労働は何か呪われた罰だと思ってる。人生は、そこから抜け出すのが早ければ早いほどいいと教えている。でも外じゃだれもそんなこと信じてはいない。外の世界じゃ生きているだけで大変な祝福だと考えてる。知ってる？　ぼくの絵はみんな生きる喜びを描いた。ただそれだけを。生きる喜び。浮き浮きして——満足そうに輝いた顔。ぼくはこの家にいるのが怖い。
アルヴィング夫人　怖い？　何が怖いの？
オスヴァル　ここではぼくの中のすべてが醜いものに変わってしまうんじゃないか。
アルヴィング夫人　そう思う？
オスヴァル　うん。ここでは同じ生活が同じにならない。
アルヴィング夫人　やっと今わたしにも分かった。
オスヴァル　何が？
アルヴィング夫人　初めて分かった。今は話ができる。
オスヴァル　なんのこと——
レギーネ　わたくしはいない方が？
アルヴィング夫人　いいえいてちょうだい。今は話せる。みんな話してあげる。それから選べばいい。オスヴァル、レギーネ！

(6)

マンデルス　いやあ、下ではほんとにいい時をすごしました。エングストランの船乗り宿のことは助けてやらなければ。レギーネはあの男を助けて——
レギーネ　いいえ結構です牧師さま。
マンデルス　なんだ——？　こんなところに——グラスをもって！
レギーネ　パルドン——！
オスヴァル　レギーネはぼくといっしょに行くんだ。
マンデルス　いっしょに！
オスヴァル　ええ、ぼくの妻として。
マンデルス　しかし君、それは——！
レギーネ　わたくしのせいじゃありません。
オスヴァル　それとも、ぼくがここにいることになれば彼女もここにいる。
レギーネ　ここに！
マンデルス　あなたって人は奥さん、開いた口がふさがらない。

アルヴィング夫人　大丈夫、そんなことにはならない。だって今はわたし話をするから。
マンデルス　とんでもない！　いけないいけませんよ。
アルヴィング夫人　いいえ話せる。話したいの。だからって理想を壊すことにはなりません。
オスヴァル　何か隠してることがあるのお母さん。
レギーネ　奥さま！　なんでしょう――！　人が叫んでます。
オスヴァル　何が起きたんだ？　あの明かりは何だろう？
レギーネ　孤児院が火事です！
アルヴィング夫人　火事！
マンデルス　ばかな！　今あそこにいたばかりだ。
オスヴァル　ああ――お父さんの孤児院――！（走り去る）
アルヴィング夫人　ショールをとってレギーネ！　真っ赤に燃えてる。
マンデルス　恐ろしい！　奥さん、あの炎はこの家にくだされた天罰です！
アルヴィング夫人　ええええそうでしょう。おいでレギーネ。（去る）
マンデルス　しかも、保険なし。

第三幕

(1)

マンデルス　（入ってくる）こんな恐ろしい夜は初めてだ。
レギーネ　ほんとに牧師さま、ひどい災難。
マンデルス　やめてくれ！　考えるのもいやだ。
レギーネ　いったいどうしてこんなことに――？
マンデルス　わたしにどうして分かる？　聞かないでくれ！　あんたの親父さんだけでたくさんだ――
レギーネ　あの人が何か？
マンデルス　あいつのおかげで頭がくらくらする。

(2)

エングストラン　牧師さま――！
マンデルス　おまえ、ついて来たのか！
エングストラン　はい、それはもう、どうしたって――！　ほんとにひどいことになりました牧師さま！
マンデルス　まったくまったく！
レギーネ　どうしたのいったい？
エングストラン　あのお祈りの集まりから出たんだよ。（低く）もうこっちのもの！（高く）これがみんなマンデルス牧師さまのせいだとは、いやいや悪いのはおれなんだ。

マンデルス　しかし、わたしはたしかなんだがねエングストラン――

エングストラン　でも、あそこでローソクを手にしておられたのは牧師さまだおひとりでございました。

マンデルス　君はそう言う。しかしね、正直言ってわたしは覚えがないんだがね。

エングストラン　わたしはちゃんと見ておりました。牧師さまはローソクを指でもみ消しなさると、その先をぽいとおが屑のなかへおすてなさった。

マンデルス　それを見たのかね？

エングストラン　はい、この目ではっきりと。

マンデルス　どうも分からない。ローソクを指でもみ消すなんて、そんなこと今までやったことがない。

エングストラン　はい、なんてまた不用心なと思いましたほんとにまあ。ですがこれがそんなにお困りですか牧師さま？

マンデルス　ああ言わないでくれ！

エングストラン　それに牧師さまは建物に保険もかけなかったとか。

マンデルス　そうそうそう。

エングストラン　保険なし。それでいっさいがっさい灰。ほんとにほんとになんという災難！

マンデルス　まったくだよエングストラン。

エングストラン　町にも村にもありがたい建物だと噂しておりましたのに――新聞は黙ってはおりませんでしょう。

マンデルス　それなんだいちばんつらいのは。非難、罵倒――考えただけでぞっとする！

(3)

マンデルス　ああ、戻ってらした――。

アルヴィング夫人　これであなた、お祝いの演説がなくなったわね。

マンデルス　演説くらいならいくらでも――

アルヴィング夫人　これがいちばんよかったのよ。あの孤児院はもともと人の役に立つものじゃなかった。

マンデルス　しかし、たいへんな災難ですよ。

アルヴィング夫人　後始末は簡潔に、感情抜きで話しましょう――エングストラン、牧師さんを待ってるの？

エングストラン　はい、さようで。

アルヴィング夫人　フェリーでお帰り？

マンデルス　ええ、一時間後に出ます。

アルヴィング夫人　書類は全部持ってってお願い。わたしはもう一言も聞きたくない。ほかのこともあるし。あなたが全部処理できるようにあとで全権委任の証明書を送ります。

マンデルス　それは喜んで――。登記上の決定はすべて書き直しが必要でしょう。今考えてるのは、ソールヴィク地区は村の所有にする。土地は価値がないわけじゃないから何かの役には立ちます。それから、銀行預金の利子は何か有益な事業の援助に使ってはどうかと思ってます。

アルヴィング夫人　どうぞ。わたしはどうなっても同じ。

エングストラン　あの、船乗り宿のこともどうか――牧師さま。

マンデルス　ああ、何か言ってたな。あとで考えよう。

エングストラン　あとでなんてくそくらえ――

マンデルス　しかしわたしは、いつまでこの管理をしていられるか。世間はわたしに身を引けと言うかもしれない。火事の原因検証の結果によっては。

アルヴィング夫人　なんです?

マンデルス　結果がどう出るか、まったく予想がつかない。

エングストラン　そんなことはありません。ここにヤーコブ・エングストランがいるじゃありませんか。

マンデルス　しかし――?

エングストラン　ヤーコブ・エングストランは牧師さまがお困りのときに、知らん顔をしているような男じゃありません。

マンデルス　しかしいったい、どうやって――?

エングストラン　ヤーコブ・エングストランは、その、救いの天使ってやつですよ牧師さま!

マンデルス　いやいやそんなこと、うんと言うわけには。

エングストラン　いいですよ。前にも一度他人の罪を引き受けた男を知ってますでしょう。

マンデルス　いやあヤーコブ!　おまえさん、ほんとに希なお人だ。いやいや船乗りの孤児院はちゃんと助けてあげる、安心したまえ。さあ、それじゃ出発だ。いっしょに行こう。

エングストラン　いっしょに来いよ!　お姫さまみてえな暮らしができる。

レギーネ　メルシイ!

マンデルス　お元気で奥さん!　この家にもやがて秩序と道徳が支配しますように。

アルヴィング夫人　さようならマンデルス!

エングストラン　達者でなレギーネ。何かあったら、ヤーコブ・エングストランのいる場所は分かるだろ。小湊通り。ふん――世界を股にかける船乗りたちの宿は、「アルヴィング男爵の家」と名づけさせていただきます。その家は、わたしの思いどおり、男爵さまのお名に恥じないものにしてお目にかけます。

マンデルス　さあ行こうエングストラン。さようならさようなら！

（4）

オスヴァル　全部燃えてしまった。お父さんの記念は何ひとつ残らない。ぼくの体もここで燃え尽きてしまう。

アルヴィング夫人　オスヴァル！　あんなに長くいてはいけなかったよかわいそうに。顔をふいてあげる。びしょ濡れ。

オスヴァル　ありがとう。

アルヴィング夫人　疲れてない？　少しやすんだら。

オスヴァル　いやいや眠らない！　絶対に眠らない。眠る振りをするだけ。今にやってくる。

アルヴィング夫人　そう、おまえやっぱり病気よ。

レギーネ　お坊っちゃまが病気？

アルヴィング夫人　さあいっしょに座ろう――

オスヴァル　ええ。レギーネもここにいて。いつまでもそばについていてほしい。ぼくを助けてくれるねレギーネ。

レギーネ　なんのことかわたし――

アルヴィング夫人　助ける？

オスヴァル　うん、そのときになったら。

アルヴィング夫人　オスヴァル、お母さんがいるじゃない。お母さんが助けてあげるよ。

オスヴァル　お母さんが？　いや、お母さんにはできないよ。はっはっ！　お母さんはもちろんいちばんの身内だけど。ぼくをオスヴァルと呼んでくれレギーネ、オスヴァルと！

レギーネ　奥さまがお望みとは思いません。

アルヴィング夫人　もう少ししたらそう呼んでもよくなる。そこにお座り。さあ、かわいそうな坊や。おまえを苦しめている重荷を取ってあげる――

オスヴァル　お母さんにできる？

アルヴィング夫人　ええ、今はできる。さっき生きる喜びのことを言ったでしょ。そのときお母さんにはこれまでの人生が新しい光の中ではっきり見えてきた。

オスヴァル　どういうこと？

アルヴィング夫人　若い中尉さんだったころのお父さん、お父さんには生きる喜びがあった！

オスヴァル　うん、知ってる。

アルヴィング夫人　あの人を見ているだけで浮き浮きした。精力と活力がみなぎっていた！

オスヴァル　それで――？

アルヴィング夫人　生きる喜びそのものといった赤ん坊。あの頃のあの人はほんとに赤ん坊だった。――それなのにこの田舎に引きこもって、なんの喜びもないこの田舎に。自己満足の生活。人生の使命なんて何もない。熱中する仕事なんてどこにもない。生きる喜びを持った友だちなんかひとりもいない。

オスヴァル　お母さん――!

アルヴィング夫人　だから、当然そうなるようになった。

オスヴァル　どうなった?

アルヴィング夫人　お父さんは自分の生きる喜びをどこに向かって吐き出せばいいか分からなかったのよ。お母さんも、みんなして植えつけた義務とかなんとかいうものに縛られていた。それを信じていた。何ごとも義務、義務――わたしの義務、あの人の義務。お母さんこの家を、お父さんに我慢できないものにしたんじゃないかと思う。

オスヴァル　そんなこと手紙にはちっとも書いてなかった。

アルヴィング夫人　おまえに話していいとは今まで思ってもみなかったの。でもお父さんはね、おまえが生まれるずっと前から身を持ち崩してた。それからレギーネは、この家の娘――わたしの息子と同じ権利を持っている。

オスヴァル　レギーネが――!

レギーネ　わたしが――!

アルヴィング夫人　そう。これで分かったわね。

オスヴァル　レギーネ!

レギーネ　じゃ、わたしのお母さんはそういう女だった。

アルヴィング夫人　おまえの母さんはいいところをたくさん持っていた。

レギーネ　ええ、でもやっぱりそういう女。わたしもときどきそんな風に思わないでもなかった。でも――。ええ奥さま、わたし今すぐここを出てもよろしいですか。

アルヴィング夫人　本気なの。

レギーネ　ええ。

アルヴィング夫人　もちろん好きにしていい、でもね――

オスヴァル　すぐに出るって?　おまえはこの家のものなんだよ。

レギーネ　メルシィお坊っちゃま――ふん、オスヴァルね。だけどこんなこと思いもしなかった。

アルヴィング夫人　レギーネ、わたし正直ではなかったけれど――

レギーネ　ええ残念!　オスヴァルが病気だと分かってたら――。まあ、どうせふたりはどうにもならない。ええ、わたしはこんな田舎で病人の世話をする気なんか全然ない。自分を大切にしなきゃ。気がついたときにはひとりぼっちってことになりかねない。わたしだってこの体には生きる喜びがあります奥さま!

アルヴィング夫人　情けないことに。でも我が身をすてることだけはしないでねレギーネ。

レギーネ　そうなればなったまでのこと。オスヴァルは父親に似て、わたしは母親に似る。そんなところでしょう。一つおたずねしていいですか？　牧師さんはこのことご存じですか。
アルヴィング夫人　何もかも。
レギーネ　急いで行けばフェリーにまだ間に合う。牧師さんはあてにできる方。それにわたしだってちっとは分け前をもらってもいいでしょう――あのいやらしい大工と同じくらいには。
アルヴィング夫人　当然よレギーネ。
レギーネ　奥さまはわたしをちゃんとした娘に育てることもできたんです。その方がわたしには似合ったでしょうに。でもおんなじこと！　今にきっと立派な男性とシャンペンを飲むようになってみせる。
アルヴィング夫人　住むところが必要なときは帰っておいでレギーネ。
レギーネ　結構です。牧師さんに世話していただきます。それがだめなら、どこに行けばいいか分かってます。
アルヴィング夫人　どこ？
レギーネ　アルヴィング男爵の家。
アルヴィング夫人　レギーネ――おまえ、身を持ち崩してしまう！
レギーネ　くそくらえよ！　アデュー。

(5)

オスヴァル　行ってしまった？
アルヴィング夫人　ええ。
オスヴァル　これはどこか狂ってる。そう思う。
アルヴィング夫人　おまえショックだった？
オスヴァル　お父さんのこと？
アルヴィング夫人　ええ。ショックが強すぎた？
オスヴァル　どうして？　それは驚いたけど、でもぼくにはどうでもいいことだ。
アルヴィング夫人　どうでもいい！　お父さんが不幸だったってことが！
オスヴァル　そりゃ気の毒には思うよ、でも――
アルヴィング夫人　それだけ！　父親に対してそれだけ！
オスヴァル　父親父親っていうけど、お父さんのことなんか何も覚えちゃいない。覚えてるのは、一度反吐を吐かされたことだけ。
アルヴィング夫人　なんてことを。お父さんになんの気持ちもないの、愛していないの！
オスヴァル　全然知りもしないのに？　親を愛する、そんなの迷信だ。目覚めた女のくせにそんな迷信を信じてるの？
アルヴィング夫人　迷信――！
オスヴァル　分かってるだろう。偏見だよそんなもの。

アルヴィング夫人　ゆうれい！
オスヴァル　そう、ゆうれいと言ってもいい。
アルヴィング夫人　オスヴァル——じゃおまえ、お母さんも愛していないの！
オスヴァル　お母さんのことは、ともかく知ってる——
アルヴィング夫人　でもそれだけ！
オスヴァル　お母さんがぼくを愛してくれていることも知ってる。感謝してる。それに今ぼくは病気だから、お母さんは役に立つ人だ。
アルヴィング夫人　そうよオスヴァル！　おまえの病気にお礼を言いたいくらい。病気のおかげで帰ってきてくれた。
オスヴァル　えええ、ただの言葉。ぼくは病人なんだ、忘れないでお母さん。ぼくは他人のことにいちいち気を配ってはいられない。自分のことだけで精一杯。
アルヴィング夫人　お母さん我慢強くなる。
オスヴァル　それから陽気にも！
アルヴィング夫人　そう、そのとおりね。——おまえの心の重荷は取り除いてあげたかしら。
オスヴァル　ええ。でもこの不安はだれが除いてくれる？
アルヴィング夫人　不安？
オスヴァル　レギーネなら頼めばやってくれた。
アルヴィング夫人　なんのこと？　不安て何——レギーネならやるって？
オスヴァル　まだ夜中、お母さん？
アルヴィング夫人　もう明け方近い。山から日がさし始めてる。いいお天気になりそう！
オスヴァル　楽しみだ。喜びや生きがいを感じさせてくれるものがまだある——
アルヴィング夫人　そうよ。
オスヴァル　仕事ができなくても——
アルヴィング夫人　今にまたできるようになる。
オスヴァル　うん、ばかばかしい妄想。感謝する。もう一つだけ片をつけたら——話をしようお母さん。
アルヴィング夫人　ええ。
オスヴァル　やがて太陽が昇る。そうすれば分かる。ぼくのこの不安も消える。
アルヴィング夫人　何が分かるの？
オスヴァル　お母さん、ゆうべぼくが頼んだらなんでも聞いてくれるって言ったよね？
アルヴィング夫人　ええ。
オスヴァル　それ本当？
アルヴィング夫人　本当よ、大事な大事なたったひとりの坊や。お母さんはおまえだけが生きがい。
オスヴァル　えええ。じゃ聞いて——。ぼくの話を静かに聞いて。

アルヴィング夫人　なんなの、何か恐ろしいこと？

オスヴァル　叫ばないで、いい？　約束する？　静かに座ってるんだよ。約束するお母さん？

アルヴィング夫人　ええええ。さ、話してちょうだい。

オスヴァル　じゃ。この疲れね――それから仕事のことを考えられないってこと――これそのものが病気というわけじゃない。

アルヴィング夫人　じゃ何が病気なの？

オスヴァル　ぼくの病気は、それはね――（頭を指して）ここにある。

アルヴィング夫人　オスヴァル！　いえいえ！

オスヴァル　叫ばないで！　叫び声には我慢できない。そうなんだよ。それはここにある。虫食い始めてる。いつなんどき破裂するか分からない。

アルヴィング夫人　ああ――！

オスヴァル　静かにして！　これがぼくの状態――

アルヴィング夫人　うそよオスヴァル！　そんなはずない。そんなことあるはずがない！

オスヴァル　パリで発作がきた。すぐに終わったけど、それで自分の様子が分かった。このたまらない心をきりきり刻むような不安はそれ以来だ。だから急いでお母さんのところに帰ってきた――

アルヴィング夫人　帰ったのはそのため――！

オスヴァル　なんともたまらない、どうすることもできない。これが普通の病気なら。死ぬのは恐くない。そりゃあ長生きはしたいけど。

アルヴィング夫人　ええええ。

オスヴァル　でもこれは。たまらない、いやだ。赤ん坊みたいになるなんて。自分では食べることもできない。それに――ああ――口にするのもたまらない！

アルヴィング夫人　赤ん坊の世話はお母さんがしてあげる。

オスヴァル　いやだ絶対にいやだ。それなんだいやなのは！　そんな状態で寝たまま。何年も。考えただけでぞっとする――そうやって年をとって、お母さんがいなくなってぼくひとり残される。これはすぐに死ぬ病気じゃないと医者は言ってた。一種の脳の軟化。いつでも浮かんでくるのは、野いちごの赤い色に似たヴェルヴェットのカーテン――触ると、とてもすべすべして――。

アルヴィング夫人　オスヴァル！

オスヴァル　だのにお母さんはぼくからレギーネをとってしまった！　レギーネならぼくを救ってくれた。

アルヴィング夫人　どういうことそれは？　お母さんに救えないことがある？

オスヴァル　パリで発作が起きたとき医者は言った。今度起きたら――確実に起きるんだけど――もう望みはないって。
アルヴィング夫人　そんなことを医者が言うなんて――
オスヴァル　無理に言わせた。言わなきゃ覚悟があると脅してね――それでこれも手に入れた。何か分かる？
アルヴィング夫人　なんなの？
オスヴァル　モルヒネ。
アルヴィング夫人　オスヴァル――おまえ？
オスヴァル　全部で十二ある――
アルヴィング夫人　お母さんにちょうだいオスヴァル！
オスヴァル　まだだお母さん。
アルヴィング夫人　こんなこと我慢できない！
オスヴァル　我慢しなくちゃ。レギーネに頼めばきっとやってくれた。
アルヴィング夫人　絶対にしない。
オスヴァル　発作が起きて、赤ん坊のように何もできず、ばあばあ言うだけで、寝ているほかないぼくを見たら――
アルヴィング夫人　絶対にレギーネはしない！
オスヴァル　レギーネならやるね。素晴らしい精力にあふれてるから、ぼくみたいな病人の看護はすぐに飽きてしまう。
アルヴィング夫人　じゃレギーネがいなくてほんとによかった！
オスヴァル　うん、だから今はお母さんがやってくれなくちゃ。
アルヴィング夫人　わたしが！
オスヴァル　ほかにだれがいる？
アルヴィング夫人　わたしが！　おまえの母親よ！
オスヴァル　だからこそだよ。
アルヴィング夫人　お母さんはおまえに命をあげたのよ！
オスヴァル　そんなものをほしいと頼みはしなかった。それにいったいお母さんがくれた命ってどんな命なんだ？　こんなものいらない！　お返しする！
アルヴィング夫人　助けて助けて！（走り去る）
オスヴァル　おいてかないで！　どこに行くの！
アルヴィング夫人　お医者さまをお呼びしてくる！
オスヴァル　（つれ戻す）行っちゃいけない。だれも来させちゃいけない。
アルヴィング夫人　オスヴァルオスヴァル――
オスヴァル　お母さんぼくの母親だろう――ぼくがこんなに苦しんでるのに！
アルヴィング夫人　さあ、お母さんの手よ。
オスヴァル　やってくれる――？
アルヴィング夫人　そのときになったらね。でも決してそうはならない。いいえそんなこと絶対にない！

オスヴァル　うん、そう願っておこう。できるだけ長くふたりいっしょに。ありがとうお母さん。

（間）

アルヴィング夫人　落ち着いた？　恐ろしかったのねオスヴァル。でもそんなものみんな、ありもしない想像よ。苦しかったのね。今は休める。お母さんといっしょだもの大事な大事な坊や。ほしいものはなんだってあげる。小さかったときのように――そうらもう発作は終わった、簡単に過ぎてしまった！　お母さんには分かってた――。今日は気持ちのいい日、お日さまが照ってきた。ふるさとをじっくり見ることができるよ。

（間）

オスヴァル　お母さん、お日さまをくれない？

アルヴィング夫人　なんて言った？

オスヴァル　お日さまがほしい、お日さま。

アルヴィング夫人　オスヴァル、どうしたの？

オスヴァル　（空をみつめている）　お日さま――お日さま。

アルヴィング夫人　ああ！　こんなこと！　我慢できない！　あれはどこ？　だめだめだめ――でも！

オスヴァル　お日さまがほしい――お日さまがほしい。

棟梁ソルネス

二十七年におよぶ外国生活に終止符を打ち、祖国ノルウェーに戻ってからの最初の作品。それまでのリアリズム作法から抜け出し、象徴主義に傾き出したとされる。二十三歳というヒルデは、『海夫人』の妹娘ヒルデ・ヴァンゲルの、名前も性格もそのままに成長した姿。主人公のソルネスは分譲住宅の設計で名をあげた建築家だが、あくまで自らを大工棟梁と呼ぶ。題名はそれを表す。

＊初演二〇〇七年十月十七日〜二十一日　俳優座劇場

登場人物

ハルヴァル・ソルネス
アリーネ・ソルネス
ドクトル・ヘルダール
クヌート・ブローヴィク
ラグナール・ブローヴィク
カイヤ・フォスリ
ヒルデ・ヴァンゲル

（劇は棟梁ソルネスの家で進行する。）

第一幕

（1）

クヌート・ブローヴィク　いや――もうだめだ！

カイヤ　大丈夫おじさん――？

ラグナール　帰った方がいいよお父さん。帰って休んだら。

ブローヴィク　寝てろっていうのか？　お陀仏しちまうよ――

カイヤ　でもちょっと風に当たった方が――

ラグナール　うんそうしなよ。ついてってあげる。

ブローヴィク　やっと話さなきゃ、今晩どうでも話をつける――やっと、ボスとな。

カイヤ　いえおじさん――まだ待った方が。

ラグナール　そう待った方がいいお父さん。

ブローヴィク　はっはっ――。わしにはもう待つ暇なんかない。

カイヤ　あ！　あの人階段のところ。

（2）

ソルネス　（カイヤに低く）あいつら帰った？

カイヤ　いいえ。

ソルネス　（高く）フォスリさん、そこで何をしてる？

カイヤ　あの、これはその――

ソルネス　見せなさい。（低く）カイヤ――

カイヤ　はい――

ソルネス　どうしておれの前でいつも眼鏡をとるんだ？

カイヤ　だってこれをかけてるとわたし醜いから。

ソルネス　醜いのはいや？

カイヤ　絶対に。あなたの目には絶対に。

ソルネス　かわいそうなかわいそうなカイヤ――

カイヤ　聞こえます！

ソルネス　だれか来たものはいるか？

ラグナール　はい、あのレヴストランに家を建てたいと言ってる若夫婦が。

ソルネス　ああ あれか。あれは待たせとけ。まだプランが熟してない。

ラグナール　なんでも、早く設計図を見たいとか。

ソルネス　ああだれもかもそう言う。

ブローヴィク　なんでも早く自分の家に住みたくてたまらないんだそうで。

ソルネス　そうそうそう分かってる分かってる――なんでもいい手に入りさえすりゃ。ほしいのは建物、ただの住むところ。そんなものは家じゃない。結構！　どっかよそに頼め。今度来たらそう言ってやれ！
ブローヴィク　よそに？　あの仕事、手放す気があるんですか？
ソルネス　ああ、なくってどうする！　いい加減なものを建てるくらいならその方がずっといい。それにやつらどこの馬の骨だか――
ブローヴィク　いやしっかりした人たちです。ラグナールはよく知ってる。つき合いもある。とてもしっかりした人たちです。
ソルネス　ああしっかりしてる！　そんなこと言ってんじゃない。まったく――まだおれのことが分かってないのか。見ず知らずの人間とはかかわりを持ちたくない。だれでも好きなものにくら替えすりゃいい。
ブローヴィク　本気ですか？
ソルネス　ああそうだ。
ブローヴィク　ちょっと話があるんだが、いいかな。
ソルネス　いいよ。
ブローヴィク　（カイヤに）しばらく向こうに行っててくれ。
カイヤ　でもおじさん――
ブローヴィク　言われたとおりにするんだ。戸を閉めて。
ブローヴィク　具合が悪いのを、知られたくないんでね。
ソルネス　ああ。
ブローヴィク　日に日に力が抜けてく――もうじきお終いだ――
ソルネス　座ったら？
ブローヴィク　どうも。
ソルネス　それで？
ブローヴィク　実はラグナールのことなんだが、あれがいちばんの悩みの種で。あの子はこれからどうなる？
ソルネス　もちろん、好きなだけここにいていい。
ブローヴィク　でもここを出たがってる――これ以上、いられそうもないって。
ソルネス　待遇に不満があるなら考えないこともない――
ブローヴィク　いやいや！　そんなことじゃない。あの子は、一度自分の手で仕事をしたいんだ！
ソルネス　仕事――そんな力があるかね？
ブローヴィク　そこなんだよつらいのは。わしはあの子のことを疑い出してきた。あんたが何も言ってくれないから――勇気づけになることは何も。しかしそんなはずはない。あの子にも才能はあるはずだ。
ソルネス　だけどまだ何も習得してないじゃないか――まあ、設計図を引くことぐらいはできても。

ブローヴィク　あんただって何も知らなかったわしのところで働いてたころはな。だのに見事に独り立ちした。のし上がってった、わしもほかのものも押しのけて。

ソルネス　そう――おれの場合は順調だった。

ブローヴィク　あんたは何もかも上手くいった。だからこのままわしを墓場に放り込むなんて、そんな無慈悲なまねはできないはずだ――ラグナールの仕事をこの目で見たい。それにあの子が所帯を持つのも見届けたい――この世におさらばする前に――

ソルネス　彼女もそれを望んでる？

ブローヴィク　いや、カイヤはそんなでもないが、ラグナールは毎日のように言ってる。なんとか――なんとか、あの子に独り立ちの仕事をやらせてほしい！　あの子の仕事をこの目で見てから死にたい。お願いだ。

ソルネス　しかし、お月さまからでも注文をとってこいと言うのかね！

ブローヴィク　実はちょうど今、あの子はもってこいの注文がもらえる、大きな仕事を。

ソルネス　ラグナールが？

ブローヴィク　あんたが推薦してくれれば――

ソルネス　どんな仕事だ？

ブローヴィク　あのレヴストランの家、あれを建てさせてもらえる。

ソルネス　あれを！　あれはおれが建てることになってる！

ブローヴィク　ああ、あんたはあんまり乗り気じゃないんでしょ。

ソルネス　乗り気じゃない！　おれが！　だれがそんなこと言った？

ブローヴィク　自分でついさっき。

ソルネス　ああおれの言うことなんかかまうな。――あの家をラグナールに建てさせるって？

ブローヴィク　ええ。あの家族と親しいもんで。それで――ちょっと慰み半分に――あの子は設計図を引いてみた。計算とかも全部やって――

ソルネス　それをやつらいいと思った？　その家に住みたいって？

ブローヴィク　ああ。もしあんたがそれにOKを出してくれれば。それが条件で――

ソルネス　ラグナールに建てさせる？

ブローヴィク　あの子の設計が気に入ったらしくて。これまでにない新しい設計だと言って。

ソルネス　新しい！　なるほど！　おれが建てるような古臭いがらくたじゃない！

ブローヴィク　今までとは、いくらか違ったもの――。

ソルネス　そうか、ラグナールに会いに来たのかやつら

──おれのいない間に！
ブローヴィク　いや、あんたに会いに来た。あんたが身を引いてくれるかどうかたずねたいと言って──
ソルネス　身を引く！　おれが！
ブローヴィク　もしラグナールの設計を見て──
ソルネス　おれが！　おまえの息子のために身を引く！
ブローヴィク　契約から手を引くってこと──
ソルネス　同じことだ。ふん、そういうわけか！　ハルヴァル・ソルネス──いよいよおまえさんも身を引くようになったか！　若いやつらに場所をゆずれ。青臭いやつらにな！　場所をゆずれ、場所を！　場所を！
ブローヴィク　まさか。ここには一人分の仕事しかないわけじゃない──
ソルネス　ああ、そういくらでもあるわけじゃない。まあ、なるようになる。しかしおれは絶対に身を引いたりはしない！　だれのためでも道をゆずったりはしない！　おれの方からは絶対に！　どんなことがあっても！
ブローヴィク　それじゃわしは、なんの保証もなくこの世を去るのか？　なんの慰みもなく？　あの子の仕事を何ひとつ目にすることもなく？　そうやってこの世を去れというのかね？
ソルネス　ふん──もう言うな。
ブローヴィク　いや答えてくれ。そんなみじめな有り様で、この世におさらばしなくちゃならないのか？
ソルネス　あんたはあんたにできるだけのことをしてこの世を去る。
ブローヴィク　そうですか。
ソルネス　おれにはほかにどうしようもない。分かるか！　おれはこういう人間に出来上がってるんだ！　自分を変えることはできない。
ブローヴィク　えええええ──できないだろうね。（咳こむ）
ソルネス　ラグナール──お父さんを家まで送って行きなさい。
ラグナール　どうしたのお父さん？
ブローヴィク　腕をかしてくれ。行こう。
ラグナール　うん。カイヤ、用意しろ。
ソルネス　フォスリさんには残ってもらう。ちょっとだけ。手紙を書いてもらいたい。
ブローヴィク　おやすみ──やすめるものなら。
ソルネス　おやすみ。

（３）

カイヤ　あの、お手紙は──
ソルネス　ない。カイヤ！

カイヤ　はい？
ソルネス　これは君に礼を言うべきなのか？
カイヤ　いえいえ、そんな風におとりにならないで！
ソルネス　しかし結婚したい――そうなんだろ。
カイヤ　ラグナールとは婚約してもう四、五年になります。それで――
ソルネス　それで君は、そろそろ潮時だと考えた？
カイヤ　ラグナールとおじさんがもう結婚しろって。それでそうしないと――
ソルネス　カイヤ、ほんとうはラグナールが好きなんだろ？
カイヤ　以前はとても――ここに来る前は。
ソルネス　でも今はもう好きじゃない？　全然？
カイヤ　ああ今はわたし、たったひとりの人しか思っていないのをご存じのくせに！　世界中でたったひとり！　ほかの人を好きになるなんてそんなこと！
ソルネス　口ではそう言う。そう言ってやっぱりおれから離れてく、おれをおいて。
カイヤ　でもわたし、おそばで働くことはできませんか、ラグナールともし――？
ソルネス　いやいやそういうわけにはいかない。ラグナールが独り立ちすればもちろん君が必要になる。
カイヤ　ああ、あなたとお別れするなんてとても考えられない！　そんなことあり得ません！
ソルネス　だったら、ラグナールにばかな考えをすてさせるんだ。結婚したければしてもいい――その、つまり――ここのこんないい働き口をすてさせないようにするんだ。そうすりゃ、おれも君をなくさずにすむ。そうだろカイヤ。
カイヤ　ああそうできたらどんなにいいでしょう！
ソルネス　君なしではいられない。一日も欠かさず――ここにいてもらいたい。
カイヤ　ああ、神さま神さま！
ソルネス　カイヤ、カイヤ！
カイヤ　ああ、なんて！　なんて、ああ――
ソルネス　だれか来る。立つんだ！　早く。

（４）

ソルネス　ああ、おまえかアリーネ――
ソルネス夫人　わたしお邪魔だった？
ソルネス　ちっとも。フォスリさんには、ちょっと手紙を書いてもらうだけ。
ソルネス夫人　そのようね。
ソルネス　何か用？
ソルネス夫人　あの、ヘルダール先生が来てらっしゃるの。あなたもいらっしゃるハルヴァル？

ソルネス　ふん――先生はおれに会いたいって？
ソルネス夫人　いいえ、そういうわけじゃないけど。わたしを診たついでにご挨拶したいって。
ソルネス　ふん。まあ、少し待っててもらってくれ。
ソルネス夫人　じゃあとでいらっしゃる？
ソルネス　うん。あとで――少しして。
ソルネス夫人　忘れないでねハルヴァル。

（5）

カイヤ　ああ、奥さまわたしのこと怒ってらっしゃる！
ソルネス　そんなことはない。いつもと同じだ。ま、しかし、君はもう帰った方がいい。
カイヤ　ええ。
ソルネス　それであのことは、上手くやってくれわたしのために。いいね。
カイヤ　ほんとに、そうできましたら――
ソルネス　どうでも上手くやってもらいたい。
カイヤ　どうしてもだめならわたし、あの人と別れます。
ソルネス　別れる！　何を言ってる！　別れるって？
カイヤ　ええ、その方が。だってわたし――わたしあなたのおそばにいたい。あなたから離れるなんて！　とてもとても考えられない！
ソルネス　ばかなことを言うな――ラグナールなんだ問題は。ラグナールを――
カイヤ　ラグナール――
ソルネス　いやいや違う違う、もちろん！　言うまでもない、君だよ必要なのは。何よりもまず君だカイヤ。しかし、そのためにはラグナールにここの仕事をつづけさせなくちゃ。さあ――もう帰りなさい。
カイヤ　ええ。それじゃ、おやすみなさい。
ソルネス　おやすみ。ああちょっと！　彼の設計図はそこにあるのか？
カイヤ　はい。
ソルネス　まあちょっと目を通してみよう。
カイヤ　ええお願いします。
ソルネス　君のためだカイヤ。
カイヤ　これで全部です。
ソルネス　結構。
カイヤ　おやすみなさい。どうぞわたしのこと、優しく思ってくださいね。
ソルネス　ああいつだって思ってる。おやすみ可愛いカイヤ。さあ行きなさい！

（6）

ソルネス夫人　お手紙はもうすんだの？
カイヤ　手紙？

ソルネス　いや、短い手紙なんだ。
ソルネス夫人　ほんとに短かったようね。
ソルネス　もう帰っていいフォスリさん。あしたまた、時間どおりに来てください。
カイヤ　承知いたしました――おやすみなさいませ奥さま。

(7)

ソルネス夫人　あのお嬢さんにいてもらえて、ほんとによかったわね。
ソルネス　そう、あの子はなんでもやってくれる。
ソルネス夫人　そのようね。
ドクトル・ヘルダール　簿記もできるんですか?
ソルネス　まあ――ここ二年ばかりずっとやってきたから。それにあの子は、何をするにもいやな顔一つしない。
ソルネス夫人　まあ、それはとてもありがたいことね。
ソルネス　そう。その点じゃあまりめぐまれているとは言えないからね。
ソルネス夫人　ひどいことをハルヴァル。
ソルネス　ああ、いやいやアリーネ、悪かった。
ソルネス夫人　ちっとも。――先生、後でまた、お茶にいらしてくださるでしょう?
ヘルダール　ええ、ほかの往診がすみましたら、また参ります。

(8)

ソルネス　お急ぎですか先生?
ヘルダール　いや別に。
ソルネス　少し話をしていいですか。
ヘルダール　喜んで。
ソルネス　じゃどうぞ。
ソルネス　どうですか――何か、アリーネのことで気づいたことはありませんか?
ヘルダール　この部屋にいらしたとき?
ソルネス　ええ。わたしに対して。何か気づきませんでした?
ヘルダール　そりゃあ気づかないというわけにはいかんでしょう、奥さんが――あの――
ソルネス　ええ。
ヘルダール　――あのフォスリさんをあまりよく思ってらっしゃらないということ。
ソルネス　それだけ?　それはわたしも分かってます。
ヘルダール　別に不思議じゃない。
ソルネス　何が?

ヘルダール　あなたが昼間ほかの女といっしょにいるのを奥さんがよく思われないってこと。
ソルネス　いやいやおっしゃるとおり。しかしこれは――どうしようもない。
ヘルダール　男の事務員はだめですか？
ソルネス　だめです――役に立たない。
ヘルダール　しかし奥さんは今――とても弱ってらっしゃる――そういうことに耐えられないとしたら――？
ソルネス　どうだろうと仕方がない――これはかりは。カイヤ・フォスリはどうしても必要なんです。彼女以外は役に立たない。
ヘルダール　ほかのだれも？
ソルネス　だれも。
ヘルダール　ねえソルネスさん。われわれふたりだけのこととして、一つお聞きしてもいいですか？
ソルネス　どうぞ。
ヘルダール　――そのう、女というものは、いや――女というものはある種のことにはとんでもなく鼻がきく――
ソルネス　そう、それで――？
ヘルダール　それで、奥さんがこのカイヤ・フォスリにどうにも我慢できないというのは――
ソルネス　ええ――
ヘルダール　――その、どうしようもなく毛嫌いするだけの理由が――その、あなたにいくらかあるんだということでは？
ソルネス　なるほど！
ヘルダール　いや、悪くとらないでください。しかし本当のところ――？
ソルネス　何もありません。
ヘルダール　何も？　全然？
ソルネス　あれの勝手な想像です。
ヘルダール　あなたは若い頃、いろんな女性とお知り合いだった、でしょう？
ソルネス　まあ否定はしません。
ヘルダール　そのうちの何人かとは、かなり親しくもなった。
ソルネス　まあね。
ヘルダール　しかしこのフォスリさんは？――そういう遊び心は皆無ですか？
ソルネス　ありません。何も――わたしの方には。
ヘルダール　じゃ彼女の方は？
ソルネス　先生もそこまでたずねる権利はないと思いますが。
ヘルダール　これは奥さんの嗅覚の話なんです。
ソルネス　そうでした。その点では――アリーネの嗅覚、それは正しいところがある。

ヘルダール　やっぱり。
ソルネス　ヘルダール先生――一つ不思議な話をしましょう、もしお聞きになる気があるなら。
ヘルダール　不思議な話、大好きです。
ソルネス　それじゃ。あなた、わたしがクヌート・ブローヴィクと息子のラグナールをここで使うことになったいきさつはご存じでしょう――あの年寄りの仕事がどうにもうまく行かなくなったとき。
ヘルダール　いくらかは知ってます。
ソルネス　あのふたりは、実際のところとても有能だ。何でもよくできる。ところが息子の方に婚約者ができた。だから当然、結婚して――独立したいということになる。
ヘルダール　すぐにいっしょになりたがるから若いものは。
ソルネス　しかしわたしには都合が悪い。ラグナールは大変役に立つ。年寄りの方も。強度とか体積計算とか――面倒な計算にすぐれてる。
ヘルダール　なるほど。
ソルネス　ところが、ある日、あのカイヤ・フォスリが何かの用でここに来たんです。それまで一度も来たことはなかった。ところが、ふたりが互いにとても好き合ってるらしいのを見て、わたしに一つの考えがひらめいた。もし彼女を事務員としてここで使ったら、ラグナールも多分離れていかないんじゃないか。
ヘルダール　それは名案だ。
ソルネス　でもそのときはそんなこと一言も口にしなかった。ただ彼女を眺めていて――この女を使えたらなと強く思っただけなんです。まあ、二言三言優しい言葉をかけはしましたが――。で、彼女は家に戻った。
ヘルダール　ええ。
ソルネス　ところが次の日、夕方遅くなって、年寄りもラグナールも帰ったあとに彼女はまたやって来た。そしてまるでわたしと契約を結んだような態度をとるんです。
ヘルダール　契約？　何の？
ソルネス　まさにわたしが望んでいたとおりのこと。一言もそんな話はしなかったのに。
ヘルダール　それは不思議ですね。
ソルネス　でしょう？　それで彼女は、ここでどんな仕事をするのか教えてくれと言うんです――あしたから始めてもいいかどうかとか、そんなことを――
ヘルダール　フィアンセといっしょにいたくてそんなことを言い出したんじゃないんですか？
ソルネス　はじめはわたしもそう思った。でも違うんです。彼女は彼からすっかり離れていった――ここに来るようになってから。

ヘルダール　そしてあなたの方に——近づいてきた？
ソルネス　そのとおり。わたしが後ろから眺めていても、それを感じているのが分かる。わたしがそばに来ただけで体が震え出す。これをどう思います？
ヘルダール　ふん——ま、それは説明つきますがね。
ソルネス　ええ。でもはじめの方はどうです？　わたしは何も言わずに心で願ってただけなのに、これはどうです？　説明がつきますか先生？
ヘルダール　いやつきませんね。
ソルネス　そうでしょう。——しかしこれは、大変な心の重荷なんです。彼女に対しては罪なことでしょうかわいそうに。だけどどうしようもない！　彼女が離れれば——ラグナールも離れてく。
ヘルダール　奥さんにはそういうことを話してないんですか？
ソルネス　ええ。
ヘルダール　どうして話さないんです？
ソルネス　なぜかと言いますとね、アリーネがわたしに対して不当な疑いをもつのは、わたしには一種の——苦行みたいで心の安らぎになるんです。
ヘルダール　どういうこと——
ソルネス　つまり——大きな借りを、いくらかでも返しているような——
ヘルダール　借り？　奥さんに？
ソルネス　ええ。ほんの少しばかり心を軽くしてくれる。それでちょっと息がつける。分かりますか。
ヘルダール　いやまったく、なんのことか全然——
ソルネス　ええええええ——もうやめましょう。
ソルネス　先生、まんまと尻尾をつかみましたね？
ヘルダール　尻尾？　なんのこと——
ソルネス　分かってるんです、白状なさい。
ヘルダール　何が分かってるんです？
ソルネス　あなたがわたしを観察してるってこと。
ヘルダール　観察？　なんのために？
ソルネス　それはわたしが——なんてことだ——先生もわたしをアリーネと同じように思ってるんですか？
ヘルダール　奥さんはどう思ってらっしゃるんです？
ソルネス　わたしのことを——その——病気だと。
ヘルダール　病気！　あなたが？　そんなこと聞いたこともない。どこか悪いんですか？
ソルネス　アリーネは、わたしの気が狂ってると思ってる——
ヘルダール　ソルネスさん——
ソルネス　ええそうなんだ——間違いない。それで、先生にもそう思い込ませた！　ああちゃんと分かってる。そう簡単には騙されませんよ、言っときますがね。
ヘルダール　ソルネスさん——そんなこと考えたこともない。
ソルネス　ああそう？
ヘルダール　絶対に。それに奥さんだって決してそんなこと——
ソルネス　まあまあ、いいですか——そう断言しない方がいい。だってある点では、いいですか——家内がそう考えるには、それだけの理由がおそらくあるのかもしれない——
ヘルダール　いやもうなんと言えばいいか——
ソルネス　ああ——やめましょう。お互い勝手にしているのがいいばんいい。ところでね先生——ふん——
ヘルダール　ええ？
ソルネス　わたしが——その——頭がおかしいとか、気が違っているとか、そう思ってらっしゃらないんなら——わたしは相当に運のいい男だと思ってるでしょう。
ヘルダール　ええ思ってます。
ソルネス　いやいや当然です。考えてもご覧なさい、棟梁ソルネスってわけだ！　ハルヴァル・ソルネス！　いや、感謝してますよ！
ヘルダール　実際、あなたは信じられないくらい幸運だった。——まず、あの古ぼけた幽霊屋敷が火事になった。あれが幸運のはじまり。
ソルネス　焼けた屋敷はアリーネの生まれた家、忘れないでください。あれ以来アリーネはずっと快復していないこの十二、三年ずっと——
ヘルダール　しかしあなたは火事のおかげでのし上がって行った——跡地に建てた分譲住宅の建築が評判になって。田舎町の貧しい生まれのあなたが——今はこの道の第一人者。そうですよソルネスさん、あなたはまったく幸運の女神に見込まれたんです。
ソルネス　ええ。しかしそのためにたまらなく苦しんでる——
ヘルダール　苦しんでる？　幸運に見込まれたことで？
ソルネス　——とても恐い。これはいつかひっくり返される——
ヘルダール　ばかな！　だれにひっくり返されるんです？
ソルネス　若ものに。
ヘルダール　若もの！　あなたは古びちゃいませんよ。とんでもない——かつてないくらい精力的でしょう。
ソルネス　今にひっくり返される。それを感じる。近づいてくるのが分かる。だれかが要求する、身を引け！　そうするとみんながいっせいに叫び出す。場所をゆずれ——場所をゆずれ——場所をゆずれ！　そう、見てなさい先生、やがて若ものがやってきて戸を叩く——
ヘルダール　ま、それで？

ソルネス　それで？　そうなれば、棟梁ソルネス、一巻の終わり。（ノックの音）なんだ？

ヘルダール　だれか戸を叩いてる。

ソルネス　どうぞ！

（9）

ヒルデ・ヴァンゲル　今晩は。

ソルネス　今晩は。

ヒルデ　わたしを覚えてないいんじゃない？

ソルネス　いや――急には、その――

ヘルダール　でもわたしは覚えてる――

ヒルデ　あら、あなただったの――

ヘルダール　そうわたしです。（ソルネスに）この夏、山小屋でいっしょだった。（ヒルデに）あのときのご婦人方はどうしました？

ヒルデ　西の方に行ったみたい。

ヘルダール　そう？　われわれが大騒ぎするんでいやがって――

ヒルデ　ほんと。

ヘルダール　ま、ちょっとふざけすぎだったのは否定できない。

ヒルデ　でも――おばあさんたち靴下編んでるだけで――

ヘルダール　そうそう――

ソルネス　今晩、町に？

ヒルデ　ええ、たった今着いたところ。

ヘルダール　ひとりでヴァンゲルさん？

ヒルデ　そうよ。

ソルネス　ヴァンゲル？　あなたのお名前ヴァンゲルというんですか？

ヒルデ　もちろん。

ソルネス　じゃもしかしたらあなた、リーサンゲル村のお医者さんのお嬢さん？

ヒルデ　そうよ。ほかのだれの娘だっていうの。

ソルネス　それじゃ、前に会ったことがあるかもしれない。あの夏、あの村の古い教会に塔を建てたとき。

ヒルデ　そう、あのとき。

ソルネス　ずいぶん昔だ。

ヒルデ　ちょうど十年前。

ソルネス　あなたはまだ、ほんの子どもだったでしょう。

ヒルデ　もう十三だった。

ヘルダール　この町は初めてヴァンゲルさん？

ヒルデ　ええそう。

ソルネス　じゃあ知り合いもいない――

ヒルデ　あなたのほかはね。それからあなたの奥さん――。

ソルネス　家内を知ってる？

ヒルデ　ちょっとだけ。しばらく保養所でいっしょだったから――

ソルネス　ああ――

ヒルデ　奥さん、町に来ることがあったら訪ねてらっしゃいって言われた。

ソルネス　あれは何も言ってなかった――

ヒルデ　今晩ここに泊めてもらえる？

ソルネス　ええ、お安いご用。

ヒルデ　わたし、着のみ着のままなの。リュックに少し下着があるけど。洗わなくちゃ。

ソルネス　家内に言いましょう――

ヘルダール　じゃわたしは、そのあいだに患者を診てきます。

ソルネス　あとでまたいらっしゃるでしょう？

ヘルダール　もちろん。予言が当たりましたねソルネスさん。

ソルネス　なんの？

ヘルダール　若ものがやって来て戸を叩く。

ソルネス　ああ、思ってたのとは違ってたけど――

(10)

ソルネス　アリーネ、ちょっと来てくれ！

ソルネス夫人　なあに？　あら、あなた？　やっぱりいらしたの。

ソルネス　たった今着いたんだって。それで、うちに泊めてほしいと言われる。

ソルネス夫人　うちに？　ええ喜んで。

ソルネス　下着類をきれいにされたいらしい。

ソルネス夫人　できるだけのお世話はします。当然の義務。お荷物はあとから？

ヒルデ　荷物なんてない。

ソルネス夫人　じゃちょっと主人と話しててください。お部屋を片づけてきます。

ソルネス　子ども部屋の一つを使えないか？　あそこなら片づいてるだろう。

ソルネス夫人　そうね。広さも十分だし。少し休んでらして。

(11)

ヒルデ　子ども部屋、いくつもあるの？

ソルネス　三つ。

ヒルデ　そんなに。お子さん多いのね。

ソルネス　ひとりもいない。でも今はあなたが子どもになってくれる。

ヒルデ　今晩はね。わたしピーピー泣いたりしない。ぐっすり眠れるかな。

ソルネス　きっと疲れてるんでしょう。
ヒルデ　ちっとも！　でも——ベッドで夢を見るってのはとってもすてき。
ソルネス　よく夢を見るんですか？
ヒルデ　ええ！　ほとんど毎晩。
ソルネス　どんな夢、いちばん多いのは？
ヒルデ　今は教えてあげない。またいつか——多分。

ソルネス　探しものでも？
ヒルデ　いいえ、ちょっと見てるだけ。いけない？
ソルネス　どうぞどうぞ。
ヒルデ　この大きな帳簿あなたがつけてるの？
ソルネス　いや、簿記係。
ヒルデ　女の人？
ソルネス　もちろん。
ヒルデ　あなたが雇ってるの？
ソルネス　そう。
ヒルデ　結婚してる？
ソルネス　いや、まだ独り。
ヒルデ　そう。
ソルネス　でももうすぐ結婚することになってる。
ヒルデ　それはいいわね。
ソルネス　でもわたしにはよくない。手伝いがいなくなってしまう。
ヒルデ　別の人雇えないの？
ソルネス　もしかしてあなたが——なってくれる？
ヒルデ　まあ結構！　遠慮します。——だってここじゃすることがたくさんある。
ソルネス　なるほど。お店をまわって身なりを整える。
ヒルデ　そんなの全然。
ソルネス　そう？
ヒルデ　だってわたし、お金みんな使っちゃった。
ソルネス　荷物もなければお金もない！
ヒルデ　なんにもなし。
ソルネス　まったくね、だからかえって魅力的だ。
ヒルデ　それだけ？
ソルネス　いや、ほかのことも。お父さんご健在？
ヒルデ　ええ、元気よ。
ソルネス　じゃ勉強にここへ？
ヒルデ　そんなこと考えもしない。
ソルネス　でもしばらく滞在するつもりなんでしょう？
ヒルデ　まあ成り行き次第ね。

ヒルデ　棟梁？
ソルネス　ええ？
ヒルデ　あなた、忘れっぽいほう？

ソルネス　忘れっぽい？　いや、自分じゃそれほどとは――

ヒルデ　でも村でのこと、ちっとも話そうとしないじゃない。

ソルネス　村って、リーサンゲルのこと？　まあ別にこれといって話すこともないと思うけど。

ヒルデ　どうしてそんなこと言えるの？

ソルネス　じゃ、あなたが話して。

ヒルデ　塔が出来上がったとき、町で盛大な祝賀会が開かれた。

ソルネス　あの日のことはそう簡単には忘れない。

ヒルデ　そう？　それはご親切。

ソルネス　親切？

ヒルデ　教会の庭では音楽が演奏されてた。すごくたくさんの人。わたしたち女学生は白い服を着て、みんなで旗を振った。

ソルネス　ああそうだ。旗だ。あれはよく覚えてる！

ヒルデ　それからあなたは急な足場を登ってった。大きな花輪を持って、いちばんてっぺんまで。そしてその花輪を、風見の頂上にかけた。

ソルネス　あのときはそうした。昔からのしきたりだったから。

ヒルデ　下から見上げてるとものすごくわくわくしてきた。どうお、もし落っこちでもしたら――棟梁自身が！

ソルネス　ほんとにそうなりかねなかった。白い服の小娘がひとり――大声で叫んだものだから――

ヒルデ　棟梁ソルネスばんざあい！

ソルネス　――そう言ってやたらと旗を振りまわした。わたしはそれを見て頭がくらくらしかけた。

ヒルデ　あの小娘――あれはわたしだった。

ソルネス　そう、そう思う。あなただった。

ヒルデ　だってとってもすてきだった。わくわくした。世の中に、あんなすごく高い塔を建てる棟梁がいるなんて想像もつかなかった。あなたがそのてっぺんに立ってる。これっぽっちも目がくらんだりしない。何よりそれがいちばん――考えただけでくらくらしてきた。

ソルネス　そんなにはっきり分かってたわたしがふらついてないって？

ヒルデ　まさか！　はっきり分かってた。だってそうじゃなかったらどうして塔の上で歌を歌ったりできる？

ソルネス　歌った？　わたしが？

ヒルデ　そう。あなた歌った。

ソルネス　わたしは生まれてこのかた一節も歌ったことはない。

ヒルデ　いいえ歌ったあのとき。天上の竪琴のように響いた。

ソルネス　不思議だ。
ヒルデ　でもそれから——そのあとよ——肝心なことが起こったのは。
ソルネス　肝心なこと？
ヒルデ　まさかあれまで思い出させる必要はないでしょう？
ソルネス　いや、ちょっとだけ何かヒントを——。
ヒルデ　クラブであなたのために大きなパーティが開かれた。覚えてない？
ソルネス　ああそうそう。たしか同じ日の午後だった。次の朝にはあそこを発ったんだから。
ヒルデ　そしてクラブの後で、わたしの家に夕食に招かれた。
ソルネス　そのとおりだヴァンゲルさん。大したもんだそんな小さなことまで覚えてるなんて。
ヒルデ　小さなこと！　いいこと言う。じゃあなたが家に来たとき、居間にはわたしひとりしかいなかったのもきっと小さなことね？
ソルネス　あなたひとりだった？
ヒルデ　あのときはあなた、わたしのこと小娘なんて言わなかった。
ソルネス　いやそりゃそうだろう。
ヒルデ　あなた、白い服のわたしを見てきれいだと言った。小さな王女さまみたいだって。
ソルネス　そのとおりだったんですヴァンゲルさん。それに——あの日わたしは、ちょっと浮き浮きした気分で、自由な気持ちになってた——
ヒルデ　それからあなた言った、わたしが大きくなったらあなたの王女さまにしてくれるって。
ソルネス　おや——そんなこと言った？
ヒルデ　ええ言った。それでわたし、どれくらい待てばいいかって聞いたらあなた、十年たったらまた来るって言った——トロルみたいに、わたしを遠くまでさらってくって。スペインとか、どこかそんなところへ。そこでわたしに王国を一つ買ってくれるって約束した。
ソルネス　まあ、ご馳走のあとは気が大きくなるもんだ。でも本当にそんなことを言った？
ヒルデ　ええ。あなたその王国に名前までつけた。
ソルネス　そう？
ヒルデ　オレンジ王国、そう呼ぼうって。
ソルネス　これはまた、おいしそうな名前だ。
ヒルデ　わたしは全然気に入らなかった。からかわれてるみたいで。
ソルネス　いやそんなつもりは少しも。
ヒルデ　ええなかったと思う。そのあとであなたがしたことを考えれば——

ソルネス　そのあとで？　いったい何をした？

ヒルデ　まさかあなた、あれまで忘れたって言うんじゃないでしょう？　人はそんなこと絶対に忘れるものじゃない。

ソルネス　えええ、その、またちょっとヒントを、そうすれば多分――で？

ヒルデ　あなた、わたしを抱いてキスをした。

ソルネス　わたしが、そんなこと！

ヒルデ　そうよしたのよ。あなた両腕にわたしを抱いて、後ろにそらせると唇にキスをした、いくども。

ソルネス　いやねえ可愛いヴァンゲルさん――

ヒルデ　あなたまさか、否定するつもりじゃないでしょう？

ソルネス　もちろん否定しますよ！

ヒルデ　そうなの。

ソルネス　ヴァンゲルさん――

ヒルデ　（不動）

ソルネス　そんなところに、柱みたいにつっ立ってないで。あなたの言ったこと――ね、あれはきっと、あなた夢に見たんじゃないかな。ね、いいですか――

ヒルデ　（腕を払う）

ソルネス　それとも――そうだ！　――これにはもっと深いわけがある！

ヒルデ　（不動）

ソルネス　それはみんな、わたしが心に思ってたことだ。望んでた、願ってた、そういう欲望を持ってた。だからなんだ――これで上手く説明がつくでしょう？

ヒルデ　（沈黙）

ソルネス　ああいいですよほんとに！　――わたしはそのとおりやったんです！

ヒルデ　じゃあなた認める？

ソルネス　ああお好きなように。

ヒルデ　わたしを腕に抱いた？

ソルネス　ええ！

ヒルデ　後ろにそらして？

ソルネス　ぐっと後ろに。

ヒルデ　わたしにキスをした？

ソルネス　ええしました。

ヒルデ　いくども？

ソルネス　いくどでもお好きなだけ。

ヒルデ　ほうらね、とうとう白状させちゃった！

ソルネス　ほんとに――こんなことを忘れるなんてね。

ヒルデ　あなた若い頃、だれにでもキスをしたんでしょきっと。

ソルネス　いやいや、そんなふうに思っちゃいけない。

ソルネス　ヴァンゲルさん？
ヒルデ　ええ？
ソルネス　で、どうしたの？　それからあと――わたしたちふたり？
ヒルデ　何もなかった、覚えてない？　ほかの人たちがやって来てそれで――ふん！
ソルネス　そうだ！　ほかの人たちが来た。そんなことまで忘れるとはね。
ヒルデ　あなたなんにも忘れてないのよ。ただちょっと恥ずかしかっただけ。こんなこと忘れるはずない。
ソルネス　そうだね。
ヒルデ　それともあなた、あれが何日だったかも忘れたんじゃない？
ソルネス　何日？
ヒルデ　ええ、あなたが塔に花輪をかけたのは何日だった？　言ってごらんなさい！
ソルネス　ふん――たしかな日付は覚えてない。覚えてるのは十年前だったってこと。
ヒルデ　あれはこの十年前だった、九月十九日。
ソルネス　そうそうその頃だった。よく覚えてるね！　ちょっと待って――！　そういえば――今日が九月十九日――。
ヒルデ　そう、だからこの十年は過ぎたの。だけどあなた来なかった――わたしに約束したのに。
ソルネス　約束した？　おどかしたってこと？
ヒルデ　何もおどかしなんてなかったと思うけど。
ソルネス　まあちょっとからかったというか。
ヒルデ　あなた、わたしをからかったの？
ソルネス　それとも、少し冗談を言ったというか！　全然覚えてないけど、何かそんなことだった気がする。だってあなたあの頃まだ子どもだったでしょ。
ヒルデ　そんな子どもってわけじゃなかった。
ソルネス　本気でわたしがまた来ると思ってた？
ヒルデ　そうよ！　待ってたのよ。
ソルネス　わたしがやって来て、あなたをさらってくって？
ヒルデ　魔物のトロルみたいに。
ソルネス　それであなたを王女さまにする？
ヒルデ　そう約束したでしょ。
ソルネス　王国を一つ？
ヒルデ　いいでしょ？　どうせ本物でなくったっていいんだから。あなた世界一高い教会塔を建てた。きっと王国の一つや二つ作れるに違いない――そう思った。
ソルネス　どうもあなたって人がよく分からない。
ヒルデ　分からない？　簡単だと思うけど。

ソルネス　いや、あなたが言ってることは全部まじめなのか、それともただの冗談なのか、どうも分からない。
ヒルデ　からかってる？　わたしも？
ソルネス　そう、からかってる。――わたしが結婚してるのは知ってた？
ヒルデ　ええ。どうしてそんなこと聞くの？
ソルネス　いや、ちょっと思っただけ。どうしてあなたここに来たの？
ヒルデ　王国をもらいに。約束の期限は切れた。
ソルネス　ほんとにとてもかなわない！
ヒルデ　王国を出してちょうだい棟梁！　テーブルの上に、さあ王国を！
ソルネス　まじめな話――あなたなぜここに来たんです？　本当のところここで何をしようと思ってるんです？
ヒルデ　そうね。まず町中をまわって、あなたの建てたものを全部見たい。
ソルネス　それはなかなか大変だ。
ヒルデ　あなたたくさん建てた？
ソルネス　そう。大方はここ数年の間に。
ヒルデ　教会の塔もある？　とっても高い塔？
ソルネス　いや。塔はもう建てない。教会も。
ヒルデ　じゃ今は何を建てるの？
ソルネス　人の住む家。
ヒルデ　だめかなその――その、教会の塔みたいなものを、そういう家の上につけるっていうのは？
ソルネス　どういう意味？
ヒルデ　つまりね――何か、自由に――天まで伸びてくもの。くらくらするくらい高いところに風見をつけて。
ソルネス　不思議だねそんなこと言うなんて。わたしがいちばん建てたいと思ってるのもまさにそういうものだ。
ヒルデ　じゃどうして建てないの？
ソルネス　そんなものだれも建ててほしいとは思わない。
ヒルデ　まあ――だれもほしいと思わない！
ソルネス　でもね、今ちょうど自分の新しい家を建てた。すぐ向こうに。
ヒルデ　あなたご自身の？
ソルネス　そう。完成間近か。それには塔がついてる。
ヒルデ　高いの？
ソルネス　人は高すぎると言うだろう、人間の住むところにしては。
ヒルデ　その塔、明日の朝いちばんに見にいきたい。
ソルネス　ねえヴァンゲルさん――あなたなんて言った名前は？
ヒルデ　ヒルデ。
ソルネス　ヒルデ？　そう？

ヒルデ　忘れたの？　あなたヒルデって呼んだじゃない、あの日、あなたが少しおかしかった日。でもあなた、ヒルデちゃんなんて言うからいやだった。
ソルネス　いやだった？
ヒルデ　ええ。ああいうときはね――でも――プリンセス・ヒルデ――それならいい。
ソルネス　なるほど。プリンセス・ヒルデ――ええと、王国の名前はなんだったっけ？
ヒルデ　へん！　ばかな、王国なんかどうでもいい。わたしもっと別のものをもらいたい。
ソルネス　不思議だね――考えれば考えるほど――わたしがずっとここで苦しんできたのは、その、ふん――
ヒルデ　何？
ソルネス　何かを思い出そうとしてた、そういう気がする。――何か経験したのに忘れてしまった。それがなんだったかどうしても思い出せない――
ヒルデ　そう、世の中にはそういうトロルもいる。
ソルネス　君が来てくれて本当によかった。
ヒルデ　よかった？
ソルネス　わたしはひとりぼっち。何も、どうすることもできず――とても恐くなり出していた――若ものが。
ヒルデ　若ものが恐い――ばかな！
ソルネス　そう、だからわたしはこうやって閉じこもってきました。

(13)
ソルネス夫人　さあヴァンゲルさん、あなたのお部屋片づる。今に分かる、若ものがやってきてドアを叩き、押し破って入ってくる。
ヒルデ　じゃ、ドアを開けて若ものを迎えればいい。
ソルネス　ドアを開ける？
ヒルデ　ええ、そうすればおとなしく入ってくるでしょ。
ソルネス　いやいやいや！　若ものってのは――報復なんだ。分かるかね。何もかもひっくり返そうとする。ムシロ旗を立ててやってくる。
ヒルデ　棟梁、わたしを何かに使える？
ソルネス　ああ使える！　君も――新しい旗を立ててやってきた。若ものには若もので対抗する――

(12)
ヘルダール　おや――まだここにいたんですか？
ソルネス　そう、話が尽きなくて。
ヒルデ　古いことも新しいことも、ね。
ヘルダール　そうですか？
ヒルデ　とっても面白かった。だって棟梁ったら――記憶力抜群。小さなことまでなんでもよく覚えてるの。

ヒルデ　まあなんてご親切な！

ソルネス夫人　子ども部屋？

ソルネス　ええ、真ん中の。でもその前に、お食事にしましょう。

ソルネス夫人　ヒルデは子ども部屋で寝る。

ソルネス　ヒルデ？

ソルネス夫人　そう、ヴァンゲルさんの名前はヒルデっていうんだ。この人が子どものときに知ってた。

ソルネス夫人　そうなのハルヴァル。さあどうぞ、食堂に。

(14)

ヒルデ　あなたの言ったこと本当？　わたしを何かに使うことができるって？

ソルネス　君はわたしが心から待ち望んでた人だ。

ヒルデ　ああ、大きな素晴らしい世界――！

ソルネス　ええ――

ヒルデ　わたし王国を手に入れた！

ソルネス　ヒルデ――！

ヒルデ　ほとんど――

第二幕

(1)

ソルネス　ああ君か？

カイヤ　はい、ただ今まいりました。

ソルネス　ラグナールはまだ？

カイヤ　お医者さまを待ってます。そのうち来ますでしょう――

ソルネス　年寄りの具合はどう？

カイヤ　よくありません。申し訳ありませんが、休ませてほしいと申してました。

ソルネス　もちろん。しかし君は仕事にかかって。

カイヤ　はい。ラグナールが来ましたらこちらにうかがわせましょうか？

ソルネス　いや――別に用はない。

(2)

ソルネス夫人　あの人も死ぬのね、あの人も。

ソルネス　あの人も？　ほかにだれが死ぬ？

ソルネス夫人　ええええ、ブローヴィクのおじいさん――あの人もう死ぬわねハルヴァル。

ソルネス　アリーネ、ちょっと散歩でもしてきたら？

ソルネス夫人　ええ、行こうと思ってました。
ソルネス　あの子はまだ寝てる？
ソルネス夫人　あなたそこでヴァンゲルさんのこと考えてたの？
ソルネス　いや、ちょっと思っただけ。
ソルネス夫人　ヴァンゲルさんはとっくに起きてらっしゃる。
ソルネス　そう。子ども部屋も役に立ったわけだ。
ソルネス夫人　そうね。
ソルネス　空っぽよりずっといい。
ソルネス夫人　あれは本当にたまらない。
ソルネス　まあ、これからはよくなるよアリーネずっとよくなる。生きていくのが楽になる――おまえには特に。
ソルネス夫人　これから？
ソルネス　そうだよアリーネ――大丈夫――
ソルネス夫人　あの人が来たから――？
ソルネス　もちろん、おれが言うのは――新しい家に移るからだ。
ソルネス夫人　そんなこと信じてるのハルヴァル？　移ったらよくなるって――
ソルネス　よくならないほうがおかしい。おまえもそう思ってるだろ？
ソルネス夫人　新しい家のことはわたしなんにも考えない。
ソルネス　そんな言葉を聞くのはつらいね。あれを建てたのは第一におまえのためなんだから。
ソルネス夫人　あなたわたしに尽くしすぎる。
ソルネス　ばかなこと言うな！　そんな言葉には我慢できない。
ソルネス夫人　じゃ言いません。
ソルネス　今度の家には昔を思い出させるものがたくさんある。
ソルネス夫人　お父さまお母さまの家――全部焼けたあの家。――あなたはお好きなだけ建てればいい――でもわたしにはもう本当の家はない。
ソルネス　じゃあこの話はやめよう。お願いだ。
ソルネス夫人　いつもは話さない。あなたが避けてるから――
ソルネス　おれが？　どうしてだ。どうして避けなくちゃならない？
ソルネス夫人　ええ、あなたのことはよく分かってるハルヴァル。あなたわたしをいたわろうとする。わたしを許してくださる。なんでも――
ソルネス　おまえ――自分のことを言ってるのか？
ソルネス夫人　ええ当然でしょ。昔の家はなるようになっただけ。でも――いったん不幸が始まると――ああたまらない――火事のあとに、あれが、あれが――！

ソルネス夫人　考えるんじゃないアリーネ！

ソルネス　いえ考えなくちゃ、話さなくちゃ。わたしこれ以上耐えられない。自分を許すことができない。

ソルネス夫人　自分を――！

ソルネス　だってわたし両方に義務があった、あなたと子どもたちの両方に。もっと気をしっかり持って、負けてはいけなかった。家が焼けたからって悲しんでばかりいてはいけなかった。

ソルネス夫人　アリーネ――もう考えないで。いいか、約束して――

ソルネス　約束！　ああ約束約束。そんなこといくらだってできます。

ソルネス夫人　絶望だ！　日がささない、この家には決して！

ソルネス　これは家じゃないハルヴァル。

ソルネス夫人　そう。おまえの言うとおり、新しい家に移っても変わらない。

ソルネス　やはり空っぽ。荒れ果てて、ここもあそこも。

ソルネス夫人　それなら言ってみろ、いったいなぜあんなものを建てたんだ？　おまえにそれが言えるか。

ソルネス　いいえ。それはあなたご自分で答えなくちゃ。

ソルネス夫人　どういう意味だ？

ソルネス　意味？

ソルネス夫人　くそ、妙な言い方をした。何か裏にある――

ソルネス　いえとんでもない――

ソルネス夫人　結構――ちゃんと分かってる。おれだって目もあれば耳もある。心配ご無用！

ソルネス　いったいなんのこと？　なんなの？

ソルネス夫人　おまえはおれがちょっと口にする些細なことにまで、裏の意味を探ろうとしてるだろう？

ソルネス　わたしが、そんなこと――！

ソルネス夫人　はっはっは！　当然だアリーネ、一つ屋根の下に病人と住んでるんだから――

ソルネス　病人！　あなた病気なのハルヴァル？

ソルネス夫人　気違い、狂人、なんとでも言え。

ソルネス　ハルヴァル――いったいぜんたい――

ソルネス夫人　しかし思い違いだふたりとも、おまえもドクトルも。おれはそんなんじゃない。――おれはどこも悪くない。

ソルネス　ええええそうでしょう。でも何が気がかりなの？

ソルネス夫人　この膨大な借金に押し潰されるんじゃないかと――

ソルネス夫人　借金？　お金なんかだれにも借りてないでしょ？
ソルネス　底なしの借金――おまえに――おまえにだアリーネ。
ソルネス夫人　いったい、何を隠してるの？　言ってください。
ソルネス　何もない！　おれはおまえを悪く思ってはいない。だけど――途方もない罪を背負ってる気がする。
ソルネス夫人　わたしに対して？
ソルネス　大部分はおまえに対して。
ソルネス夫人　それじゃあなた――やはり病気よハルヴァル。
ソルネス　そうかもしれない。――ああ！　やっと明るくなる。

（3）

ヒルデ　おはよう棟梁！
ソルネス　よく眠れた？
ヒルデ　とっても。ゆりかごで寝たみたい。王女さまそっくり――
ソルネス　夢も見た？
ヒルデ　もちろん。でもいやな夢。
ソルネス　そう？
ヒルデ　だって高い険しい崖からまっ逆さまに落ちるの。そんな夢見たことない？
ソルネス　ある――ときどき見る――
ヒルデ　すごい緊張する――下へ下へ落ちてくときは――
ソルネス　凍りつくような――
ヒルデ　落ちてくとき、足を高く上げようとしない？
ソルネス　うん、できるだけ高く。
ヒルデ　そうそう――
ソルネス夫人　じゃ町に行ってきますハルヴァル。あなたに必要なものも、何か見てきましょう。
ヒルデ　まあご親切に奥さん！　とってもご親切――
ソルネス夫人　全然。おもてなしの義務。喜んで。
ヒルデ　町ぐらいわたしも行けると思う――身なりももうきちんとしたし――だめ？
ソルネス夫人　正直言って、ちょっと人目をひくかも――
ヒルデ　そんなの。かえって面白い。
ソルネス　でも人はあなたも気が狂ってると思うかもしれない。
ヒルデ　わたしも？　この町には狂った人がたくさんいるの？
ソルネス　少なくとも、ここにひとり。
ヒルデ　棟梁が？

ソルネス夫人　ああお願いだからハルヴァル――
ソルネス　分からなかった？
ヒルデ　ええ。でもそう言えば、ある点で――
ソルネス夫人　ほうらアリーネ――
ソルネス夫人　ある点で何ヴァンゲルさん？
ヒルデ　いいえ言わない。
ソルネス　いや言ってくださいよ。
ヒルデ　結構――
ソルネス夫人　ふたりになれば教えてくださるでしょうハルヴァル。
ソルネス　そうかな。
ソルネス夫人　そうよ。前からよく知ってたんでしょ。この人が子どものときからずっと――あなたそう言ってた。

（4）

ヒルデ　奥さん、わたしを好きじゃないみたい。
ソルネス　アリーネはとても人見知りするようになった。でも――本当は善良で優しい女だ。
ヒルデ　それならどうして義務だなんて言うの？
ソルネス　義務？
ヒルデ　冷たくてしめつけるような響き、義務――義務――義務――

ヒルデ　これあなたが書いたの？
ソルネス　いや。ここで働いている男が書いた。
ヒルデ　あなたが教えた？
ソルネス　まあ、わたしから何かは学んだだろうね。
ヒルデ　腕がいいの？
ソルネス　悪くはない――
ヒルデ　そうに決まってる。腕がいい。
ソルネス　図面を見て分かる？
ヒルデ　まさか。こんなのちんぷんかんぷん。でもあなたの弟子なら――
ソルネス　そういうことなら――弟子はたくさんいるけど、どれも大したものにはなっていない。
ヒルデ　あなたっておばかさんね。
ソルネス　おばかさん？
ヒルデ　そうよ。みんなに教えてしまうなんて――
ソルネス　ええ？　どうしていけない？
ヒルデ　あたりまえでしょ棟梁！　あなた以外の人は建てちゃいけないのよ。あなただけが許される。全部ひとりで建てるのよ。
ソルネス　ヒルデ――！
ヒルデ　何？
ソルネス　どうしてそんなふうに考えるんだ？

ヒルデ　いけない？
ソルネス　いやそうじゃないが。実を言うと──
ヒルデ　ええ？
ソルネス　わたしは──ずっと──ひとりで──同じことを考えてた。
ヒルデ　当然でしょ。
ソルネス　それに気づいてた？
ヒルデ　いいえちっとも。
ソルネス　でもさっき言ったでしょう、ある点ではおかしいって──？
ヒルデ　ああ、あれは全然別のこと。
ソルネス　別のこと？　どんな？
ヒルデ　どうでもいいこと。
ソルネス　まあ──。ここにおいで、いいものを見せてあげる。
ヒルデ　なあに？
ソルネス　あそこ、あの庭の向こう──大きな石切り場の向こう──
ヒルデ　あの新築の家？
ソルネス　ほとんど出来上がってる──
ヒルデ　とても高い塔がついてる。
ソルネス　足場はまだ残ってるが──
ヒルデ　あれがあなたの新しい家？
ソルネス　そう。
ヒルデ　もうすぐ引越すの？
ソルネス　そう。
ヒルデ　あそこにも子ども部屋はある？
ソルネス　三つ。ここと同じ。
ヒルデ　でも子どもはいない。──だから言ったでしょ。
ソルネス　何を──？
ヒルデ　あなたが──その、やっぱり少しおかしいって。
ソルネス　そのことだった？
ヒルデ　ええ、空っぽの子ども部屋。わたしが眠った部屋──
ソルネス　わたしたちには子どもがいたんだよ──
ヒルデ　いたの？
ソルネス　男の子がふたり。同じ歳の──
ヒルデ　双子。
ソルネス　そう双子。もう十年以上前──
ヒルデ　で、その双子はもういないの？
ソルネス　たった三週間しか生きてなかった。いやもっと短い──。ヒルデ、君が来てくれてほんとによかった。やっと話し相手ができた！
ヒルデ　あの人は駄目？
ソルネス　このことは駄目だ、思うように話せない。ほかにもいろんなことが──

ヒルデ　そのこと、わたしが役に立つと言ったのは？　それだけ？
ソルネス　きのうはね。でも今日はもうよく分からない。――ここにおいで。わたしの話を聞きたい？
ヒルデ　ええ、とっても。
ソルネス　じゃ、何もかも話してあげよう。
ヒルデ　庭もあなたもいっしょに目に入る。さあ棟梁、話して！
ソルネス　向こうの丘――今新しい家が見えるところ――
ヒルデ　ええ。
ソルネス　――あそこにアリーネとわたしは住んでいた。その頃は古い家が建っていた。アリーネの母親の家をわたしたちが引き継いだ。大きな庭も一緒に――
ヒルデ　その家にも塔がついてた？
ソルネス　そんなものはなかった。外から見ると醜い大きな納屋みたいだったが、中はかなり気持ちのいい住みやすい家だった。
ヒルデ　それを取り壊したの？
ソルネス　いや。焼けてしまった。
ヒルデ　焼けた？　全部？
ソルネス　うん。
ヒルデ　ひどいこと。
ソルネス　見方によるね。その火事のおかげで、わたしは大工棟梁として出世したんだから。
ヒルデ　でも――
ソルネス　ちょうどその頃、子どもが生まれた――
ヒルデ　双子の男の子。
ソルネス　ふたりとも生まれたときは元気で、日一日大きくなっていくのがよく分かった。
ヒルデ　赤ちゃんは成長が早いから。
ソルネス　アリーネが添い寝している姿は素晴らしかった、美しい絵だった――ところがそこに、あの火事の夜がやってきて――
ヒルデ　どうなった？　焼け死んだの？
ソルネス　いや、みんな助け出された――でもアリーネはショックがひどかった。燃え盛る火の中を逃げまわって――それは大混乱だった。それに、凍てつく夜の寒さ――着の身着のまま逃げ出したんだから、アリーネも子どもたちも。
ヒルデ　それに耐えられなかった？
ソルネス　耐えることは耐えた。でもアリーネは熱を出して、乳が出なくなってしまった。それでも、自分が乳をやると言ってきかなかった義務だからって。それでふたりの子どもは――あの子たちは――
ヒルデ　駄目だったの――？
ソルネス　死んだ。

ヒルデ　つらかったでしょう。
ソルネス　つらかった。しかしアリーネは十倍もつらかっただろう。この世にこんなことがあっていいものか！　それ以来、教会を建てる気持ちが薄れてしまった。
ヒルデ　じゃ、あのときの教会塔も気がすすまなかったの？
ソルネス　うん。塔が完成したとき心からほっとしたのを覚えてる。
ヒルデ　分かる。
ソルネス　今はもう建てない――教会も教会塔も。
ヒルデ　建てるのは人の住む家だけ。――でも高い塔がついてる――
ソルネス　それがいちばんいい。――ねえ、分かった？　さっきも言ったように――火事のおかげでわたしは世の中に出た、大工棟梁として。
ヒルデ　あなた、どうしてご自分を建築家と呼ばないの？
ソルネス　学問をしていない。ほとんど独学でやってきた――
ヒルデ　それでも出世したことには変わりはない――
ソルネス　火事のおかげで。庭の大部分を住宅地として分譲した。わたしの好みどおりの家を建てた。それからだ、大工としてのし上がって行ったのは。
ヒルデ　運が強いのねそんなふうに行くなんて。

ソルネス　運が強い？　君もそう思う？
ヒルデ　ええ、そうじゃない？　双子の赤ちゃんのことを別にすれば――
ソルネス　赤ん坊のことは――そう簡単には忘れられない。
ヒルデ　つらいのまだ？　そんな昔のことで？
ソルネス　運が強い――ふん――ねえ、火事の話をしたとき――何か特別なことは思い浮かばなかった？
ヒルデ　いいえ。どんなこと？
ソルネス　火事のおかげで人間の住む家を建てることができた。気持ちのいい住みやすい明るい家。
ヒルデ　そういう家を建てるのはそれこそ幸せでしょ。
ソルネス　代償だよヒルデ。そのためにどんな代償を支払わなければならなかったか。
ヒルデ　払いきれないような？
ソルネス　うん。他人の家のために自分の家を断念しなくちゃならなかった――。子どもたち、親たちの家。――それが世間のいう運というものの代償だ。――運が強い――それはそう簡単なことじゃない。
ヒルデ　でも、これからはよくなるでしょ？
ソルネス　決して。火事のあとアリーネの病気はいつまでも尾を引いてる。
ヒルデ　それなのにまた子ども部屋？

ソルネス　分からないかなヒルデ？　不可能なこと――それもまた人の心をとらえる。
ヒルデ　分かる！　不可能なこと――それね？
ソルネス　うん。
ヒルデ　あなた――やっぱりトロルよ。
ソルネス　そう――トロルでなぜいけない――すべてこんなふうになってく、何もかも！　いいかヒルデ。これまで全身こめて作ってきたもの、建ててきたもの、美しい、安心できる、住み心地のいい、それが全部――恐ろしいことだ――
ヒルデ　何が恐ろしいの？
ソルネス　全部が償いを求めてる。金じゃない、幸せ、人間の幸せ。それもおれだけじゃない、まわりのものみんなの幸せだ。そうだよ、分かるかヒルデ！　それが建築家になるための代償だ――永遠に払いつづけるいつまでもいつまでも！
ヒルデ　あなたが考えてるのは、あの人のこと。
ソルネス　そう第一にアリーネ。彼女にも彼女なりの才能があった。しかしそれはへし折らればらばらにされた――おれの才能をのばすために――おれの出世のために。アリーネにも言ってみれば建築の才能があったんだ。家や塔じゃない――子どもの心を育てること。心を高くのばし、美しいものにする。アリーネにはその才能があった。――それがすべて無駄になった――役立たずの――火事のあとの灰のように――
ヒルデ　でも――
ソルネス　そうそうなんだよ、おれには分かる――
ヒルデ　でもそれは――あなたのせいじゃないでしょ。
ソルネス　それだ、その問い――たまらないのは。その疑いがさいなむ昼となく夜となく――
ヒルデ　疑い？
ソルネス　見方によってはおれのせいだ。
ヒルデ　火事が――？
ソルネス　すべてが――それとも――全然違うか――
ヒルデ　何を言ってるの棟梁？　そんなこと言って――あなたやっぱり病気。
ソルネス　ふん――完全に健康とは言えないかもしれない
――

（5）

ラグナール　ああ失礼しました。
ソルネス　いやいやかまわない。用はなんだ。
ラグナール　はい――ちょっと――
ソルネス　お父さんよくないって？
ラグナール　ええ。それでお願いなんですが――わたしの設計図に何かちょっと推薦の言葉を書いていただけないでしょうか。父が死ぬ前に見せてやりたいんです——

ソルネス　設計図のことは口にするな！

ラグナール　見ていただけました？

ソルネス　見た。

ラグナール　駄目ですか？　全然？

ソルネス　ここで働いてろラグナール。好きなようにしていい。カイヤと結婚してもいい。心配するな何も。ただ自分で建てることは考えるんじゃない。

ラグナール　分かりました。家に戻って父にそう言います。いいですか——父に——死ぬ前に？

ソルネス　言え言え——なんとでも言え、おれはかまわん。——おれにはこうするほかどうしようもない！

ラグナール　設計図はいただいてってよろしいですか。

ソルネス　いいよ——テーブルの上。

ラグナール　どうも。

ヒルデ　いいえ、おいといてちょうだい。

ソルネス　どうして？

ヒルデ　わたし見たいから。

ソルネス　しかし——じゃ、おいてってくれ。

ラグナール　はい。

ソルネス　お父さんのところにすぐ戻るんだな。

ラグナール　そうします。

ソルネス　ラグナール——おれにできないことは要求するな。いいか、要求しないでくれ！

ラグナール　えええええ。失礼します——

(6)

ヒルデ　あなたってひどい人。

ソルネス　そう思う？

ヒルデ　ほんとにひどい。意地が悪くていやらしい。

ソルネス　君には分からない——

ヒルデ　だからって——。いや、あなたそんなになっちゃいや。

ソルネス　ついさっき建てるのはおれだけに許されると言わなかった？

ヒルデ　わたしが言うのはいい。でもあなたが言っちゃいけない。

ソルネス　おれこそ言える。こんな高い代金を支払ったおれこそ。

ヒルデ　そう——家庭の楽しみってやつ——そんなもの。

ソルネス　心の平安も売った。

ヒルデ　心の平安！　勝手に思い込んで——

ソルネス　ヒルデ、もう一度座りなさい面白い話をしてあげる。

ヒルデ　何？

ソルネス　ばかげてると思うかもしれないが、すべては煙突の割れ目から起こった。

ヒルデ　割れ目がどうしたの?

ソルネス　火事が起こるずっと前から煙突に割れ目が一つできていた。おれはそれに気づいて、屋根裏に行くたびにそれがまだあるかどうか見ていた。

ヒルデ　あなた何も言わなかったの?

ソルネス　黙ってた。

ヒルデ　煙突を直すこともしなかった?

ソルネス　考えはした——でもしなかった。直そうと思うたびに、何かがおれの手を止めた。今日はやめだ、明日にする、そう考えていつまでもそのままにしておいた——

ヒルデ　でもどうして?

ソルネス　思うことがあってね。この小さな割れ目のおかげで、もしかしたら出世できるかもしれない——大工棟梁として。

ヒルデ　わくわくしたでしょ。

ソルネス　いや、まったく逆らえなかった。単純で簡単なことに思えた。冬に起こることを願った。お昼まえ、アリーネをソリにのせて出かける。家のものは暖炉に火をふんだんに燃やす——

ヒルデ　寒い日だったのね。

ソルネス　凍てついてた。——アリーネが戻ったとき暖かくしておこうと思って——

ヒルデ　あの人、冷え性?

ソルネス　そう。で、帰りに煙が目に入る。

ヒルデ　煙だけ?

ソルネス　はじめはね。でも門まで来ると、古い納屋がもうもうとした炎に包まれてる。——そうあってほしいと願ってた。分かる?

ヒルデ　でもいったいどうしてそんなこと!

ソルネス　どうしてだろうね。

ヒルデ　だけどねえ棟梁、その煙突の割れ目が火事の原因だったってことはたしかなの?

ソルネス　いや全然逆。煙突の割れ目は火事となんの関係もなかった。

ヒルデ　なんですって!

ソルネス　火事は衣裳部屋から出た。現場検証ではっきりした——家のまったく別の方角だ。

ヒルデ　じゃあ割れ目のことをくだくだ言ったのはいったいなんなの!

ソルネス　もう少し話していいかヒルデ?

ヒルデ　ええ、筋の通った話をするなら——

ソルネス　やってみよう。——ねえヒルデ、世の中には特別な人間、特に選ばれた人間がいると思わないか?　何かを強く心の底から望む。それをどうしても手に入れようとする強い意思と才能があって、だから最後にはそれが本当になってしまうそういう能力を持った人間？　どう？

ヒルデ　もしそういう人がいるとしたらわたしもそのひとり――

ソルネス　しかし大きなことはひとりではできない。そうだ――何かを成しとげるには助けてくれるものがいなくちゃならない手伝ってくれるもの。それはただ待っているだけじゃやって来ない。強く求めなくちゃ、心から呼び求めなくちゃならない。

ヒルデ　あなた、その火事も――あなたが強く望まなかったら起こらなかったって言うのね？

ソルネス　あのブローヴィクじいさんの家だったらあんなに都合よく燃えたりは絶対にしないね。彼には理解できないから。――ねえヒルデ――だから赤ん坊がふたりとも死んだのはおれのせいなんだ。アリーネの才能の芽を摘んだのもおれだ――

ヒルデ　でも――？

ソルネス　それが世間で言う幸運てやつ。だがそのためにどんな思いをしてきたか。胸の皮が大きく剥がれて赤くただれているようなもの。助け手はおれの傷をふさぐために人の皮を剥いでくる！　――だが傷は決して治らない。決して決して！　ああこの傷のひりひりすること君にはとても分からない。

ヒルデ　あなた病気よ棟梁。重病よ。

ソルネス　狂ってると言いたいんだろ。

ヒルデ　いいえ、おかしいのは頭じゃない。

ソルネス　じゃ何がおかしい？

ヒルデ　良心、良心が生まれつき病気なのよ。

ソルネス　良心が病気？　どういうことだ。

ヒルデ　あなた良心を患ってる。繊細すぎる、重いものを支えられない、耐えられない。

ソルネス　ふん。どういう良心がいいっていうんだ？

ヒルデ　あなたの良心は頑丈であってほしい。

ソルネス　頑丈？　いやいや君の良心は頑丈なんだろ。

ヒルデ　そう思う。

ソルネス　実際に試されたことはないけどね。

ヒルデ　大好きなお父さんをすててきた――

ソルネス　まあ、一か月か二か月くらい――

ヒルデ　わたしはもううちには戻らない。

ソルネス　戻らない？　どうして出てきたの？

ヒルデ　あなた、十年過ぎたのよまた忘れたの？

ソルネス　またまた。うちで何かあったの？

ヒルデ　引っぱられてきた、この胸の中にあるものに、魔法にかけられて。

ソルネス　それだよヒルデ！　君の中にもトロルがいる。

おれと同じ。心の中に巣食ってる魔物――その力には逆らえない――望もうと望むまいと。

ヒルデ　そのとおり。

ソルネス　魔物にはいいのも悪いのもいる、それだけでも分かったら！　はっはっ、そうしたら問題は簡単。

ヒルデ　それとも本当に強くて頑丈な良心を持てばいい――したいことは何でもできる。

ソルネス　大方の人間は臆病だおれのように。

ヒルデ　そうよ。

ソルネス　昔のヴァイキングはどこにでも出かけて行った、略奪して、町を焼き、人を殺した――

ヒルデ　女たちを捕まえて――

ソルネス　さらってった――

ヒルデ　船に乗せて――

ソルネス　荒っぽさはどんなトロルも顔負け――

ヒルデ　わくわくしたでしょうね――

ソルネス　はっはっ、女をさらってくことが？

ヒルデ　さらわれることが。

ソルネス　ああ。

ヒルデ　でもどうしてヴァイキングの話なんか？

ソルネス　やつらの良心は頑丈だった！　故郷に戻ると飲んだり食ったり子どもみたいに陽気だった。女たちもだ。ヴァイキングたちから離れようとしなくなった。

ヒルデ　それはよく分かる。

ソルネス　荒くれ男たちから離れないってこと？

ヒルデ　ほんとに好きになれば、そしたら――

ソルネス　そんな男を好きになれる？

ヒルデ　人はだれを好きになるか自分では決められない。

ソルネス　そう、決めるのは胸の中にいるトロル。

ヒルデ　それに魔物たち。

ソルネス　魔物が君にいい選択をしてくれるよう祈ってるよヒルデ。

ヒルデ　もう選んでしまってる。どうしようもない。

ソルネス　ヒルデ――君は森に住む野鳥だ。猛禽だ、そういうところがある。

ヒルデ　猛禽じゃどうしていけない？　獲物を狙う、好きなものを、爪でしっかりつかんで自分のものにする。

ソルネス　君は自分がなんだか分かってる？

ヒルデ　何？

ソルネス　夜明けの光。君を見てると――日の出を見てるような気がする。

ヒルデ　ねえ棟梁――あなた本当にわたしを呼ばなかった？

ソルネス　きっと呼んだんだ、そうに違いない。心の中で、強く？

ヒルデ　わたしに何を望んだの？

ソルネス　君も若ものだ。
ヒルデ　あなたがとても恐がってる？
ソルネス　そして心の底ではたまらなく憧れてる――
ヒルデ　さあこの図面――
ソルネス　そんなものは放っとけ――
ヒルデ　書いたげなくちゃ。
ソルネス　とんでもない――
ヒルデ　かわいそうに死にかかってるのよ！　息子さんと別れる前に一つくらい喜ばせてあげられないの。この設計でも家は建つでしょ？
ソルネス　そう――それで十分――
ヒルデ　だったら、ちょっとうそをつくくらい、いいでしょう――
ソルネス　うそ？　ヒルデ――そのばかな設計図は向こうにおいとけ。
ヒルデ　まああまあ、噛み付かないで。あなたほんとにトロルみたい。ペンとインクは？
ソルネス　そんなものない。
ヒルデ　じゃああの簿記係なら持ってるでしょ――
ソルネス　やめなさいヒルデ！――うそをつくといったね。年寄りの父親のためならうそをつくのもいい。昔おれが破滅させたんだから。おれが彼をお終いにした。
ヒルデ　あの人を？
ソルネス　しかしあのラグナール――やつが世の中に出てくるのはどんなことをしてでも許してはならない。
ヒルデ　かわいそうにそんな才能はない――
ソルネス　やつが出てきたらおれをつき落とす、破滅させる――あいつの親父をおれが破滅させたように――
ヒルデ　あなたを？　そんな力があるの？
ソルネス　間違いなく才能がある！　やつは戸口を叩こうと待ちかまえている若ものだ。そうして棟梁ソルネス一巻の終わりとなる。
ヒルデ　それなのに抑えておくの？　ひどいこと棟梁！
ソルネス　恐いんだ。おれを助けてくれたものたちがもう命令にしたがわなくなるんじゃないかと――
ヒルデ　だったら自分の力でやるしかないでしょ。
ソルネス　絶望だヒルデ。ひっくり返される。遅かれ早かれ報復がやってくる。避けられない。
ヒルデ　そんなこと言わないで！　わたしの命より大事なものを奪わないで！
ソルネス　それは何――？
ヒルデ　あなたの大きな姿。花輪を持って、高く高く、教会の塔の上に立ったあなたを見ること。――さあ鉛筆を出して。鉛筆なら持ってるでしょ？
ソルネス　ここにある。

ヒルデ　さあ、ふたりで、ね棟梁。――こうしてふたりで設計図に書く、とても優しい暖かい言葉を。あのいやな男――ロアルだったっけ、なんていった――？
ソルネス　ねえヒルデ。
ヒルデ　ええ？
ソルネス　おれを待ってる間、この十年間――
ヒルデ　何？
ソルネス　どうして手紙をくれなかった？　そうすれば返事を書けたのに――
ヒルデ　いいえ、そんなことしたら何もかも駄目になる――ほら、設計図に書かなくちゃ棟梁。
ソルネス　ああ。
ヒルデ　ああわたしこのロアルが嫌い、ほんとに嫌い――
ソルネス　今までに本当に好きになった人はいないのヒルデ？
ヒルデ　ええ？
ソルネス　今までだれも好きになったものはいなかった？
ヒルデ　だれか別の人ってこと？
ソルネス　別の、うん。一度も？　この十年間、一度も？
ヒルデ　あるわよときどきは。あなたが来ないから腹がたったとき――一週間やそこいら。あなただってそんな経験はあるでしょ。
ソルネス　ヒルデ――君がここに来たのはなんのためだ？
ヒルデ　無駄口叩いてないで。こんなことしてる間にも、年寄りは死んじゃうかもしれないのよ。
ソルネス　答えてくれヒルデ。君はおれに何を望んでる？
ヒルデ　王国がほしいのよ。
ソルネス　ふん――

(7)

ソルネス夫人　あなたにも少し買ってきました。大きなものはあとで届けてもらうことにしたけど――
ヒルデ　まあなんてなんてご親切な。
ソルネス夫人　義務をはたしてるだけ。
ソルネス　アリーネ――彼女――簿記係はあそこにいた？
ソルネス夫人　ええもちろん。仕事部屋を通ってきましたから。
ソルネス　じゃこれを渡したいから呼んでくれないか――
ヒルデ　いいえ、その楽しみはわたしにやらせて！　あの人なんて名前？
ソルネス　フォスリさん。
ヒルデ　何よ冷たい！　名前よ聞いてるのは。
ソルネス　カイヤ――だったと思う。
ヒルデ　カイヤ！　ちょっと来てちょうだい！　急いで！棟梁がお話があるって。

（８）

カイヤ　わたくしに――？

ヒルデ　ほら、これ。棟梁が書いてくださった。

カイヤ　ああやっと――

ソルネス　急いで家に持ってきなさい。

カイヤ　はいすぐに――

ソルネス　それでラグナールも家を建てられる。

カイヤ　あの人に、お礼を申すように言いましょう。

ソルネス　礼なんか無用だ！

カイヤ　はい、それじゃ――

ソルネス　それから、彼にもうここでは用はないと言ってくれ。あなたもだ。

カイヤ　わたくしも？

ソルネス　今はほかに考えなくちゃならんことがあるだろう。彼の世話も。さあ、それを持って帰りなさい。急いで。フォスリさん聞いてる？

カイヤ　はい先生。

（９）

ソルネス夫人　ずるそうな目――分かってますハルヴァル。本当にふたりをやめさせるの？

ソルネス　それがおまえの望みだろう？

ソルネス夫人　でもあの人がいなくてやっていける？

ああそう、もうあとが用意してあるのね。

ヒルデ　わたしは机に立ちづくめなんて無理。

ソルネス　まあなんとかなるアリーネ。今は新しい家に移ることだけを考えよう。できるだけ早く移ろう。今晩、塔の上に花輪をかけるよヒルデ。

ヒルデ　あなたが頂上に立つのをまた見られる。素晴らしい。

ソルネス　おれが？

ソルネス夫人　なんてこと言うのヴァンゲルさん！　そんなこと考えないでちょうだい？　うちの人は高いところではめまいがしてくるの！

ヒルデ　めまい！　いいえそんなことない！

ソルネス夫人　そうなの、本当なのこれは。

ヒルデ　でもわたし、棟梁が教会の高い塔の上に立ったのをこの目で見た！

ソルネス夫人　ええ、そんな噂は聞いたことがあります。だけどそんなこと不可能――

ソルネス　不可能不可能、ああ！　おれは立ったんだ頂上に。

ソルネス夫人　どうしてそんなこと言えるのハルヴァル。二階のバルコニーにさえ立てないのに。いつでもそうだった。

ソルネス　今晩は違った様子を目にする――

ソルネス夫人　いえいえいえそんなこと！　とても耐えられない！　先生をお呼びしなくちゃ——

ソルネス　しかしアリーネ——

ソルネス夫人　そう、あなた病気よハルヴァル。そうに違いない。神さま神さま！

(10)

ヒルデ　本当なの？

ソルネス　めまいのこと？

ヒルデ　わたしの棟梁が——自分の建てた高さにも登ることができないってこと。

ソルネス　そういう言い方をするのか？　——心の中まで見通せるんだな。——君はプリンセス、塔のいちばん上の部屋に住む。

ヒルデ　そうあなた約束した。わたしをあなたの王女さまにするって。それに王国も。そしてあなた——ああ！

ソルネス　それは夢に見たことじゃなかった？　勝手に思い込んだだけで？

ヒルデ　あなた、そんなこと約束しなかったって言うの？

ソルネス　もう分からない——でも今はっきり分かるのは——

ヒルデ　何？

ソルネス　約束するのが当然だったということ。

ヒルデ　あなた絶対にめまいなんかしない！

ソルネス　今晩花輪をかける——プリンセス・ヒルデ。

ヒルデ　あなたの新しい家に。

ソルネス　新しい家に。決して住まいにはならない。

ヒルデ　恐ろしくわくわくする——

第三幕

(1)

ソルネス夫人　この庭からは悲しいくらいたくさんのものが失くなった。そうなの——この庭を区画して——見ず知らずの人たちの家を建てた。他人ばかり。それであの人たち窓からのぞいてわたしを見てるの。もう自分の庭だって気がしない。

ヒルデ　新しい住まいに移るの嬉しい？

ソルネス夫人　嬉しいと思うべきなんでしょう。ハルヴァルがそう望んでるから——

ヒルデ　それだけじゃないでしょう。

ソルネス夫人　そうなのヴァンゲルさん。あの人にしたがうのがわたしの義務。でも従順になるのはそう簡単じゃない。

ヒルデ　そうね。

ソルネス夫人　そう、わたしのような良くない人間にはね

――

ヒルデ　たくさんつらい目にあったから――

ソルネス夫人　どうして知ってるの？

ヒルデ　ご主人が話してくれた――

ソルネス夫人　わたしにはあの人、そんな話は全然しない。――ええそう、つらいことは十分すぎるくらいあった――

ヒルデ　かわいそうな奥さん――。まず火事が起こって――小さなお子さんをふたりとも失くした――

ソルネス夫人　ああ子どもたち。あれは仕方のないこと。運命は受け入れなくちゃ。感謝しなくちゃ。

ヒルデ　感謝？

ソルネス夫人　いつもというわけにはいかないの情けないことに。感謝するのが義務だと分かっていても、やっぱりだめ。

ヒルデ　当然よ。

ソルネス夫人　しょっちゅう自分に言い聞かせてるこれはわたしに対する罰なんだと。

ヒルデ　どうして？

ソルネス夫人　不幸に耐え切れなかったから。

ヒルデ　どういうこと？

ソルネス夫人　ああヴァンゲルさん、子どものことはもう言わないで。あの子たちのことはただ喜ぶべきなの。あの子たちは幸せなんだから――今は。いいえ、本当に心を引き裂くのは小さなこと。ほかの人にはなんでもないと思える小さなこと――

ヒルデ　それは何？　教えてちょうだい。

ソルネス夫人　小さなもの。壁にかけてあった昔の肖像画、古い絹の衣裳、全部焼いた。家族に伝わってきたもの。母や祖母のレース編みも――宝石箱まで！　みんな焼けてしまった。そしてお人形たち――

ヒルデ　お人形？

ソルネス夫人　可愛いお人形を九つ持ってた。

ヒルデ　それが焼けてしまったの？

ソルネス夫人　一つ残らず。とてもつらかった――わたしにはとてもつらいことだった。わたしはお人形といっしょに暮らしてたの。結婚してからも。あの人には見せないようにして――。かわいそうにあれを助けるなんてだれも考えなかった。ああ悲しいこうやって話をしていても。笑わないでヴァンゲルさん。

ヒルデ　笑ってなんかいない。

ソルネス夫人　お人形には命が宿ってた。わたしはそれを心の中にしまってた。生まれてくる前の赤ん坊のように

――

（2）

ヘルダール　おや、こんなところにいて風邪でも引こうというんですか奥さん。

ソルネス夫人　今日は暖かくていい気持ち。

ヘルダール　ええ。ところで何かあったんですか。お手紙をもらいましたが。

ソルネス夫人　ええ、先生にお話ししたいことが。

ヘルダール　じゃ中に入りましょう。今日も元気いっぱいですねお嬢さん。

ヒルデ　完全装備。でもとび跳ねて首の骨を折ったりはしない。わたしたち下から眺めてるだけにしましょう先生。

ヘルダール　何を眺めるんです？

ソルネス夫人　黙ってお願いですから！　あの人が来る！　あんな考えやめさせてください。わたしたちお友だちになりましょうヴァンゲルさん。いいでしょう？

ヒルデ　そうなれたら。

ソルネス夫人　さあさあ！　先生、中でお話しを。

ヘルダール　ご主人のことなんですか？

（3）

ソルネス　知ってたヒルデ？　おれが来るとアリーネはすぐに出て行く。

ヒルデ　知ってた、あなたは来ると決まって奥さんを追い出す。

ソルネス　そうなのかもしれない。しかしどうしようもない。寒いのヒルデ？　そんな顔して。

ヒルデ　わたしお墓から出てきた。体じゅう凍えて。

ソルネス　分かる気がする。

ヒルデ　ここに何をしに来たの？

ソルネス　向こうから君の姿が見えた。

ヒルデ　じゃ奥さんもね。

ソルネス　来れば妻は出て行くと分かってる。

ヒルデ　あの人があなたを避けるのはつらい？

ソルネス　ある意味では救いになる。

ヒルデ　あの人がお子さんのことでつらい思いをしているのを、見ないですむから？

ソルネス　それがいちばん――何を話してたのアリーネと？

ヒルデ　（無言）

ソルネス　君に聞いてるんだ。

ヒルデ　（同じ）

ソルネス　妻となんの話をしたんだヒルデ？

ヒルデ　（同じ）

ソルネス　かわいそうに。きっと子どものことだろう。どうしても越えられないどうやってもだめ。

ソルネス　また柱みたいにつっ立ってる。きのうと同じ――
ヒルデ　わたしここを発つ。
ソルネス　発つ！
ヒルデ　ええ。
ソルネス　そんなことさせない。
ヒルデ　わたし、ここで何をすればいいの？
ソルネス　ただいるだけでいいヒルデ。
ヒルデ　ありがとう。そんなことですみっこないでしょ。
ソルネス　どうなってもいい――
ヒルデ　あの人のものを奪《と》ることはできない――
ソルネス　だれがそんなことしろと言った！
ヒルデ　知らない人なら――ええ――一度も会ったことのない人なら――それならいい！　でも親しくなったら――だめだめ、ああ！
ソルネス　おれが何かしろと言った？
ヒルデ　棟梁、こんなことどうなるか分かってるでしょ。だからわたし発つ。
ソルネス　それでおれはどうなる？　なんのために生きていけばいい？　君が発ったあと――
ヒルデ　心配ない。もちろんあの人への義務。義務のために生きればいい――
ソルネス　遅すぎる。この力――この――この――
ヒルデ　――魔物たち――
ソルネス　そう、魔物――！　この魔物があれの生血を吸い取った。おれのために！　そうだそうなんだよ！　あれはもう死んでる――おれのせいで。そしておれは、生きながら死人に縛りつけられてる。このおれは――生きる喜びを――
ヒルデ　次には何を建てるの？
ソルネス　もう大したものは建てられない――
ヒルデ　楽しい幸せな家じゃないの？　子どもたちのための？
ソルネス　そんなものが本当に必要なのかどうか――
ヒルデ　かわいそうな棟梁。この十年の間――ただそんなもののためだけに――ばかげてるばかげてる――何もかも。
ソルネス　何もかも？
ヒルデ　自分の幸せをつかむことができないなんて――だれかのために、だれかが邪魔してるために――！
ソルネス　無視することが許されない相手――
ヒルデ　本当にそうなの？　そう言える？　でもやっぱり――
ソルネス　君はうちで幸せだった？　お父さんといっしょ

で？　え、ヒルデ？

ヒルデ　檻に入れられてた——

ソルネス　もう戻らない？

ヒルデ　猛禽は決して檻に入らない。自由に空を飛んで獲物を狙う——

ソルネス　ヴァイキングの魂を持っていたら——

ヒルデ　それにもう一つ、それを言って！

ソルネス　頑丈な良心。

ヒルデ　あなたが次に何を建てるかわたし知ってる。

ソルネス　おれよりよく知ってる。なんだね？

ヒルデ　棟梁ってとてもおばかさんね——お城よ。

ソルネス　お城？

ヒルデ　わたしのお城、決まってるでしょ。

ソルネス　今度はお城？

ヒルデ　王国一つ借りがあるのよ。王国にはもちろんお城がなくちゃ！

ソルネス　まあね——

ヒルデ　だからお城を建てて、わたしに。今すぐ！

ソルネス　すぐ？

ヒルデ　そうよ。だって期限は切れてる——十年間。もう待てない。だから——すぐにお城を出してちょうだい棟梁。

ソルネス　君に借りがあると楽じゃないね。

ヒルデ　今さら遅すぎる。さあ——お城を出して！　わたしのお城、今すぐ！

ソルネス　その、君の言うお城とはどんなもの？

ヒルデ　高いの、とても高い。まわりを遮るものは何もない。だからずっと遠くまで見渡せる——

ソルネス　高い塔もある？

ヒルデ　すごく高い塔。塔のてっぺんにバルコニーがあって、そこに立って下を見おろす——すると、ああ、教会を建ててる、親と子が住む家を建ててる——あなたも登ってきて眺める？

ソルネス　棟梁はプリンセスのところに登っていくことが許されますか。

ヒルデ　棟梁がそれを望むなら。

ソルネス　それでは、登っていく——

ヒルデ　登ってくる——

ソルネス　もう建てることはしないあわれな棟梁。

ヒルデ　いいえ建てるのよわたしたちふたりで、いっしょに。素晴らしいもの——世界中でいちばん素晴らしいものを。

ソルネス　それは何？

ヒルデ　棟梁ってておばかさんね——とってもおばかさん——

ソルネス　ああばかだたしかに。でもなんなんだそれは、教えてくれ！　世界中でいちばん素晴らしいもの。ふたりで建てるものって？
ヒルデ　空中のお城。
ソルネス　空中のお城？
ヒルデ　なんだか知ってる？——それは簡単に逃げ込めるところ。建てるのも簡単——特にめまい癖のある棟梁には。
ソルネス　今日からはふたりでいっしょに建てようヒルデ。
ヒルデ　本当の空中のお城。
ソルネス　うん、頑丈な土台の上に——

（4）

ヒルデ　あら、花輪ね！　素晴らしい！
ソルネス　どうして花輪なんか？
ラグナール　現場監督に約束したんです。
ソルネス　ああ。お父さんはよくなった？
ラグナール　いいえ。
ソルネス　おれが図面に書いたのは——
ラグナール　遅すぎました。
ソルネス　遅すぎた！
ラグナール　カイヤが持ってきたときもう意識がなかったんです、発作が起こって。
ソルネス　それじゃ、帰って面倒をみてなさい。
ラグナール　そんな必要はもうありません。
ソルネス　しかしそばにいた方が——
ラグナール　カイヤがついてます。
ソルネス　カイヤ？
ラグナール　ええカイヤ——
ソルネス　とにかく帰ってなさい。花輪はおれが——
ラグナール　あなたご自分で——？
ソルネス　持ってく。君は今日はいなくていい。
ラグナール　わたしがもう必要じゃないのは分かってます。でも今日はここにいます。
ソルネス　まあ好きなように。
ヒルデ　棟梁——わたしここであなたを見てる。
ソルネス　わたしを？
ヒルデ　わくわくする——
ソルネス　そのことはあとでヒルデ。

（5）

ヒルデ　あなた、棟梁にお礼を言った？
ラグナール　お礼？　彼に礼を言えと言うんですか？
ヒルデ　あたりまえでしょ。
ラグナール　あいつに！　ずっとわたしをおさえつけて

た！　それでわたしには才能がないんだと思わせてた、父にもわたし自身にも。すべてはただ——
ヒルデ　ただ——何！
ラグナール　カイヤを引きとめておくために——
ヒルデ　ウソよ！　でたらめよ——
ラグナール　わたしも今日まで思いもしなかった——あの子が打ち明けるまで。
ヒルデ　なんて？　なんて言ったの！
ラグナール　あいつのことしか心にない。離れられない——ずっとここにいたいって——
ヒルデ　だめよ——！　そんなこと許さない——！
ラグナール　だれが許さない——？
ヒルデ　あの人よもちろん——
ラグナール　ええ、もうあの子は邪魔もの——
ヒルデ　あなた何も分かってない——
ラグナール　何が？
ヒルデ　すべてはあなたをここにおくためなの。
ラグナール　わたしを？　あいつがそう言ったんですか。
ヒルデ　いいえ、そうなの、そうに決まってる！
ラグナール　あなたが現れたとたんにあの子を手放した——
ヒルデ　あなたよ、あなたを手放したのよ——。あんな女なんか気にすると思う？
ラグナール　じゃ、わたしを恐がってたんですかずっと——？
ヒルデ　恐がる？　うぬぼれないで！
ラグナール　わたしには才能がある？　それを知ってた——？　あいつは臆病だ——それが正体。
ヒルデ　ばか言わないで！
ラグナール　ある点では臆病——あの偉大な棟梁が！　人の幸福は容赦なく奪うくせに、父やわたしから奪ったように。それが、足場を登るとなると——神さまお慈悲をってことになる——
ヒルデ　わたしは見たことがある——あの人が頂上に立ったのを——くらくらするくらい高いところに立った。自由で堂々として、教会塔の風見に花輪をかけた——。見せてあげたかった——
ラグナール　ええ、一生に一度だけそんなことをしたって話は聞いてます。たった一度だけ。でも二度とやる勇気はない、絶対に。
ヒルデ　今日、もう一度やる——！
ラグナール　なるほどね——
ヒルデ　見てなさい——
ラグナール　いいえ見ませんね、あなたもわたしも。
ヒルデ　わたしは見る！　見なくちゃならない！
ラグナール　でもあいつにはできない。勇気がない。それがあの偉大な棟梁!
ソルネス夫人　うちの人はここじゃない?　どこかしら――
(6)
ラグナール　仕事場です。
ヒルデ　花輪を持ってったの。
ソルネス夫人　花輪を!　神さま――!　ブローヴィク、あの人をここにつれてきて――!
ラグナール　奥さまからお話があると申しましょうか?
ソルネス夫人　どうぞお願い――いえいえ――わたしとは言わないで!　だれか来たからと言って。すぐに来るようにって――
ラグナール　承知しました奥さま。
(7)
ソルネス夫人　ああヴァンゲルさんわたし心配でたまらない――
ヒルデ　そんなにびくびくすることないでしょ。
ソルネス夫人　あるのよ。あの人本気になったら――何をするか――
ヒルデ　本気になると思う?
ソルネス夫人　何を思いつくか分からない。なんだってやりかねない――
ヒルデ　奥さんももしかして信じてるあの人が――?
ソルネス夫人　もうどう考えればいいか分からない。ドクトルは全部話してくださった。だから――
ヘルダール　ご主人すぐに見えますか。
ソルネス夫人　そう思います、呼びにやりましたから。
ヘルダール　奥さんは中に入った方がいい――
ソルネス夫人　いえいえ、ここで待ちます。
ヘルダール　でもご婦人方が見えてますよ――お祝いに参列したいと――
ソルネス夫人　ああこんなときに――
ヘルダール　お祝いですから――
ソルネス夫人　ええ、じゃまいります義務ですから――
ヒルデ　来た人には勝手にやっていただいていいんじゃない?
ソルネス夫人　いいえ、お迎えするのが当然の義務。でもあなたはここにいらして――あの人を待っててちょうだい。
ヘルダール　できるだけ長く引き止めておいて――
ソルネス夫人　ええお願いヴァンゲルさん。できるだけしっかりつかまえておいて。
ヒルデ　ご自分でそうするのがいちばんじゃない?
ソルネス夫人　ええもちろんそれはわたしの義務。でも義務がたくさんあるときには――
ヘルダール　あ、いらっしゃいますよ――
ソルネス夫人　なんてこと――ああ、どうしよう――
ヘルダール　わたしが来ていることは黙っててください。
ヒルデ　分かってる！　話の種はいくらもあるから――
ソルネス夫人　しっかりつかまえといてね。あなたならできるでしょう――

(8)

ソルネス　だれか用だって？
ヒルデ　そう、わたしが。
ソルネス　君だったのかヒルデ。アリーネとドクトルかと思って――
ヒルデ　恐かったんでしょ？　恐がりね。
ソルネス　そう見える？
ヒルデ　あなた、足場を登るのを恐がってるって、みんなが言ってる。それ本当？
ソルネス　そう、恐い。
ヒルデ　墜落するかもって？
ソルネス　いや、報復だよヒルデ。
ヒルデ　報復？　どういうこと？。
ソルネス　座ろう。話してあげる――
ヒルデ　さあ、さっさと話して！
ソルネス　わたしが、教会建築から始めたのは知ってるね。つまり、田舎の信仰深い家に生まれたから教会建築がいちばんすぐれてると信じていた。それで敬虔な気持ちを持って、誠心誠意、田舎の小さな教会を建ててきた。だから――
ヒルデ　だから――？
ソルネス　だから――彼はわたしに満足してると思っていた。
ヒルデ　彼って――どの彼？
ソルネス　教会の所有主。人が敬意と償いをささげるお方。
ヒルデ　ああ。その彼が満足してなかったってはっきり分かったの？
ソルネス　満足する！　どうしてそんなことが。わたしの中のトロルに好き勝手な振る舞いを許してた。昼も夜もわたしに仕えさせた――満足していないのはよく分かってる。ねえ、だからだよあの古い家を焼いたのも。
ヒルデ　そうなの？
ソルネス　彼はわたしを完全な棟梁に仕立てようとした――はじめは彼の意図がどこにあるか分からなかった。ところが突然思い当たったんだ。
ヒルデ　それはいつ？

ソルネス　リーサンゲルで教会塔を建てたとき。
ヒルデ　そうだと思った。
ソルネス　知らない土地に来て、自分のことをいろいろ考える余裕を持った。そして、彼がどうして子どもを奪ったかはっきりと悟った。それはね、わたしがほかのものに心を奪われないようにするためだ。愛情とか幸福とか。分かるか。わたしはただひたすら棟梁でなくちゃいけない。一生かけて彼のために建てなくちゃならない。しかし結局そうはならなかった！
ヒルデ　どうなったの？
ソルネス　まず自分をくまなく調べた――
ヒルデ　それから――？
ソルネス　それから不可能なことをやった彼と張り合って――
ヒルデ　不可能なこと！
ソルネス　それまでどうしても高いところに登ることができなかった。しかしあの日にはできたんだ――
ヒルデ　そうよそうよできたのよ！
ソルネス　そして頂上に立って花輪をかけた。そのときわたしは彼にこう言った。聞きたまえ偉大なる主よ。今日からわたしも自由な棟梁になる。自分自身の世界で。あなたがあなたの世界でそうなっているように。わたしはもう教会は建てない。建てるのは人間の住まいだけ。
ヒルデ　それが天上から響いてきた歌だったのね！
ソルネス　ところが、彼はあとでちゃんと埋め合わせをしてきた。
ヒルデ　どういうこと？
ソルネス　人間のための家、そんなもの三文の値打ちもないんだヒルデ。今ははっきり分かる。人にはそんな家なんかなんの役にも立たない――幸せになる役にはね。わたしだって同じだ。ね、とどのつまりそういうことだ。思い返してみるとわたしはこの世で何ひとつ建てはしなかった。なんの犠牲を払ったわけでもなかった。無だ、無だよ――すべてが。
ヒルデ　これからも何も建てないの？
ソルネス　建てるよ。これから建てる――！
ヒルデ　何を。言って！
ソルネス　人の幸せを入れることのできるただ一つのもの――
ヒルデ　棟梁――それは――わたしたちの空中のお城ね。
ソルネス　そうだ、空中のお城！
ヒルデ　半分も来ないうちにめまいがしてこない？
ソルネス　君とふたりなら大丈夫だヒルデ。
ヒルデ　わたしだけ？　あとからたくさんの女がついてくるんじゃないの？
ソルネス　ほかにだれがいる？

ヒルデ　机のところに立っていたカイヤって女。いっしょにつれてかなくていいの？
ソルネス　あの女のことだったのかアリーネが話してたのは？
ヒルデ　本当なの本当じゃないの？
ソルネス　そんな質問には答えない。おれを信じていればいい。
ヒルデ　十年の間信じてた――心から信じてた。
ソルネス　これからもずっと――
ヒルデ　じゃ、あのてっぺんで自由になったあなたを見せてちょうだい！
ソルネス　ヒルデ――そんなこといつでもってわけにはいかない。
ヒルデ　わたし見たいのよ見たいの！　もう一度だけでいい。もう一度だけ、不可能なことを見せてちょうだい棟梁！
ソルネス　もしそうしたらヒルデ、おれは上で前と同じように彼に呼びかける。
ヒルデ　なんて言うの？
ソルネス　こう言ってやる。聞きたまえ偉大なる主よ、おれを裁きたければなんとでも裁け。しかしおれは今後、この世でいちばん素晴らしいものだけを建てる――
ヒルデ　そうよそうよ！
ソルネス　――建てるのはいっしょにだ、おれが愛するプリンセスと――
ヒルデ　ええそう言ってやって！　そう言ってやって！
ソルネス　それからこう言う、今から下に降りていって、プリンセスを腕に抱きキスをする――
ヒルデ　――何度も何度も！　そう言うんでしょ。
ソルネス　――何度も、そう言ってやる！
ヒルデ　それで、それから――？
ソルネス　それから、帽子をとって大きく振る――！　そして下に降りて――彼に言ったとおりのことをする。
ヒルデ　ああ、またもやあの天上の歌声を聞く――！
ソルネス　君はどうしてそんな君になったんだヒルデ？
ヒルデ　あなた、どうしてわたしをこんなわたしにしたの？
ソルネス　プリンセスはお城を持つ。
ヒルデ　ああ棟梁――わたしのお城、素晴らしい空中のお城！
ソルネス　頑丈な土台の上に建つ――

(9)

ラグナール　現場監督が、花輪を持って登る準備ができたと言っています。
ソルネス　分かった。すぐに行く。

ソルネス夫人　ハルヴァル、向こうになんの用があるの？
ソルネス　大工たちのところにいなくちゃ――
ソルネス夫人　でも、下で、でしょ。そうでしょ？
ソルネス　いつもそうしてる、いつも。
ソルネス夫人　登る人に、気をつけるように言ってね！
ハルヴァル――？

(10)

ヘルダール　言ったとおりでしょう。ご主人はあんなばかなこと考えてませんよ。
ソルネス夫人　ええほっとした！　これまでふたりも落ちたのよ。ふたりとも即死。ありがとうヴァンゲルさん。あなたのおかげ。わたしにはとてもできなかった。
ヘルダール　ええ、ヴァンゲルさんがその気になったらどんな人だって捕まえられる！
ラグナール　ねえ――下の通りに若い連中が見えるでしょう？　わたしの仲間ですよ。大先生を見にきたんです。
ヒルデ　なんのために？
ラグナール　自分が建てた家のてっぺんにも登れない。それを見てやるために――。われわれを長いあいだおさえつけていた大先生が――
ヒルデ　それは当て外れ、今回は。
ラグナール　そうですか？　じゃ、どういうことになりますか？
ヒルデ　あの高い高い――風見のところに立つ――！
ラグナール　やつが！　空想もいいところ――
ヒルデ　上まで登る。頂上に立つあの人を見る――
ラグナール　やつが！　信じたいもんだ。でもだめ。半分も来ないうちに頭がまわりだす。四つんばいになってやっと降りてくる――！
ヘルダール　ほら、登りだした監督さんが足場を――
ソルネス夫人　花輪を持って――気をつけてね――！
ラグナール　あっ！　あれは、だけど――！
ヒルデ　棟梁よ！
ソルネス夫人　ハルヴァル！　ああ神さま――ハルヴァル――
ヘルダール　静かに！　大声をたてないで――
ソルネス夫人　あそこに行って――呼び戻さなくちゃ――
ヘルダール　動かないで！
ヒルデ　登ってく登ってく。高くもっと高く――。見てよ見て――！
ラグナール　やめなくちゃ、今のうちに――
ヒルデ　登ってく登ってく。もうすぐてっぺんよ――
ソルネス夫人　わたし死んでしまう。こんなこと見てられない――
ヘルダール　じゃ見ないで――

ヒルデ　てっぺんだ！　いちばん上まで登った――

ヘルダール　だれも動いちゃいかん！　ヴァンゲルさん！

ヒルデ　とうとうやった！　偉大な、自由なあの人をまたこの目で見た――！

ラグナール　こんなことってほんとに――

ヒルデ　あの姿を十年間ずっと見てた――。なんて堂々とした――！　恐ろしいくらいわくわくする――。ほら見てよ！　いま風見に花輪をつける！

ラグナール　こんなこと、ありえない――

ヒルデ　そうよ、不可能なことあの人がしてるのは！　あの人のそばにもうひとり別の人が見えない？

ラグナール　ほかにはだれもいませんよ――

ヒルデ　いるのよあの人の闘ってる相手が――

ラグナール　まさか――

ヒルデ　じゃあなたには天上の歌声も聞こえないんでしょ。

ラグナール　ばかな。風の音でしょ。

ヒルデ　わたしには聞こえる。強い歌声！　ああ見て見て！　あの人帽子を振ってる！　合図してるのよ。ああ、こっちからもしましょ。ああ今は、すべてが終わった！　棟梁ソルネス、ばんざあい！　（夫人のショールを奪って上に振る）

ヘルダール　やめて――やめなさい！　ばかなことを――

人々　落ちた！　落ちた！　（夫人は気を失う）

ヒルデ　わたしの棟梁。

ラグナール　（震えて）動けない――どうなった？　――生きてる？

ヒルデ　見えない、上にあの人がもう。

ラグナール　やっぱり無理だった――

ヒルデ　でも、あの人頂上まで登った。わたしは天上の竪琴を聞いた。わたしの――わたしの棟梁！

ヨーン・ガブリエル・ボルクマン

上演では冒頭、序曲として、登場人物たちによる死の舞踏とボルクマンの死を見せた。金融資本主義に弄ばれる男女関係を死の舞踏に見立てたのである。劇中でイプセンが指定する「死の舞踏」はサンサーンスの曲。終幕、観客の眼前で舞台装置が変わるのも原作の指定。それが雪山となる変化を、この上演では、突如、巨大白布一枚が舞台全体を覆うことで表した。日本では初演（一九〇九年）以来、『ジョン・ガブリエル・ボルクマン』と呼ばれてきたが、原語はヨーンあるいはヨンが近い。

＊初演二〇〇九年十一月二十五日〜二十九日　俳優座劇場

登場人物

ヨーン・ガブリエル・ボルクマン
グンヒル・ボルクマン夫人
エルハルト・ボルクマン
エルラ・レントハイム嬢
ファニイ・ウィルトン夫人
ヴィルヘルム・フォルダール
フリーダ・フォルダール
手伝い

（劇は冬の一晩、首都郊外のレントハイム家の屋敷で進行する。）

第一幕

（0）

（登場人物全員が白塗りで死の舞踏を踊る。
やがて、ボルクマンは中央に来て、横たわる。グンヒルとエルラが近づく。ほかの人物たち退場。）

（背景に字幕。）

だめだ、氷の手に心臓をつかまれた。
いや氷じゃない、鉄の手だ。

金で力を掘り出そうとしたこの人、
鉱夫の息子だった。

そしてわたしたち双子の姉妹、二つの影法師。

（グンヒルは上手、エルラは下手に行き、白塗りを落とす。手伝いがエルラからグンヒルのところに行き、来客を告げる。）

手伝い　奥さま、女の方が――
グンヒル　ウィルトン夫人？
手伝い　いいえ、存じ上げない方――
グンヒル　名刺見せてごらん。わたしにって？　たしか？
手伝い　はい。
グンヒル　ボルクマン夫人と話したいって？
手伝い　はい。
グンヒル　分かった。お通しして。

（1）

エルラ　驚いたグンヒル？
グンヒル　間違いじゃないの、管理人はとなりよエルラ。
エルラ　少し話があって――
グンヒル　まあ――座ったら。
エルラ　ありがとうこのままで平気。もう八年になるグンヒル。
グンヒル　最後に口をきいてから。
エルラ　最後に口をきいたときから。
グンヒル　この部屋だった。――あの人が監獄から出てくる前の週。銀行頭取がまた自由の身になったその前の週。
エルラ　あれは忘れない。思っただけで胸が締めつけられる。
グンヒル　でもどうして。いったいどうしてあんなことあんな恐ろしいことが起こったの。わたしたちの家立派な家がめちゃめちゃにされた。

エルラ　めちゃめちゃにされた家はほかにもたくさんある。

グンヒル　ほかのものなんかどうでもいい。失くしたといったってせいぜいお金くらい。でもわたしは。それにエルハルト。罪もないふたりが汚名をきせられた。恥ずかしい、汚らわしい。どん底に落ちた。

エルラ　ねえグンヒル、あの人どう思ってる。

グンヒル　あの人？　そんなこと聞いたことない。

エルラ　聞く？　別に聞いてみなくたって――

グンヒル　まさかあなた、わたしがあの人の世話してるなんて思ってないでしょう？

エルラ　世話してない。

グンヒル　五年も監獄に入ってた。恥ずかしいったらありゃしない。あのときまで、ヨーン・ガブリエル・ボルクマンという名前がどんな力を持ってたか。――いえいえいいえ顔も見たくない二度と見たくない。

エルラ　でも夫でしょ。

グンヒル　あの人法廷で破産したのはわたしのせいだと言わなかった？　わたしがお金を使いすぎたからだって――

エルラ　まったくの間違いというわけじゃない。

グンヒル　あの人がそうしろと言ったのよ、ほんとにばかばかしいくらいの贅沢――。でもあのお金がみんな人のものだったなんてどうして分かる、わたしにくれたお金がみんな？　自分だって使い放題だったわたしの何十倍も。

エルラ　ああいう地位にいたら必要だったんでしょ。

グンヒル　そう、わたしたちはいつも人の模範。憧れの的だった。ばかでかい高級車に乗って。人は地べたに頭をすりつけた。苗字でなく名前で呼んだ国中が、王さまみたいに、ヨーン・ガブリエル、ヨーン・ガブリエル、ヨーン・ガブリエル。みんな知ってた。

エルラ　あの頃のあの人はほんとにたいした男だった。

グンヒル　見せかけだけ。実際にはどうなのか一言も教えてくれなかった。お金をどこで作ったのか一度も話してくれなかった。

エルラ　それはだれにも言わなかった。

グンヒル　人はどうでもいい。でもわたしには教えてくれる義務があった。だのに騙してたとことん騙してた。そして何もかもが崩れていった一切合財すべての栄光が。

エルラ　そう、すべてが消えた。

グンヒル　でも言っとくけどねエルラ、わたしは諦めてない。もう一度立て直す。見ててごらん。

エルラ　立て直すってどういうこと？

グンヒル　名前も名誉も財産ももとに戻す。めちゃめちゃにされたわたしの全生涯を立て直す。後ろ盾がいるのよ分かる？　銀行頭取が塗った泥をきれいに洗い流してくれるものが。

エルラ　グンヒル――

グンヒル　仇をうってくれるものが。父親がわたしに対して犯した罪を全部あがなってくれるものが。

エルラ　エルハルト！

グンヒル　そう、エルハルト。わたしの宝。あの子はボルクマンの名前を立て直す。

エルラ　どうやって？

グンヒル　どうやってかは分からない。でもきっとそうする、それは分かってる。ねえエルラ、あなたも同じこと考えてたんじゃないの。

エルラ　違う。

グンヒル　違う？　じゃどうしてあのときあの子を引き取ったの？　あたしたちが嵐に吹き飛ばされたとき。

エルラ　あなたには世話できなかったでしょグンヒル。

グンヒル　ふん、できなかった。それに父親は、法律のおかげで義務をまぬがれた。閉じ込められて、たっぷり保護を受けて――

エルラ　グンヒル――

グンヒル　そしてあなたは、ヨーン・ガブリエルの息子を自分の子どもみたいに奪っていった。大人になるまで閉じ込めてた。ほんとの理由はなんなのエルラ？

エルラ　わたしあの子を心から愛した。小さい頃体が弱かったし――

グンヒル　エルハルトが――

エルラ　そう見えたとにかく。西海岸の気候はここよりずっと穏やかだから。

グンヒル　ふん、たしかにあなたにはそれだけの余裕があった。運がよかった。何ひとつ失くさなかったんだから。

エルラ　わたし知らなかったわたし名義の預金だけ手がつけられてなかったなんて。ずっとあとまで。ほんとよ。

グンヒル　ええええええ、幸運だったたって言ってるだけ。でもエルハルトには何を企んでたの？　どうしようと思ったの？

エルラ　幸せにしたいと思った。あの子の進む道を平らなものにしようと思った。

グンヒル　ふん――わたしたちには幸せよりもっと大事なものがある。

エルラ　何それは？

グンヒル　エルハルトはまず光になる、高く輝いてあたり一面を照らす。父親の黒い影なんかだれも気がつかないようにする。

エルラ　グンヒル、それエルハルトが自分で望んでること？

グンヒル　ええもちろん。

エルラ　あなたが押しつけてるんじゃないの？

グンヒル　わたしとエルハルトは一心同体。

エルラ　自信あるのねグンヒル。

グンヒル　ええ。

エルラ　じゃ幸せでしょいろいろあったにしても。

グンヒル　そう、とっても。ただあれが嵐みたいに襲ってきて心を切れ切れに引き裂く——

エルラ　あの子、ここには住んでないのね今、一緒には。

グンヒル　町で下宿してる。大学の近く。でもしょっちゅう顔は見せにくる。

エルラ　そう。じゃあ、わたしも会っていい？　呼んできてくれる？

グンヒル　今日はまだ来てない、もう来てもいいんだけど。

エルラ　うそ言わないで。上で音がしてる。

グンヒル　上？　あれはあの子じゃない。

エルラ　エルハルトじゃない？　じゃだれ？　——ボルクマン。ヨーン・ガブリエル・ボルクマン。

グンヒル　ああやって行ったり来たり行ったり来たり。朝から晩まで毎日毎日。知ってるでしょずいぶん噂されてる。

エルラ　エルハルトが手紙に書いてた。上にひとりで閉じこもってるって。あなたは下の部屋——

グンヒル　そう、出所以来ずっとそうしてる——この八年間。

エルラ　そんなこと、本当とは思えなかった——

グンヒル　本当よこれは。あの足音は止まらない。朝から晩まではっきり聞こえる。わたし破裂しそう。檻ん中を歩きまわってる狼。病気の狼。ほら、行ったり来たり行ったり来たり——

エルラ　外出はしないの？

グンヒル　どこかのパーティってこと？

エルラ　いいえ、散歩とか外の空気を吸いに——

グンヒル　決して外に出ない。たまに、遅くなってから降りてくることがあるけど、決まって階段の途中で止まってしまう。そしてまわれ右。また上に戻ってく。

エルラ　昔の仲間は訪ねて来ないの？

グンヒル　あの人に仲間なんていない。

エルラ　たくさんいたでしょ前は。

グンヒル　みんな縁を切った。今は市役所の老いぼれ事務員がひとりだけ。

エルラ　ああ、フォルダールという人、若い頃からの知り合いね。

グンヒル　でも来るのはいつも暗くなってから。
エルラ　その人も銀行の破産で損をしたひとりね。全財産を無くした。
グンヒル　まあ、全財産と言ってもわずかなものよ。それに十分すぎるくらい償いをしてる。
エルラ　償い？　どんな？
グンヒル　末の娘が話し相手になってるのあの人の。エルハルトが世話をした。
エルラ　町から？　じゃ遠いでしょ？
グンヒル　ううん。近くのウィルトン夫人のとこにいる。これもエルハルトの世話――
エルラ　ウィルトン夫人。ああファニィ・ウィルトン――
グンヒル　ええ、大変なお金持ち。
エルラ　エルハルトが書いてた。――このあたりに住んでるの？
グンヒル　大きな家を借りて。少し前に町から移ってきた。
エルラ　噂ではその人、ご主人と別れたとか。
グンヒル　数年前に亡くなってる。
エルラ　でもその前から別居してたんじゃない――？
グンヒル　男のほうが出てったの、あの人のせいじゃない――
エルラ　よく知ってるの？
グンヒル　もちろん。うちにもときどきくる。
エルラ　どんな人？
グンヒル　とっても頭の良い人。びっくりするくらいはっきり物を言う。エルハルトのことも実によく見てる。崇拝してる。
エルラ　エルハルト親しいの？
グンヒル　そう、町ではしょっちゅう会ってたらしい。
エルラ　それなのに移ってきた、町から？
グンヒル　それなのに？　どういう意味？
エルラ　まあ――
グンヒル　妙な言い方するのね。何か言いたいことがあるのエルラ。
エルラ　ええグンヒル。たしかに言いたいことがある。
グンヒル　じゃはっきり言ってよ。
エルラ　まず言いたいのは、わたしもエルハルトを愛してるってこと。
グンヒル　わたしの息子を？　昔のことも忘れて。
エルラ　ええ。わたしはエルハルトを愛してる心の底から――
グンヒル　ああそう――
エルラ　だからあの子のためにならないことは放っておけない。
グンヒル　ためにならない。それなんのこと？

エルラ　第一にあなた――そのやり方で――
グンヒル　わたしが。
エルラ　それからそのウィルトン夫人も心配。
グンヒル　あなた、なんてこと考えてるのエルハルトに対して、わたしの息子に。あの子には大きな使命があるのよ。
エルラ　使命――。あなた、エルハルトのような若い人がそんな使命なんてものをありがたがると思ってるの。
グンヒル　あの子は大丈夫。わたしはよく分かってる。
エルラ　あなたは分かってもいないいし信じてもいない。
グンヒル　信じていない。
エルラ　ただの夢。それにしがみついてなくちゃ絶望だからよ。
グンヒル　そう、たしかに絶望。それこそあなたの望むところね。
エルラ　ええ。あなたエルハルトを犠牲にしてしか自由になれない。
グンヒル　わたしたちのあいだに割り込もうたってそうはさせない。
エルラ　あの子を解放したいあなたから、あなたの暴力から。
グンヒル　今度はそうは行かない。前にはあなた十五のときまで閉じ込めてた。今はわたしが取り戻してる。
エルラ　じゃもう一度奪いたい。わたしたちきょうだい、前にも一度ひとりの男をめぐって命がけで戦った。
グンヒル　そう。そしてわたしが勝った。
エルラ　勝って、あなたどうなった？
グンヒル　それであなたは――どうしたいわけ？
エルラ　わたしはあの子の愛情がほしい――
グンヒル　ふんそんなこと――。わたしはこの八年間を無駄にはしてないからね。
エルラ　エルハルトになんて言ったの？
グンヒル　本当のことを言っただけ。
エルラ　で？
グンヒル　しょっちゅう言い聞かせていた、わたしたちがこうやって無事に暮らしてるのはみんな叔母さんのおかげだって。それを忘れてはいけないって。
エルラ　そんなことあの子前から分かってる。
グンヒル　今はもっとよく分かってる。
エルラ　どういうこと？
グンヒル　本当のこと。あなたはわたしたちを恥に思ってる蔑んでる。だからあの子をわたしたちから完全に引き離したいと思った。そうでしょ？
エルラ　あのときはあなたたち最悪のスキャンダル。裁判にかけられて。
グンヒル　でも今じゃあの子にとってあなたは死んだも同

然。死んでるのよ。

エルラ　見てみましょう。今はわたしもここにいるから。

グンヒル　ここに？

エルラ　必要とあればここで余生を送る。

グンヒル　もちろんこの家はあなたのもの。

エルラ　そんなこと――

グンヒル　一切合財あなたのもの。この椅子もベッドも食べ物もあなたからいただいてる。

エルラ　仕方ないでしょボルクマンは財産持つわけにいかないんだから。持ったが最後すぐに没収される。

グンヒル　わたしたちはあなたのお慈悲とお情けで生きてる。いつ出てってほしいの？

エルラ　出て行く？

グンヒル　まさか、わたしがあなたと一つ屋根の下で暮らすなんて思ってるんじゃないでしょう。そんなくらいならあばら家の方がまし。路頭に迷ってる方がまだましよ。

エルラ　わかった。じゃエルハルトをわたしにちょうだい――そしたらわたしすぐに家に帰る。

グンヒル　エルハルトに選ばせましょう。

エルラ　あの子に選ばせる？　その勇気があるグンヒル？

グンヒル　勇気。ええ、息子に選ばせる、母親か叔母か。その勇気はある。

(2)

ウィルトン夫人　今晩は奥さま。あら――お客さま――

グンヒル　妹のエルラ・レントハイム。

エルハルト　なんだ。エルラ叔母さん来てたの？　こんなことって。

エルラ　エルハルトエルハルト。また会えた。ほんとに嬉しい。

グンヒル　どうしたのエルハルト。玄関に隠れてたの？

ウィルトン夫人　エルハルト――ボルクマンさんはわたくしといっしょに。

グンヒル　お母さんに先に会いに来たんじゃないの。

エルハルト　ちょっとウィルトンさんのところに――フリーダをつれに。上にあがっていいよフリーダ。

グンヒル　お楽になさって奥さま。

ウィルトン夫人　ありがとうございます。でもそうしてはおられませんの。わたくしたち今晩ヒンケルさんのお宅に招かれてるものですから――

グンヒル　わたしたちって、ほかにどなた？

ウィルトン夫人　まあ実を申しますと、わたくしだけなんです。でもあそこの奥さまから、ボルクマンさんをおつれするようにって――もし上手くお見かけしたら。

グンヒル　それで上手く見かけたってわけ――

ウィルトン夫人　ええ、運がよかった。この人わたくしの

ところにちょっと寄ってくださった――フリーダのために

グンヒル　おまえ、ヒンケルさんのお宅と親しいなんてちっとも知らなかった。

エルハルト　別に親しいわけじゃ――

ウィルトン夫人　そんなこと。あのお宅では気のおけない方たちばかり。若いご婦人も大勢いらっしゃる。

グンヒル　そんなパーティこの子には向いておりません。

ウィルトン夫人　まあ奥さま、この人お若いんです――

グンヒル　若くなければ困ります。

エルハルト　分かったよお母さん、ヒンケルさんのところには行かない。お母さんとエルラ叔母さんといっしょにいる。

エルラ　いいえエルハルト――わたしのためなら無理をしないで。

エルハルト　いいんだ叔母さん。でもどう言って断る？おれも行くって言ったんだろ？

ウィルトン夫人　そんなの大丈夫。わたしは明るい賑やかなサロンに入っていく、ひとりぼっちですてられて、そしてあなたは来られませんてお断りする。

エルハルト　大丈夫かな――？

ウィルトン夫人　わたしはこれまで何度もお受けしたこともあれば何度もお断りしたこともある。叔母さまがいらしてるときに出かけるなんてとんでもないムッシュウ・エルハルト――。ママと叔母さんとごいっしょにお茶でも召し上がれ。失礼、ごめんあそばせ。

エルハルト　そこまで送ってくよ――

ウィルトン夫人　いいえついてきちゃだめ。わたしひとりには慣れてる。でも気をつけるのよエルハルト――いい？

エルハルト　気をつけるって？

ウィルトン夫人　わたし坂を下りたら、ひとりぼっちですてられて、あなたに呪文をかける。

エルハルト　ああ、またあれ？

ウィルトン夫人　そう、用心なさい。坂を下りたらわたし心の中で唱える――心の奥底から。エルハルト・ボルクマン――帽子をかぶれ。

グンヒル　そうしたら帽子をかぶる？

ウィルトン夫人　ええ間違いありません。この人すぐさま帽子をつかみます。そこでわたくしはこう言います、オーバーを着るのエルハルト・ボルクマン。それから長靴。長靴忘れちゃだめ。そしてわたしのあとについて来い逆らわず逆らわず逆らわず。

エルハルト　オーケー――

ウィルトン夫人　逆らわず逆らわず。――おやすみなさいませ。

（3）

グンヒル　あの人魔法を使うの？
エルハルト　まさか。いやあ大変な長旅だったね叔母さん。こんな冬に――
エルラ　ええ、一度ここのお医者さまに診てもらおうと思って――
グンヒル　あなた病気？
エルハルト　ひどいの叔母さん？
エルラ　ええ、だいぶ悪くなってる。
エルハルト　それじゃすぐに帰っちゃいけないよ。
エルラ　すぐには帰らない。
エルハルト　この町にはいい医者もいるし――
エルラ　ええ。
エルハルト　そうだな、どこかにいい部屋を見つけて静かできれいな部屋を。
グンヒル　叔母さんはこの自分の家に住みたいんだってエルハルト。
エルハルト　ここに、ぼくらといっしょに？
エルラ　ええ、そう決めたの。
グンヒル　ここはみんな叔母さんのものだからね知ってるだろ。
エルラ　様子が分かるまで管理人の家に――
エルハルト　ああ、あそこなら部屋はいくらもある。でも叔母さん、とても疲れてるんじゃない？
エルラ　ええ少しね。
エルハルト　じゃ、早く休んだほうがいい、話はあしたでもゆっくりできる。まああさってでも、ねえ叔母さん？
グンヒル　エルハルト――おまえここから逃げ出すことを考えてる。
エルハルト　どういうこと？
グンヒル　あそこに行きたいんだろう――ヒンケルさんの家に。
エルハルト　でもお母さん、叔母さんをいつまでも引き止めてろって言うの？　病気なんだよ。
グンヒル　おまえはヒンケルさんのところに行きたいんだ。
エルハルト　お母さん――ぼくにはどうしようもない。叔母さんどう思う？
エルラ　あなたの好きなようにするのがいちばんいい。
グンヒル　この子をわたしから離したいんだ。
エルラ　ほんとに――。（上から音楽）
エルハルト　ああまたあれ。あの音楽知ってる？
エルラ　いいえ。
エルハルト　ダンス・マカーブル、死の舞踏。お母さん頼むよ。ぼくを行かせて。
グンヒル　お母さんを置き去りにして。それがおまえの望みなの？
エルハルト　また来るって――多分、あしたでも。
グンヒル　おまえはわたしよりほかのものといっしょにいる方がいいんだ――
エルハルト　あそこには若くて陽気な連中がいっぱい。音楽もある。
グンヒル　ここだって音楽はある。
エルハルト　そう――あれがぼくを追い立てる――
グンヒル　強くなるのエルハルト強く。おまえには大きな使命がある。忘れないで。
エルハルト　やめてよそんな話。そんなのぼくには向いちゃいない。――おやすみ叔母さん。おやすみお母さん。

(4)

グンヒル　あなたまたあの子をとり戻した。
エルラ　そうだったらいいんだけど。
グンヒル　でも長くは引き止めておけない、見ててごらん。
エルラ　あなたがいるから？
グンヒル　わたしか、それとも――あの女、あの――
エルラ　あなたよりはあの女の方がいい。
グンヒル　分かる。わたしも、あなたよりあの女の方がいい。
エルラ　たとえあの子がどうなろうと――
グンヒル　ええ。
エルラ　生まれて初めてわたしたち双子が同じ意見になった。――おやすみグンヒル。
グンヒル　狼が吼えてる、病気の狼。エルハルトエルハルト帰ってきて！　お母さんを助けて。こんな生活もう我慢できない。

第二幕

(1)

(フリーダとボルクマンが、踊りながら出てくる。)
ボルクマン　おれが生まれて初めて踊りを見たのはどこだったか分かるか。
フリーダ　わかんない。
ボルクマン　鉱山の飯場だ。
フリーダ　飯場？
ボルクマン　鉱夫の溜まり場。おれは鉱夫の倅だ。知らなかった？　親父につれられて初めて飯場に行った。みなで踊って――。穴ん中じゃ鉄も踊ってると親父は言ってた。ハンマーで掘り出すと鉄は自由になる。だから踊るんだ嬉しくって。
フリーダ　嬉しい？　なんで？

ボルクマン　明るい光の中に出てきて人間の役に立てるから。
フリーダ　すいません、もうわたし行かなくちゃ。別の家にも呼ばれてんの。
ボルクマン　別の家？
フリーダ　ダンスをするんだって食事のあとで。
ボルクマン　そうやってあちこちのパーティで踊るの楽しいかね。
フリーダ　まあ、少しはお金んなるから。
ボルクマン　金のためか。どこの家だ？
フリーダ　ヒンケルさん、弁護士の。
ボルクマン　ヒンケル？　そう言ったのか？
フリーダ　ええ。
ボルクマン　あそこに客が来る？
フリーダ　大勢。ウィルトン夫人が言ってた。
ボルクマン　しかしどういう客だ。
フリーダ　わかんない。ああそう、エルハルトも今晩行くって。
ボルクマン　エルハルト。おれの息子？　どうして分かる？
フリーダ　自分で言ってた。ついさっき。
ボルクマン　今ここに来てる。
フリーダ　ええ。見かけたら来るように言う？
ボルクマン　勝手なまねはするな。
フリーダ　はい。じゃ、おやすみおじさん。あの、裏階段から降りてもいい？　その方が早いの。
ボルクマン　好きなところから降りればいい。
フリーダ　じゃあね。

（2）

ボルクマン　どうぞ。なんだ君か。
フォルダール　今晩はヨーン・ガブリエル。
ボルクマン　遅いな。
フォルダール　遠いからね、歩くのは時間がかかる。
ボルクマン　どうして歩くんだ？　電車があるだろヴィルヘルム。
フォルダール　歩くほうが体にいい。それに十エーレ節約んなる。――ところでフリーダは近頃来るかね？
ボルクマン　ついさっきまでここにいた。外で会わなかった？
フォルダール　ずっと会ってない、ウィルトン夫人のところに移ってから一度も。フリーダがいなくなって寂しいよ。
ボルクマン　ばかな――ほかにたくさんいるだろ。
フォルダール　うん五人。だけどほかのやつらはわたしのことが分からない。

ボルクマン　それがおれたち選ばれた人間の宿命だ。有象無象には理解されない。
フォルダール　それどころかやつらわたしを軽蔑してる。
ボルクマン　軽蔑——？
フォルダール　家を出るまえに家内と一騒動あってね。前から気づいてたんだが今日はっきりした。
ボルクマン　君は結婚相手を誤った——
フォルダール　選んでる余裕なんかなかったよ。あの頃は一文無しだったから——
ボルクマン　それはおれへのあてつけか？
フォルダール　とんでもないヨーン・ガブリエル——
ボルクマン　おまえは銀行の破産をいつまでも根にもってる——
フォルダール　でもあんたのせいだなんて思ってやしないよ。絶対に——
ボルクマン　それならいい。家のものが君を軽蔑するのかヴィルヘルム。
フォルダール　そりゃわたしはこれといって出世したわけじゃない、だけどね——
ボルクマン　やつら君が若いとき悲劇を書いたのを知らないのか。
フォルダール　もちろん知ってる。でもだからって別に感心してる様子はない。
ボルクマン　ものの分からん連中だ。君の悲劇は素晴らしい。おれには分かってる。
フォルダール　まあ、ちょっとしたものだよねヨーン・ガブリエル。ほんとにいつか本にできるといいんだけど。また少し書き直してみた。この前読んでからかなり立つだろ。一幕か二幕読んでみようかね——
ボルクマン　いやいやこの次にしよう。
フォルダール　そうか。
ボルクマン　たしかに君はまだこれといって出世していない。それは本当だ。しかしおれがさせてやる、いったんおれの名誉が回復されれば——
フォルダール　ああそれはどうも——
ボルクマン　やつらおれなしではやっていけない。床に額を擦り付けて頼んでくる、また銀行を切りまわしてもらいたいってな——。そのときおれは、ここに立ってやつらを迎える。国中噂でもちきりだ、ヨーン・ガブリエル・ボルクマンがどんな条件をだすか——。考えてもみろ、もう一歩で目的に達するところだった。あと一週間余裕があれば全部の預金がそっくり戻ってきたんだ。目もくらむ巨大な会社があと一息で出来上がるところだった。そしておれは莫大な富を築くことができた。すべての資源を意のままにして。無数の新しい鉱山、滝を利用した電力発電、全世界を股にかけた貿易、海運。すべてを、すべてをおれひとりで動かすはずだった。

フォルダール　分かってる分かってる。あんたはどんなことでもいちばん上に立とうとしたヨーン・ガブリエル。

ボルクマン　そのとき裏切りがあったまさに決定的なときに。人間が犯す罪の中で何がいちばん悪質か分かるか。

フォルダール　いや。

ボルクマン　泥棒、強盗、詐欺、人殺し、そんなもんじゃない。そんなことはみんな憎んでる相手か他人相手にやることだ。いちばん悪質なのは、友人が友人の信頼を裏切ること。

フォルダール　だけどねえ――

ボルクマン　何を言いたい君は。それなんだ。人間が犯すもっとも悪質な行為は、友人の手紙を悪用すること――ふたりだけの秘密そっと打ち明けた秘密、それを世間にばらす。そんなことをする男は骨の髄まで悪がしみこんでる。ところがそういう友人をおれはひとり持っていた。――そいつがおれを破滅させた。

フォルダール　だれのことかだいたい見当はつく。でもどうしてあの人が――ま、いろんな噂は立ったがね。

ボルクマン　どんな噂だ?おれはブタ箱に入ってたから何も知らない。世間はなんて噂してた?

フォルダール　あんたが大臣の椅子を狙ってたって。

ボルクマン　なってくれと頼まれた。しかし断った。

フォルダール　じゃ、あの人の邪魔をしたんじゃないのか。

ボルクマン　違う。あいつはそんなことでおれを裏切ったんじゃない。

フォルダール　そうかね――

ボルクマン　あれは――言ってみりゃ女がからんでた。

フォルダール　女?　ねえヨーン・ガブリエル――

ボルクマン　ああああああ――ばかな昔話。――まあ、大臣にはあいつもおれもならなかった。

フォルダール　でもあの人はずいぶんのし上がってった――

ボルクマン　そしておれはどん底に落ちた――

フォルダール　恐ろしい悲劇だ――

ボルクマン　君の悲劇にも劣らない。

フォルダール　ほんとに劣らない。

ボルクマン　しかしまた別の面から見ると一種の喜劇でもある。

フォルダール　喜劇?

ボルクマン　そう。君はここに来る途中フリーダに会わなかった。

フォルダール　うん。

ボルクマン　あの子は、ちょうどこうしているあいだも、おれを裏切った男のところでダンスを踊ってる。

フォルダール　そりゃ知らなかった。
ボルクマン　あの子はここを出ると――まっすぐにあのごく立派な家に行った。
フォルダール　いやいやかわいそうにあの子は――
ボルクマン　で、あの子が踊っているその客の中にだれがいると思う？
フォルダール　え？
ボルクマン　おれの息子だよ君。
フォルダール　まさか。
ボルクマン　どうだね？　息子は今晩あそこでダンスを踊ってる。喜劇だとは思わないか。
フォルダール　息子さんは何も事情を知らないんだよヨーン・ガブリエル。
ボルクマン　息子は知ってる。それはたしかだ。息子はおれの敵に味方してる。世間と同じ。ヒンケルがおれを裏切ったのは不本意ながら自分の義務をはたしたまでだと思ってる。
フォルダール　だけどあんた、だれが息子さんにそんなこと吹き込むかね？
ボルクマン　あの子を育てたのはだれだった？　最初は叔母、そのあとが母親――。やつらふたりして息子をおれに逆らわせた。女ってやつはどいつもこいつもおれたちの生活を破滅させる。勝利への道のりをめちゃくちゃにする。
フォルダール　まあ、女がみんなってわけじゃないよあんた。
ボルクマン　そうか。ひとりでもましな女がいるか。いるなら言ってみろ。
フォルダール　そりゃあわたしの知ってるかぎりはよくないのばかりだがね――
ボルクマン　それじゃなんだってんだ。ましな女がいたって知りもしないんじゃなんの役に立つ。
フォルダール　いやヨーン・ガブリエル、それでも役には立つよ。真実の女がどこかずっと遠いところにはいてくれると思うとなんとも幸せなありがたい気持ちになる。
ボルクマン　ああ、詩人のたわごと、やめておけ。
フォルダール　詩人のたわごと？
ボルクマン　そうだ。そんなことを言ってるから君はいつまでも出世しない。そういうたわごとはすてちまえ。そしたら君をしゃきっと立たせて世の中に出るのを助けてやる。
フォルダール　いいやあんたにはできない。
ボルクマン　できるさ、もう一度この手に力を持ちさえすれば。
フォルダール　だけど気が遠くなるくらい先の話だろ。
ボルクマン　おまえもしかしてそんなときは絶対に来ない

と思ってるんじゃないのか?

フォルダール　なんと言えばいいか――

ボルクマン　それなら、もう君に用はない。

フォルダール　用がない――

ボルクマン　おれの運命が変わることを信じてないなら――

フォルダール　だけど理屈に合わないことを信じるわけには行かないよ――。まず名誉回復が必要だろ――

ボルクマン　不可能だというのか?

フォルダール　だってそんな判例は一つもない。

ボルクマン　選ばれた人間に判例なんか関係ない。

フォルダール　法律はそう考えないよ。

ボルクマン　君は詩人じゃないヴィルヘルム。

フォルダール　本気で言ってるのかね。

ボルクマン　おれたちは互いに騙しあってた。ここへはもう来るな。

フォルダール　これでお別れ?

ボルクマン　君にはもう用がない。

フォルダール　いやいやいやそうだろう。

ボルクマン　おれを騙しつづけていた。

フォルダール　騙すなんてとんでもないヨーン・ガブリエル。あんたがわたしの才能を信じてくれてるかぎりうそじゃなかったんだ。あんたがわたしを信じてくれるかぎりわたしはあんたを信じてた。

ボルクマン　そうやって互いに騙し合ってた自分自身を――ふたりして。

フォルダール　だけど友情ってのはほんとのところそういうもんじゃないかね。

ボルクマン　そうだ。前にも一度そういう経験をした。

フォルダール　詩人じゃない。それをわたしに向かって平然と口にした。いやわたしも疑ってた、ときにね。ぞっとする疑いだ。わたしは空想にふけって人生を台無しにしちまったんじゃないか。

ボルクマン　自分で自分を疑いだしたら人間もはやお終いだ。

フォルダール　だからここに来てあんたと話すのが支えだった、わたしを信じてくれたから。しかしもうあんたも他人。

ボルクマン　君も。

フォルダール　おやすみヨーン・ガブリエル。

ボルクマン　おやすみヴィルヘルム。

(3)

ボルクマン　だれだ。――だれだ、入りたまえ。君はだれだ?　なんの用だ。

エルラ　わたしよボルクマン。

ボルクマン　君は――エルラ？　エルラ・レントハイム？
エルラ　そう、〝ぼくの〟エルラ。そう呼んでた。そんなに変わった？
ボルクマン　少しね――
エルラ　長い黒い髪はもうない。昔指に巻きつけるのがあなた好きだった。
ボルクマン　君が来てたとは。知らなかった。
エルラ　着いたばかり。
ボルクマン　どうして冬のさなかに――。座らないか？
エルラ　ありがとう。わたしたち最後に顔をあわせてからずいぶんになる。
ボルクマン　遠い昔だ。いろんなことが起こった。
エルラ　むだに過ぎた人生。まったくむだにわたしたちふたり。
ボルクマン　おれはまだ自分の人生がむだに過ぎたとは思っていない。
エルラ　そう？　じゃわたしは？
ボルクマン　君は自業自得だエルラ。
エルラ　あなた――
ボルクマン　君は幸福になれたそう望みさえすれば。
エルラ　ええ、わたしをほしがってた人がほかにいたのは知ってる。
ボルクマン　その男を君は拒んだ。
エルラ　そう。
ボルクマン　何度も何度も、来る年も来る年も――君は拒みつづけた。
エルラ　――来る年も来る年も、自分の幸せをすてていた、そう言いたいのね。
ボルクマン　あの男でも君は幸せになれた。そしておれも救われていた。
エルラ　あなたも？
ボルクマン　君がいつまでも拒んでるのはおれが後ろで操ってるからだとやつは思った。だから仕返しをしてきた。簡単だ――おれの手紙を持ってたから。それを使っておれを破滅させた。まあ、今のところだが。だから何もかも君のせいだエルラ。
エルラ　まあ――よくよく考えてみると借りがあるのはわたしの方ってわけ。
ボルクマン　君に感謝しなくちゃならんことはよく分かってる。この家と土地が競売に出されたとき君は全部買い取った。そして自由に使わせてくれてる、おれと――君の姉さんに。エルハルトの世話もしてくれた。よく分かってる。だがね、君にはそれができた。その力を君に残しておいたのはこのおれだ、それを忘れないでほしい。
エルラ　ふん、力、力――
ボルクマン　そう、力だ。あの一大転機を迎えようとしていたとき――身内だろうと友人だろうと、おれに託された莫大な金をすべてつかみ取らなくちゃならなかったとき――君のものだけは何ひとつ手をつけずにおいた、つけようと思えばできたんだが。だから――おれがつかまったときも――君の財産だけは全部銀行に残ってた。

エルラ　わたし不思議だった――どうしてわたしのものに手をつけなかったのか。どうしてなの教えてちょうだい。

ボルクマン　多分、ことが上手くいかなかったときのために少々手元に残しておいた――そう思ってるんだろう？

エルラ　いいえ、そんなことあの頃のあなたは決して考えたりしなかったでしょう。

ボルクマン　絶対に。おれには成功する確固とした自信があった。

エルラ　じゃどうしてなの――？

ボルクマン　二十年も昔のことだみんな忘れてしまった。ただ思い出すのは、あのときこれから乗り出す冒険を胸に秘めてひとりで静かな森をさまよっていたとき、おれは宇宙船の操縦士そんな気がしていた。おれは巨大な船に乗って未知の宇宙に乗り出す、危険に満ちた大海原。眠れなかった。

エルラ　成功を疑ってた？

ボルクマン　人間は一つことに確信と疑いを同時に持つ。だから君と君のものは一緒に船に載せたくなかった。

エルラ　どうして、ね、どうしてなの？

ボルクマン　人はそんな旅に自分のいちばん大切なものは持って行かない。

エルラ　あなたいちばん大切な自分の未来を積みこんだ――

ボルクマン　自分の人生は必ずしもいちばん大切とはかぎらない。

エルラ　あなた――そんな風に思ってたの？　わたしがいちばん大切なものだって？

ボルクマン　何かそんな気持ちだった。

エルラ　それなのに、わたしを売った。愛の権利をほかの男に安売りした。銀行頭取になるために。

ボルクマン　おれにはどうしようもなかったエルラ。

エルラ　犯罪者。

ボルクマン　その言葉は前にも聞いたことがある。

エルラ　法律を犯したからじゃない。人の金や財産――それを勝手に使ったからじゃない。あのときまだわたしはあなたの罪を知らなかった――

ボルクマン　なんのことを言ってる？

エルラ　決して許されない罪。あなたあの大罪を犯した。

ボルクマン　狂ったのかエルラ。

エルラ　あなたはわたしの中にあった愛の人生を殺した。

聖書に書いてある決して許されることのない謎の罪、それがなんなのかどうしても分からなかった。今やっと分かった。決して神の恩寵にあずかれない罪――それは人間の愛の人生を殺した罪。

ボルクマン　おれがそれを――？

エルラ　犯した。わたし今晩まで本当にはどういうことだったのかよく分からなかった。あなたがわたしをすててグンヒルの方へ行ったのはよくある心変わりだと。お姉さんの意地悪な手練手管だと。だからあなたのことをいくらか軽蔑さえしていた。でも今ははっきりした。あなたは自分の愛する女をすてた。わたしをわたしをわたしを。いちばん大切なものをただ地位のためだけに手離した。あなたが犯した罪は二重の人殺し。あなた自身の心とわたしの心両方の人殺し。

ボルクマン　相変わらず熱しやすくて抑えがきかない。昔どおりだ。君がそんな風に思うのは当然だ、女だから。君にはこの世に価値のあるものはほかに何もない。ただ心の問題だけ。

エルラ　それだけそれだけ。

ボルクマン　しかしおれは男だ。それを忘れるな。女としては君はおれのいちばん大切なものだった。だがいざとなれば女は別の女で代わりがきく――

エルラ　グンヒルで代わりがきいた？

ボルクマン　いや。しかし一生の目的のために耐えた。この世のすべての力の源をこの手につかみたかった。豊かな土地や山や森や海のすべてを意のままにしておれの王国を築く。そうやって何千何万という人間に豊かな生活を与える。

エルラ　覚えてる。夕闇の中であなたいくども理想の未来を話してくれた――

ボルクマン　あのときすべてはあの男ひとりにかかっていた。やつはおれを銀行の頭取にすることができた――ただおれの方でも――

エルラ　そう。ただあなたの方でも、あなたが愛してた女――そしてあなたをこの上なく愛してた女を手離すなら――

ボルクマン　あいつは君に恋いこがれていた。ほかの条件を出すことは絶対にないと分かっていた――

エルラ　それであなたは手を打った。

ボルクマン　そうだエルラ。おれは力への欲求をどうしても抑えることができなかった。分かるか。おれは手を打った打たなくちゃならなかった。おかげでやつはおれを押し上げてくれたおれが目ざしていたあの目もくらむ高みに向かって。おれは上っていった一歩一歩。年ごとに上へ上へと――

エルラ　そうしてわたしは、あなたの人生から消されていった。
ボルクマン　だがとどのつまりは、やつはおれを奈落につき落とした、君のせいでエルラ。
エルラ　――わたしたちには呪いがかかってる――
ボルクマン　呪い？
エルラ　あなたは女の喜び、わたしの胸に宿るあらゆる人間の喜びを殺した。わたしの人生はまるで日蝕みたい。だんだんと人間に対する愛情が失くなっていった。やがてひとかけらも失くなったただひとりを除いて――
ボルクマン　ひとりって？
エルラ　エルハルト。あなたの息子。
ボルクマン　あの子が？
エルラ　そう。あなたの息子だけは別。あなたはわたしから母親になる喜びと幸せを摘み取った。わたしはそれに耐えられなかった。それでエルハルトを引き取ったの。あの子はわたしになついてくれた。子ども心にわたしを信じて愛してくれた。それが突然――
ボルクマン　なんだ？
エルラ　あの子の母親が――情け知らずの母親があの子をとりあげてしまった。
ボルクマン　じゃあ、君はここにあの子をつれ戻すために来たのか？
エルラ　ええ、そうできるなら――
ボルクマン　むろんできる君が要求するなら。あの子のことでは君に第一の権利がある。
エルラ　要求要求、それがなんになる。あの子が自分から来てくれるんでなくちゃとり戻したことにはならない。あの子の心を隅々までわたしだけのものにしたいの。
ボルクマン　エルハルトはもう二十歳《はたち》すぎた男だ。いつまでもあの子の心を独り占めしようたってそうはいかない。
エルラ　そう長い必要はないの。
ボルクマン　どういうこと？　病気なのかエルラ？
エルラ　ええ。この秋あまりひどくなったものだから専門の医者に診てもらった。
ボルクマン　医者はなんて？
エルラ　手の施しようがないって。せいぜい痛みを少し和らげるくらい。とにかくこの冬ぐらいは越せるかもしれないそう言われた。
ボルクマン　あんなに健康だったのに。なぜだ？
エルラ　医者が言うには、昔何か大きな心の動揺を経験したんじゃないかって。
ボルクマン　ははあそうか。すべてはおれのせいか。
エルラ　今さらとやかく言ってても始まらない。でも死ぬ前にもう一度あの子をとり戻したいの。この世からお別れするとき、わたしのことを思ってくれるものがだれもいないと思うとたまらない気持ちなる。

ボルクマン　あの子をつれてっていいよエルラ――あの子がいいというなら。

エルラ　承知してくれる？　いいのね？

ボルクマン　ああ。どうせあの子はおれのものじゃない。

エルラ　ありがとう。それでもう一つお願いがあるの。わたしにはとても大切なこと――

ボルクマン　なんだ？

エルラ　わたしはもうすぐいなくなるけど、あとに残った財産は全部エルハルトに贈られる。でも――レントハイムの名前は消える。そう思うといたたまれない。名前までが存在しなくなる――

ボルクマン　ああ――何を言いたいか分かった。

エルラ　そうならないようにエルハルトにわたしの姓を名のらせてほしい。

ボルクマン　そうか。おれの息子から父親の名前を剥ぎ取りたいそういうことか。

エルラ　違う。わたしは自分でも喜んであなたの名前を名のったでしょう。でもやがて死んでいく女には名前一つが大きな意味を持っているのよボルクマン。

ボルクマン　いいだろうエルラ。おれの名前はおれ一代で結構。

エルラ　ありがとうありがとう。これでわたしたちのあいだに貸し借りは一切なくなる。あなたはできるだけのことをした。わたしがこの世を去ったら、エルハルト・レントハイムがわたしの後を継ぐ。

（4）

グンヒル　エルハルトは絶対にそんな名前にはならない。

エルラ　グンヒル。

ボルクマン　ここには入るな。許さん。

グンヒル　わたしが許す。あなたのために闘ってあげる。悪霊から守ってあげる。

エルラ　いちばんの悪霊はあなたよグンヒル。

グンヒル　でもこれだけは言っとく――あの子は父親の名前を継ぐ。もう一度名誉を回復する。そしてわたしだけがあの子の母親わたしだけ。あの子の心はわたしのものわたしだけのもの。

（5）

エルラ　ボルクマン――エルハルトだめになってしまう。あなたグンヒルと話をつけてくれなくちゃ。すぐに下におりましょう一緒に。

ボルクマン　おれが？

エルラ　わたしとふたりで。

ボルクマン　あいつは断固だよ。昔おれが山から切り出そうとしたあの鉄のように頑固だ。
エルラ　じゃ今切り出せないかどうか試してみるのよ。

第三幕

（1）

グンヒル　遅いよマレーネ、二度も呼んだよ。
手伝い　はい、聞こえました。
グンヒル　聞こえたのに来なかった。
手伝い　だって裸じゃ来れません。
グンヒル　早く着替えて。息子を呼びに行ってちょうだい。
手伝い　エルハルトさま？
グンヒル　そう。話があるからすぐに戻って来るようにって。
手伝い　じゃ、車を出していただかないと——
グンヒル　どうして？
手伝い　今夜大雪ですから。
グンヒル　そんなの。すぐ近くじゃないの。
手伝い　近くだなんて奥さま——
グンヒル　すぐそこでしょ。ヒンケルさんの家を知らないの？
手伝い　ああ今晩はあそこですか。
グンヒル　そうよ。ほかのどこにいるっていうの？
手伝い　わたしはまた、いつものところかと思いまして。
グンヒル　いつものところ？
手伝い　ええ、ウィルトン夫人の——
グンヒル　ウィルトン夫人？　あそこにはそんなに行かないだろ？
手伝い　いいえ、毎日のようにいらしてるとか。
グンヒル　ばかな。さあ、早くヒンケルさんのところに行ってあの子をつれてきて。
手伝い　分かりました。
グンヒル　（ボルクマンを見て）どういうこと。
手伝い　イエスさま。
グンヒル　あの子にすぐに来るように。
手伝い　はい奥さま。

（2）

グンヒル　この人わたしになんの用？
エルラ　お互い、分かりあいたいと思ってるグンヒル。
グンヒル　そんなこと——。この人の顔を見た最後は法廷だった。わたしは証言台に呼ばれて——
ボルクマン　今夜はおれが証言する——
グンヒル　あんたが。
ボルクマン　おれのやったことは世界中が知ってる。だがどうしてそうしたかはだれも知らない。なぜそうしなくちゃならなかったのか。それはおれがおれ自身だったから、おれがヨーン・ガブリエル・ボルクマンだったから――。証言しようというのはそのことだ。

グンヒル　なんと言おうと罪は罪よ。

ボルクマン　おれの目には無罪だ。

グンヒル　やめてちょうだい。あのことはもういやというほど考えてきた。

ボルクマン　おれもだ。五年間壁の中で考える時間はたっぷりあった。それから上の広間で八年。おれはあの事件の全体をなんども裁判にかけ直してみた。繰り返し繰り返しやってみた。自分で原告になり弁護人になり裁判官になった。だれよりも公平に冷静に前後左右から眺めまわしてみた。そして到達する結論はいつも同じ――おれが罪を犯した相手はただひとり――それはおれ自身だということ。

グンヒル　わたしは、息子は、どうなの？

ボルクマン　おれ自身と言うとき、おまえもあの子も含まれる。

グンヒル　じゃ、あなたが破滅させた何百という人たちは？

ボルクマン　おれはこの胸の中に抑えきれない使命を感じてた。国中に閉じ込められている巨万の富が、山の奥深くに埋もれたままおれに向かって叫んでいた。自由にしてくれ解放してくれ。しかしだれひとりその声を聞かなかった。ただおれだけが聞いた。

グンヒル　それがボルクマンという名前に押された焼き印なのよ。

ボルクマン　ほかのやつらにもそれが聞こえたら、おれと同じことをしなかったと思うか？

グンヒル　だれも、あなた以外のだれもあんなことはしなかった。

ボルクマン　それはやつらに力がないから。その違いだ。だからおれは無罪。すべて無罪。しかしそれから、おれ自身を非難するあの巨大な声がわいてきた。

グンヒル　どんな？

ボルクマン　この八年間人生をむだしてきたという。壁から自由になったあの日、現実世界へ踏み出していくべきだった。もう一度どん底から始めて新しく頂上を極めるべきだった――前よりずっと高くまで。

グンヒル　そしてまた同じ転落をくり返す。

ボルクマン　そうだ、新しいことは何も起こらない。だが一度起こったことが二度くり返されることもない。新しい見方が古いできごとを変える。おまえには分からない。

グンヒル　ええ、わたしには分からない。

ボルクマン　おれにかけられた呪いがそれだ。だれひとりおれを理解しない。
エルラ　だれひとり？　ボルクマン。
ボルクマン　ひとりだけは別だったおそらく。だがそのあとはだれもいない。
グンヒル　じゃどうしてわたしに求めなかったの
ボルクマン　おまえに求めてどうかなったかね。
グンヒル　あなたは自分以外を愛したことがない――それがすべてのもと。
ボルクマン　おれは力を愛した――
グンヒル　力、そう。
ボルクマン　――人間の幸せを創り出す力、おれの周りに大きく大きく――
グンヒル　あなたはわたしを幸せにする力を持ってた。それを使った？　息子を幸せにするためにあなたの力を使った？
ボルクマン　今おれは目を覚ました。もう一度よみがえる。これから人生を拓く、あたらしい輝く人生――おまえにも見えるだろ。
グンヒル　夢にふけるのはもうやめなさい。あなたはもう死んでる。死の床におとなしく横になってなさい。
エルラ　グンヒルあなたそんな――
グンヒル　あなたのお墓をいばらや藪で厚くおおってあげる。ヨーン・ガブリエル・ボルクマンを世間の目から隠して忘却の淵に沈めてあげる。
ボルクマン　それがおまえの記念碑か？
グンヒル　代わりにあの子、わたしが育ててきた息子が光に包まれる。
ボルクマン　エルハルトか――
グンヒル　そう、あなたが自分の罪の償いに名前を消そうとしているエルハルト・ボルクマン――
ボルクマン　おれの罪の償いに――
グンヒル　でもあの子はあなたたちに耳を貸したりはしない。わたしが助けてといえば飛んでくる。わたしのそばにいてくれる。わたしの。――あの子だ。エルハルト。

（３）

エルハルト　お母さんどうしたの――。（ボルクマンを見て）何が起こったの？
グンヒル　エルハルト、ここにいてちょうだいいつまでも。
エルハルト　ここに――？　どういうこと？
グンヒル　ここにいてもらいたいの。今おまえを奪っていこうとしているものがいる。
エルハルト　お母さん知ってた？
グンヒル　ええ。おまえも知ってた？

エルハルト　ぼくが知ってたかって？　もちろん――
グンヒル　いっしょに企んでた、わたしに隠して。エルハルトエルハルト――
エルハルト　お母さん、お母さんの知ってることとって何？
グンヒル　みんな分かってる。叔母さんが来たのはおまえを奪ってくため。
エルハルト　エルラ叔母さん。
エルラ　ねえ聞いてエルハルト。
グンヒル　叔母さんはおまえの母親になりたいんだって。自分の息子にしたいって。おまえは叔母さんの財産を相続して叔母さんの名前を名のる。
エルハルト　本当？
エルラ　本当よ。
エルハルト　そんなのちっとも知らなかった。どうしてまた――
エルラ　エルハルト、わたしあなたを失いたくない。わたしは死にかけている人間――
エルハルト　死にかけている――？
エルラ　ええ。最後をみとってくれない？　わたしの実の子になって――
グンヒル　そしておまえの実の母親をすてる、一生の目的も？　そうなのかエルハルト？
エルラ　わたしはもうすぐこの世から消える。うんと言ってちょうだいエルハルト。
エルハルト　エルラ叔母さん――叔母さんは口に言えないくらい優しかった。叔母さんのところでぼくは何の悲しみも知らずに育った。だれよりも幸せだった――
グンヒル　エルハルトなんてこと――
エルラ　あなたがそんな風に思ってくれてるなんて嬉しい。
エルハルト　――でもぼくは自分を犠牲にすることはできない、叔母さんのためでも。叔母さんの子どもになるなんて、そんなこと不可能だ――
グンヒル　ああ分かってた。あなたのものにはならないエルラ。
エルラ　そうね。
グンヒル　わたしのもの、これからもずっと。そうだろうエルハルト。――お母さん――お母さんといっしょに。
エルハルト　お母さん――もう全部話すよ――
グンヒル　え？
エルハルト　お母さんといっしょにはもういられない。
グンヒル　おまえ何を言う？
エルハルト　ぼくは若いんだ。こんな部屋じゃ息がつまる。死にそうになる。
エルラ　じゃわたしのところにいらっしゃい。
エルハルト　叔母さんのところもちっともましじゃない。

バラやラヴェンダーばかり――息がつまるのはおんなじだ。
グンヒル　わたしといっしょじゃ息がつまる？
エルハルト　そうだよ。なんにでも世話を焼いて――ぼくを崇め奉って――もう我慢できない。ぼくの人生なのにお母さんの言いなり。自分では何も決められない。もういやだよ。ぼくは若いんだ、忘れないで。
ボルクマン　じゃおれといっしょに来ないか？
エルハルト　お父さんは何をするんです？
ボルクマン　もう一度どん底から這い上がる。昔より何千倍も高いところに。この新しい人生のためにおれを助ける気はないか？
グンヒル　だめよエルハルト。
エルラ　お父さんを助けてあげなさい。
エルハルト　今はできない、どうしても。
ボルクマン　じゃ何をしたいんだおまえは？
エルハルト　ぼくは若いんです。人生を生きたい、ぼく自身の人生を。
エルラ　わたしを助けることもできないの？
エルハルト　だめなんだ喜んでしたいけど――
グンヒル　お母さんもおまえをそばにはおいとけない？
エルハルト　お母さんは愛してる。でもそれはぼくの人生じゃない。
ボルクマン　ふたりで世の中に乗り出そう。人生は働くことだ。
エルハルト　でも今は働きたくない。ぼくは若い。若さが体の中を熱く流れてる。今は働かない。ぼくはただ生きたい生きたい生きたいそれだけ。
グンヒル　なんのために生きたいのおまえ。
エルハルト　幸せのためだよ。
グンヒル　それをどこで見つける？
エルハルト　もう見つけてある。
グンヒル　エルハルト――
エルハルト　ファニイ――入っていいよ。

(4)

グンヒル　ウィルトンさん――
ウィルトン　いいのかしらわたし――？
エルハルト　うんいい。全部話した。
ウィルトン　わたくし、ここじゃ禍のもとってわけでしょうね。
グンヒル　だけどこんなことって。
ウィルトン　分かります。道理に合わない。でも事実なんです。
グンヒル　本気なのエルハルト？
エルハルト　これがぼくの幸せ。人生の素晴らしい幸せ。

グンヒル　息子を誘惑した。
ウィルトン　そんなことしてません。エルハルトは自分の意志でわたくしのところに来たんです。そしてわたくしも自分の意志でこの人を迎えたんです。ふたりはしっかりと結びついてる――ほかのことは何も考えられないくらい――
エルハルト　ぼくは幸せだ。ぼくは若い。
グンヒル　そう、おまえは若い。こんなことにはあんまり若すぎる。
ウィルトン　わたくしも同じことを言いました過去のことを洗いざらい話して。わたくしの方がずっと年上だってことも。
エルハルト　そんなことファニイ――
ウィルトン　でもわたくしにもこれは幸せ。この幸せをすてることはできません。
グンヒル　それでその幸せ、どのくらいつづくとお考えですか？
エルハルト　長くても短くても同じだお母さん。
グンヒル　おまえの目は節穴か？　こんなこと最後はどうなるか分からないの？
エルハルト　あとのことは気にしない。ただ一度この人生を生きてみたいだけ。
グンヒル　これが人生――？
エルハルト　そう。見てごらん。この人とってもきれいじゃない。
グンヒル　こんな辱めに耐えなくちゃならない。
ボルクマン　おまえは慣れてるだろグンヒル？
エルラ　ボルクマン――
グンヒル　毎日眺める、わが子がこの人とつれだって――
エルハルト　お母さん大丈夫。ぼくはもうここにはいないから。
ウィルトン　わたくしたち旅に出ます。
グンヒル　旅に？
ウィルトン　外国へ、エルハルトと一緒に。それから家にあずかってるフリーダもつれて。あの子に外国で勉強させようと思ってます。
グンヒル　あの子も？　おまえどう思うの？
エルハルト　まあ、ファニイがそうしたいっていうんだから――
グンヒル　ご出発はいつですかおたずねしてよろしければ？
ウィルトン　今夜すぐに。下に車をおいてます――ヒンケルさんの家の前に。
グンヒル　それが今晩のパーティ？
ウィルトン　ええ、客はエルハルトとわたくしだけ。小さなフリーダは車の中で待っています。

エルハルト　お母さん――分かってよね心配かけたくなかったんだ。

グンヒル　お母さんにさようならも言わずに発つつもりだった。

エルハルト　それがいちばんいいと思ったお互い。そしたらぼくを呼びに来るもんだから――じゃ、さようならお母さん。

グンヒル　触らないで。

エルハルト　それがお別れの言葉？

グンヒル　そう。

エルハルト　さようなら叔母さん。

エルラ　さようならエルハルト。幸せになるのよ幸せに。

エルハルト　ありがとう。さようならお父さん。さあ行こう。

ウィルトン　ええ行きましょう。

グンヒル　ウィルトンさん――若い娘をいっしょにつれて行くのは賢明なことだとお思いですか？

ウィルトン　男の心というものはとても変わりやすいものでしょう奥さま。女だって同じ。もしエルハルトがわたくしに飽きたら――それともわたくしがこの人に――そうしたら、この人のお相手になるだれかがそばにいた方が好都合でしょう。

グンヒル　であなたは？

ウィルトン　まあわたくしのことはご心配なく。なんとでもやっていけます。ごめんあそばせみなさま。

（5）

ボルクマン　おれも出て行く。――

エルラ　ヨーン・ガブリエル、どこに行くの？

ボルクマン　人生の嵐に向かって。どいてくれエルラ。

エルラ　だめよ。あなた病気よ見れば分かる。

ボルクマン　行かせろ。

エルラ　助けてグンヒル。引き止めて。

グンヒル　わたしはだれも引き止めない。みんな離れてけばいい。だれもかも遠くに――。エルハルト行かないで。

エルラ　だめよ、追いつけはしない。

グンヒル　いいから行かせて。下の道で大声で叫んでやる。母親の悲鳴なら聞こえるはずよ。

エルラ　聞こえない。とっくに行ってしまった。

グンヒル　車の中に――あの女と座ってるあの女と――

ボルクマン　だから母親の悲鳴も耳に入らない。

グンヒル　そう入らない。ええ、勝手に行けばいい。遠い国でもどこでも――

エルラ　あの子の幸せ。短い間にせよ。

グンヒル　あなたあの子の幸せを願うのあの女といっしょ

でも？

エルラ　心から願っている。

グンヒル　あなたの愛はわたしのより大きいのね――

(6)

エルラ　あなたも入りましょう。外は刺すように冷たい、体に毒よ。

ボルクマン　二度と家には戻らない。

エルラ　それじゃどこに行くの？　こんな夜遅く。

ボルクマン　おれの隠された財宝を調べに行く。

エルラ　ヨーン――何を言ってるの。

ボルクマン　心配するなエルラ、盗んだものを隠してるわけじゃない。だれか来る、だれだあれは？　ヴィルヘルムまた来たのか、なんの用だ。

フォルダール　これはこれは――出てきたのかヨーン・ガブリエル。奥さんといっしょに――

ボルクマン　これは家内じゃない。

フォルダール　あ、これはどうも。わたしゃ雪ん中でメガネを失くしてね――、でもあんたは――

ボルクマン　また外に出て一働きするときがきた、分かるか。しかし、君はなんの用だ。

フォルダール　あんたに会いたくてヨーン・ガブリエル。どうでも会わなくちゃと思って――

ボルクマン　出て行けと言ったおれに？

フォルダール　そんなことあんた、なんでもありゃしない。

ボルクマン　足どうしたんだ。

フォルダール　うん、そこで轢かれそうになったんだよ。

エルラ　轢かれそうに？

フォルダール　ええ、路地からいきなり車が出てきて、どうしようもなかったんですよそれで――

エルラ　轢かれそうに――？

フォルダール　いやあ危なかった、雪ん中に転がってメガネは失くすし傘は折れるし、足もちょっと怪我して――

ボルクマン　それで車は――？

フォルダール　いや、きれいな女の人が運転してた。わたしが転がっても止まりもしなかった。

ボルクマン　ああ――

フォルダール　ま、そんなことなんでもありゃしない。わたしゃもう嬉しくってねえ――

ボルクマン　嬉しい？

フォルダール　うん、なんと言えばいいか、嬉しいというのがいちばん合ってる気がする。だって素晴らしいことが起こったんだからね。あんたにも少しおすそ分けしたいと思って――

エルラ　内におつれしたらボルクマン。

ボルクマン　おれは入らない。
エルラ　でもこの方怪我されてるのよ。
フォルダール　いやわたしは大丈夫。そんなに時間はとりませんから――
ボルクマン　話したまえヴィルヘルム。
フォルダール　うん、あのね、今晩あんたにさよならして家に戻ると――手紙が来てたんだよ。だれからだと思う？
ボルクマン　娘のフリーダからだろ。
フォルダール　当たった。すごいね。そうなんだ、長い手紙でね。あそこのお手伝いさんが持ってきた。で、手紙にはなんて書いてあったと思う？
ボルクマン　お別れを言ってきたんじゃないか。
フォルダール　また当たった。よく当たるねヨーン・ガブリエル。そうなんだ。あの子はウィルトン夫人に外国につれてってもらえる。外国で勉強させてもらうんだって。家庭教師までつけて。
ボルクマン　なるほどなるほど――
フォルダール　それを今晩初めて知ったというんだあのパーティであんたが言ってた。もう会えないからって優しい手紙を書いてきた。ほんとに父親思いだよあの子は。――でもこのまま行っちまうなんてそんなことはさせない。
ボルクマン　どうするんだ。
フォルダール　これからすぐにウィルトン夫人のところに行って――ひと目会てくる。
ボルクマン　ちょっと待て。行ってもむだだどうせ入れない。
フォルダール　入るよ、入れてくれるまでドアを叩きつづけてやる。どうしてもフリーダに会いたい――
エルラ　お宅のお嬢さんはもう発ってしまったんですよ。
フォルダール　発ってしまった、ほんとですか？　だれから聞いたんです？
ボルクマン　あの子の家庭教師から。
フォルダール　だれだねそれは？
ボルクマン　エルハルト・ボルクマン。
フォルダール　あんたの息子さん。
ボルクマン　そう。連中は君を轢きそうになったあの車に乗ってた。
フォルダール　あの立派な車に？　いやいや不思議じゃないか、あの子は今、わたしが夢に見てた広い世界に旅立ってくあんな車に乗って――
ボルクマン　そして自分の父親に怪我をさせた――
フォルダール　そんなこと、なんでもありゃしない。あの子さえ――
ボルクマン　泣いてるのか、笑ってるのか。

フォルダール　よく分からない。電車で帰るよ、すぐそこだ。さようならヨーン・ガブリエル。さようなら奥さん。

ボルクマン　さようならヴィルヘルム。君が轢かれたのもこれが最初じゃない。

エルラ　いらっしゃい。入りましょう。

ボルクマン　そんな猫なで声を出すな。

エルラ　お願い。あなたのため――

手伝い　すみません。奥さまが玄関を閉めるようにおっしゃってます。

ボルクマン　ほうら、またおれを中に閉じ込めようとする。

エルラ　ちょっと具合がよくないから外の空気にあたってらっしゃるって言ってちょうだい。

手伝い　でも奥さまが――

エルラ　玄関の鍵はわたしが閉めます。

手伝い　はい、それなら。

ボルクマン　外は実に気持ちがいい。今あの広間に戻ったら――天井や壁が縮まってきておれをぺしゃんこにしてしまうだろ蝿みたいに。

エルラ　でもどこに行くの？

ボルクマン　ただただ歩く、自由に向かって、人生に向かって。いっしょに来るかエルラ？

エルラ　こんな雪の夜に――

ボルクマン　ほほう――お嬢さまはお体を心配されてる？お弱くていらっしゃるから。

エルラ　心配はあなたの体よ。

ボルクマン　はっはっ、死んだ男の体。お笑い種だエルラ。

エルラ　わたしもいっしょに行く。

ボルクマン　ああ行こうエルラ。

（7）

エルラの声　ヨーンどこまで行くの？

ボルクマンの声　おれについて来ればいい。

エルラ　わたしもうだめ。

ボルクマン　見晴台はすぐそこだ。

（8）

ボルクマン　ここだエルラよく見える。

エルラ　何が？

ボルクマン　おれたちの自由で広々とした土地――ずっと向こうまで――。

エルラ　ずっと遠くまで。よくここにのぼって眺めてた。

ボルクマン　あのとき眺めていたのは夢の国――

エルラ　わたしたちの人生の夢。今は雪に覆われて――古い木は枯れてしまってる――

ボルクマン　向こうのフィヨルドに大きな船が走ってる見えるか？

エルラ　いいえ。

ボルクマン　おれには見える。あれは世界中の人間を一つに結びつける。何千何万という人々に光と喜びをもたらす。おれの夢もそれだった。

エルラ　そして結局、夢のまま。

ボルクマン　夢のまま、そう。ほら聞こえるだろう川辺から響いてくる音、工場が動いている。おれの工場。おれが願っていたもの。あれが聞こえるか。昼も夜も働いている。ほら、ほら。ハンドルがまわる、ピストンが動く。――ぐるぐるぐるぐる。聞こえるかエルラ。

エルラ　聞こえない。

ボルクマン　おれには聞こえる。しかしこんなものはみんな――王国を囲む外堀に過ぎない。おれの王国。もう一歩でおれのものになるはずだった王国。それが今あそこに横たわってる――無防備に、守るものもいない――盗賊の襲撃や略奪はほしいまま。――エルラ、向こうの山並みが見えるか――はるか向こう？　互いに重なり合って高くそびえてる。塔のように。あれがおれの広大無辺の王国。

エルラ　でもあの王国からは凍りつくような冷たい風が吹いてくるだけ。

ボルクマン　その風がおれに命を吹き込む。地下に埋もれている精霊からおれに送られてくる挨拶の言葉。囚われている巨万の富、おれにはそれが分かる。どこまでも枝葉のように分かれ、誘いの眼差しで腕を差しのべている鉄の鉱脈。おれはそれを感じる。あの晩には命を吹き込まれた影法師に見えた――明かりを手にして銀行の地下室に立ったとき、あのとき、おまえたちは自由にしてくれとおれに叫んでいた。おれはそうしてやろうと思った。だが力及ばず財宝は底深く沈んでしまった。しかしおれはこの夜のしじまの中でおまえたちに囁く。おれはおまえたちを愛している。生きたいと願っている財宝よ――力と栄光が生み出す光り輝く仲間たち。おれは愛している愛している愛しているおまえたちを。

エルラ　そう、あなたの愛情はまだ地の底に注がれている。いつもあそこに向けられていた。この地上の日の光の中には――あなたのために波打っている暖かい生きた人間の心があったのに。その心をあなたは押しつぶした。いいえもっとひどい十倍もひどい。あなたはそれを売った。なんのために――なんのために――

ボルクマン　王国のために――力のために――栄光のために――

エルラ　そう。そしてあなたは愛の人生を殺した。あなたを愛してた女、あなたが深く愛していた女の。だからわたしは予言するヨーン・ガブリエル・ボルクマン、人殺しと引きかえに求めた報酬は決して手に入らない。あの冷たい闇の王国に向かって凱旋する日は決してこない。

ボルクマン　ああ――もうだめだ。

エルラ　どうしたのヨーン?

ボルクマン　氷の手が心臓をつかんだ。いや、氷じゃない――鉄の手だ。

エルラ　このままじっとしてるのよ。助けを呼んでくる。――いえこれでいい。ヨーン・ガブリエルあなたにはこれがいちばんいい。

(9)

手伝い　奥さま、おふたりの足跡が――

グンヒル　あそこだ――エルラ。

エルラ　探しに来たの?　ここにいる。

グンヒル　眠ってる?

エルラ　深い永い眠り。

グンヒル　エルラ、これ自分から――?

エルラ　いいえ。鉄の手がこの人の心臓をつかんだ。

グンヒル　(手伝いに)助けを呼んできて。管理人を起こすの。

手伝い　承知しました奥さま。

(10)

グンヒル　夜の空気がこの人の生命を奪った――頑丈な男だったのに。金で力を掘り出そうとした、この人、鉱夫の息子だった。だから外の空気に耐えられなかった。

エルラ　この冷たさがこの人の生命を奪った。

グンヒル　冷たさは――とうの昔にこの人の生命を奪っていた。

エルラ　そしてわたしたちを影法師に変えた。

グンヒル　わたしたち双子の姉妹《きょうだい》――ともに愛したこの人――残るのは一つの骸《むくろ》と二つの影法師。

小さなエイヨルフ

性的深層心理と近代の社会状況が絡んだ稀な傑作。これほど性的な問題をあからさまに示した劇は十九世紀にはまずない。結末の夫婦の思いを肯定的に見るか批判的に見るか、批評家の対立はこの作品で極まるが、この台本は、明確に、肯定的な解釈による。上演のときは、人物たちの深層関係を示唆するために、第一幕にしか出ないエイヨルフ役の女優に第二幕のアスタを演じさせ、これも第一幕だけの鼠ばあさん役の女優に第二幕のリータを演じさせた。第三幕は第一幕と同じ配役。

＊初演二〇一二年三月二十三日～二十七日　シアターX

登場人物

アルフレッド・アルメルス
リータ・アルメルス夫人
エイヨルフ
アスタ・アルメルス嬢
技師ボルグハイム
鼠ばあさん

（劇は町から数キロ離れたフィヨルド近くのアルメルスの地所内で進行する。）

第一幕

(1)

アスタ　おはようリータ。
リータ　アスタ。こんなに早く、町から来たの？
アスタ　ええ、今日はどうでもエイヨルフちゃんに会いたくて――あなたにも。それでフェリーで来た。何してるの？
リータ　アルフレッドのリュック。分からない？
アスタ　アルフレッド！
リータ　ゆうべ、夜行で。思ってもいなかった。
アスタ　予感がしたんだ――前もって何も言ってこなかった――？
リータ　なんにも。
アスタ　電報も？
リータ　それはあった、着く一時間前。だから顔を見たときはもう嬉しくって――予定より二週間も早かった！
アスタ　元気？　鬱いじゃいない？
リータ　後光がさしてた。でも疲れてはいたみたい。ずっと歩きずくめだったって――
アスタ　山の空気冷たすぎた――
リータ　んーう。
アスタ　ねえ、お医者さまの言う通り。やっぱり旅に出てよかった。
リータ　今はなんとでも言えるもう終わったんだから――でもつらかった。あなたは来てくれないし――道路作りの監督さん出張中だったから。
アスタ　リータ！
リータ　わたし恋しくて恋しくて恋しくてまるでお葬式――
アスタ　大げさねたったのひと月やそこいら――
リータ　わたしたちずっといっしょだった、ただの一日も離れたことなかったこの十年間――
アスタ　だからいい潮時。ほんとは毎年夏は山へ出かけるとよかった。
リータ　簡単に言うけど、そんなことしたらあの人二度と戻ってこない気がした。あなたには分からない――
アスタ　どこにいるの？　まだ寝てる？
リータ　まさか。今朝もいつもどおり。もう一時間以上もエイヨルフにつきっきり。
アスタ　かわいそうに、また勉強勉強――。そんなのやめさせなくちゃ。
リータ　わたしには口出しできない。それにあの子何をすればいい？　ほかの子みたいに跳んだりはねたりできないのよ。

（２）

アルメルス　アスタ！　来てたのか！
アスタ　――お帰りなさい！
リータ　どう？　惚れ惚れしない？
アスタ　素晴らしい！　眼が輝いてる！　――そう、本が完成した。わたし思ってた旅に出さえすれば簡単に書けるって。
アルメルス　ぼくもそう思ってた。ところが全然違った。本は一行も書いてない。
アスタ　一行も？　じゃ何してたの？
アルメルス　考えに考え抜いてた。
リータ　家にいたもののことも少しは考えた？
アルメルス　うんすごく、毎日考えてた。
リータ　そう？　じゃいい。
アルメルス　ばかだった。大切なのは考えること。書くことなんか大した意味はない。
アスタ　ええ？
リータ　どうかしちゃったのアルフレッド！
エイヨルフ　（松葉杖をついている）そんなことないそんなことないそんなことない――
アルメルス　いやいや――おまえがそう言うんなら――。だけどほんと言って、もっとすぐれた仕事をするものが今に現れる。
エイヨルフ　そしたらパパどうするの？
アルメルス　山に戻る――高い山の広々とした荒原。
リータ　ひどい人！
エイヨルフ　ぼくもいっしょにつれてってくれる？　山はすてきだろうなあ。そうだ――ボルグハイムさんね弓を買ってくれた。やり方も教えてくれた。
アルメルス　それはよかった。
エイヨルフ　今度は泳ぎを教えてもらう。下の浜じゃみんな泳げる。泳げないのぼくだけなんだ。
アルメルス　なんでもしたらいい、好きなことはなんでも。
エイヨルフ　うん、ぼくのいちばんの望みは何か、分かる？
アルメルス　なんだ？
エイヨルフ　船乗りになること。
アルメルス　ばかな。
エイヨルフ　浜の子はみんな、大きくなったら船乗りになるって言ってる――
アルメルス　おまえね――
アスタ　エイヨルフちゃん、いいこと教えてあげる。
エイヨルフ　うん？
アスタ　わたしね、鼠ばあさんを見た。
エイヨルフ　鼠ばあさん！　うそだ――

アスタ　ほんとよ、きのう、町はずれで。
エイヨルフ　鼠ばあさんなんて変な名前。
アスタ　そのおばあさんはね、国中をまわって鼠をみんな退治してくれるだからそう呼ばれてる。
アルメルス　本当の名前はたしかヴァルグじゃなかったかな。
エイヨルフ　ヴァルグ？　それ狼のことでしょ。じゃやっぱりそのおばあさん夜は狼人間になるって本当？
アルメルス　まさか――。さあ、庭で遊んできなさい。あそれより浜でみんなと遊ぶといい。
エイヨルフ　浜で？　あいつらとは遊びたくない。
アルメルス　どうして？　からかうのか？
エイヨルフ　ううん、からかったりしたらぶん殴ってやる。――でもいやなやつらだよ。ぼくは船に乗れないって言う。
アルメルス　そんなことを――なんで言うんだ。
エイヨルフ　――きっと羨ましいんだよ。貧乏人だからね、いつも裸足で歩いてる。
アルメルス　やつらに思い知らせてやる、この浜の主人はだれかってことを！
リータ　まあまあまあ――
アスタ　だれか戸をたたいてる。
エイヨルフ　ボルグハイムさんだ。

（3）

鼠ばあさん　ごめんくださいましみなさまがた。ここにはカリカリ嚙じるやつらはおりませんですか？　おりましたら厄介払いのお手伝いをさせていただきますよ。
リータ　そんなものはいません。
鼠ばあさん　あたしゃちょうど旅まわりの途中でしてね。いつまた戻ってこられるか分かりませんですよ。――ああ疲れた！　疲れたなんて言ってちゃいけませんのですが、みなの嫌われもん憎まれもんを引き取るんですから。でもほんに力のいる仕事なんですよこれは。夜じゅう仕事をしておったもので、島で。いえ、あそこの人たちがあたくしを呼びにきましてね、うそじゃありません。仕方ないでしょ。もう酸っぱいリンゴでも口に入れなくちゃって具合でしたから。酸っぱいリンゴお坊ちゃま酸っぱいリンゴですよ。
エイヨルフ　どうして？
鼠ばあさん　食べ物がなくなっちまいましたから――親鼠やら子鼠やらがいっぱい――
エイヨルフ　そんなにたくさん？
鼠ばあさん　はい、もううじゃうじゃ。ベットの中までチョロチョロ這いまわって、あっちでチュウチュウ、こっちでカリカリ。
エイヨルフ　ぼくそんなところには行きたくない。

鼠ばあさん　そこにあたくしがまいりましてね――相棒といっしょに、全部つれ出しちまったんです。可愛いちっこいやつめらを一匹残らず追い出しちまいました！
エイヨルフ　ああ――袋ん中で何かゴソゴソやってる！
鼠ばあさん　こんなこけおどし怖がることはありませんよ。ただの犬ころ。さあ出ておいで可愛い子。――大丈夫、もっとこっちへちっちゃな傷ついた水兵さん！　さあこっちに！　おとなしくって、ふるいつきたいような顔でしょう？
エイヨルフ　こんなひどい犬見たことない。だけど可愛い――とっても可愛い。
鼠ばあさん　今は疲れ切ってかわいそうに。力仕事なんですああいう遊びは、ええ。
エイヨルフ　遊びって？
鼠ばあさん　おびき寄せごっこ。犬ころとあたくしとふたりでやるんです。簡単でしてね。いいですか。こいつの首輪にひもをつけて、家ん中を三回引っぱりまわすんです口笛を吹きながら。それを聞くとやっこさんども出てくるわ出てくるわ――床の下から天井裏から穴ん中から――可愛いのがみんな。
エイヨルフ　それをこの犬がかみ殺しちゃう？
鼠ばあさん　とんでもない！　浜の方に降りてくんです犬ころとあたくしと。するとみんなついて来る親鼠も子鼠も。
エイヨルフ　それで――？
鼠ばあさん　岸からボートを漕ぎ出す。あたくしはカイを漕いで口笛を吹く。犬ころは後ろから泳いでくる。するとやつらもチョロチョロ群をなしてついて来るんですどこまでもどこまでも、深いところまで。いやでもそうなっちまう！　ほんとはそうしたくない水がぞっとするくらい怖い、だからついて来ちまうんです。それでみんな溺れてしまう一匹残らず。静かで真っ暗、気持ちよく、これ以上望めないくらいに可愛い鼠どもには。水の底で甘い長い眠りにつく。人間どもから嫌がられたり憎まれたりしたものがみんな。昔はあたくしがひとりでおびき寄せたものですよたったひとりの人を。
エイヨルフ　それはだれ？
鼠ばあさん　あたくしのいい人、ちっちゃな邪魔ものさん！
エイヨルフ　その人今どこ？
鼠ばあさん　水の底、鼠どもといっしょに。さあ、あたしゃ出かけてもう一働き――いつもいつも旅まわり。ほんとにご用はございませんですか？　あればすぐに片づけますよ。
リータ　ありがとう、ないと思う。
鼠ばあさん　はいはいお美しい奥さま――これぱかりは分

かりませんですよ――もしここにもカリカリチョロチョロ厄介ものがいるのにお気づきでしたら、すぐにあたくしと犬ころを呼んで下さいまし――さようならさようなら。

（エイヨルフも知られずにいなくなる。）

（4）

リータ　気味の悪いおばあさん――気分が悪くなった。

アルメルス　しかしばあさんが言ってたことはよく分かる。おびき寄せる力。山や荒原の独り歩きにもちょっと似たところがある。

アスタ　何かあったのねアルフレッド――

リータ　そう、帰ってきたとたんすぐに分かった。山で何かあったんでしょ、ごまかしてもだめ顔に書いてある！

アルメルス　何もないよ、外側には、でも内側では、ある小さな変化が起きた。

リータ　神さま――！

アルメルス　いい方だよリータ、安心していい。

リータ　話して、すぐに、全部よ！

アルメルス　じゃ座ろう、アスタ。

リータ　それで――？

アルメルス　ぼくは、これまでの生活を思い返して――この十年ばかり――なんだかすべてお伽噺か夢のような気がする。君はどうアスタ？　そう思わないか。

アスタ　思う、いろんな点で。

アルメルス　――ぼくたちふたりが以前はどんなだったかを考えると。貧乏で親もないふたり――

リータ　そんなの昔の話じゃない。

アルメルス　しかし今はこうして裕福に暮らしてる。研究に専念して――自分の好きなことをしている。この幸せはみんな――おまえのおかげだリータ。

リータ　ばかなこと言わないで。

アルメルス　まあ、これは話のきっかけでね――

リータ　じゃ、きっかけは飛ばして！

アルメルス　リータ――ぼくが山へ出かけたのは――

リータ　何？

アルメルス　机に向かっていても心が落ち着かなくなったからだ。

リータ　落ち着かないってあなた、だれが邪魔したっていうの！

アルメルス　だれも――外からは。だけどぼくには思えてきた、ぼくは自分の力を間違ったことに使ってきたんじゃないか――むだに時間を過ごしてきたんじゃないかと。

リータ　それでこのところずっといらいらしてたのね。そう、あなたいらいらしてた。

アルメルス　机に座って毎日毎日書き物をしてた、真夜中まで。あの厖大な「人間の責任」を書き続けて――

アスタ　あなたのライフワーク。

アルメルス　そう思ってたずっと。それができたのもおまえのおかげだ――。

リータ　いいから！

アルメルス　――金銀財宝、緑の森のお姫さま――

リータ　また、そんなくだらない――

アスタ　で、本は？

アルメルス　うん、遠のいていった。そしてますますもっと大きな義務に気づいてきたんだ。

リータ　アルフレッド！

アルメルス　エイヨルフのこと――！

リータ　ああ――エイヨルフ！

アルメルス　エイヨルフが心に深く入りこんできた。テーブルから落ちて以来――もう直らないとはっきり分かってから――

リータ　でもできるだけのことはしてるじゃない！

アルメルス　これからはエイヨルフの父親になってやりたい――

リータ　父親？　どういうこと？

アルメルス　つまり、エイヨルフの不幸をできるかぎり耐えやすいものにしてやりたい――

リータ　そんなことあの子特には感じてない。

アスタ　いいえリータ、感じてる。

アルメルス　そう、とっても深く感じてる。

リータ　だけど――今以上に何がしてやれる？

アルメルス　あの子の中に秘められているあらゆる豊かな才能を掘り起こしてやりたい。あの子が持っているすぐれた芽を全部、空高くに伸ばして花開き実を結ぶようにしてやりたい。いやそれ以上だ。あの子のできることと望むことが上手く調和するようにしてやる。今はできないことばかりやりたがってるからね。だけどあの子には幸せな気持ちを持たせてやりたいと思う。

リータ　アルフレッド――そんなこともっと気楽に考えなくっちゃ！

アルメルス　エイヨルフがぼくのライフワークをやりとげる。それともあの子の好きなこと――その方がいいかもしれない。――とにかく、ぼくはあの本はやめにした。

リータ　でもあなた――本とエイヨルフの両方のためにはできないの？

アルメルス　不可能だ！　心を二つに分けることはできない。本のことは諦める。我が家の名誉を担うのはエイヨルフ。あの子をそういう人間に仕上げる、それをぼくの新しいライフワークにする。

アスタ　そんな決心をするなんて、つらかったでしょ。

アルメルス　つらかった。家にいたんじゃどうしても自分を納得させることができなかった。どうしても諦め切れなかった家にいたんじゃ。
リータ　それで旅に出たの？
アルメルス　そう！　山の中でかぎりない孤独に浸っていた。日の出の太陽が頂きを照らし出すのを眺め、自分が星に近い気がした。ほとんど星の気持ちが分かった、同じ仲間。だから決心できた。
アスタ　もう「人間の責任」は書かないつもり？
アルメルス　決して。心を二つの仕事に分けることはできない。ぼくは人間の責任というものを、自分の人生を通じてはたそうと思ってる。
リータ　あなた、この家にいてそんな高い理想を持ちつづけられる？
アルメルス　おまえといっしょならできる。それから君ともアスタ。
リータ　ふたりと。じゃやっぱり自分を二つに分けられるんじゃない。
アルメルス　リータ――！

（5）

ボルグハイム　おはようございます奥さん！
リータ　ボルグハイムさん。
ボルグハイム　これはこれは、お帰りだったんですか先生！
アルメルス　ゆうべね。
リータ　それ以上お許しが出なかったの。そう、この人の許可期限は切れてた。
ボルグハイム　そうやってご主人の手綱を締めてらっしゃる？
リータ　当然の権利を行使しているだけ。それにどんなことにも終わりはなくちゃ。
ボルグハイム　どんなことにも？――そうは思いませんね。――おはようアスタ！
アスタ　おはよう。
リータ　どんなことにもじゃない？　ああ、あなたが考えているのは、愛――なんてもの？
ボルグハイム　あらゆる美しいもの！
リータ　それには終わりがない。ええ――そう願ってましょう。
アルメルス　道路建設の仕事、もう終わるんでしょう？
ボルグハイム　終わりました。きのう。長いあいだでしたがありがたいことにもうお終いです。
リータ　それで浮き浮きしてる？
ボルグハイム　ええ！
リータ　そんなこと、ひどい人ね――

ボルグハイム　そうですか？　どうして？

リータ　だって、これからはそうたびたびここに来られなくなる。

ボルグハイム　ああ、うっかりしてました。

リータ　でもたまには来てくれるでしょう？

ボルグハイム　いいえ、残念ですが当分のあいだはだめ。実は、別の大きな仕事を命じられたんです。

アルメルス　それはおめでとう。

リータ　おめでとうおめでとうボルグハイムさん！

ボルグハイム　しっ――。ほんとはまだ大きな声じゃ言えないんです！　でも黙ってられなくて！　――北の方の、山を越えてく道路――大変な難工事。ああ、なんて素晴らしい――道路建設の技師くらい幸せなものはいません！

リータ　そんなに浮き立って――それは新しい道路作りのせいだけ？

ボルグハイム　幸せは来始めると春の洪水みたいにどっとやって来る。アスタ、ちょっとその辺を散歩しないいつものように？

アスタ　いえ今日はだめ。

ボルグハイム　いいじゃないほんの短い散歩なんだから！発つ前に話しておきたいことがたくさんある――

リータ　それもまだ大きな声では言えないことなんじゃないきっと？　でも、小さな声ならかまわない。アスタ、行ったげなさいよ。

ボルグハイム　これはお別れの散歩――当分のあいだの。

アスタ　じゃちょっとだけ。

ボルグハイム　ありがとう！

アルメルス　ついでにエイヨルフを見てきてくれませんか。

ボルグハイム　そうそうエイヨルフ！　今日はどこに行ってるんです？

アルメルス　下で遊んでる。

ボルグハイム　本当に！　外で遊ぶようになった？

アルメルス　外で遊ぶのが好きな子にしようと思ってね。

ボルグハイム　それはいい！　外の空気がいちばん！　世の中で遊びくらい大切なものはありません。――行こうアスタ！

(6)

アルメルス　あのふたり何かあると思う？

リータ　どうだろう。前はそう思ってたけど、ここ二、三週間アスタのことが分からなくなってきた――

アルメルス　ぼくがいなかったあいだに？　アスタは彼のことあまり思ってない？

リータ　首ったけっていうんじゃないそれはたしか。あなた、もしアスタが真剣だったら反対する？
アルメルス　いや反対はしない。だけど心配じゃないといったらうそになる――アスタのことはぼくに責任があるから。
リータ　責任！　もう子どもじゃないのよ。自分でどうすればいいかぐらい分かってる。
アルメルス　そう願いたい。
リータ　わたしに言わせればボルグハイムさんに悪いところなんかちっともない。
アルメルス　ぼくだって全然ない。でも――
リータ　だからあの人とアスタがいっしょになってくれたらとっても嬉しい。
アルメルス　どうして？
リータ　だってそうなればあの人といっしょにずっと遠くへ行ってしまうでしょ！　今みたいにしょっちゅうここへは来られなくなる！
アルメルス　なんだって！　おまえアスタがいなくなればいいと思ってるのか？
リータ　そうよ！
アルメルス　でもどうして――？
リータ　だってそうならないとわたし、あなたをひとりじめできないんだもの！　いいえ――それでもまだだめ！　完全にひとりじめじゃない！　アルフレッドアルフレッド――わたしあなたを離せない！
アルメルス　さあさあリータ――落ち着いて！
リータ　落ち着くなんてくそくらえよ、ほしいのはあなただけ！　世界中であなただけ！　あなただけあなただけ！
アルメルス　離して――息がつまる！
リータ　つめてしまいたい！　どんなにあなたを憎んでたか――！
アルメルス　憎んでた――！
リータ　ええ――あそこに閉じこもって仕事に没頭してたとき。遅くまで――夜中までも。よくもねアルフレッド――ああ、あなたの仕事が憎くてたまらなかった！
アルメルス　でも、それも今は終わった。
リータ　そう！　今はあなた、もっといやなことに熱中しようとしてる。
アルメルス　いやなこと！　おまえ、自分の子どもをいやなことと言うのか？
リータ　そう。あなたとわたしのあいだではそうなる。子どもは仕事と違って生きた人間――でもわたし我慢しない！　我慢しないから言っとくけど！
アルメルス　おまえが恐くなるリータ。
リータ　自分でもときどき恐くなる。だから、わたしの中の悪い心をゆり起こさないで。

アルメルス　どういうこと？
リータ　ふたりのあいだのいちばん神聖なものをないがしろにするなら。
アルメルス　しかし実の子どもだよ、ぼくらのたったひとりの子どもだ、今問題にしてるのは。
リータ　子どもは半分しかわたしのものじゃない——でもあなたはわたしだけのもの！　わたしだけ！　わたしにはそれを要求する権利がある！
アルメルス　リータ——そんなことは要求するもんじゃない。進んで与えられるんでなくちゃ。
リータ　それができないって言うの？
アルメルス　うん。ぼくは自分をエイヨルフとおまえのふたりに分けなくちゃならない。
リータ　じゃもしエイヨルフが生まれていなかったら？　そしたらどう？
アルメルス　そしたら話は別だ。おまえしか相手はいない——
リータ　じゃわたし——あの子を産んでなければよかった。
アルメルス　リータ！　自分の言ってることが分かってるのか！
リータ　あの子を産んだとき、それはそれは痛くてつらかった。でもあなたのために喜んで我慢した。それはもう昔のこと。わたしは自分の人生を生きたい、あなたといっしょに、あなただけと。エイヨルフの母親ってだけじゃいや。そんなのだけじゃ。はっきり言う——わたし我慢しない！　できない！　あなたにとってわたしがすべてじゃなくちゃいや！
アルメルス　しかしそうなってるじゃないか子どもが絆になって——
リータ　ああ——そんな反吐が出そうな言い方わたしにはやめてちょうだい。わたしは子どもを産むようにはできてたけど、母親になるようにはできてないの。これがわたし。
アルメルス　でもおまえはエイヨルフを愛してきただろう。
リータ　かわいそうだったのよ。あなたはちっとも面倒をみない。勉強させるだけ。
アルメルス　ぼくには分からなかったんだ。今やっと何が大切か分かってきた。
リータ　何？
アルメルス　本当にエイヨルフの父親になってやること——
リータ　それで、わたしには何になってくれるの？
アルメルス　おまえを思う気持ちに変わりはない。穏やかな心からの愛情だ。

リータ　穏やかな愛情、そんなものいらない。ほしいのはあなたのすべてよ。はじめの頃の——あの素晴らしかった生活。わたしは絶対に残り物では満足しないから！

アルメルス　ここには三人分の幸せは十分あると思うけど。

リータ　あなたって淡泊なのね。

ねえアルフレッド——ゆうべあなたが戻ってから——

アルメルス　うん？

リータ　——わたし白いドレスを着た——髪は結ばず首から背中まで垂れていた——ランプの覆いはバラ色。わたしたちふたりだけだった、家じゅうで起きているのはふたりだけ。そしてテーブルの上にはシャンペンがおいてあった——

アルメルス　ぼくは飲まなかった。

リータ　そう。〈シャンペンありしが、手もつけず〉どこかの詩人が言ったように。

アルメルス　ぼくは考えごとでいっぱいだった。おまえと話し合わなくちゃと思ってた何よりもまずエイヨルフのことを——

リータ　あなたたしかにそうした——

アルメルス　いやできなかった。おまえが服を脱ぎ始めたんで——

リータ　ええ、そのあいだじゅうあなたはエイヨルフのことを聞いてた——エイヨルフのお腹の具合をたずねた——

アルメルス　リータ——！

リータ　それから——あなたは自分のベッドにもぐり込んだ——そしてぐっすり眠ってしまった。

アルメルス　リータリータ！

リータ　ねえアルフレッド？

アルメルス　うん？

リータ　〈シャンペンありしが、手もつけず〉

アルメルス　そう、ぼくは手をつけなかった。

リータ　一つだけ言っておくアルフレッド。あまり安心しないで！　いい気になってちゃだめよ！　わたしあなたのものだなんて分からないから！

アルメルス　何が言いたい？

リータ　わたしは心の中でだって一度もあなたに不貞を働いたことはない！　ただの一瞬も！

アルメルス　分かってる、おまえのことはよく分かってる。

リータ　でもわたしをほっとくと、どんな気持ちが湧いてくるか分からないから。もし——

アルメルス　もし——？

リータ　もしあなたがもうわたしのことを思ってないと少しでも気づいたら、もう前みたいには激しく愛してないと――
アルメルス　しかしリータ――激しさというのは変わるものだ――そういう変化は夫婦にも生じてくる。
リータ　わたしは違う！　あなたにもそんな変化なんてもの認めない。そんなこと我慢しない。あなたはわたしだけのものいつまでも。
アルメルス　おまえは恐ろしく嫉妬深い――
リータ　わたしはこんな風に出来上がってる。もしあなたがわたしの外にだれかを思ってたりしたら――
アルメルス　そしたら――？
リータ　あなたに復讐してやる！
アルメルス　復讐？　どんな？
リータ　この体をすてる――
アルメルス　すてる！
リータ　ええ。この体を投げ出してやる――最初に出会った男の腕に！
アルメルス　おまえは決してそんなことはしない――忠実な誇り高い貞節なリータは。
リータ　何をするか分からない、もしあなたが――わたしをもうかまわなくなったら。
アルメルス　かまわないってばかなことを。
リータ　わたしあの人に網をかけることだってできるあの、道路作りの監督さん。
アルメルス　なんだ――冗談言ってるのか。
リータ　全然。どうしてあの人じゃいけない？　だれだっていい。
アルメルス　いや、彼はもう網にかかってる。
リータ　結構！　それなら奪ってやる。エイヨルフがわたしにしたのと同じ。
アルメルス　おまえ、エイヨルフのこと、なんて言い方するんだ！
リータ　ほらほらほら！　エイヨルフと言っただけですぐにふにゃふにゃになる！　ああ、わたし願かけしたい気になる――！
アルメルス　リータ！　お願いだ――悪い誘惑にのらないでくれ。

（7）

ボルグハイム　最後の散歩をしてきました。
リータ　それでそのあとに、もっと長い旅がつづく？
ボルグハイム　ええ、ぼくには。
リータ　あなたひとりだけ？
ボルグハイム　そう、ぼくひとりだけ。
リータ　聞いたアルフレッド？　わたし賭けてもいい。あなたを罠にかけたのは間違いなく魔物の目。
ボルグハイム　魔物の目？

リータ　そう、魔物の目。
ボルグハイム　奥さんはそんなもの信じてるんですか？
リータ　今信じ始めた。特に子どもの魔物の目――
アルメルス　リータ！
リータ　わたしを魔物にするのはあなたよ。
（下の方から人々の声）
ボルグハイム　なんの騒ぎだ？
アスタ　みんな下の桟橋へ走ってく！
アルメルス　またガキどもがふざけてるんだろ――
リータ　なんて言ってるの？
ボルグハイム　子どもが溺れたとか――
アルメルス　子どもが溺れた？
アスタ　小さな男の子だって言ってる。
アルメルス　やつらみんな泳げる。
リータ　エイヨルフはどこ！
アルメルス　落ち着いて。エイヨルフは庭で遊んでる。
アスタ　いいえ庭にはいなかった――
リータ　あの子でなければいいけど！
（下に向かって）
ボルグハイム　どこの子？
（ボルクハイムとアスタが走って行く。）
アルメルス　エイヨルフじゃないエイヨルフじゃない！
リータ　しーっ！　聞こえないいじゃない！
アルメルス　なんて言ってる？
リータ　松葉杖が浮いてるって！
アルメルス　いやいやいや！
リータ　エイヨルフエイヨルフ！　ああ助けて助けて――
アルメルス　助けるに決まってる！　大事な命大事な命！

第二幕

（1）

アスタ　こんなお天気にそんなところで座ってちゃいけないアルフレッド。ずっとここにいたの？
アルメルス　わけが分からない、こんなことどうして起こったんだろう。――本当なのかアスタ？　ぼくは気が違ったのか、それとも夢を見ているだけ？　これが夢だったらどんなにいいだろう。
アスタ　ほんとに――
アルメルス　今日のフィヨルドはなんて色合いだ。重っ苦しくどんよりして――鉛色の表面が――ときどき金色に光ってる。
アスタ　アルフレッド――
アルメルス　表面はそう。だけど底の方は流れが早い――
アスタ　お願いだから――
アルメルス　君はあの子がまだすぐそこに沈んでると思っ

てるんだろう。違う、そうじゃない。ここの流れはどんなに早いか、ずっと外海まで流れてる。だからエイヨルフは、もう遠く遠く離れてしまった。

アスタ　アルフレッドやめてちょうだい！

アルメルス　計算してごらん君は頭がいいから——二十八時間、いや二十九時間か——。そうするとまてよ——！

アスタ　アルフレッド——！

アルフレッド　これにはどんな意味がある？　君に分かるか？　何か意味があるはずだ。この命、人生——こんな運命がまったく無意味ってはずはないだろう。

アスタ　それはだれにも分からない。

アルメルス　そう、おそらく偶然なんだろう何もかも。舵を失くした難破船みたい、波にまかせて漂ってるだけ——そう思える。

アスタ　思えるだけなら——？

アルメルス　じゃ君に説明できる？　ぼくにはできない。エイヨルフはこれから広い人生に踏み出すはずだった、その入り口に立っていた。無限の可能性、豊かな可能性。あの子はぼくの人生を喜びと誇りで満たすはずだった。そこへあのばあさんがやってきた——狂ったばあさん——そして袋の中の犬を見せた——

アスタ　でもどうしてあんなことになったのか、本当には分からない。

アルメルス　いや分かってる。子どもたちはばあさんがフィヨルドに漕ぎ出したのを見ている。エイヨルフが桟橋の端にひとりで立っていたのも見ている。ばあさんのあとをみつめていた——そして思わず目がくらんだ。あの子は水に落ちて——消えた。

アスタ　えええ。でも——

アルメルス　あの女がエイヨルフを引き込んだ間違いない。

アスタ　でもおばあさんどうしてそんなことをしなくちゃならなかったの？

アルメルス　そこだ——それが問題だ！　どうしてそんなことをしなくちゃならなかったのか？　仕返しじゃない。エイヨルフがあの女に悪いことをしたことは一度もないんだから。罵ったこともない、犬に石を投げたこともない。あの女にも犬にもきのう初めて会った。だから仕返しじゃない。なんの理由もなかった。まったく意味のない行為——それでいて、やっぱりこの世の秩序にのっとっている。

アスタ　こういうこと、リータと話した？

アルメルス　こういうことは君と話す方がいい。何それは？

アスタ　喪章。リータに頼まれた。いい？

アルメルス　ああ。リータはどこ？

アスタ　庭を散歩してる、ボルグハイムといっしょに。
アルメルス　ボルグハイムは今日も来てる?
アスタ　お昼の汽車で。あの人ほんとにエイヨルフが好きだった。
アルメルス　ボルグハイムは頼りになる男だ。
アスタ　そうね。
アルメルス　君はあの男が好きなんだろう?
アスタ　好きよ。
アルメルス　それなのに決心がつかない——?
アスタ　その話はやめてちょうだい!
アルメルス　いや教えてくれ。どうしてだめなのか——?
アスタ　お願いだから聞かないで。——腕をじっとして。針がささる。
アルメルス　こうしてると昔を思い出す。
アスタ　ほんと。
アルメルス　小さかった頃、君はよくこんな風にそばに座ってぼくのものを縫ってくれた。
アスタ　できるだけ上手くやろうとして——
アルメルス　最初はやっぱり喪章だった。
アスタ　そうだった?
アルメルス　お父さんが死んだとき。
アスタ　わたしが喪章を?　——全然憶えてない。
アルメルス　それから二年たって——君のお母さんが亡くなったときは大きな喪章をつけてくれた。——それでぼくらは二人きりでこの世にとり残された。終わった?
アスタ　ええ。あの頃は本当に素晴らしかった——二人きりで。
アルメルス　ふたりとも一所懸命働いた。
アスタ　あなたが働いた。
アルメルス　君だって君なりに。ぼくの可愛い——エイヨルフ。
アスタ　やめて——ばかな名前。思い出させないで。
アルメルス　君がもし男の子だったらエイヨルフという名前になるはずだった。
アスタ　もしね。でもあなた大学に入ったとき——弟がいないのを恥ずかしがってたでしょう。妹しかいないんで。
アルメルス　それは君の方だ。君が恥ずかしがってた。
アスタ　まあちょっとは。わたしあなたのことがかわいそうだった——
アルメルス　そうなんだろう。ぼくの古い服なんか引っぱり出して——
アスタ　あのきれいなよそ行き。青いシャツと半ズボン、憶えてる?
アルメルス　君があれを着てた姿は今でも目に浮かぶ。ぼくはいつも君を——エイヨルフと呼んでいた。

アスタ　でもこんなことリータには話してないでしょうね？
アルメルス　いや――いつだったか一度話したことがある。
アスタ　どうしてそんなこと！
アルフレッド　君ね、妻にはなんでも話すそういうもんだ。
アスタ　ええ、そうなんでしょう。
アルメルス　ああ――こんなことって――
アスタ　どうしたの？
アルメルス　あの子が消えてたさっぱりと。思い出にふけって――あの子はいなくなってた。心から抜けてた。君と話してたあいだずっと忘れてた。
アスタ　でもアルフレッド――少しは息抜きも必要よ。
アルメルス　いやいやいや――そんなこと許されない。そんな権利はない――あの子のところに行かなくちゃ！
アスタ　だめ！　フィヨルドに近づいちゃだめ！
アルメルス　あの子のところに行く！　離してくれ！　ボートを出す。
アスタ　近づいちゃいけない――！
アルメルス　うん――行かない、離してくれ。
アスタ　思いつめないで。さあ座って。
アルメルス　ぼくはなんて意志の弱い情けない男だ――

アスタ　そんなことない。同じことばかり思いつめてるなんてだれにもできない。
アルメルス　うん、ぼくはだめだ。――君がいてくれて本当によかった――とっても嬉しい。嬉しい嬉しい――悲しんでる最中なのに。
アスタ　あなたはまず何よりも、リータがいてくれることを嬉しいと思わなくちゃ。
アルメルス　それは言うまでもない。でもリータとは血がつながってるわけじゃないから。妹のようなわけにはいかない。
アスタ　そう？
アルメルス　うん――ぼくらの一族はほかと少し違うところがあるだろう。みんな名前が母音で始まる。親戚はみんな――貧しくて、同じ目をしている。
アスタ　わたしも――？
アルメルス　いや、君はお母さん似だから。ぼくらとは全然似ていない。お父さんとも似ていない。それでもやっぱり――
アスタ　やっぱり――？
アルメルス　いっしょにいて互いに影響し合った。
アスタ　影響を受けたのはわたしの方だけ。何もかもあなたのおかげ――いいことは全部。
アルメルス　ぼくのおかげなんて何もない。逆だよ――

アスタ　みんなあなたのおかげ！　分かってるでしょあなたはどんな犠牲もいとわずに——

アルメルス　犠牲！　ばかなこと——ぼくは君が好きだったそれだけだ。君がまだ赤ん坊だったときから。いつも思ってた——君には悪いことばかりしてたから償いをしなくちゃって。

アスタ　悪いこと！　あなたが？

アルメルス　ぼくがじゃないけど、でもお父さんが——

アスタ　お父さんが！　どういう意味？

アルメルス　お父さんは君に優しかったことが一度もない。

アスタ　ばかなこと言わないで！

アルメルス　ほんとうだ。お父さんは君を愛していなかった、父親らしくは。

アスタ　そりゃああなたほどはね。当然よ。

アルメルス　それに君のお母さんにもしょっちゅうつらく当たってた。少なくとも最後の数年は。

アスタ　ずいぶん歳が離れてたから。

アルメルス　お互い合わなかったんだと思う？

アスタ　多分。

アルメルス　それにしても——。お父さんはほかの人には心が広くて優しかった。だれにも親切だった——

アスタ　お母さんも妻としていつもいいとは言えなかった。

アルメルス　君のお母さんが！

アスタ　いつもってわけではおそらく！　アルフレッド——亡くなった人のことはそっとしときましょう。

アルメルス　うん、そっとしとこう。でも死んだものの方がぼくらをそっとしておいてくれない。昼も夜も——

アスタ　何ごとも時が和らげてくれる——

アルメルス　そうかもしれない——しかしそれまでをどう過ごしたらいいか、たまらない毎日——

アスタ　リータのところに行ってお願いだから——

アルメルス　いやいやいや——だめだ、分かるだろう。ここで君といっしょにいた方がいい。

アスタ　分かった。いっしょにいてあげる。

アルメルス　ありがとう！　小さなエイヨルフは今どこにいる？　君には分かるか——大きな賢いエイヨルフの君には？　だれにも分からない。分かるのは、あの子がもういないというたまらない事実だけ。

（2）

リータ　あなた、今朝はずっとわたしから離れてた。

アルメルス　フィヨルドを眺めてたんだ。

リータ　こんなところに座って！

アルメルス　今はほかにすることがない。

リータ　上に来た方がいいんじゃない？
アルメルス　いや――ここの方がいい。
リータ　じゃわたしもここにいる。
アルメルス　いいよ――君もねアスタ。
アスタ　（ボルグハイムに）ふたりだけに！
ボルグハイム　（理解の一瞥）アスタ――ちょっと向こうまで行ってみない――岸のところまで？　今度こそ最後の散歩――
アスタ　ええ行きましょう。

（3）

リータ　あのぞっとする姿が頭から離れない。
アルメルス　どんな姿？　何か見たのか？
リータ　見たんじゃない。聞いたの。ああ――！
アルメルス　何を？
リータ　わたしボルグハイムさんといっしょに下の桟橋まで行ってみた――あれがどんな風に起こったのか子どもたちに聞きたくて。
アルメルス　そんなこと分かってるだろ。
リータ　もっとほかのことも分かった。
アルメルス　ええ！
リータ　本当はね、あの子すぐに消えたんじゃなかったの。
アルメルス　今になってそんなこと言ったのか？
リータ　水の底に沈んでるのを見たって――透きとおった深い水底に。
アルメルス　それなのにあの子を助けなかった。やつらみんな泳げるのに――
リータ　できなかったんだと思う。
アルメルス　どんな風に沈んでたって？
リータ　あおむけだったって。大きな目を開けて。
アルメルス　目を開けて？
リータ　じっと動かずに。それから何かがやって来てあの子を外海へ運んでった。潮の流れだと言ってた。
アルメルス　それが最後の姿。
リータ　あの子の水底の姿――一日中頭から離れない。
アルメルス　大きな目を開けて。
リータ　それが見える！　はっきりと！
アルメルス　それは魔物の目かリータ？
リータ　魔物の――！
アルメルス　じっとみつめているのは魔物の目か？　水の底深くから？
リータ　アルフレッド――！
アルメルス　答えろ！　それは子どもの魔物の目か？
リータ　アルフレッドアルフレッド！
アルメルス　これでおまえの望みどおりになった――

リータ　わたしの！　わたしが何を望んだ？
アルメルス　エイヨルフがいなければいいと。
リータ　そんなこと絶対に望みはしなかった！　ただ――エイヨルフがわたしたちのあいだに割り込んでこないことを願っただけ。
アルメルス　これからはもう割り込んではこない。
リータ　いいえこれからの方がもっとよ。あのぞっとする姿！
アルメルス　子どもの魔物の目――
リータ　やめてアルフレッド！　あなたが怖い！　そんな顔初めて見る。
アルメルス　おまえはあの子を心から愛してはいなかった。ただの一度も！
リータ　エイヨルフはわたしになついたことがなかった。
アルメルス　おまえがそう仕向けた。
リータ　いいえそんなことない。だれか邪魔するものがいた――最初から。
アルメルス　ぼくが邪魔をした？
リータ　いいえ。
アルメルス　じゃだれだ？
リータ　アスタが立っていた。
アルメルス　アスタ――？
リータ　ええアスタ――あのとき以来、アスタがずっとあの子をとらえてた――あの不幸なできごと以来。
アルメルス　それはあの子を愛してたからだ。
リータ　それなの！　わたしはほかのものと何かを分け合うなんてことに我慢できないの！　愛情だって！
アルメルス　ぼくらはあの子を愛情で包んでやるべきだった。
リータ　あなたもあの子を愛したことなんかなかった。ただ本に熱中してた。
アルメルス　だけどその本を――エイヨルフのためにすてた。
リータ　でも愛情からじゃない。
アルメルス　じゃなんだ？
リータ　あなたは自分の力を信じられなくなってきた。大きな仕事は何ひとつなしとげられないんじゃないか、そう思い始めてきた。それで何か新しく熱中できるものが必要になったのよ。――わたしはもうだめだったし。だからエイヨルフを天才少年に仕立て上げたくなった。
アルメルス　違う――あの子を幸せな人間にしたかった。それだけだ。
リータ　でも愛情からじゃない。自分の心の中をようく調べてごらんなさい！　裏にひそんでるもの全部。
アルメルス　おまえの言うとおりなら、ぼくらはあの子を本当の愛情で包んでやったことは一度もなかった。それなのにこうしてあの子のことをひどく悲しんでいる。
リータ　ええ不思議ね？　こんなに悲しんでる。あの子の心をつかんだこともないのに——あなたもわたしも。
アルメルス　今はもう遅すぎる——！
リータ　なんの慰めもない——。
アルメルス　これはおまえのせいだ！
リータ　わたしの？
アルメルス　そうだおまえだ！　あの子があんな風になったのはおまえが悪いんだ！　おまえのせいであの子は水に落ちても浮かんでこれなかったんだ！
リータ　あなた——あれをわたしのせいにする気！
アルメルス　そうだそうだ！　あれはおまえだった。這い這いの赤ん坊をテーブルの上に放っておいたのは。
リータ　あの子はクッションの上で静かに眠ってた。それにあなたが見てるって約束した。
アルメルス　そう、ぼくは見ていた。そこへおまえがやって来たおまえが——そしてぼくを誘った。
リータ　そう言うより、あなたは赤ん坊のこともほかのこともみんな忘れてしまったと言った方がいいんじゃない？
アルメルス　ああそうだ、ぼくは赤ん坊のことを忘れてしまった——おまえの腕の中で！
リータ　アルフレッド、よくもまあ——！
アルフレッド　あのとき、おまえはエイヨルフに死を宣告した。
リータ　あなたもよ！　あなたもよもしそうなら！
アルメルス　ああ、ぼくにも責任を押しつけるがいい。ぼくらは罪を犯したふたりとも。だからエイヨルフは死んで、報いを受けている。
リータ　報い？
アルメルス　そう、これはぼくらに下された審判だ。自業自得。ぼくはあの子を見るたびに後悔の念にかられて顔をそむけた。あの子が腕に抱えているものに目を向ける勇気がなかった。——今悲しいとか空しいとか言っているのは——ほかでもないぼくらの良心の苛責だ。
リータ　わたしたちどうしようもない——ふたりとも気が狂ってしまう。
アルメルス　ゆうべエイヨルフの夢を見た。あの子が桟橋から登ってくるのを見ていた。ほかの子どもたちといっしょに走って行く。なんにも起こってはいなかったなんにも。息がつまる現実はただの夢、そう思った。ぼくは心から感謝した——
リータ　だれに？
アルメルス　だれ？
リータ　ええ、だれに感謝したの？
アルメルス　夢だと言っただろう——

リータ　自分でも信じてないものに感謝した？
アルメルス　だけど眠ってるときの話で――
リータ　あなたはわたしに信仰を棄てさせた、棄ててはいけなかったのに。だから慰めはない。もうどうすればいいか分からない。
アルメルス　何ができる？
わたしたちできないかしら――？　こんなことみんな忘れさせてくれることを！
リータ　旅に出るのはどう――遠くに？　それともここに人を呼びましょう大勢。サロンを開く――
アルメルス　それより、ぼくはまた仕事に戻ってみる。
リータ　仕事？　わたしとのあいだに壁を作ってた？
アルメルス　これからはもうぼくらの壁はとれない。昼も夜も、大きくあいた子どもの目がぼくらを見ている。
リータ　アルフレッド――思っただけでも恐ろしい！
アルメルス　ぼくらの愛情はすべてを焼きつくす炎だった。今はもう火を消すときだ――
リータ　消す！
アルメルス　もう消えている――一方の側は。
リータ　あなた、それをわたしに向かって言うの！
アルメルス　死んでいる。しかし、こうやってふたりして後悔の念にかられている中で、互いを思う気持ちがまた甦ってくるかもしれない――。
リータ　ああ！　わたしは熱い血のかよった人間なの！　一生後悔の思いに心を引き裂かれてるなんて！　もう自分のものではない人間といっしょに閉じ込められるなんて！
アルメルス　いつか終わりは来るものだ。
リータ　終わりが来る？　心から愛し合った仲でも！
アルメルス　ぼくの方ははじめからそうだったわけじゃない。
リータ　じゃどうだったの？
アルメルス　恐れだった。
リータ　なるほど――でもそれじゃ、どうしてわたしのところに来たの？
アルメルス　おまえは人をぼおっとさせるくらい素晴らしかったから。
リータ　それだけだった？　ねえアルフレッドそれだけ？
アルメルス　いや――ほかにもまだ。
リータ　知ってる！〈金銀財宝、緑の森〉、そうでしょ？
アルメルス　うん。
リータ　あなた、よくもよくもそんなこと！
アルメルス　ぼくはアスタのことを考えなくちゃならなかった。
リータ　アスタ――そう！　実を言えばアスタだったわけわたしたちを結びつけたのは。

アルメルス　アスタは何も知らない。何も気づいちゃいない。
リータ　やっぱりアスタだった！　いいえ――そう言うよりエイヨルフ――エイヨルフよあなた！
アルメルス　エイヨルフ――？
リータ　ええ。アスタを昔はエイヨルフと呼んでたんじゃなかった？　あなた、そう言ったように思うけど――あのとき――憶えてるあなた？　――あの、ぼおっとするくらい素晴らしかったときアルフレッド？
アルメルス　憶えちゃいない！　思い出したくもない！
リータ　あのときだった――あなたのもうひとりの小さなエイヨルフがテーブルから落ちたのは！
アルメルス　報いだ。
リータ　そう、報いよ！

(4)

リータ　アスタ！　――あなたたちしっかり話し合った？　アルフレッドとわたしはしっかり話し合ってもうじゅうぶん堪能した――死ぬまで堪能してるでしょう。さあ、それじゃみんな家に戻りましょうか四人とも。
アルメルス　そっちのふたり、先に行っててくれ。君にちょっと話があるアスタ。
リータ　そう？　――じゃ行きましょうボルグハイムさん。

(5)

アスタ　どうしたのアルフレッド？
アルメルス　ぼくはもうここじゃやっていけない。
アスタ　ここじゃって！　リータとはってこと？
アルメルス　うん。リータとはこれ以上いっしょに暮らせない。
アスタ　アルフレッド――そんなこと言うもんじゃない！
アルメルス　でもそうなんだ。ぼくらは互いに傷つけ合ってる。
アスタ　そんなことって――
アルメルス　――今日まで思いもしなかった！
アスタ　それで今――どうしたいの？
アルメルス　何もかもすてて出て行きたい。ここから遠く離れて――
アスタ　でもあなた、ひとりじゃ生活できないでしょ！
アルメルス　そんなことはない。昔はひとりだった。
アスタ　あの頃はわたしがいた。
アルメルス　うん。だから君といっしょに家に戻りたいんだ。
アスタ　わたしと！　アルフレッドそれはできない。
アルメルス　ボルグハイムがいるから？

アスタ　いえいえ、そうじゃない！
アルメルス　それなら。ぼくは君のところへ行く――可愛い妹のところに。どうしてもまた君といっしょに暮らしたい。ぼくの身を洗い浄めたい――この夫婦生活から――
アスタ　アルフレッド――そんなことリータに対する罪よ！
アルメルス　罪はもう犯した。でもこれは違う。――考えてごらんアスタ！　ぼくらふたりの生活はどんなだったか。すべてがただの一日、素晴らしい聖なる一日だったような気がする、違うか？
アスタ　そうね。でもあんな生活は二度と戻ってこない。
アルメルス　ぼくは結婚してけがれてしまったから？
アスタ　そうじゃない。
アルメルス　それじゃまた昔の生活をやり直そう。
アスタ　できないのアルフレッド。
アルメルス　できるよ。兄と妹の愛情は――変化の法則に左右されないただ一つの絆だ。
アスタ　でも、その絆じゃなかったら――
アルメルス　違う？
アスタ　――わたしたちそうじゃないんだったら？
アルメルス　ぼくらは違う？　どういう意味だそれは？
アスタ　はっきり話した方がいいわね。
アルメルス　うん！
アスタ　お母さんの昔の手紙、あなたがいないあいだに整理してみた。
アルメルス　それがどうした？　何か変わったことでも？
アスタ　鞄に入れておいてきたから、あとで読んでちょうだい――わたしが発ったあとに。そうすれば分かる――
アルメルス　分かるって、何が！
アスタ　――わたしには権利がないってこと――あなたのお父さんの名前を名のる。
アルメルス　アスタ！　いったい何を言ってる！
アスタ　手紙を読んで。そうすれば分かる。――多分お母さんのこと許してくれると思う。
アルメルス　そんなこと、どういうことだ。――じゃ君は、違うのか――
アスタ　あなたはわたしのお兄さんじゃないのアルフレッド。
アルメルス　だからってぼくらのあいだがどう変わる？何も変わりはしない。
アスタ　すべてが変わる。わたしたちは兄と妹じゃないの。
アルメルス　ふたりの仲に変わりはない。同じだ。
アスタ　忘れないで――これは変化の法則に左右される――あなたついさっきそう言った。

アルメルス　君は――？
アスタ　何も言わないで――この花、小川がフィヨルドに流れ込むところで摘んできた。あなたにあげる。
アルメルス　ありがとう。
アスタ　それはお別れの言葉――小さなエイヨルフからの。
アルメルス　水の底のエイヨルフから？　それとも君から？
アスタ　わたしたちふたりから。リータのところに行きましょう。
（アスタ去る）
アルメルス　アスタ――エイヨルフ――小さなエイヨルフ。

第三幕

（1）
ボルグハイム　あなたにお別れを言いたくて――もう一度。でも、これが最後ってわけじゃないでしょう？
アスタ　がんばり屋さんねあなた。
ボルグハイム　道路作りはそうでなくっちゃ。あの人たちをおいて発つつもり？
アスタ　どうでも発たなくちゃ――。あなたも？
ボルグハイム　ぼくも。汽車で。あなたは？
アスタ　フェリー。
ボルグハイム　じゃ別々だ。
アスタ　ええ。
ボルグハイム　アスタ――ぼくは本当に小さなエイヨルフのことが悲しい――つらくてたまらない。
アスタ　時がたてば何もかも癒してくれる。新しい道路作りのお仕事もあるし。
ボルグハイム　でもぼくを助けてくれる人はだれもいない。
アスタ　そんなことない、きっといる。
ボルグハイム　だれも。喜びを分かち合ってくれるものはだれも。だって喜びなんだからいちばんの問題は。
アスタ　苦労や心配ごとは？
ボルグハイム　そんなもの、いつだってひとりでのり越えられる。
アスタ　でも喜びは――？
ボルグハイム　ええ。でなかったら嬉しいったってなんになる？　しばらくはひとりで喜んでることもできる。でも長続きしない。いや、喜びというのはふたりで持たなくちゃ。
アスタ　ふたりだけ？　もっとたくさんじゃいけない？
ボルグハイム　それはまた別の話。ねえアスタ――本当に、幸せや喜びをだれかと分かち合おうという気にはなれない――だれかひとりの人と？
アスタ　やってみたことがある――前に一度。
ボルグハイム　えっ？
アスタ　そう、兄と――アルフレッドと。
ボルグハイム　まあ、お兄さん。それは全然違うでしょ。それは幸せというより、むしろ安らかな生活というか――
アスタ　でもすてきだったことに変わりはない。
ボルグハイム　お兄さんでさえすてきだった。だったら考えてもごらん――もしあの人がお兄さんじゃなかったら！
アスタ　そしたら――いっしょに住むなんてこと決してなかった。あの頃のわたしはまだ子どもだったし、アルフレッドだって似たようなもの。
ボルグハイム　そんなにすてきだった？
アスタ　ええとっても、とっても、信じられないくらい。
ボルグハイム　どんなことで？
アスタ　大方は、ただのなんでもないこと。
ボルグハイム　たとえばどんな？
アスタ　たとえば、アルフレッドが卒業試験に合格したときとか。成績がよくて少しづつあちこちの学校で教える口が見つかった。それから――あの人が机にむかって論文を書いてるとき。わたしに読んでくれた――それが雑誌に掲載されて――
ボルグハイム　すてきだった――きょうだいふたりで喜びを分かち合う。どうしてお兄さんはあなたを手放したんだろう！
アスタ　アルフレッドは結婚したの。
ボルグハイム　あなたつらくなかった？
アスタ　つらかったはじめは。突然あの人を失くしてしまった気がしたから。でもあの人、変化の法則に支配されていたんだと思う。
ボルグハイム　変化の法則？
アスタ　アルフレッドがそう呼んでる。
ボルグハイム　ばかな法則！　ぼくは信じない。
アスタ　そのうちにはどうだか。
ボルグハイム　絶対に！　ねえアスタ！　考えてみて――最後なんだからこれは――
アスタ　それをむし返すのはやめましょう！
ボルグハイム　いや、そんなにあっさりと諦めることはできない。今はここのあなたの立場も変ってしまった――かわいそうなエイヨルフはもういない。だからあなたの世話も必要ない――
アスタ　お願いだから、そう無理じいしないで。
ボルグハイム　いいえ、できるだけのことをしなかったらぼくはどうかしてる。近いうちに町を発ちます。多分、長いあいだ会えないでしょう。そのあいだに何が起こるかだれにも分からない。

アスタ　やっぱり変化の法則を恐れてる？

ボルグハイム　そんなことは全然。それに変わるものなんて何もない、あなたの方は。ぼくのこと大して気にかけてないのは分かってる——

アスタ　気にかけてることはよく知ってるくせに。

ボルグハイム　ええ、でもぼくが望んでるようにじゃない。ああアスタ——自分が間違ってるのが分からない？　向こうにはあらゆる幸せがぼくらを待ってるかもしれない。それをそのまま放っておく？　あとで悔やむことにならないアスタ？

アスタ　分からない。でもわたしたちは明るい未来をすてておくほかない。

ボルグハイム　じゃぼくは自分の道をひとりで作っていかなくちゃならない？

アスタ　ああ、本当にそばについていてあげられたらね！　苦しいときは助け合う、喜びは分かち合う、そうできたら——

ボルグハイム　でもできない？

アスタ　あなた、わたしの半分だけで満足できる？

ボルグハイム　そんな、全部でなくちゃ、あなたの全部でなくちゃ。

アスタ　だから、だめなの。

ボルグハイム　じゃ、さようならアスタ。

（2）

アルメルス　リータはここにいない？

ボルグハイム　ええ、アスタだけ——

アスタ　探してこようか？

アルメルス　いや、かまわない。今晩発つんですか？

ボルグハイム　ええ。今度こそ本当のお別れ。

アルメルス　で、いい道づれを見つけた——？

ボルグハイム　ひとりで発ちます。

アルメルス　ひとりで？

ボルグハイム　ひとりで。

アルメルス　ひとりというのはゾッとする。体が凍りつくような——

アスタ　アルフレッド、あなたひとりじゃないでしょう！

アルメルス　それにもまたゾッとするところがある。

アスタ　そんなこと！

アルメルス　しかし君はいっしょに発たないんなら、どうしてここにいてくれない？　ぼくといっしょに——リータとも？

アスタ　いいえだめ。どうでも町に戻らなくちゃ。

アルメルス　じゃまたすぐ来てくれるね。
アスタ　いえいえ、当分は来られない。
アルメルス　そうか。それじゃぼくが町に行こう。
アスタ　アルフレッド、あなた今リータのそばにいなくちゃ。
アルメルス　あなたも道づれのいないのがいちばんいいかもしれない。
ボルグハイム　よくそんなことを！
アルメルス　あとになってどういう人に出会わないともかぎらない、道の途中で。
アスタ　アルフレッド――！
アルメルス　本当の道づれに。そのときはもう遅すぎる――遅すぎる。
アスタ　アルフレッドアルフレッド！
ボルグハイム　どういうこと？　さっぱり分からない

（３）

リータ　わたしを置いてきぼりにしないで！
アスタ　あなた、ひとりになりたいって言ってたから――
リータ　だめ――暗くなると怖い。大きく開けた目がわたしをみつめてる！
アスタ　リータ、目なんか怖がることない。
アルメルス　アスタお願いだ――頼むからここにいてくれ――リータのそばに！
リータ　アルフレッドのそばに！　そうして――ね、そうしてアスタ！
アスタ　どんなにそうしたいか――
リータ　だったらいいじゃない！　こんな気持ち、ふたりだけではとても我慢できない。
アルメルス　拷問だ。
リータ　耐えられないふたりだけじゃ。アスタお願い！ここにいて――エイヨルフの代わりになって――そうでしょアルフレッド？　昔はアスタを、あなたの小さなエイヨルフと呼んでたんでしょ。これからはわたしたちのエイヨルフになって！　エイヨルフ――昔どおりに。
アルメルス　いっしょに暮らしてくれアスタ。リータと。ぼくと――君の兄と！
アスタ　いいえできない。ボルグハイムさん、フェリーはいつ出る？
ボルグハイム　もうすぐでしょ。
アスタ　じゃ乗らなくちゃ。――いっしょに来る？
ボルグハイム　いっしょに！　ええええええ！
アスタ　じゃ行きましょう。
リータ　そうなの。それじゃここにいるわけにはいかない。
アスタ　いろいろありがとうリータ。アルフレッド――さようなら！　気をつけてね！

アルメルス　どうしたんだアスタ？　まるで逃げ出すみたいじゃないか。

アスタ　そう――逃げ出すの。

アルメルス　逃げるって――ぼくから！

アスタ　あなたから逃げる――そして自分から。

アルメルス　ああ――！

（4）

アルメルス　この世は過ぎていく、何もなかったかのように。

リータ　何もなかったほかの人には。ただわたしたちふたりだけに。

アルメルス　あの子を産んだときおまえはあんなにつらい思いをした。それがすべてむだになった。あの子はいない。あとかたもない。

リータ　残ったのは松葉杖だけ。

アルメルス　やめてくれその言葉は！

リータ　あの子がいない――考えただけでも耐えられない。

アルメルス　いるときは放っておいた。半日も顔を見ない日さえあった。

リータ　見ようと思えばいつだって見られたから。

アルメルス　そうやってエイヨルフとの時間をむだに過ごした。

リータ　アルフレッドまた鐘が鳴ってる！

アルフレッド　フェリーの出発だ。

リータ　その鐘じゃない。一日じゅう鳴ってる――ほら、また！

アルメルス　リータ――

リータ　はっきり聞こえる。お葬式の鐘みたい。ゆっくり、ゆっくり。同じ言葉。

アルメルス　言葉？

リータ　〈ツエ　ガ　ウイ　タ〉、〈ツエ　ガ　ウイ　タ〉、ほら、聞こえるでしょ。

アルメルス　何も聞こえない。何も。

リータ　ほんとに聞こえない？〈ツエ　ガ　ウイ　タ〉、〈ツエ　ガ――〉

アルメルス　アスタとボルグハイムはフェリーの中だ。出発した――アスタは行ってしまった。

リータ　あなたも行ってしまう。

アルメルス　どういうこと？

リータ　妹のあとを追うんでしょ。あなた自分で言った、アスタのためだったってわたしといっしょになったのは。

アルメルス　ぼくらは別れるのがいちばんいい。

リータ　それでやっぱりアスタのところに？
アルメルス　いや。もう決してアスタのところへは行かない。
リータ　じゃどこへ？
アルメルス　山の中、孤独の中。
リータ　そんなのただの夢！　山の中であなた、生きて行けるはずがない。
アルメルス　それでも今、上の方に引っぱられる。
リータ　どうして？
アルメルス　話してやろう山の中で起こったことを。
リータ　ええ――話してちょうだい！
アルメルス　山の上でぼくはひとりぼっちだった、高い山の真ん中で。そのうち、大きな荒れた湖に出た。その湖を越さなくちゃならない。だけどボートもなければ人っ子ひとりいない。それでひとり沢を登っていった。頂上に出て峠を越えようと思った。湖の向こう側に降りていけばいい。ところが方角を間違えた。道は全然ない。一日中歩いた。夜も歩きづくめ。もう二度と人の住むところには戻れないと思った。しかしとても不思議なことだが、おまえもエイヨルフもぼくの心から遠く離れていた。アスタも。ぼくは考えることをやめていた。崖に沿ってゆっくりと進みながら、死を間近にした安らぎを味わっていた。
リータ　なんてこと！
アルメルス　なんの不安もない。死神とふたりで仲のいい道づれ、そんな感じだった。ぼくの血筋に長生きはひとりもいないから――。そしたら突然、湖の向こう側に出た。突然だ。あの晩ぼくの心は決まった。ぼくは向きを変えてまっすぐに家に戻った。エイヨルフのところに。
リータ　遅すぎた。
アルメルス　そう。それから――あのばあさんがやって来てあの子をつれて行った。たまらない、すべてがたまらない。だのにすべてから離れられない。ぼくらはこの世に縛りつけられている。不毛で空虚で、どこを見ても――すべてが。
リータ　遅かれ早かれあなたはわたしから離れていく！　あなたが生きがいを感じないのは、わたしといっしょだからだと思っている、そうでしょう？
アルメルス　そうだったら――？
(下からどなる声など)
リータ　あれは何？　ああ！　浜であの子を見つけた！
アルメルス　見つかるはずない――いつもの騒ぎだ。男どもが漁から戻って来た。酔っぱらって、いつもの調子。子どもたちを殴ってる。泣きわめいて！　女どもは悲鳴を上げる――
リータ　助けてやらなくていい？

アルメルス　助ける！　エイヨルフを助けもしなかったのに。勝手にやらせとけ――エイヨルフも放っとかれた！

リータ　そんな風に言うもんじゃないアルフレッド！

アルメルス　変えろったって無理だ。古ぼけた小屋はみんな取り壊してしまおう。

リータ　そしたら貧しい人たちはどうなる？

アルメルス　どこかほかへ行けばいい。

リータ　子どもたちは？

アルメルス　やつらはどうせろくでもない人間になるだけだ。どこでそうなろうと大して変わりはない。

リータ　あなた、無理にひどいことを言ってる。

アルメルス　その権利がある。ぼくの義務だ！

リータ　義務！

アルメルス　エイヨルフに対する義務。あの子の復讐。いいかリータ！　小屋は全部取り壊してくれ――ぼくがいなくなったら。

リータ　いなくなったら？

アルメルス　そうすればおまえにも何か仕事ができる。何かないといけないだろ。

リータ　ええ。何かすることがなくちゃならない。わたし何をしようと思っているか分かるあなたがいなくなったら？

アルメルス　なんだ？

リータ　あなたがいなくなったらすぐにわたし、下の浜に降りて行ってあの貧しい子どもたちをこの家につれてくる。

アルメルス　やつらをどうするんだ？

リータ　世話をしてやる。

アルメルス　世話？　おまえが！

リータ　ええわたしが。あなたが行ってしまった日から、みんなをここに住まわせる――実の子どものように。

アルメルス　エイヨルフの代わりに？

リータ　そう、エイヨルフの代わりに。子どもたちはエイヨルフの部屋で寝る。あの子の本を読む。あの子のおもちゃで遊ぶ。テーブルで順番にあの子の椅子に座る。

アルメルス　そんなの気違い沙汰だ！　おまえくらいそんな仕事に向いてない者はいない。

リータ　だから努力する。いろいろ習ってみる。訓練もする。

アルメルス　もし本気で考えているのなら――今言ったことみんな。そしたらおまえにも一つの変化が生じたわけだ。

リータ　そうなのアルフレッド。あなたのおかげで、わたしの心の中に空洞ができてしまった。それを何かで満たさなくちゃならない。何か愛情に似たもので。

アルメルス　本当のところ、ぼくらは下の貧しいものたちのために大したことは何もしてこなかった。
リータ　わたしたち何ひとつしてこなかった。
アルメルス　ほとんど考えたこともなかった。
リータ　同じ身になって考えたことは一度も。
アルメルス　ぼくらには〈金銀財宝、緑の森〉があったのに――
リータ　あの人たちに手をさしのべたことはなかった。心を開いたことも。
アルメルス　だから、小さなエイヨルフのために命を投げ出そうとしなかったのも当然かもしれない。
リータ　わたしたちだって命を投げ出せたかどうか――
アルメルス　そこまで疑わないでくれ！
リータ　わたしたちはこの世に縛られている。
アルメルス　それで、ボロを着た子どもたちをどうしたいんだ？
リータ　できるだけ人生のいばらを取り除いて、立派な人間にしてやりたい。
アルメルス　それができたら、エイヨルフの人生もむだではなかった――
リータ　そしてわたしたちから取り上げられたことも、むだではなかったことになる。
アルメルス　でもどうしてそんなことを思いついた？
リータ　あなたよく、アスタと人間の責任について話してたでしょ――
アルメルス　おまえが憎んでた本のこと。
リータ　あなたが話しているとき、わたしも聞いていた。それでわたし、今自分でもやってみたいの――わたしなりのやり方で。
アルメルス　それは責任のためだけじゃない――
リータ　ええ、別の理由がある。わたし、あの大きく開いた目のご機嫌をとらなくちゃならない。
アルメルス　もしか、ぼくもいっしょにやっていいか？おまえを手伝うぼくにもできるなら――
リータ　そしたらここにいなくちゃならないのよ。
アルメルス　できるかどうか、やってみよう。
リータ　やってみましょうアルフレッド。
アルメルス　行く手には仕事の日々が待ち受けている。
リータ　ときには静かな休息の日もあるでしょう。
アルメルス　そういうとき、魂の訪れを感じるかもしれない――
リータ　魂？
アルメルス　うん。そのときはみんながまわりにやって来る――ぼくらから離れていったものみんなが。
リータ　わたしたちの小さなエイヨルフ。そしてあなたの大きなエイヨルフも。

アルメルス　ときには——あのふたりをちらっと見かけることもあるかもしれない。
リータ　どこを向けばいいアルフレッド——？
アルメルス　上の方。
リータ　——上の方。
アルメルス　上の方——頂きの方。星に向かって。大いなる静けさの彼方へ。
リータ　ありがとう！

野がも　五幕の（アチャラカ）喜劇

イプセンはこの劇を喜劇と考えていたので、上演では、あえて〈アチャラカ喜劇〉と銘打って、冒頭に即興の口上をつけ、劇中では、余興風の演じ方を混ぜた。十四歳の少女ヘドヴィクに、ときどき体をくねらす動作をさせたが、これは思春期の不安定さの表現。動物を飼っている屋根裏は、第二幕では客席の方に見立て、あとの幕では舞台奥にあるとした。第一幕のパーティ客は省略される場合が多く、この台本もそうなっている。

*初演二〇一二年十一月二十一日〜二十五日　俳優座劇場

登場人物

豪商ヴェルレ
グレーゲルス・ヴェルレ
老エクダル
ヤルマール・エクダル
ギーナ・エクダル
ヘドヴィク
セルビー夫人
レリング

口上

（客入りから響いている音楽の音量が少し落ちて、よれよれの上着姿に軍帽を持った老エクダルが下手客席通路から登場。口上はすべてアドリブ）

［例えば］

みなさんこんにちは（今晩は）。わたしは――です。まだ芝居は始まっていません。どうぞ、楽にしててください。芝居が始まりますと、私は、元陸軍中尉エクダルという、いくつくらいですかね、もう老齢といっていい、つまり、私と同じくらいの歳の男を演じます。小さな役なんです。ですから、なんで、私が芝居の前に出てきて、話をするのか分からないんですが、もちろん、こんなことはイプセンの原作にはありません。演出家が、何を血迷ったか、こんな前口上を思いついて、訳が分かりませんよね、しかも、なんで私なんですか。話したければ、自分が出てきてやりゃいいでしょう。どっかあの辺に座ってると思うんですが。

それで、何を話せばいいんだって訊いたら、何でも好きなことをアドリブで喋れっていうんです。そんなのありますか。アドリブなんて、毎日は言えないって言ったら、じゃあ、日替わりにしようかって。いや、私の役はほんとに小さいんで、口上でもいいから、少しでもせりふがあればと思うでしょう、そこが付け目なんです。でも実際は、特に言うことはありませんから、結局、携帯など音の出るものは電源を、というものの文句と、去年からは、非常時には係員が誘導しますというのも言わなくちゃならなくなったんですが、なんのことはない、制作が出てきて言うお願いを、私がこんな高いところから言うってだけなんです。あのう、電源は何も切らなくていいんですよ。芝居の最中に携帯の音がしても、かまわないんだそうです。そのときはすかさず、舞台からだれかが、つっこみを入れることになってます。ですから、携帯の本人は上手く答えてくださいね。もし、私がそのとき舞台にいたら、「ぼけなす！」っていいますから、「かぼちゃ！」とか「だいこん」とか、だいこんはちょっと傷つくかな、ともかく、からんできても結構です。つまり、この芝居は、そういうアチャラカ喜劇だと演出家は言うんですね。ところが、ご覧になれば分かりますが、これのどこが喜劇だ、これは悲劇だろって思うと思いますよ。だって、最後に人ひとり死ぬんですから。まあ、実を言うと、やってる方も分からないんです。演出家は分かってるみたいな顔してますがね。でも、やってる方が分からなくても、見てる方には分かる、ということもありますよね。その逆も。それが芸術というもんでしょ。

というわけで、背景もできたようですから、芝居に入りましょう。すなわち、私は――ではなくて、エクダル老人ということです（軍帽をかぶる）。

道具方　ちょっと邪魔だよ、あんた。

老エクダル　スンませんスンません。どうでも事務室に用があるんで――。ぼけなす！（去る）

セルビー夫人　（出てきて、道具方に）じいさんにコニャックか何かいいものを持たせてあげなさい。

道具方　かしこまりました（去る）。

セルビー夫人　（別の道具方に）コーヒーは音楽室にね。（パーティ仮装の帽子をかぶる）――

別の道具方　承知しました。

（この間に、装置出来上がり、道具方は去る。ちかちかした照明。）

第一幕

（ヴェルレ家の居間。奥でざわめき。ヴェルレが、目をこすりながら登場。ステップを踏んでいる。扮装帽子をかぶっている。）

セルビー夫人　まあ大旦那さま、ここは明るすぎます、目によくありません。（手提げからサングラスを出して）さあ、これをかけて――。

ヴェルレ　（サングラスをかけ、はずみに、セルビー夫人を抱く）ベルテ――！

セルビー夫人　いけませんこんなところで――

ヴェルレ　（グレーゲルスとヤルマールが出てくるのに近づき大声で）テーブルには十三人いた。いつもは十二人なんだが――（音楽に合わせてステップを踏みながら、入る。）

セルビー夫人　（つづいて入りながら）どうぞみなさん、音楽室でコーヒーを――

（奥でざわめき。）

ヤルマール　おれをよぶべきじゃなかったグレーゲルス。大旦那さまよく思ってらっしゃらない――

グレーゲルス　何言ってんだ。このパーティはぼくのためだ久しぶりに山から戻った。たったひとりの親友をよんでなぜいけない。――ずいぶんになるな。それで、どうなんだ今の仕事？　写真屋か？

ヤルマール　まあね、全然違う境遇だ、はじめはとまどった。でもどうすりゃいい？　親父はあの事件で骨なしんなった――。大学の余裕なんかまるでない。だから、ひと思いに昔の生活とはおさらばした。大旦那さまが助けてくださったし――

グレーゲルス　親父が？

ヤルマール　知らなかった？　大旦那さまは、昔の仲間の息子が困ってるのを見て黙ってるようなお方じゃない。写真学校に通ったり、アトリエを開いたりする金はバカんならんよ。それに、おれの結婚も大旦那さまのおかげだ――それも知らなかった？

グレーゲルス　全然――いや、親父にそんな親切心があったなんて、嬉しいね。そうか、君は結婚したのか。幸せか？

ヤルマール　ああ。家内はほんとによくやってくれてる――申し分ない。きっと会ってもギーナって分からないと思うよ。

グレーゲルス　ギーナ？　どのギーナ？

ヤルマール　しばらくここにいただろ。

グレーゲルス　ここにって、ギーナ・ハンセン？　おふくろの死ぬ前しばらく家で手伝ってた？

ヤルマール　そうだよギーナ・ハンセンだもちろん。――おれの結婚のことは手紙に書いたと大旦那さまおっしゃってたけど。

グレーゲルス　うん――そう言えば――手紙はいつも短いが――こいつは面白い――それで、君はどうやってギーナと――その、君の奥さんと知り合ったんだ？

ヤルマール　簡単だよ。ギーナは大奥さまが亡くなる、前だか後だかにここをやめただろ。それで母親といっしょに家にいたんだが、そこに部屋が一つ空いててね。大旦那さまが教えてくださった。それでおれはそこを借りて、まあ、若いふたり、すぐに仲良くなった。

グレーゲルス　それで結婚するときに親父が――そのう、君に写真屋を？

ヤルマール　そう。自立するにはそれがいちばん手っ取り早いと言われて――。ギーナも賛成した。

グレーゲルス　（面白がって）そうか、何もかも親父が――

ヤルマール　思いやりの深い方だ。

（老エクダルが出てくる。上着の中に何か抱えている。グレーゲルスはびっくりする。ヤルマールは顔をそむける。ヴェルレが、目を気にしながら出てくる。）

老エクダル　（ぶつかりそうになり）ごめんなさいまし。向こうの出口を閉められましてーー。ごめんなさいまし。

ヴェルレ　なんだ、馬鹿もの――

グレーゲルス　あれが君のお父さん？

ヤルマール　そう。

グレーゲルス　君は顔をそむけた――

ヤルマール　でもどうしろってんだ？　君もおれの立場だったら――

（セルビー夫人が出てくる。）

セルビー夫人　（ヴェルレに）ここにいらした？

ヤルマール　おれはもう帰るよ。このまま黙って行く――
グレーゲルス　そうか。そのうち君のところを訪ねる――
セルビー夫人　あら、お帰りヤルマール？
ヤルマール　ええ。
セルビー夫人　ギーナによろしくね。二、三日ちゅうに会いに行くって伝えてちょうだい。
（ヤルマール、うなづいて去る。セルビー夫人はヴェルレをうながして、去ろうとする。）
グレーゲルス　お父さん、ちょっと待ってくれませんか？
ヴェルレ　なんだ？
グレーゲルス　ちょっと話があります――
ヴェルレ　客が帰るまで待てないか――
グレーゲルス　待てません。（セルビー夫人をちらと見て）二人きりになることは多分ないでしょう。
（セルビー夫人は去る。どっと歓迎のざわめき。）
ヴェルレ　どういうことだ？
グレーゲルス　よくもまあ、あの人を見て平気でしたね。――エクダル中尉は、昔お父さんの親友だった――
ヴェルレ　うん、そのおかげで手痛い報いをうけた。おれの名前に傷がついたのもあの男のせいだ。
グレーゲルス　本当に、罪があったのはあの人だけ？
ヴェルレ　ほかにだれがいた？　土地の図面を引いたのはエクダルだ――間違った図面を。国が新しい境界線を決めたのも無視して。だから国有林を伐採してしまった。おれは何も知らなかった。
グレーゲルス　エクダル中尉も、国が突然、国有と私有の境目をつけたなんて、全然分かってなかった。
ヴェルレ　そうかもしれない。だがやつは有罪で、おれは無罪だ。
グレーゲルス　なんの証拠もなかった。でもあの人は有罪で、お父さんは大儲けした。
ヴェルレ　無罪は無罪だ。――あの話はここじゃとっくに忘れられてる――
グレーゲルス　でもエクダルの家族は今どうなってます？　かわいそうに――
ヴェルレ　いったいどうしろというんだ？　やつは釈放されたとき完全にふぬけになってた。どうしようもないふぬけに――世の中には、二、三発玉を受けただけで沼底まで沈んで二度と浮かんでこれないという人間がいる。いいかグレーゲルス。おれはできるだけのことはした。助けた金は帳簿にもつけてない。
グレーゲルス　ええ、つけない方がいい出費もある。
ヴェルレ　（威嚇的に）どういう意味だ？
グレーゲルス　（逆らって）お父さんはヤルマールに写真を習わせた。スタジオも持たせた。その出費は帳簿につけてますか？

ヴェルレ　それでもまだ、エクダル一家に何もしてないと言うのか。実際、相当の出費だ。
グレーゲルス　ちょうどその頃でしょヤルマールが結婚したのは？　あのときぼくに手紙をくれた――仕事の手紙。そこに、付け足しのように、短く、ヤルマール・エクダルがハンセンさんと結婚したと書いてあった。
ヴェルレ　そう、そういう名前だった。
グレーゲルス　でもそのハンセンが昔うちにいたお手伝いのギーナ・ハンセンだとは書いてなかった。
ヴェルレ　（おどけて）おやおや、おまえあの女中に気があったとは知らなかった。
グレーゲルス　ぼくじゃないでしょあの女に気があったのは。
ヴェルレ　（威嚇）どういう意味？　おれのことかおまえが言ってるのは？
グレーゲルス　そうです。
ヴェルレ　よくもそんなことを――あの恩知らずめ。
グレーゲルス　ヤルマールは何も言ってません。気づいてもいない。
ヴェルレ　じゃだれから聞いた？
グレーゲルス　お母さん。かわいそうに――
ヴェルレ　ああおふくろ。ありそうなことだ。あれとおまえはいつもくっついてた。おまえがおれに逆らうようになったのもあれのせいだ。
グレーゲルス　いいえ、お母さんが我慢しなくちゃならなかった苦しみのせいです。お母さんはひどい病気になった。
ヴェルレ　苦しみなんて何もなかった。少なくともほかの女以上には。だが病的なヒステリーってやつはどうにもならない。――おまえまでがそんなことを疑ってるとはな。（泣き落とし）なあグレーゲルス、その歳でもうちっとましなことができないものかね。年じゅう山にいてどうなる。平の事務員以上の給料をとろうとしない。ばかげてる。いい機会だ。おまえも会社の経営に参加してくれ。
グレーゲルス　ぼくが経営に？
ヴェルレ　そうだ。町で会社の面倒をみてくれ。おれは山の工場に移る。――見てのとおり、前ほどは働けなくなった。目も弱くなって――いろんな事情からして、おれが山に行く方がいい――とにかく当分は。
グレーゲルス　裏に何かありますね。ぼくを利用しようとしている――
ヴェルレ　しばらく家にいてくれ。おれは孤独なんだよグレーゲルス。おれは孤独だった一生。特に歳を取ってからはだれかにいてもらいたいんだよ――
グレーゲルス　セルビーさんがいるでしょう。

ヴェルレ　（普通に戻って）ベルテは賢くて陽気だ。おれには必要な人だ。だが世間はすぐに変な目で見始める。どうかな、おまえの例の正義感からして――
グレーゲルス　結婚するつもり――？
ヴェルレ　そうだったら、どうだね？
グレーゲルス　ええ、そうだったらどうなんです。
ヴェルレ　反対か。
グレーゲルス　とんでもない。
ヴェルレ　死んだ母親の思い出からして、その、何かと思って――
グレーゲルス　まさか。ぼくはそんなヒステリーじゃない。
ヴェルレ　そうか。まあなんだろうと胸の重石が一つとれた。嬉しいよ。
グレーゲルス　なるほどそういうことか。ぼくに戻ってこいと言ったのはセルビーさんのために一族再会をもくろんだってわけか。年老いた父親のために息子が嬉し涙で馳せ参じた――なんともいい話。死んだものの噂話は息子が全部追い払ってくれる――
ヴェルレ　グレーゲルス、おまえにはおれほど憎いものはいないようだな――
グレーゲルス　あまり近くで見ていたから――
ヴェルレ　おまえは母親の目で見ていた。しかし忘れるな、あれの目はときどき曇ってた。
グレーゲルス　お父さんの言いたいことは分かってる。だけどお母さんの弱さはだれのせいですか？　あの、みんな――最後はヤルマールがいっしょになった女――
ヴェルレ　一言一言あれの声を聞いてるみたいだ。
グレーゲルス　ヤルマールは何も知らずにうその真っただ中にいる。自分の家庭が偽りを土台にしていることも知らずに。――あなたの歩いてきた道はまるで戦場だ。あたり一面むだに死んだ人間が散らばってる――
ヴェルレ　おれとおまえのあいだの溝は深すぎるようだ。
グレーゲルス　ええ、ですからここを出ていきます。
ヴェルレ　出ていく？
グレーゲルス　今は自分の使命を見つけました――
ヴェルレ　使命？　どんな？
グレーゲルス　聞いても笑うだけでしょう――ほら、連中がセルビーさんと目かくし山羊さんごっこをしている――（猥雑に尻を振りながら去る。）
ヴェルレ　（笑う）はっはっ！　あれでもヒステリーじゃない？
（去る。演奏止まる。明り落ちる。）

第二幕

（ヘドヴィクが火のついたローソクを持ち、くねくねした動きをしながら舞台前面を横切る。その間、テーブル、椅子などが入りエクダル家に変わる。）

ギーナ　（家計簿をつける）今日のバターいくらだったっけ？

ヘドヴィク　一クローネ六十五。

ギーナ　そう。バターはすぐになくなる――それからソーセージ三クローネ、チーズ二クローネ三十、ハム三クローネ二十――（足して）すぐにこれだ。

ヘドヴィク　お父さん、早く帰ってこないかな。セルビーさんから何かいいものもらってくるって約束したの。

ギーナ　そう？　あそこにはいいものがいっぱいある――

（老エクダルが入ってくる。）

ギーナ　おじいさん、遅かったのね。

ヘドヴィク　新しい仕事もらってきたの？

老エクダル　うん――そうだ――ちょっと様子を（客席に向かって、戸を開けるしぐさ）へっへっ！　やつらみんなこっち向いてる――もう眠ってるやつもいるかな。

（客席に）どう？　退屈ですか――

ギーナ　おじいさん、晩ごはんできてますよ。食べますか。

老エクダル　いらんいらん。忙しいんだ――だれも部屋に入れるなよ。（去る。）

ギーナ　どこで手に入れたんだろ。

ヘドヴィク　どこかでひと壜ツケで買ってきたんじゃない？

ギーナ　おじいさんにツケで売ってくれる店なんかないよ。

（ヤルマールが登場。）

ギーナ　エクダル！　もうお帰り？

ヘドヴィク　お父さん！（抱きつく）こんなに早く！　（ひとしきり大はしゃぎ）大勢いた？

ヤルマール　（上着を脱いで、ネクタイをとりながら）そんなでもなかった。ああ窮屈だった。――テーブルにはまあ、十二人か――十四人だったか――

ギーナ　みなさんとお話ししたの？

ヤルマール　いや、グレーゲルスがおれを離さなくてね――

ギーナ　あの人、まだひどい顔？

ヤルマール　あまり変わってないね。――親父戻った？

ギーナ　部屋にこもってる。だれも入れるなって――

ヤルマール　ははあ、やってるのか？

ギーナ　そうみたい。

ヤルマール　なんてこと。――白髪頭の哀れな親父――まあ好きなようにさせとこ。
（老エクダルが、パイプをくわえ、入ってくる。）
ヤルマール　たった今。
老エクダル　帰ってたのか？　話し声がすると思った。
老エクダル　おまえあそこでわしを見かけなかった？
ヤルマール　いいえ。でもお父さんが帰ってったって言うんで、後を追ってきたんです。
老エクダル　そりゃ優しいなヤルマール。それじゃ、ひとついくとするか？
ヤルマール　ええ、いきますか？
（ふたりは前に立つ。ギーナとヘドヴィクが両側、漫才風に。）
老エクダル　ところでおやじさん、今日はどこにおいでで？
ヤルマール　ちょっとそこまで、お屋敷のパーティに。
老エクダル　パーチィ？　来てたのはどんな連中？
ヤルマール　デブのお大尽、禿のお大尽、めっかちのお大尽――
老エクダル　おいおい、そりゃ差別語だ――
ヤルマール　あ、さよですか、こりゃ失礼！
ギーナとヘドヴィク　（そろって）こりゃ失礼！
老エクダル　で、お大尽がずらりと並んでなんの話を？

ヤルマール　バカ話。あたしゃ朗読たのまれた、だが断った――
ギーナ　あら、やればよかったのに。
ヤルマール　はん、ぺこぺこしてたまるかい。おれはそんな単純な男じゃない。
老エクダル　そんな単純な男じゃない。
ヤルマール　たまによばれたからって余興まで？　あ　あ！　ごめんだね。連中、自分でやりゃあいい。毎日パーチィで飲み食いしてる。食った分はおやりくださ　い。
ギーナとヘドヴィク　食った分はおやりください。
老エクダル　それを連中に言ってやった？
ヤルマール　ドンマイドンマイ。
ギーナとヘドヴィク　ドンマイドンマイ。
ヤルマール　それからトカイぶどう酒の話がでた。
老エクダル　ありゃいい酒だ。
ヤルマール　よくなる可能性もある。だが毎年同じじゃない、肝心なのは、ぶどうが太陽をどれだけ受けたかということ――お大尽もおんなじと言ってやった。年によって出来不出来がある――
老エクダル　それを連中の鼻面向かって？
ヤルマール　目ん玉めがけて、放り込んだ――
老エクダル　金玉めがけて放り込んだ！

ギーナとヘドヴィク　金玉めがけて――ええ？
ヤルマール　まあ、そんなこと人に言うなよ。和気藹藹だったんだ。連中を傷つける必要はちっともない。
老エクダル　目ん玉めがけて――
ギーナとヘドヴィク　放り込んだ！
（大笑いして大騒ぎ。）
ヘドヴィク　（ヤルマールの袖を引っぱって）お父さん！
ヤルマール　なんだ？
ヘドヴィク　まあ、分かってるくせに。
ヤルマール　分かってるって、何が？
ヘドヴィク　じらさないでよ！
ヤルマール　いったいなんのこと？
ヘドヴィク　からかわないで出してよ。いいものもらってくるって約束したでしょ。
ヤルマール　あ、いけない、忘れた！
ヘドヴィク　またそんな――いやあね、どこにあるの？
ヤルマール　ほんとだよすっかり忘れてた。ごめんごめんヘドヴィク。ああ、だけど、そう、もらってきたものがある――
ヘドヴィク　ああお母さんお母さん！
ギーナ　ね、待ってればちゃんと――
ヤルマール　（紙切れを出して）これだ――
ヘドヴィク　それ？　ただの紙切れじゃない。
ヤルマール　メニューだよメニュー。献立という意味だ。
ヘドヴィク　それだけ？
ヤルマール　読んでごらん、どんな味か一つ一つ教えてやる。
ヘドヴィク　（涙声）ありがとう。
ヤルマール　一家の主人であるおれには考えなくちゃならんことが山ほどある。それが、ほんのちっぽけなことを忘れただけですぐに渋い顔だ。まあ、それも慣れなくちゃな。（老エクダルに）今日はもうのぞいてみたお父さん？
老エクダル　大丈夫、あれは籠に入ってる。
ヤルマール　そうですか。じゃ慣れてきたんだあれも。
老エクダル　そう。しかし一つちょっとした――
ヤルマール　改良でしょ？　相談しましょう。
老エクダル　いや、まずパイプを詰めて、掃除もしてと――（去る）
ギーナ　パイプの掃除だって――
ヤルマール　いやいややらせとこう。かわいそうなぼけ老人。改良は明日でいい。
ギーナ　明日そんな暇ないよ。
ヘドヴィク　あるよお母さん！
ギーナ　写真の修整をしなくちゃ。まだかまだかってせっつかれてる。

ヤルマール　そうら写真ときた！　あんなものすぐに終わる――ほかに注文は？

ギーナ　なんにも。

ヤルマール　いやまったく本気でやらなくちゃ。部屋を見に来たものは？

ギーナ　いない。

ヤルマール　ただ待ってるだけじゃな。何ごとも一所懸命やらなくちゃいけないよギーナ。

ヘドヴィク　お父さん、ビール飲む？

ヤルマール　いやいらない。おれは明日から本気で働く。力のつづくかぎり――おまえ、ビールと言った？

ヘドヴィク　そうよお父さん。新しいビール――

ヤルマール　まあ、おまえがそう言うんなら、一本持ってくるか？

ギーナ　ああ持っといで。楽しくやろう――

ヤルマール　（台所に行こうとするヘドヴィクをとらえて抱きしめる）ヘドヴィクヘドヴィク！

ヘドヴィク　お父さん――！

ヤルマール　お父さんを許してくれ。あんな贅沢なテーブルに座って、山盛りの料理を食べてながら――。だがねおまえたち、そう責めてくれるな。おれがおまえたちを愛しているのは分かってるだろ。

ヘドヴィク　わたしたちもよ。口に言えないくらい愛してる！

ヤルマール　ときには無理を言うこともあるかもしれない――しかしおれは苦しみに苦しみぬいてきた男だということを忘れないでくれ！　さあ、こんなときにビールでもないだろ。――ここは狭くて貧しい。でもこれが我が家だ。我が家では心も温まる――

（入口にノックの音）

ギーナ　だれだろ。

グレーゲルス　（入ってきて）ごめんください――こちら写真屋のエクダルさんのお宅ですか？

ヤルマール　グレーゲルス！　どうしたんだ――

（ギーナ、たじろいで引き下がる）

グレーゲルス　あとで訪ねると言っただろ。

ヤルマール　しかし今晩とは――

グレーゲルス　（ギーナに）ぼくが分かりますか奥さん？

ギーナ　もちろん、ヴェルレの若さまでしょ。

ヤルマール　まあ、楽にしてくれ。

グレーゲルス　ありがとう。ここが君の住まいか――

ヤルマール　前はもっといいところにいたんだ。でも、広さがここの取柄でね。この部屋はアトリエ兼用だ――

ギーナ　（自慢げに）入り口の反対側にもう一部屋あります。貸部屋にしてます。

グレーゲルス　下宿人おいてる？

ヤルマール　まだ借り手はついてないけど――。（ヘドヴィクに）ビールを。

（ヘドヴィクはうなずいて去る。）

グレーゲルス　あれがお嬢さん？

ヤルマール　そう、あの子はおれの宝だ。でも――悲しみのタネでもある――

グレーゲルス　どういうこと？

ヤルマール　あの子、今に目が見えなくなる。

グレーゲルス　見えなくなる！

ヤルマール　しばらくは大丈夫なんだが――治る見込みはないと医者は言うんだ。

グレーゲルス　どうしてそんなことに？

ヤルマール　遺伝だよ。どうしようもない。

グレーゲルス　遺伝――！

ギーナ　ヤルマールのお母さん、目が弱かったんです――

ヤルマール　親父がそう言ってる。おれは覚えてないが――

グレーゲルス　で、あの子はなんて？

ヤルマール　そんなことあの子には言えないよ。陽気に小鳥みたいにさえずってる。それがやがて永遠の闇に沈むかと思うと――ああたまらないよグレーゲルス。おれはつらい！

（ヘドヴィクがビールとグラスを持ってくる。）

ヤルマール　ありがとう。（ヘドヴィク何かささやく）いやサンドウィッチはいい。ああそうだな、グレーゲルスが食べるかな。

グレーゲルス　いや結構。

ヤルマール　まあ、少し持ってくるか。バターをよくつけてな――

（ヘドヴィクはまた去る。）

グレーゲルス　体は丈夫そうだね。今に奥さんそっくりになりますよ。おいくつですか。

ギーナ　あさってが誕生日で、満十四。

グレーゲルス　大きいですね。――結婚して何年ですか？

ギーナ　結婚してから？　――そう、十五年ですね。

グレーゲルス　もうそんなに――

ヤルマール　ほんとだ、あと何か月かで十五年だ――。君も山の工場で長かったね。

グレーゲルス　長いと言えば長いが――今振り返ってみると、あの時間はみんなどこへ行ってしまったのかと思うね。

（老エクダルがパイプをくわえて出てくる。）

老エクダル　ヤルマール、さあ例の相談をしよう――なんだこの人は？

ヤルマール　お客さんですよ。グレーゲルス・ヴェルレ、覚えてますか？

老エクダル　ヴェルレ？　息子さんの方？　わしになんの用だ？
ヤルマール　わたしを訪ねて来たんです。
グレーゲルス　昔の森からよろしくと言われてますエクダル中尉。ヘイダル製材所のあるところ――よく狩りをしたでしょ。あなたの腕前は素晴らしかった。
（ヘドヴィクがサンドイッチを持ってくる。）
老エクダル　そう、わしの腕前は――クマを九頭しとめた。どうかね森の調子は？
グレーゲルス　昔ほど立派じゃありません。ずいぶん伐採が進みましたから――
老エクダル　伐採？　それはいかん、森は復讐する――
グレーゲルス　あなたのような自然人が――どうしてこんなせせこましいところで生きていけるんですか？
老エクダル　いいや、ここだってそうすてたもんじゃない。
グレーゲルス　でもあなたは、山や森の自由な生活あっての方でしょう。鳥や動物や――
老エクダル　ヤルマール、この方にお見せしよう――
ヤルマール　いえいえ、今晩はだめですよ。
グレーゲルス　何を見せようって？
ヤルマール　別になんでもない――また今度見せるよ。
グレーゲルス　エクダル中尉、ぼくといっしょに山の工場に行きましょう。あそこにもあなたの仕事はありますよ。ここには気持ちを引き立てるものは何もないでしょう。
老エクダル　何もないって？　ヤルマール、もう見せてやらなくちゃ。
ヤルマール　いいえお父さん、暗くて見えるかどうか――
老エクダル　ばか言うな、月明りで十分だ。お見せしようって言ってるんだ。さあ手伝え。
ヘドヴィク　そう、そうしてお父さん！
グレーゲルス　（ギーナに）なんですかいったい？
ギーナ　大したことじゃありません――
（老エクダルとヤルマール、客席を向いて扉を開けるしぐさ。）
老エクダル　さあ、のぞいてごらん。
ヤルマール　これは親父のものだ、分かるだろ。
グレーゲルス　（客席を見て）鶏を飼ってるんですか？
老エクダル　鶏もいる、飛びまわって――
ヘドヴィク　それから、ね――
老エクダル　しっ――、まだまだ。
グレーゲルス　それに鳩もいる――
老エクダル　むろん鳩もいる！　やつは高いところが好きでね。
ヤルマール　どれも普通の鳩じゃない。

グレーゲルス　ああ、うさぎまでいる――
老エクダル　そう、うさぎまで、まったく、うさぎまで！　いいか、もっとすごいものがいる――あの下を見ろ――藁の籠、あの中に――
グレーゲルス　鳥ですね。
老エクダル　ふん――鳥――
グレーゲルス　カモじゃありませんか？
老エクダル　もちろんカモだ、あたりまえよ――
ヤルマール　でもなんのカモだと思う？
ヘドヴィク　普通のカモじゃないの。
老エクダル　しっ！
グレーゲルス　トルコ鴨ではない。
老エクダル　いいや、トルコ鴨じゃない。あれはな、野がもだよ。
グレーゲルス　野がも？
ヘドヴィク　ワイルドだぜ――！
ギーナ　いつまでつづくか！
老エクダル　ほんとに！　鳥なんておっしゃいましたがね、わしらの野がもだよ。
ヘドヴィク　わたしの野がもよ！　わたしのものなんだから！
グレーゲルス　こんな屋根裏で生きてる？
ヤルマール　水浴びの箱も作って、一日おきに水をとりかえてる――
ギーナ　ねえヤルマール、寒いよ――
老エクダル　じゃあ閉めるか。おやすみの邪魔しない方がいい。
（みな、離れる。）
グレーゲルス　でもどうやって捕えたんですか？
老エクダル　捕ったのはわしじゃない。ある人のおかげだ。
グレーゲルス　まさかぼくの父じゃないでしょう？
老エクダル　そうだよヴェルレだよ。
ヤルマール　よく分かったねグレーゲルス。
グレーゲルス　いや、父にあれこれ世話になったと言ってたから――
ギーナ　でも大旦那さまから直接いただいたんじゃありませんよ――
老エクダル　それでもやはりホーコン・ヴェルレのおかげだ。やつはボートを出した。野がもを撃ったが、目がよくないんで、致命傷を与えられなかった――
グレーゲルス　なるほど、玉を二、三発受けただけ――
ヤルマール　そのとおり。
グレーゲルス　それで沼底深くにもぐり込んだ――？
老エクダル　そういうこと。野がもってやつは――できるだけ深く沈む――水草とか――底にあるものにしっかりと噛みついて、決して浮んでこない。
グレーゲルス　でもあなたの野がもはのぼってきた——
老エクダル　ヴェルレは素晴らしい犬を持ってるんでな——その犬がもぐってってカモを引き上げてきた——
（椅子に腰かけ眠ってしまう。）
グレーゲルス　それをここに——？
ヤルマール　大旦那さんは家に持って帰ったんだがね、どうしても元気にならない。それで殺すように命じられた——。それを聞いた親父がもらってきた。
グレーゲルス　それで、ここで元気になったのか？
ヤルマール　そうだよ。もうまったく野生の生活を忘れた——それが肝心だ。
グレーゲルス　そうだね。青い空とか広い海など、決して見せちゃいけない——。もう失礼する。——そうだ、貸部屋があると言ったね。今空いてるなら、ぼくが借りてもいいか？
ヤルマール　君が？
グレーゲルス　かまわなければ明日の朝すぐに移ってくる——
ヤルマール　そりゃあ喜んで——
ギーナ　でもとても若さまに合うような部屋じゃありません——小さくて暗いし。
グレーゲルス　そんなことちっともかまいませんよ奥さん。
ヤルマール　おれはなかなかいい部屋だと思ってるよ。
ギーナ　でも下に住んでる人たちのことを考えると——
グレーゲルス　どんな人たち？
ギーナ　ひとりはレリングというお医者で——
グレーゲルス　レリング？　彼なら知ってます。ヘイダルの山で開業してたことがあった。
ギーナ　しょっちゅう酔っぱらって、帰りは遅いし——。一晩お考えになってからの方がいいんじゃありません？
グレーゲルス　奥さんはぼくが借りるのを好まないようですね——？
ギーナ　とんでもない、どうしてそんな——
ヤルマール　なんだよ、おまえちょっと変だよ。じゃあ、君は当分町にいるつもり？
グレーゲルス　うん。
ヤルマール　でも家を出て何をしたいんだ？
グレーゲルス　いや、それが分かれば——ぼくもそうへまをすることもないんだが。しかし背中にグレーゲルスという十字架を背負ってると——グレーゲルス、それにヴェルレとくる。こんないやな名前、聞いたことあるか？
ヤルマール　何言ってるんだ？
グレーゲルス　そんな名前のやつには唾を吐きかけたいよ。でもいったん背中に、グレーゲルス・ヴェルレという十字架を背負ってしまうと――

ヤルマール　（笑って）もし君がグレーゲルス・ヴェルレじゃなかったら、何になりたいんだ？

グレーゲルス　自分で選べるものなら、賢い犬になりたい。

ギーナ　犬！

ヘドヴィク　まあ――！

グレーゲルス　わんわんわん――底にしがみついている野がもを引き上げてくるような賢い犬に――

ヤルマール　君、なんのことかさっぱり分からない――

グレーゲルス　いや、何も特別な意味があるわけじゃない。じゃあしたの朝移ってくる。（ギーナに）どうぞご心配なく、全部自分でやりますから。（ヤルマールに）あとの話はあしたしよう。おやすみなさい。

ヤルマール　待ってくれ、階段暗いから明りをつけよう――

（グレーゲルスとヤルマールが去る。）

ギーナ　犬になりたいなんて変な話――

ヘドヴィク　わたし――何か別のこと言ってたんじゃないかと思う。

ギーナ　どういうこと？

ヘドヴィク　よく分からないけど、あの人の言ってたことは全然別のことじゃないかしら――はじめから終わりまで。

ギーナ　まあ、変なことだよ――

ヤルマール　（戻って）階段の明りはついてた――。ああ、やっと食べ物にありつける。（サンドイッチを食べる）分かっただろギーナ。一所懸命にさえなれば――

ギーナ　どうなの？

ヤルマール　部屋を貸せた。運がよかったよ借り手がグレーゲルスだなんて――昔の親友だ。

ギーナ　でもね、ほかの人ならいいけど。大旦那さまなんて言われるか――あんたが裏で糸を引いてると思われるよ――おじいさん内職の仕事なくしちまうきっと。

ヤルマール　望むところだ。白髪頭の親父が宿無し同然にうろついているのを見ると身を切られる思いがする。しかし今やときは来たらんとしている！（サンドイッチを一つ口にして）おれは間違いなく人生の使命をやり通して見せる！

ヘドヴィク　そうよお父さん、やってよね！

ギーナ　（眠っている老エクダルを指して）静かに！　おじいさんを起こしちゃうよ。

ヤルマール　（低く）おれはやり通して見せる！　今にその日がくる――（老エクダルに）かわいそうな年老いた白髪頭のお父さん――あなたの息子に寄り添いなさい――広い肩をもつ息子――ま、頑丈な肩です。いつか、輝かしい朝がやってきて――（ギーナに）おまえ、信じないのか？

ギーナ　信じるよ。でも先におじいさんを寝かせなくちゃ――

ヤルマール　ああ、そうだな。

（老エクダルを抱えて退場。明り落ちる。）

第三幕

（音楽。道具の変化なし。明りつく。）

（朝。ヤルマールが出てきてテーブルにつき、写真の修整をする。ややあって、老エクダルが奥の屋根裏部屋を仕切るカーテンから顔を出す。）

老エクダル　ヤルマール！　――水鉢を移さなくちゃやっぱり。

ヤルマール　そう、前からそれを言ってる。

老エクダル　ふんふん。（また入る）

（ヤルマールがしばし働く。立って、あたりをうかがう。ヘドヴィクが入ってくると、あわてて元に戻る。）

ヤルマール　なんの用だ？

ヘドヴィク　お父さんのそばにいたいだけ。

ヤルマール　お父さんを見張ってるのか？

ヘドヴィク　とんでもない。何か手伝うことない？

ヤルマール　いや、お父さんは全部ひとりでやる――力のつづくかぎり――（ヘドヴィク奥のカーテンをのぞく）おじいさん何してる？

ヘドヴィク　水鉢に新しい溝つけてるみたい――

ヤルマール　ああ、ひとりじゃ絶対にできないくせに――

ヘドヴィク　ブラシかして。わたしがするから――

ヤルマール　ばか言うな。目を悪くする。

ヘドヴィク　大丈夫。ブラシちょうだい。

ヤルマール　そうか、じゃ、ちょっとのあいだだけだよ。一、二分、それ以上はだめ。

ヘドヴィク　うん――

ヤルマール　目には気をつけろ。自分の責任だよ、お父さん知らないよ――

ヘドヴィク　大丈夫――

ヤルマール　上手いなヘドヴィク。ほんの二、三分――（カーテンの中に入って）ああ、お父さん、それじゃだめでしょ――ヘドヴィク、棚のヤットコとってくれ――ちょっと待ってお父さん――（ヘドヴィクから受けとり）ありがとう。気がついてよかったよ。（中に入る。）

（音楽やむ。）

（ややあって、ノックの音。ヘドヴィクは気づかない。）

グレーゲルス　（入ってきて）ああ――

ヘドヴィク　（気づいて）おはようございます。どうぞ入ってください――
グレーゲルス　ありがとう。（奥からの音に）大工さん？
ヘドヴィク　いいえ、お父さんとおじいさん――呼んできます。
グレーゲルス　いや、そのままで。写真の修整？
ヘドヴィク　ええ、お父さんの手伝いです。
グレーゲルス　じゃかまわずつづけて――
ヘドヴィク　はい。（仕事をつづける。）
グレーゲルス　野がもはゆうべよく眠れたかな――？
ヘドヴィク　ええありがとう。そう思います。
グレーゲルス　あなたも世話をするの？
ヘドヴィク　ええできるときは――
グレーゲルス　でも学校があるから――
ヘドヴィク　学校にはもう行ってません。わたし目を悪くしないか心配だからって――
グレーゲルス　じゃ、家でお父さんが教えてくれる？
ヘドヴィク　そう約束したんですけど、お父さん時間がなくて――。
グレーゲルス　でもあなたはいっぱい時間がある。――（奥を指して）あの中は、一つの世界といってもいい――
ヘドヴィク　ええ、変なものがたくさんあって――
グレーゲルス　変なもの？
ヘドヴィク　大きな箱にいっぱい、変な絵――。それに、古い書き机とか人形が飛び出てくる大きな時計――もう動かないけど――
グレーゲルス　時間が止まってるんだ、野がものところでは。――どうしてそんなものがあるんだろう？
ヘドヴィク　この家には、昔、年老いた船長さんが住んでたんですって。その人のものなの。その人、みんなから〈さまよえるオランダ人〉って呼ばれてたって。（音楽、ヴァグナー『さまよえるオランダ人』）変ね、その人オランダ人じゃなかったのに全然。（音楽止まる）
グレーゲルス　あの中でそんなもの見てると、外の大きな世界に出てきたいって気にならない？
ヘドヴィク　ならない。わたし、いつまでも家にいる。
グレーゲルス　お父さんはなんて――？
ヘドヴィク　籠細工とか藁細工を習えって。お父さんたらおかしい。でも一理あるといえばあるの。籠細工習えば、野がもに新しい籠作ってやれるでしょ。
グレーゲルス　それはそうだ。あなたが野がもとはいちばん親しいんだから。
ヘドヴィク　だってあれわたしの野がもだもの。そうわたしの。お父さんやおじいさんに好きなとき貸してあげてる。
グレーゲルス　ふたりは何をするの？
ヘドヴィク　まあ、いろんな世話をしたり、居場所を作ったり——

グレーゲルス　なるほど。生まれのよさは野がもがいちばんだもんね。

ヘドヴィク　だってワイルドだぜ。

グレーゲルス　うん——海底（うなぞこ）深くに——

ヘドヴィク　どうして、うなぞこなんて言うの？

グレーゲルス　うなぞこじゃいけない？

ヘドヴィク　いけなくはないけど、ほかの人がいうのを聞くと変な気がする。

グレーゲルス　どうして？　ねえどうして？

ヘドヴィク　なんでもない、くだらないこと——

グレーゲルス　くだらないことない。どうしてか言ってごらん。

ヘドヴィク　どうしてかというとね。いつも急に屋根裏部屋のことを言おうとすると、きまって、全体が〈うなぞこ〉って感じがする——くだらないでしょ？

グレーゲルス　ちっとも！

ヘドヴィク　そうよ、だってあれはただの屋根裏だもん。

グレーゲルス　本当にそう思う？

ヘドヴィク　屋根裏ってこと？

グレーゲルス　そう。たしかにそう言える？　あなたには分かってるの？

（ヘドヴィクはびっくりしてみつめ、くねくね動きを始める。）

（ギーナが出てくる。ヘドヴィク動きやめる。）

グレーゲルス　少し早く来すぎた——

ギーナ　いいえ。テーブル片づけてヘドヴィク。ここで朝食べるから。

（ヘドヴィク、テーブルを片づける。）

グレーゲルス　あなたも写真の修整ができるんですって奥さん。

ギーナ　ええまあ——

ヘドヴィク　お母さんは写真も撮る——

ギーナ　まあ、みようみまねで——

グレーゲルス　じゃあ、写真屋はあなたがやってるわけですか？

ギーナ　ヤルマールは忙しいから——。あの人は、そんじょそこいらの写真屋とは違います。

グレーゲルス　それは当然——（屋根裏でピストルの音。びっくりして）なんですか？

ギーナ　また撃ってる。

グレーゲルス　射撃？

ヘドヴィク　狩りをしてるの。

グレーゲルス　狩り？（カーテン越しに）ヤルマール、狩りをしてるのか？

ヤルマール　（屋根裏から出てきて）来てたのか——知ら

なかった。つい熱中して――（ヘドヴィクに）どうして黙ってた？
グレーゲルス　屋根裏で狩りをするのか？
ヤルマール　ときたまうさぎを撃つだけ。まあ、親父のためだ。いいことに、この屋根裏じゃピストル撃ってもまわりに聞こえない。ヘドヴィク、注意しろよ、まだ一発残ってるから――（ピストルを棚におく）
ギーナ　ヘドヴィク、手伝ってちょうだい――（ふたり去る）
（グレーゲルスはカーテンをのぞく）
ヤルマール　そこで親父を見るのはやめた方がいい、いやがるんだ――閉めとこう。（カーテンを閉める）
グレーゲルス　奥さんが写真屋を切り盛りしてるって？
ヤルマール　うん。おれはもっと大事なことに没頭してるから。
グレーゲルス　なんだそれは？
ヤルマール　発明のこと、聞いてないか？
グレーゲルス　発明？　いや聞いてない。何か発明したのか？
ヤルマール　まだ完成はしていない。だが出来上がりつつある。おれを町の写真屋で満足する男と思うなよ。
グレーゲルス　奥さんもそう言ってた。
ヤルマール　おれは写真に全身全霊をささげてる。そのための素晴らしい発明をしようと心に決めた。
グレーゲルス　どんな発明？
ヤルマール　君ね、詳しいことまで聞くなよ――時間がかかる。虚栄心でやってるんじゃない。これはおれの人生の使命だ。
グレーゲルス　どんな使命？
ヤルマール　白髪頭のじいさん、じいさんの自尊心を蘇えらせる。エクダルの家名をもう一度、名誉ある名前に高めてみせる――親父は、あの裁判のあいだじゅう正気をなくしてた。あのピストル――あれもわが家の悲劇に一役買ってるんだ。
グレーゲルス　ピストルが？
ヤルマール　判決がくだって、親父は禁固刑。そのとき――親父はこのピストルを持って自分の頭に向けた――しかしできなかった。勇気がなかった。あのとき親父は死んだも同然。軍人だった親父クマを九頭もしとめた親父が――分かるかグレーゲルス？
グレーゲルス　よく分かる。
ヤルマール　おれには分からない。しかしこのピストルはもう一度わが家の歴史的役割を担った。親父が灰色のシャツを着せられカギ付きの部屋に入れられたとき――ああ、あれほどつらかったことは一度もない。窓から外をのぞくと、太陽はいつもと変わらず照りつけていた、おれには理解できなかった。道には人が行き交い笑いざわめいていた、おれには理解できなかった。すべての存在は静止しているはずなのに——

グレーゲルス　そういう思いはぼくも母を亡くしたとき経験した。

ヤルマール　そのときヤルマール・エクダルは、あのピストルを己の胸にまっすぐにつきつけた——

グレーゲルス　君も——！

ヤルマール　そうだ！　だが撃たなかった。決定的な瞬間におれは己に打ち克った。生きつづけた。ね、君、ああいうときに、死ではなく生を選ぶのは大変な勇気がいる

——

グレーゲルス　まあ見方によるね——

ヤルマール　いや絶対そうだ。しかしそれでよかった。おれはもうすぐ発明をするわけだから。レリングもそう言ってる。親父はまた軍服を着ることが許されるだろうって。おれはそれをただ一つの報酬として要求しようと思ってる——

グレーゲルス　軍服を？

ヤルマール　それが親父のいちばんの望みだ——

グレーゲルス　それで、発明はいつ頃完成するんだ？

ヤルマール　おいおいそんなこと聞くなよ。発明ってのはインスピレーションなんだよ——ひらめきだ——いつそれが起こるかなんて前もってはだれにも分からない。

グレーゲルス　でも進んではいるんだろ？

ヤルマール　むろん進んでる。毎日午後は居間に引きこもってかかりっきりだ。だが焦っちゃだめだ。レリングもそう言ってる。

グレーゲルス　だけど屋根裏の動物は邪魔じゃないのか？

ヤルマール　いやいやいや——逆だよ。四六時中精魂傾けてるなんてできっこない。慰みも必要だ。インスピレーションというのはね君——来るときは来るもんなんだよ。

グレーゲルス　ヤルマール、君の中には野がもがいるね

——

ヤルマール　野がも？　どういうこと？

グレーゲルス　君は沼に沈みこんで底の水草にしがみついてる——毒のある沼だ。体じゅう臭くして、真っ暗な底でただただ死ぬのを待ってる——

ヤルマール　おいおい、そんな変な話やめてくれよ本当に

——

グレーゲルス　心配いらない。ぼくがもう一度上まで引きあげてやる。ぼくも今は人生の使命を見つけた。きのうそれに気がついた。

ヤルマール　それは結構。でもおれのことはほっといてくれ——今はじゅうぶん満足してる——まあ、ときには

ちょっとメランコリーになるが――

グレーゲルス　その満足が毒されてる証拠だ。

ヤルマール　グレーゲルス。そんな臭いだの毒だのやめてくれ。この家じゃそんないやなこと言うものはだれもいない。そりゃあ、ここは貧しい写真屋の家だ、屋根も低い。分かってる。しかしおれは発明家だ――家の大黒柱。それがおれの支え――さあ朝飯だ！

（ギーナとヘドヴィクが朝食を並べたテーブルを運んできて、すでにあるテーブルにくっつける。ミルク、バター、サラダ、ソーセージ、パン等々。レリングが入ってくる）

ギーナ　ちょうどいいときに来たね。

レリング　いい匂いがしたんで――おはようヤルマール。

ヤルマール　紹介しよう――こちら、そう、知ってたっけ。

グレーゲルス　少しばかり。

レリング　これはこれはヴェルレ・ジュニアさん。ヘイダルでは喧嘩仲間だった。ここに引っ越してきた？

グレーゲルス　今朝。

レリング　わたしは下に住んでる。医者がそばにいるのは、いざというとき役に立つ――

グレーゲルス　ええ、必要になるかも――きのうわれわれはテーブルに十三人いたから。

ヤルマール　またそんないやなことを！

レリング　心配するな、君には関係ないよ。

ヤルマール　そう願いたい。さあ、テーブルについて――

グレーゲルス　お父さんは？

ヤルマール　親父は別に食べる。さあ！

アドリブ

［例えば］

ミルク

はい（と差し出す）

パンをどうぞ。

ありがとう。

おれにコーヒーをお願い。

はい（コーヒーポットをわたしながら）ゆうべも遅かったんでしょ。

いやあ――

そんなに飲んでると体を悪くしちゃうよ。

まあ、大丈夫――

典型的な医者の不養生――

おや、今日は手厳しいな――（笑い）

ほんとに、飲んでさえいなければ名医なのに。

そりゃ、ほめてるのか、けなしてるのか――

もちろん、ほめてるのよ。

そうか、それはありがとう。（みな笑う）

遠慮せずに食べてくれよ。

うん。
レリング　あんたまだ、あの恐ろしく陰気な工場で働いてる？
グレーゲルス　きのうまで。
レリング　それで、あのなんとかの要求、あれは収穫がありましたか。
グレーゲルス　要求？　ええ、まあ——
レリング　この人はね、小作人の小屋を一軒一軒まわって、理想の要求ってのをつきつけてたんだ——
グレーゲルス　あの頃はぼくも若かった——
レリング　そうひどく若かった。だがあの要求は——わたしのいたときは一度も成功しなかった。
グレーゲルス　そのあとも同じです。
レリング　そう？　じゃちっとは賢くなって、要求額を減らすようになったかな。
グレーゲルス　すぐれた人間には減らすことはしません。
ヤルマール　それが当然だ。
（カーテン奥から老エクダルが出てくる。皮を剝いだうさぎをぶらさげて。）
老エクダル　おはよう諸君！　今日は最高だった。でかいやつを仕留めた。この肉はうまいぞ（ギーナにわたす。ギーナは、それを台所に持っていく）——ごゆっくり諸君！（去る）
レリング　老いたる狩人のために乾杯——！
ヤルマール　白髪頭のために——！
レリング　それから、（台所から出てきたギーナに）きれいな奥さんのために！
ヤルマール　そうだギーナ、おれの人生の伴侶——
レリング　それにヘドヴィク——！
ヤルマール　そう！　ヘドヴィクおいで！　あすは何の日？
ヘドヴィク　だめよお父さん！（首にしがみつく）
レリング　（グレーゲルスに）気分転換にもってこいでしょ。幸せな家庭でご馳走の並んだテーブルについてるのは。
グレーゲルス　ぼくは悪臭の中では元気が出ない——
レリング　悪臭？
ヤルマール　またそれを！　やめてくれ。
ギーナ　ここは臭ってませんよ。換気には気をつけてます。
グレーゲルス　ぼくが言う悪臭は、換気できるものじゃない。
レリング　失礼だが——あんたが山の悪臭を運んできたんじゃないのか？（彼に近づき）ねえ、ヴェルレ・ジュニアさん。もしかしてあんた、今もあの理想の要求とやらを尻のポケットに持ち歩いてる？

グレーゲルス　胸の中です。
レリング　ああ、どこに持ってようと勝手だが、わたしがここにいるかぎりあんたに集金係の役はさせない。
グレーゲルス　それでもやったら？
レリング　階段から、まっさかさまに転げ落ちる――
グレーゲルス　やれるものならやってごらん――
（レリングは、グレーゲルスの顔に、パンケーキをぶつける。グレーゲルスの顔は生クリームで覆われる。それを拭って、やり返そうとする。）
ギーナ　ふたりとも――
（一同びっくりのあと大笑い。）
ヴェルレ　息子はいるかな。
ギーナ　わたしが出る――（身を縮める）ああ！
（入口にノック。）
グレーゲルス　なんですか？　ここにいます。（顔が汚れたまま）
ヴェルレ　おまえの部屋で話そう。
ヤルマール　いえ、みんな向こうの部屋に行こう。レリング。（グレーゲルス以外みな去る）
（グレーゲルスは顔を拭う。）
ヴェルレ　こんなところに部屋を借りて、おまえの目的は何だ？
グレーゲルス　ヤルマールの目を開いてやること――それだけ。
ヴェルレ　それがきのう言ってた人生の使命か？
グレーゲルス　そう。あなたはそれしかぼくに残してくれなかった。
ヴェルレ　おまえの心がねじまがったのはおれのせいか？
グレーゲルス　あなたはぼくの全生涯をねじ曲げた。この良心が罪の意識に苦しむのは、間違いなくあなたのせい。
ヴェルレ　ははん、良心か具合が悪いのは――
グレーゲルス　エクダル中尉が罠にはめられたときあなたに反対すべきだった。あの人に言うべきだった、ぼくには分かってたんだから――
ヴェルレ　そう、おまえは口を開くべきだった。
グレーゲルス　臆病だった、恐かった、あなたがどうしようもなく恐かった――あのとき、それからあともずっと――
ヴェルレ　今はそれがなくなった？
グレーゲルス　ええ。エクダル中尉に対するぼくとあなたの罪はもう決して償えない。でもヤルマールは助けられる。彼を偽りと汚辱のすべてから解放してやる。
ヴェルレ　やつはそんな友情に感謝する男か？
グレーゲルス　もちろんそうです。
ヴェルレ　ふん――まあ見ていよう。

グレーゲルス　それに――ぼくは自分が生きてゆくために、良心をむしばんでいるこの病を治さなくちゃならない。
ヴェルレ　それは生まれつきの病気だ。母親の遺伝、あれが残した唯一の遺産だ。決して治らない。
グレーゲルス　あなたはまだ自分の計算違いを許すことができないんですか。お母さんが大した持参金を持ってくると思っていた間違いを？
ヴェルレ　関係のないことは言うな。――おまえはどうしてもヤルマールを救いたいと言うんだな。
グレーゲルス　そうです。
ヴェルレ　無駄足だったようだ。家に戻ってくれと言っても聞かないだろう。
グレーゲルス　ええ。
ヴェルレ　分かった。おれは今、再婚しようと思ってる。互いのあいだで財産を分けておこう。
グレーゲルス　いいえ、いやです。
ヴェルレ　いや？
グレーゲルス　ぼくはあなたの仕事から身を引きます。
ヴェルレ　それで、どうやって生活する？
グレーゲルス　いささか蓄えがあります。
ヴェルレ　そんなものいつまでつづく？
グレーゲルス　ぼくが生きているあいだはつづくでしょう。
ヴェルレ　どういう意味だ？
グレーゲルス　もう答えない。
ヴェルレ　そうか。じゃさようならグレーゲルス。
グレーゲルス　さようなら。
（ヴェルレ去る。みなが入ってくる。）
ヤルマール　もうお帰りになった？
グレーゲルス　ヤルマール、いっしょに来てくれ、散歩に行く。
ヤルマール　大旦那さんの話はおれのことだった？
グレーゲルス　話したいことがある――下で待ってるから。（去る）
ギーナ　行かないでヤルマール。
レリング　行っちゃだめだ、ここにいろ。
ヤルマール　何言ってるんだ。親友が胸の内を明かしたいと言ってる――（上着をとってくる）
レリング　ばかな。分からないのか。病気だよ頭がおかしいんだ！
ヤルマール　じゃなおのこと友だちの支えが必要だろう。じゃ、ちょっと行ってくるよ。（出て行く）
ギーナ　あの人ほんとに気が違ってるの？
レリング　いや、でも病気は病気だ。
ギーナ　なんの病気？

レリング　急性の正義要求熱。
ギーナ　正義要求熱？
ヘドヴィク　それ病気なの？
レリング　うん。どうもご馳走さま！（去る）
ギーナ　あのグレーゲルス・ヴェルレ、いつだっていやな奴だった。
ヘドヴィク　これはわたし、とても変だと思う。
（ギーナとヘドヴィクは動かず、朝食後の食卓がそのまま夕食後の食卓に変わり、四幕へ。）

第四幕

ヘドヴィク　お父さん、どうして帰ってこないんだろ。
ギーナ　そうだね。レリングのところは？
ヘドヴィク　（外へ出てすぐに戻ってくる）お父さん、晩ご飯に遅れたことなんて一度もなかったのに——
ギーナ　いなかった？
ヘドヴィク　いなかった。
ギーナ　すぐに帰ってくるよ——
ヘドヴィク　帰ればいいんだけど——わたしなんだか変な気がする——
ギーナ　ほら、お父さんだ！
（ヤルマールが入ってくる。）
ヘドヴィク　お父さん！　待ってたのよ——！
ギーナ　ずいぶん長かったね。
ヤルマール　長かった——つらい散歩だった。だが世の中には慣れなくちゃならんことは山ほどある——
ギーナ　ご飯は？
ヤルマール　いやいらない。
（ギーナはテーブルを片づけ始める。）
ヤルマール　おれはあしたから真剣に働くぞ。全部自分でやる。
ヘドヴィク　あしたから？　お父さんあした何の日か忘れたの？
ヤルマール　そうだった——じゃああさってからだ。あさってから仕事はおれがひとりで全部やる。
ギーナ　そんなことしてつらいだけよ。写真はわたしがやるから、あんたは発明に精出して——
ヘドヴィク　それから野がももお父さん——
ヤルマール　ばか言うな。あしたからは絶対に屋根裏に足を踏み入れない。
ヘドヴィク　だけどお父さん、あしたあそこでパーティするって約束したじゃない——
ヤルマール　ああそうか、じゃあさってからだ。野がもなんか、絞め殺してやりたい！
ヘドヴィク　野がもを！　いやよ——あれはわたしの野が

もよ！

ヤルマール　だからやらない。大丈夫――おまえのためだ。でも本当は殺すべきだ。あの男の手になった生き物がこの屋根の下にいるのは耐えられない。

ギーナ　違うよ、あれは――

ヤルマール　この世には応じなければならない要求というものがある――それを無視すれば魂が傷つくそういう要求だ。

ヘドヴィク　でも野がもは――

ヤルマール　あれは助ける、言っただろ。おまえのためだ。約束する。そんなことより――いい子だからちょっと外に行っておいでヘドヴィク。

ヘドヴィク　今は行きたくない。

ヤルマール　行くんだ、ここは湿気が多い。空気がよどんでる。

ヘドヴィク　じゃちょっとのあいだだけ。お父さん――わたしのいないあいだに野がもを傷つけちゃいやよ。

ヤルマール　大丈夫、毛筋一本いためない――（彼女を抱き寄せ）ヘドヴィクヘドヴィク、おまえとふたりだけは――――！　さあ、行っといで。

（ヘドヴィク去る。ギーナはテーブルを片づけ終わって編み物を始める。）

ヤルマール　（歩きまわりながら）ギーナ、親父がヴェルレ大旦那のためにやってる筆耕の仕事、たいした額の報酬だというが、そうなのか？

ギーナ　どうだか、相場を知らないから――

ヤルマール　どれくらいもらってる？

ギーナ　まあ、そのときどきで違うけど、だいたいおじいさんにかかる費用に、ちょっとした小遣いくらい。

ヤルマール　そんなに？　おまえ何も言わなかった――

ギーナ　言えなかったの。あんた、おじいさんは自分が養ってると思って喜んでたから。

ヤルマール　じゃあ親父は大旦那に養われてるってわけか！

ギーナ　大旦那さんは大金持ちよ。それに大旦那さんが決めてることかどうか――

ヤルマール　どうして話をそらすんだ――おまえ、声が震えてるな――手も――

ギーナ　はっきり言ってよ。あの人わたしのことで何を言ったの？

ヤルマール　これは本当なのか――おまえがお屋敷で働いていたとき、大旦那と関係があったというのは本当なのか！

ギーナ　違う。あのときじゃない。大旦那さんがわたしを追いまわしてたのは事実。だから大奥さまは何かあると思われたんでしょ。ねちねちして、ぶったりつねったり。それであそこをやめた。
ヤルマール　それで？　そのあと？
ギーナ　わたし家に戻った。そしたらお母さんが――うちのお母さん、そんないい人じゃないのよ。わたしをたきつけて――大旦那さんもう男やもめになってたから。
ヤルマール　それで――！
ギーナ　ええ、あの方は途中であきらめたりはしない人よ。
ヤルマール　これが、これが、ヘドヴィクの母親なのか！　おれのヘドヴィクの――！　よくもそんなことを隠しておけたもんだ。
ギーナ　悪かったよ、もっと前に言うべきだった。
ヤルマール　すぐに言うべきだった――そうすればおまえがどんな人間か分かった。
ギーナ　それでも結婚してくれた？
ヤルマール　ばかなこと！
ギーナ　だろ？　だから言わない方がいいと思ったの。わたしあんたがとっても好きだったし、せっかくの幸せを逃したくなかった――
ヤルマール　これがヘドヴィクの母親か！　この家のものは何もかも全部――あいつのおかげを蒙ってる！　ヴェルレの女たらしめ――！
ギーナ　あんた、いっしょに暮らしたこの十五年、今になって後悔するというの？
ヤルマール　言ってみろ、おまえは毎日、いや毎時間、良心の呵責を味わってはいなかったのか、クモの巣のように隠しごとの網をはりめぐらせていたことを？　どうだ！　おまえは心の痛みを全然感じてはいなかったのか？
ギーナ　その日その日のことで頭いっぱいだったから――
ヤルマール　それじゃ昔のことは一度も考えたことがなかった？
ギーナ　ほんとにわたし、あんなことすっかり忘れてたよ。
ヤルマール　ああなんという愚かな鈍い心。平然としてる！　おれの心は煮えたぎってるというのに――後悔の一つもしたことがなかったのか！
ギーナ　でもねヤルマール、もしわたしが女房でなかったら、あんたどうなってたと思う？
ヤルマール　おまえが女房でなかったら？
ギーナ　だって、わたしはあんたよりしっかりもんでしょ。ま、それは当然だけど、一つも年上なんだから――
ヤルマール　おれがどうなってたって？
ギーナ　わたしたち会ったとき、あんたの生活はめちゃくちゃだった。違う？
ヤルマール　おまえ、あれをめちゃくちゃと言うのか？

おまえに分かるか、男の悲しみ絶望というものがどんなものか――

ギーナ　ええええ、わたし、何もとやかく言おうてんじゃないのよ。結婚した途端あんたほんとによくなった――幸せに暮らしてる、ヘドヴィクもわたしも。

ヤルマール　家庭は安住の場所だ、そう思ってた。だが幻想だった。発明をなしとげるためには欠くことのできない心の張りというものをおれはどこに求めればいい！（胸を叩き）この中でそれは死んだ。おまえの過去が殺した――

ギーナ　（泣きそうになり）やめてちょうだいそんなこと言うの。わたしはいつだってあんたにいちばんいいようにと心がけてきた――

ヤルマール　おれの夢はどうなる？　そこに座って発明に専念していたとき、このために最後の力まで使い果たすだろうと感じていた。発明の特許をとった日は、おれの――別れの日になると思ってた。そしておまえは、亡き発明家の裕福な未亡人として末永く生きていく、それがおれの夢だった。

ギーナ　やめてよヤルマール

ヤルマール　何もかもお終いだ――

（グレーゲルスが、わんわんと言いながら入ってくる。）

グレーゲルス　いいか？

ヤルマール　いいよ。

グレーゲルス　親愛なる――まだなのか？

ヤルマール　すんだ。

グレーゲルス　すんだ？　だけど分からないな――

ヤルマール　何が？

グレーゲルス　ぼくは確信してた、部屋に入ると、君たち夫婦の体から後光がさしてると――それなのにやっぱり、重苦しくて暗くて――

ギーナ　ああそう。（電燈をつける）

グレーゲルス　奥さんは、すぐというわけにはいかないかもしれない。でも君はヤルマール、もっと高いところにのぼるきっかけをつかんだだろう？

ヤルマール　ああつかんだつかんだ――

グレーゲルス　過ちを犯した女を許して深い愛情で包んでやる――素晴らしいことだ。

ヤルマール　こんな苦い汁を簡単に忘れられると思うか？

グレーゲルス　思わない、普通のものには。しかし君は、君のような男は――

ヤルマール　分かってる、でもそうせかさないでくれ――――

グレーゲルス　ヤルマール、君の中にはまだ野がもがいる

（レリングが入ってくる。）

レリング　おや、また野がもがどうかした？

ヤルマール　ヴェルレの大旦那に羽を撃ち抜かれた――おれたちも――

レリング　いったいあんたはここで何をしたいんだ？

グレーゲルス　うそのない家庭を築くこと。

レリング　ああそう？　じゃあ、お聞きしますがヴェルレのお坊ちゃん――これまでにうそのない家庭をどれくらい見てきました？

グレーゲルス　一つも。でも逆のものは嫌というほど。それで人間がどんなに破滅するか、この目で見ている。

レリング　わたしは結婚したことがないからそういうことは分からない。しかし家庭には子どももいる。それを忘れちゃいけない――君たちは勝手に騒ぐがいい。だがヘドヴィクには気をつけろ。あの子は今難しい年頃だ――変なことを思いついたりする――

ギーナ　そう、あの子火遊びをしたり、変に体を動かしたりするのよ――

ヤルマール　おれがいるかぎり――おれがこの世にいるかぎり、あの子は守ってやる――

（セルビー夫人が入ってくる。）

セルビー夫人　今晩は！

ギーナ　まあベルテ――

セルビー夫人　ご都合がよろしくない――？

ヤルマール　とんでもない。お屋敷から何か――？

セルビー夫人　あんたにちょっとお別れをギーナ。

ギーナ　旅にでも？

セルビー夫人　ええ、明日の朝――ヘイダルに。大旦那さまは今日の午後に発った。（グレーゲルスに）あなたによろしくって。

グレーゲルス　説明しよう。親父はセルビーさんと結婚する――

ギーナ　ベルテ！　とうとうね！

レリング　まさか、うそだろ？

セルビー夫人　ほんとよレリング。

レリング　今になってまた結婚する？

セルビー夫人　ええ。山で静かに式を挙げる――

グレーゲルス　ま、息子として、おめでとうを言います――

セルビー夫人　ありがとう、本心ならね。――わたしたち幸せになりたいと思ってる。

レリング　それは保証するね！　やつは酔っぱらうまで飲んだりはしない――それに君の死んだ馬医者みたいに女房をなぐったりもしない。

セルビー夫人　セルビーのことはほっといてちょうだい。あの人にもいいところはあった――

レリング　しかしヴェルレの大旦那にはもっといいところがある――？　おれは今晩飲みに行くぞ――！

セルビー夫人　レリング、お願いだからやめてちょうだい、わたしのために。（レリングを引き留め、はずみに、キスし、しばし抱いている）
レリング　（払って）駄目ですね。（ヤルマールに）君も来るか？
ギーナ　結構。ヤルマールは行きません――
ヤルマール　黙ってろ――
レリング　さようならヴェルレ夫人――（出て行く）
グレーゲルス　あなたレリングと親しかった様子ですね。
セルビー夫人　ええ、一度はどうかなりかけたこともありました――
グレーゲルス　（得意気に）父に告げ口しないか、心配じゃない――？
セルビー夫人　自分で話してあります――
グレーゲルス　（がっかり）そう？
セルビー夫人　わたしのことは何もかもご存じ。わたしに気があるところを見せたとき、まず全部話しました。
ヤルマール　どうだギーナ――（ギーナそっぽむく）
セルビー夫人　わたしは幸運だと思うかもしれないけど、ほかのだれもできないほどあの人に尽くすつもり。やがてひとりでは生きてゆけなくなるんですから――
ヤルマール　ひとりで生きてゆけない？
グレーゲルス　（あわてて）それは黙ってて！
セルビー夫人　隠したって始まらないあの人隠したがってるけど。目が見えなくなるのあの人。
ヤルマール　目が見えなくなる？
ギーナ　そんな人大勢いる――
セルビー夫人　実業家には大変な痛手。わたし、できるだけあの人の目になってあげるつもり。じゃあね。――ヤルマール、何かできることがあれば書記のグローベルクに遠慮なく言ってちょうだい。
グレーゲルス　ヤルマール・エクダルはそんな申し出はありがたく断るでしょう。
セルビー夫人　そう？　この前はたしか――
ギーナ　もう大旦那さまのお世話にはならないの――
ヤルマール　未来の夫によろしくお伝えください。そのうち書記のグローベルクのところに出向きます――
グレーゲルス　なんだって君！
ヤルマール　――そして、大旦那さんに長いあいだ借りていた金額を計算してもらいます。わたしの名誉を担保に借りた金、あっはっは、名誉担保だ――すっかり払ってやる、五％の利息をつけて――
ギーナ　だけど、そんなお金どこにあるの？
ヤルマール　あなたの許婚にお伝えください。わたしは休みなく発明に精を出します。この困難な仕事にあって、わたしの心を支えているのは、ただ債務の苦痛から逃れたいそういう望みだけだとお伝えください。発明に努力しているそれが理由です。発明で得た利益はすべて、あなたの未来の夫から経済的に解放されるために用います。

セルビー夫人　何かあったのねこの家で。

ヤルマール　そうです。

セルビー夫人　そう。じゃさようならギーナ、あんたにちょっと話があったけど、また今度にする——さようなら。（ヤルマールとグレーゲルスは黙って挨拶。ギーナはセルビー夫人にしたがおうとする）

ヤルマール　入口から出るなギーナ！

（セルビー夫人、去る。）

ヤルマール　グレーゲルス、おれの言ったことは正しいか？

グレーゲルス　君はぼくの思ってたとおりの男だ。ぼくが来て本当によかっただろ？

ヤルマール　うん。だけど一つ、おれの正義感を傷つけることがある。

グレーゲルス　なんだ？

ヤルマール　だって、今真実の結婚を実現したのは、おれじゃなくて大旦那さんだ。これにはどうも承服できない——

グレーゲルス　ぼくの父が！

ヤルマール　そうだろ。大旦那さんとセルビーさんは、お互い完全に信頼して結婚しようとしている。隠しごと一つない。ふたりは互いの罪を許しあってる。

グレーゲルス　それがどうなんだ？

ヤルマール　だってそれだろ肝心なのは？　君言ったじゃないか、それが真実の家庭を作るって。

グレーゲルス　しかしこれは全然違うよヤルマール。君たちをあのふたりに比べることなんかできない——

ヤルマール　だけど、なんか正義感が傷つけられるな。

グレーゲルス　その話はやめよう。

ヤルマール　だが別の面から見ると、運命の手先を感じるのも事実だ。やつは目が見えなくなる。

ギーナ　ほんとはどうだか分からないよ。

ヤルマール　いや疑いない。疑うべきではない、そこにこそ正義があるんだから。やつは罪もない人間の目を見えなくしてた——そして今、謎に満ちた運命の力によって、ヴェルレの旦那は目を要求される。

ギーナ　気味悪いこと言わないで——

（ヘドヴィクが急いで入ってくる）

ヘドヴィク　わたし門のところである人に会った——

ヤルマール　セルビーさんだろ？

ヘドヴィク　ええ、わたしに持ってきてくれたものがある。

ヤルマール　おまえに？
ヘドヴィク　あしたのためにって。
ヤルマール　なんだ？
ヘドヴィク　今は教えない。あしたの朝、お母さんがわたしに渡してくれるの。
ヤルマール　ああ、いつもおまえたちだけでやってる、おれをのけ者にして――
ヘドヴィク　いいえお父さん、見てもいい。大きな手紙よ。
ヤルマール　手紙？
ヘドヴィク　贈り物はあとで来るのね。でも手紙なんてわたし初めて。（封筒を読む）ヘドヴィク・エクダルさま、これわたしでしょ？
ヤルマール　見せてごらん。（ヘドヴィク、差し出す）大旦那の手だ。
ギーナ　ほんと？　間違いじゃない？
ヤルマール　見ろよ。
ギーナ　わたしに分かるはずないでしょ。
ヤルマール　ヘドヴィク、これ開けてもいいか？
ヘドヴィク　ええかまわない。
ギーナ　今晩はやめたら。あしたのためなんだから。
ヘドヴィク　いいわよ。お父さん元気になるかもしれない――
ヤルマール　ほんとに開けてもいいね？
ヘドヴィク　ええどうぞ。
ヤルマール　（手紙を開け、紙片をとり出して読む）なんだこれは――？
ギーナ　なんて書いてあるの？
ヘドヴィク　言ってよお父さん！
ヤルマール　（青くなる）贈り物だヘドヴィク。
ヘドヴィク　何がもらえるの？
ヤルマール　自分で読んでみるといい。（ヘドヴィク、読む）目だ、目だ――それでこの手紙！
ヘドヴィク　受け取るのはおじいさんみたいよ。
ヤルマール　（ヘドヴィクから手紙をとり）ギーナ分かるかこれが？
ギーナ　分かるはずないでしょ。言ってよ。
ヤルマール　大旦那さんが書いてる、親父はもう筆耕の仕事をしなくていい。だが今後事務所から月々百クローネ受け取る――
グレーゲルス　ああ――！
ヘドヴィク　百クローネよお母さん！　そう書いてある。
ギーナ　おじいさん楽になるね。
ヤルマール　だが続きがある。ヘドヴィクそこを読んでないだろう。おじいさんがいなくなったあとは、その贈り物はおまえがもらうことになる。

ヘドヴィク　わたしが！　全部？
ヤルマール　おまえは一生それを保証される、そう書いてある。聞いたかギーナ？
ギーナ　聞いたよ。
ヘドヴィク　まあ、なんてこと——全部わたしのもの！　お父さん嬉しくない？
ヤルマール　嬉しい！　ああなんという光景が目の前に広がってくるんだ！　ヘドヴィクだあいつが面倒をみようというのは！
ギーナ　だって、ヘドヴィクの誕生日だから——
ヘドヴィク　どうせお父さんとお母さんに渡すから——お母さん、そうだろ、そういうことだ！
ヤルマール　お母さん、そうだろ、そういうことだ！
グレーゲルス　これは君にしかけられた罠だヤルマール。
ヤルマール　そう思うか？
グレーゲルス　親父は今朝ここに来たとき、ヤルマール・エクダルはぼくの思っているような男じゃないといった——
ヤルマール　男じゃない！
グレーゲルス　今に分かるって。
ヤルマール　おれは金なんぞに騙される男じゃないことを見せてやる——
ヘドヴィク　お母さんこれどういうこと？
ギーナ　向こうに行っといで。（ヘドヴィク去る）
グレーゲルス　そうだヤルマール、今はっきり分かる、親父とぼくとどっちが正しいか。
ヤルマール　（ゆっくりと手紙を破いてすてる）これがおれの返答だ。
グレーゲルス　思ってた通り。
ヤルマール　（ギーナに）さあ、もうそはなしだ。おまえは、おれを好きになったとき——あいつとの仲は終わってたと言った。それならどうしてやつは、おれたちの結婚の世話をやいた？
ギーナ　ここに出入りしたかったんじゃないの？
ヤルマール　それだけか？　ほかに、あることを恐れたんじゃないのか？
ギーナ　何を言ってるのかわたしには分からないよ——
ヤルマール　言ってみろ——おまえの子どもはおれの家に住む権利があるのか？
（グレーゲルスは、ヤルマールのまわりをまわって、とめようとする。）
ギーナ　そんなこと、聞きたいって言うの！
ヤルマール　答えろ、ヘドヴィクはおれの子か——それとも？　——どうだ！
ギーナ　分からない。
ヤルマール　分からない！
ギーナ　どうして分かるのよわたしみたいな女に——！

ヤルマール　それなら、それなら、おれはもう、この家に用はない。
グレーゲルス　ヤルマール、よく考えるんだ——！
ヤルマール　おれのような男にこれ以上考えることはない。
グレーゲルス　あるよ、たくさんある。大いなる許しの心だ。犠牲の心だ。そのためには別れちゃいけない。
ヤルマール　そんなこと絶対に！　家庭崩壊だ。グレーゲルスおれには子どもがいない！
ヘドヴィク　（走ってきて）何を言うの、お父さんお父さん！
ヤルマール　来るな来るなヘドヴィク！　下がってろ。おまえを見る勇気がない。ああその目だ！　——さようなら。
ヘドヴィク　（しがみつき、悲鳴）いや！　行っちゃいや！
ヤルマール　だめだだめだ！　出て行く——ここから出て行く！（出て行く）
ヘドヴィク　あたしたちをすててく！　お父さん出てった、もう帰ってこない！
ギーナ　帰ってくるよヘドヴィク、帰ってくる。泣くんじゃない——
ヘドヴィク　もう二度とここには戻ってこない。——ああわたし死んじゃう死んじゃう！　わたしお父さんに何をしたの？　お母さん、お父さんをつれ戻して！
ギーナ　心配しなくていい。お父さん探してくる——きっとレリングのとこよ。だから泣いてちゃだめ、いい？
ヘドヴィク　お父さんが帰ってきさえすれば——
グレーゲルス　今はヤルマールに、この苦しさと戦わせた方がいいんじゃありませんか？
ギーナ　そんなこと後でもできます。まずこの子を安心させなきゃ。（出て行く）
ヘドヴィク　ねえ教えてください、これはどういうこと？　どうしてお父さん、もうわたしのことかまわないの？
グレーゲルス　それは大きくなったら分かる——
ヘドヴィク　でも、大きくなるまでこんな気持ちでいることはできない。——分かってる——わたしお父さんの本当の子どもじゃないのよ。
グレーゲルス　どうしてそんなこと？
ヘドヴィク　お母さんがわたしを拾ってきたの。今になってお父さんにそれが知れたのよ。そんな話、読んだことがある。
グレーゲルス　もしそうだったら——？
ヘドヴィク　そうだからって、お父さんがわたしを可愛く思うのはかわらないはずよ。野がもも人からもらってきたんだけど、わたしとても可愛がってる——

グレーゲルス　ああ、少し野がもの話しをしよう。

ヘドヴィク　かわいそうに。お父さんはもう野がもなんか見たくもないと言うの。絞め殺したいって。

グレーゲルス　そんなこと——

ヘドヴィク　ええ、でも言うだけでもひどい。わたしは毎晩、野がものためにお祈りをしてるのに——

グレーゲルス　そんなに可愛がってる野がもをお父さん絞め殺すと言った？

ヘドヴィク　いいえ。そうするのがいちばんだけどって言っただけ。わたしのために助けるって。優しいお父さん——

グレーゲルス　ねえ、今あなたがお父さんのために、自分から進んで野がもを殺したら？

ヘドヴィク　自分から？

グレーゲルス　お父さんのために、いちばん大切なものをささげたら？

ヘドヴィク　それが役に立つ？

グレーゲルス　やってごらんへドヴィク。

ヘドヴィク　（ゆっくりと目が輝く）ええやってみる——（くねくね動き始める）

グレーゲルス　自分でできるかな？

ヘドヴィク　おじいさんに頼んで撃ってもらう——あしたの朝。

（ギーナが入ってくる）

ヘドヴィク　（動きやめ）お母さん！　お父さん見つかった？

ギーナ　ううん。でもレリングと出てったたって。

グレーゲルス　本当ですか？

ギーナ　門番のおかみさんが言ってました。

グレーゲルス　ああ、孤独の中で戦う必要があるのに——

ギーナ　どこにつれてったか分からない——いつもの飲み屋見てきたけどいなかった。

ヘドヴィク　（泣くのをこらえて）ああ、お父さんもう帰ってこなかったら！

グレーゲルス　帰ってくる。あしたぼくがお父さんに話してみる。そうしたら必ず帰ってくるよ。安心しておやすみヘドヴィク。（出て行く）

ヘドヴィク　お母さんお母さん！

ギーナ　ほんとにレリングの言うとおり。おかしなやつがやってきて、バカな要求なんて言い出すからこういうことになる——

第五幕

（ギーナとヘドヴィクが、左右から出てくる。）

ギーナ　どうだった？

ヘドヴィク　当たりお母さん。レリングさんのところ――
ギーナ　ねえ――
ヘドヴィク　――門番のおかみさん、ゆうべふたりが戻ったのを聞いたって――でも、ここに帰ってくるんでなくちゃなんにもならない。
ギーナ　とにかく行って話してくる――
（老エクダルが出てくる。）
老エクダル　ヤルマールはいないのか？
ギーナ　出かけてます。
老エクダル　こんなに早く？　まあいい、朝の散歩はわしひとりで。（屋根裏に入る）
ヘドヴィク　おじいさんがお父さんの家出を知ったらどうなる？
ギーナ　だめだよ言っちゃ。きのうおじいさん家にいなくてよかった。
ヘドヴィク　ええ、でも――
（グレーゲルスが入ってくる。）
グレーゲルス　どうですか、どこにいるか分かりました？
ギーナ　レリングのところ――
グレーゲルス　レリング？　本当に？
ギーナ　そうみたい――
グレーゲルス　ああ――
（レリングが現れる。酔っている。）
ヘドヴィク　お父さん、あなたのとこ？
ギーナ　（同時に）あの人いっしょ？
レリング　そう、たしかに。
ヘドヴィク　わたしたちに黙ってた――！
レリング　たしかにわたしはろくでなし。だがろくでなしがもうひとりいた。で、そのあと、ぐっすり眠ってしまった――
ギーナ　ヤルマールは今朝なんて言っている？
レリング　一言もしゃべらない。
ヘドヴィク　全然？
レリング　全然。
グレーゲルス　そうでしょう。ぼくにはよく分かる。
ギーナ　じゃ何してるの？
レリング　ソファに横になってイビキかいてる。
ギーナ　そう？　ヤルマールのイビキは大きいから――
ヘドヴィク　きっといいことよお母さん、眠るのは。
ギーナ　そう思う。朝っぱらからとやかく言っても始まらないし。ありがとうレリング。家ん中片づけるから手伝ってヘドヴィク。（二人は去る）
（グレーゲルスとレリングは、離れて立っている。あるきっかけで、二人は、さっと前に出て、向き合う。）
（音楽始まる。ゴング鳴って、ボクシング風バトル。）
グレーゲルス　今ヤルマールの中に進行している心の動き

はどんなもの？
レリング　動きなんてナッシング。
グレーゲルス　決定的岐路に立つ人格に、よくもまあそんなことを――
レリング　人格？　彼のこと？　そんな変てこりんなものは一度も見たことがない。たしかにヤルマールが大学に入ったとき、未来の星と騒がれた。ハンサムだったからねえやっこさん。女の子は大騒ぎ。それにまた情熱的でうっとりさせる美声。ひとの詩や文章を引用して、見事に朗誦して見せた。
グレーゲルス　（怒って）それはヤルマール・エクダルのこと――！
レリング　いや失礼、あんたが偶像視するものも正体はまあ、そんなものってこと――
グレーゲルス　ぼくがそんなに盲目とは――
レリング　あんたは病気だ。
グレーゲルス　ぼくが病気？
レリング　あんたの病気は複雑だ。まず厄介な正義熱、もっと悪いことに崇拝熱も。ところが、あんたが素晴らしいと思い込むものは、これまたぞっとするくらいひどいもの。今もこの家で理想の要求なんて言ってるが、そんなものに耐えられる人間はひとりもいない。
グレーゲルス　そんなら、どうしてあなたは彼の世話を？
レリング　恥ずかしながらこれでもお医者。病人をほっとくわけにはいかんだろ。
グレーゲルス　なるほどヤルマールも病気なのか。
レリング　人間てやつはほとんどが病気。
グレーゲルス　で、どんな処方をほどこしてる？
レリング　わたしの常服薬、生きるためのうそを処方してる。
グレーゲルス　それはなんです？
レリング　いやいや、これは特許薬。いかさま師に打ち明けるわけにはいかない。だが効き目は抜群。じいさん中尉にもほどこした。
（ゴングが鳴って音楽やむ）
レリング　（普通に戻って）まあ、今はあの人自分で治療法を見つけたがね。
グレーゲルス　それはなんですか？
レリング　あの熊撃ちが、薄暗い屋根裏でうさぎを撃ってる。そのとき彼はこの世でいちばん幸せな狩人だ。枯れたクリスマス・ツリーは鬱蒼としたヘイダルの森。鶏やひよこは大木の上の大きな野鳥。屋根裏を駆けまわるうさぎは、彼が追いまわしたクマってわけ。
グレーゲルス　不幸にして、老いたエクダル中尉は昔の理想をすてなくちゃならなかった――
レリング　忘れないうちに言っときますがねヴェルレの若

旦那――理想なんてややこしい言葉はやめてほしい。昔からの言い方があるんだから、方便という。
グレーゲルス　ぼくはヤルマールをあなたの爪から救って見せる――
レリング　そうなりゃ最悪だ。普通の人間から生きるうそをとりあげてごらんなさい。いっしょに幸福も奪うことになる。
（ヘドヴィクが出てくる。）
レリング　さあ、野がものちっちゃなママさん、君のパパさんがまだ、寝たままで素晴らしい発明にふけっているかどうか見てきてあげよう。（出て行く）
グレーゲルス　まだやってないね、顔で分かる――
ヘドヴィク　何を？　ああ、野がものこと？
グレーゲルス　いざとなって勇気がくじけた？
ヘドヴィク　いいえ、そうじゃなくて、今朝目が覚めてから考えてみると、なんだか変に思えてきたの――
グレーゲルス　変？
ヘドヴィク　ええ――ゆうべは、あれには何か素晴らしいものがあると思った。でも一晩寝ると、別にどうということもないものに思えてきた。
グレーゲルス　何がこの世を素晴らしいものにするかあなたに分かったら――喜びと勇気に満ちた心をあなたが持っていたら――そしたら、どうすればお父さんが帰ってくるか分かるだろう。――ぼくはまだあなたを信じてる。（出て行く）
（ヘドヴィク、くねくね動き始める。老エクダルが出てくる。以下の対話中、ヘドヴィクは動きをつづける。）
老エクダル　朝の散歩をひとりでするのも悪くない――
ヘドヴィク　狩りをしたかったんじゃないのおじいさん？
老エクダル　今日は狩り日和じゃない。暗くて何も見えんよ。
ヘドヴィク　うさぎばかりじゃつまんなくない？
老エクダル　うさぎじゃ不足か？
ヘドヴィク　あの、野がもは？
老エクダル　はっはっ、野がもを撃たないか心配なのか。大丈夫、絶対にやりゃしない。
ヘドヴィク　おじいさんには無理ね、野がもは難しいって言うから――
老エクダル　無理だって？　わしにできなくてどうする！
ヘドヴィク　じゃどうやるの？　――わたしの野がもじゃなくて、ほかのを撃つとき？
老エクダル　胸に撃ちこむ、いいか、それも、毛に逆らって撃つ――毛に沿ってじゃない。
ヘドヴィク　そうすれば死ぬ？
老エクダル　間違いなく死ぬ。さあ用意をするかな――ふん――（去る）

（ヘドヴィクはあたりをうかがい、本棚からピストルをとる。ギーナが入ってくる。ヘドヴィクはピストルを戻し、動き止まる。）
ギーナ　お父さんのものに触っちゃだめよヘドヴィク。
ヘドヴィク　少し片づけようかと思って――
ギーナ　それよりコーヒーを見てきてちょうだい。お父さんのところに持ってくから。
（ヘドヴィク去る。ギーナは掃除する。ヤルマールがそっと入ってくる。髪の毛はぼさぼさ。）
ギーナ　あらヤルマール！　――やっと帰ってきた。
ヤルマール　うん、すぐに消えるためだ――
ギーナ　えええええ。でもまあ、なんて恰好！
ヘドヴィク　（入ってきて）お母さんわたし――ああお父さん！
ヤルマール　寄るな寄るな！　この子を寄せるな！
ギーナ　居間に行っといでヘドヴィク！
（ヘドヴィク去る。ヤルマールは本を集める。）
ギーナ　どうしても出てくつもり？
ヤルマール　あたりまえだ。おれはここで、毎日毎時間心を突き刺されながら暮らすことはできない。
ギーナ　わたしのことそんなにひどく思ってる――
ヤルマール　ひどくない証拠を見せろ。
ギーナ　あんたが見せてよ。
ヤルマール　おまえみたいな過去に対して？
ギーナ　おじいさんはどうなるかわいそうに。
ヤルマール　もちろんいっしょに連れてく。町で住むところを探す――
ギーナ　ゆうべ、あの飲んだくれとどこに行ったの？
ヤルマール　非本質的なことは聞くな。そんなことまで覚えてられるか。
（ギーナ去る。）
ヤルマール　レリングのならずもの――ちくしょうめ――
（昨日の破いた手紙を見つけ手に取る。ギーナが出てくるので、あわてておく。）
ギーナ　コーヒーどう？　パンとピクルスも少し。
ヤルマール　ピクルス？　この家じゃ絶対に食べない！　丸一日何も口に入れてないんだが――。おれのノートはどこだ？　ああ、重要書類も――（居間に入ろうとして）こいつ、まだここにいる！
ギーナ　子どもだってどこかにはいなくちゃ。
ヤルマール　出てこい。
（ヘドヴィク出てくる）
ヤルマール　かつての我が家で過ごす最後の時間くらい、無関係な人間に煩わされたくない――（言いながら入る）
ヘドヴィク　あれ、わたしのこと？
ギーナ　台所に行ってて。ああ、それとも――自分の部屋がいい（ヤルマールのあとに入りながら）ちょっと待ってエクダル。そんなにかきまわさないで――どこに何があるかわたしが心得てるから――

ヘドヴィク　（泣くまいとして）野がも――！

（彼女はピストルを棚からとり、カーテンの向こうの屋根裏に入る。）

ヤルマール　（書類を抱えて出てくる）そんな鞄、役に立つか！　持ってかなくちゃならんもんが山ほどある。

ギーナ　（鞄を手に出てくる）でも、ほかのものはあとで運ぶことにして、とりあえず下着だけ持ってったら？

ヤルマール　（ため息）家を出るってのは面倒なもんだな――

ギーナ　コーヒーさめちゃう。

ヤルマール　うん。（無意識に一口飲む）

ギーナ　それに、うさぎのおける屋根裏なんて、そう簡単には見つからないよ。

ヤルマール　ええっ、うさぎも持ってく？

ギーナ　だって、おじいさんうさぎなしじゃ過ごせないでしょ。

ヤルマール　それくらい慣れなくちゃ。おれはうさぎよりもっと重大なものを諦めるんだ。

ギーナ　ほかには？

ヤルマール　ピストルをくれ。

ギーナ　ピストル持ってくの？　（探す）ないよ。おじいさんが持って入ったのかな。

ヤルマール　屋根裏に？

ギーナ　きっとそうだよ。

（ヤルマール、盆の上の何かを探す。）

ギーナ　何がほしいの？

ヤルマール　バター。

ギーナ　あ、とってくる。

ヤルマール　いいよいいよ、バターなしでも食べられる。

ギーナ　（バター入れを持ってくる）はい、新鮮なバター。

（ヤルマール、パンにバターをつけ、食べ、コーヒーを飲む。）

ギーナ　部屋を貸してなきゃあそこに移れたのに。

ヤルマール　同じ屋根の下で？　絶対に――

ギーナ　じゃ、居間じゃだめかね、一日か二日？　あんたひとりで使えるよ。

ヤルマール　ここで？　――絶対に！　――いや、おれは雨風に打たれて出て行く――おれと親父の宿を探して、軒から軒へ、さまよい歩く――

（ギーナはコーヒーを注ぐ。ヤルマールはもっとパンにバターをぬり、黙って食べ、飲む。）

ヤルマール　だれにも邪魔されず――まったくだれにもな――一日か二日居間で過ごすことはできるかな――

ギーナ　できるよその気んなれば。
ヤルマール　こんなに急に出てくのは、親父のものまで持って、どうも無理みたいだ――
ギーナ　それに、まず、もうここでは暮らさないっておじいさんに話さなくちゃならない――
ヤルマール　そうだ、このこんがらかった話をまた引っぱり出す――ああ息をつきたいよ。こんな面倒なことを全部一日で始末するなんて、とてもできた相談じゃない。
ギーナ　今日はひどい天気だし――
ヤルマール　この手紙、まだここにある――
ギーナ　だれもさわりもしないから――
ヤルマール　こんな紙切れ、おれには関係ないが――しかし、失くすのもよくないだろ――どさくさに紛れて失くす恐れもある。
ギーナ　気をつけるよ――
ヤルマール　なにせ親父に贈られたんだから、親父が使いたければそれは親父の問題だ。念のため――ノリあるか？
ギーナ　ここにある。
ヤルマール　それから裏に貼り付けるもの――（ギーナから紙片をもらって、破いた手紙を貼りつける）他人の所有物を無理にどうこうするつもりは、おれにはない――貧しい年寄りのことだ、まあ――しばらくこのままにして、乾いたらしまっておけ。――おれの目には絶対に入らないように――

（グレーゲルス入ってくる。）

グレーゲルス　なんだ、ここにいたのかヤルマール！
ヤルマール　（あわてて立ち上がり）疲れ切ってた――
グレーゲルス　朝食か？
ヤルマール　ちっとは食べなきゃ、体がもたない――
グレーゲルス　それでどうするつもり――？
ヤルマール　おれのような男には道は一つだけ。――重要書類を整理しているんだが時間がかかる――
ギーナ　ねえ、居間を片づける？　それとも、カバンを詰める？
ヤルマール　カバンだ――それから、居間も。
ギーナ　分かった、下着を入れとく――（入る）
グレーゲルス　こんなことになるとは夢にも思わなかった。本当に出て行かなくちゃならないのか？
ヤルマール　どうしろってんだ？――おれは不幸には慣れてない。楽しい平和な暮らししかできないんだ。
グレーゲルス　そういう暮らしにすればいい。土台は固くなった――最初からやり直す。君には発明という使命があるだろ。
ヤルマール　発明なんて、あんなものまだまだ――
グレーゲルス　そう？

ヤルマール　いったい何を発明しろってんだ？　なんだってされちまってるよ。新しい発明は日一日難しくなってる――

グレーゲルス　あんなに一所懸命だっただろ？

ヤルマール　あれはレリングのせいだ――

グレーゲルス　レリング？

ヤルマール　やつはおれに、発明の才能があると吹き込んだ。幸せだった――発明がどうというんじゃない、ヘドヴィクがそれを信じたから――子どもながら心から信じてくれた。いや――ばかなおれは――あの子が信じてるとばかり信じてた。

グレーゲルス　ヘドヴィクのこと？　君本気で言ってるのか？

ヤルマール　なんだってあり得る――ああ、ヘドヴィクなんだ問題は。あの子がおれの人生を真っ暗にした。

グレーゲルス　どうして？

ヤルマール　おれはあの子を愛してた、言葉には言い尽くせないくらいに幸せだった。この貧しい家に帰ってくるとあの子はかわいい目を細めておれの方に飛んできた。ああ、言葉には言い尽くせないくらいあの子を愛してたんだ――そしてあの子もおれを、言葉には言い尽くせないくらい愛してると勝手に思い込んでた。

グレーゲルス　勝手な思い込みだと言うのか？

ヤルマール　何が分かる？　ギーナから聞くこともできない。グレーゲルス、この疑いは恐ろしい――ヘドヴィクはおれを本当には愛していなかったんじゃないか。

グレーゲルス　そのことなら、今に証拠を見せてやる――（屋根裏で物音）何あれは？　野がもが鳴いてる？

ヤルマール　うん、親父が中にいるんだ。

グレーゲルス　お父さんが！　いいか、君の疑いは晴れる、ヘドヴィクが君を愛している証拠が見られる！

ヤルマール　ああどんな証拠？　おれはもう何も簡単には信じない。だれに分かる？　ギーナとセルビーさんはいつもここに座って話してた。ヘドヴィクはそれを聞いてた。あの手紙も突然じゃなかったんだ。――ああ、おれの目は開いた。見てろよ君――手紙はほんの序の口。やつらはなんでもできる。好きなときにあの子をおれから取り上げることができる。あの子を手招きさえすれば――。ああ、おれは実に言葉に言い尽くせないくらいあの子を愛してた！　目が見えなくなったあの子の手をそっと引いてやる。どんなに素晴らしいか――しかし今は身が切られる思いだ――屋根裏住まいの貧しい写真屋なんか、あの子には屁でもなかった。ずる賢く、ときがくるまで猫をかぶってた――

グレーゲルス　そんなこと自分でも信じてないくせに――

ヤルマール　何を信じたらいい？　分からない、恐ろしいのはそれだ。——決して分からない。おれは間違ってる？　ほんとにそう思うか？　はっはっは、君は理想の要求てやつを後生大事にかかえてるからな。だがやつらはやってきてあの子に言う、「その男をすてて、わたしたちといっしょに暮らしましょう。」もしおれが、あの子にこうたずねたら、「ヘドヴィク、おまえはお父さんのために命を投げ出すことができるか？」ふん結構、どんな答えが返ってくるかね？

（屋根裏でピストルの音。）

グレーゲルス　ヤルマール！

ヤルマール　親父、狩りまで始めた。

ギーナ　（出てくる）おじいさんひとりで撃ってる？

ヤルマール　見てみよう——

グレーゲルス　ちょっと待って！　あれがなんだか知ってるか？

ヤルマール　むろん。

グレーゲルス　いや知らない。しかしぼくは知ってる。これが証拠だ。

ヤルマール　なんの証拠？

グレーゲルス　子どもながらの犠牲行為だ。あの子は、お父さんに頼んで野がもを撃ってもらったんだよ。

ヤルマール　野がもを！

ギーナ　まあ——！

ヤルマール　どういうこと？

グレーゲルス　（くねくね動き）あの子は君のためにこの世でいちばん大切なものを犠牲にした。そうすれば君があの子をまた愛するようになると思ったんだ。

ヤルマール　ああ、なんてこと！

グレーゲルス　あの子は君の愛なしでは生きてゆけなかった。

ギーナ　（涙をふき）ねえ、ヤルマール——

ヤルマール　あの子、どこにいる？

ギーナ　台所でしょ。

ヤルマール　ヘドヴィク！　出ておいで！　お父さんのところに——いやいない。

ギーナ　じゃ自分の部屋？

ヤルマール　いやここにもいない。表に行ったのか——

ギーナ　どこにいてもあんた嫌がるから——

ヤルマール　早く帰ってこいヘドヴィク。今ははっきり言える、これからは新しい生活を始める——

グレーゲルス　分かってた、子どもが償いをすると——

（老エクダルが部屋から出てくる。）

ヤルマール　お父さん！　そこにいたんですか？

老エクダル　ひとりで狩りをするつもりかヤルマール？

ヤルマール　屋根裏で撃ったのはお父さんじゃなかった——？

グレーゲルス　（動きとまり）あの子自分で撃った！
ヤルマール　どういうことだ！（屋根裏に入り）ヘドヴィク！
ギーナ　どうしたの？
ヤルマール　ヘドヴィクが倒れてる――
グレーゲルス　倒れてる？
ギーナ　ヘドヴィク！　いやいやいや――
老エクダル　ほっほっあの子も狩りをする？
ヤルマール　（ヘドヴィクをつれだす）ピストルが暴発した。自分に当たったんだ――助けて、助けて――
ギーナ　（入口に走り）レリング、レリング！　すぐに来て！
（ヘドヴィクを床に寝かす。）
老エクダル　森は復讐する。
ヤルマール　すぐに気がつく、すぐに気がつく――
ギーナ　どこに当たった？　ちっとも分からない――
（レリング来る。）
レリング　どうした？
ギーナ　ヘドヴィクが自分を撃ったの！
ヤルマール　助けてくれ早く――
レリング　自分を撃った？
（ヘドヴィクを診る。）
ヤルマール　大丈夫だろレリング？　血も出てない。大したことないね――
レリング　どうしてこうなった？
ヤルマール　分かるはずないだろ――
ギーナ　野がもを撃とうとしたの――
レリング　野がもを？
ヤルマール　ピストルがひとりでに発射したんだきっと。
老エクダル　森は復讐する。だがわしは怖くない。（屋根裏に入る）
ヤルマール　レリング、どうして黙ってる？
レリング　玉は胸をぶち抜いてる。
ヤルマール　ああ、でもすぐに気がつくよね――！
レリング　見れば分かるだろ。ヘドヴィクはもう生きていない。
ギーナ　ああ、この子ったらこの子ったら――
グレーゲルス　（嗄れ声）うなぞこで――
ヤルマール　いやいや、生きてる生きてるよレリング！ほんのちょっとでいいんだ、おれがこの子をどんなに愛してたか話してやるだけでいい！
レリング　心臓を貫いてる。即死だ。
ヤルマール　おれはこの子を犬ころのように追い払った！　この子はそれで胸がつぶれ、屋根裏に入って、おれへの愛のために死んだ。もうとりかえしがつかない！　二度とこの子に言ってやれない――！（手をあげ、天に向かい）ああ、天にましますよ――もし神がいますなら――エロイ、エロイ、ラマ、サバクタニ、何ゆえにわれを見すてたもうや！

ギーナ　そんな大それたこと。わたしたちには、この子を育てる資格がなかったのよきっと。

レリング　（ピストルを手から離そうとして）かたいな、しっかり握ってる。

ギーナ　レリング、指を折らないで。そのままでいい――

ヤルマール　ええ、持たせておこう。

ギーナ　でも部屋に運ばなくちゃ――

（ヤルマールはヘドヴィクを抱える。）

ヤルマール　ああ、ギーナギーナ、こんなこと耐えられるか！

ギーナ　ふたりで助け合っていこう。この子、今はふたりのものになった。（抱えながら去る）

（グレーゲルスとレリングは、舞台両端に立っている。）

レリング　あれが偶発だったと信じろと言ってもだめですね。

グレーゲルス　どうしてこんなことになったか、だれにも分からない。

レリング　服が焦げてた。ピストルはまっすぐ胸に向けられていた。

グレーゲルス　ヘドヴィクの死はむだではなかった。悲しみがヤルマールの崇高な心を目覚めさせた――見たでしょう？

レリング　死んだものを悲しむときはだれだって崇高な気分になる。しかしそれがいつまでつづくか――

グレーゲルス　一生つづいてだんだんと高まっていく――

レリング　ああ、半年もたてば小さなヘドヴィクはいい演説材料ってとこでしょう。

グレーゲルス　ヤルマールのことをよくもそんな風に言えたもんだ！

レリング　あの子の墓に草が生えてくる頃またお話ししましょう。やっこさん、一席ぶつたびに自分の言葉に感動し、悲しみに自己陶酔しないかどうか――幼くして去りし子、わが心の悲しみ――

グレーゲルス　もしあなたが正しくてぼくが間違っているなら、この人生は生きるに値しない。

レリング　とんでもない、人生はじゅうぶん素晴らしい。ただ、われわれ貧乏人の戸口にやって来て、理想の要求とやらをつきつけるありがたい連中から免れてさえいれば。

グレーゲルス　もしそうなら、ぼくは自分の運命を喜びます。

レリング　失礼だが、あんたのその運命とは？

グレーゲルス　（くねくね動き、始める）テーブルについた十三人目。

レリング　ジャジャン！（ばかにしたように真似して動く）

——悪魔の思うつぼ。

（ふたりして、くねくね動きながら、舞台溶暗。）

ふたりのノーラ

イプセン作『人形の家』による現代能

上田邦義・毛利三彌台本　津村禮次郎能作

ノルウェー客演のために作った作品。能と現代演劇のコラボレーションだが、上演は能形式を土台にしている。上田氏の第一稿台本を毛利が改定し、津村氏が能の台本として整えた。場面や人物の省略はあるが、基本的に『人形の家』の筋に沿っており、ノーラの新旧二面性を能のシテ方と現代女優が分けもって演じる。ノルウェーの他、ヨーロッパの数ヶ国で客演したが、そこでは通常の舞台の上に、能舞台と同じ寸法の舞台を設定した。高い評価を得た。

＊初演二〇〇五年八月九日～十日
梅若能楽学院会館

人物

能ノーラ（シテ）
女優ノーラ（女）
ヘルメル（ワキ・ノーラの夫・銀行家）
クログスタ（ヘルメルの部下）
ランク（医師・ヘルメル夫妻の友人）

地謡
囃子

クリスマスの時、ヘルメルの家

＊囃子、地謡、位置につく。

＊舞台、ワキ柱近くに作り物を運ぶ。クリスマスツリーをイメージさせるシンプルなもの。

＊シテ登場、女あとにしたがう。シテ、シテ柱に立ち、女は後見座の横に退き立つ。

＊シテ、幾つかの短冊（金銀赤など）を床に散らす。短冊は始めより懐中している。

＊単純な囃子の演奏。

＊シテの所作終わるころにワキ登場。然るべき位置にて。

ワキ　いやまさか、これ全てとは。これはかわいい金くい鳥、無駄使い屋。しかしもし毎日の晩、おれの頭に瓦が落ちてきて死んでしまったら――

シテ　まさかそんな不吉なことが、トルヴァル。あなたは正月からは銀行の頭取。これからはお金に不自由することはない。また倹約する必要もない。借りてもよし――

ワキ　ノーラノーラ、汝はこれ女なり。借金はしない、金は借りない。これがおれの考え、あとしばらくの辛抱だ。

地謡　（拍不合）ノーラノーラ　汝はこれ女なり。借金はしない金は借りてはならぬ。これがおれの考え。これがおれのやり方。

ワキ　や、ヒバリがしょげたぞ、リスがふくれ面だ――言ってごらん。おまえの欲しいものを。

シテ　分からない。わたし――そう、トルヴァル、お金、お金よ。あなたのいいと思うだけ。それで私は好きなものを買う。そのお金を金紙に包んでこのツリーに下げておこう。ああ面白い面白い。

ワキ　これは可愛らしい小鳥だが。小鳥一羽にこんなにかかるとは。

地謡　（拍不合）小鳥一羽にこんなにかかるとは。けれども今のままのお前が一番。可愛い歌うたい。今は良い気分。良い職を持つということ。給料も悪くなし。

＊ワキ、ワキ座へ。

シテ　ああ良い気分、素晴らしい奇跡。これからの暮らし。わたしには考えがある　考えが――

地謡　（拍不合）良い気分、素晴らしい奇蹟。これからの暮し。わたしの考え。

＊女は進んできてシテから羽織っていた水衣を取って着る。シテは、笛柱近くの床几に座す。女は、舞台上に散っている短冊を拾ってツリーにかける。
＊クログスタ登場し、女に向かう。

クログスタ　外の戸が開いていました。あなたとすこしお話を。
女　わたしとですか。クログスタさん。
クログスタ　今夜はクリスマスイヴ。今夜が楽しいものになるかどうかは、奥さん次第です。
女　え、どういうこと。あなた、主人の部下のくせに――
クログスタ　ご主人の部下として、お願いです、わたしが銀行の仕事がつづけられるよう、力を貸していただきたいのです。まだ余裕はあります。わたしの解雇をとりやめるようにはからってください。ご忠告します。
女　わたしにあなたをお助けする力なんてありません。
クログスタ　そうですか、わたしはあなたを動かす手を知っていますよ。
女　まさか――。恥知らず
クログスタ　ご主人が病気のとき、奥さんはわたしのところに四千八百クローネ借りにこられた。わたしは借用証書と引き換えにお貸しした。借用証書にはお父さまも署名されるはずでした。しかしお父さまは、亡くなられて三日後に署名されているのです。これは本物でしょうね、奥さん、お父さまは間違いなくご自分で署名されたんですね。
＊大鼓小鼓にて短い演奏あり、女の言葉ではっと止む。

女　違います。父の名前を書いたのはわたしです。
クログスタ　奥さん、それは容易ならぬ告白ですよ。なぜお父さまのところに借用証書を送られなかったのですか。
女　あのころは苦しい時期。父は重い病で今にも死にかかっていた。主人の病気が危ないとはとても言えなかった。外国旅行が主人の命を救う。重病の父に、とても言えなかった。
クログスタ　しかしこれはわたしに対する詐欺ですよ。
女　主人の命を救うことが？
クログスタ　法律は動機をたずねません。
地謡　（拍不合）動機をたずねない。それはくだらない法律。
クログスタ　くだらなくても何でも。わたしがこの証書を裁判所に出したら、奥さんは法律にしたがって罰せられます。

＊地謡は、呂音で「動機をたずねない、それはくだらない法律」を繰り返す。

女　わたしはそう思わない。娘には、死にかかった父親に心配をかけずに済ませる権利がないんですか。妻には、夫の命を救う権利がないんですか。わたし、法律のことはよく知らないけれど、そういうことは許されるとどこかに書いてあるはずだと思う。あなたそんなことも知らないの。

クログスタ　結構です。お好きなようになさってくださ い。——しかしもしわたしが職を追われることになったら、そのときは奥さんも道連れにします。

＊地謡は先程と同様に呂音にて「動機をたずねない、それはくだらない法律」を繰り返す。囃子もアシラウ。

＊クログスタ退場。

＊女、水衣をシテに着せかけて、背後にさがる。

地謡　（上歌）なんでもない。これはただの脅かし（打切）これはただの脅かし。わたしはわたしの愛情から行なったこと。いやな男。何も悪いことは無い。信じて欲しい、トルヴァル。

シテ　トルヴァル、あなたの好きなことはなんでもする。あなたのために歌もうたう。ダンスも。

ワキ　誰か、来ていたのか。

シテ　いいえどなたも、そう、クログスタがまいりました。

ワキ　いや、顔に出ている。やつは頼みに来た。口をきいてくれと。

シテ　そのとおりです。

ワキ　あんな男と話をして。約束までして。二度とそんなことをしてはいけない。かわいいヒバリはきれいな声でさえずるだけでいい。

シテ　トルヴァル、お願いが——

地謡　（拍合）とても大きなお願い。あさっての仮装舞踏会。

シテ　あなたの助けがなければ、何もできない。でも、あのクログスタが、何をしたというのです。

ワキ　贋の署名だ。それをやつはごまかして切り抜けた。おのれの罪を隠そうとすれば、皆にうそをつき仮面をかぶらなくてはならない。妻や子供に対してまでも。それは恐ろしいことだ。

シテ　それはなぜなのです。

ワキ　そういうそは悪臭を放つ。家の隅々まで。子供が一息吸うごとに、体は毒されて行く。

シテ　本当にそうお思いになって。

ワキ　可愛いノーラはあいつのことなど、口に出してもいけない。あの男といっしょに働くことなどできはしない。

シテ　母親が子供を堕落させる、家庭を毒する。そんなはずはない絶対に。

地謡　（下歌）子供を堕落させる。家庭を毒する。そんなはずはない絶対に。

＊地謡は続けて呂音で　子供を堕落させる、家庭を毒する」を反復する。

＊囃子もアシラウ。

＊シテ中入り。

＊ノーラ（女）、ショールを腰に巻き、舞台中央へ。

＊ランク登場。

ノーラ　ランク先生！　こんにちは、ランク先生。呼び鈴であなただとすぐに分かった。トルヴァルは今仕事中。

ランク　あなたは？

ノーラ　あら、あなたのためなら、いつだって暇。

ランク　それはありがとう。実は、前から覚悟していたことですが、ぼくの体はもうだめなんです。このあいだようく調べてみました。ひと月もたたないうちに、ぼくの体は墓のなかで腐っているでしょう。

ノーラ　まあ、そんないやな言い方。考えられない、あなたがわたしたちをおいていなくなるなんて。

ランク　そんな穴は、すぐに埋められる。いなくなりゃあ、それまでよってね。

ノーラ　ランク先生、ここにお座りなさい。いいものを見せてあげます。

ランク　なんです？

ノーラ　これ、ほら！

ランク　絹の靴下。

ノーラ　肌色。きれいじゃない？　あしたになれば――だめ、だめ、見るのは足の先だけ。ま、いいか、あなただから。もう少し見せてあげる。

ランク　ふん――（足を見ようとする）

ノーラ　だめ、あなたお行儀が悪い。（笑）

ランク　こうやってあなたと親しく——いや、もしあなたたちを知らなかったら、ぼくはどうなっていたか。それなのに、何もかもすてていかなくちゃならないなんて。何ひとつ感謝のしるしさえ残していけない——
ノーラ　じゃ、もし今わたしが、ひとつお願いをしたら——
ランク　なんです。
ノーラ　とても大きなお願い。
ランク　僕がお役に立てる——、そんな幸せを一度だけでも。
ノーラ　あのね、あなたにやめさせてもらいたいことがあるの。トルヴァルがどんなにあたしを愛しているか知ってるでしょ。わたしのためならためらわず、命を投げ出す。
ランク　ノーラ。ヘルメルだけだと思っているんですか？
ノーラ　え——？
ランク　死ぬ前に打ち明けようと心に決めていたんです。——そうなんですノーラ、これで分かったでしょ？　ぼくには心を許してくれていいんです。
ノーラ　離してちょうだい。
ランク　ノーラ——
ノーラ　ランク先生、あなたほんとにいやな方ね。
ランク　誰よりも深くあなたを愛しているから？
ノーラ　いいえ。でもそんなこと口にするなんて。そんな必要少しもなかったのに——
ランク　ええ？　知ってた——ノーラ、奥さん、知ってらした？
ノーラ　もうなんにもしていただくわけにはいかない。それにわたしなんの助けもいらないの。ただの空想だった。
ランク　ぼくはたぶんおいとましたほうが——ここにはもう？
ノーラ　いえ今まで通りに。トルヴァルはあなたなしではいられない。
ランク　あなたは？
ノーラ　わたしはあなたがいらっしゃると、いつも楽しくなる。
ランク　それなんだ。あなたは謎だ。

＊ランク退場。

ワキ　ノーラ。
女　ああ、何？　なんの用？
ワキ　そんなに驚かなくてもいい。おまえは少し疲れて見えるが、稽古のしすぎか？

女　いいえ、まだ全然。でもあなたの助けがなくちゃ、わたしなんにもできない。
女　ああ、わたし心配。
地謡　（一声）わたし心配、舞踏会には大勢の人。稽古を、すぐに稽古を。

＊女、タンバリンをとり、踊る。囃子は次第に運ぶ。

ワキ　もっとゆっくりもっと。
地謡　もっとゆっくり穏やかに。

＊女、突然止まる、囃子止む。

ワキ　おまえはまるで命がけ。
女　そのとおり。分かったでしょう？　今日とあす、わたしのこと以外考えちゃいけない。どんな手紙も見ちゃいけない。
ワキ　いつもの可愛いいヒバリのままで。心配ごとなど何もない。

＊ワキ、ワキ柱に退く。

地謡　（一声ツヨク）奇蹟が起こる。素晴らしい奇蹟。震えるような歓び。
女　五時、真夜中まで七時間。次の真夜中まで二十四時間。そのときタランテラは終わる。二十四たす七。三十一時間の命。

＊女、橋掛かりへ。

＊シテ、登場。髪飾りをつけ、装束を変えている。一の松あたりで女とすれ違い、本舞台に進む。
＊囃子は鞨鼓を演奏。
＊シテ、舞う。

＊ワキ、前に出る。

ワキ　魅惑的なる美しき乙女――
地謡　（拍合）おまえはひそかな恋人。若いひそかないなづけ。二人の仲を誰も知らない。身が震える。おまえが激しく体をゆすって踊っているとき、おれの血は燃え立った。もう我慢できない。

＊シテ、舞い終わる。

＊ワキ、後見座で手紙を受け取る。

ワキ　ノーラ。この手紙は何事だ。これはまことの事なのか。
シテ　それはほんとのこと。わたしはこの世の何にもまして、あなたを愛していた。わたしがこの世からいなくなれば、あなたは自由。
ワキ　いや何を言うともおれはきっと疑われる。おまえの罪を知っていたと。おれがおまえにやらせたと思う者すらいるだろう。ええいもう幸せはない、おまえのために破滅に向かう。
＊使いの者、手紙を持って、シテの前に膝つき、手紙を差し出す。
ワキ　おれに渡せ。あいつからだ。体が震える、おまえにもおれにも破滅の手紙。
＊ワキ、手紙を読む。
ワキ　救われた。ノーラおれは救われた。おれは救われた。
シテ　わたしは。
ワキ　おまえもだ。もちろんのこと。やつは借用書を返してきた。悪かったと悔やんですらいる。
（カカル）もはや二人を脅かすものはだれもいない。すべてが終わり、安らぎが戻る。もう忘れよう。今は許すぞ、おまえのしたことは、すべては愛情からのこと。
シテ　お許しくださりありがとう。わたし、仮装を脱ぎます。
＊シテ、上の装束を脱ぐ。女は後ろに立つ。
ワキ　なんだ、そのかたい表情は。おれにはさっぱり分からない。
女　ええそれよ、その事。あなたはわたしが分からない。
シテ　（下歌）わたしもあなたが分からなかった、今夜まで。
地謡　（クセ）この八年。わたしたちは夫婦だった。その間、まじめな会話は一度も無い。心の底まで話し合おうとしたことは、今夜が初めて。まじめに話をする最初。そしてまたは最後。わたしはあなたに、理解されたことはただの一度もない。それがなにより問題。わたしは身も心も、魂もささげて、あなたを愛した。その時でさえあなたは、わたしを理解しようとしなかった。

シテ　あなたは、わたしを愛したことはない。
地謡　好きだといって楽しんでいただけ。わたしと遊んでいただけ。わたしは遊ばれていた。だからわたしが成長しなかった。それはあなたのせい。（打切）
ワキ　おまえは恩を知らぬのか。これまで幸せではなかったというのか。
シテ　それはただ陽気なだけでした。わたしはあなたの奥さん人形に。わたしの人形には、あの子供たち。
ワキ　よしよし遊びのときは過ぎた。これから先は教育の時間だ。
シテ　あなたには、わたしを教える力はない。自分の教育、それはわたしに与えられた大きな仕事。
女　だから今、わたしはあなたと別れます。
ワキ　何を言う。
女　自分のこと、世界のことを学ぶ。それには一人になる必要がある。だからこれ以上、あなたのところにはいられない。
ワキ　当然の義務を放り出すのか、夫と子供への義務。
女　わたしにはもっと守らなくちゃならない義務がある——わたし自身への義務。
ワキ　家庭はどうなってもいいのか、家の中はどうする。
女　トルヴァル、わたしほんとに分からない。何かもごちゃごちゃになってしまった。分かるのは、わたしとあなたの考えがまるで違うということ。法律もわたしが思っていたようなものじゃなかった。でもそんな法律が正しいなんてどうしても納得できない。女には死にかかっている父親に心配をかけないでおく権利はないの？　女には夫の命を救う権利はないの！　そんなこと信じられない。
ワキ　おまえは病気だ。熱がある。とても正常とは思えない。
女　今ほど澄み切った気持は、これまで一度もなかった。
ワキ　ならばおまえは、おまえはもうおれを愛していないというのか。
女　ええ、そうなの。
地謡　（拍不合）それは今夜奇蹟が起こらなかったから。あなたが思っていたような人ではなかったから。まさかあなたがあの人の言いなりになってしまうとは、わたしは夢にも思わなかった。あなたはあの男に向って、叫ぶだろうと思っていた。
シテ　世界中に公表しろ。（拍合）すべての罪は自分にあると。
地謡　（拍合）恐ろしさに震えながら、待っていたのはこの奇跡。この素晴らしい奇蹟。それを押し留めるために。わたしは命をすてる積りだった。今、今夜知らされた。この八年もの間、あかの他人と暮らしてきた。そして三人の子供を産んだ。ああ我慢できない、他人と夜を共にしてきた、この事。

ワキ　おまえにとっては。おれは他人に過ぎぬというのか。このみぞを埋めることはできないのか。

シテ　（拍不合）それにはもっとも素晴らしい――

地謡　奇蹟が起こり――

＊イロエ掛リ、中之舞。初段後、破之舞。

地謡　（ノル）それにはもっとも素晴らしい、奇蹟が起こり――

シテ　あなたもわたしも――

地謡　人間が変わり――（ノリをはずす）

女　わたしはもう奇蹟は信じない。

ワキ　いやおれは、信じる。奇蹟とは。

＊笛入る。

地謡　あなたもわたしも人間が変わり、二人の生活が本当のつながりになる。

＊女とシテ、橋掛かりへ進む。女が先にたち、ともに退場。

ワキ　もっとも素晴らしい奇蹟。

地謡　もっとも素晴らしい奇蹟。

＊ワキ・囃子退場。地謡、切戸口から退場。

復活の日

イプセン作『私たち死んだものが目覚めたら』による現代能

毛利三彌台本　津村禮次郎能作

イプセン能の二作目。制作方法は基本的に第一作と同じだが、ここでは、先にはなかった能のシテ方の謡、語りと現代女優の日常的なせりふが対話する場面を実験した。二〇一〇年の東京イプセン演劇祭では、現代劇場の〈あうるすぽっと〉で上演したので、能役者や囃子の使い方は変わらないが、現代俳優の演出では能舞台の制約がないことを部分的に利用した。たとえば、舞台奥から登場するなど。

＊初演二〇〇八年九月二十四日　梅若能楽学院会館

人物

シテ（イレーネ、白衣の女。能役者による）
ツレ（アルノルル・ルーベック　彫刻家。能役者による）
マイヤ（ルーベックの妻。現代女優による）
ウルフハイム（熊撃ち。現代男優による）

地謡
後見（尼僧看護人を兼ねる）

＊囃子方、地謡方登場。

＊［アシライ］

夏の夜の静かな雰囲気の囃子とともに、シテ（イレーネ、白衣）橋掛かりより、静かな、しかし、どことなく危うげな歩みで登場。

ややあって、尼僧看護人が黒いヴェールであとからついてくる。

＊シテは、シテ柱で止まり、ゆっくりした歩調で本舞台を巡り始める。尼僧看護人は、本舞台にかかるところで、いったん止まり、後見座につく。ヴェールをとり、後見となる。

＊シテが舞台を巡り始めたとき、ツレ（ルーベック、常の装束）揚幕より登場。橋掛かり三の松あたりで、シテを眺めている。

＊シテは舞台を、危うげに一巡し、笛柱の脇の床几に座す。囃子止まる。

＊ツレ、一の松あたりまで歩み出て、謡いだす。

ツレ　思い出す。夜、夜中。汽車で北へ北へと走ってきた。小さな駅。すべてがしいんとした、国境（くにざかえ）。いよいよふるさと。乗り降りするものはひとりもいない。だが汽車はいつまでも止まっている。駅員がふたり。低い声が、夜のしじまを破る。静かさが聞こえた。

地謡　静かさが聞こえた。静かさが聞こえた。思い出す。低い声が、夜のしじまを破る。

＊ツレは位置を変え、語る。

ツレ　（語り）ゆうべ眠れなくてベッドから起き出した。窓から外をのぞくと、木々のあいだに白っぽい人影。その後ろに、黒い影法師のようなものが付き添っていた。あれは何ものか。

地謡　白い人影。後ろに黒い影法師。白い人影。あれは何もの。

＊マイヤ橋掛かりより足早に登場。ツレの近くまで、つつと歩み寄り、普通に対話する。ツレは能の語り。

マイヤ　夢じゃないのルーベック？　それとも、昔のモデルだった人？　あなた、若いとき、ご自分の彫刻に数え切れないくらいのモデルを使ったっていうじゃない。
ツレ　とんでもない、マイヤ。モデルはただのひとり、ただのひとりだけ。おれの彫るもの全部に。
マイヤ　どうしてあなた、お仕事をする気がなくなったの。あの大きな彫刻『復活の日』を仕上げて以来。
ツレ　『復活の日』は傑作だ。世間は何も分かってはいない
マイヤ　まあ、とにかく何かは感じるでしょう。
ツレ　ありもしないことを。世間と付き合うのは、一文の値打ちもない。
地謡　外側は、本物そっくり。だが本当は、馬面。ロバ顔、ロバ顔、馬面、豚の頭、馬面、豚の頭。
ツレ　愛くるしい家畜のせいぞろい。
地謡　人間が、己の姿に似せようとして、変形させた家畜ども。ところがお返しに、人間が変形させられた。そういうまがいものを、莫大な金を払って、手に入れようとする。

＊マイヤは高笑いしながら、ツレのまわりを走りまわる。

マイヤ　町は騒音でいっぱい。でも、騒々しいくせに、支配しているのは死。あなた、故郷に戻ってきて嬉しい？
ツレ　いや。実をいうと、そんなに嬉しい気がしない。外国に長くい過ぎた。よそ者みたいになった。
マイヤ　じゃ、すぐに発ちましょう。できるだけ早くに、ねえ、ルーベック。
ツレ　変な子だな。夏に北へ旅をすると言いはったのはおまえか、おれか？
マイヤ　それは、わたし。でも、こんなに変わってしまったなんて思いもしなかった。
ツレ　決して、いい方には変わらない。だが、欲しいものはなんでも手に入る。
マイヤ　わたしが結婚に同意したとき、あなたが約束したこと、覚えてる？
ツレ　いや、思い出せない。
マイヤ　わたしを高い山につれて行って、世界中のあらゆる壮麗なものを見せてやると言った。
地謡　高い山につれて行って、あらゆる壮麗なものを見せてやると言った。世界中の壮麗なものが、わたしとあなたのものになると。
ツレ　それは昔の口癖だった。それに実を言うと、おまえは山登りに向いていない。
マイヤ　あの頃は、そうは思っていなかったようだけど。
ツレ　四、五年前。長い年月。

マイヤ　そんなに長いと思う？
ツレ　少々長く思われだしてきた。
マイヤ　これ以上、あなたを退屈させることはいたしません。
地謡　これ以上、あなたを退屈させることはしない。

＊マイヤは後見座の前に退く。
＊シテが前に出て、囃子に合わせて舞台を歩く。ツレはワキ柱の前に立って、彼女と対話する。ツレは語り、シテは半ば謡い。

ツレ　君だと分かった。イレーネ。
シテ　やっと、分かったの、アルノルル。あの女の人はだれ？
ツレ　妻だ。
シテ　わたしの人生が終わってからもらった人。わたしたちの子どもは。丈夫に育っている？　立派に偉くなって。
ツレ　君は、そう呼んでいた。あの頃。今、おれたちの子どもは、大きな美術館に飾られている。すべて君のおかげ。
地謡　すべては君のおかげ。イレーネ。君のおかげ、感謝する。

ツレ　どうして君はおれから去ったのか。跡形もなく。君はどこを旅していた。
シテ　待ってほしい。今考えてみる。

＊シテの過去の遍歴の舞。

地謡　思い出した。キャバレーの回転盤の上に立った。活人画の裸体像。お金をたくさんもらった。あなたのところでは駄目だった。それから、男たちといっしょになった。みんなの頭を狂わせた。それもあなたのところでは駄目だった。あなたは決して狂わなかった。
シテ　わたしはもう前から死んでいる。
地謡　もう何年も前から死んでいる。みんながわたしを縛った。両腕を背中にまわして。わたしを鉄格子のある墓穴の中へ送り込んだ。だれにも叫びは聞こえなかった。
シテ　わたしが死んだのは、あなたのせい。自分自身の影法師。

＊マイヤが前に出て、シテを眺めながら、ツレに話す。
マイヤ　ねえ、あなたのお気持を言って、ルーベック。あら、ごめんなさい。もうお近づきになったのね。あ

の、あなたは好きなようにしていいのよ。わたしはもう、あなたと旅をする気はないの。わたし、山の上の森まで登りたいの。ねえ、いいでしょルーベック。そうなの、いやらしい熊撃ちの話を聞いたの。あの男話してくれた。山の素晴らしさ、あなた想像もつかないでまかせ。いやらしくて、ぞっとする話。もちろんあの男のい。いやらしくて、ぞっとする話。もちろんあの男のえ、あの男といっしょに行っていいでしょう？　あの男の話が本当かどうか見てくるだけ。ね、いいルーベック？

ツレ　ああ、かまわない。なんでも。

マイヤ　まあ、ありがとうありがとうありがとう。それでわたし、こういう歌を作ったの。

（歌う）　わたしは自由、自由、自由

わたしを縛る鎖は切れた。

小鳥のように、わたしは自由。

＊マイヤ、退場。

＊シテとツレの対話

ツレ　おれたちも山の上で会おう。

シテ　山で夏の夜を過ごすつもり、わたしと？

ツレ　あるとも。

シテ　そうしたら、わたしたち、取り返しがつかないことに初めて気がつく。

ツレ　それは何？

シテ　わたしたち死んだものが目覚めたら――

ツレ　そうしたら？

シテ　わたしたち、一度も生きていなかったことに気がつく。

地謡　わたしたち死んだものが目覚めたら、一度も生きていなかったことに気づく。

＊シテとツレ、退場。

〈中入り〉

＊マイヤとウルフハイム（熊撃ち）登場。ウルフハイムはマイヤを抱えている。

マイヤ　離して、離してったら！　お行儀よくして！

ウルフハイム　なんてまあ、あんたまるで、雌狼ですなあ。（マイヤを離す）

マイヤ　もう、あなたとは一歩も行かない、ただの一足も。

ウルフハイム　ほっほっほ、こんな険しい山の中で、あんたどうします？

マイヤ　わたし、絶壁から飛び降りるから、あなたがもし――

ウルフハイム　どうぞ飛び降りてくださいお好きなように。それで体はぺしゃんこ犬の餌。

マイヤ　あなた、どうして犬を放したの。

ウルフハイム　やつらだって、何かひっつかまえたいじゃありませんか。

マイヤ　で、その間に――

ウルフハイム　その間に？

マイヤ　そんなこといいわよ。あなた、自分が何に似ているか知ってる？　鬼よ。ひげ生やして、鬼の角。

ウルフハイム　おやおや、角まである？　それが見える？

マイヤ　ええ、はっきり。

ウルフハイム　（綱をとり出し縛る）じゃあ、あんたをくくっちまった方がいい。

マイヤ　気でも狂ったの。わたしを縛る？

ウルフハイム　あたしはあるとき、若い女子《おなご》を道端のごみためから拾い上げたことがありました。腕に抱えて運んでやりました。そうやって、一生涯運んでやるつもりでした、石ころで足を痛めないように。その女子はぼろ靴しかはいていませんでしたから。そうして、あたしにできるかぎり、上品に優しく育てました。そのお礼に、あたしが何をもらったかお分かりですか。

マイヤ　何をもらったの？

ウルフハイム　角ですよ、あんたがはっきり目にしたこの角です。面白い話でしょ。

マイヤ　そうね、面白い話ね。でもわたしはもっと面白い話を知ってる。

ウルフハイム　どんな？

マイヤ　（綱を解かせて）こういうの。あるところに、ばかな小娘が住んでいたの、両親といっしょに。でもかなり貧しかったの。そこへひとりの身なりの立派な男がやってきた。彼は貧しい小娘を腕に抱え、あなたみたいに、遠い遠いところまでいっしょに旅をした。

ウルフハイム　その男は、美男子だった？

マイヤ　いいえ、美男子ってわけじゃなかった。でも、その男は娘に、高い山につれて行って、あたりいっぱい太陽の輝くところを見せてやると吹き込んだの。

ウルフハイム　それじゃ、その男も山男でしたか。

マイヤ　そう、それなりに。でも、その男は騙したの。娘を冷たい、湿った鳥籠に閉じ込めた。日も当たらなければ、自由な空気もない。彼女はそう思った。でもそこは、きらきらして広いのよ。そしてまわりの壁には亡霊が這いまわっていた。

ウルフハイム　そいつはいい。――ねえあんた――

マイヤ　何？　また何を始めようというの？

ウルフハイム　あたしらかわいそうなふたりが、いっしょになってはいけませんかね？　ふたりで破れをつくろって、新しい生活を作ろうじゃありませんか。そのときは、自由で大胆になりますよ。あたしらのあるがままに！　あたしといっしょに来てくれますか――どこまでも。

［早笛］

＊囃子、嵐の前触れ

マイヤ　あそこを見て。ふたりが来る――

地謡　嵐が来る。峰から下ろす風。雲の流れの早いこと。死ぬか生きるか、死ぬか生きるか。

＊後シテ（装束変えて）登場。あとからツレ。

＊二組の男女ペア（イレーネとルーベック、マイヤとウルフハイム）の交差。

地謡　死ぬか生きるか。死ぬか生きるか。峰から下ろす嵐。復活の日の前奏。

シテ　わたしをつれに来る。大勢してここまで登ってくる。わたしをつかまえに来る。狭窄衣を着せる。

ツレ　心配いらない、イレーネ。

ウルフハイム　はじめは簡単に見えます。ところがそのうちに、にっちもさっちもいかなくなる。

マイヤ　あなた、わたしを縛ったりしない？

ウルフハイム　あんたに、お城をあげます。

マイヤ　それから、世界中の壮麗なものでしょ。

シテ　ナイフを肌身離さない。あのときと同じ。あなたのモデルだったとき。

ツレ　おれの芸術の創造の源。

地謡　一糸まとわぬ完全な裸体で。完全な裸体で。大胆に、嬉々として。青春のあふれ出る血潮のすべてをかけて、あなたに仕えた。それなのに、あなたは、ただの一度もわたしに触れようともしなかった。

ツレ　おれはまず何よりも芸術家だった。生涯の大作を彫ろうとしていた。それは〈復活の日〉という題になるはずだった。

地謡　死の眠りから覚めた若い女の姿。高貴で清浄で理想の女。

マイヤ　お城には芸術品もあるの？

ウルフハイム　いいや、芸術品はありません。だけど――

マイヤ　ああ、その方がいい！

ツレ　君はもっとも神聖なもの。もし君に触れ肉体に欲望を持ったら。おれの精神はけがれ作品を完成させることができなくなる。そう思った。

シテ　第一に芸術――それから人間。

地謡　第一に芸術――それから人間。

地謡　あなたは完璧に興奮を抑えていた。あなたは芸術家。芸術家以外の何ものでもなかった――男じゃなかった。

マイヤ　じゃ、わたしを抱えて崖を降りてって。

ウルフハイム　ぐずぐずできません。

マイヤ　道は危険？

ウルフハイム　霧がでてきました。霧はもっと危ない。

マイヤ　無事に下まで着いたら、わたし嬉しくって歌っちゃう。

＊ウルフハイムとマイヤ、橋掛かりから退場。

＊シテとツレは残る。

ツレ　おれは芸術家だ、イレーネ。

地謡　おれは芸術家。この弱さを恥じはしない。おれは芸術家に生まれついている。芸術家以外の何ものにもならない。

シテ　あなたは詩人、大きな赤ちゃん。わたしは詩人なんかに仕えるべきではなかった。

ツレ　美しい日々。イレーネ。思い返すと、素晴らしく美しい日々だった――

シテ　それなのに、わたしたち。あの素晴らしさをすてた。

地謡　頂に沈む太陽。草原の上の真っ赤な光線。一度だけ、素晴らしくきれいな日の出を見た。高い高い、目もくらむ山の頂きで。

シテ　あなたは世界中の壮麗なものを見せてやると約束した。

（シテの山上の舞）

地謡　わたしはあなたにしたがって、高い山に登った。そしてひざまずいて、あなたを拝み、仕えた。

シテ　あのときわたしは日の出を見た。

地謡　わたしたちがスイスの湖畔で、白鳥と睡蓮の遊びをしていたとき。わたしはあなたの人生の一つのエピソードに過ぎなかったと言ったとき――

シテ　わたしはあなたの背中にぶすりとナイフを突きとおしてやるつもりだった。

地謡　この地上の愛情。美しい素晴らしい謎めいた地上の愛情――それはわたしたちふたりの中で死んでいる。

シテ　死んでいる。死んでいる。わたし同様、あなたも。

ツレ　おれたちの愛情は決して死んではいない、イレーネ。

シテ　遅すぎる、遅すぎる。あなたも骸《むくろ》わたしも骸。

ツレ　じゃ、おれたち死んだものふたり、もう一度、生きていこう。

シテ　ええ、ええ――光の中へ、あらゆる輝いた壮麗なものの中へ。高い高い約束の峰まで。

ツレ　そこでおれたちの結婚を祝う。愛する人。

シテ　わたしはどこまでもついていく。

地謡　すべての霧を抜ける。はるかな頂きまで。日の出の太陽に輝く頂き。

＊シテとツレが橋掛かりに進むにつれ、囃子が高まり、嵐が狂う。二人が消えるとともに、囃子が大気をゆるがす。雪崩れをあらわす鋭い笛。

＊マイヤが揚幕から走り出てくる。舞台を走りまわって、自由の歌を歌って、去る。

＊静かな囃子。

＊後見がヴェールをつけ、尼僧看護人としてシテ柱前まで出る。

尼僧看護人　パックス・ボビスクム。汝らに平安あれ。

地謡　パックス・ボビスクム。汝らに平安あれ。

＊囃子止まる。退場。

1888年　11月『海の夫人』Fruen fra havet 出版。翌年2月クリスチアニアとワイマールで同時初演。

1889年　チロルの避暑地ゴッセンザスで18歳のウイーン娘エミーリエ・バルダッハに会う。イプセン死後、2人の恋愛感情が取り沙汰される。

1890年　12月『ヘッダ・ガブラー』Hedda Gabler 出版。翌年1月ミュンヘンで初演。

1891年　7月故郷ノルウェーに戻る。ピアニストのヒルドゥール・アンネルセンとの仲が噂に。

1892年　12月『棟梁ソルネス』Bygmester Solness 出版。翌年1月ベルリンで初演。

1894年　12月『小さなエイヨルフ』Lille Eyolf 出版。翌年1月ベルリンで初演。

1896年　12月『ヨーン・ガブリエル・ボルクマン』John Gabriel Borkman 出版。翌年1月ヘルシンキで初演。

1898年　イプセン全集出版が、ノルウェーとドイツで始まる。各地で70歳の盛大な祝賀。

1899年　12月『私たち死んだものが目覚めたら』Når vi døde vågner 出版。最後作となる。翌年1月シュトゥトガルトで初演。

1900年　春、動脈硬化症。翌年2度目の発作。

1906年　5月23日クリスチアニアで死去。国葬に付される。

ヘンリック・イプセン（Henrik Ibsen）略年譜――原題付記の題名は本書収録作品

1828年　3月20日ノルウェー南西の港町シェーエンに生まれる。

1835年　父が破産同然となり、郊外に移る。

1844年　造船の町グリムスタの薬局の見習いとなって自活。

1850年　最初の戯曲『カティリーナ』を自費出版。首都クリスチアニア（現オスロ）に移り大学受験、失敗。第2作『勇士の塚』をクリスチアニア劇場が上演。

1851年　同人週刊新聞にパロディ劇『ノルマ、または、政治家の恋』を掲載。西海岸のベルゲンのノルウェー劇場座付作者兼舞台監督となる。

1856年　1月『ソールハウグの宴』初演。ベルゲン唯一の成功。スサンナ・トーレセンと婚約。

1857年　首都のノルウェー劇場芸術監督に就任。

1858年　スサンナと結婚。翌年息子誕生。『ヘルゲランの勇士たち』を自らの演出で初演。

1862年　ノルウェー劇場破産、失業。『愛の喜劇』執筆、出版。

1863年　『王位継承者』出版。

1864年　国の奨学金でローマに移る。

1866年　劇詩『ブラン』出版、大反響。

1867年　劇詩『ペール・ギュント』出版、不評。

1868年　ドイツのドレスデンに移住。

1869年　『青年同盟』出版。

1873年　歴史劇2部作『皇帝とガリラヤ人』出版。

1876年　『ペール・ギュント』クリスチアニア劇場で初演。グリークの音楽。大成功。

1877年　『社会の柱』出版。

1878年　ローマにもどる。

1879年　12月『人形の家』Et dukkehjem 出版、同月コペンハーゲンで初演。議論湧く。

1881年　12月『ゆうれい』Gengangere 出版。非難攻撃激しい。翌年5月シカゴでノルウェー人劇団によりノルウェー語で世界初演。

1882年　11月『人民の敵』En folkefiende 出版。翌年1月クリスチアニアで初演。

1884年　11月『野がも』Vildanden 出版。翌年1月ベルゲンで初演。

1885年　ドイツのミュンヘンに移る。

1886年　11月『ロスメルスホルム』Rosmersholm 出版。翌年1月ベルゲンで初演。

【翻訳・台本】
毛利三彌（もうり みつや）
成城大学名誉教授（演劇学）。イプセン現代劇連続上演演出。ノルウェー学士院会員。前日本演劇学会会長。元国際演劇学会運営委員。

主な著書編書：『北欧演劇論』（東海大学出版会）、『イプセンのリアリズム』（白凰社）、『イプセンの世紀末』（白凰社）、『演劇の詩学』（相田書房）、『演劇論の変貌』〔編著〕（論創社）。
主な訳書：『クセジュ文庫　北欧文学史』〔共訳〕（白水社）、『講談社世界文学全集　イプセン、ストリンドベリ集』（講談社）、『イプセン戯曲選集－現代劇全作品』〔湯浅芳子賞〕（東海大学出版会）、『ペール・ギュント』（論創社）。

イプセン現代劇上演台本集

2014年2月28日　初版第1刷発行
2025年5月30日　初版第2刷発行

訳　者　毛利三彌
発行者　森下紀夫
発行所　論 創 社
東京都千代田区神田神保町 2-23　北井ビル
tel. 03（3264）5254　fax. 03（3264）5232　web. https://www.ronso.co.jp/
振替口座　00160-1-155266
装幀／宗利淳一＋田中奈緒子
印刷・製本／株式会社丸井工文社　組版／フレックスアート
ISBN978-4-8460-1287-8　